H. P. LOVECRAFT

러브 크래프트 전집 ❻

러브크래프트 전집 6 외전 (하)

H. P. LOVECRAFT

러브크래프트 전집

전집

6

러브크래프트 전집 6 외전 (하)

H. P. 러브크래프트 외 │ 정진영 옮김

황금가지

| 러브크래프트 외전 (하) – 러브크래프트 연대기 |

THE MOUND

고분

작가와 작품 노트 | 질리아 비숍(Zealia Brown Reed Bishop, 1897~1968)

러브크래프트와 서신을 주고받던 지인이자 윤문 고객이었다. 두 사람은 사무엘 러브먼의 소개로 1928년경에 알게 되었고, 로맨틱 소설을 쓰고 싶어 하던 비숍을 위어드 픽션과 순문학 쪽으로 유도한 것이 러브크래프트였다. 러브크래프트는 비숍을 위해 「이그의 저주」, 「고분」, 「메두사의 머리 타래」 등 총 세 편의 단편을 썼다. 세 편 모두 비숍의 간단한 줄거리를 바탕으로 러브크래프트가 완성한 것이다. 나중에 비숍은 러브크래프트의 전기물인 『러브크래프트: 한 제자의 시선』을 쓰기도 했으나, 사실 관계에서 오류가 많다는 평을 받았다. 캔자스 시티에 살면서 '뉴잉글랜드 역사 가계 소사이어티'의 회원으로 활발히 활동했고, 미주리 주 클레이 카운티에 관한 역사물 시리즈를 집필하기도 했다.

「고분」은 1929년 12월에 집필을 시작하여 이듬해 1월에 완성, 1940년 《위어드 테일스》11월 호에 처음 실렸다. 러브크래프트가 질리아 비숍의 이름으로 대필한 작품이다. "인디언 고분이 하나 있는데, 이곳에 머리 없는 유령이 출몰한다. 종종 이 유령은 여자의 모습을 띤다." 이 정도가 비숍이 처음 구상한 플롯이었다고 한다. 이것이 너무 평면적이고 단조롭다고 생각한 러브크래프트는 자신의 크툴루 신화와 공포를 결합하여 중편으로 완성했다. 러브크래프트의 작품 중에서 이례적으로 외계 문명과 인간 문명의 관련성을 직접적으로 다루고 있다. 이 작품에서는 「시간의 그림자」에서처럼 러브크래프트 자신의 유토피아가 그려져 있다. 요컨대, 이 작품의 '큰-얀'은 고도의 기술 문명 덕분에 인간의 생로병사와 빈곤을 극복하고, 소수자의 효율적인 통치 시스템을 구축하는 한편 종교의 역할을 축소한 사회다. 그러나 큰-얀의 타락을 지켜보는 화자(자마코나)의 입을 통하여 러브크래프트는 기계 문명이 가져온 표준화되고 틀에 박힌 삶의 규칙성에 대한 무감각과 히스테리를 당대 서구 문명의 단면으로 보고 있다.

이 작품은 너무 길다는 이유로 1930년대 초에 《위어드 테일스》가 거절한 이후 좀처럼 발표 지면을 찾지 못했다. 이미 대필료를 지불했던 비숍은 당시 자신의 대리인이었던 프랭크 벨내프 롱에게 작품 분량을 줄여달라고 부탁한다. 롱도 축약본이 더 상품성이 있겠다고 판단했으나, 처음부터 끝까지 러브크래프트 특유의 장중하고 음울하고 압도적인 분위기로 가득한 이 작품에 도저히 손을 댈 수 없다고 고충을 토로한 것으로 알려져 있다. 결국 수정이 아닌, 몇 장씩 빼는 방법으로 축약한 후에 다시 출간 가능성을 타진했으나 이번에도 별 수확이 없었다. 러브크래프트 사후에 덜레스가 수정한 축약본이 《위어드 테일스》에 실렸다. 완성도가 떨어지는 축약본이 아닌 원본이 출간된 것은 1989년에 이르러서였다.

I

대부분의 사람들이 서부를 신천지로 생각하지 않게 된 건 불과 몇 년 전부터다. 사람들이 서부를 신천지로 여겼던 이유는 이곳에 우리만의 독특한 문명이 일어났기 때문인 것 같다. 그러나 요즘 들어 탐험가들이 선사시대부터 서부의 평원과 산맥에서 흥망했던 문명을 속속들이 파헤치고 있다. 우리는 2500년 역사의 푸에블로인디언 마을에 일고의 가치도 두지 않으며, 고고학자들이 기원전 17000년 내지 18000년 전 것으로 추정하는 멕시코의 유사 돌밭 문화에도 거의 감흥을 받지 않는다. 이보다 훨씬 더 오래된 것들, 이를테면 현재 몇 개의 조각 뼈와 고대 유물을 통해서만 알려져 있는 원시인이 멸종 동물과 동시대에 살았다는 등의 소문까지 들려오는 터라 서부가 새롭다는 생각은 급속도로 사그라지고 있다. 유럽인들은 대개 머나먼 고대성과 우리보다 훌륭했던, 연속적인 삶의 궤적으로부터 켜켜이 쌓인 퇴적물에 주목한다. 한 영국 작가가 애리조나에 대해 "달빛이 희미한, 그 자체로 너무도 아름다운 지역, 날것 그대로 장구한 고대의 외로운 땅."이라고 말한 것이 불과 이삼 년 전이다.

그러나 나는 서부에 대해 어마어마한—무섭기까지 한—태고성의 깊은 울림을 느끼고 있다. 이 느낌은 오롯이 1928년에 벌어진 한 사건에서 기인한다. 75퍼센트는 환각이었노라 치부하고 싶건만 내 기억에 섬뜩하리만큼 견고한 인상으로 남아서 떨쳐버리기 어려운 사건. 이 사건은 오클라호마, 내가 아메리칸인디언 인종학자라는 직업상 자주 찾았고, 그 전에도 퍽 낯설고 당혹스러운 문제들과 직면했던 그곳에서 벌어졌다. 오해 마시라. 오클라호마는 단순한 개척자와 선전꾼의 미개척지 그 이상의 지역이니까. 이곳에는 옛날 옛적의 기억을 간직한 오래되고 오래된 부족들이 있다. 북소리가 가을날의 침울한 평원 너머로 줄기차게 울릴 때, 인간의 영혼은 속삭이는 원시의 존재들에게 위험하리만큼 가까이 이끌려 간다. 나는 백인이고 동부 출신이나, 언제든 내게서 진짜 전율을 끄집어낼 수 있는 뱀의 조상, 즉 이그 제식에 대해 알고자 하는 사람은 누구든 환영한다. 이런 것에 대해 나는 너무도 많이 듣고 보아서 '세련되게 굴기'는 글렀다. 1928년의 사건은 특히 그렇다. 그냥 웃어넘기고 싶은데 그럴 수가 없다.

나는 당시 백인 정착민 사이에서 떠도는, 그러나 인디언의 확증적인 진술이 가미된—내가 보기엔 궁극적인 출처가 인디언이라고 느껴지는—다수의 유령 이야기를 추적하고 그 상관관계를 밝히기 위해 오클라호마를 찾았다. 야외를 무대로 하는 이 유령 이야기들은 대단히 흥미로웠다. 백인들의 입을 거치면서 밋밋하고 단조롭게 들리긴 했으나, 어딘지 원주민 전설의 강렬하고도 음산한 특징들이 있었다. 이야기는 전부 오클라호마 서쪽 지역에 있는, 고대 유물로 보이는 거대하고 쓸쓸한 고분에 관한 것이었고, 하나같이 극도로 이상한 생김새와 장비를 지닌 유령들과 관련이 있었다.

가장 오래된 괴담 중에서 가장 흔한 이야기 하나가 1892년에 꽤 널리 알려졌다. 당시에 존 윌리스라는 연방 보안관이 말 도적 떼를 쫓아 고분 지역으로 들어갔다 나왔더니 한밤의 허공에서 보이지 않는 유령 대군과 기병대들이 맞섰다는 황당무계한 이야기를 했던 것이다. 이 전투에서 말발굽이 휘몰아쳤고, 난타전이 오가는 가운데 금속이 부딪치는 쨍그랑거림과 전사들의 억눌린 비명 그리고 사람과 말이 쓰러지는 소리가 난무했다. 이것은 달빛 속에서 벌어진 일로, 존 윌리스와 그의 말은 겁에 질리고 말았다. 그 소음은 한 시간 동안 계속되었다. 귀에 생생하면서도 멀리서 바람결에 실려 오는 소리처럼 나지막했고, 군대의 모습은 전혀 보이지 않았다. 윌리스는 나중에야 소리가 들려온 곳이 악명 높은 유령 출몰지로, 정착민과 인디언 모두 기피한다는 걸 알았다. 많은 사람들이 창공에서 전투 중인 기병들을 똑똑히 혹은 어렴풋이 목격하고 애매모호한 설명을 덧붙였다. 정착민들은 유령 전사들에 대해 그들과 비슷한 부족이 없음에도 불구하고 인디언이라고 설명하면서 그들이 더없이 독특한 옷차림과 무기를 지녔다고 말했다. 이야기가 나돌면서 허공의 말들이 진짜 말이었는지조차 확신이 가지 않는다는 식으로까지 진전되었다.

반면 인디언들은 유령들에 대해 자기들과 같은 인디언 부족이라고 말하는 것 같지 않았다. 그저 '그 사람들', '옛 사람들' 혹은 '아래에서 사는 사람들'이라고 지칭했고, 그 유령들을 굉장히 무서워하는 동시에 존경하는 것 같아서 많은 얘기를 하려고 들지 않았다. 그 어떤 인종학자도 이 이야기를 하는 사람들을 상대로 유령의 구체적인 묘사를 얻어

내지 못했고, 유령을 정확히 목격한 사람이 있기나 한 건지 의심스러웠다. 인디언들에게 이런 현상을 이르는 한두 가지 속담이 있는데, 이를테면 이렇다. "나이가 아주 많은 사람들은 아주 큰 영혼을 만든다. 나이가 그리 많지 않으면 영혼도 그리 크지 않다. 모든 시간보다도 더 나이가 많은 사람은 영혼이 아주 커서 육체만 해진다. 이렇게 나이 많은 사람들과 영혼들은 서로 뒤섞이고, 하나가 된다."

물론 지금에야 이런 말은 인종학자들에겐 전부 '구닥다리'다. 이것은 푸에블로인디언과 평원에 사는 인디언들 사이에 면면히 이어져온, 땅속에 사는 종족과 숨겨진 부자 도시들에 관한 전설의 일부다. 또한 수세기 전에 코로나도 탐험대가 전설의 퀴비라를 찾으려는 헛된 유혹에 빠지게 만든 이야기이기도 하다. 나를 오클라호마 서부로 데려간 것은 그보다는 훨씬 더 분명하고 실재적인 것이었다. 그것은 아주 케케묵긴 했으나 독특한 지역 전설로, 외부 학계에는 전적으로 새로운 내용이었고, 연구를 통해 전설 속 유령의 모습이 최초로 명확하게 묘사되었다. 이 전설의 출처가 카도 카운티의 빙어, 다시 말해 뱀 신 신화와 관련된 아주 섬뜩하고도 불가사의한 사건의 현장이자, 내가 오래전부터 알고 있던 마을이라는 사실은 또 다른 전율을 안겨주었다.

표면적으로 극히 순진하고 단순한 이 이야기는 마을에서 서쪽으로 500미터쯤 떨어진 평원에 솟아 있는 크고 쓸쓸한 고분 혹은 작은 언덕에 관한 것이다. 이 고분에 대해 천연물이라고 생각하는 사람들이 있는 반면, 선사시대의 부족들이 만든 매장지 아니면 의식을 치른 제단이라고 믿는 사람들도 있다. 마을 사람들에 따르면, 이 고분에 두 명의 인디언이 번갈아가면서 계속 나타난다고 한다. 늙은이가 새벽에서 저녁까지 비가 오나 눈이 오나 고분 위를 왔다 갔다 하다가 사라지면, 잠시 후에 여자가 나타나 새벽녘까지 꺼지지 않은 횃불을 들고 있다. 달 밝은 밤이면 여자의 독특한 모습이 아주 또렷하게 보이곤 하여 마을 사람 절반이 이 유령의 머리가 없다는 데 의견의 일치를 보았다.

두 유령의 요괴성과 동기를 두고는 지역민들의 의견이 엇갈렸다. 일부는 늙은이의 경우 유령이 아니라 살아 있는 인디언으로서 황금을 노리고 여자를 참수하여 그 고분 어딘가에 묻었다고 했다. 이런 주장을 펴는 사람들에 따르면, 깊은 죄책감에 사로잡힌 늙은이가 해 진 후에 나타나는 피해자의 영혼에 얽매여 둔덕 위를 왔다 갔다 한다는 것이다. 그러나 이와는 의견을 달리해, 누가 뭐래도 노인과 여자는 둘 다 유령이라고 믿는 사람들도 있었다. 상당히 오래전에 노인이 여자를 죽이고 그 자신도 목숨을 끊었다는 것이다. 이런 이야기와 변형된 아류의 구전들이 위치타 정착촌이 들어선 1889년 이후에 줄곧 전해져왔고, 내가 듣기로는 이 이야기들은 누구나 직접 확인할 수 있는 현상에 근거하여 놀라운 형태로 현재까지 보존되고 있다. 그런 식으로 편견이 배제되고 개방적인 증거를 제시하는 유령 이야기는 흔치 않은 터라, 나는 혼잡한 도로와 과학 지식의 무자비한 탐조등으로부터 아주 멀리 떨어진, 그 작은 벽촌에 숨어 있을 기괴한 경이를 어서 보고 싶어 조바심이 났다. 드디어 1928년 늦여름, 나는 빙어행 열차에 올랐고, 기차가 덜컥거리며 점점 더 고즈넉해지는 풍광을 저어하듯 지나는 동안 기이한 비밀들을 머릿속에 그려보았다.

빙어는 붉은 모래 먼지로 가득하고 바람이 센 평지 한복판에 목조 가옥과 상점 들이 수줍은 듯 밀집해 있는 마을이었다. 인근에 있는 인디언 보호 구역의 인디언을 제외하고 마을 인구는 500명 남짓, 농사를 주된 업으로 삼고 있는 것 같았다. 토양은 비옥했고, 오일 붐도 이 지역까지 미치지는 못했다. 해 질 녘에야 도착한 기차가 나를 내려놓고 연기를 내뿜으며 남쪽으로 멀어지는 동안, 마치 길을 잃은 듯한 ─ 건전한 일상으로부터 벗어나버린 듯한 ─ 불안감이 느껴졌다. 기차역은 별난 부랑자들로 가득했고, 소개장에 적혀 있는 사람을 아느냐고 내가 묻자, 모두가 알은체하고 싶어 안달이 난 것 같았다. 나는 누군가의 안내를 받아 이 지역 특유의 사암 토양으로 붉은색을 띤 채 여기저기 파인, 평범한 큰길을 따라 나의 편의를 봐주기로 한 후원자의 집 앞에 도착했다. 나를 대신해 답사 준비를 한 사람들이 일 처리를 참 잘했다는 생각이 들었다. 콤프턴 씨는 이 마을에서 두터운 신임을 받고 있는 대단히 지적인 인물이었고, 그의 어머니는 ─ 아들과 함께 살면서 마을에선 '콤프턴 할머니'로 통하는 ─ 1세대 개척자로서 온갖 일화와 민담의 진정한 보고였기 때문이다.

　그날 저녁 콤프턴 모자는 나를 위해 마을 사람들 사이에서 전해지는 전설을 모조리 정리해 놓음으로써 내가 연구하려는 현상이 실제로도 당혹스럽고 중요한 사례임을 입증해 주었다. 빙어 주민들은 문제의 유령들을 당연시하고 있는 것 같았다. 그 기묘하고 쓸쓸한 고분과 그곳의 불안한 유령들을 지켜보며 마을의 두 세대가 나고 자랐다. 사람들은 자연스레 이 고분을 무서워하고 기피했기에 정착이 이루어진 지난 40년 동안 고분 가까이로는 마을과 농장이 확장되지 않았다. 그래도 배짱 좋은 사람들이 몇 차례 고분을 찾기도 했다. 그들 중에서 일부는 으스스한 언덕 근처까지 가봐도 고분에 유령 따위는 전혀 없더라고 말했다. 고분을 지키고 있다는 고독한 파수꾼인지 유령인지는 여하튼 그곳에 도착하기 전부터 눈에 띄지 않아서 마음껏 가파른 경사를 올라 평평한 정상까지 구경했다는 것이다. 고분 꼭대기에는 무성한 덤불뿐, 아무것도 없더라고 했다. 인디언 파수꾼이 어디로 사라졌는지는 오리무중이었다. 아마도 고분을 내려가 눈에 띄지 않고 평원을 따라 도망갔을 거라고 했다. 고분 측면에 무성한 덤불과 긴 수풀을 충분히 살펴본 결과, 어찌 됐든 고분으로 통하는 구멍 같은 건 따로 없었기 때문이다. 좀 더 민감한 탐험가 두어 명은 눈에 보이지 않는 방해물 같은 것을 느꼈다고 했으나, 그 이상 구체적으로 설명하진 못했다. 그들이 움직이려는 방향에서 공기가 묵직하게 그들을 에워쌌다는 수준에 불과했다. 당연한 얘기지만, 이 대담한 탐험은 전부 한낮에 감행된 것이다. 이 세상에서 그어떤 유혹으로도 백인이든 인디언이든 해 진 후에 그 불길한 고분으로 가게 할 수는 없으니 말이다. 실제로도 인디언 가운데에는 백주 대낮이라고 해도 고분 가까이 가겠다고 생각이나마 하는 사람이 없다.

그러나 유령 고분의 공포가 싹튼 것은 관찰력이 좋고 정신이 멀쩡한 이들 탐험가의 목격담 때문이 아니었다. 그들의 경험이 전부였다면, 고분의 현상은 마을의 전설에서 지금보다는 영향력을 크게 잃었을 것이다. 가장 나빴던 것은 그 밖의 탐험가 대다수가 이상하게도 몸과 마음이 망가진 채 돌아오거나 아예 돌아오지 못했다는 사실이다. 그 첫 사례는 1891년, 히턴이라는 청년이 비밀을 캐보겠다며 삽을 들고 떠났을 때 벌어졌다. 히턴은 인디언들로부터 이상한 얘기들을 들었고, 고분에 갔다가 아무것도 발견하지 못하고 돌아온 다른 청년의 시시한 목격담에 코웃음을 쳤다. 이 청년이 고분을 찾아가는 동안, 히턴은 마을에서 쌍안경으로 고분을 관찰하고 있었다. 청년이 고분에 가까워지자, 히턴은 인디언 파수꾼이 마치 고분 꼭대기에 뚜껑문과 계단이라도 있는 양, 밑으로 유유히 내려가는 것을 목격했다. 반면에 다른 청년은 인디언이 어떻게 사라졌는지 모른 채 고분에 도착해 아무도 없는 것만 확인했을 뿐이다.

히턴은 그 비밀을 파헤쳐보겠다며 직접 고분을 찾아갔고, 마을에서 지켜보던 구경꾼들은 고분 꼭대기에서 열심히 덤불을 베고 있는 히턴의 모습을 발견했다. 그런데 잠시 후에 히턴의 모습이 서서히 녹아 내리듯 구경꾼들의 시야에서 사라졌다. 히턴은 한참이 지나 땅거미가 질 때까지도 다시 나타나지 않았고, 이윽고 목 잘린 인디언 여자의 횃불이 시체를 파먹는 귀신처럼 멀리 고분 위에서 번뜩이기 시작했다. 해가 지고 두 시간 정도 지났을까, 히턴이 삽과 다른 물건들은 잃어버린 채 마을로 비틀비틀 돌아와서는, 갑자기 종잡을 수 없는 말로 소리를 질렀다. 충격적인 심연과 괴물, 오싹한 조각물과 석상, 사람이 아닌 포획자와 기괴한 고문자, 너무도 복잡하고 요망하여 기억조차 할 수 없는 기상천외한 기형체 들에 대해 그는 미친 듯이 울부짖었다. "올드! 올드! 올드!" 그는 계속해서 끙끙대며 소리쳤다. "위대한 신. 그들은 이 지구보다 더 오래됐고, 다른 어딘가에서 왔어. 그들은 너희들의 생각을 알고, 너희가 그들의 생각을 알게 만들 수 있어. 반은 인간, 반은 유령. 그 경계를 오가면서 녹았다가 다시 형태를 갖춘다. 점점 더 형태를 갖춘단 말이야. 우리는 모두 애초부터 그들의 자손이다. 금으로 만물을 창조하는 반인반수, 툴루[1]의 자손이다. 죽은 노예들, 광기, 이야! 슈브-니구라스! 그 백인, 아, 그들이 그 백인한테 한 짓을 봐!"

히턴은 8년가량을 마을의 백치로 지내다가 간질 발작으로 죽었다. 그가 호된 시련을 겪은 이후로 고분의 광기에 걸린 사례가 두 건 더 있었고, 총 여덟 명이 실종되었다. 히턴이 미쳐서 돌아온 직후, 무모하고 결연한 세 사람이 함께 이 고즈넉한 언덕을 찾아갔다. 삽과 곡괭이 등으로 중무장을 하고서. 이들이 가까이 다가가자, 마을에서 구경하던 사람들은 인디언 유령이 홀연히 사라지는 것을 보았다. 그리고 얼마 후에 세 남자가 고분을 올라가 덤불을 뒤지기 시작했다. 그런데 그들은 순식간에 사라졌고, 두 번 다시 나타나지 않았다. 특별히 성능 좋은 망원경으로 지켜보던 한 구경꾼은 속수무책인 세 남자 곁에서 뭔가 다른 것이 형태를 띠더니 그들을 고분 속으로 끌고 들어가는 것을 보았다. 그러나 이 진술을 확증할 만한 단서는 없었다. 당연히 실종자들을 찾기 위해 수색대를 꾸리거나 하는 일은 없었고, 그 후로 오랫동안 고분 근처에 얼씬하는 사람도 없었다. 1891년의 사건들이 거의 잊혔을 때 비로소 고분을 좀 더 조사해 봐야겠다고 생각하는 사람이 나왔다. 그때가 1910년, 너무 어려서 옛날의 공포를 기억하지 못하는 한 청년이 그 금기의 고분을 찾아갔으나 아무것도 발견하지 못했다.

1915년경에 이르러, 1891년의 섬뜩하고 사나운 전설은 현재의 진부하고 상상력 미달인 유령 이야기들과 합해져 퇴색해 버렸다. 다시 말해, 백인 사이에서 그 전설은 자취를 감추었다는 말이다. 인근에 있는 인디언 보호 구역의 사려 깊은 인디언 노인들은 그들만의 조언을 충실히 지키고 있었다. 이 무렵에 적극적인 호기심과 모험이라는 두 번째 물결이 일었고, 몇몇 용감한 탐험가들이 고분을 찾아갔다가 돌아왔다. 곧이어 두 명의 동부 사람 — 작은 대학에 몸담고 인디언을 연구해 오던 아마추어 고고학자들 — 이 삽과 기타 장비를 들고 모험 길에 올랐다. 마을에서 그들의 모험을 지켜본 구경꾼은 없었다. 그들은 다시 돌아오지 않았다. 이번에는 수색대가 그들을 찾아 나섰으나 고분에서 이상한 점을 전혀 발견하지 못했는데, 이 수색대 중에 나의 후원자인 클라이드 콤프턴이 있었다.

다음 모험은 단독으로 감행되었고, 그 주인공은 늙은 로턴 대령,

1889년에 이 지역을 개척하는 데 일조했으나 그 후로 타지에 나가 있었던 백발의 개척자였다. 그는 평생 동안 고분과 그 매력을 기억해 왔다. 이제 안락한 은퇴 생활로 접어들자, 오래된 수수께끼를 풀어보겠다고 결심한 것이다. 그는 오랫동안 인디언 신화에 익숙했던 터라 단순한 마을 사람들보다는 합리적으로 생각했고, 대대적인 탐사 준비에 착수했다. 그가 고분에 오른 것은 1916년 5월 11일 목요일 아침, 마을과 근처 평원에서 쌍안경으로 이 모습을 지켜본 사람이 스무 명을 넘었다. 그의 실종은 매우 갑작스러웠다. 그가 잡목 절단기로 수풀을 베고 있을 때였다. 그가 순식간에 사라져버렸다는 것 말고 다른 설명을 할 수 있는 사람은 없었다. 일주일이 넘도록 그의 소식은 빙어에 들려오지 않았다. 그러던 어느 밤, 뭔가가 저절로 마을로 끌려왔으니, 이를 두고 지금까지 열띤 논쟁이 벌어지고 있다.

그 뭔가가 로턴 대령이라고 ─ 혹은 한때 그 사람이었다고 ─ 알려졌으나, 어쩐 일인지 고분으로 올라간 노인에 비해 족히 40년은 젊어 보였다. 머리칼은 흑석처럼 검었고, 얼굴은 ─ 정체 모를 공포로 일그러져 있지만 ─ 주름 하나 없었다. 이 모습을 보고 가장 경악한 사람은 콤프턴 할머니였으니, 그 이유는 1889년의 로턴 대령을 떠올리게 만들었기 때문이다. 두 다리는 발목 부위에서 말끔하게 잘려 있었고, 잘리고 남은 부분은 이자가 일주일 전만 해도 똑바로 서서 걸어 다니던 로턴 대령이 맞기나 한지 의심스러울 정도로 상처가 매끄럽게 아물어 있었다. 이 뭔가는 불가사의한 일들을 지껄이면서 "조지 로턴. 조지 E. 로턴."이라고 계속해서, 마치 자신의 신원을 확인하려는 것처럼 되풀이했다. 콤프턴 할머니의 기억에 따르면, 이 뭔가가 지껄인 얘기들은 1891년에 있었던 히턴의 환각과 이상하리만큼 ─ 물론 약간의 차이는 있었으나 — 비슷했다. "파란 빛! 파란 빛……." 그 뭔가는 이렇게 중얼거렸다. "그 파란 빛이 이 땅에 생물체가 있기 전부터 늘 저 밑에 있어왔다. 공룡보다도 오래전부터 변함없이, 그저 조금씩 약해져서, 절대 죽지는 않고, 조용히 조용히 조용히 있는 거다. 반은 사람 반은 기체인 사람들, 걷고 일하는 시체들, 아, 반은 사람 반은 유니콘인 저 짐승들……. 금으로 만든 집과 도시……. 별에서 와서 시간보다도 훨씬 더 오래고 오래고 오랜 위대한 툴루, 아자토스, 니알라토텝…… 기다리고 있다…… 기다리고 있다……." 이 뭔가는 새벽이 오기 전에 죽었다.

　물론 조사가 시작되어 보호 구역 내의 인디언들까지 무자비하게 심문을 받았다. 그러나 인디언들은 아는 것이 없었고, 할 말이 없었다. 적어도 위치타의 추장으로 백 살이 넘어서 누구보다 두려움이 적었던 '잿빛 독수리'를 제외하고 뭐라도 할 말이 있는 인디언은 없었다. 잿빛 독수리만이 약간의 충고를 아끼지 않았다.

　"이봐 백인들, 그들을 내버려둬. 이로울 게 없어. 여기 땅 밑에 또 저기 땅 밑에 온통 그 악마들이 있어. 뱀들의 아버지, 이그. 이그는 이그야. 인간의 아버지, 티라와. 티라와는 티라와야. 죽지 않아. 늙지 않아. 공기처럼 늘 변함이 없어. 그냥 살면서 기다려. 한때는 그들이 이 밖으로 나와 살면서 싸웠어. 지저분한 티피[2]를 만들었어. 금을 가져왔어. 그들은 금을 많이 가지고 있었어. 시간이 지나 새로운 거처를 만들었어. 내가 그들이고, 당신들도 그들이야. 얼마 후 홍수가 났어. 모든 게 변했어. 아무도 밖으로 나오지 못했고, 아무도 안으로 들어가지 못했어. 들어간다 해도 나오지는 못해. 그들을 그냥 내버려둬. 당신들한텐 흑마술이 없어. 인디언들은 그들을 잡지 못한다는 걸 알아. 이로울 게 없어. 이 잿빛 독수리의 말을 들어."

만약에 조 노턴과 랜스 휠록이 늙은 추장의 충고를 따랐더라면, 지금 이 자리에 있을지도 모르겠다. 그러나 그들은 그렇게 하지 않았다. 그들은 엄청난 독서가였고 유물론자였으며, 천지에 두려운 것이 없었다. 그들은 인디언 악마들이 고분 내부에 비밀 기지를 두고 있다고 생각했다. 그들은 전에도 고분에 갔다 온 적이 있었고, 이번에는 로턴 대령의 복수를 위해 다시 그곳에 가려고 했다. 고분을 송두리째 뒤엎어버려야 한다면 그렇게라도 하겠다고 큰소리까지 쳤다. 클라이드 콤프턴은 프리즘 쌍안경으로 그들을 지켜보았고, 그들이 불길한 언덕 밑을 빙 돌아가는 것을 보았다. 그곳을 차근차근 철저히 조사하려는 의도가 분명했다. 몇 분이 지났고, 그들은 다시 나타나지 않았다. 그 후로 그들의 모습은 두 번 다시 보이지 않았다.

고분은 또다시 극한 공포의 대상이 되었고, 제1차 세계대전의 흥분은 고분이 빙어 민담의 더욱 풍부한 배경으로 자리 잡는 계기가 되었다. 1916년부터 1919년까지 고분을 찾는 사람의 발길은 뚝 끊겼고, 프랑스에서 군 복무를 마치고 돌아온 일부 청년들의 무모함만 없었더라면 그 후로도 고분을 찾는 이는 없었을 것이다. 1919년부터 1920년까지 너무 일찍 냉혹해진 젊은 퇴역 군인들 사이에서 '고분 시찰'이 그야말로 유행이 되었다. 고분에 갔던 청년들이 하나둘 코웃음을 치며 무사히 돌아올 때마다 이 유행의 불길도 점점 더 번져갔다. 1920년 무렵에 ─ 인간이 얼마나 쉽게 잊어버리던가! ─ 고분은 조롱거리가 되다시피 했다. 그리고 이미 식상해진 인디언 여자의 죽음은 더욱더 음산한 속삭임으로 바뀌어 모든 사람들의 입에 오르내렸다. 얼마 후, 유난히 상상력이 부족하고 무덤덤한 성품의 클레이 형제가 고분에서 매장된 여자와 그녀를 죽음으로 몰아간 황금을 꺼내겠다고 결심했다.

그들이 고분을 향해 떠난 것은 9월의 어느 오후, 1년에 한 번 붉은 먼지의 평원으로 끝없이 울린다는 인디언의 북소리가 막 시작될 무렵이었다. 아무도 그들을 지켜보지 않았고, 그들의 부모는 몇 시간이 지나도록 자식들이 돌아오지 않아도 걱정하지 않았다. 결국 불안감이 엄습하면서 수색대가 꾸려졌으나, 침묵과 의혹의 수수께끼 앞에 또다시 굴복해야 했다.

그래도 형제 중 하나는 돌아왔다. 형 에드였다. 담황색이었던 그의 머리칼과 수염은 백피증에 걸린 것처럼 모근부터 5센티미터까지 하얗게 세어 있었다. 이마에는 낙인을 찍은 상형문자처럼 이상한 흉터가 남아 있었다. 그와 동생 워커가 실종된 지 3개월이 지난 어느 밤, 그는 괴상한 무늬의 담요만 달랑 걸치고 슬그머니 자신의 집으로 돌아와 옷을 갈아입고는 담요를 난로 속에 집어던졌다. 에드는 부모님에게 동생 워커와 함께 이상한 — 위치타 부족이나 카도 부족과는 다른 — 인디언들에게 붙잡혀서 서쪽 어딘가에 감금되어 있었노라 말했다. 워커는 고문을 당하다가 죽었고, 자신은 엄청난 대가를 치르고 간신히 탈출했다는 것이다. 그것이 어찌나 끔찍한 경험이었던지 에드는 돌아온 직후에는 그 일을 설명할 수 없었다. 어찌 됐든 그는 휴식을 취해야 했고, 경보를 발하여 인디언들을 찾아 처벌하는 것도 부질없다고 했다. 그들은 붙잡히거나 처벌당할 족속이 아닌 데다, 특히 빙어의 안전을 위해 — 또한 이 세상의 안전을 위해 — 그들의 비밀 은거지를 파헤치지 않는 편이 낫다고 말이다. 사실 그들 전부가 진짜 인디언은 아닌데, 이 부분에 대해서는 나중에 설명하겠다고 했다. 아무튼 그는 쉬어야 했다. 자신이 돌아왔다는 소식으로 마을에 소동을 일으키지 않는 게 좋겠다며 위층으로 올라가서 자겠다고 했다. 그는 거실 탁자에 있던 메모지와 연필

그리고 아버지의 책상 서랍에 있던 자동 권총을 가지고 삐꺼덕거리는 계단을 올라 자신의 방으로 갔다.

세 시간 후, 총성이 울렸다. 에드 클레이는 왼손에 움켜쥔 권총을 정확히 자신의 관자놀이에 발사했고, 침대 옆 낡아빠진 탁자 위에 짤막한 내용의 종이 한 장을 남겼다. 야금야금 깎여 나간 연필과 난로 가득히 그을린 종이들로 미루어, 원래는 훨씬 더 많은 내용을 썼던 것으로 보였다. 그러나 결국에는 그가 막연히 알고 있는 것을 비밀로 남겨두기로 결심한 것 같았다. 그나마 남아 있는 종이에는 묘하게 왼쪽으로 기울어진 필체로 휘갈겨 쓴 경고 — 고초를 겪고 실성한 것이 분명한 사람의 헛소리 — 만 담겨 있었다. 평소 둔감하고 무미건조했던 에드가 쓴 글이라고 하기엔 퍽 놀라운 구석이 있긴 했다.

제발 저 고분엔 절대 가지 마세요. 그곳은 아주 무섭고 오래된, 뭐라고 말할 수 없는 세계의 일부예요. 워커는 그냥 몇 번씩 녹았다가 다시 모습을 띠었다가 하면서 괴물과 한 몸이 되었어요. 이 바깥세상은 그들이 무엇을 하든 속수무책이에요. 그들은 원하는 만큼 젊은 상태로 영원히 살 수 있으며, 그들이 진짜 사람인지 아니면 그저 유령인지는 아무도 알 수 없어요. 그들이 무엇을 하는지는 말할 수 없어요. 고분이 유일한 출입구예요. 전체가 얼마나 큰지 짐작도 할 수 없어요. 거기서 본 것 때문에 더 이상 살고 싶지 않아요. 프랑스 전쟁터는 이곳과 비교하면 아무것도 아니에요. 사람들더러 영원히 고분을 피하라고 하세요. 아, 불쌍한 워커가 어떻게 됐는지를 사람들이 봤더라면 그렇게 할 텐데……

에드 클레이

부검 결과, 클레이의 장기는 전부 오른쪽에서 왼쪽으로 마치 뒤집어 놓은 것처럼 위치가 바뀌어 있었다. 클레이가 태어날 때부터 그랬는지 당시로선 확신하기 어려웠으나, 나중에 군대에서 1919년 5월에 실시했다는 신체검사와 의무 기록을 보니 클레이의 장기들은 지극히 정상이었다. 어떤 착오가 있었던 것인지 아니면 실제로 전대미문의 변형이 일어난 것인지 여전히 논란으로 남았고, 클레이의 이마에 상형문자처럼 나 있던 흉터도 마찬가지였다.

이것이 마지막 고분 탐사였다. 그로부터 8년 동안 아무도 고분 근처에 얼씬거리지 않았고, 일부 주민은 망원경으로 살펴보는 것조차 저어했다. 사람들은 서쪽 하늘을 배경으로 평원에 우뚝 솟아 있는 그 고즈넉한 언덕을 이따금씩 초조한 눈빛으로 흘깃거렸고, 낮에 보란 듯 나타나는 검고 작은 얼룩에, 그리고 밤에 이글거리는 도깨비불에 몸서리쳤다. 괴물은 밝혀내선 안 되는 미스터리로 인정되었고, 마을 사람들은 암묵적으로 그것을 입에 올리지 않았다. 결국 언덕만 피해 다니면 그만이었다. 마을의 동서남북 어디도 막힌 곳이 없었고, 마을의 일상은 늘 다니는 길이면 충분했다. 마을에서 고분 쪽 방향에는 마치 그곳이 강이나 늪지 혹은 사막인 양 길의 흔적이 없었다. 아이들과 외지인들에게 고분 가까이 가지 말라는 경고의 속삭임이 다시금 살인자 인디언 유령과 그의 희생자 여인이라는 밋밋한 이야기와 섞였으니, 이것은 인간이라는 동물의 둔감함과 상상력 빈곤에 대한 기묘한 주석인 셈이다. 보호 구역의 인디언 부족과 콤프턴 할머니처럼 사려 깊은 노인들만이 고분에 갔다가 몹쓸 변화를 겪고 돌아온 사람들의 광담패설에 응축된, 불경한 전망과 깊은 우주적 위협의 의미를 기억했다.

클라이드가 이 이야기를 다 마쳤을 때는 야심한 밤이라, 콤프턴 할머니는 위층의 침실에 든 지 한참이 지난 후였다. 나는 이 오싹한 퍼즐을 어떻게 생각해야 할지 난감하면서도 건전한 유물론과 배치되는 어떤 추론도 인정하지 않았다. 고분을 찾았던 많은 사람들에게 광기를 일으킨 영향력 혹은 일탈과 혼란으로 이끈 충격은 무엇이었을까? 상당한 심리적 압박을 받았음에도 나는 위축되기보다는 오히려 고무되었다. 반드시 이 문제를 해결해야 했다. 냉철한 두뇌와 굳건한 결단력만 유지한다면 가능할 것도 같았다. 콤프턴은 내 마음을 알아채고 걱정스레 고개를 저었다. 그러더니 밖으로 따라 나오라고 했다.

목조 가옥에서 나온 우리가 골목길인지 샛길인지 모를 조용한 길을 따라 이지러진 8월의 달빛 속에서 조금 걷다 보니 어느새 주택의 수가 눈에 띄게 줄어들었다. 반달은 아직 낮게 떠 있어서 무수한 별빛이 달빛에 묻히진 않았다. 그래서 톰슨이 가리키는 대로 땅과 하늘의 광활한 공간 너머를 바라보았을 때, 서쪽으로 기운 견우성과 직녀성뿐만 아니라 은하수의 신비한 미광까지 볼 수 있었다. 그런데 불현듯 별빛이 아닌 섬광, 지평선 부근에서 은하수를 배경으로 반짝이며 움직이는 푸르스름한 섬광을 보았다. 그것은 왠지 모르게 하늘의 어떤 별빛보다도 사악하고 살기 어려 보였다. 문득 그 섬광이 어렴풋이 펼쳐져 있는 평원의 어느 돌출물에서 나온 것임을 깨달았다. 나는 과연 그런지 확인하기 위해 톰슨을 보았다.

"맞아." 그가 대답했다. "파란 도깨비불. 그리고 저게 바로 고분이지. 이 마을에서 저 빛을 보지 않고 지나친 밤은 없어. 그리고 이 빙어에 사는 사람은 그 누구도 저 평원 쪽으로 가려고 하지 않아. 젊은 친구, 그건 나쁜 짓이야. 자네가 현명하다면, 고분을 있는 그대로 놔두길 바라네. 조사는 그만두게나. 그 대신 이 근방의 다른 인디언 전설을 연구해 봐.

자네를 바쁘게 만들 만큼 전설은 많으니까. 혹시 또 아나!"

II

그러나 나는 그 충고를 받아들일 기분이 아니었다. 콤프턴이 아늑한
방을 내주었으나, 어서 아침이 오기를, 그래서 한낮의 유령을 확인하
고, 보호 구역의 인디언들을 탐문하고픈 조바심에 뜬눈으로 밤을 새웠
다. 실제적인 고고학 조사를 시작하기에 앞서 백인과 인디언의 자료를
최대한 확보한 뒤, 차근차근 철저하게 일을 진행할 생각이었다. 새벽에
일어나 옷을 갈아입고서 집 안 식구들의 인기척이 들려오기를 기다려
아래층으로 내려갔다. 콤프턴은 주방 난로에 불을 지피는 중이었고, 그
의 어머니는 식료품실에서 분주히 움직이고 있었다. 나를 본 콤프턴이
고개를 끄덕이고는 잠시 뒤에 매혹적인 아침 햇살 속으로 나를 데리고
나갔다. 나는 어디로 가려는지 알고 있었고, 좁은 길을 따라 걷는 동안
눈을 부릅뜨고 서쪽 평원 위를 살폈다.

멀리 인공의 규칙성을 지닌, 아주 기묘한 생김새의 고분이 보였다.
눈에 보이는 대로 얼추 계산해 보니, 높이는 10미터 내지 12미터, 폭은
남북으로 족히 100미터는 됐다. 콤프턴의 말에 따르면, 동서 방향의 폭
은 그보다는 길지 않고, 약간 가는 타원형의 윤곽을 띠고 있었다. 내가
알기로, 그는 몇 차례 고분에 갔다가 무사히 돌아온 사람이었다. 나는
서쪽의 짙은 파란색을 배경으로 실루엣을 던지고 있는 고분의 가장자
리를 바라보는 동안, 전체적인 윤곽에 비해서는 작고 불규칙한 특징들
을 살피려다가 뭔가 고분 위에서 움직이는 것 같아 충격을 받았다. 나

는 거칠게 뛰는 맥박을 느끼며, 콤프턴이 아무 말 없이 건네는 고성능 쌍안경을 덥석 낚아챘다. 다급히 초점을 맞추자, 처음에는 멀리 고분 가장자리에서 무성한 덤불만 보이다가 이윽고 뭔가 성큼성큼 걷는 모습이 보였다.

틀림없는 사람의 생김새였다. 나는 곧 그것이 한낮에 나타난다는 '인디언 유령'임을 알아차렸다. 키가 크고 마른 체구, 거무스름한 옷, 띠로 동여맨 머리와 주름진 구릿빛의 무표정한 독수리상 얼굴에 이르기까지 전해 들은 생김새와 일치했고, 내가 아는 한, 그 누구보다 전형적인 인디언처럼 보였다. 그러나 노련한 인종학자의 눈으로 볼 때 역사상 지금까지 알려져 있는 북아메리카 인디언은 아니었고, 엄청난 변종이거나 완전히 다른 인종이었다. 현대 인디언들은 단두(短頭)의 둥근 두상이라 2500년 전 고대 푸에블로 유적이 아니면 장두의 긴 두상을 발견할 수 없다. 그런데 그 남자의 긴 두상이 어찌나 확연하던지 쌍안경의 가시권을 벗어난 먼 거리임에도 단박에 알아볼 수 있었다. 게다가 장식 전통을 말해 주는 옷차림 또한 남서부 인디언과는 딴판이었다. 반짝이는 금속 장식, 허리에 찬 무기류나 단도, 옷을 짠 방식까지 내가 어디서도 보지 못한 것들이었다.

그가 고분 위를 왔다 갔다 하는 동안, 나는 몇 분에 걸쳐 쌍안경으로 그의 운동 능력과 머리로 균형을 잡는 방식을 눈여겨보았다. 그 남자가 누구건 혹은 무엇이건 간에 야만인이 아니라는 집요하고 강한 확신이 들었다. 그가 문명인 ─ 그것이 어떤 문명인지 추측할 순 없으나 ─ 이라고 나는 직감했다. 이윽고 고분 반대편으로 그가 사라졌는데, 그쪽의 보이지 않는 비탈을 내려간 것 같았다. 나는 당혹감과 혼란 속에서 쌍안경을 내렸다. 나를 묘한 눈빛으로 바라보던 콤프턴이 별 뜻은 없다는 식으로 고개를 끄덕였다. "저걸 어떻게 생각하나?" 그가 단도직입적으로 말했다. "우리는 여기 빙어에서 저걸 매일 보면서 살고 있네."

그날 오후, 나는 보호 구역에서 늙은 잿빛 독수리와 얘기를 나누고 있었다. 그는 150살 가까이 됐음에도 기적적으로 아직 살아 있었다. 술 장식을 한 녹비 옷의 무법자와 상인은 물론이고 짧은 바지를 입고 삼각모를 쓴 프랑스인과도 얘기를 해본 이 기이하고도 인상적인 인물 —— 부족을 이끄는 엄하고 용감한 지도자 —— 을 만나게 되다니 기뻤다. 내가 존경심을 보이자, 잿빛 독수리 또한 나를 마음에 들어 하는 것 같았다. 그러나 불행하게도 내가 무엇을 원하는지 알고 난 직후부터 그는 호의를 거두었다. 그는 내가 앞으로 하려는 조사를 반대하고 경고했다.

"착한 청년, 그 언덕을 내버려둬. 나쁜 주술이야. 그 밑에 악마가 많아. 거길 파면 붙잡혀. 파지 않으면 다치지도 않아. 가서 파면 돌아오지 못해. 내가 어렸을 때도 그랬고, 내 아버지와 할아버지가 어렸을 때도 그랬어. 낮에는 늘 그자가 걷고, 밤에는 늘 머리 없는 여자가 걷지. 해지는 서쪽에서 그리고 큰 강 아래서 백인들이 사냥복을 입고 나타나기 전부터 —— 아주 오래전부터 —— 이 잿빛 독수리의 나이보다 네 배는 더 오래된 옛날부터, 프랑스인이 온 옛날보다 두 배는 더 오래된 옛날부터 죽 그래왔어. 그보다 더 오래전부터 아무도 그 작은 언덕 가까이 가지 않았고, 돌 동굴들이 있는 그 깊은 계곡 가까이 가지 않았어. 그보다도 더 오래전에는 그 악마들이 숨지 않고 밖으로 나와 마을을 세웠지. 많은 금을 가져왔어. 나도 금이 있었어. 당신들도 금이 있었어. 내가 그들이고, 당신도 그들이야. 얼마 후 홍수가 났어. 모든 게 바뀌었지. 아무도 나오지 못했고, 아무도 들어가지 못했어. 들어가도 나오진 못해. 그들은 죽지 않아. 얼굴에 계곡이 새겨지고 머리에 눈이 내려앉은 이 잿빛 독수처럼 늙지도 않아. 어떤 이는 사람으로 어떤 이는 혼령으로, 그저 공기처럼 말이야. 그건 나쁜 주술이야. 때때로 밤이면 혼령들이 반은 사람, 반은 뿔 달린 말의 모습으로 나와서 한때 사람들이 싸웠던 곳에서 싸우곤 하지. 사람들이 거기 가면 못써. 좋지 않아. 착한 청년, 거기 가지 마. 그 악마들을 그냥 내버려둬."

이것이 늙은 추장으로부터 들을 수 있는 말의 전부였고, 나머지 인디언들은 어떤 말도 하지 않으려고 했다. 그러나 나보다 더 곤혹스러웠던 사람은 잿빛 독수리 자신이었다. 그가 질색하면서 무서워하는 그 지역에 내가 들어가겠다는 것을 알고 진심으로 낙담하는 것 같았기 때문이다. 내가 보호 구역을 떠나려고 뒤돌아섰을 때, 잿빛 독수리가 작별 인사를 건네며 다시금 내게서 조사를 포기하겠다는 약속을 받아내려고 애썼다. 내가 포기하지 않을 거라는 걸 알게 되자, 그는 망설이듯 사슴 가죽 주머니에서 뭔가를 꺼내더니 엄숙하게 내게 내밀었다. 그것은 지름이 5센티미터 정도 되는, 낡았지만 섬세하게 만들어진 금속 원반이었다. 기묘한 장식과 구멍이 있었고 가죽끈이 달려 있었다.

"약속을 하지 않는군. 그러면 잿빛 독수리도 당신이 어떻게 될지 말할 수 없어. 그래도 이것이 도움이 될 수 있을 거야. 이건 좋은 주술이니까. 내 아버지로부터, 내 할아버지로부터, 내 할아버지의 아버지로부터 모든 인간의 아버지인 티라와 시절까지 거슬러 올라간 옛날 옛적부터 전해져온 거야. 내 아버지가 말했지. '그 악마들을 피해 다녀라. 돌 동굴들이 있는 그 작은 언덕과 계곡 들을 피해 다녀라. 만약에 악마들이 나와서 너를 잡아가려고 한다면, 그때는 이 부적을 내보여라. 그들이 알아볼 거다. 멀리 물러날 거다. 그들이 이것을 보고 나쁜 주술을 걸지 못할 거다. 그러나 장담할 순 없다. 그저 피하는 것이 상책이다. 가까이 가는 건 이롭지 않아. 그들이 무엇을 하건 입에 담지 마라.'"

재빛 독수리가 이렇게 말하면서 그것을 내 목에 걸어주었다. 아주 신기한 물건이었다. 보면 볼수록 감탄이 나왔다. 육중하고 거무스름한 광택이 도는, 다양하고 풍부한 색감의 금속 재질이 완전히 생소한 것일 뿐만 아니라 그 디자인에서도 전대미문의 기예와 놀라운 예술성이 엿보였기 때문이다. 금속 원반의 한 면에는 뱀의 형상이 정교하게 새겨져 있었고, 뒷면에는 문어인지 아니면 촉수가 달린 괴물인지 모를 형상이 묘사되어 있었다. 반쯤 지워진 상형문자도 있었는데, 해독은 고사하고 추측이라도 할 수 있는 고고학자조차 없을 것 같았다. 나중에 재빛 독수리의 허락을 구하여 역사학자와 인류학자, 지리학자와 화학자에게 이 원반의 면밀한 조사를 부탁했으나, 한결같은 대답은 정체를 알 수 없다는 것이었다. 분류나 분석이 불가능했다. 화학자들은 원반의 재질에 대해 무거운 원자로 이루어진 정체불명의 금속 요소들이 혼합된 것이라 했고, 한 지리학자는 미지의 우주 공간에서 날아온 유성의 일부가 틀림없다 했다. 나로서는 이것이 정말로 내 생명이나 정신 혹은 인간성을 지켜주었는지는 알 수 없으나, 재빛 독수리는 그렇다고 확신하고 있다. 원반은 현재 원래의 주인인 재빛 독수리에게 돌아가 있는데, 나는 혹시 그의 보기 드문 장수의 비결이 원반 때문은 아닐까 궁금해진다. 원반을 지니고 있었던 그의 선조들은 모두 100년 이상 장수를 누렸고, 그들이 죽은 원인은 딱 하나, 전사였다. 그렇다면 불의의 사고를 당하지만 않는다면 재빛 독수리는 영원히 살 수 있을까? 그러나 지금은 내 이야기를 해야겠다.

마을로 돌아간 나는 고분에 관한 전설을 더 수집하려고 했으나 과열된 소문과 반발만 접했다. 사람들이 내 안전을 얼마나 간절히 걱정해

주는지 확인할 때마다 정말이지 황송할 정도였으나 그런 광적인 충고 들을 무시할 수밖에 없었다. 나는 사람들에게 잿빛 독수리의 부적을 보여주었으나 누구도 그것은 물론이고 그 비슷한 물건조차 본 적이 없었다. 사람들도 그 원반이 인디언 유물은 아니라는 데 동의하면서 아마도 늙은 추장의 선조들이 어느 무역상한테서 얻었을 거라 짐작했다.

나를 단념시킬 수 없었던 빙어 주민들은 내키지 않아하면서도 내게 필요한 물건들을 장만해 주려고 힘썼다. 나는 이런 탐사 작업에 이미 익숙했던 터라 관목 제거와 발굴에 쓸 날이 넓은 큰 칼과 양날 단검, 지하에 들어갈 경우를 대비한 손전등, 밧줄과 망원경, 줄자와 현미경, 그 밖에 비상용품 등을 미리 편리한 가방에 넣어 온 상태였다. 여기에 추가한 장비라고는 보안관이 억지로 떠안기다시피 한 묵직한 권총 한 정과 작업의 속도를 높여줄까 해서 챙긴 곡괭이와 삽이 전부였다.

따로 추가한 물건들은 튼튼한 끈에 묶어 어깨에 메고 갈 생각이었다. 도와줄 조수나 동료를 구한다는 건 애초부터 불가능한 희망 사항이었기 때문이다. 마을 사람들은 저마다 구할 수 있는 쌍안경과 망원경으로 나를 지켜볼 것이었다. 그러나 평원을 지나 고즈넉한 고분 쪽으로 단 한 걸음이라도 떼려는 사람은 없었다. 이튿날 아침 일찍 출발하기로 했고, 하루 전날에는 마을 사람들이 온종일 나를 대하는 태도에서 피할 수 없는 운명을 향해 가려는 남자에게 보내는 외경심과 불편한 존경심이 읽혔다.

불길할 정도는 아니나 구름 낀 아침이 오자, 마을 사람이 전부 나와서 먼지 이는 평원을 향해 떠나는 나를 배웅했다. 쌍안경으로 살펴보니, 한 남자가 평소처럼 고분 위를 걸어 다녔고, 접근하는 동안 되도록 그를 시야에서 놓치지 않겠다고 마음먹었다. 마지막 순간에는 막연한 공포감에 휩싸여서 상대가 살아 있는 생물체든 아니면 유령이든, 마음이 약해지고 변덕스러워져서 잿빛 독수리의 부적을 가슴에서 시위하듯 흔들어 보였다. 콤프턴 모자에게 작별 인사를 한 뒤, 왼손에 가방을 들고 등에는 가죽끈에 묶인 삽과 곡괭이가 땡그랑거리는 상황에서도 힘차게 걷기 시작했다. 오른손에 든 쌍안경으로 그 침묵의 보행자를 자주 살폈다. 고분에 가까이 갈수록 아주 또렷해지는 남자의 모습, 그 주름지고 털 한 터럭 나지 않은 얼굴에서 무한정한 악과 타락의 흔적을 봤다는 생각마저 들었다. 게다가 그자의 황금빛으로 반짝이는 칼집에 새겨진 상형문자가 내 목에 걸린 부적의 그것과 아주 흡사한 것을 보고 소스라치게 놀랐다. 그자의 옷과 장식은 모조리 탁월한 장인의 솜씨와 문명을 대변하고 있었다. 그런데 느닷없이 그자가 고분 반대편으로 내려가더니 이내 시야에서 사라졌다. 마을에서 출발한 지 10분 정도 지나 그곳에 도착했을 때는 아무도 없었다.

고분을 조사하면서 한 바퀴 돌고, 여러 각도에서 관찰하면서 측량을 하는 등 탐사 초반에 벌인 활동에 대해서는 자세히 언급할 필요가 없겠다. 고분은 내게 강렬한 인상을 주었고, 지나치게 규칙적인 윤곽 속에 잠재적인 위협 같은 것이 도사리고 있는 것 같았다. 그 광활한 평원에서 조금이라도 솟구쳐 있는 것은 고분이 유일했다. 나는 한동안 그것이 인공적인 무덤이라고밖에는 달리 생각할 수 없었다. 가파른 측면마다 훼손된 흔적이 전혀 없었고, 사람이 머물거나 지나간 흔적 또한 없었다. 고분의 정상까지 나 있는 길 같은 것도 없었다. 짐까지 메고 정상까지 오르기는 굉장히 어려웠다. 가까스로 정상에 도착해 보니, 길이 90미터 폭 15미터 정도의 평지에 가까운 타원형 고원이 나타났다. 어디든 무성한 풀과 빽빽한 관목으로 뒤덮여 있어서 걸어 다니는 파수꾼의 모습이 계속해서 보인다는 게 믿기지 않았다. 고분의 정상이 그런 환경이었다니 충격적이었다. 생생하게만 보였던 '늙은 인디언'이 집단적 환각에 불과하다는 것을 확실히 반증하기 때문이었다.

내가 퍽 어리둥절해지고 불안해져서 주변을 둘러보다가 동경하듯 마을 쪽을 힐끔 돌아보았을 때, 구경 중인 마을 사람들이 검은 점처럼 모여 있었다. 그들을 향해 쌍안경을 갖다 대자, 사람들이 저마다 쌍안경으로 나를 열심히 관찰하고 있는 게 보였다. 나는 그들을 안심시키기 위해 속마음과는 정반대로 의기양양하게 모자를 흔들어 보였다. 이윽고 작업하기 위해 곡괭이와 삽, 가방을 내려놓고, 가방에서 큰 칼을 꺼내 관목을 베기 시작했다. 작업치고는 피곤하고 지루한 노동이었다. 그런데 이따금씩 심술궂은 돌풍이 고의로 나를 방해하듯 몰아치는 터라 기묘한 전율을 느꼈다. 게다가 번번이 실체를 지닌 에너지 같은 것이 나를 떠미는 것 같았다. 밀도가 높아진 공기가 앞을 가로막는 것 같기도 하고, 보이지 않는 손이 내 손목을 잡아당기는 것 같기도 했다. 만족스러운 성과도 없이 벌써 기진맥진 힘이 빠져버린 느낌이었다. 그래도 어느 정도 진척은 있었다.

오후 무렵에 고분의 북쪽 끝을 향해 가다가, 나무뿌리로 뒤엉킨 땅에 그릇처럼 약간 함몰된 곳을 발견했다. 별것 아닐지도 모르나, 적어도 파는 작업을 시작하기에는 좋은 장소라 여겨 마음속으로 그 위치를 새겨두었다. 그런데 이것 말고도 아주 독특한 일이 더 있었다. 방금 말한, 그릇처럼 함몰된 곳에서 남동쪽으로 5미터쯤 떨어진 지점에서 목에 건 인디언 부적이 어딘지 이상해졌다. 요컨대 그 지점 가까이서 몸을 웅크릴 때마다 부적이 회전하는 모양새가 변했다. 뭐랄까, 땅속의 자석 같은 것에 끌리는 것처럼 밑으로 끌렸다. 이 변화를 계속 확인할수록 자꾸 마음이 쓰여서 결국엔 더 지체할 것 없이 시험 삼아 그 지점을 파보기로 마음먹었다.

양날 단도로 흙을 파다가 불그스름한 지층이 꽤 얕다는 것을 알고 이상하게 여길 수밖에 없었다. 이 지역 전체는 적색 사암 토양인데, 여기서는 30센티미터도 채 안 되는 깊이에서 이상한 흑토가 나타났기 때문이다. 이런 토양은 멀리 남쪽과 서쪽의 깊은 계곡에서나 발견되는 것으로, 이 고분이 만들어진 아주 먼 선사시대의 것이 분명했다. 무릎을 꿇고 계속 파 들어갈수록 땅속의 뭔가가 묵직한 금속 부적을 점점 더 강하게 잡아당기듯 목에 맨 가죽끈이 더욱더 밑으로 팽팽해졌다. 얼마 후 칼끝에 단단한 표면이 부딪친 것으로 미루어, 밑에 암석층이 있다는 생각이 들었다. 양날 단검으로 이리저리 파보다가 내 생각이 틀렸다는 것을 깨달았다. 아주 놀랍고도 흥미롭게도 곰팡이로 뒤덮인 타원형의 — 길이 30센티미터, 지름 10센티미터 정도의 — 묵직한 물체가 나타났다. 목에 걸린 부적이 접착제처럼 그 원통에 달라붙었다. 그 원통에서 흑토를 털어내는 과정에서 얕은 돋을새김이 드러나자 더욱더 놀라고 긴장했다. 끝에서 끝까지 원통 전체에 그림과 상형문자가 빼곡했다. 게다가 그림과 상형문자가 잿빛 독수리의 부적과 내가 쌍안경으로 봤던 유령의 노란 금속 장식에 새겨져 있는 것들과 마찬가지로 전대미문의 양식이라 흥분은 고조되었다.

앉아서 자석 원통을 코듀로이 반바지에 대고 더 깨끗이 닦았고, 원통의 재질 또한 부적과 똑같이 광택이 나고 독특한 자기력을 지닌 중금속임이 분명해졌다. 조각과 돋을새김 — 간악무도한 정체불명의 괴물들과 문양들 — 은 극도로 기이하고 섬뜩한 동시에 최고의 세련미와 기교의 정점을 보여주고 있었다. 처음에는 원통의 앞뒤도 분간하지 못한 채 이리저리 만지작거리다가 한쪽 끝에 나 있는 홈을 발견했다. 갑자기 그것을 열어보고 싶어 안달이 났고, 결국에는 끝 부분을 돌리면 열린다는 것을 알아냈다.

애면글면 씨름한 끝에 드디어 뚜껑 부분을 빼내자 기묘한 향기가 풍겼다. 원통 안에 있는 유일한 내용물은 누르스름한 종이 재질의 두툼한 두루마리였다. 녹색 문자로 기록된 그 두루마리를 보는 순간 미지의 고대 세계와 시간 너머의 심연으로 가는 열쇠를 찾아낸 것 같아서 엄청난 전율을 맛보았다. 그러나 곧 두루마리의 한쪽을 펼치자 나타난 것은 점잖게 격식을 차린, 아주 오래전에 사어가 된 스페인어였다. 지는 해의 황금빛 아래 드러난 표제와 서문의 첫 문단, 나는 지금은 없는 글쓴이의 정신 사나운 글을 해독하려고 애썼다. 대체 이 두루마리의 정체는 무엇인가? 대체 내가 무엇을 발견했기에 이렇게 난감해하고 있는가? 첫 문장은 내게 새로운 흥분과 호기심을 불러일으켰다. 이 두루마리는 내가 이곳에 온 본연의 목적에서 벗어나기는커녕 그 목적의식을 확고히 새기도록 만들어준 기폭제였다.

녹색 글자로 수놓인 노란색 두루마리의 첫 문장은 전체가 굵은 대문자로 시작되었고, 이어지는 놀라운 폭로에 대해 부디 믿어달라며 격식을 차려 간곡히 호소하는 내용이었다.

서기 1545년 키나이안의 지하 세계에 관한, 아스투리아스의 루아르카에 거주하는 판필로 데 자마코나 이 누네스의 진술.

성부와 성자와 성령의 이름으로, 참된 하느님과 성모 마리아여, 아스투리아스의 루아르카에 거주하는 페드로 구스만 이 자마코나 기사와 이네스 알라바도 여사의 아들인 저, 판필로 데 자마코나는 모든 것을 걸고 이 글이 진실임을 맹세……

나는 잠시 멈추고 지금 읽고 있는 대목의 불길한 의미를 생각해 보았다. "서기 1545년 키나이안의 지하 세계에 관한, 아스투리아스의 루아르카에 거주하는 판필로 데 자마코나 이 누네스의 진술." 이 문장은 너무도 인상적이어서 누구라도 혹하게 만들기에 충분했다. 지하 세계라……. 모든 인디언 전설에 스며들어 있고 이 고분을 다녀온 사람들의 말에 일관적으로 반복되던 공간이 또 등장한 것이다. 그런데 1545년이라는 날짜는 무슨 의미일까? 1540년에 코로나도와 그의 부하들은 멕시코를 떠나 북쪽의 황무지로 갔고, 1542년에 돌아왔잖은가! 두루마리의 펼쳐져 있는 부분을 쭉 훑어 내려가던 내 눈길은 프란시스코 바스케스 데 코로나도[3]라는 이름에 빨려들 듯 멈추었다. 이 글을 쓴 사람은 틀림없이 코로나도의 부하였을 것이다. 그런데 그는 일행이 돌아간 지 3년이 지난 시점까지 이 외진 곳에서 대체 무엇을 하고 있었던 것일까? 펼쳐진 부분을 다시 한 번 훑어봤지만, 알려진 역사적 설명과 크게 다르지 않은 코로나도의 북쪽 행진을 요약한 부분에 불과하기에 좀 더 읽어볼 필요가 있었다.

두루마리를 좀 더 펼치고 읽어보려 했으나 해가 저물어 여의치 않았고, 조바심 때문에 이 불길한 곳으로 어둠이 빠르게 몰려들고 있음에도 두려움을 잊고 있었다. 그러나 다른 사람들은 이곳에 잠재해 있는 공포를 잊지 않았다. 왜냐하면 마을 외곽까지 몰려든 한 무리의 마을 사람들이 멀리서 큰 소리로 부르는 소리가 들려왔으니까. 나는 그들의 걱정스러운 외침에 답하듯 두루마리를 이상한 원통 속에 도로 집어넣었다.

그때까지 원통에 달라붙어 있던 목걸이 부적을 떼어내고, 그곳을 떠나기 위해 원통과 다른 짐들을 챙겼다. 다음 날을 위해 곡괭이와 삽은 남겨둔 채 가방을 집어 들고 고분의 가파른 경사를 주춤주춤 내려왔고, 그로부터 15분 뒤에는 마을에 돌아와 내가 발견한 신기한 원통을 보여주며 설명하고 있었다. 어둠이 깔리기 시작할 무렵, 얼마 전에 떠나온 고분을 돌아봤다가 그만 여자 인디언 유령의 푸르스름한 횃불이 희미하게 번뜩이는 것을 보고 몸서리를 쳤다.

옛 스페인 사람의 이야기를 다시 읽기까지 기다리고 있자니 좀이 쑤셨다. 그러나 번역을 제대로 하기 위해서는 평정과 휴식이 필요했고, 내키지 않지만 밤늦은 시간까지 기다리기로 했다. 마을 사람들에게는 다음 날 아침에 속 시원히 설명해 주기로 약속했고, 그 기이하고 도발적인 원통을 실컷 구경할 기회도 줬다. 드디어 클라이드 콤프턴과 함께 집으로 돌아와, 되도록 서둘러 번역을 하기 위해 내 방으로 올라갔다. 콤프턴과 그의 어머니는 몹시 궁금해했으나, 내가 일단 두루마리를 해독한 뒤 간략하고 정확하게 설명할 수 있을 때까지 그들도 기다리는 편이 좋을 것 같았다.

외알박이 전구의 불빛 아래서 가방을 열고 원통을 꺼내자 곧바로 인디언 부적이 자력에 끌려 원통의 표면에 달라붙었다. 광택이 나는 정체불명의 금속 표면에서 문양들이 사악하게 번뜩였고, 나를 흘겨보는 듯한 비정상적이고 불경한 — 절묘한 솜씨로 새겨진 — 형체들을 관찰하는 동안 소름이 돋았다. 그러지 않는 편이 낫다는 걸 알면서도 문양들을 전부 사진으로 촬영하고 싶었다. 천만다행이었던 것은 화려한 장식에서 가장 압도적이었던, 그리고 두루마리에서 '툴루'라고 칭한 문어 머리의 웅크린 괴물이 무엇인지 당시에는 몰랐다는 것이다. 최근에야 이 괴물과 두루마리의 전설들을 기괴하고 무시무시한 크툴루 — 지구가 채 모습을 갖추기 전에 별에서 태어난 괴물 — 라는 새로 찾아낸 민담과 관련짓게 되었다. 만약에 당시에 이 관련성을 떠올릴 수 있었더라면, 그 괴물과 한방에 있지는 못했을 것이다. 장식에서 두 번째로 중요한 요소는 인간을 닮은 뱀이었는데, 나는 주저 없이 이것이 이그, 케찰코아틀 그리고 쿠쿨칸의 원형이라고 생각했다. 원통을 열기 전에 잿빛 독수리의 원반 말고 다른 금속으로 자력을 시험해 봤으나, 어떤 것에도 자력을 띠지 않았다. 다시 말해 미지의 세계에서 나온 이 섬뜩한 파편에 내재된, 동종의 물체만 잡아끄는 이 자력은 평범한 것이 아니었다.

드디어 두루마리를 꺼내서 번역을 시작했다. 영어로 대략적인 의미를 기록해 가면서 번역하다가 이따금씩 모호하거나 고어나 사어가 된 단어와 구문을 접할 때마다 스페인어 사전을 챙겨 올걸 하는 후회가 들었다. 작업을 계속하는 동안 거의 400년 전의 과거로 돌아간 듯한, 뭐라 말할 수 없이 이상한 느낌이 들었다. 나의 선조들이 안정된 생활에 젖어 있었고, 헨리 8세의 치하에서 서머싯과 데번의 남자들이 방구석에 처박힌 채 버지니아와 신세계를 향한 모험이라고는 꿈에도 생각하지 못하던 시대 말이다. 그러나 그때도 신세계는 지금처럼 — 현재 내 일상의 전부가 되어 있는 — 고분의 비밀을 품고 있었다. 과거로 돌아간 느낌이 더욱더 강했던 이유는 글을 쓴 스페인 사람과 내가 둘 다 가늠할 수 없는 초시간성 — 너무도 불경하고 오싹한 영원성 — 에 빠져서 우리 둘 사이에 가로놓인 400년이라는 그리 오래지 않은 세월마저 더할 나위 없이 먼 간극으로 느껴졌기 때문이다. 이 해괴한 원통을 한 번 보는 것만으로도 이 지상에 살고 있는 모든 인간과 원통이 대변하고 있는 원시의 비밀 사이에 얼마나 아찔한 심연이 가로놓여 있는지 깨달았다. 판필로 데 자마코나와 내가 앞에 두고 있는 심연은 아리스토텔레스와 내가 혹은 쿠푸 왕과 내가 앞에 두고 있을 심연과도 같았다.

III

비스케이 만에 자리한 작고 평온한 루아르카 항구, 자마코나는 여기서 보낸 자신의 어린 시절에 대해 거의 언급하지 않았다. 집안에서 말썽꾸러기 막내였던 그가 뉴스페인에 도착한 것은 1532년, 그러니까 그의 나이 고작 스무 살 때였다. 감수성과 상상력이 풍부했던 그는 북쪽에 있다는 부자 도시와 미지의 세계에 관해 떠도는 소문들을 들을 때면 정신이 쏙 빠지곤 했다. 특히 프란체스코 수사였던 마르코스 데 니자가 1539년에 여행을 다녀온 후 생생하게 전한 전설의 도시 시볼라와 이곳의 발코니 달린 돌집들 그리고 거대한 성벽으로 둘러싸인 여러 마을 이야기는 더더욱 그러했다. 젊은 자마코나는 이런 경이로움뿐만 아니라 들소들의 땅에 더더욱 놀라운 것이 있다는 소문의 진위를 탐사하기 위해 코로나도 탐험대가 결성됐다는 소식을 접하고 엄선된 300명의 대원에 가까스로 합류하여 1540년에 일행과 함께 북쪽으로 향하였다.

이 탐험대 이야기는 역사에 기록되어 있다. 마침내 발견한 시볼라는 '준니'라는 지저분한 푸에블로인디언 부락에 불과했고, 니자 수도사는 자신의 허풍 때문에 불명예스럽게 멕시코로 소환되었다는 이야기. 코로나도가 그랜드캐니언을 처음 본 이야기. 또 그가 페코스의 시쿠에 부락에서 투르크라는 인디언으로부터 멀리 북동쪽에 있다는 부유하고 신비한 땅 — 황금과 은과 들소가 넘쳐나고 폭 10미터의 강이 흐르고 있다는 — '퀴비라'에 대해 전해 들은 이야기도 기록되어 있다. 자마코나는 페코스의 티구엑스 부락에서 겨울 캠프를 끝내고 4월에 북쪽으로 출발했다고 간단히 언급했는데, 나중에 원주민 길잡이의 말은 거짓으로 밝혀졌고, 대원들은 프레리도그와 소금물 웅덩이, 들소를 사냥하는 떠돌이 부족이 있는 지역 한복판에서 길을 잃었다고 했다.

코로나도가 대부분의 인원을 남겨두고 소수 정예 대원만 데리고 42일간의 마지막 대장정에 올랐을 때, 자마코나는 이 선발대에 간신히 들어갔다. 자마코나는 비옥한 땅과 가파른 비탈의 가장자리에서만 나무가 보일 정도로 거대한 협곡들에 대해 말했다. 그리고 이 지역 사람들이 오로지 들소 고기만 먹으며 살아가고 있다는 말도 곁들였다. 그리고 곧 탐험대가 갈 수 있는 가장 먼 곳 — 초가집 마을들, 개울과 강, 비옥한 흑토, 자두와 호두, 포도와 오디가 있으며 옥수수를 재배하고 구리를 사용하는 인디언들이 사는, 그럴듯하지만 실망스러운 퀴비라 — 에 도달했다고 말했다. 거짓말을 한 원주민 길잡이 투르크를 처형했다는 덤덤한 설명에 이어 1541년 가을에 큰 강독에 십자가를 세웠다는 언급이 있다. 이 십자가에는 "위대한 장군, 프란시스코 바스케스 데 코로나도가 여기에 왔다."라는 글귀가 새겨져 있다.

퀴비라로 추정되는 그곳의 위치는 북위 약 40도다. 나는 아주 최근에 뉴욕의 고고학자, 호지 박사가 캔자스의 바턴 카운티와 라이스 카운티를 관통하는 아칸소 강과 퀴비라의 위치가 같다고 확인한 것을 알고 있다. 이곳은 위치타 부족이 수 부족에게 쫓겨 남쪽으로, 그러니까 지금의 오클라호마로 오기 전까지 그들의 고향이었고, 초가집 마을의 옛터가 일부 발견되어 유물이 발굴되었다. 코로나도는 이 부근까지 광범위한 탐사를 벌였고, 인디언 사이에서 공포로 떠도는 부자 도시와 숨겨진 세계에 관한 끊임없는 소문에 이끌려 이곳저곳을 조사했다. 이들 북부 인디언들은 풍문의 도시와 세계에 대해 입에 올리기를 멕시코 인디언들보다 더 두려워하고 주저하는 것 같았다. 그러면서도 의지와 용기만 있다면 멕시코인들보다 더 많은 것을 알려줄 것도 같았다. 이들의 애매한 태도는 스페인 지도자를 격분하게 만들었고, 여러 번의 실망스러운 탐사 이후에는 이런저런 소문을 전한 사람들을 몹시도 혹독하게 대하기 시작했다. 코로나도보다 인내심이 강했던 자마코나는 이 소문들에 유독 흥미를 느꼈고, '돌진하는 들소'라는 혈기왕성한 인디언 청년과 장시간의 대화를 나눌 정도로 인디언 말을 익혔다. 돌진하는 들소는 남다른 호기심으로 부족들이 감히 가까이 가지 못하는 지역을 포함해 아주 이상한 장소에 그 누구보다도 많이 찾아다닌 인물이었다.

탐험대가 북쪽 행군 때 보았던 깊고 가파르고 울창한 협곡 바닥에 기묘한 돌문이라고 할까 아니면 관문이나 동굴 입구 같은 것이 있다고 자마코나에게 말해 준 이도 돌진하는 들소였다. 돌진하는 들소의 말에 따르면, 이 입구들은 관목 숲으로 대부분 가려져 있었다. 영겁의 세월 동안 이곳으로 들어간 사람은 극소수에 불과했다. 그 입구로 들어간 사람들은 다시는 돌아오지 못했다. 더러 미치거나 이상하게 훼손되어 돌아온 경우가 있기는 했다. 그러나 이것은 모두 전설에 불과하다고 했다. 가장 나이 많은 부족민들의 기억을 뛰어넘어 더 많은 것을 알고 있는 사람이 없기 때문이었다. 어쩌면 돌진하는 들소가 누구보다 더 멀리 가봤을지 모르는데, 그 자신은 충분히 본 것이 있으니 지하에 묻혀 있는 황금에 대한 호기심과 욕심을 자제할 수 있다고 했다.

그가 들어간 입구 너머엔 정신없이 오르락내리락하다가 빙빙 굽이도는 기다란 통로가 있었고, 사람이 한 번도 본 적이 없는 괴물과 공포스럽고 섬뜩한 조각으로 뒤덮여 있었다. 구불구불 내려가는 길을 얼마나 걸었을까, 드디어 섬뜩한 파란색 빛이 반짝였다. 그리고 그 통로는 충격적인 지하 세계로 연결되어 있었다. 그는 그곳에서 뭔가를 보고 황급히 돌아온 터라 이 부분에 대해서는 더 말하려고 하지 않았다. 그러나 황금 도시들이 그 밑 어딘가에 분명히 있다고 덧붙이면서 번개 지팡이의 마법을 쓰는 백인이라면 아마도 그 도시에 들어갈 수 있을지 모른다고 했다. 그는 탐험대의 대장인 코로나도에게 자기가 알고 있는 것을 말하려고 하지 않았는데, 그 이유는 코로나도가 더는 인디언의 말을 귀담아듣지 않기 때문이었다. 물론 자마코나가 탐험대를 빠져나와 자기의 안내를 받겠다고 한다면 그 길을 알려줄 수 있다 했다. 그러나 백인인 자마코나와 함께 입구로 들어가지는 않겠다고, 그건 나쁜 일이라고 했다.

그곳은 거대한 고분들이 있는 지역에서 가까웠고, 남쪽으로 걸어서 닷새가 걸리는 거리였다. 이 고분들은 지하의 사악한 세계와 관련이 있었다. 지상에 식민지를 둔 올드원[4]은 장소를 가리지 않고 인간들과 심지어 지금은 바다와 강 밑에 침몰한 대륙과도 거래를 해왔다. 올드원이 지하에 틀어박혀서 지상의 인간들과 거래를 중단한 것은 그 대륙들이 침몰했을 때였다. 침몰한 땅에서 탈출한 난민들이 올드원을 찾아와, 외계의 신들이 인간에게 적대적이고, 인간은 이 사악한 신들과 결탁하여 악마가 되지 않는 한 아무도 살아남을 수 없다고 말했다. 이 때문에 올드원은 지상의 인간들과 관계를 끊고, 지하 세계로 들어온 인간들에게 끔찍한 짓을 저질렀다. 한때는 여러 입구마다 보초를 세웠으나 시간이 지나자 필요 없게 되었다. 은둔하는 올드원을 감히 입에 올리는 사람들은 그리 많지 않았고, 올드원에 관한 전설들도 이따금씩 출몰하는 유령들만 없다면 서서히 잊힐 터였다. 올드원은 불사의 생명력 덕분에 영혼의 상태에 근접하는 오묘한 수준까지 도달하였기에 유령으로 나타나는 이들의 모습이 사람들에게 더 생생하게 알려져 있는 것 같았다. 따라서 거대한 고분 지역에는 출입구들이 봉쇄되기 이전에 싸움을 벌이던 올드원을 떠올리게 하는 유령의 야간 전투로 잦은 소동이 일었다.

올드원의 본래 모습도 반(半)유령이었다. 전해지는 말에 따르면, 실제로도 그들은 늙지 않고 번식하지 않으며 육체와 영혼의 중간 상태에서 영생불멸을 누린다. 그러나 그들도 숨을 쉬어야 하기에 이런 변화가 완벽한 것은 아니었다. 평원에 있는 고분의 입구들은 밀폐된 것과 달리, 깊은 협곡에 있는 입구들은 열려 있는 이유가 지하 세계에 유입되는 공기가 필요하기 때문이었다. 돌진하는 들소가 덧붙인 바에 따르면, 이런 입구들은 땅에 자연적으로 생긴 틈을 이용하여 만들어진 것 같았다. 올드원은 별에서 태초의 지구로 내려왔고, 당시에는 지상의 조건이 적합하지 않아서 지하에 그들의 황금 도시들을 세웠다고 한다. 올드원은 인간의 조상이나, 그 누구도 이들이 온 별들이 어디고 또 그 별들 너머에 무엇이 있는지 짐작조차 할 수 없다. 이들의 숨겨진 도시마다 지금도 금과 은이 그득하나, 인간이 아주 강한 마법의 힘으로 보호받지 않는 한 그 도시들을 내버려두는 편이 나았다.

올드원은 인간의 혈통이 약간 섞인 괴수들을 부리는데, 이 괴수들은 탈것으로 이용되거나 다른 목적에 쓰인다. 소문에 의하면, 육식성의 이 짐승들은 주인을 닮아서 인육을 좋아한다. 올드원이 직접 가축을 기르거나 하진 않고 반인(半人)의 노예 계급이 있어서 이들이 인간과 동물의 사육을 담당한다. 이 반인 계급은 아주 독특한 방식으로 충원되고, 살아난 시체들로 구성된 제2노예 계급의 지원을 받는다. 올드원은 시체를 되살려 — 올드원이 생각의 흐름을 통해 지시하는 일이면 물불 안 가리고 해낼 뿐만 아니라 반영구적인 — 자동인형처럼 만드는 방법을 알고 있다. 돌진하는 들소의 말에 따르면, 올드원은 생각으로만 의사소통을 한다. 영겁의 세월에 걸쳐 이루어진 혁신과 연구의 결과, 말은 신앙과 감정을 표현할 때 외에는 조잡하고 불필요한 것으로 간주된다. 올드원은 별에서 함께 온 뱀들의 위대한 아버지 이그와 문어 머리의 괴물 툴루를 숭배하였다. 이 끔찍한 두 괴물을 달래기 위해 사용하는 수단이 아주 기묘한 방식으로 제공하는 인간 제물인데, 돌진하는 들소는 이 방식에 대해 차마 입에 올릴 엄두조차 내지 못했다.

자마코나는 이 인디언의 이야기에 정신없이 빠져들었고, 협곡에 있다는 비밀의 문까지 인디언의 안내를 받겠다고 즉석에서 결심했다. 그는 탐험대 활동을 해오면서 미지의 땅과 관련한 인디언 신화에 환멸을 느낄 정도까지 이른 상태라 은둔족 운운하는 이 인디언의 이상한 설명을 믿지 않았다. 다만, 기괴한 조각들로 가득한 지하 통로 너머에 금은 보화와 모험의 퍽 놀라운 무대가 펼쳐져 있을 거라는 느낌이 들었다. 처음에는 돌진하는 들소를 설득하여 코로나도에게 알릴까도 — 혹시 코로나도의 까다로운 의심증 때문에 무슨 일이 생기더라도 이 인디언을 방어해 주겠다고 약속하여 — 생각했으나, 나중에는 혼자 모험을 하는 편이 낫겠다 싶었다. 일행이 없다면 발견한 것을 나눌 필요도 없을 터. 게다가 위대한 발견자의 반열에 오르고 희대의 갑부가 될 수도 있었다. 성공한다면 코로나도보다 더 위대한, 어쩌면 돈 안토니오 데 멘도사 대총독을 포함하여 뉴스페인에서 그 누구보다도 위대한 인물이 될 수 있었다.

1541년 10월 7일 밤 11시경, 자마코나는 남쪽으로의 긴 여행을 위해

초가집 부락 인근의 스페인 야영지에서 몰래 빠져나와 돌진하는 들소와 만났다. 그는 짐을 최대한 단출하게 꾸렸고, 무거운 투구와 가슴받이도 착용하지 않았다. 두루마리 필사본에는 여정의 자세한 과정은 생략된 채, 자마코나가 10월 13일에 거대한 협곡에 도착했다고만 밝히고 있다. 울창한 비탈을 내려가기까지 그리 시간이 많이 걸리지 않았다. 그리고 그 깊은 골짜기에서 더구나 해 질 녘에 관목으로 숨겨진 돌문을 다시 찾아내기란 녹록지 않았으나, 돌진하는 들소는 결국 그것을 찾아냈다. 출입문이라고 하기에는 너무 작은 구멍이었다. 사암 한 덩어리를 깎아 만든 듯한 문설주와 상인방이 있었고, 지워지다시피 해서 알아보기 어려운 조각들이 새겨져 있었다. 사암은 높이 2미터, 폭 1미터 정도였다. 문설주 부분에 구멍을 낸 자리들이 있어서 과거에 경첩을 단 문이나 관문이었음을 보여주었으나, 다른 흔적들은 사라진 지 오래였다.

돌진하는 들소는 그 검은 틈을 보더니 눈에 띄게 겁에 질려서 쫓기듯 가져온 짐을 내려놓았다. 그는 자마코나를 위해 꽤 많은 양의 수지 횃불과 식량을 준비했고, 그곳까지 내내 성실하고 훌륭하게 길잡이를 해주었다. 그러나 앞에 드러난 입구로 함께 들어가는 건 거부했다. 자마코나는 이 경우를 대비해 준비해 둔 장신구들을 돌진하는 들소에게 답례로 주면서 한 달 후에 이 지역으로 다시 와주겠다는 약속을 받아냈다. 자마코나는 페코스 푸에블로 부락이 있는 남쪽을 가리킨 후에 멀리 위쪽 평지에서 눈에 확 들어오는 바위 하나를 만남의 장소로 정했다. 먼저 도착한 사람이 야영하면서 기다리기로 했다.

자마코나는 두루마리 필사본에서 이 인디언이 약속 장소에서 얼마나 오래 기다렸을지를 생각하며 그리움과 놀라움의 마음을 표현하고 있다. 그는 그 약속을 결코 지킬 수 없었기 때문이다. 돌진하는 들소는 마지막 순간에 그 어둠 속으로 들어가지 말라고 자마코나를 설득하려 했으나, 곧 그래봐야 소용없다는 것을 알고는 무언의 작별 인사를 건넸다.

첫 횃불을 지피고 육중한 짐을 지고 입구로 들어서기에 앞서, 이 스페인 사람은 나무 사이로 마른 체구의 인디언이 서두르면서도 한층 안정되게 협곡을 기어 올라가는 모습을 지켜보았다. 이것으로 세상과의 마지막 연결 고리가 끊어진 셈이었다. 물론 자마코나가 두 번 다시 인간을 볼 수 없다는 걸 당시로선 알지 못했지만 말이다.

처음부터 어딘지 기괴하고 해로운 분위기에 둘러싸여 있긴 했으나, 그렇다고 자마코나가 불길한 입구를 들어서자마자 사악한 징조를 느낀 것은 아니었다. 입구에 비해 약간 높고 넓은 통로는 꽤 멀리까지 거대한 석조물로 이루어진, 평평한 터널 같았다. 바닥의 포석은 닳고 닳았으며, 측면과 천장을 이루는 화강암과 사암에는 기괴한 형상들이 새겨져 있었다. 자마코나의 표현대로라면, 그 조각들은 지극히 혐오스럽고 섬뜩했음이 분명하다. 그리고 대부분의 조각은 그 중심에 이그와 툴루라는 괴물이 있다고 했다. 자마코나는 지상에 그 비슷한 것이 있다면 멕시코의 원주민 건축물이라고 덧붙이긴 했으나, 그로서는 지금까지 한 번도 보지 못한 형상이었다. 한참이 지나자 터널은 갑자기 내리막 경사를 이루더니 바닥과 천장, 측면 모두 불규칙한 자연석으로 바뀌었다. 이때부터 통로는 일부분만 인공물이었고, 장식들도 간헐적으로 충격적인 돋을새김의 소용돌이 장식이 나타날 뿐 그 수가 현격히 줄었다.

간혹 미끄러져 굴러떨어질 뻔한 아찔한 고비를 넘기면서 어마어마한 내리막길을 내려갈수록 통로는 종잡을 수 없는 방향과 변화무쌍한 구조로 바뀌었다. 틈새처럼 좁아지거나 아주 낮아져서 몸을 구부리는 것도 모자라 기어가야 할 때도 있었고, 굉장히 큰 동굴처럼 넓어질 때도 있었다. 이따금씩 벽면에 스치는 불길한 소용돌이 장식이나 상형문자 그리고 막힌 측면 통로 들이 있었음에도 인간이 이 정도까지 터널을 만들었을 가능성은 희박해 보였다. 자마코나는 이 통로야말로 영겁 동안 잊혀온, 살아 있는 생명체의 놀라운 원시 세계로 가는 길이라고 생각했다.

판필로 데 자마코나가 최대한 끄집어낸 기억에 따르면, 사흘 동안 오르막길과 내리막길 그리고 평탄한 길과 에움길을 번갈아가면서, 다만 아래쪽으로 내려가고 있다는 전반적인 방향감은 유지하면서 고제3기의 밤처럼 어두운 지역을 나아갔다. 이따금씩 어딘가에서 후드득 또는 퍼드덕 하는 어딘지 은밀한 소리가 들려왔고, 한번은 희끄무레하고 거대한 뭔가가 얼핏 스치면서 간담을 서늘하게 만들었다. 간간이 악취 나는 지역을 지났고, 종유석과 석순이 있는 거대한 동굴에선 습기 때문에 고역을 치르기도 했으나, 공기는 대체로 좋은 편이었다. 돌진하는 들소가 이곳에 왔을 때 특히 이 동굴을 지나가기가 힘들었다고 했다. 석회암 퇴적물이 세월을 거치면서, 원시의 지하 거주자들이 오갔을 이 길목에 새로이 기둥들을 만들어놓았기 때문이었다. 그래도 그 인디언은 동굴을 통과하는 데 성공했다. 그러니 자마코나에게도 이 동굴은 방해물이 되진 못했다. 외부에서 다른 누군가가 먼저 이곳을 다녀갔다고 생각하니 은연중에 위안이 되었다. 게다가 돌진하는 들소의 신중한 설명 덕분에 놀라거나 예기치 못한 상황과 맞닥뜨릴 확률도 낮아졌다. 그뿐만 아니라 이 터널을 잘 알고 있는 돌진하는 들소가 왕복하는 데 충분한 횃불을 챙겨주었기에 어둠 속에서 오도 가도 못하는 위험에 처할 일도 없었다. 자마코나는 두 차례 야영하면서 불을 피웠고, 천연적인 통풍 덕분에 연기가 쉽게 빠지는 것 같았다.

사흘째 날이 끝나갈 무렵 ─ 자마코나가 자신 있게 추정하는 시간을 전부 곧이곧대로 믿기는 어려우나 ─ 어마어마한 내리막길을 지나자 곧바로 역시나 어마어마한 오르막길이 나타났다. 돌진하는 들소는 이 오르막길이 터널의 끝이라고 설명했더랬다. 그보다 앞선 어떤 지점부터 인공물의 솜씨가 한층 발전한 흔적이 확연해졌다. 게다가 가파른 오르막 곳곳에 투박한 계단이 있어서 오르기가 한결 수월했다. 횃불에 비치는 벽면에서 점점 더 기괴한 조각들이 드러났고, 계속 올라갈수록 횃불보다 희미하고 넓게 퍼지는 불빛이 섞이기 시작했다. 드디어 오르막이 끝나고 검은 현무암으로 만든, 평평한 통로가 쭉 펼쳐졌다. 그때부터 횃불이 필요 없었다. 오로라처럼 깜박거리는 푸르스름한 전등불 같은 것이 주위를 환히 밝히고 있었기 때문이다. 이것을 두고 인디언은 지하 세계의 이상한 빛이라고 말했더랬다. 자마코나는 곧 터널에서 벗어나 황량하고 바위 많은 언덕 중턱으로 들어섰다. 언덕은 푸르스름한 빛으로 이글거리며 꿰뚫을 수 없는 장막처럼 소용돌이치는 하늘에 닿을 듯 솟구쳐 있었고, 까마득히 발밑으로는 푸르스름한 안개에 휩싸인 평원이 끝없이 펼쳐져 있는 것 같았다.

　드디어 미지의 세계에 도착한 것이었다. 글을 보자면, 자마코나는 그 불분명한 풍경을 바라보면서 같은 스페인 출신의 발보아가 다리엔의 길이 기억될 봉우리에서 최초로 태평양을 발견했을 때처럼 자부심과 고양감에 도취해 있었음이 틀림없다. 돌진하는 들소는 이 지점에서 뭔가의 공포에 쫓겨서 돌아왔고, 자신을 공포로 몰아넣은 것은 말도 아니고 들소도 아니며 고분의 혼령들이 밤이면 타고 다니는 짐승과 비슷한, 나쁜 소 떼였다고 애매하게 얼버무렸을 뿐이다. 그러나 자마코나는 이런 사사로운 것 때문에 포기하지 않았다. 그의 마음을 가득 채운 것은 공포가 아니라 기이한 자긍심이었다. 그에겐 다른 백인들은 존재조차 모르는 이 불가사의한 지하 세계에 홀로 서 있다는 것이 무엇을 의미하는지 알 만한 상상력은 있었다.

그의 등 뒤로 솟구치고 발아래로 깎아지른 듯 펼쳐진 이 거대한 언덕의 토양은 거무스름한 회색빛이었고, 식물은 없이 돌이 많았고 원래는 현무암 토질이었던 것 같았다. 이 언덕이 자아내는 생경한 분위기 속에서 자마코나는 자신이 외계 행성에 침입한 것처럼 느껴졌다. 까마득히 발아래 아슴푸레 펼쳐진 광활한 평원에선 아무것도 눈에 띄지 않았다. 아마도 소용돌이치는 푸르스름한 증기에 가려져서 그런 것 같았다. 그러나 언덕이나 평원 혹은 구름보다 더 모험가에게 지극한 경이감과 신비감을 안겨준 것은 파랗게 반짝이며 소용돌이치는 하늘이었다. 그는 북극광에 대해 알고 있었고 실제로 한두 번 목격하기도 했으나, 지하에 어떻게 이런 하늘이 만들어졌는지 도저히 알 길이 없었다. 이 지하의 빛은 어딘지 오로라와 흡사했다. 현대인들이라면 그렇게 생각해도 무방할 터이다. 물론 그것이 방사능 폭발과 더욱 유사해 보이긴 했지만 말이다.

자마코나의 등 뒤로 방금 전에 빠져나온 터널의 입구가 음산하게 입을 벌리고 있었다. 붉은 사암 대신에 우중충한 흑색 현무암이라는 점만 빼면, 지상에 있는 입구와 매우 흡사했다. 지상 입구에 있는 거의 지워진 조각과 조화를 이루듯, 터널 입구에도 섬뜩한 조각들이 새겨져 있었는데, 지상보다 보존 상태가 좋았다. 건조하고 온화한 기후 덕분에 풍화작용이 없는 것 같았다. 실제로도 이 스페인 모험가는 이 북부 지하 세계의 공기를 특징짓는, 봄날처럼 안정된 기온을 기쁘게 음미하고 있었다. 돌 문설주에 남아 있는 흔적들은 한때 돌쩌귀가 있었다는 것을 알려주었으나, 실제 문이나 관문의 흔적은 남아 있지 않았다. 잠시 앉아서 휴식을 취하며 생각에 잠겼던 자마코나는 터널을 통해 지상으로 돌아가기에 충분한 양의 식량과 횃불을 보따리에서 덜어냈다. 그리고 주변에서 돌멩이를 모아 터널 입구에 서둘러 돌무덤을 만들고 그 속에 덜어낸 식량과 횃불을 숨겼다. 이윽고 가벼워진 짐을 챙겨 멀리 평원을 향해 내려가기 시작했다. 100년이 넘도록 지상의 어느 누구도, 특히 백인은 단 한 번도 밟아본 적이 없으며, 전설이 사실이라면, 어떤 생물체도 제정신으로 되돌아간 적이 없는, 이 땅을 바야흐로 침범하기 직전이었다.

자마코나는 끝없이 이어지는 가파른 비탈을 힘차게 내려갔다. 간간이 튀어나온 돌부리에 걸리거나 지나치게 가파른 경사 때문에 멈춰 서기도 했다. 몇 시간을 걸어도 가까워지는 느낌이 들지 않을 정도로 안개에 휩싸인 평원은 아련히 멀게만 보였다. 등 뒤로는 변함없이 거대한 언덕이 푸르스름한 빛으로 소용돌이치는 환한 창공의 바다를 향해 솟구쳐 있었다. 모든 것이 침묵에 잠겨 있었다. 그 자신의 발소리와 굴러 떨어지는 돌 소리가 깜짝깜짝 놀랄 만큼 또렷하게 그의 귓전을 때렸다. 돌진하는 들소의 섬뜩한 암시와 겁에 질린 도주 그리고 그 후로도 그를 계속 사로잡고 있는 공포에 대해 떠올린 것은 처음으로 괴상한 발자국을 발견한 정오 무렵이었다.

바위가 많은 토질 때문에 발자국 같은 흔적은 거의 남아 있지 않았으나, 비교적 평평한 곳 한군데에는 부서진 바위들이 둑처럼 쌓여 있었고, 거무스름한 회색의 꽤 넓은 옥토가 완전히 불모지 상태로 남아 있었다. 이곳에 퍽 많은 짐승의 무리가 돌아다녔는지 마구 흐트러진 흔적이 있었고, 자마코나는 그 속에서 이상한 발자국을 발견했던 것이다.

그의 글에서는 아쉽게도 정확한 묘사보다는 막연한 공포감이 전해졌다. 이 스페인 사람은 겁에 질린 나머지 이상한 발자국을 토대로 그저 어떤 짐승들을 짐작할 뿐이었다. 이 발자국에 대해서 '발굽도 아니고 손도 아니고 정확히는 발도 아니고, 그렇다고 어마어마한 크기도 아닌'이라고 설명했다. 아주 오래전에 이 짐승들이 왜, 어떻게 그곳에 있었는지를 짐작하기란 쉽지 않았다. 식물은 전혀 보이지 않으니, 방목은 불가능했다. 물론 이 짐승들이 육식성이었다면, 작은 동물들을 잡아먹었을 터이고 이 과정에서 포식자의 큰 발자국에 의해 먹잇감의 작은 발자국은 지워졌을 터이다.

자마코나는 이 평지에서 돌아서서 언덕 위를 훑어보다가 한때 터널에서 평지까지 나 있었을 거대한 굽잇길의 흔적을 찾아보았다. 부서진 바위들이 떨어지면서 오래전에 그 흔적을 덮어버렸기 때문에 넓은 전경을 통해서 봐야만 옛길의 모습을 가늠할 수 있을 것 같았다. 그럼에도 이 모험가는 그 길이 있었으리라 확신했다. 그리 공들여 포장한 길은 아니었을지라도 중심 도로가 있었을 것이다. 그가 지나온 작은 터널이 외부 세계로 가는 중심 도로 같지는 않았기 때문이다. 자마코나는 거기까지 내려오는 동안 곧게 난 길만 택했고, 굽은 길은 자기도 모르게 한두 번 들어섰을지는 몰라도 아무튼 그냥 지나쳐왔다. 이 부분을 염두에 두고 평지까지 이르는 내리막길의 흔적을 더듬어볼 수 있을지 다시 한 번 언덕을 살펴보았다. 그럴 수 있을 것 같았다. 다시 그 길을 지나갈 때 지표면을 조사하여 흔적을 구분해 낼 수 있다면, 그 길의 나머지 부분까지 확인할 수 있을 터였다.

다시 길을 떠난 후 한참이 지나서 옛 도로의 만곡부라고 여겨지는 지점에 도착했다. 바위를 깎아내고 표면을 다듬는 작업을 한 흔적들, 그러나 그 길을 쭉 따라가볼 만큼 가치 있는 흔적들은 없었다. 칼로 땅을 여기저기 파헤쳐보다가 시종일관 파란 일광 아래서 뭔가 반짝이는 것을 발견했다. 정체 모를 거무스름한 금속으로 만든 동전인지 메달인지, 양면에 섬뜩한 문양이 새겨진 그 물체를 보니 전율이 일었다. 그로서는 어리둥절할 정도로 생소한 것이었고, 그의 설명을 토대로 나는 그 물체가 그로부터 거의 400년 후에 잿빛 독수리가 내게 준 부적과 같은 것이라고 확신했다. 자마코나는 그 물체를 한참 동안이나 신기한 듯 살피고는 주머니에 넣은 뒤 다시 길을 떠났다. 그리고 이맘때면 지상은 밤이겠다 싶은 시간, 터널을 벗어난 이후 첫 야영을 준비했다.

다음 날 자마코나는 일찍 일어나 또다시 내리막길을 따라 안개와 황량함과 불가사의한 침묵으로 채워진, 온통 파란색의 세계를 나아갔다. 계속 걷는 동안 드디어 발아래 멀리 평원에서 몇 개의 물체를 분간할 수 있게 되었다. 나무와 덤불과 바위가 눈에 들어왔고, 미리 생각해 둔 길의 왼쪽으로 구부러지는 지점에 이르자 그 오른쪽에서 작은 강이 보였다. 이 강에 다리가 있고, 이 다리와 내리막길이 연결되어 있는 것 같았다. 자마코나는 강 뒤쪽 평원 너머 일직선으로 나 있는 도로의 흔적을 신중하게 찾아냈다. 그뿐만 아니라 띠처럼 곧게 뻗은 도로를 따라 점점이 흩어져 있는 마을의 흔적까지 본 것 같았다. 마을의 왼쪽 끝이 강에 닿았고, 일부는 강 너머에 자리 잡고 있었다. 계속 내려가면서 살펴본 결과, 강 건너까지 마을이 들어선 지점에는 예외 없이 부서지거나 아직 멀쩡한 교각의 흔적이 있었다. 어느새 드문드문 나타난 수풀은 내려갈수록 점점 더 많아졌다. 부드러운 흙에선 잘 자라던 풀이 도로에선 제대로 자라지 않아서 도로를 구분하기 쉬워졌다. 돌 부스러기가 줄어들었고, 등 뒤로 솟구친 불모의 언덕은 황량한 금단의 구역처럼 새로운 주위 환경과 대조를 이루고 있었다.

자마코나가 먼 평원에서 흐릿하게 움직이는 무리를 본 것은 그날이었다. 불길한 발자국은 더 발견되지 않았으나, 그 무리의 모습은 느리고 의도적이었으며 왠지 역겨운 느낌을 주었다. 풀을 뜯는 동물들이라면 저렇게 움직이겠거니 하면서도 그 발자국을 남긴 미지의 생물과는 맞닥뜨리고 싶지 않았다. 그러나 움직이는 무리는 도로 가까이 있지는 않았다. 그래서 전설의 황금을 찾아내고픈 그의 호기심과 야욕은 더욱 커졌다. 게다가 애매하고 어수선한 발자국이나 겁에 질린 무지한 인디언의 암시만으로 그 생물체가 무엇인지 정확히 판단할 수 있는 사람이 어디 있으랴?

눈에 힘을 주고 움직이는 무리를 살피던 자마코나는 몇 가지 다른 흥밋거리를 발견했다. 하나는, 마을 — 그때쯤에는 마을이라는 걸 확실히 알 수 있었다 — 의 일부 지역이 안개 낀 파란빛 속에서 묘하게 반짝이고 있는 것이었다. 다른 하나는, 마을과는 별개로 보이는 건물들이 역시나 반짝이면서 도로를 따라 평원 너머까지 여기저기 흩어져 있는 것이었다. 이 건물들은 수풀로 에워싸여 있는 것 같았고, 도로에서 떨어져 있는 경우에는 도로까지 작은 길들이 나 있었다. 마을이나 건물 어디서도 불을 때는 흔적이나 연기 같은 삶의 흔적은 보이지 않았다. 평원이 아직은 거지반 파란 안개에 가려져 있어서 한량없어 보이긴 했으나 실상 무한정 펼쳐져 있는 건 아니었다. 아득히 먼 곳에서 낮은 산등성이들이 평원을 가로막았고, 산과 평원의 경계선까지 강물과 도로가 이어져 있는 것 같았다. 이 모든 것 — 특히 마을에서 반짝이는 일부 뾰족탑들 — 은 자마코나가 파란색으로 영원히 저물지 않는 한낮에 두 번째 야영을 준비하는 동안 극명해졌다. 게다가 어떤 종인지 알 수는 없으나 하늘 높이 날아가는 새 떼를 발견했다.

다음 날 오후 — 처음부터 끝까지 지상의 시간 개념을 사용한 자마코나의 글에 따르자면 — 침묵의 평원에 도착했고, 소리 없이 느리게 흘러가는 강물을 건너기 위해 기묘한 조각과 함께 꽤나 잘 보존된 검은 현무암 다리를 지났다. 강물은 깨끗했고, 아주 이상한 생김새의 커다란 물고기들도 있었다. 이때부터 길은 포장이 되어 있었고, 잡초와 덩굴식물 들로 무성한 편이었다. 알 수 없는 상징들이 새겨진 작은 기둥들이 일정한 간격으로 길의 윤곽을 알려주고 있었다. 사방으로 풀이 무성한 평지가 펼쳐진 가운데 여기저기 나무나 정체 모를 파란 꽃이 자라 있었다. 가끔씩 풀이 휙 움직이는 것으로 봐서 뱀이 있는 것 같았다. 몇 시간을 걸어간 끝에 낯선 생김새의 늙은 상록수가 늘어선 길이 나타났으니, 이것이 반짝이는 지붕의 독채 건물을 보호하는 가로수 길 중에 하나라는 건 이미 멀리서 확인한 터였다. 무성한 식물 틈에서 도로로 향하는 석조 관문의 섬뜩한 조각이 보였다. 가장자리에 거목과 낮은 돌기둥들이 줄지어 서 있는, 바둑판 장식의 보도를 따라 가시덤불을 헤치고 나갔다.

쥐 죽은 듯 조용한 이 초록의 그늘 속에서 마침내 기막힐 정도로 오래되어 허물어져가는 건물이 나타났다. 신전이 틀림없었다. 역겨운 형태의 얕은 돋을새김으로 가득했다. 그것이 묘사하는 장면과 존재, 물체와 제식 들은 정상적인 행성에선 도저히 용인되지 않을 것들이었다. 이 암시들을 접한 자마코나는 처음으로 충격과 신앙심에서 비롯된 망설임을 보이기 시작했고, 이런 태도는 결과적으로 이후 필사본에서 밝힌 정보들의 가치를 훼손하고 말았다. 르네상스 시대 스페인의 가톨릭 신앙심이 자마코나의 생각과 감정에 속속들이 스며들어 있었다는 것은 참으로 안타까운 일이다. 건물의 문은 활짝 열려 있었고, 칠흑 같은 어둠이 창문 없는 건물의 내부를 채우고 있었다. 그는 벽 장식들을 보기가 역겨웠지만 꾹 참고 부시와 부싯돌로 횃불을 붙였고, 커튼처럼 드리워진 덩굴을 밀치며 용감하게 불길한 문간을 넘어섰다.

그는 뭔가를 보고 일순간 얼어붙었다. 그렇게 만든 것은 내부를 온통 뒤덮은, 아득한 시간의 먼지와 거미줄, 퍼덕거리는 날개들, 너무도 메스꺼운 벽면의 조각들, 기괴하게 생긴 수반과 화로, 꼭대기가 움푹 들어간 피라미드형의 불길한 제단, 괴이하고 음산한 금속성의 곁눈질을 던지며 상형문자가 새겨진 받침대에 음울하게 웅크리고 있는 — 비명마저 지를 수 없게 만드는 — 문어 머리 괴물, 이런 게 아니었다. 이처럼 섬뜩한 것들이 또 있을까마는, 무엇보다 놀라운 것은 먼지와 거미줄과 날개 달린 생명체 그리고 에메랄드 눈동자의 거대한 신상(神像)을 제외하고 눈에 보이는 모든 것이 순금으로 이루어져 있다는 점이었다.

자마코나가 이 지하 세계에 무한정 매장되어 있고, 그래서 가장 흔한 건축자재가 황금이라는 것을 알고 난 뒤에 회상하면서 쓴 글에서조차 황금 도시와 관련된 인디언 전설들이 전부 사실임을 발견한 당시의 광적인 흥분이 그대로 전해진다. 한동안 세심한 관찰력을 놓치고 있던 그를 일깨우는 것이 있었으니, 웃옷의 호주머니에서 뭔가 강하게 잡아끄는 느낌이었다. 호주머니를 뒤적이다가 길에서 발견했던 이상한 금속 원반이 받침대에 있는 문어 머리와 에메랄드 눈의 거대한 신상에 강하게 끌리는 것을 깨달았다. 그제야 거대한 신상도 원반과 똑같은 미지의 금속으로 만들어진 것을 알았다. 자마코나는 나중에야 자성을 띤 이 이상한 — 지상뿐만 아니라 지하 세계에서도 생소한 — 물체가 이 파란 불빛의 지하에서 아주 중요한 금속임을 깨달았다. 아무도 이 금속이 무엇이고 자연계의 어디에 있는지 알지 못한다. 그뿐만 아니라 문어 머리의 신인 위대한 툴루가 무리를 이끌고 별에서 지구로 처음 내려왔을 때 얼마나 많은 양의 금속을 가져왔는지도 오리무중이다. 다만 이 금속의 유일한 출처는 과거부터 존재해 온 — 다수의 거대한 신상들을 포함한 — 인공물이었다. 이 금속의 분류나 분석은 불가능했고, 그 고유의 자성마저도 동종의 금속끼리만 적용되었다. 이것은 은둔족에게 최고의 제식용 금속이었고, 관습상 자력 때문에 문제가 생기지 않게 그 사용이 조절되었다. 특정한 시기에는 자성을 최소화하여 철, 금, 은, 구리, 아연 등과 합금함으로써 은둔족의 화폐로 쓰기도 했다.

이상한 신상과 자력에 골몰해 있던 자마코나는 불현듯 엄청난 공포감에 휩싸였다. 이 침묵의 세계에서 처음으로 아주 분명하게, 그것도 가까이 접근해 오는 덜컥거림 같은 소리를 들었기 때문이다. 무슨 소리인지 분명했다. 커다란 동물들이 떼를 지어 우르르 돌진해 오는 소리. 인디언이 경험했다던 극한 공포, 발자국 그리고 멀리서 움직이던 무리…… 이 스페인 모험가는 오싹한 예감에 온몸을 부르르 떨었다. 지금 어떤 상황에 처해 있는지, 거대한 뭔가가 왜 저토록 돌진해 오는지 따져볼 겨를 없이 그저 살아야겠다는 본능에 따랐다. 돌진하는 짐승의 무리는 먹잇감을 찾기 위해 으슥한 곳에서 멈추지 않는 법, 만약에 지상이었더라면 자마코나가 숲에 에워싸인 그런 거대한 건물 안에서 놀라거나 무서워하진 않았을 터이다. 그러나 본능이라고 할까 직감이라고 할까, 그의 영혼 속에서는 깊고도 독특한 공포가 똬리를 틀고 있었다. 숨을 곳을 찾아 정신없이 주위를 두리번거린 것도 그런 이유에서였다.

그 거대한 황금빛 내부 어디에도 숨을 곳은 없었다. 자마코나는 오랫동안 방치되어온 출입문을 닫아야 한다고 생각했다. 출입문은 오래된 돌쩌귀에 매달려 바깥쪽으로 열려 있었다. 열린 공간으로 외부의 흙과 덩굴식물, 이끼 따위가 들어차 있어서 그 거대한 황금 문을 닫기 위해서는 칼로 흙을 파 길을 내야 했다. 그래도 다가오는 소음에 쫓겨서 아주 빠르게 그 일을 해냈다. 육중한 문을 잡아당기기 시작할 때도 발굽 소리는 더욱 요란하고 위협적으로 들려오고 있었다. 공포는 절정에 달했고, 세월에 찌든 그 쇠문을 움직일 수 있다는 희망은 사라져갔다. 그 때였다. 마침내 그의 젊은 기운에 밀려 문이 끼이익 움직이기 시작하자, 그는 미친 듯이 밀고 당기기를 되풀이했다. 보이지 않는 발굽 소리가 천둥처럼 쇄도해 오는 가운데, 드디어 육중한 황금 문이 철커덕 닫혔다. 자마코나는 수반의 삼발이 사이에 끼워놓은 횃불 하나만 밝히고 있는 어둠 속에 남겨졌다. 문에는 다행히 빗장도 있었다. 겁에 질린 이 남자는 여전히 자신을 지켜주는 수호성인에게 감사를 드렸다.

소리만이 이 도망자에게 사태를 알려주었다. 소리가 아주 가까이서 들려오는가 싶더니 숲 때문에 어쩔 수 없이 속도를 늦추고 흩어지듯이 발굽 소리가 여러 갈래로 분산되었다. 그러나 발굽 소리는 계속해서 가까워졌고, 그 짐승들이 나무 사이를 지나 이 섬뜩한 신전 주위를 돌고 있음이 분명해졌다. 이 기묘한 움직임에서 자마코나는 몹시 불안하고 불쾌한 느낌을 받았고, 두꺼운 돌벽과 육중한 황금 문 너머까지 들려오는 격렬한 싸움 소리도 듣기 고약한 것이었다. 지극히 오래된 돌쩌귀에 지탱되고 있는 문이 마치 강한 충격을 받은 것처럼 한 차례 덜컥거렸으나 다행히 버텨주고 있었다. 영원과도 같은 시간이 흘렀고, 이윽고 물러가는 발굽 소리가 들려오자 자마코나는 미지의 불청객들이 떠나고 있음을 깨달았다. 그 수가 그리 많지는 않은 듯하여 30분쯤 지나서 밖으로 나가도 안전할 것 같았다. 그러나 모험을 하진 않았다. 거대한 문이 굳건히 지켜주고 있으니, 신전의 황금 타일 바닥에서 야영을 할 요량으로 짐을 풀었다. 그는 마침내 파랗게 물든 바깥 공간에서보다 훨씬 더 깊은 잠에 빠져들었다. 미지의 금속으로 만들어진, 소름 끼치는 문어 머리의 거대한 툴루가 어둠 속에서 기괴한 상형문자를 새긴 받침대에 웅크리고 앉아서 물고기를 닮은 바다색 눈알로 곁눈질한다고 해도 상관없었다.

자마코나는 터널을 통과한 후 처음으로 어둠에 둘러싸인 채 오랫동안 단잠을 잤다. 지난 두 번의 야영에서 끝없이 이글거리는 하늘 때문에 피곤한데도 자꾸 깨서 부족했던 수면을 보충하고도 남았다. 그가 꿈도 꾸지 않고 곤히 잠든 동안 발굽 소리를 내던 미지의 생명체들은 아주 멀리 있었다. 앞으로 괴이한 일을 무수히 접하게 될 터, 푹 쉴 수 있다면 그나마 그에게 다행이었다.

IV

자마코나를 깨운 것은 문을 두드리는 어마어마한 굉음이었다. 꿈결로 전해진 소리의 정체를 알아채는 순간 몽롱한 잠기운까지 싹 달아났다. 그것이 어떤 소리인지는 분명했다. 사람이 단호하게 문을 두드리는 소리, 쇠붙이를 이용해 두드리는 것 같은데 어딘지 철저한 계산과 의지가 느껴지는 소리였다. 자마코나가 어리마리 일어서는데 이번에는 날카로운 목소리가 노크 소리에 더해졌다. 누군가 귀에 거슬리는 목소리로 소리쳤고, 두루마리 필사본에는 이것을 "옥시, 옥시, 지아스칸 이카

리렉스."라고 최대한 비슷하게 옮겨 적고 있다. 방문자들이 악마가 아니라 사람이고 자신을 적으로 간주할 이유가 없다는 생각이 들자 자마코나는 당장 문을 열기로 마음먹었다. 그가 태고의 빗장을 서툴게나마 열심히 만지작거리는 동안, 외부의 힘에 의해 황금 문이 삐걱거리며 열리기 시작했다.

거대한 문이 활짝 열리자, 자마코나의 눈앞에는 스무 명가량 되는, 생김새가 그리 이상하지 않은 사람들이 모여 있었다. 인디언 같았다. 다만 우아한 옷과 장식, 칼은 그가 바깥세상에서 접한 인디언 부족을 통틀어도 처음 보는 것이었고, 얼굴 또한 전형적인 인디언과는 미세하면서도 많은 차이가 있었다. 그들이 다짜고짜 자마코나를 적대시하지 않는다는 건 분명했다. 위협적이지 않고 그저 의미심장한 표정으로 자마코나를 주의 깊게 살폈으니, 마치 그런 태도로 의사소통의 물꼬를 틀 수 있었으면 하는 눈치였다. 그들이 바라보는 시간이 길어질수록, 자마코나는 그들이 누구인지 무슨 일로 여기에 왔는지 알 것 같았다. 소리쳐서 그를 부른 이후로 누구도 말을 하지 않았으나, 자마코나는 그들이 낮은 산맥 뒤편의 거대한 도시에서 동물을 타고 왔으며, 그들이 여기 온 것도 동물들이 그의 존재를 알렸기 때문이라는 것을 저절로 알게 되었다. 그뿐만 아니라 그들은 자마코나가 누구고 어디서 왔는지는 확실히 모르지만, 그들이 어렴풋이 기억하며 종종 기묘한 꿈속에서 찾아가곤 하는 외부 세계에서 왔다고 짐작한다는 것도 알게 되었다. 자마코나가 어떻게 우두머리 격인 두세 명의 눈길만으로 이 모든 것을 알게 됐는지는 그 자신도 당시에는 설명할 수 없었을 것이다. 물론 그 이유를 잠시 후에 알게 되겠지만.

자마코나는 돌진하는 들소로부터 배운 위치타족의 방언으로 그들과 대화를 시도했다. 이것이 실패하자 이번에는 아즈텍어, 스페인어, 불어, 라틴어로 연달아 말했고, 기억이 나는 대로 서투른 그리스어, 갈리시아어, 포르투갈어도 모자라 그의 고향 아스투리아스의 농민 방언까지 몇 마디씩 섞어가며 애를 썼다. 그러나 이렇게 언어 지식을 총동원한 다양한 시도에도 불구하고 그들에게서 반응을 이끌어내진 못했다. 그런데 그가 당혹스럽게 말을 멈추자, 그들 중에서 한 명이 전혀 생소하고 퍽 매력적인 언어로 말을 하기 시작했고, 그는 나중에 이 말을 어렵사리 글로 옮겨놓았다. 어쨌거나 말을 하던 자는 자마코나가 이해를 하지 못하자, 이번에는 자신의 눈을 가리켰고 그다음엔 이마와 다시 눈을 차례차례 가리켰다. 원하는 것을 전달하려면 가리킨 순서대로 쳐다보라는 의미 같았다.

자마코나가 시키는 대로 하자, 자기도 모르게 빠른 속도로 상당한 정보를 얻었다. 그 정보에 따르면, 현재 그들은 목소리가 아닌 생각의 방사(放射)를 통해서 의사소통을 하고 있었다. 그들도 물론 과거에는 입말을 사용했고, 지금도 글말에서 그 명맥이 이어질 뿐만 아니라 전통을 지키기 위해 혹은 강렬한 감정을 자연스레 발산하기 위해서도 입말을 완전히 버리진 않았다 했다. 자마코나는 그들의 눈을 집중해서 보는 것만으로도 그들을 이해할 수 있었다. 그리고 말하고 싶은 것을 마음속에 이미지로 떠올려서 눈으로 전달하는 방식으로 그들의 대답을 이끌어 낼 수 있었다. 생각으로 말하는 자가 자마코나의 대답을 듣고 싶은 듯이 의사 전달을 멈추자, 자마코나는 배운 방식대로 최선을 다해 응했으나 멋지게 성공한 것 같지는 않았다. 자마코나는 고개를 끄덕여 보이고 자신이 누구며 왜 왔는지에 대해 손짓 발짓으로 설명했다. 외부 세계를 지칭하기 위해 위쪽을 가리켰고, 두더지처럼 땅속을 기어 왔다는 의미로 눈을 감아 보였다. 곧 눈을 뜨고 아래쪽을 가리켜 거대한 비탈을 내려왔다는 걸 알리려고 했다. 그리고 시험 삼아서 손짓과 함께 한두 마디 말을 섞었다. 이를테면, 자신과 그곳에 모여 있는 사람들을 가리키며 "남자."라고 말한 다음, 자신만을 가리키면서 아주 또박또박 자신의 이름 판필로 데 자마코나를 말해 보았다.

이 기이한 대화가 끝나기 전, 아주 많은 양의 정보가 양측으로 전달됐다. 자마코나는 생각의 전달법을 터득하기 시작했고, 이 지역의 고어 몇 마디도 배웠다. 게다가 방문자들은 초급 스페인어를 익히려고 열성이었다. 자마코나는 한참 뒤에야 그들의 고어가 희박하나마 아즈텍어와 일말의 연관이 있을 수도 있겠다고 — 이 경우에는 아즈텍어가 오히려 상당 부분 변질되었거나 차용어와 미묘하게 혼합된 상태였다고 — 생각하긴 했으나, 사실상 스페인어와는 완전히 달랐다. 그의 기록에 따르면, 이 지하 세계의 고대 명칭은 '키나이안', 그러나 자마코나 본인이 보충한 설명과 따로 표기해 둔 발음기호로 판단컨대, 앵글로색슨족의 귀에는 '큰-얀'이라는 소릿값이 가장 비슷할 것 같다.

이 예비적인 의사소통이 가장 기본적인 수준에 머물렀다는 건 당연한 일이나, 이 기본적인 정보만 해도 아주 중요한 것이었다. 자마코나는 큰-얀의 사람들이 거의 영겁의 세월 동안 존재해 왔고, 그들이 지구와 물리적 조건이 비슷한, 머나먼 우주 공간에서 왔음을 알게 되었다. 물론 이런 이야기는 지금 전설로 남았다. 그리고 이 전설이 어느 정도까지 진실인지, 또 그들을 지구로 데려왔고 그들이 여전히 미학적인 이유에서 공경하고 있다는 문어 머리의 툴루를 얼마나 숭배하는지, 어느 누구도 이런 것을 장담하진 못했다. 그러나 그들은 외부 세계에 대해 알고 있는 것은 물론이고 사실상 지구가 생명체가 살기에 적합한 환경을 갖춘 직후부터 이곳에 거주한 이들의 시조이기도 했다. 빙하기 중반에 그들은 괄목할 만한 지상 문명을 일구어냈으니, 특히 카다스[5] 산과 가까운 남극에 세운 문명이 대표적이었다.

까마득한 과거에 지상 세계 대부분이 바다 밑으로 가라앉았고, 극소수만 살아남아서 큰-얀에 그 소식을 전해 왔다. 이 재앙은 인간과 인간의 신들 모두에게 적의를 품고 있는 우주 악마들의 저주에서 비롯되었다. 왜냐하면 태초에 있었다는 또 다른 침몰로 신들이 수장되어 있다는 일설 — 여기에는 지금도 '리렉스'라는 반(半)우주 도시의 물기 어린 지하 납골당에 갇히어 꿈을 꾸고 있다는 위대한 툴루도 포함된다. — 과 일맥상통하기 때문이었다. 인간은 지상에서 생존하기 위해 우주 악마들의 노예가 돼야만 했다. 결국 지상에 남은 사람들은 모두 악마와 관련을 맺었다. 태양과 별이 비추는 지상과 큰-얀의 교류는 불시에 중단되었다. 큰-얀으로 통하는 지하도들은 봉쇄되거나 철저히 감시를 받았다. 그리고 지하로 침입하는 자들은 모두 위험한 스파이와 적으로 간주되었다.

하지만 이건 오래전의 일이었다. 세월이 흐를수록 큰-얀을 찾아오는 방문자들은 점점 극소수로 줄어들었고, 나중에는 봉쇄하지 않은 통로에 굳이 보초를 세우지 않아도 될 정도로 그 수가 급감했다. 왜곡된 기억과 신화와 아주 독특한 꿈을 제외하곤 큰-얀의 거주자 대부분은 지상의 세계가 있다는 걸 잊어버렸다. 물론 학식 있는 주민들은 부단히 본질적인 사실들을 상기시키기 위해 노력하고 있었지만 말이다. 근래 수백 년 동안은 지상에서 온 방문자들을 악마의 스파이로 취급하지도 않았다. 전설에 대한 믿음은 오랜 시간이 흘러도 쉬이 사그라지지 않았다. 방문자들은 큰-얀에선 전설이 돼버린 지상의 세계에 대해 열띤 질문 공세를 받았다. 큰-얀에선 과학적 호기심이 강했고, 학자들은 지상과 관련이 있는 신화와 기억, 꿈과 단편적인 역사 때문에 웬만해선 시도하지 않는 외부 탐사의 유혹까지 느끼는 예가 자주 있었다. 지상의 방문자들에게 요구되는 것은 가급적 지상으로 돌아가지 말라는 것과 정 돌아가겠다면 큰-얀의 존재를 발설하지 말라는 것뿐이었다. 큰-얀의 주민들은 지상의 세계를 좀처럼 믿지 못했기 때문이다. 지상의 사람들은 금과 은을 탐했고, 아주 골칫거리 침입자로 판명되는 경우도 빈번했다. 권고를 따른 방문자들은 지상으로 돌아가 행복하게 살았으나 그리 오래가지 않아서 큰-얀에 대해 아는 것을 전부 발설하곤 했다. 그나마 그들의 설명이 너무 단편적이고 모순적이라 사람들이 믿어야 할지 말아야 할지조차 분간할 수 없어서 다행이었다. 사람들은 더 많은 정보를 원했다. 큰-얀의 권고에 따르지 않고 탈출을 시도하는 자들은 고초를 겪어야 했다. 지금까지의 방문자들보다 수준이 높은 데다 지상의 세계에 대해 많은 것을 알고 있다는 판단 때문인지 자마코나는 융숭한 환대를 받았다. 자마코나는 그들에게 많은 것을 말해 줄 수 있었다. 그들은 그가 평생 이곳에 머물라는 권고를 따라주기를 바랐다.

자마코나는 첫 대화에서 큰-얀에 대해 많은 것을 알게 되었고, 이 때문에 숨이 막힐 듯한 전율을 느꼈다. 이를테면, 큰-얀에서 지난 수천 년 동안 노화와 죽음의 현상을 극복했다는 것이 그랬다. 그 결과 주민들은 폭력이나 본인의 의지가 아니면 쇠약해지거나 죽는 일이 사라졌다. 이 체제를 준수한다면, 누구든 자신이 원하는 단계의 젊은 신체로 영원히 살 수 있었다. 스스로 늙기를 바라는 유일한 이유는 부패와 진부함의 세계에서 가능한 감각들을 즐기고 싶어서였다. 이 경우에도 언제든 다시 젊어질 수 있었다. 자연과 동종의 경쟁자들을 정복한 이 지배 종족에겐 많은 인구가 필요하지 않았기에 실험 목적을 제외하곤 출산이 중단되었다. 그러나 얼마 후에 많은 이들이 죽음을 선택했다. 아무리 새로운 쾌락을 창조해 내려는 영리한 시도들이 있다 해도, 정신의 체험이 너무도 둔해져서 예민한 영혼들이 견뎌낼 수 없었기 때문이다. 무한한 시간과 풍요 때문에 자기 보존이라는 원시적 본능과 감정이 무디어진 사람들은 특히 그랬다. 자마코나 앞에 모여 있던 큰-얀인들은 모두 나이가 500살에서 1500살에 달했다. 그중에서 몇 명은 오래전 일이라 기억이 가물가물하긴 해도 지상의 방문자들을 기억하고 있었다. 그 방문자들도 이 지하 종족의 장수 비결을 모방하려고 했다. 그러나 100만 년 내지 200만 년의 세월을 두고 벌어진 진화의 격차를 온전히 따라잡지는 못했다.

이런 진화의 차이는 다른 상황에서 불멸의 경이 자체보다도 훨씬 더 기이하고 유별나게 나타났다. 이것은 기술적으로 훈련된 의지의 힘만으로 물질 에너지와 추상 에너지 간의 균형을 조절하는 큰-얀인들의 능력이었다. 이 능력은 살아 있는 육체에까지 적용할 수 있었다. 다시 말해서 큰-얀의 지성인들은 적절한 수련을 통해서 자기 자신을 비물질화하고 도로 물질화할 수 있었다. 좀 더 많이 노력하여 난해한 기법을 터득한다면, 자신 외에 다른 물체에도 적용할 수 있었다. 즉 고체 물질을 자유로운 외부 입자로 축소한 뒤에 원래대로 손상 없이 재합성할 수 있다는 얘기다. 자마코나가 만약 큰-얀인들의 노크에 문을 열지 않았더라면, 기절초풍할 그 능력을 목격했을지 모르겠다. 황금 문으로 육체를 통과시키는 과정의 긴장감과 성가심 때문에 이 스무 명의 큰-얀인들은 자마코나가 노크에 답하기를 잠시 기다렸던 것이다. 이 기술은 불멸의 삶보다 더 오래전에 터득된 것이었다. 똑똑한 사람이라면 완벽하진 못해도 어느 정도까지 이 기술을 습득할 수 있었다. 아주 오래전에 이 기술이 지상에서 소문으로 떠돌았고, 비전(秘傳)과 음산한 전설로 아직 남아 있다. 큰-얀인들은 외부인이 들려주는 원시적이고 불완전한 혼령 이야기들을 좋아했다. 현실의 삶에서 이 기술의 사용 여부는 개인적인 선택의 문제지만 대체적으로 그것을 사용할 특별한 동기가 없기 때문에 방치되었다. 이것이 주로 발견되는 상황은 꿈과 관련된 것으로, 많은 몽상가들은 쾌감을 느끼기 위해 꿈속의 몽환적인 배회에 생생함을 더하는 데 이 기술을 사용했다. 심지어 일부 몽상가들은 망각된 지상 세계에 속하는 낯설고 모호한 고분까지 반물질 상태로 찾아갔다. 때론 짐승을 타고 가기도 하고, 오래전 선조들의 영광스러운 전투 이후에 이어진 평화의 시절까지 찾아갔다. 이런 경우 일부 현인들은 호전적인 조상들이 남겨놓은 불멸의 힘과 실제로 융합한다고 생각했다.

큰-얀인들은 모두 산 너머 차트라는 웅장한 도시에 거주하고 있었다. 이들보다 앞선 몇몇 종족들은 깊디깊은 심연까지 뻗어 있는 지하세계 전체를 거주지로 삼고 있었는데, 여기에는 청색 지역뿐만 아니라 고고학자들에 의해서 훨씬 더 오래된 비인간 종족의 유물이 발견된 '요스'라는 적색 지역도 포함되었다. 그러나 시간이 흐르는 동안, 차트 시민들이 나머지 종족들을 정복하고 노예로 삼은 뒤, 이 노예들과 적색 지역의 뿔 달린 네발짐승 — 인공적인 요소들을 지닌 반인반수의 매우 독특한 종 — 들을 이종교배시켰다. 그리고 이종교배로 생긴 종들은 유적을 남긴 종족들의 퇴화된 후손일 가능성이 높았다. 억겁의 시간이 흐르고 기계의 발명들이 이어지면서 모든 일이 극히 쉬워졌고, 차트로 인구가 집중되었다. 그 결과 큰-얀의 나머지 지역들은 상대적으로 황폐화되었다.

한 장소에서 사는 게 여러모로 편리했고, 인구를 과잉 상태로 유지해야 할 이유도 없었다. 수적으로 감소한 지배자들에게 즐거움을 주는 데 적합하지 않거나 지배자들이 열등한 인종과 반인반수의 방대한 산업 조직을 정신의 힘으로 관리하는 데 불필요한 기계장치들은 폐기되었으나 그래도 상당수는 여전히 사용되었다. 광범위한 노예 계층은 대단히 복합적인 종으로서 정복된 고대의 적들과 지상의 침입자들, 효과적으로 되살려낸 시체들 그리고 차트 지배 종족의 태생적인 열등자들을 번식시킨 결과였다. 반면 지배계급은 선택적 번식과 사회적 진화를 통해서 매우 우월해졌다. 이들은 모두에게 공평한 기회를 제공하는 이상적인 산업 민주주의의 시대를 거친 뒤에, 태생적으로 총명한 개체들을 권력 집단으로 양성함으로써 모두가 짊어져야 할 지력과 정력의 낭비를 줄였다. 산업 활동은 기본적인 욕구와 불가피한 열망을 충족시키는 목적 외에는 근본적으로 쓸모가 없어져서 매우 간소화되었다. 육체적인 안락함은 표준화된 기계화로 보장되고 쉽게 유지되었다. 그 밖의 기본적인 욕구들은 과학적 농경과 축산으로 충족되었다. 장거리 여행을 포기하고, 한때 금, 은, 철을 운송하면서 육해공을 누비던 수송 장비들을 유지하는 대신에 뿔 달린 반인반수를 탈것으로 이용하는 예전의 방식으로 돌아갔다. 자마코나는 꿈이 아니라 현실에서 과연 그런 장비들이 존재하기는 했는지 믿기 어려웠으나 그 견본들을 박물관에서 볼 수 있다는 말을 들었다. 이들의 인구가 한때 절정에 달했을 때 진출했던 ─ 하루가 꼬박 걸리는 거리에 있는 ─ 도-나 계곡까지 간다면 거대한 마술 장비들의 잔해도 볼 수 있다고 했다. 현재 평원에 있는 도시와 신전 들은 훨씬 더 고대의 것으로, 차트인의 통치 시기에는 그저 옛 종교 성지 정도로만 간주되었다.

차트의 정부 형태는 공산주의 혹은 유사 무정부주의에 속했다. 일상의 질서는 법보다는 관습에 의해 정해졌다. 이것이 가능했던 이유는 욕구와 필요를 신체적 기본 요소와 새로운 감각으로 제한했던 이 종족의 오랜 경험과 무기력할 정도의 권태 때문이었다. 이들은 점점 강해지는 반발에도 아직 훼손되지 않은 영겁의 인내력으로 가치와 원칙이라는 모든 환상을 폐기했고 관습과 유사한 것만을 좇거나 원했다. 개인의 쾌락 추구가 공동체의 삶을 망가뜨리지 않도록 배려했는데, 이것이 이들이 바라는 전부이기도 했다. 가족제도는 오래전에 폐기되었고, 개인적 기준은 물론 사회적 기준에서도 성의 차이가 사라졌다. 일상은 의례적인 방식으로 이루어졌다. 유희, 도취, 노예 고문, 공상, 식도락과 감정의 탐닉, 종교적 수련, 색다른 실험, 예술적이고 철학적인 토론 등등 일상뿐만 아니라 중요한 업무 과정도 이와 다르지 않았다. 토지, 노예, 동물, 차트의 도시 공공재 그리고 자성을 띤 —— 과거의 화폐 단위였던 —— 툴루 금속으로 만든 주물 등의 재산은 모든 자유민에게 균등하게 줄 할당량을 포함하는, 퍽 복잡한 기준에 따라 골고루 배분되었다. 이들에겐 가난이 없었다. 노동은 정해진 행정 임무에만 국한되었고, 이 또한 시험과 선발이라는 복잡한 과정을 거쳐 부과되었다. 자마코나의 입장에선 전대미문의 이 체제를 설명하기가 녹록지 않았다. 그렇다 보니 그의 글은 이 대목에서 유독 갈피를 잡지 못했다.

　　차트의 예술과 지성은 상당히 높은 수준까지 도달했던 것으로 보이나, 열의를 잃고 쇠퇴기에 접어들었다. 생활 전반에 기계장치가 깊게 침투하고 소리 표현과는 상극이나 다름없는 무미건조한 기하학 전통이 도입됨으로써 표준적인 미학의 발전을 저해했다. 이런 양식은 급성장했다가 곧 몰락했으나 그림과 장식 전반에 그 흔적을 남겨놓았다. 그 결과 관습화된 종교 도안을 제외하고는 후기 예술 작품에서 깊이나 감동은 거의 느낄 수 없었다. 초기 작품을 복고풍으로 모방하는 양식이 다수의 취향에 더 맞았다. 문학은 지극히 개인적이고 분석적이어서 자마코나로서는 완전히 불가해한 영역이었다. 과학은 심오하고 정확했으며, 천문학의 한 갈래만 제외하고 그의 이해력을 넘어서 있었다. 그러나 후기에 접어들면서 과학도 쇠퇴의 길로 들어섰다. 시민들이 성가실 정도로 끝없는 과학의 정밀성을 되새기느라 신경을 곤두세워봐야 쓸모없다는 것을 점점 더 깨달아갔기 때문이다. 결국엔 심오한 사색일랑 집어치우고 철학을 전통의 형태로만 제한하는 편이 현명하다고 여겼다. 기술력은 물론 실용주의 원칙 속에서 유지되었다. 역사는 점점 더 무시되었으나 과거의 정확하고 풍부한 기록들이 도서관마다 보관되어 있었다. 역사는 여전히 흥미로운 주제였고, 자마코나가 가져온 새로운 외부 세계의 지식에 아주 많은 이들이 기뻐할 터였다. 그럼에도 현대의 전반적인 추세는 생각보다는 느낌이었다. 그래서 지금의 시민들은 옛 사료를 보존하거나 우주의 신비라는 미개척지를 서서히 정복해 나가는 것보다는 새로운 오락거리를 개발해 내는 걸 더 높이 평가했다.

초자연성을 믿는 이는 거의 없었으나 그래도 종교는 차트에서 가장 큰 관심사였다. 이들이 원하는 것은 조상 대대로 전해지는 신념을 기리기 위한, 신비한 분위기와 감각적인 제식을 통해서 생기는 미학적이고 정서적인 희열이었다. 별에서 모든 인간을 데려온 존재이자 고대에 문어 머리의 신으로 상징화된 우주 조화의 결정체, 이름하여 위대한 툴루를 기리는 신전들은 큰-얀을 통틀어서 가장 화려하게 지은 건축물이었다. 그리고 모든 뱀들의 아버지로 상징화된 생명의 원리, 즉 이그를 기리는 비밀 성소들도 호사롭고 어마어마했다. 얼마 후에 자마코나는 이

종교와 관련된 광란의 제식과 제물에 대해 많은 것을 알게 됐으나, 신앙심 때문에 묘사하기를 꺼리는 것 같았다. 그는 자신의 신앙심을 전파할 수 있다고 오판한 경우를 제외하곤 이런 제식에는 절대 참가하지 않았다. 물론 그는 스페인인들이 전 세계에 퍼뜨리고자 원했던 십자가의 신념으로 이 지하의 거주자들을 개종하려는 노력도 게을리하지 않았다.

차트의 현대 종교의 특징은 희귀하고 신성한 툴루의 금속을 복원하고 진심으로 떠받든다는 점이었다. 광택이 도는 이 검은 자성의 물체는 자연계 어디에도 없지만, 석상과 성물(聖物)의 형태로 언제나 인간의 곁에 있어왔다. 태초부터 아무것도 섞이지 않은 순수 형태의 이 물체를 보는 것만으로 존경을 바쳤고, 신성한 기록과 이야기 들은 모두 순도 100퍼센트의 이 물체로 만든 원통 속에 보관되었다. 과학과 지성의 경시 풍조로 인해 비판적이고 분석적인 정신이 무뎌지자, 차트 시민들은 경외감을 일으키는 원시시대의 미신이나 다름없는 이 금속을 다시 한번 전면에 내세우기 시작했다.

종교의 또 다른 기능은 달력의 규칙을 제공하는 것이었다. 달력은 이들의 정서적 삶에서 시간과 속도가 가장 중시되던 시기부터 이미 존재했다. 기분 내키는 대로 또 편리함을 좇아서 잠들고 깨어나는 시간을 늘리기도 하고 줄이기도 하고 뒤바꾸기도 했던 시대, 위대한 뱀 신 이그가 꼬리를 두드리는 소리에 맞춰 시간을 정하던 그 시대에는 지상의 밤낮과 약간은 — 자마코나는 지하의 낮과 밤이 지상에 비해 거의 두 배는 더 길다고 확신하긴 했으나 — 비슷했다. 해마다 이그가 허물을 벗는 시점으로 구분한 연 단위의 시간 개념은 대략 지상의 1년 6개월에 해당했다. 자마코나가 글을 쓸 무렵에는 이곳의 달력을 오롯이 이해했다고 자신했기에 1545년이라고 분명히 밝혔던 것이다. 그러나 그의 판단이 옳다고 증명할 만한 단서는 글에 나타나 있지 않다.

차트 방문단의 대표가 계속해서 정보를 전달하는 동안, 자마코나는 점점 더 혐오스럽고 불안해졌다. 전달되는 정보도 그렇거니와 이상한 텔레파시 방식도 그랬고 특히나 지상으로 다시 돌아갈 수 없다고 단정해 버린 것 때문에 자마코나는 마술적이고 변칙적이며 타락한 이 지하 세계에 들어온 것을 후회했다. 그러나 우호적으로 받아들이는 것만이 현명한 길임을 알기에 그들의 계획에 협조하고 그들이 원하는 정보를 최대한 제공하기로 결심했다. 그들은 그들 나름대로 자마코나가 아직은 서툰 방식으로 전달하는 외부 세계의 정보에 크게 매료되어 있었다.

사실상 자마코나는 그들에게 있어, 까마득히 오래전에 아틀란티스와 레무리아의 피난민들이 어수선하게 방문한 이후 믿을 만한 지상의 정보를 가져온 최초의 전령이나 다름없었다. 그 이후에 지하 세계를 찾아온 사람들이라고 해봐야 세상에 대한 전반적인 지식이 없는 지역민들 ──기껏해야 마야인, 톨텍인, 아즈텍인이었고 대부분 평원에서 사는 무지한 부족들── 이었기 때문이다. 자마코나는 지하 세계를 찾은 최초의 유럽인이었고, 유식하고 명석한 젊은이라는 사실 때문에 지식의 원천으로서 더더욱 가치가 높았다. 차트 방문단은 자마코나가 제공하는 정보에 비상한 관심을 보였고, 자마코나의 등장이 지리와 역사 분야에 흥미를 잃은 차트인들을 변화시킬 거라고 기대했다.

차트인들은 지상에서 호기심과 모험심이 강한 이방인들이 큰-얀의 통로가 있는 지역으로 몰려들기 시작했다는 정보, 이 하나만큼은 불편해하는 것 같았다. 자마코나는 플로리다와 뉴스페인 지역 개척이 한창이라고 말했고, 스페인인, 포르투갈인, 프랑스인, 영국인 등등 전 세계에서 몰려든 사람들이 모험심으로 꿈틀거리고 있는 분위기도 분명하게 알렸다. 조만간 멕시코와 플로리다가 하나의 거대한 식민 제국으로 합쳐질 것이고, 그렇게 되면 지하에 금은보화가 있다는 소문이 외지인들의 귀에 들어가는 것을 막기 어려울 거라고 했다. 돌진하는 들소는 자마코나의 지하 여행을 이미 알고 있었다. 만약에 자마코나가 약속 장소에 나타나지 않는다면 돌진하는 들소가 코로나도에게 자마코나의 행적을 직접 알리거나 아니면 다른 사람을 통하여 보고하진 않을까? 방문자들의 얼굴에 큰-얀의 비밀과 안전에 위험이 닥쳤다는 경계심이 나타났다. 자마코나는 그들의 마음을 읽었고, 그들이 기억할 수 있는 외부 세계와의 통로 중에서 봉쇄되지 않은 곳 전체에 다시 보초를 세우려고 한다는 것을 알았다.

V

자마코나와 방문자들 간의 긴 대화는 신전의 출입문 바로 앞, 작은 숲의 청록색 그늘 아래서 이루어졌다. 방문자 일부는 반쯤 사라지고 없는 보도 옆 잡초와 이끼 위에 누웠고, 스페인인과 차트인 대표를 포함해 나머지는 신전 접근로를 따라 듬성듬성 세워져 있는 낮은 돌기둥에 걸터앉았다. 몇 차례 허기를 느낀 자마코나가 꼼꼼히 챙겨 온 음식을 먹었고, 차트인 일부는 타고 온 짐승을 놔두고 온 도로로 식량을 가지러 간 것으로 미루어, 대화를 하는 동안 지상을 기준으로 낮 시간이 꼬박 지나간 것 같았다. 마침내 방문단의 대표가 대화를 끝내고 도시로 돌아갈 시간이라고 알렸다.

대표자는 여분의 짐승이 있으니 자마코나가 타고 갈 수 있다고 했다. 인육을 먹는다는 소문과 생김새만으로도 돌진하는 들소를 겁에 질려 도망치게 만든 그 불길한 잡종 괴물을 타야 한다니, 자마코나는 도저히 내키지가 않았다. 게다가 이 짐승이 그를 몹시 불안하게 만드는 것이 또 있었다. 하루 전에 떠돌던 이 짐승의 무리가 자마코나의 등장을 차트인에게 알리어 방문단까지 오게 만든 것을 보면, 필시 불가사의한 지능까지 지니고 있었기 때문이다. 그러나 자마코나는 겁쟁이가 아니었기에 용감하게 차트인들을 따라서 잡초 무성한 보도를 지나 짐승들이 기다리고 있는 도로로 향했다.

그러나 덩굴로 수놓인 거대한 관문을 지나, 고대의 도로에 접어들었을 때, 자마코나는 눈앞에 나타난 광경에 그만 겁을 먹고 비명을 지르고 말았다. 호기심 많은 위치타족 인디언이 왜 그리 겁에 질려 도망쳤는지 이해하고도 남았다. 그는 미치지 않으려고 질끈 눈을 감아야 했다. 종교적인 절제라고 할까, 이런 것으로 인해 그는 자신이 본 기막힌 광경을 글로 다 묘사하지 않았으니 애석한 일이다. 등에 난 검은 털, 이마 한복판에 자라다 만 듯한 뿔, 틀림없는 인간 혹은 유인원의 혈통을 짐작게 하는 얼굴의 납작한 코와 불룩한 입술, 이것이 버둥거리는 흰색의 거대한 생물체 무리에 대해 자마코나가 해괴망측하다며 그저 암시 정도로 그친 설명이다. 그리고 글의 후반부에선 큰-얀과 지상을 통틀어 실존하는 생물체 중에서 그처럼 섬뜩한 것은 보지 못했다고 단언했다. 쉽게 눈에 띄고 식별되는 특징 외에 이 생물체를 보고 극도로 공포를 느낀 이유는 따로 있었다. 무엇보다 심란해지는 이유는 이것들이 온전히 자연에서 나온 피조물이 아니라는 데 있었다.

차트인들은 자마코나의 공포를 눈치채고 서둘러 그를 안심시키려고 했다. 그들의 설명에 따르면, '가이아-슨'이라는 그 짐승이 별난 것은 분명하나, 절대 해롭진 않다고 했다. 가이아-슨이 먹는 고기 또한 지배 종족의 지성인들이 아니라 대부분 온전한 인간이라고 할 수 없는 특정 노예 계급이며, 사실상 큰-얀의 공식적인 육류 공급원도 바로 이 노예들이라고 했다. 큰-얀의 청색 지구 밑에는 '요스'라는 버려진 적색 지구가 있는데, 가이아-슨(달리 말하자면 이것의 중요한 유전적 요소)이 야생의 상태로 맨 처음 발견된 곳이 바로 이 요스의 거대한 폐허 한복판이었다. 가이아-슨을 부분적으로 인간이라고 말해도 무방하나, 과학자들은 가이아-슨이 그 이상한 폐허를 거주지로 삼고 통치한 과거 종족의 진짜 후손인지에 대해서는 결론을 내지 못했다. 이 가설의 중요한 근거로서 요스의 멸망한 거주자들이 네발 생물체라는, 널리 알려진 사실을 들 수 있었다. 이런 사실은 요스에서 가장 큰 폐허 도시인 '진'의 지하에서 발견된 희귀 필사본과 조각을 통해서 많이 알려졌다. 그러나 이 필사본들에서 알 수 있는 또 다른 대목이 있으니, 요컨대 요스의 지배 종족은 생명 합성 기술을 보유하여 역사의 발전 과정에서 산업과 운송용 동물들을 이용해 몇 가지 유능한 종들을 창조하고 또 파괴했다는 것이다. 장기간 지속된 퇴폐기에는 오락과 새로운 자극을 위하여 온갖 기괴한 생명체들을 합성해 냈음은 굳이 거론할 필요도 없었다. 요스의 종족들은 발생학적으로 파충류가 분명했고, 가이아-슨 또한 큰-얀의 포유류 노예 계급과 교배되기 전까지 파충류와 아주 유사했다는 점은 차트의 생리학자 대부분이 인정하고 있었다.

이런 설명은 퍽 설득력이 있어서 미지의 세계 중에서 절반을 정복해 온 르네상스 시대 스페인 사람 특유의 용맹성에 불을 지피기에 충분했다. 그리하여 판필로 데 자마코나는 차트의 괴수에 올라타, 방문단의 대표 옆에 자리를 잡았다. 대표의 이름은 길-흐타-윤, 좀 전의 정보 교환에서 가장 적극적이던 인물이었다. 가이아-슨을 타고 가는 건 물론 불쾌한 일이었다. 그런데 올라타고 있으니 꽤 편했고, 생김새는 볼썽사나워도 걸음걸이는 놀라울 정도로 고르고 균형이 잡혀 있었다. 안장이 필요 없었고, 따로 지시를 할 필요도 없는 것 같았다. 일행은 기운차게 나아가는 동안, 자마코나가 관심을 보이는 폐허의 도시와 신전에서만 멈춰 섰고, 길-흐타-윤은 자상하게 안내하면서 설명을 곁들였다. 그중에서도 가장 큰 '브그라'라는 금으로 만들어진 경이의 도시에서 자마코나는 강한 호기심으로 기묘하게 장식된 건축물을 살폈다. 건물들은 높고 가늘었으며, 그 지붕들은 꽃을 피우듯 뾰족탑의 다발을 이루고 있었다. 좁고 구불구불한 거리, 간간이 그림처럼 아름다운 풍광을 자아내는 구릉들, 길-흐타-윤의 말에 따르면, 큰-얀의 이런 후기 도시들은 설계 당시엔 훨씬 더 넓고 규칙적이었다. 평원의 이 고대 도시들은 평평한 성벽의 흔적을 보여줌으로써 지금은 해산된 차트 군대에 차례차례 정복당했던 시절을 떠올리게 했다.

길-흐타-윤이 앞장선 가운데 덩굴이 무성한 1.5킬로미터가량의 샛길 우회로를 가는 동안에도 건물 하나가 눈에 띄었다. 검은 현무암으로 만든 납작하고 평범한 신전, 조각 장식 하나 없이 텅 비어 있는 마노 받침대가 전부였다. 그런데 신전의 내력만큼은 인상적이었다. 신비한 요스마저 어제의 도시처럼 느껴질 정도로 이 신전의 기원은 아주 까마득한 과거로 거슬러 올라간다. 진의 지하에 그려진 신전들을 모방해 만든 것으로, 적색 지구에서 발견되었고 요스의 필사본에서 '차토구아'라고 부르는 아주 섬뜩한 흑색의 두꺼비 석상을 모시는 신전이었다. 차토구아는 널리 숭배되는 강력한 신이었고, 큰-얀의 거주자들이 이 신을 받아들인 이후 한때 이 지역에서 강성해진 도시의 이름을 차토구아로 명명하기도 했다. 요스의 전설에 따르면, 차토구아는 적색 지구 아래의 불가사의한 내부 왕국 — 독특한 감각을 지닌 생명체들이 서식하는, 빛이 전혀 없는 암흑의 왕국 — 에서 유래했고, 이 왕국에는 요스의 네발 파충류 종족이 출현하기 전까지 위대한 문명과 강력한 신들이 있었다. 요스에 상당수 남아 있는 차토구아 석상들은 전부 내부의 검은 왕국에서 나온 것으로 추정되며, 요스를 연구하는 고고학자들은 이 석상의 생김새가 영겁의 세월 전에 멸망한 이 왕국의 종족을 본떠 만든 것으로 보고 있다. 이 고고학자들은 요스의 필사본에서 '은카이'라고 칭한 이 검은 왕국을 샅샅이 조사했고, 이때 발견한 다수의 돌로 만든 고랑 혹은 굴은 대대적인 논쟁을 불러왔다.

큰-얀의 주민들이 적색 지구를 발견하고 이곳의 이상한 필사본들을 해독한 무렵, 차토구아 의식을 받아들이고 섬뜩한 두꺼비 석상을 모조리 상계의 청색 지구로 가져왔다. 그리고 자마코나가 본 것처럼 요스에서 채석해 온 현무암으로 신전들을 짓고 여기에 석상들을 안치했다. 이 숭배 의식은 이그와 툴루라는 고대 의식과 경쟁할 때까지 융성했는데, 차트족의 한 일파는 이 석상을 외부 세계, 즉 북극과 가까운 지상의 로마르까지 가져갔고, 훗날 올라소의 한 신전에서 최소형 석상이 발견되기에 이른다. 풍문에 따르면, 지상으로까지 전파된 이 숭배 의식은 심지어 대빙하기 이후, 털북숭이 그노프케 종족이 로마르를 파멸시킬 때까지도 존속되었으나, 이런 상황은 큰-얀에 자세히 전해지지 않았다. 차트라는 도시 이름에 여전히 그 흔적이 남아 있긴 하나, 청색 지구에서 이 의식은 갑자기 폐기되었다.

차토구아 의식이 폐기된 것은 요스 적색 지구의 하계, 즉 검은 왕국

은카이를 조사하는 과정이 발단이 되었다. 요스의 필사본은 은카이에 살아남은 생명체가 없다고 밝히고 있으나, 요스 시대부터 인류가 출현하기까지 그 영겁의 세월 동안 뭔가, 요스의 멸망과 무관하지 않을 어떤 일이 벌어졌음이 틀림없다. 그것은 지하 저층의 암흑세계를 뒤엎어 버린 지진일 가능성이 있는데, 요스 전문 고고학자들도 이 추측에 힘을 실어주었다. 아니면 그 누구도 상상할 수 없는 에너지와 전자의 충돌처럼 좀 더 무시무시한 상황이 발생했을지도 모른다. 아무튼 어마어마한 원자력 탐조등을 가지고 은카이의 검은 심연으로 내려간 큰-얀인들은 그곳에서 생명체들 — 돌길을 따라 분비물을 흘리면서 마노와 현무암으로 만든 차토구아 석상을 숭배하는 생명체들 — 을 발견했다. 그런데 그 생명체들의 모습은 차토구아처럼 두꺼비를 닮진 않았다. 그들은 정해진 형태가 없는 검은색의 끈적끈적한 점액질 덩어리로, 목적에 따라 임의로 형태를 취하여 오히려 차토구아보다도 더 오싹했다. 큰-얀의 탐사대는 더 자세히 관찰하기 위해 시간을 지체하진 않았고, 그나마 살아서 그곳을 빠져나온 대원들은 적색 지구에서 공포의 하계로 연결되는 통로를 봉쇄해 버렸다. 곧이어 큰-얀에 있던 차토구아 석상들을 모조리 해체 광선으로 흔적도 없이 파괴해 버렸다.

영겁이 지난 후, 순진했던 공포심이 사라지고 과학적인 호기심이 그 빈자리를 메우게 되자, 차토구아와 은카이의 옛 전설들이 다시 회자되었고, 철저히 무장하고 장비를 갖춘 탐사대가 밀폐된 검은 심연의 통로를 찾아내, 과연 그 하계에 아직 무엇이 남아 있는지 확인하기 위해 요스로 내려갔다. 그러나 그들은 통로를 찾을 수 없었고, 이후 그들의 후손들도 두 번 다시 통로를 찾아내지 못했다. 지금에 이르러 하계의 심연이 존재하기는 했는지 의심하는 이들까지 생겼으나, 지금도 요스의 필사본을 해독할 수 있는 극소수의 학자들은 과거 섬뜩했던 은카이 탐사대의 활동이 포함된 큰-얀 중기 시대의 기록이 논쟁의 여지가 많음에도 불구하고 은카이의 존재를 입증할 만한 증거가 충분하다고 판단했다. 큰-얀 후기에 성행한 종교의식 중에서 일부는 은카이에 대한 기억을 말살하려고 시도하면서 은카이를 언급만 해도 혹독한 벌로 다스렸다. 그렇다고 해도 자마코나가 큰-얀에 들어갔던 당시에는 이런 문제가 심각하게 받아들여지진 않았다.

일행이 다시 옛 도로를 따라 산맥의 낮은 쪽으로 다가가는 동안, 자마코나는 왼쪽에서 아주 가까이 흐르는 강을 보았다. 한참이 지나, 지대가 높아지면서 강물은 골짜기로 접어들어 산속을 지났고, 도로는 강에서 가깝고 조금 높은 지대에 있는 협곡을 가로질렀다. 가는 빗줄기가 내리기 시작한 것은 이 무렵이었다. 간간이 떨어지는 빗방울과 이슬비를 알아챈 자마코나가 번뜩이는 파란 창공을 올려다보았으나, 그 이상한 빛이 어두워지거나 하는 징후는 보이지 않았다. 이때 길-흐타-윤이 설명하기를, 수증기가 응결하여 떨어지는 일이 드물지 않으며 그 때문에 창공의 빛이 어두워지는 일은 없다고 했다. 실제로도 안개 같은 것이 언제나 큰-얀의 저지대를 휘감고 있어서 진짜 구름이라고는 없는 이곳의 환경을 보완하고 있었다.

산세가 조금 높아서 자마코나가 반대편에서 보았던 태고의 버려진 평원을 뒤돌아보기 좋은 위치였다. 그는 그 기이한 아름다움을 감상하는 것 같았고, 가이아-슨을 좀 더 빨리 몰라는 길-흐타-윤의 재촉을 받은 것으로 미루어 왠지 그곳을 떠나기가 못내 아쉬웠나 보다. 자마코나가 다시 앞으로 고개를 돌렸을 때, 도로의 정상이 아주 가까이 보였다. 잡초 무성한 도로는 갑자기 위쪽으로 경사를 이루더니 파란 빛으로 가득한 빈 공간에서 끝나 있었다. 풍광이 참 인상적이었다. 가파른 녹색의 산이 오른쪽으로 벽처럼 막아섰고, 왼쪽으로는 깊은 강이 흘렀고, 그 뒤로 또 다른 산이 벽처럼 늘어서 있었다. 그리고 앞에는 푸르스름하게 일렁이는 빛의 바다, 그 속으로 오르막길이 녹아들고 있었다. 그 도로의 정상에 오르니, 차트의 세상이 놀라운 전경으로 펼쳐져 있었다.

자마코나는 사람으로 붐비는 풍경을 보고 그만 숨이 막혔다. 그가 지금까지 봤고 꿈꾸었던 모든 것을 능가하는 거주와 삶의 중심이 거기 있었기 때문이다. 내리막으로 바뀐 길을 따라서 드문드문 작은 농장이 있었고 간혹 신전들도 있었다. 그러나 그 너머에는 거대한 평원이 펼쳐져 있었고, 이 평원에는 식목(植木)들과 물을 대기 위해 강에서 끌어온 좁은 수로들과 황금이나 현무암으로 만든 넓고도 반듯한 도로들이 체스판처럼 뒤덮고 있었다. 황금 기둥 꼭대기마다 매달린 커다란 은 케이블이 여기저기 세워진 낮은 건물과 집단 건물로 연결되었고, 군데군데 케이블 없이 일부 부서진 기둥들이 줄지어 있는 모습도 보였다. 들판에서 움직임이 있는 것으로 봐서 경작 중임을 알 수 있었고, 이따금씩 사람들이 반인반수의 징그러운 네발짐승들의 도움을 받으며 밭을 가는 모습이 보였다.

그러나 어리둥절하면서도 가장 인상적이었던 것은 평원을 가로질러 저 멀리 솟구친 뾰족지붕과 뾰족탑 들이 군집을 이룬 채, 번뜩이는 파란 빛 속에서 꽃처럼 또 유령처럼 희미하게 빛나고 있는 광경이었다. 처음에는 고국 스페인의 아름다운 언덕 도시들처럼 집과 신전 들로 뒤덮인 산이라고 생각했으나, 다시 보니 꼭 그렇지만은 않았다. 평원의 도시가 맞긴 했으나, 하늘에 닿을 듯한 건물들이 그 자체로 산의 윤곽을 띠고 있었다. 그 위로 회색빛이 도는 기묘한 안개가 파란 빛을 뚫고 반짝이면서 무수한 황금 첨탑에서 반사되는 빛까지 머금고 있었다. 길-흐타-윤을 힐끔 쳐다본 자마코나는 그곳이 바로 기괴하고 거대한 전능의 도시 차트임을 알아보았다.

평원을 향해 내리막길이 펼쳐지자, 자마코나는 거북하고 불길한 기분을 느꼈다. 그가 타고 있는 짐승은 물론이고 그런 짐승을 배출한 도시도 마음에 들지 않았고, 멀리 차트를 뒤덮고 있는 창공도 싫었다. 이따금씩 나타나는 농장을 지나갈 때, 자마코나는 밭에서 일하는 자들을 눈여겨보았다. 그들의 움직임이 거북한 데다, 대부분의 특징이라고 할 수 있는 신체의 부조화랄까 불완전성이랄까 그런 것이 꺼림칙했다. 게다가 이들 중 일부가 축사에 모여 있는 모습이나 짙은 녹색의 식물을 바라보는 눈길이 언짢았다. 길-흐타-윤은 그들이 노예 계급이고 농장주의 통제를 받는다고 했다. 농장주가 아침마다 노예들이 하루 동안 할 일을 전부 최면으로 지시한다는 것이다. 불완전한 의식을 지닌 기계, 이들의 노동력은 완벽에 가까웠다. 축사에 있는 무리는 가축으로 분류된, 그저 열등한 종이었다.

평원에 닿자마자, 자마코나는 더 큰 농장들을 보았고, 대부분의 노동이 뿔 달린 징그러운 가이아-슨에 의해 이루어지는 것을 알았다. 또한 좀 더 인간과 닮은 존재들이 밭고랑을 따라 일을 하고 있었는데, 그중에서 유난히 나머지에 비해 기계적으로 움직이는 것들이 있어서 묘한 공포와 혐오를 느꼈다. 길-흐타-윤은 그것들을 '음-비'라는 생명체로 칭하면서 이미 죽은 몸인데 산업적인 목적을 위해 원자력과 생각의 힘으로 되살려낸 것이라고 설명했다. 이 노예 계급은 차트의 자유민처럼 영원히 살 수 없기 때문에 시간이 지남에 따라 음-비의 수를 크게 늘렸다. 음-비는 개처럼 충직하긴 하나, 살아 있는 노예들에 비해서 생각의 명령에 고분고분 따르지 않는 편이었다. 음-비가 자마코나에게 가장 역겨웠던 부분은 그들한테서 유독 두드러지는 신체의 불완전성이었다. 어떤 것들은 아예 머리가 없는가 하면, 또 어떤 것들은 되는대로 신체의 일부를 없애거나 비틀고 위치를 바꾸거나 아무 데나 이식을 해 놓은 것처럼 생김새가 기묘했다. 자마코나가 그런 생김새에 고개를 갸웃하자, 길-흐타-윤은 그 노예들이 원래 시민의 오락거리를 위해 대형 투기장에서 사용되던 것들이라고 명확히 설명해 주었다. 다시 말해, 섬세한 감각을 즐기는 차트의 시민들이 지루해진 일상에서 벗어나려면 신선하고 기발한 활력제가 지속적으로 공급되어야 한다는 것이다. 그러나 비위가 결코 약하지 않은 자마코나마저도 보고 듣는 것을 기분 좋게 받아들일 수는 없었다.

더 가까이 가자, 거대 도시는 무섭도록 어마어마한 규모와 초인적인 높이를 희미하게 드러내고 있었다. 길-흐타-윤의 설명에 따르면, 거대한 탑들의 상층부는 현재 사용되지 않고, 유지 보수의 번거로움을 면하고자 상당수를 부수었다. 본래의 도시 지역을 둘러싼 평원에 더 새롭고 작은 거주지들이 빽빽이 들어선 반면, 옛 건물을 선택한 이들도 꽤 많았다. 황금과 돌로 이루어진 건물에서 삶의 단조로운 소음들이 들려와 평원 너머로 울려 퍼지는 동안, 말을 탄 무리와 짐마차의 행렬이 끊임없이 거대한 황금 혹은 돌로 포장된 도로를 오가고 있었다.

길-흐타-윤은 자마코나에게 흥미로운 것들을 보여주려고 몇 차례 멈춰 섰는데, 그중에는 특히 도로를 따라 드문드문 세워진 이그, 툴루, 누그, 예브, 호명이 금기된[6] 자의 신전들이 큰-얀의 관습에 따라 수목 사이에 숨겨져 있었다. 산맥 너머 버려진 평원에 있는 것과는 다르게 이들 신전은 지금도 사용 중이었다. 말을 탄 많은 수의 숭배자들이 끝없이 신전을 오갔다. 길-흐타-윤은 자마코나를 데리고 이 신전들을 차례차례 찾아갔고, 자마코나는 황홀하면서도 역겨운 기분으로 주신제와 엇비슷한 그 숭배 의식을 지켜보았다. 누그와 예브의 제식은 특히 역겨웠다. 그래서 글에서도 자세한 설명을 삼가고 있다. 차토구아를 섬기는 납작한 형태의 검은 신전에도 들렀으나 이곳은 만물의 어머니이자 호명이 금기된 자의 아내, 슈브-니구라스의 성지로 바뀌어 있었다. 슈브-니구라스는 복잡 미묘한 아스타르테[7]와 비슷한 신으로서 이 숭배 의식은 독실한 가톨릭교도에게 극히 불쾌한 충격을 주었다. 제식 중에서 억지로 괜찮은 것을 꼽으라고 한다면, 사제들이 내는 감정의 소리 정도였다. 그들은 이런저런 목적을 위해 목소리를 대신해 귀에 거슬리는 소리를 사용했다.

차트의 북적거리는 교외 지역을 목전에 두고 그 무시무시한 고층 건물들의 그림자 속에 갇힐 무렵, 길-흐타-윤이 기괴한 원형 건물 하나를 가리켰는데, 그 앞에 엄청난 군중이 늘어서 있었다. 그 건물은 여러 원형경기장 중에 한 곳으로, 큰-얀의 지친 시민들을 위해 신기한 스포츠와 흥분거리들을 제공한다고 했다. 길-흐타-윤이 곡선을 그리는 건물의 정면으로 자마코나를 잡아끌려고 하자, 자마코나는 들녘에서 봤던 불완전한 형체들을 기억해 내고는 극구 사양했다. 이것은 지금까지 우호적이었던 그들과 취향 면에서 생긴 첫 충돌이었고, 차트인들은 그들의 손님이 이상하고 편협한 기준을 따르는 사람이라고 확신하게 되었다.

차트라는 도시는 기묘하고 예스러운 거리들의 촘촘한 그물망 같았다. 점점 더 강해지는 두려움과 소외감에도 불구하고 자마코나는 이 도시가 자아내는 신비와 우주적 경이에 전율을 느꼈다. 현기증을 일으킬 정도로 거대하고 압도적인 고층 건물들, 화려하게 장식된 길을 통해 엄청난 물결처럼 밀려드는 삶의 풍요, 기묘한 조각들이 새겨진 문과 창문들, 난간이 있는 광장과 층층이 올라간 거대한 발코니에서 스치는 기묘한 광경들, 마치 야트막한 지붕처럼 거리 위에 드리워진 잿빛 안개 등등, 이 모든 것이 아우러져 자마코나가 지금껏 맛보지 못했던 모험의 기대감을 안겨주었다. 그는 곧바로 집행 위원회에 소환되었으니, 위원회가 열린 공관은 뜰과 연못이 있는 공원 뒤편에 황금과 구리로 만든 건물이었다. 그는 현란한 아라비아풍의 프레스코화가 그려져 있고 천장이 둥근 사무실에서 한참 동안 우호적이면서도 철저한 심문을 받았다. 그들은 그를 통해서 지상 세계의 역사에 대해 많은 것을 알고자 했다. 그 보답으로 그는 큰-얀의 모든 신비를 알게 될 터였다. 한 가지 치명적인 결점이 있다면, 그가 두 번 다시 태양과 별의 세상으로, 고국 스페인으로 돌아갈 수 없다는 냉혹한 원칙이었다.

방문자를 위해 날마다 적절한 시간 배분에 따라 몇 가지 활동이 계획된 일정표가 있었다. 다양한 장소에서 학자들과의 대화가 예정돼 있었고, 차트의 방대한 학문에 관한 강의도 포함되어 있었다. 자유로운 연구 활동도 허용되어서 자마코나가 글말을 익히기만 한다면 일반 도서관과 신성(神性) 도서관 모두를 이용할 수 있었다. 제식과 행사에는 그가 특별히 반대하지 않는 한 모두 참석하며, 일상생활의 목적이자 핵심인 문명화된 쾌락 추구와 정서적 감흥을 위해 충분한 시간이 보장될 것이었다. 교외의 집이나 도시의 아파트가 제공되며, 규모가 큰 애정 그룹의 구성원이 되는 생활도 시작할 예정이었다. 이 애정 그룹은 후기 큰-얀의 가족제도를 대체한 것으로, 여기에는 걸출한 예술적 재능과 탁월한 미모를 겸비한 귀족 여성이 다수 포함된다. 이동과 심부름을 위해 유각수(有角獸)인 가이아-슨 몇 마리를 제공하고, 그의 일상을 돕는 동시에 공공 도로에서 도둑과 사디스트와 종교 광신도 들의 공격으로부터 그를 보호하기 위해 온전한 신체의 살아 있는 노예 열 명을 추가하기로 했다. 그가 사용법을 익혀야 하는 기계장치들이 많았으나, 길-흐타-윤이 핵심 작동법을 당장에라도 가르쳐줄 수 있었다.

자마코나가 교외의 빌라 대신에 도심의 아파트를 선택한 직후, 위원회는 아주 정중하게 예를 갖춰 심문을 마쳤다. 그는 곧 화려한 거리를 지나 절벽 형태로 건축한 70층 내지 80층 건물로 안내되었다. 그를 맞을 준비가 이미 한창이었고, 둥근 지붕의 방들이 즐비한 1층의 넓은 공간에선 노예들이 벽걸이와 가구를 배치하느라 분주히 움직이고 있었다. 옻을 칠하고 상감한 걸상들, 벨벳과 비단 등받이, 낮고 넓은 쿠션, 티크와 흑단으로 만든 분류함 들이 끝없이 늘어서 있었고 그 칸마다 그가 곧 읽게 될 원고들이 금속 원통에 담겨서 보관되어 있었다. 이 모든 것이 도심 아파트의 전형적인 모습이었다. 방마다 넉넉한 양의 양피지와 녹색 물감 통이 놓여 있는 책상, 규격별로 모아둔 붓과 기묘한 문구류들이 비치되어 있었다. 여러 대의 기록 장치들이 황금 삼각대 위에 설치되어 있었고, 천장의 파란 에너지 구체들이 방 안 전체를 환하게 비추고 있었다. 창문들이 있긴 했으나, 어둑한 1층에서는 충분한 조도를 맞추기에 역부족이었다. 어떤 방에는 정교하게 만든 욕실이 딸려 있었고, 주방에는 조리 장비들이 수두룩했다. 자마코나가 전해 들은 얘기에 따르면, 생필품들은 차트 하부의 지하 도로망으로 공급되는데, 이 도로에 한때 신기한 운송 차량들이 오갔다. 이 건물 지하에는 가이아-슨이 머무는 축사가 있고, 이 지하에서 거리로 이어지는 가장 가까운 통로를 자마코나에게 곧 알려줄 거라고 했다. 자마코나가 미처 건물 안을 다 살펴보기도 전에 상주 노예들이 도착하여 소개 절차를 마쳤다. 그리고 얼마 후에는 장차 애정 그룹을 형성하게 될 여섯 명의 자유민과 귀족 여성 들이 도착했다. 이들은 며칠간 그의 동료로 함께 머물면서 교육과 오락에 필요한 모든 일을 지원할 예정이었다. 그들이 떠나면 곧 또 다른 구성원들로 교체되고, 이후로도 약 50명가량의 구성원들이 순환 방식으로 그를 도울 터였다.

VI

이리하여 판필로 데 자마코나 이 누네스는 큰-얀의 지하, 청색 지구의 불길한 도시 차트에서 4년간을 살았다. 그가 무엇을 배우고 보았는지 또 무슨 일을 했는지, 그 모든 것이 그의 필사본에 정확히 기록되어 있진 않다. 모국어인 스페인어로 글을 쓰기 시작하면서 신앙적인 신중함과 자제심에 짓눌려서 감히 모든 것을 기록할 엄두가 나지 않았기 때문이다. 그로선 여전히 혐오스러운 광경이 많았고, 보거나 행하거나 먹는 것 가운데 꾸준히 삼가는 것들도 많았다. 또 로사리오 묵주를 세면서 속죄하는 일들도 자주 있었다. 가시금작화가 무성한 니스 평원에 있는 중기 시대 기계 도시들의 폐허를 비롯해 큰-얀의 모든 곳을 탐사했고, 거대한 폐허를 보기 위해 요스의 적색 지구까지 내려가기도 했다. 숨이 막힐 정도로 경이로운 기술과 기계장치 들을 목격했고, 인간의 변형과 비물질화 그리고 재물질화와 소생을 지켜볼 때는 십자가를 긋고 또 그었다. 날마다 숱하게 벌어지는 또 다른 기적으로 인해 그의 충격도 무디어졌다.

그러나 이곳에 머무는 시간이 길어질수록, 떠나고픈 마음이 간절해졌다. 큰-얀의 삶이 그의 방식과 극명하게 동떨어진 욕구에 바탕을 두고 있기 때문이었다. 역사 지식을 터득해 갈수록 더 많은 것을 이해할 수 있었다. 그러나 더 많이 이해할수록 염증만 깊어갈 뿐이었다. 차트의 시민들이 타락하고 위험한 ─ 그들이 자각하는 것 이상으로 그들 스스로에게 위험한 ─ 종족으로 느껴졌다. 그들은 점점 더 광적으로 권태와 싸우고 색다른 것을 탐닉함으로써 급속도로 분열과 극한 공포의 벼랑으로 스스로를 내몰고 있었다. 자마코나의 등장은 그들의 불안을 가속시켰고, 자마코나도 그것을 알고 있었다. 그의 등장은 외부에서 침입할 수 있다는 공포를 일깨웠고 동시에 그가 소개한 다양한 지상 세계를 보고 즐기고 싶다는 흥분도 일으켰다. 시간이 갈수록 사람들은 오락을 위해 비물질화에 더욱 의존했다. 결국 차트의 아파트와 원형경기장들은 변형, 나이 조절, 죽음의 실험, 투사가 난무하는 명실공히 악마의 연회장으로 변했다. 권태와 조바심과 더불어 잔인함과 미묘함과 혐오감도 급증했다. 광범위한 변칙이 더욱더 난무했고, 기묘한 사디즘과 무지와 미신이 더욱 활개를 쳤으며, 육체를 벗어난 전자 분산의 반유령 상태를 갈망하게 되었다.

떠나기 위해 갖은 수를 다 써봤으나 헛수고였다. 몇 번이고 설득해봐도 소용없었다. 성숙한 망상에 사로잡힌 차트의 지도층은 공공연히 떠나고 싶다는 자마코나에게 처음에는 그나마 분노를 드러내지 않았다. 그가 1543년이라고 밝힌 시기에는 큰-얀으로 들어올 때 지나온 터널을 이용하여 실제로 탈출을 시도하기도 했다. 그러나 버려진 평야를 가로지르는 힘겨운 여정 끝에 어두운 통로에서 병사들과 마주치는 바람에 혹시 나중에라도 그쪽 방향으로 탈출할 생각일랑 아예 포기해 버리고 말았다. 희망을 간직하고 고향의 모습을 마음에 새겨두기 위해 이 무렵부터 자신의 모험을 기록하게 될 이 두루마리 필사본의 대략적인 구상을 하기 시작했다. 사랑하는 옛 스페인어와 익숙한 로마자를 통해 기쁨을 맛보았다. 어떻게 해서든 이 필사본을 가지고 지상의 세계로 돌아갈 수 있을 거라 생각했다. 그러기 위한 좀 더 확실한 방편으로서 신성한 기록물에 사용하는 툴루 금속의 원통에 자신의 필사본을 보관하기로 결심했다. 결과적으로 이 자성을 띤 이질적인 금속은 그가 밝혀야 했던 놀라운 얘기들을 고스란히 보관해 주었다.

그러나 계획을 세우면서도 실제로 지상으로 돌아갈 희망은 거의 없었다. 그가 알고 있는 관문은 전부 민간인이나 병사가 지켰고, 이들을 상대하는 건 무모한 짓이었다. 탈출을 위해 노력하는 것도 문제를 해결하는 데 도움이 되지 않았다. 자마코나로 상징되는 외부 세계에 대한 적개심이 점점 더 강해지고 있었기 때문이다. 그는 또 다른 유럽인이 이곳으로 들어서지 않기를 바랐다. 나중에 오는 사람들은 그와 똑같은 대접을 받지 못할 것이기 때문이었다. 자마코나 자신은 소중한 정보원으로 대접받았고, 특권적인 지위를 누려왔다. 반면에 그리 중요하지 않다고 판단되는 사람들은 사뭇 다른 대우를 받을 것이었다. 만약에 차트의 현자들이 그에게서 더는 새로운 정보를 얻을 수 없다고 판단한다면, 과연 그에게 무슨 일이 벌어질지 의심스러웠다. 때문에 자기방어의 차원에서 지상에 관한 이야기를 할 때 신중을 기하는 동시에 아직 밝히지 않은 방대한 정보가 있다는 인상을 심어주었다.

차트에서 누리고 있는 자마코나의 지위를 위태롭게 만드는 또 다른 요인이 있었으니, 현재 큰-얀의 유력한 종교의식들이 그 존재 가능성을 완강히 부정하고 있는 절대 심연, 은카이 ─ 적색 지구인 요스의 하계 — 에 대해 자마코나가 집요하게 호기심을 보이기 때문이었다. 그는 요스를 탐사할 때 봉쇄된 통로를 찾으려고 했으나 실패했다. 나중에는 육체의 눈으로 볼 수 없는 그 심연을 향해 자신의 의식을 쏘아 보낼 수 있지 않을까 하는 희망으로 비물질화와 투사의 기술을 익히고 시험했다. 만족할 정도로 이 기술을 익히진 못했으나, 그 자신이 판단하기에, 은카이에 실제 투사된 요소들을 포함하여 기괴하고 불길한 일련의 꿈들을 형상화하는 데는 어렵사리 성공한 것 같았다. 매우 충격적인 이 꿈들을 얘기하자, 이그와 툴루를 숭배하는 지도자들이 불안해했고, 자마코나의 동료들은 꿈에 관해서 발설치 말고 숨기라고 충고했다. 그 꿈을 점점 더 자주 꾸게 되었고 내용도 광기를 띠기 시작했다. 자신의 필사본에도 차마 기록할 수 없을 정도로 섬뜩한 것들이지만, 차트의 학자들을 위해서 따로 기록을 남겨둘 요량이었다.

보충 원고를 염두에 두고 침묵과 절제로 밝히지 않은 주제와 서술이 아주 많다는 것은 우리에겐 불행이거나 아니면 정반대로 다행인지 모르겠다. 자마코나의 필사본은 차트의 일상과 생생한 풍경을 그려보기에 충분할 뿐만 아니라, 큰-얀의 세세한 풍습과 관습, 사상과 언어, 역사에 이르기까지 많은 것을 추측할 수 있게 해준다. 한 가지, 이들의 삶을 추동하는 실제 동기만은 분명치가 않다. 수고스럽더라도 과거처럼 군대를 조직한다면 무적으로 군림할 만한 원자력과 비물질화 능력을 보유하고 있음에도 불구하고, 그들이 보여주는 이상한 수동성과 호전적이지 않은 유순함과 외부 세계에 대한 거의 집요할 정도의 공포감도 이해하기 어렵다. 큰-얀이 아주 오랫동안 퇴폐기를 겪고 있음은 분명하다. 그들은 중기 시대에 기계의 힘으로 도입된 무미건조한 규칙성과 이것을 토대로 한 표준화되고 규격화된 삶에 대해 냉담함과 히스테리가 뒤섞인 반응을 보이고 있었다. 심지어 기괴하고 혐오스러운 관습, 생각과 감정의 방식까지도 이런 맥락에서 이해할 수 있었다. 자마코나가 역사 연구를 통해서 과거에 큰-얀이 지상 세계의 고전주의 시대나 르네상스 시대와 아주 흡사한 사고방식을 가졌고, 유럽인들이 존엄과 호의, 고귀함으로 간주하는 예술과 국민성을 보유한 적도 있다는 증거를 발견했기 때문이다.

연구가 진척될수록 자마코나는 자신의 미래에 더 큰 불안을 느꼈다. 큰-얀에 만연한 도덕과 지성의 타락은 상상할 수 없을 정도로 뿌리가 깊을뿐더러 불길하게도 그 진행 속도가 빨랐기 때문이다. 그가 머무는 동안에도 이런 부패의 징후는 더욱 뚜렷해졌다. 합리성은 점점 더 기괴하고 주신제적인 미신으로 변질되었고, 자성을 띤 툴루 금속에 대한 사치스러운 숭배를 중시하는 동안, 관용은 서서히 광적인 증오심으로 바뀌어서, 특히나 학자들이 자마코나로부터 많은 정보를 얻고 있는 외부 세계에 대한 증오심이 커졌다. 자마코나는 이러다가 차트인들이 오랫동안 지속해 온 냉담함과 무력감마저 잊어버린 채, 궁지에 몰린 쥐처럼 돌변하여 지금도 사용 가능한 독보적인 과학 능력을 앞세워 지상 세계를 박살 내지는 않을까 두렵기까지 했다. 그러나 지금 당장은 차트인들이 스스로의 권태와 공허감을 상대로 싸우고 있었다. 요컨대 그들은 섬뜩한 감정의 배출구를 늘리는 동시에 유희의 광포한 괴기성과 변태성을 높여가고 있었다. 차트의 원형경기장들은 예부터 상상을 초월하는 저주의 공간이었음이 분명했기에 자마코나는 그 근처에 얼씬도 하지 않았다. 앞으로 100년 아니 수십 년 후에는 또 어떤 모습으로 변해 있을까, 감히 생각조차 할 수 없었다. 이 시점에 이르러 이 독실한 스페인 사람은 평소보다 더 자주 성호를 긋고 묵주를 셌다.

1545년, 자마코나는 마지막이 될지 모르는 탈출의 기회를 엿보기 시작했다. 새로운 기회가 뜻밖의 상황에서 찾아왔다. 그의 애정 그룹에 속해 있는 한 여성이 개인적으로 그를 각별히 생각하고 있었는데, 그 감정은 차트에 한때 있었던 일부일처제의 향수에서 비롯된 것이었다. 자마코나는 빠지지 않는 미모와 보통 이상의 지성을 겸비한 '트라-유브'라는 이 귀족 여성을 좌지우지할 수 있게 되었고, 마침내 함께 데려가겠다는 약속을 빌미로 탈출을 도와달라고 설득하는 데 성공했다. 그리고 그 덕에 절호의 기회가 열렸다. 알고 보니 트라-유브가 지상으로 통하는 문, 요컨대 대규모 봉쇄가 일어난 시점에서 이미 많은 차트인들의 기억에서 잊히어버린 문을 적어도 하나 이상 소유했던 최초의 관문 관리자 집안 출신이었다. 게다가 그런 통로 중 하나는 지상의 평원에 있는 한 고분까지 이어진 것으로, 지금까지 봉쇄되거나 경비를 세운 적이 없다고 했다. 트라-유브의 설명에 따르면, 최초의 관문 관리자는 경비나 보초가 아니라 의례적이고 경제적인 소유주로서 지상과의 관계가 단절되기 전까지 준(準)봉건영주와 남작에 준하는 신분이었다. 봉쇄의 시기 동안 트라-유브의 가계가 급격히 기울어서 이 집안의 문은 완전히 방치되었다. 그리고 그녀의 가족들은 이후에도 그 문의 존재를 가문의 비밀로 — 부와 권세를 잃고 늘 고통스러워하는 가족들을 달래주는 자긍심의 원천이자 숨겨둔 힘이 있다는 위안으로 — 간직해 왔다.

이 무렵에 자마코나는 무슨 일이 있어도 필사본을 마무리 짓겠다고 열의를 불태웠다. 외부로 가져갈 물건들도 결정하여, 일단 소규모 장식에 사용되는 작은 주괴 형태의 순금을 가이아-슨 다섯 마리에 실을 수 있을 정도만 챙기기로 했다. 그 정도면 지상 세계에서 무소불위의 권력을 손에 쥐기에 충분한 양이었다. 차트에서 4년의 시간을 지내는 동안 괴수 가이아-슨의 몰골에도 어느 정도 단련이 된 터라 이 짐승을 부리는 데 별 문제가 없었다. 다만, 평범한 인디언들은 가이아-슨을 보기만해도 실성해 버릴 것이기에 지상에 도착하자마자 가이아-슨을 모조리 죽여 매장하고 황금을 숨겨둘 계획이었다. 그리고 나중에 적당한 구실로 탐사대를 조직하여 황금을 멕시코로 옮기기로 했다. 트라-유브는 매력적인 여성이니, 그와 더불어 부와 명예를 누리며 살아갈 수도 있을 터였다. 그러나 그녀는 차트의 삶과 그를 연결하는 고리였고, 그 때문에 전전긍긍하며 살 수는 없으니 평원의 인디언 부족 마을에 그녀의 거주지를 마련해 두는 편이 나을 것이었다. 그는 응당 스패인 여성을 아내로 맞을 생각이었다. 최악의 선택을 한다 해도, 지상의 정상적이고 반듯하며 과거에 문제가 없는 인디언 공주이지 그 이하는 절대 사절이었다. 그러나 당장은 트라-유브를 길잡이로 이용해야 했다. 필사본은 자성을 띤 신성한 툴루 금속 원통에 넣어서 그가 직접 가져가기로 했다.

이 탈출의 여정은 나중에 기록되어 필사본에 추가됐는데, 필체를 통해서 초조와 긴장의 흔적들이 고스란히 전해진다. 가급적 불빛이 희미한 도시의 지하 통로들만 선택하는 등 탈출 과정은 더없이 신중하게 진행되었다. 자마코나와 트라-유브는 노예 옷차림으로 식량 배낭을 짊어지고 다섯 마리의 가이아-슨을 끌면서 걸어갔기에 영락없이 평범한 일꾼으로 보였다. 그들은 최대한 지하 통로를 이용했다. 그들이 고른 탈출로는 지금은 폐허가 된 르샤의 교외까지 운송 차량이 다녔다는, 길고 샛길도 별로 없는 길이었다. 그들은 르샤의 폐허 한복판에서 지표면으로 나왔고, 그때부터 청색 지구의 버려진 니스 평원을 가로질러 그르-얀의 낮은 산등성이를 향해 빠르게 이동했다. 마침내 트라-유브는 무성한 덤불 사이에서 오랫동안 사용하지 않은, 거의 전설과도 같은 옛 터널의 입구를 찾아냈다. 트라-유브도 까마득히 오래전, 가족의 자긍심인 이 기념물을 보여주려는 아버지의 손에 이끌려 딱 한 번 와본 적이 있었다. 짐을 가득 실은 가이아-슨을 끌고 덩굴과 가시덤불 사이를 헤치고 가기란 녹록지 않았다. 엎친 데 덮친 격으로 가이아-슨 한 마리가 반항하더니 무리에서 뛰쳐나가 황금을 가득 실은 채로 차트를 향해 달려가고 말았으니, 이는 무서운 파국으로 이어질 불씨였다.

아틀란티스가 침몰한 이후 인적이 닿은 적 없는 이 축축하고 갑갑한 터널을 파란 횃불에 의지해 오르락내리락 전진하다가 다시금 위로 오르는 과정은 악몽과도 같았다. 그리고 어느 지점에 이르러서는 움직이는 지층에 꽉 막힌 곳을 통과하기 위해 트라-유브가 자기 자신은 물론이고 자마코나와 가이아-슨한테까지 비물질화의 오싹한 기술을 써야 했다. 자마코나로선 그야말로 끔찍한 경험이었다. 종종 비물질화 과정을 목격했고, 꿈의 투사 단계까지 스스로 적용해 본 적도 있었지만 완전한 단계까지 경험한 건 처음이었기 때문이다. 그래도 트라-유브는 큰-얀의 기술에 능했기에 이 변형술을 안전하게 마무리 지었다.

그때부터 어디서나 기괴한 조각들이 힐끔거리는 공포의 종유석 동굴을 따라 또다시 끔찍한 행진이 이어졌다. 자마코나는 사흘가량을 야영과 이동을 반복했다고 기록했으나, 아마 사흘보다는 짧은 시간이었을 것이다. 마침내 그들은 약간씩 깎아낸 것 외에는 거의 천연에 가까운 동굴 벽을 벗어나, 섬뜩한 낮은 돋을새김으로 가득한, 완전히 인공적인 석벽으로 들어섰다. 1.5킬로미터 길이의 가파른 오르막을 오르자, 좌우 양쪽에 하나씩 거대한 벽감이 나타났고, 여기에 초석으로 뒤덮인 이그와 툴루의 석상이 각각 놓여 있었다. 이 두 개의 석상은 인류의 출현 초기부터 이글거리는 눈빛으로 통로를 사이에 두고 서로를 바라보고 있었다. 이 지점부터 통로는 거대한 아치형의 ──사람이 만든── 원형 공간으로 이어졌다. 이 공간 전체에 오싹한 조각들이 장식되어 있었고, 그 끝에는 계단이 있는 아치형 통로가 나 있었다. 트라-유브는 집안에 전해지는 이야기를 바탕으로 이곳이 지상에서 아주 가깝다고 말했으나, 얼마나 가까운지는 확실히 알지 못했다. 그들은 지하 세계에서의 마지막 휴식 삼아 이곳에서 야영을 하기로 했다.

자마코나와 트라-유브가 쨍그랑거리는 쇠붙이 소리와 짐승들의 발소리에 잠을 깬 것은 몇 시간이 지나서였다. 이그와 툴루의 석상이 마주 보는 비좁은 통로에 파란 불빛이 퍼져왔고, 곧 사태가 명확해졌다. 나중에 밝혀진 사실에 따르면, 가시덤불로 뒤덮인 터널 입구에서 도망쳤던 가이아-슨 한 마리가 차트로 돌아가면서 비상이 걸렸고, 곧장 추격대가 도망자 체포에 나섰던 것이다. 저항해 봐야 소용없었고, 실제로도 저항은 없었다. 열두 명의 추격대원은 신중하고 정중했으며, 양측 간에 한마디 말이나 생각의 전달 없이 귀환이 시작되었다.

귀환의 과정은 불길하고 음울했다. 게다가 막힌 지점에서 비물질화와 재물질화를 사용함으로써 정상참작의 기대와 희망마저 없어진 것이 더욱더 섬뜩했다. 추격대원 사이에서 지금까지 몰랐던 외부 출구에 보초를 세우기 위해 강력한 방열기로 막힌 지점을 즉각 뚫어야 한다는 얘기가 오갔다. 외부인이 통로 안으로 들어올 수 없게 하자는 것인데, 혹시 통로만 보고도 지하 세계가 아주 크다는 암시를 받을 우려가 있고 이자가 아무런 제재도 받지 않고 탈출했다가 호기심 때문에 더 많은 일행을 데리고 돌아올 수 있기 때문이었다. 자마코나의 등장 이후 여러 통로에 보초를 세웠듯이, 가장 외곽에 있는 이 관문에도 동일한 조치가 필요했다. 보초들은 노예와 살아 있는 시체인 음-비 혹은 강등된 자유민 계급을 망라해서 선출될 것이었다. 수많은 유럽인들이 미국 평원에 들끓고 있는 상황이니, 스페인 사람의 예견처럼 모든 통로가 잠재적인 위험 요인이었다. 그러므로 차트의 기술자들이 지금보다는 활력에 넘쳤던 과거에 했던 것처럼 외부와의 통로들을 완전히 없애버리기까지는 철저한 경계가 필요했다.

뜰과 연못이 있는 공원 뒤편에 황금과 구리로 지은 공관, 이곳의 최고 법정에서 자마코나와 트라-유브는 3인의 그나근[8]을 앞에 두고 재판을 받았다. 스페인 사람은 아직 전달하지 않은 외부 세계의 중요한 정보가 있다는 이유로 무죄 판결을 받았다. 그는 자신의 아파트와 애정 그룹의 품으로 돌아가라는 지시를 받았다. 평소와 다름없는 일상을 유지하면서 최근까지 준수해 온 일정표대로 학계 대표자들과의 만남을 계속하라는 것이다. 큰-안에서 문제를 일으키지 않는 한, 그 어떤 제한이나 구속도 없을 거라고 했다. 그러나 차후 탈출 시도가 되풀이된다면 더는 관대한 조치는 없을 거란 암시도 전달되었다. 자마코나는 3인의 그나근 중에서 대표자가 건넨 작별 인사 — 복종하지 않은 한 마리를 제외하고 가이아-슨을 전부 돌려주겠다는 말 — 에 아이러니를 느꼈다.

그에 비해 트라-유브는 불운했다. 그녀를 구금한다는 데 이견이 없었고, 그녀가 차트인이기에 자마코나에 비해 더 죄질이 나빴다. 그 결과, 그녀는 원형경기장의 기묘한 오락물로 전락했다. 그 이후에는 상당히 훼손되고 절반은 비물질화된 모습으로 음-비의 역할을 수행했으며 그녀 자신이 발견한 통로로 보내져 보초병 사이에 배치되었다. 불쌍한 트라-유브가 목이 잘린 불완전한 모습으로 원형경기장에 나타난 데 이어 폐쇄된 고분 통로의 최전방 보초로 배치됐다는 소식을 들은 자마코나, 그는 생각보다 더 깊은 자책의 고통에 시달렸다. 소식에 따르면, 트라-유브는 야간 보초를 서면서 접근해 오는 사람들에게 횃불로 경고를 보낸다고 했다. 그리고 접근자가 경고에 따르지 않을 시에는 아치형 천장의 원형 공간에 대기 중인 소규모 수비대 ─ 12인의 시체 노예 음-비와 6인의 살아 있되 일부 비물질화된 자유민 ─ 에게 위험 상황을 보고한다고 했다. 그녀와 교대로 일하는 주간 보초는 살아 있는 자유민으로서 그는 차트에 반하는 모종의 죄를 짓고 다른 징벌 대신에 이 보초 일을 선택했다고 한다. 보초병 책임자들이 대부분 강등된 자유민이라는 사실은 자마코나도 오래전부터 이미 알고 있었다.

간접적으로 판단한 것이긴 하나, 또다시 탈출을 시도했다가는 관문의 보초로 보내질 것이 분명했다. 물론 살아 있는 시체인 음-비의 형태로, 그것도 원형경기장에서 트라-유브가 당했다고 전해 들었을 뿐인 모진 고초를 몸소 생생하게 겪은 후에 그리될 것이었다. 그에게 에둘러 전해진 암시에 따르면, 통로의 내부 어딘가에 보초로 보낼 목적으로 그를 혹은 그의 일부를 되살려낼 것이었다. 어쩌면 인간의 존재 조건과 권리를 박탈당한 모습으로 시민들의 눈에 띄는 곳에서 반역 죄인의 본보기로 영원히 남을 수도 있었다. 그러나 그에게 정보를 제공해 주는 이들이 늘 덧붙이기를, 실제로 그가 법정에서 그런 판결을 받을 확률은 전무하다고 했다. 그가 큰-얀에서 문제를 일으키지 않는 한, 자유와 특권을 누리며 존경을 받을 것이라고 했다.

그러나 결국, 판필로 데 자마코나는 자신에게 오싹하게 암시된 그 운명을 자초하고 말았다. 그가 실제로 그런 결말을 맞게 되리라 예상한 건 아니었다. 그러나 초조함이 전해지는 필사본의 후반부에서 그가 그런 가능성에 대비했음이 명확히 드러난다. 큰-얀에서 무사히 탈출할 수 있는 마지막 희망은 비물질화 기술을 더 완벽하게 습득하는 것이었다. 수년 동안 그 기술을 연마해 왔고, 그 자신이 직접 그 기술과 관련된 두 번의 사례를 통해서 더 많은 것을 배운 결과, 혼자서도 효과적으로 기술을 사용할 수 있다는 자신감이 날로 강해졌다. 그의 필사본에 따르면, 몇 차례 주목할 만한 실험 ── 그의 아파트에서 작은 성공을 거둔 사례들 ── 이 있었다. 자마코나는 글을 통해서 조만간 사람들의 눈에 띄지 않는, 완벽한 유령 형태로 변신한 뒤 원하는 시간 동안 그 상태를 유지할 수 있다는 희망을 피력하고 있다.

그는 이 단계까지 도달하고 나자 탈출의 길이 열렸다고 주장했다. 물론 황금을 가져가는 건 불가능하지만, 몸만 탈출하는 건 충분했다. 다만 비물질화 상태에서 툴루 금속 원통에 넣은 필사본을 가져가야 하는데, 이것만으로도 상당한 노력이 더 필요했다. 필사본과 증거물은 무슨 대가를 치르더라도 반드시 외부 세계로 가져가야 했기 때문이다. 그는 이제 어떤 통로를 택해야 하는지 파악했다. 분산된 원자 상태로 통로를 지나간다 해도, 과연 사람이나 괴수에게 발각되거나 제지당하지 않을지는 미지수였다. 계속해서 유령 상태를 유지할 수 있는가, 이것이 관건이었다. 일련의 실험을 통해서 배웠듯이 그런 위험은 언제든지 찾아올 수 있었다. 하나 모험을 쫓는 삶이란 늘 죽음과 최악의 상황을 각오해야 하는 것 아니던가? 자마코나는 옛 스페인의 남아였고, 미지와 맞서며 신세계 문명의 절반을 개척해 낸 조상의 후손이었다.

결심을 굳힌 뒤 많은 밤 동안 자마코나는 성 팜필리우스와 그 밖의 수호성인에게 기도했고, 로사리오 묵주를 셌다. 끝으로 갈수록 점점 더 일기 형태를 띠던 필사본은 그저 간단한 문장으로 끝이 났다. "생각보다 늦었다. 가야 한다." 이 문장 뒤에 남은 것은 오직 침묵이고, 존재 자체로 증거가 되는 이 필사본이며, 이것을 바탕으로 우리가 도달할 추측

뿐이다.

VII

  정신없이 필사본을 읽으면서 메모하다가 고개를 들자, 해가 중천에
떠 있었다. 아직 켜져 있는 전구, 그러나 이런 현실의 — 현대적인 지상
세계의 — 물체들은 소용돌이치는 머릿속에서 멀어져 있었다. 물론 그
곳은 빙어에 있는 클라이드 콤프턴의 집이었다. 그러나 내가 읽은 이
기괴한 글은 무엇인가? 날조된 것이거나 광인의 이야기란 말인가? 날
조된 것이라면, 이 농담은 과연 16세기의 것인가 아니면 현대의 것인
가? 완전히 문외한은 아닌 내가 보기에도 이 필사본의 집필 시기는 무
서울 정도로 진짜였고, 기이한 금속 원통이 던져주는 문제는 감히 생각
조차 할 수 없었다.
  게다가 이 두루마리 필사본은 고분의 불가사의한 현상 — 무의미하
고 모순돼 보이는 낮과 밤의 유령들 그리고 그동안 발생한 광증과 실종
의 기이한 사례들 — 에 대해 괴이하리만큼 정확하게 설명하고 있지 않
은가! 이 황당한 얘기에 수긍한다면, 그건 소름 끼치도록 개연성이 있
고 섬뜩하리만큼 일관적인 설명이기 때문일 것이다. 고분에 얽힌 전설
들을 속속들이 잘 아는 누군가의 놀라운 장난이리라. 공포와 타락의 기
상천외한 지하 세계를 빌려 사회를 풍자하는 느낌마저 있으니 말이다.
틀림없이 이 필사본은 박학다식한 냉소주의자의 교묘한 위작일 것이
다. 뉴멕시코의 납 십자가처럼, 십자가들을 장난으로 박아놓고는 기억
조차 가물가물한 중세 암흑시대의 유물이 유럽에서 뉴멕시코로 옮겨

졌다가 나중에 발견된 양 속임수를 쓴 사례처럼 말이다.

아침 식사를 하러 아래층으로 내려가면서 콤프턴과 그의 어머니에게 뭐라고 말해야 할지 난감했다. 게다가 호기심이 동한 방문자들이 벌써 모여들고 있었다. 여전히 얼떨떨해 있던 나는 메모를 해둔 몇 가지를 우선 말해 준 뒤 필사본은 고분에 간 적이 있는 누군가가 만든 교묘하고 독창적인 가짜라는 의견을 중얼거리는 것으로 난감한 상황을 모면했다. 그리고 필사본의 내용을 정리해서 말해 주자, 모두들 내 의견에 동의하는 것 같았다. 아침 식사 자리에 모였던 사람들뿐만 아니라 이 자리에서 오간 내용을 서로 주고받았던 빙어의 모든 주민들까지 나서서 누군가의 장난질이라는 데서 해답을 찾으려고 했으니 참 이상했다. 얼마 동안은 우리 모두 근래에 고분에서 벌어지는 일들이 필사본의 내용만큼이나 기이할 뿐만 아니라 그 어느 때보다도 그럴듯한 해명이 불가능하다는 점을 망각하고 있었다.

내가 고분에 같이 갈 지원자를 물색하자 공포와 의혹이 되살아나기 시작했다. 나는 좀 더 규모가 큰 발굴단을 원했으나 그 꺼림칙한 곳에 간다는 생각에 빙어 주민들은 흥미를 느끼지 않는 것 같았다. 이것은 하루 전과도 사뭇 다른 분위기였다. 나는 고분 쪽을 쳐다보다가 이제는 주간 보초라는 것을 알게 된 그것의 움직임이 희미하게 눈에 띌 때마다 점점 강렬해지는 공포를 느꼈다. 극단적인 회의론자인 내가 필사본의 음산함에 사로잡혀 모든 것을 고분과 관련된 새롭고 기괴한 의미로 받아들이고 있었다. 쌍안경으로 고분의 움직이는 반점을 살펴볼 용기는 아예 없었다. 대신에, 우리가 악몽 속에서 이것이 꿈이라는 것을 알기에 어서 이 모든 것이 끝나버리기를 바라며 더욱 강렬한 공포 속으로 무작정 뛰어들듯이 허세를 부리고 있었다. 곡괭이와 삽은 고분에 놔두고 온 터라 자질구레한 장비들을 담은 손가방 하나만 달랑 들고 떠났다. 손가방에 이상한 원통과 필사본도 챙긴 이유는 녹색의 스페인어로 기록된 필사본 어딘가에서 혹시나 중요한 단서를 찾아낼지도 모른다는 막연한 예감 때문이었다. 아무리 교묘한 위작이라고 해도 과거에 누군가가 발견한 고분의 실제 특성을 토대로 만든 것이니까 말이다. 게다가 자성을 띤 금속 원통은 또 얼마나 기묘한가! 내 목에 걸려 있는 잿빛 독수리의 비밀 부적은 여전히 원통에 달라붙어 있었다.

고분을 향해 걷는 동안 그곳을 자세히 쳐다보지 않았다. 그런데 고분에 도착해 보니 아무것도 눈에 띄지 않았다. 어제 그랬던 것처럼 고분을 기어오르면서 혹시나 기적처럼 필사본의 절반이라도 사실이라면, 이 근처에 과연 무엇이 있을까 하는 생각이 들어 심란했다. 만약에 그 자마코나라는 가상의 스페인 사람이 발각되었다면 — 이를테면 무심결에 사용한 재물질화 기술 때문에 — 바깥으로 탈출했을 확률은 희박했다. 만약 재물질화 과정의 문제였다면 보초에게 — 강등된 자유민에게 혹은 참 아이러니한 상황일 수도 있겠지만 어쩌면 첫 탈출을 함께 계획하고 도왔던 트라-유브에게 — 발각됐을 터이고, 엎치락뒤치락하는 몸싸움 과정에서 금속 원통이 고분 정상에 떨어져 400년 가까이 방치된 채 조금씩 흙에 파묻혔을 터이다. 그러나 고분 정상에 올라설 즈음에는 그런 터무니없는 생각일랑 집어치우자고 마음먹었다. 그래도 필사본의 이야기에 만에 하나 진실이 있다면, 붙잡힌 자마코나에게 닥친 기괴한 운명일 것이었다. 원형경기장…… 신체 절단…… 습기와 질소로 뒤덮인 터널 어딘가에서의 보초 근무…… 혹은 신체가 훼손되고 자동화된 반시체 상태로 도심 내부를 지키는 경비병…….

이런 음산한 생각을 몰아낸 것은 실로 엄청난 충격이었다. 타원형 정상을 둘러보다가 곡괭이와 삽이 없어진 것을 알았기 때문이다. 정말이지 도발적이고 혼란스러운 상황이었다. 고분에 오는 걸 한사코 꺼렸던 빙어 주민들의 모습을 떠올리자니 당혹스럽기까지 했다. 그렇다면 꺼렸던 것도 다 속임수였고, 불과 10분 전만 해도 심각한 표정으로 나를 보냈던 그들이 지금 당황하고 있을 나를 보면서 낄낄거리고 있다는 것일까? 쌍안경을 꺼내 마을 외곽에 모여 있는 사람들을 살펴보았다. 아니, 그들이 우스꽝스러운 희극을 구경하기 위해 이쪽을 보고 있는 것 같지 않았다. 그렇다고 해도 이 모든 일, 요컨대 전설과 필사본과 원통 등등 이 모든 것의 밑바닥에 마을 사람들과 보호 구역의 인디언들이 한통속으로 작당한 거대한 장난이 숨겨져 있는 것은 아닐까? 멀리서 보이다가 순식간에 사라지고 없는 보초를 떠올려보았다. 그리고 늙은 잿빛 독수리의 행동, 콤프턴 모자의 말과 표정, 빙어 주민 대부분의 분명한 공포심도 떠올려보았다. 마을 차원에서 벌어진 장난이라고 하기엔 석연치 않았다. 몰래 고분까지 와서 내가 두고 간 연장들을 가져갈 정도로 장난기 많은 망나니들이 빙어에도 한두 명은 있겠지만, 이곳의 공포와 문제는 분명히 진짜였다.

그 밖에 큰 칼로 베어놓은 덤불, 북쪽 가장자리 부근에 사발처럼 살짝 함몰된 지점, 양날 단검으로 금속 원통을 파낸 구멍 같은 것들은 그대로 있었다. 다시 곡괭이와 삽을 가지러 빙어로 돌아가는 건 누군지 알 수 없는 그 장난꾼들에게 너무 너그럽게 장단까지 맞춰주는 꼴이라 손가방에 챙겨 온 큰 칼과 양날 단검만으로 최대한 작업을 해보기로 마음먹었다. 도구들을 꺼낸 뒤 고분의 옛 입구가 있던 자리라고 미리 점찍어둔 사발 모양의 함몰지를 파 들어갔다. 작업하는 동안, 어제처럼 나를 밀쳐내는 듯한 돌풍이 일었다. 뿌리가 뒤엉킨 적토를 계속 파 들어간 끝에 그 아래의 색다른 흑토가 보일 무렵에는 어제처럼 형태 없는 투명 손들이 내 손목을 잡아끌면서 만류하는 것 같았는데 그 느낌이 어제보다 훨씬 더 강하고 생생했다. 목걸이 부적은 미풍에도 이상하게 씰룩거렸다. 흙 속 원통에 끌렸을 때처럼 한쪽 방향이 아니라 애매하고 산만하여 뭐라 설명하기 어려웠다.

그런데 내가 딛고 서 있던, 뿌리와 뒤엉킨 흑토가 느닷없이 후드득 가라앉았고, 발밑 깊숙한 곳으로 뭔가 움직이며 떨어지는 소리가 희미하게 들려왔다. 나를 방해하던 바람 혹은 공기인지 손인지 모를 것이 바로 그 붕괴 지점에서 힘을 발휘했다. 나는 그 힘이 밀쳐낸 덕분에 함몰당하지 않고 구멍 바깥으로 쉽게 뛰어올랐던 것 같다. 가장자리에 웅크리고 앉아 큰 칼로 얽히고설킨 뿌리들을 마구 쳐낼 때도 방해하는 힘이 느껴졌으나 내 손길을 막을 만큼은 강하지 않았다. 뿌리를 쳐낼수록 뭔가 더 많은 것이 밑으로 떨어지는 소리가 들려왔다. 마침내 구멍이 저절로 깊숙이 가라앉았고, 아래의 꽤 커다란 공간으로 흙이 쓸려 내려가는 것이 보였다. 흙과 함께 뿌리까지 쓸려 내려갔기 때문에 상당한 틈이 생겼다. 큰 칼로 틈 주변을 좀 더 정리하자 벌어진 틈으로 묘하게 차갑고 낯선 공기가 솟구치면서 마지막 장벽까지 없애주었다. 아침 햇빛에 입을 벌린, 가로세로 1미터는 됨 직한 커다란 입구 밑으로 돌계단이 드러났고, 그때까지도 떨어진 흙이 계단을 따라 쓸려 내려가고 있었다. 드디어 뭔가를 해냈구나! 당장은 공포를 이길 정도로 우쭐해져서 양날 단검과 큰 칼을 도로 손가방에 집어넣은 뒤 고성능 손전등을 꺼내 들고 의기양양하게 혼자서, 내가 발견한 전설의 지하 세계를 향해 그야말로 무모한 침입을 준비했다.

처음 몇 계단을 내려가기가 퍽 힘들었다. 떨어진 흙이 계단을 막고 있는 데다 밑에서 차가운 바람이 불길하게 솟구쳐 올랐기 때문이다. 목걸이 부적이 요상하게 흔들거렸고, 햇빛에서 멀어진 것이 슬슬 후회되기 시작했다. 손전등 불빛에 드러난 벽은 거대한 현무암 덩어리로 만들어진 것으로 벽면은 습기와 물때, 소금으로 뒤덮여 있었다. 그리고 질소 퇴적물 밑에서 이따금씩 조각의 흔적이 보이는 것 같았다. 손가방을 더욱 꽉 바르쥐었고, 오른쪽 외투 주머니에 들어 있는 보안관의 묵직한 권총에서 전해지는 무게감이 적잖은 위안을 주었다. 얼마나 지났을까, 통로가 이리저리 구부러지기 시작하더니 계단은 아무런 장애물도 없이 말끔해졌다. 벽화의 흔적이 분명해져서 원통의 기괴한 얇은 돋을새김과 유사한 괴물의 모습을 봤을 때는 온몸에 소름이 돋았다. 바람과 공기가 위협적으로 계속 몰려들었고, 통로가 구부러지는 한두 곳에서 쌍안경으로 봤던 둔덕의 보초와 비슷하게 생긴, 옅고 투명한 형체가 횃불에 스쳐 간 것 같았다. 이렇게 착시까지 경험하자 잠시 걸음을 멈추고 마음을 추슬렀다. 앞으로 혹독한 시간을 감당해야 할 터이고 무엇보다 나의 고고학 경력에서 가장 중요한 업적을 앞둔 마당에 고작 시작 단계에서 무너져선 곤란했다.

그러나 하필 왜 그 지점에서 멈춰 섰을까, 그러지 않았으면 그 불온한 물체에 시선을 빼앗기지도 않았을 텐데. 그것은 몇 계단 아래, 벽 가까이 놓여 있는 작은 물체에 불과했다. 그러나 그것 때문에 나의 이성은 호된 시험대에 올라야 했고, 더없이 불안한 추측들이 꼬리를 물고 떠올랐다. 위쪽의 입구는 무성하게 자란 관목의 뿌리와 표토의 퇴적으로 미루어 수백 년간 완전히 밀폐되어 있었음이 분명했다. 그런데 눈앞에 나타난 그 물체는 분명히 그 정도로 오래된 것이 아니었다. 그것은 내가 들고 있던 것과 아주 비슷한 손전등이었기 때문이다. 무덤과 같은 습기 속에서 뒤틀리고 더께로 덮여 있었음에도 틀림없는 손전등이었다. 몇 계단을 내려가 그것을 집어 들고 기분 나쁜 더께를 거친 외투에 문질러 닦았다. 니켈 띠 한 곳에 새겨진 이름과 주소, 그것을 확인한 나는 소스라치게 놀라고 말았다. '제임스 C. 윌리엄스, 매사추세츠 케임브리지 트로브리지 거리 17번지.' 그것은 1915년 6월 28일에 실종된 두 명의 용감한 대학 강사 중에서 한 사람을 의미했다. 불과 13년 전이라니, 내가 방금 수백 년의 뗏장을 뚫고 들어왔건만! 이 물건이 어떻게 여기에 있는 걸까? 다른 입구가 있는 걸까? 아니면 비물질화와 재물질화라는 것이 결국엔 허무맹랑한 얘기만은 아니란 말인가?

끝이 없어 보이는 계단을 더 내려가는 동안 의혹과 공포가 일었다. 계단에 끝이 있긴 한 걸까? 벽화들은 더욱 또렷해지면서 그림으로 뭔가를 설명하는 듯했고, 나는 이 벽화들이 알려주는 큰-얀의 역사가 손가방에 챙겨 온 필사본의 내용과 상당 부분 일치하는 것을 깨닫고 공포를 느꼈다. 밑으로 내려가는 것이 과연 현명한 일인지 처음으로 심각한 회의가 들기 시작했고, 제정신으로 돌아갈 수 없는 상황에 이르기 전에 지금이라도 지상으로 올라가는 것이 낫지 않을까 하는 의혹이 일기 시작했다. 그러나 망설임은 오래가지 않았다. 나는 그 어떤 위험 앞에서도 물러서지 않는 선조의 투쟁심과 모험심을 물려받은 버지니아 사람이니까.

내려가는 속도가 느려지기는커녕 더 빨라졌다. 마음을 어지럽히는 섬뜩한 양각과 음각의 조각들을 외면하면서 내려갔다. 갑자기 앞쪽에 아치형의 출입구가 나타났을 때, 드디어 이 어마어마한 계단이 끝났음을 깨달았다. 그러나 이 깨달음과 함께 더욱 강렬해지는 공포가 엄습했다. 눈앞에 모습을 드러낸 둥근 천장의 거대한 토굴, 너무도 익숙한 윤곽의 그 거대한 원형 공간은 세세한 부분까지 자마코나의 필사본과 일치하고 있었다.

바로 그곳이었다. 틀림없었다. 그래도 일말의 미심쩍은 부분이 있었으니, 그것은 거대한 궁륭을 가로지르는 공간이 부서져 있었기 때문이다. 길고 좁은 통로가 시작되는 지점은 두 번째 아치형 공간이었고, 그 입구 양쪽에서 마주 보고 있는 거대한 벽감에는 너무도 익숙한 형태의 역겹고 커다란 석상이 놓여 있었다. 인류의 태동기부터 그래왔듯이 음산하고 불결한 이그와 섬뜩한 툴루가 하염없이 웅크리고 앉아서 통로 너머로 서로를 노려보고 있었다.

지금부터 내가 말하는 것을, 아니 내가 봤다고 생각하는 것을 믿지 않아도 좋다. 그것이 정상적인 인간의 경험 내지 객관적인 현실의 일부라고 하기엔 너무도 이상하고 극도로 기괴하며 도저히 믿기 어렵기 때문이다. 손전등 불빛이 강했으나 그 거대한 토굴을 전부 밝혀주기에는 당연히 무리였다. 그래서 손전등을 거대한 벽 쪽으로 향하여 조금씩 살펴보기 시작했다. 그 공간이 텅 비어 있는 것이 아니라, 여기저기 널려 있는 이상한 가구와 도구 그리고 이런저런 짐 꾸러미 들이 최근까지도 많은 이들이 북적거렸음을 보여주고 있어서 등골이 오싹해졌다. 초석으로 뒤덮인 과거의 유물이 아니라 요즘에 만들어져 매일 사용된 기이한 모양의 물체와 도구 들이었다. 그런데 물체 혹은 물체 더미에 손전등을 비추고 있는 동안, 물체들의 윤곽이 금세 흐릿해지기 시작했다. 좀 더 시간이 지나서는 그 물건들이 현실 세계에 있는 것인지 아니면 영적인 세계에 있는 것인지조차 분간하기 어려워졌다.

그동안에도 계속해서 적의를 띤 바람이 점점 더 거세게 나를 밀쳤고, 보이지 않는 손들이 표독스레 잡아당기며 목걸이 부적을 잡아챘다. 황당한 생각들이 자꾸 떠올랐다. 이곳에 수비대가 있었다는 필사본의 내용. 지금으로부터 380년 전인 1545년에 여기 있었다는 열두 명의 시체 노예 음-비와 살아 있되 부분적으로 비물질화된 자유민……. 그 이후로 어떻게 됐을까? 자마코나는 변화를 예고했다. 미묘한 분해…… 그보다 좀 더 강도 높은 비물질화…… 점점 더 쇠약해져서……. 이들을 견제하고 있는 것이 혹시 잿빛 독수리의 부적은 아닐까? 이들이 신성시한다는 툴루의 금속, 결국 이 부적을 잡아 뜯어서 다른 사람들에게 한 것처럼 내게도 그러려고 이토록 기를 쓰는 것인가? 불현듯 내가 자마코나의 필사본을 완전히 믿고서 이런 추측을 하고 있다는 생각이 들자 뭔가에 얻어맞은 듯 정신이 번쩍 들었다. 사실일 리 없었다. 마음을 단단히 먹어야 했다.

그러나 암담하게도 마음을 다잡으려고 할 때마다 새로운 광경이 나타나 의지를 산산이 부수어버렸다. 이번에도 흐릿하게 보이는 잡동사니들이 곧 어둠에 묻히긴 했으나, 시선과 손전등의 불빛을 잡아끄는, 지금까지와는 사뭇 다른 성격의 두 물체가 있었다. 틀림없이 정상적인 현실 세계에 속하는 물체, 그것들이 무엇인지 잘 알지만, 이곳에서 있어서는 안 된다는 것 또한 너무도 잘 알기에 지하에서 지금까지 본 어떤 것보다도 내 이성을 송두리째 뒤흔든 물체들, 그것들은 다름 아닌 내가 잃어버린 삽과 곡괭이였다. 그것도 이 지옥과도 같은 토굴에, 불경한 조각으로 가득한 벽에 나란히, 반듯하게 세워져 있었다. 이럴 수가! 그 용감한 빙어의 장난꾼들은 어찌 된 거냐고 나는 혼자 중얼거렸다.

그것이 결정타였다. 그 이후부터 필사본의 저주스러운 최면에 사로잡혔고, 나를 밀고 잡아당기는 반투명한 괴물들까지 실제로 눈에 보이기 시작했다. 여전히 인간의 흔적을 약간씩 간직하고 있는 고제3기의 불결한 괴물들…… 밀고 잡아당기는…… 완전히 드러난 모습들, 병적이고 불완전한……. 그것 말고도 섬뜩한 것들이 더 있었다. 원숭이를 닮은 얼굴에 뿔이 튀어나온 네발의 괴수들…… 초석으로 뒤덮인 그 땅속의 지옥에서 여태 소리 한 번 내지 않았다니…….

그때 소리가 들려왔다. 쿵, 쿵, 쿵. 곡괭이와 삽처럼 틀림없는 실체를 지닌 뭔가가 이동하는 둔중한 소리였다. 나를 에워싸고 있는 유령 같은 존재들과 퍽 다른 동시에 건전한 지상 세계의 생명체와도 거리가 먼, 뭔가가 다가오고 있었다. 판단력을 상실한 채로 그나마 무엇이 나타날까 마음의 준비를 하려고 애썼으나 달리 어떤 것도 떠올릴 수 없었다. 그저 혼자서 계속 이렇게 중얼거리기만 했다. "저건 이 깊은 지하에 있지만 비물질화되진 않았어." 발소리가 점점 또렷해졌고, 그 기계적인 소리를 통해서 그것이 어둠 속을 배회하는 시체라는 걸 알았다. 그리고 곧 손전등 불빛 속에 들어온 그것을 보았다. 아! 뱀 이그와 문어 툴루의 무시무시한 석상 사이, 그 좁은 통로에 마치 보초처럼 서 있는…….

내가 본 것을 충분히 설명하려면 기억을 가다듬어야겠다. 내가 왜 손전등과 손가방을 떨어뜨리고 맨몸으로 칠흑 같은 어둠 속을 달렸는지, 어쩌다가 그 저주받은 고분 꼭대기에 쓰러져서 마을의 외침과 고함에 거친 숨을 토해 내며 깨어날 때까지 다행히 정신을 잃고 누워 있었는지 설명하려면……. 무엇이 나를 지상으로 다시 이끌었는지 아직 모르겠다. 내가 아는 것이라고는 빙어의 구경꾼들이 사라진 지 세 시간 후에 비틀거리며 다시 고분 위로 나타난 나를 봤다는 것뿐이다. 그리고 내가 총에 맞은 것처럼 고분 위에 고꾸라져버렸다는 것뿐이다. 그 누구도 고분까지 와서 나를 도와줄 용기는 없었다. 대신에 그들은 내가 안 좋은 상태임을 알고 힘이 닿는 대로 목소리를 모아 고함을 지르고 총을 쏴대며 나를 깨우려고 애썼다.

결국 그들의 노력 덕분에 정신을 차린 나는 여전히 입을 벌리고 있는 그 검은 구멍으로부터 속히 벗어나기 위해 구르다시피 고분을 내려왔다. 손전등과 장비, 필사본이 들어 있는 손가방까지 전부 땅속에 있었다. 그러나 왜 나를 포함해 아무도 그 물건들을 찾으러 가지 않았을까, 그 이유는 단순하다. 나는 비틀거리며 평원을 가로질러 마을로 돌아간 뒤에 내가 본 것을 말하지 못했다. 그저 조각과 석상과 뱀과 내가 받은 충격에 대해 종잡을 수 없이 중얼거렸을 뿐이다. 그리고 비틀거리며 마을까지 중간쯤 왔을 때 유령 보초가 다시 나타났다는 누군가의 말을 듣고 나는 다시 기절했다. 그날 저녁 빙어를 떠났고, 고분에 여전히 유령들이 나타난다는 말을 듣긴 했으나 그 후로는 두 번 다시 그곳에 가지 않았다.

그러나 그 섬뜩했던 8월의 오후에 빙어 주민들에게 감히 말하지 못했던 것을 여기에 대충이나마 밝히기로 마음먹었다. 나는 아직도 그것을 어떻게 말해야 할지 모를 뿐이다. 누구든 내가 왜 이리도 말을 아끼는지 이상한 생각이 든다면, 공포를 상상하는 것과 실제로 보는 것은 차원이 다르다는 것만 기억해 주기 바란다. 나는 그것을 보았다. 이 글의 초반부에서 히턴이라는 혈기왕성한 청년, 그러니까 1891년 어느 날 그 고분에 갔다가 백치가 되어 한밤에 돌아왔고, 그 이후 8년간을 자신이 목격한 공포에 대해 횡설수설하다가 결국 간질 발작으로 죽은 그 청년에 대해 말한 것을 기억할 것이다. 그가 늘 끙끙대면서 했다는 말은 이렇다. "저 백인, 억! 그들이 저 백인한테 무슨 짓을 한 거지……."

말하자면, 그 불쌍한 히턴이 본 것을 나도 보았다. 다만 나는 필사본을 읽었기에 히턴보다는 그 내력을 좀 더 알고 있었다. 그래서 더 안 좋았다. 필사본이 암시하는 것을 전부 알았기 때문이다. 그 모든 것이 여전히 저 아래 도사린 채 썩어 문드러지면서 기다리고 있다. 나는 땅속에서 뭔가가 기계적으로 쿵쿵 발소리를 내면서 좁은 통로를 따라 다가왔고, 입구에 있는 오싹한 이그와 툴루 석상 사이에 보초처럼 멈춰 섰다고 말했다. 그것은 지극히 자연스럽고 당연한 행동이었다. 왜냐하면 그것이 바로 보초였으니까. 그것은 보초라는 형벌을 받았고, 철저히 죽은 상태가 되었다. 그뿐만 아니라 그것은 머리와 팔, 발목 아래와 인간의 기본적인 신체 일부가 없었다. 그렇다. 그것은 한때 분명한 인간이었다. 그것도 백인이었다. 내가 생각하듯 필사본의 내용이 진실이라면, 그것은 죽임을 당한 뒤 외부에서 통제되는 자동 자극으로 대체되기에 앞서 원형경기장의 오락거리로 사용되었을 것이다.

약간의 털이 나 있는 그것의 하얀 가슴에 칼로 새겼는지 아니면 낙인을 찍었는지 모를 글자들이 있었다. 내가 일부러 그 글자들을 확인하려고 멈춰 선 건 아니었으나 서툰 스페인어라는 것만은 알 수 있었다. 스페인어와 로마자에 익숙하지 않은 외국의 필경사가 서툴게 써 넣은 듯 얄궂은 느낌이라고 할까. 아무튼 그 내용은 이랬다. "큰-얀의 결의에 따라 머리 없는 트라-유브에게 체포됨."

---

1) 툴루(Tulu): 러브크래프트의 핵심 창조물 중의 하나인 크툴루(Cthulhu)의 별칭. 『외전上』의 「날개 달린 죽음」에서는 클루루(Clulu), 「메두사의 머리 타래」에서는 클루루(Clooloo), 「전기처형기」에서는 크툴루틀(Cthulhutl)로 표기를 달리했다.

2) 티피(tepee): 모피로 만든 아메리칸인디언의 원뿔형 천막.

3) 프란시스코 바스케스 데 코로나도(Francisco Vasquez de Coronado): 캔자스에 처음으로 발을 디딘 실존 유럽인. 스페인은 16세기 초에 멕시코와 미국의 남서부를 포함하는 뉴스페인을 건설하는데, 1540년에 뉴스페인의 총독인 멘도사가 코로나도에게 기병대와 보병 1000명으로

구성된 원정대를 이끌고 황금이 가득하다는 '전설의 일곱 도시'를 찾아내라고 지시한다. 멕시코의 콤포스텔라를 출발하여 미국 내륙으로 향해 간 코로나도 원정대는 도중에 투르크라는 한 인디언 노예를 만난다. 투르크는 퀴비라 부족이 살고 있는 곳이 바로 전설의 일곱 도시라며 길을 안내하겠다고 자청한다. 그러나 이것은 인디언의 땅에서 스페인 침략자들을 쫓아내려는 투르크의 전략이었다. 투르크는 원정대를 텍사스의 사막으로 이끌었고, 원정대는 더위와 물 부족으로 곤경에 처한다. 나중에 투크르의 의도가 탄로 나자, 투르크는 죽임을 당하고, 원정대는 구사일생으로 사막을 벗어나 빈손으로 돌아간다.

4) 올드원(Old Ones): 러브크래프트는 올드원을 크게 두 가지로 사용한다. 작품에 따라, 하나는 특정 종족(특히 엘더족과 동일어로)을 지칭하는 것이고, 다른 하나는 외계 신들인 일군의 '위대한 올드원'을 칭한다. 이를테면, 「광기의 산맥」에 등장하는 남극의 외계 종족이나 이 작품에 등장하는 큰-얀의 거주자들 같은 특정 종족을 지칭하는 경우다. 또 '위대한 올드원'을 지칭할 경우엔 요그-소토스와 관련된 일군의 존재들을 일컫는다. 그러나 「광기의 산맥」의 경우, 올드원과 엘더족을 동일물로 보고 혼용함으로써(올드원이라는 명칭이 더 많이 쓰이긴 하나) 정확한 의미와 차이를 구분하기 어렵게 만들었다. 왜냐하면 엘더족은 다시 「더니치 호러」와 「시간의 그림자」에서 또 다른 모습들로 등장하기 때문이다. 더구나 올드원을 대체로 'Old Ones'로 표기하면서도 이 작품 전반부에서는 'old ones'로 표기하는 등 러브크래프트의 창조물 중에서 상당히 혼란스러운 명칭에 속한다. 그래서 케이오시움사(社)의 크툴루 게임의 경우, 용어상 혼란을 줄이기 위하여 「광기의 산맥」과 「더니치 호러」 등에 등장하는 올드원은 엘더족으로 통일하기도 했다.

5) 카다스(Kadath): 「또 다른 신들」에서 처음으로 언급된 미지의 공간. 드림랜드의 중요한 공간으로 인가노크 북부 차가운 황무지에 있다고 알려져 있으며, 지상의 신(그레이트 원)들이 거주하는 곳이다. 「미지의 카다스를 향한 몽환의 추적」에서 주인공 랜돌프 카터가 향하는 목적지이다.

6) 호명이 금기된 자(Not-to-Be-Named One): 해스터(혹은 하스투르(Hastur))의 다른 명칭. 이 밖에도 '감히 입에 올릴 수 없는 자(Unspeakable One)', '호명이 금기된 자(Him Who is Not To Be Named)' 등으로 지칭된다. 위대한 올드원에 속하는 해스터는 황소자리의 1등성인 알데바란에서 가까운 어느 검은 별에 살고 있거나 혹은 갇혀 있다고 알려져 있다. 주로 카르코사, 할리 호수, 옐로 사인, 황색의 왕 등과 연관되어 등장한다. 초-초인(『외전上』에 수록된 「박물관에서의 공포」 참조)과 큰-얀인들이 해스터를 숭배한다고 알려져 있는데, 그 생김새는 상당히 혼란스럽다. 이를테면, 정신적으로만 감지되는 '보이지 않는 힘'으로 묘사되거나, 온몸이 촉수로 뒤덮여 있고 60미터에 달하는 두 발 도마뱀으로 묘사되기도 한다.

7) 아스타르테(Astarte): 고대 페니키아의 다산의 여신.

8) 그나근(gn'agn): 이 작품에만 등장하는 명칭으로 판사의 의미인 듯하다.

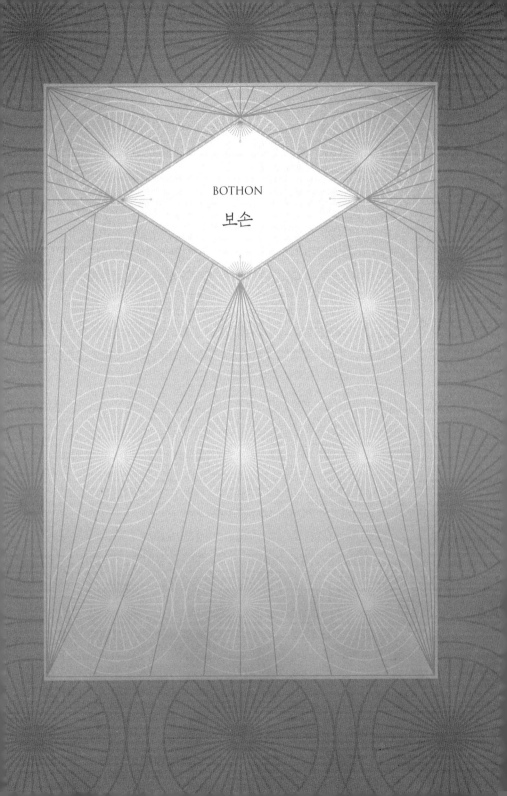

BOTHON

보손

작가와 작품 노트 | 헨리 화이트헤드(Henry S. Whitehead, 1882~1932)

주로 위어드 픽션을 쓴 미국 작가. 하버드 대학과 컬럼비아 대학에서 수학했고, 일리노이 주 소재 유잉 칼리지에서 문학 석사 학위를 받았다. 서른 살 전까지는 하버드 대학에서 풋볼 선수로 뛰기도 하고 미국 아마추어 경기 연맹의 육상 위원을 지내는 등 활동적인 삶을 살았다. 나중에 버클리 신학교에 입학한 뒤, 1912년에 미국 성공회 집사(부제)로 임명되었다. 1921년부터 1929년까지 버진아일랜드에서 대집사를 역임하면서 이곳의 민간전승(특히 좀비를 비롯한 전설적인 존재들에 관한)에 매료되어 위어드 픽션의 소재로 삼았다. 러브크래프트와 서신을 주고받으며 《위어드 테일스》, 《스트레인지 테일스》 등의 펄프 잡지에 많은 작품을 발표했다.

말년에는 플로리다의 더니든에서 목회 활동을 했다. 러브크래프트는 1931년에 더니든에 사는 화이트헤드를 방문하여 보름 넘게 머무르며 당시 구상 중이었던 「울타르의 고양이」의 줄거리를 아이들에게 들려주었다고 한다. 러브크래프트는 그때 만난 화이트헤드에 대해 "칙칙한 성직자의 느낌은 전혀 없었다. 옷차림은 산뜻했고, 종종 남성미까지 풍겨서 빈틈없는 신앙이나 딱딱한 분위기와는 거리가 멀었다."라고 말했다.

화이트헤드의 작품들은 위어드 픽션치고는 대개 온화하고 무난한 편이지만, 우아한 문체와 때때로 감성을 자극하는 힘이 있다. 러브크래프트는 화이트헤드의 「어느 신의 죽음」에 대해 '독창적인 재능의 절정'이라고 평가하기도 했다. 대표작으로 호러 단편집 『좀비 Jumbee and Other Uncanny Tales』와 『서인도제도 발견 West India Lights』이 있다. 화이트헤드의 서인도제도를 소재로 한 작품들은 이국적인 지역에 대한 외경심과 신비감을 생생히 전달하는 면에서 타의 추종을 불허한다는 평가를 받는다. 러브크래프트는 1933년 《위어드 테일스》 3월 호에 「추모글: 헨리 화이트헤드」를(원본의 4분의 1로 축약하여) 발표한다.

「보손」은 다소 논란을 일으키는 작품이다. 작품 전체를 러브크래프트가 썼다는 주장이 있는데. 이 경우 가장 최근에 발견된(혹은 진위가 가려진) 러브크래프트의 작품이 된다. 그러나 역자의 사견으로는 러브크래프트의 특징이 드러나지 않는 작품이다. 그래서 러브크래프트가 이 작품에 관여했더라도 『외전上』에 수록된 작품들에 비해서도 참여 정도가 크지 않다고 생각한다. 「함정」, 「카시우스」처럼 화이트헤드가 러브크래프트의 구상을 바탕으로 창작하거나 공동으로 창작한 작품들이 있는데, 「보손」도 이 연장선 상에서 볼 수 있다. 1932년 상반기에 「타박상」이라는 제목으로 완성된 이 작품은 지나치게 온화하다는 이유로 《스트레인지 테일스》로부터 거절당한다. 이에 러브크래프트가 플롯을 좀 더 정교하게 다듬어 화이트헤드에게 보낸다. 그러나 1932년 11월에 화이트헤드가 사망 했고, 이후 러브크래프트는 이 작품이 완성됐는지 여부는 알지 못했다. 그러다가 1946년 《어메이징 스토리스》 8월 호에 화이트헤드를 저자로 「보손」이라는 작품이 발표된다. 러브크래프트가 어느 정도 이 작품에 개입했는지는 알 수 없으나, 러브크래프트가 상세히 가다듬 줄거리를 바탕으로 하고 있음은 분명해 보인다. 위에서 언급한 러브크래프트의 작품이라는 설 외에도 덜레스가 러브크래프트의 줄거리를 바탕으로 작품을 완성한 후에 화이트헤드의 이름으로 발표했다는 설이 있으나, 확인되진 않았다.

파워스 메러디스는 뉴욕 시 클럽의 객실에서 저녁 식사를 앞두고 샤워를 하다가 비누를 타일 바닥에 떨어뜨렸다. 그리고 비누를 주우려고 몸을 구부리는 과정에서 그만 옆머리를 대리석 벽에 부딪쳤다. 멍이 들어 아팠고, 상처 부위가 금세 눈에 띌 정도로 부어올랐다.

　메러디스는 구이 요리로 그날 저녁을 먹었다. 식사 후에는 약속이 없어서, 원래 조용한 데다 그 시간이면 한적하기까지 한 클럽의 도서관에 들러, 은은하게 등갓을 씌운 독서등 옆에 새 책을 들고 자리를 잡았다.

　의자의 가죽 등받이에 머리가 닿을 때마다 느껴지는 예기치 못한 약간의 둔통이 샤워실에서 있었던 불쾌한 일을 떠올리게 만들었다. 이것이 몇 번씩 되풀이되자 짜증이 났고, 아예 자세를 바꾸어 의자의 둥글린 팔걸이에 두 다리를 걸쳐놓았다.

　도서관을 찾는 사람은 아무도 없었다. 두세 명이 모여 있던 근처의 당구장에서 딱딱 소리가 희미하게 들려왔으나, 책에 몰두한 메러디스는 소리가 나는지도 모르고 있었다. 그에게 들리는 것이라고는 밖에서 꾸준히 내리는 부드러운 빗소리뿐이었다. 마음을 달래주는 속삭임처럼 끊임없는 이 빗소리는 열려 있는 높은 창문으로 들어오고 있었다. 독서는 계속되었다.

책장을 넘겨 정확히 96쪽을 펼쳤을 때, 그는 아득히 멀리서 들려오는, 엄청난 폭발음 같은 둔중한 소리를 들었다.

그제야 이상한 낌새를 챈 그가 읽고 있는 부분을 손가락으로 짚고서 귀를 기울였다. 그러자 우르르, 엄청난 양의 돌 더미가 굴러떨어지는 듯한 굉음이 들려왔다. 우르르르, 틀림없이 멀리서 대형 사고가 터진 소리였다. 그는 책을 내려놓고 거의 무의식적인 충동에 이끌려 문가로 뛰어갔다.

계단을 내려가는 동안 마주친 사람은 없었다. 출입문으로 가려면 지나야 하는 휴게실, 거기엔 두 남자가 체스를 두면서 한가로이 잡담을 나누고 있었다. 메러디스는 그들을 힐끔 보고 흠칫 놀랐다. 달려서 출입문을 지나 거리로 나왔고, 거기서 멈춰 섰다. 텅 빈 거리!

가랑비로 한풀 꺾인 빗줄기 때문에 가로등 불빛 아래서 아스팔트가 희미하게 반짝이고 있었다. 저 너머 브로드웨이 쪽에서 필시 소동이 일고 있을 터! 그러나 막상 그곳에 도착해 보니 11시 정각의 큰 혼잡이 다였다.

6번가를 따라 무수한 택시들이 형형색색의 물결처럼 뒤엉킨 채, 히포드롬 버라이어티 극장 주변의 극심한 야간 혼잡 속에서 서로 앞서 가려고 혈안이 되어 있었다. 모퉁이에서 비옷을 입은 단 한 명의 경찰관이 두 팔을 신호기처럼 휘저으며 정체된 차량들을 능숙하게 안내하고 있었다. 평소와 다르지 않은 광경, 그로서는 점점 더 이상하기만 했다. 그 어마어마한 굉음은 대체 뭐였을까?

그는 클럽 앞까지 돌아와서도 영 찜찜해서 여전히 이맛살을 찌푸리고 있었다. 마뜩잖게 세 계단을 올라 건물 안으로 들어갔고, 도어맨 책상 앞에 멈춰 섰다.

"호외가 나오면 내 방으로 가져다줘요." 그는 직원에게 이른 뒤, 완전히 어리둥절한 상태에서 자신의 방으로 올라갔다.

30분 후, 그가 침대에 누워서 그 이상한 사건의 변덕스럽고 모순된 면을 정리하려고 애쓸 때, 느닷없이 멀리서 나는 희미하고 혼란스러운 소음을 또렷하게 들었다. 이 소리의 가장 큰 특징은 무수한 목소리들이 묵직하고 나지막하면서도 집요히 섞여 있다는 것이었다. 그리고 이 혼란 속에 스며든 가장 분명한 분위기는 공포였다. 그 소리는 피를 얼어붙게 만들었다. 섬뜩했다. 그는 자기도 모르게 숨을 죽이고 공포와 절망의 그 멀고도 섬뜩한 외침들을 향해 온몸의 감각을 집중하고 있었다.

정확히 몇 시에 잠들었는지는 기억에 없으나, 다음 날 아침에 눈을 떴을 땐 기억된 공포의 그림자가 그의 마음을 짓눌러 샤워를 하고 옷을 갈아입을 때까지도 말끔히 사라지지 않았다. 잠에서 깨어 있는 동안은 아무 소리도 들리지 않았다.

방문 밖에 호외는 놓여 있지 않았고, 잠시 후에 아침을 들면서 혹시나 하는 마음에 신문 몇 가지를 쭉 훑어봤으나 그 소음의 원인이었을 대형 재난 소식은 한 줄도 없으니 참 이상했다. 서서히 암시 같은 것이 느껴졌다. 요컨대 그는 실제로 재난의 확실한 증거를 소리로 들은 반면, 다른 어느 누구도 그것을 알지 못했다!

이날 밤은 잠자리에 들자마자 잠들었다.

다음 날 아침은 일요일이었다. 도서관이 사람들로 붐비는 통에 읽던 책을 방으로 가져와, 늦은 아침을 먹고 느긋하게 읽을 요량이었다. 그는 곧 책에 빠져들었지만, 창문 블라인드가 미풍에 덜컥거리는 소리에 신경이 쓰였다. 성가신 터라 블라인드를 조절하기 위해 독서를 중단했다.

그가 책에서 시선과 집중력의 일부를 거둬들였을 때, 갑자기 새로운 소리가 들려왔다. 마치 멀리서 방음문이 획 열린 것 같았다.

홀린 듯 귀를 기울이는 동안, 온몸을 마비시키는 싸늘한 공포가 다시금 그를 휘감았다. 속수무책이었다. 약간의 욕지기에 몸이 떨렸다. 이제 다른 소리들, 고음, 전쟁의 비명을 분간할 수 있었다. 저항하는 군중에게 가해지는 맹렬한 공격. 퍼붓는 무기들의 소음.

창문 블라인드가 또 창틀에 탁 부딪쳤다. 그는 퍼뜩 침실의 익숙한 환경으로 돌아왔다. 약간 메스꺼웠고 께느른했다. 비틀거리며 일어서서 욕실로 들어가 요란스레 물을 튀기며 손과 얼굴을 씻었다.

갑자기 멈춰 서서 수건을 손에 움켜쥔 채 또 귀를 기울여보았다. 열린 창문으로 들어오는 상쾌한 미풍에 탁탁 부딪치는 블라인드 소리밖에 들리지 않았다. 자기로 만든 걸이에 수건을 걸어놓고 의자로 돌아왔다.

점심을 먹기에는 너무 이른 시간이었으나 사람들이 많은, 식당 종업원이든 누구든 '그 소리를 듣지 않는' 사람들이 있는 곳으로 가고 싶었다.

그를 제외하고 유일하게 점심을 일찍 먹으러 온 캐버너 노인과 좀 더 오래 있고 싶어서 메러디스는 평소보다 많이 먹었다. 평소보다 일찍 먹은 데다 과식까지 하고 나니 졸음이 쏟아졌고, 도서관의 소화전 두 개 중 하나 앞에 놓여 있는 침대 겸용 소파에 눕자마자 곧 불편한 잠에 빠져들었다.

3시가 조금 못 돼 잠이 깬 그는 멍해 있다가 정신을 차리기 시작했는데, 처음에는 또렷하게 그다음에는 확성기를 틀어놓은 듯 쩌렁쩌렁 분명하게 그 소리가 들려왔다. 무기와 사람들이 뒤엉키고 바다가 걷잡을 수 없는 분노를 터뜨리는, 섬뜩하고 위협적인 노호였다.

그때 다른 침대 겸용 소파에서 낮잠을 즐기던 캐버너 노인이 연륜에 맞는 신중함으로 한참을 고민하다가 여러 번의 헛기침 소리와 함께 일어서서 그를 향해 무거운 걸음을 옮기기 시작했다.

"무슨 일인가?" 그가 물었다.

노인의 근심스러운 얼굴에서 다정한 호의가 고스란히 전해졌다. 더는 자제하기 어려웠던 메러디스는 자신의 황당한 이야기를 더듬더듬 얘기하기 시작했다.

"흠! 이상하네……." 노인이 메러디스의 얘기를 다 듣고서 말했다. 그러고는 커다란 시가를 꺼내 조심스레 불을 붙이고 한 모금 빨았다. 그가 생각에 잠겨 있는 동안, 두 사람은 몇 분의 의미심장한 침묵 속에서 나란히 앉아 있었다.

"당연히 심란하겠지. 그러나 자네 주변에서 일어나는 소리를 전부 들을 수 있잖나? 그렇다면 청각엔 아무 문제가 없는 거지. 흠! 이건 다른 '청각'이 주변이 쥐 죽은 듯 조용해질 때만 기능을 발휘하는 거야. 첫 번째는 여기서 책을 읽을 때, 두 번째는 침대에서, 세 번째는 또 책을 읽을 때. 그리고 이번에도, 내가 만약 코를 골지 않았다면, 역시나 아주 조용한 상황이었지. 자, 한번 시험해 보세. 조용히 있어보게. 나도 그럴 테니까. 자네가 또 무슨 소리를 듣나 보자고."

그들은 다시 침묵에 잠겼고, 메러디스는 한동안 별 다른 소리를 듣지 못했다. 그런데 침묵이 깊어지자, 이번에도 치열한 전투와 살인 그리고 돌연한 죽음을 의미하는, 복합적인 소리들이 들려왔다. 그는 말없이 캐버너에게 고개를 끄덕였고, 노인이 알았다며 중얼거리자마자 소음도 뚝 그쳤다.

메러디스가 이비인후과 전문의를 찾아가는 일이 시급해 보였다. 캐버너 또한 의사였기에 이상하거나 난처한 일에 대해선 절대 비밀을 지켜주겠다고 말했다. 직업윤리로서…….

두 사람은 함께 그날 오후에 저명한 이비인후과 전문의인 게이트필드 박사를 찾아갔다. 박사는 묵묵히 전문가다운 집중력으로 메러디스의 이야기를 경청했다. 그리고는 여러 가지 정교한 장비들을 이용해 메러디스의 청각을 검사했다. 마침내 박사가 소견을 말했다.

"메러디스 씨, 우리는 다양한 '이명증'을 익숙하게 접해 왔습니다. 일부 사례에선 동맥 하나의 위치가 고막과 너무 가까워서 엄청난 굉음을 유발합니다. 다른 비슷한 사례들도 있지요. 나는 그런 증세를 모두 치료해 왔습니다. 메러디스 씨의 청각은 아주 양호한 상태고, 보기 드물게 뛰어난 편입니다. 청각엔 아무 문제가 없어요. 이건 정신의학적인 증상입니다.

정신착란 그런 걸 말하는 게 아니니 부디 이해해 주시길 바랍니다. 콜링턴 박사를 소개해 드리죠. 선생님의 경우는 '초인적인 청력' 현상 등으로 불리는 사례임이 분명해 보입니다. 그건 내 전문이 아니라 콜링턴 박사 전문이죠. 시각의 천리안에 해당하는 청각 현상으로 선생님도 무슨 의미인지 알 겁니다. 천리안은 물론 육체적인 경험으로 종종 나타나긴 하나 본질은 정신적인 현상이지요. 이런 현상들에 대해선 내가 잘 알지 못합니다. 그래서 조언을 하는 것이니 콜링턴 박사를……"

"좋습니다!" 메러디스가 불쑥 끼어들었다. "어디로 가야 하죠? 당장 찾아뵙는 게 좋겠군요."

게이트필드 박사는 의사로서 퍽 냉정한 겉모습과는 달리 상대를 배려할 줄 알았다. 그는 친절하고 정중한 신사답게 진단 전문의와도 잠시 상의했다. 그리고 동료인 정신과 의사에게 전화를 걸었고, 뜻밖에도 메러디스와 캐버너를 콜링턴 박사에게 직접 데려다 주었다. 정신과 의사는 키가 크고 마른 편으로 퍽 친절했는데, 오뚝한 코에 묵직한 뿔테 안경을 걸쳤고, 이마 위로 소가 핥은 듯 일어선 머리칼은 전체적으로 술이 없고 모래색을 띠고 있었다. 그는 처음부터 비상한 관심을 보였다. 메러디스의 얘기와 이비인후과 전문의인 게이트필드의 의견을 다 듣고 난 뒤, 메러디스에게 한 시간 넘게 정밀 검사를 했다. 메러디스는 해부당하는 느낌이 들면서도 한편으로는 적잖이 안심이 되었다.

메러디스가 며칠간 콜링턴 박사의 집에 와서 지내는 동안, 박사가 그를 '관찰'하기로 즉석에서 결정을 보았다. 메러디스는 다음 날 아침에 박사의 집에 도착하여 많은 책과 편안한 침대 겸용 소파가 있는, 아늑한 2층 방으로 안내되었고, 박사는 그곳에서 느긋하게 대부분의 시간을 독서를 하며 보내라고 말했다.

월요일과 화요일 이틀 동안 메러디스는 콜링턴 박사의 노련한 격려 덕분에 이상한 소리를 듣는다고 해서 더는 심란해하지 않았다. 대신에 다른 세상에서, 그것도 아주 불안정해 보이는 세상에서 들려오는 소리에 마음 놓고 귀를 기울였다. 그리하여 아무런 방해를 받지 않고 오랫동안, 그 가공할 공포에 사로잡힌 거대한 공동체의 드라마를, 공동의 삶을 위해 피할 수 없는 절체절명의 운명에 저항하는 결전의 함성을 들었다.

메러디스는 이 무렵부터 콜링턴 박사의 제안에 따라 비명과 함성을 철저한 음성학적 원칙에 따라 정성껏 기록하기 시작했다. 이 소리들은 그가 전혀 모르는 언어에 속했다. 게다가 단어와 문구 들이 바다의 계속되는 격렬한 노호에 묻히거나 방해를 받았다. 그가 수동적으로 조용히 귀를 기울이는 동안, 이 바다의 노호는 모든 소리의 집요하고 또렷한 배경음으로 언제나 들려왔다. 다양한 단어와 문구 들은 전혀 이해할 수 없는 것들이었다. 메러디스뿐만 아니라 콜링턴 박사도 기록한 소리들이 현대어와 고대어를 막론하고 어떤 언어인지 도저히 판단할 수 없었다. 큰 소리로 읽어봐도 그저 종잡을 수 없는 말에 불과했다.

이 기묘한 소리들은 콜링턴 박사와 메러디스 외에도 세 사람의 고고학자와 비교 언어학자에 의해 극히 신중하게 연구되었다. 고고학 교수 한 명은 콜링턴의 친구였고, 나머지 둘은 초빙된 교수들이었다. 고대어와 폐어의 내로라하는 전문가들이, 어떻게든 소리를 설명하려고 애쓰는 메러디스의 말을 대단히 정중하게 경청했다. 대부분의 소리는 전투와 관련된 것이었고, 메러디스가 절박한 기도의 일부라고 생각하는 절규, 거칠고 듣기 고약한 울부짖음 등등 그가 구두로 재현하려고 애쓰는 소리들은 학자들에겐 더없는 관심거리였다. 학자들은 소리를 필사한 노트도 아주 면밀히 살폈다. 그 결과는 그중에서도 가장 어리고 독단적인 언어학자까지 이견이 없을 정도로 만장일치였다. 다시 말해, 이 소리들은 현존하는 언어들, 이를테면 산스크리트어, 인도이란어, 심지어 아카드어와 수메르어를 포함해 그 어떤 언어와도 완전히 다르다는 결론이었다. 필사된 음절들은 고대와 현대를 통틀어 어떤 언어와도 일치하지 않는다는 얘기였다. 물론 일본어와도 달랐다.

세 명의 교수들은 떠났고, 메러디스와 정신과 의사 콜링턴 박사는 노트를 다시 파고들었다.

메러디스가 기록한 소리들은 이랬다. "이, 이, 이, 이, 리예! 이에 니야, 이에 니야, 조호, 조호-안-누!" 연속적인 말 혹은 문장의 일부처럼 보이는 단어군은 딱 하나였다. 메러디스는 이 단어군을 비교적 완전한 형태로 기록했다. "이오스, 이오스, 나트칼-오, 도 얀 코 투트투트."

그 밖에도 비명 소리가 많았고, 메러디스가 이상하고도 절박한 기도라고 판단하는 소리도 있었는데, 모두 인간의 언어와는 그 기원이 달랐다.

메러디스가 소리를 기억해 내는 데 집중할 수 있었던 것은 콜링턴 박사와 전문가 세 명의 자연스러운 격려를 통해 그 자신이 흥미를 가진 덕분이었다. 이 무렵부터 꿈 단계의 인상들이 갑자기 확연할 정도로 생생해졌다. 며칠 전부터 시작된 꿈들이 연속적이고 지속적인 형태를 띠었고, 꿈을 꾼 밤이 지나면 단어와 음절 들을 주의 깊게 연구했다. 그런데 갑작스레 메러디스가 화염과 전투와 혼란 그리고 노호하는 바다에 둘러싸인 이상한 도시에서 벌어지는 일을 실제 상황으로 받아들이기 시작했다. 꿈속 인상들은 너무도 생생하여 깨어 있는 동안에도 그 생생함이 지속되었다. 이렇다 보니 메러디스는 꿈의 상태와 깨어 있는 의식 상태를 분간할 수 없게 되었다!

메러디스가 밤의 꿈에서 정신적으로 끄집어낸 모든 것들은 그의 마음에 또렷하고 분명하게 남아 있었다. 엄밀하게 말해서 잠을 잔 것 같지가 않았다. 일반적인 밤의 휴식을 거쳐 이른 아침에 익숙한 환경에서 눈을 뜨는 그런 과정을 겪는 것 같지가 않았다. 그보다는 하나의 분명한 삶에서 또 다른 삶으로 너무도 급작스럽게 이동한 것 같았다. 마치 타임스 스퀘어의 한 극장에서 걸어 나와서 문 닫은 극장의 전혀 알 수 없는 삶 속으로 걸어 들어가는 것처럼.

이렇게 돌변한 상황은 비단 콜링턴 박사의 조용한 집에서 메러디스가 보내는 낮 시간까지 꿈의 연속적인 경험들이 지속되는 걸로 그치지 않았다. 메러디스가 경험하는 것으로 보이는 이 꿈의 현실감이 매우 이례적이라는 걸로 그치지 않았다. 이 연속적인 꿈은 메러디스가 비참한 파멸을 예감할 만큼 격변의 상황에 처해 있는 도시와 문명에서 어느 누군가가 보낸 32년 삶 중에서 불과 며칠에 해당되는 사건에 대한 것이었다.

메러디스는 간밤의 꿈에서 본 보손을, 아틀란티스 대륙 남서쪽의 광활한 대륙인 루데크타에서 군대를 지휘하는 장군을 정확하게 기억해냈다. 아틀란티스 학생 모두가 잘 알고 있듯이, 루데크타는 1800년 전에 본토인들의 대대적인 이주를 통해 식민지화되었다. 미국식 영어와 영국식 영어가 별 차이가 없는 것처럼 대동소이했던 나칼어가 두 대륙의 공용어로 사용되었다.

보손 장군은 고향인 루데크타에서 본토까지 몇 차례 여행한 경험이 있었다. 첫 번째는 루데크타 사관학교를 졸업한 직후인 스물두 살 때 '구아'라는 중동부 지방에 다녀온 것으로, 참 호화로운 여행이었다. 그래서 그는 아틀란티스의 다른 상류층 다수가 그러하듯 고도로 발달한 본토의 문명에 대해 잘 알고 있었다. 이런 문화적 접촉은 두 번째 방문으로 더욱 보완되었고, 더욱더 풍부해진 계기는 메러디스의 꿈에 등장하기 바로 얼마 전에, 다시 말해 이미 장군의 지위에 오른 서른한 살의 보손이 아그라드-도의 대사로 파견된 일이었다. 아그라드-도는 이쉬와 크난 그리고 부아손으로 이루어진 동남 연합 지역의 공동 수도로서 전략적으로나 외교적으로 가장 중요한 요충지 중 하나일 뿐만 아니라 본토에서 두 번째로 중요한 연합 지역이었다.

보손이 대사 직을 수행한 것은 불과 4개월, 아무런 설명도 없이 갑작스레 소환 명령이 떨어졌다. 명령에 따라 고향에 돌아온 직후, 그것이 황제의 개인적인 요청 때문임을 알게 되었다. 외교부 상관들은 보손을 견책하지 않았다. 황제의 요청이 무엇인지도 알려지지 않았다. 사실상 외교부에서도 황제의 진의에 대해 전혀 모르고 있는 상황이었다. 아무런 설명도 없이 다만 어떤 견책도 하지 말라는 지시와 함께 보손의 소환 명령이 내려진 터였다.

그러나 보손 장군은 절대 입 밖에 발설하진 않았으나 그 이유를 잘 알고 있었다. 사실 한 가지 이유밖에는 없었고, 그는 그것을 정확히 알고 있었다.

그는 대사라는 직무상 대륙의 수도이자 문명의 중심지인 알루를 꽤 자주 오갔다.

대도시 알루에는 전 세계의 외교관, 예술가, 철학자, 무역상과 선장들이 집결해 있었다. 단단한 돌로 지은 대형 창고 속에, 또 셀 수 없이 많은 부두를 따라 세상의 온갖 물건들이 쌓여 있었다. 직물과 향수, 여행을 많이 하지 않는 호사가들을 위한 이상한 동물들도 있었다. 좌판과 시장이 길게 늘어섰다. 염색 재료와 비단, 튜바와 심벌즈와 딸랑이와 수금, 나무로 된 욕실 용품, 손안에 쏙 들어오게 만든 비누, 수염과 몸에 바르는 온갖 종류의 기름 따위가 즐비했다. 튜닉과 샌들, 허리띠와 부드럽게 무두질하여 다양한 향을 가미한 가죽끈도 있었다. 구리, 주석, 번쩍번쩍 빛나는 철제 벽 거울, 종류와 디자인이 무한정으로 많은 침대틀, 백조의 깃털로 만든 쿠션, 높이에 맞춰 금속 소용돌이 문양을 상감한 장인의 솜씨가 일품인 평평하고 윤기 나는 탁자, 색이 다른 목재를 정교하게 이어 붙인 나무 의자와 걸상과 찬장 그리고 궤짝과 발판도 있었다. 장식품도 셀 수 없이 많아서, 난로용 열 방지 칸막이, 양피지 보관함, 집게, 짐승 가죽으로 만든 등갓, 각양각색의 금속 램프, 크기와 모양이 제각각인 토기에 담겨 있는 등잔용 식물 기름도 있었다. 그뿐만 아니라 음식과 술과 견과류, 향이 진한 꿀도 가득했다. 곡식과 말린 고기, 보리와 밀가루 덩어리 등등 가짓수를 헤아릴 수 없을 정도였다. 알루에는 병기공들이 일하는 거대한 거리가 있어서 갈고리 달린 철퇴와 도끼, 검과 양날 단도 등등 전 세계의 무기들이 모두 이 거리에 전시되어 있었다. 철갑 갑옷과 미늘 갑옷, 정강이받이와 철모, 그리고 보손처럼 수많은 병사들을 이끄는 지휘관에게 알맞은 중갑옷과 투구 들이 끝없이 늘어선 진열장에 놓여 있었다.

이곳에선 또 부자들의 노예들이 저마다 주인을 태워 알루의 좁은 골목과 드넓은 거리를 오가는 데 사용하는 값비싸고 정교한 가마도 볼만했다. 융단들은 그 크기와 모양과 디자인을 일일이 셀 수 없을 정도로 많았다. 멀리 레무리아에서 온 융단부터 아틀란티스, 열대의 안틸레아, 본토 내륙의 산악 지대에서 건너온, 숙련공들이 베틀로 짠 융단까지 있었다. 압축한 펠트제의 일반 융단, 뽕나무가 자라는 남부 지방의 비단으로 만든 기막힌 광택의 융단, 어린양의 털로 복잡한 문양을 넣어 만든 얇고 부드러운 융단, 산양의 비단 같은 긴 털로 만든 융단 등등…….

세계 문화의 중심지인 이곳 알루에서 크고 작은 문하생 집단을 거느린 철학자들이 거리 모퉁이와 광장 곳곳에서 인간의 목적과 최대 선과 만물의 기원을 놓고 끝없이 논쟁하며 자신들의 학문 체계를 제안하고 있었다. 또 이곳에는 4만 년 문명의 과학과 종교, 공학과 무수한 예술 관련 기록물의 정수를 포함하는, 거대한 도서관들이 있었다. 또한 종교 신전들이 있어서 이곳의 고위 성직자들이 삶의 원칙을 제시했고, 동료 성직자들은 불철주야 4원소(물, 불, 공기, 흙)의 비밀을 더욱더 깊이 연구하는 한편 이 비의적인 일을 하겠다고 지원하는 숱한 수련생들에게 행실과 일상의 규범들을 가르쳤다.

보손 대사는 이 거대 문명의 매혹적인 지식 창고를 최대한 자주 드나들었다. 명문가 출신이라는 빼어난 배경, 그 자신의 됨됨이와 자질, 여기에 직위까지 더해져 그는 알루의 왕족과 최고위층 인사들의 집에서 언제나 환영을 받았다.

감수성이 풍부한 청년으로서, 대사로 임명되기 전까지 대부분의 삶을 무관의 혹독한 훈련과 준엄한 실천으로 보냈고, 루데크타의 상비군으로서 많은 전쟁 동안 병영과 전장에서 근면한 임무 수행으로 빠르게 승진을 거듭해 온 보손 장군은 알루 상류층과 사교적인 접촉을 만끽했다. 얼마 지나지 않아 보손은 마음속에서 점점 커지고 강해지는 어찌보면 당연한 열망, 배경으로 보나 업적으로 보나 얼마든지 누릴 자격이 있음에도 지금까지는 거의 쉴 새 없이 하달되는 군인의 임무 때문에 접어야 했던, 그런 삶에 대한 욕구를 느끼기 시작했다.

간단히 말해서, 루데크타에서 파견된 보손 대사는 자신과 같은 계급이면서 되도록 세련되고 폭 넓은 교양을 지닌 알루 출신으로, 자신의 대사 직 수행을 우아하게 내조해 줄 여성과 결혼하고픈 열망을 품게 된 것이다. 대사 임무가 끝나면 아내와 아틀란티스의 루데크타로 돌아가, 마음에 그려둔 멋진 집에 영원한 둥지를 틀고, 얼마 후에는 루데크타 군대에서 퇴역하여 이미 세워둔 중년의 계획대로 원로원에 진출할 생각이었다.

그가 실제 사랑에 빠진 것은 행운이기도 했고 불행이기도 했다. 그와 열애에 빠진 여성은 황제의 형제인 네트비사 톨돈의 딸 네트비사 레다였다. 알루 사교계에서 단번에 관심과 화제에 오른 이 강렬하고도 예기치 못한 사랑의 행운적인 측면은 두 사람이 더없이 완벽한 한 쌍이라는

데 있었다. 서로 첫눈에 끌린 두 사람은 하룻밤 사이에 뜨겁게 타올랐고, 며칠이 지나지 않아서 깊은 사랑에 빠졌다. 인간적으로 판단하건대, 이들의 사랑은 그 자체로 완벽했다. 한 가지 그저 부자연스러울 뿐인 요소만 제외한다면 모든 조건에서 이상적인 결합으로 보였다.

결혼을 가로막는 유일한 문제는 불행히도 극복할 수 없는 것이었다. 황제의 조카딸인 네트비사 레다는 제국에서 가장 높은 신분에 속했다. 네트비사의 신분과 서열은 왕 다음이었고, 네트비사 톨돈의 가족은 왕실의 일원이었다. 오래전에 확립된 제국의 관습상, 루데크타의 대사이자 장군인 보손은 출중한 업적과 품성과 자질 그리고 아틀란티스의 식민지화 이전까지 천 년을 거슬러 올라가는 가문의 전통을 등에 업고 있을 뿐만 아니라 그 자신이 제국에서 최고의 명성을 누리고 있음에도 불구하고, 엄밀히 말해 평민이었다. 제국의 수도인 알루의 궁전에 뿌리 깊게 자리 잡은 이 엄격한 관습에 따르면, 보손 장군은 가망 없는 부적격자였다. 간단히 말해 두 사람의 결혼은 불가능했다.

이 난처한 문제를 해결하기 위해 직접 나선 황제는 겉으로는 관대한 척하면서 절망적인 상처로 괴로워하는 사람을 아예 파멸로 이끄는 결정을 그것도 즉석에서 내렸다. 황제는 보손 장군에게 단 하나의 선택지만 주었고, 보손 장군은 법의 강제력을 지닌 황제의 요청에 따르는 것 외에 다른 선택을 할 수 없었다. 그리하여 보손 장군은 가장 크고 소중한 삶의 희망을 산산이 부서진 채로 알루에 남겨두고서 루데크타로 가는 배에 올랐다.

아그라드-도 주재 루데크타 대사에서 물러난 보손 장군이 이후 보여준 행적은 아주 분명한 세 가지 요인에서 비롯된 것이다. 첫 번째이자 가장 중요한 요인은 네트비사 레다를 향한 사랑의 깊이와 강렬함 그리고 진정성이었다. 아무리 불가능할지언정, 그는 그녀를 원했다. 게다가 보손의 자부심은 황제의 요청에 의해 너무도 갑자기 또 독단적으로 이루어진 레다와의 이별 때문에 처참히 짓밟히고 찢기었다.

아그라드-도에서 루데크타로 가는 여정은 지구의 거대한 두 대양을 횡단한 뒤, 서반구의 대륙 남부를 양분하는 운하와 호수를 관통하는 것으로 장장 7주가 걸렸다. 이 강요된 휴식기 동안, 보손의 쓰디쓴 통분과 깊은 절망은 바다와 배라는 제한된 환경에서 계속 곱씹어진 나머지 저절로 결정체처럼 굳어버렸다. 루데크타에 다다랐을 무렵, 보손 장군의 마음 상태는 행동에 나서는 일이라면 물불 안 가리고 기꺼이 뛰어들 기세였다. 이런 마음 상태가 두 번째 요인이었다. 세 번째 요인은 행동을 원하는 보손의 욕구를 즉시 충족시켜준 국가의 상황이었다. 그가 귀국하는 동안, 잔인하고 사실상 불완전한 인간 형태의 노예들, 즉 유인원족인 갸-하우가 폭동을 일으켰다. 이 폭동은 보손이 도착했을 때 이미 루데크타 전역으로 확산된 상태였다. 바야흐로 군 지휘관 중에서도 가장 어리고 가장 영특한 이 청년의 능력이 루데크타에 절실히 필요한 시점이었으니, 보손은 실상 불명예 소환된 외교관에게 의당 주어져야 마땅한 대접과는 전혀 다른, 나라의 구원자에 가까운 환영을 받았다.

보손은 폭동의 진압 과정에서 극한의 열정과 완벽한 군사 작전을 선보였고, 그가 온몸을 던져 불사른 열의는 루데크타에서 그를 가장 열렬히 찬양했던 사람들마저 예상치 못한 것이었다. 보손의 강력한 군사작전 결과, 3주가 채 되지 않아 이 위험천만한 폭동은 완벽히 진압되었고, 갸-하우의 우두머리들은 커다란 갈고리에 목이 꿴 채, 루데크타의 수도 방어 시설을 관통하는 거대한 아치 통로 양쪽의 도시 외벽을 따라 줄줄이 오싹한 몰골로 전시되었다. 보손 장군은 루데크타의 영웅이자 군대의 우상으로 부상했다. 엄격한 규율가인 보손 장군을 향해 루데크타 군대의 장병들은 그의 걸출한 능력에 합당한 존경심을 보였다. 이제 보손 장군은 최근의 눈부신 전훈 덕분에 거의 숭배의 대상이 되어 있는 자신을 발견했다. 이것이야말로 절묘한 반전이었다.

보손의 공적을 고려하면 그 어떤 자리로든 승진할 수 있는 상황, 루데크타의 원로원은 연로한 타르바 대원수를 대신해 보손을 전군 최고 사령관으로 임명하는 결정을 내렸다. 늙은 타르바는 원로원장 앞의 거대한 대리석 석판 위에 극적인 동작으로 최고사령관의 상징인 지휘봉을 내려놓음으로써 후임자에 대한 찬사를 갈음했다.

보손은 자신이 하루아침에 강인한 영웅으로 떠올랐으며 그가 원하는 일이라면 어떤 일이든 루데크타 국민이 따라줄 것임을 깨달았다. 그뿐만 아니라, 아틀란티스 전군의 최고 지휘권까지 그의 수중에 있었다. 가장 잘 훈련되고 가장 뛰어난 전투력을 갖춘 군대, 이런 위용을 갖추게 된 주된 원인은 바로 보손 자신의 탁월한 통솔력이었다.

이런 복합적인 요인과 군 최고사령관이라는 권한까지 더해지자, 보손 장군은 드디어 결심을 굳혔다. 루데크타의 수도에 개선장군으로 입성한 지 11일째 되는 날, 마흔일곱 척의 루데크타 전함이 새로 정비를 끝냈다. 고릴라처럼 생긴 갸-하우 예비 인력 중에서 힘과 지구력을 우선으로 선출한 자들로 노잡이 노예를 보강하고, 함대 전체를 새로운 가죽 돛으로 교체한 다음 정예군을 태워 보손 장군의 지휘 아래 루데크타 서쪽 알루를 향해 출정했다.

보손의 함대가 거대 도시 알루의 해변에 도착한 것과 거의 동시에 본토 전역에 유례 없는 자연재해가 시작되었다. 알루에 세심하게 보관된, 천 년을 거슬러 올라가는 석판과 양피지 기록물 어디에도 이번 재해와 견줄 만한 사례는 없었다.

　파랗던 하늘을 뒤덮은 적갈색, 이것이 임박한 재해의 첫 전조였다. 아무런 예고도 없이 서대양이 벽돌처럼 우중충한 회색으로 돌변하더니, 변덕스럽게 물보라를 일으키기 시작했다. 거센 파도가 루데크타의 거대한 전함을 후려쳐 상당수를 훼손했을 정도였다. 바람은, 보손의 참모 몇 명이 크게 당황할 정도로, 사방에서 한꺼번에 불어닥치는 것 같았다. 루데크타의 갤리선 일부에서 구리 고리와 나사에 묶여 있던 육중한 가죽 돛들이 돌풍에 찢기었다. 또 다른 갤리선에선 마치 날카로운 칼로 자른 듯 돛들이 바람에 직선으로 갈라졌다.

　보손은 눈앞에 벌어지는 현상들뿐만 아니라 복점관들이 자연의 이 적대적인 반응을 어떻게든 해명하고 점치기 위해 급히 제비를 뽑고 양과 가금들을 죽인 후에 알려온 보고에도 아랑곳없이 군대를 일사불란하게 상륙시켰다. 그는 즉시 자신의 최고 참모를 골라 위풍당당한 의장병을 딸려서 황제에게 전령으로 보냈다. 보손은 석판에 자신의 요구를 손수 썼다. 양자택일. 황제가 보손을 루데크타 군의 대원수로서 맞이하고 네트비사 레다와의 결혼에 즉각 동의하든가 아니면 보손이 알루를 포위 공격하여 무력으로 사랑하는 여인을 데려오든가 둘 중에 하나를 택하라는 것이었다.

　보손의 전언은 황제가 첫 번째 안을 택하기를 간청하는 의미를 담고 있었다. 또한 간결하고도 격식에 맞는 용어로 보손의 유서 깊은 가문에 대한 설명도 곁들여져 있었다.

　황제는 이 도발에 크게 진노했다. 자신의 왕권과 존엄이 능멸당했다고 느꼈다. 황제는 결국 보손의 전령들을 엄벌에 처했다.

　알루 포위 작전은 위협적인 적갈색 하늘 아래 연이어 일어나는 소규모 지진의 여파 속에서 전개되었다.

살아 있는 인간의 기억에도, 수천 년의 문명사를 통틀어도, 거대 도시 알루를 상대로 적의를 표명한 예는 단 한 번도 없었다. 유명한 보손 장군이 알루를 상대로 실행에 옮긴 이 섬뜩한 군사행동, 알루의 그 어느 누구도 이와 비슷한 일이 벌어질 거라곤 꿈에도 생각지 못했다. 보손의 공격이 어쩌나 신속했던지 그가 정예 부대를 이끌고 알루의 한복판에 있는 황궁 수십 미터 앞까지 진격했을 때 형틀에서 고문당한 전령들의 몸부림이 아직 계속되고 있었다.

사실 아무런 저항도 없었다. 이 강력한 진격 작전은 20분 안에 승리로 끝날 것이고, 황제는 황궁 수비대뿐만 아니라 황실 가족 전원과 함께 체포될 것이며, 보손이 그토록 열렬히 사랑했던 레다와도 무사히 재회할 것이었다. 다만, 현대의 법률 용어를 빌리자면 '불가항력'이라고 할 만한 미지의 요인이 개입하는 일만 없었더라면…….

진격과 동시에 불길한 전조처럼 흔들리던 땅은 보손의 군대가 황궁 가까이 도착한 시점에서 절정에 달하여 무시무시한 대지진으로 바뀌었다. 돌로 포장된 거리 곳곳이 큰 균열로 벌어졌고, 거대한 건물들이 사방에서 무너져, 의기양양하게 진격해 오는 루데크타 군대를 덮쳤다. 진두지휘하던 보손 장군은 현기증을 느끼고 귀가 먹먹해지면서 거칠게 곤두박질쳤다. 다시 정신을 차렸을 때, 그를 따르던 충실한 군대의 4분의 3이 땅속에 파묻히고 짓뭉개져 어마어마한 피 웅덩이 속에 뿔뿔이 처박혀 있었다. 이 대학살의 참상은 그가 엄청난 양의 부서진 석조물과 함께 쓸려 내려오는 흙더미에 파묻혀 추락할 때 다행히 그의 시야에서 사라졌다.

그가 눈을 뜬 곳은 알루 요새의 지하 감옥 중에서도 가장 깊숙한 지점이었다.

    간밤에 어떤 결심을 굳힌 콜링턴 박사가 아침 10시경에 메러디스의 침실로 조용히 들어와서, 어제 메러디스가 기록한 기이한 언어에 대해 의견을 주고받았다. 그러고는 마음속 깊숙이 남아 있던 화제를 시작으로 관찰 중인 자신의 환자와 대화를 주도해 나갔다.

    "칠팔 년 전에 내가 주목했던 비정상적인 사례에 대해 말해 두는 게 좋을 듯하군요. 내가 코네티컷 주립 정신 병원에서 인턴 책임자로 일할 때였습니다. 그곳에서 개업하기 전까지 플로이드 하빌랜드 박사님을 모시고 2년간 일했지요. 병원에 특별 환자 두세 명이 있었는데, 그중에서 하빌랜드 박사의 명성을 듣고 자진해서 찾아온 한 중년 남성을 내가 담당했습니다. 편의상 이 남성의 이름을 '스미스'라 하기로 하고, 아무튼 이 남성은 법적으로도 실제로도 '정신이상자'가 아니었습니다. 스미스 씨가 진지하게 털어놓은 인생사로 미루어, 문제로 볼 수 있는 건 통상적인 분류에 따른 '망상' 정도였어요. 그는 거의 두 달 정도 병원에 있었습니다. 자발적인 환자인 데다 재력가여서 1인실을 사용했지요. 망상에 해당하는 강한 강박관념을 제외하면 모든 점에서 지극히 정상이었습니다. 매일 스미스 씨와 면담하면서 내가 확신한 것은 그가 망상은 물론 그 어떤 증세와도 무관하다는 점이었습니다.

    내가 스미스 씨 사례에 내린 — 그리고 하빌랜드 박사도 동의한 — 진단은 그가 선조의 기억에 시달리고 있다는 것이었지요.

    그런 사례는 아주 드물 정도로 독특한 것입니다. 보통은 정신과 의사가 평생 동안 한 번도 접하지 못할 정도로 희귀한 사례지요. 그러나 기록된 사례들이 있긴 합니다. 우리는 스미스 씨를 거의 정상적인 정신

상태로 집에 돌려보낼 수 있었습니다. 정신적 문제를 다룰 때 종종 있는 일인데, 환자 본인에게 진단 결과를 정확히 알려준 것이 치료법이었습니다. 다시 말해, 스미스 씨가 정신적으로 아무 이상이 없다는 점과 그의 상태가 평범하진 않지만 그렇다고 정상성의 범위에서 벗어나 있지 않다는 점을 반복적으로 또 자신 있게 말해 준 겁니다."

"아주 흥미로운 사례로군요." 메러디스가 말했다. 예의상 그렇게 말했을 뿐 그 이상의 의미는 없는 대답이었다. 그의 마음은 감옥에서 격분한 상태로, 살아남은 부하들의 운명에 노심초사하고 있는 보손 장군에게 온통 쏠려 있었기 때문이다. 그의 눈에는 불처럼 새빨간 보손의 감옥이 너무 멀어서 희미한 번뜩임으로만 보였다. 또 무자비한 바다의 집요하고 오싹한 노호에 마음이 괴롭고 예리한 청력도 방해를 받았다. 메러디스는 그 자신이 분석하기에는 너무나 심오한 이유 때문에 꿈에서 무슨 일이 벌어지고 있는지 콜링턴 박사에게 말할 수가 없었다. 그의 가장 깊은 본능은, 원한다면 지금 말하라고, 그러나 누구도 믿어주진 않을 거라고 경고하고 있었다. 콜링턴 박사는 환자가 극심한 정신적 스트레스에 시달리는 것처럼 잔뜩 얼굴을 찌푸리고 있는 걸 바라보고 있었다. 상대의 눈빛으로 미루어 직업적으로 말을 건다면 싫어할 것 같았다. 의사는 다시 대화를 시작하기에 앞서, 잠시 동안 의자에서 허리를 폈다가 다리를 꼬고는 뭔가를 판단하려는 사람처럼 두 손의 깍지를 끼었다.

"솔직히 말하자면, 메러디스 씨, 스미스라는 분은 전혀 정신병의 징후를 보이지 않았다는 사실을 강조하고 싶군요. 스미스 씨가 표면적으로만 그렇게 보였던 '망상' 증세에서 선생의 사례와 관련해 아주 특별한 점이 있기에 좀 더 말하는 게 좋겠습니다. 선생의 정신에 아무런 문제도 없는데, 내가 괜히 불안하게 만들려는 게 아닙니다! 분명하게 말하자면, 스미스 씨는 좀 전에 말한 대로 선조의 기억 중에서 특정 부분을 흐릿하게 기억했고, 선사시대의 언어로 보이는 미지의 말을 꽤 많이 인용했습니다. 메러디스 씨……."

의사가 환자의 눈을 똑바로 쳐다보았다. 환자도 흥미를 느끼고 있었다.

"스미스 씨가 했던 말 중에서 서너 개가 선생의 말과 일치합니다!"

"허!" 메러디스가 소리쳤다. "박사님, 그게 어떤 말인가요? 혹시 기록해 뒀나요?"

"네, 여기 있습니다." 정신의학자가 대답했다.

콜링턴이 종이를 꺼내기도 전에 메러디스는 의자에서 일어나 의사의 어깨 너머로 안달하듯 고개를 내밀었다. 메러디스는 특대형 용지 몇 장에 신중하게 타이핑되어 있는 단어와 문구를 뚫어지게 바라보았다. 그리고 콜링턴 박사가 이 생경한 말들을 주의 깊게 읽는 동안, 그는 전율에 가까운 집중력으로 귀를 기울이고 있었다. 그러고는 종이들을 건네받고 의자에 앉아서는 처음부터 끝까지 들릴락 말락 한 소리로 발음해 보기 시작했다.

창백하게 질린 그가 이윽고 머리에서 발끝까지 부들거리며 일어서서, 떨리는 손으로 종이를 박사에게 도로 넘겨주었다. 콜링턴 박사는 걱정스레 그를 쳐다보았고, 과거의 유사 사례로 환자의 관심을 끄는 데 성공했다는 기쁨보다는 의사로서의 긴장감과 두려움이 더 컸다. 콜링턴 박사는 자신의 심정을 글로 표현할 수 있다면 아마 '당혹감'일 거라고 생각했다. 정신병과 신경성 또는 '경계성' 사례들을 오랫동안 신중하게 다루어왔음에도 불구하고, 자신의 예리한 의학적 능력으로도 그 순간 이 흥미로운 환자를 지배하고 있는 간단하고 복잡한 감정들이 무엇인지 단 한 가지도 짚어낼 수가 없었다.

물론 환자의 감정을 알았더라면 아마 콜링턴 박사는 더 큰 당혹감에 빠졌을 것이다.

왜냐하면, 스미스라는 환자의 종잡을 수 없는 기이한 말들을 쭉 읽어본 메러디스가 그 모든 말을 알아봤을 뿐만 아니라, 이런 문장까지 입밖에 냈으니 말이다.

"우리의 소중한 보손이 사라졌구나."

콜링턴 박사는 이 특별한 상담을 오래 끌어봐야 현명치 않다는 걸 정확히 간파하고, 메러디스에게 그의 마음을 사로잡고 있는 것이 무엇이든 간에 당분간 맞서서 버텨낸다면 평소의 균형감과 평정을 쉽게 되찾을 거라고 결론 내린 뒤, 조용히 일어나 문가로 걸어갔다.

그런데 박사가 문을 나서기 전에 잠시 걸음을 멈추고 메러디스를 돌아보았다. 메러디스는 박사가 나가거나 말거나 전혀 관심이 없는 것처럼 보였다. 다른 생각에 정신이 팔려 있는 게 분명했다. 주변 상황은 까맣게 잊고 있는 것 같았다.

오랜 시간 동안 비정상적인 사람들을 접해 오면서 겉으로는 의사로서의 품행이 굳어지긴 했으나, 그렇다고 콜링턴 박사의 다정다감한 성품이 전부 사라진 건 아니었다. 박사는 환자 내면의 눈에서 하염없이 흐르는 눈물을 알아채고는 마음이 아팠다.

한 시간 뒤 콜링턴 박사가 간호사의 호출을 받고 메러디스의 방으로 돌아와보니, 환자는 평소의 예의 바른 모습으로 돌아와 있었다.

"잠시 박사님한테 할 말이 있어서 오십사 부탁했어요." 메러디스가 말문을 열었다. "혹시 수면에 도움이 될 만한 약물을 주실 수 없을까 궁금해서요." 메러디스는 간절한 미소를 머금었다. "내가 아는 거라고는 모르핀과 아편 같은 것뿐입니다! 약품에 대해선 아는 게 없고, 내가 달라고 해서 박사님이 선뜻 주지는 않을 거라는 것도 압니다만."

콜링턴 박사는 의사로서 객관적인 태도를 취했다. 환자가 예기치 못한 요구를 했지만 재빨리 판단을 내렸다. 그리고 스미스라는 환자의 얘기가 얼마나 메러디스를 동요시켰는지도 고려했다. 왜 수면제를 원하느냐고 메러디스에게 물으려다가 신중하게 자제했다. 이윽고 그가 고개를 끄덕였다.

"내가 사용하는 건 간단한 조제약입니다. 비습관성이지요. 다소 위험한 클로랄이 주성분이긴 하나 향기가 강한 시럽을 섞고 물 반 컵으로 희석해서 환자들에게 사용합니다. 약효가 아주 좋습니다. 방으로 올려보낼 테니까, 티스푼으로 시럽 네 스푼이 최대치라는 점 명심해야 합니다. 두 스푼이면 충분합니다. 어떤 경우에도 그 이상은 금물이고, 하루에 한 번만 사용하세요."

콜링턴 박사가 메러디스에게 다가와 욕실 대리석 벽에 부딪쳤던 머리 부위를 살폈다. 아직 멍이 남아 있었다. 박사는 그 상처를 손가락으로 가볍게 만져보았다.

"상처가 가라앉기 시작했군요." 그는 기분 좋게 미소를 띠고서 메러디스에게 다시 고개를 끄덕여 보인 후 문가로 향했다. 메러디스가 문을 막 나가려는 박사를 불러 세웠다.

"부탁이 있는데요. 박사님, 혹시 그 '스미스'라는 분과 연락할 수 있을까요?"

박사는 고개를 저었다.

"유감입니다. 스미스 씨는 2년 전에 돌아가셨습니다."

10분 후에 간호사가 작은 쟁반을 들고 왔다. 쟁반에는 컵 한 개와 수저와 220그램짜리 병 하나가 놓여 있었고, 병에는 방금 조제한 불그스름하고 맛이 괜찮은 시럽이 들어 있었다.

20분 후, 시럽 세 스푼을 먹은 메러디스는 침대에서 곤히 잠들었다. 알루의 거대한 요새에서도 가장 깊숙한 지하 감옥에 있던 보손 장군은 매끄러운 돌바닥을 딛고 서서 여차하면 어디로든 뛰어갈 태세로 잔뜩 긴장해 있었다. 사방에서 요새의 거대한 석조물이 부서지고 떨어지는 엄청난 굉음이 다른 소음을 집어삼키며 그의 귀청을 찢어댔으나, 그래도 이제는 아예 미쳐 날뛰기 시작한 바다의 끝없는 격랑 소리까지 뒤덮진 못했다. 외부에서 스며드는 섬뜩한 빛의 일렁임이 눈에 띄게 강해졌다. 쉴 새 없이 폭음이 들려왔다. 알루인들이 며칠 전부터 걷잡을 수 없이 번져온 대화재를 막기 위해 도시의 심장부를 파괴하고 있었다. 감옥에 갇혀 잔뜩 긴장한 보손에게는 요새가 무너지는 무시무시한 굉음과 바다의 노호에 묻혀 폭음이 희미하게 들려오는 것 같았다.

그가 기다리고 있던 위기는 느닷없이 찾아왔다. 오른쪽에서 돌바닥이 뒤틀리더니 밑으로 가라앉았다. 보손은 재빨리 몸을 틀어 맞은편으로 뛰었고, 감옥의 벽에 기대고 몸을 웅크린 뒤 두 팔을 머리 위로 올렸다. 지진의 먼지로 공기가 갑자기 극단적으로 희박해지자, 숨이 막혀와 가쁜 숨을 헐떡였다. 단단한 벽면이 위에서 바닥까지 갈라지는가 싶더니 천장이 무너져 숨 막히는 흰색 먼지구름이 감옥 안을 가득 채웠다.

숨을 쉬기 위해, 살기 위해 안간힘을 쓰면서 보손 장군은 두 팔을 낮추고, 갑자기 붕괴한 쪽을 더듬어보았다. 탈출로를 발견할 수 있을까 하는 한 가닥 희망을 품고서 불안정한 바닥을 조심스레 헤쳐나갔다. 불과 몇 초 전만 해도 단단하고 평평했던 돌바닥이었건만, 이제는 자욱한 먼지의 잿빛 어둠을 뚫고 가파른 파편 더미를 기어올랐다. 점점 더 짙게 떠도는 먼지 구름, 거기다 내려앉기 시작하는 돌 먼지 속에서 무너진 바닥의 불규칙한 구멍 주위를 돌고 잡석 더미를 오르내리며 막연히 자유를 향한 희망 하나로 결연히 앞으로 나아가고 또 나아갔다.

체력이 모두 고갈되었을 때, 빨갛게 충혈된 두 눈이 찢어질 듯 아프고 입과 목이 타들어가듯 고통스러웠을 때, 마침내 보손은 알루 요새의 마지막 돌무더기를 지나, 도시에서 가장 거대한 광장 한쪽 구석으로 빠져나올 수 있었다.

죽음의 덫을 빠져나오는 여정의 막바지 길에서 그는 처음으로 부드럽고 물컹물컹한 뭔가가 발에 밟히는 것을 느꼈다. 멈춰 섰다. 제대로 볼 수 없는 상황이었기에 웅크리고 앉아서 두터운 흙더미에 깔려 있는 그것을 손으로 만져보았다.

그것은 사슬 갑옷을 입고 있는 남자의 시체였다. 보손은 괴로이 안도의 숨을 내쉬었다. 시체를 굴려 두터운 먼지를 털어내고 구리가 박힌 허리띠를 쭉 더듬었다. 허리띠에 매달려 있는 짧고 묵직한, 한 손으로 쓰는 전투용 도끼가 손에 잡혀서 빼냈다. 그리고 시체의 비단 튜닉을 크게 잘라서 눈과 입을 닦았고, 땀과 먼지로 범벅이 된 얼굴을 훔쳤다.

마지막으로 시체에서 묵직한 가죽 지갑을 빼 들었다. 그리고 시체 옆 부드러운 흙 위에 누워 잠시 휴식을 취했다. 10분 정도 후에 일어나서 기지개를 켰고, 조금씩 깨끗해지는 허공을 향해 시험 삼아 서너 번 도끼를 휘둘러보았다. 그리고 먼지를 털고 옷매무새를 고친 뒤 느슨해진 샌들의 가죽끈을 바짝 조였다.

그는 알루의 한복판에 자유로이 섰다. 충분히 무장도 했다. 거대한 힘이 온몸으로 쇄도해 왔다. 현재의 위치를 정확히 가늠한 후, 벌의 귀소본능처럼 확실한 그만의 직감에 따라 루데크타 군대의 침착하고 웅장한 행군 그대로 황궁을 향해 나아가기 시작했다.

보손은 무척 어리둥절한 문제, 즉 포로로 붙잡힌 첫 이삼 일의 의혹을 풀고자 마음을 차분히 가라앉혔다. 어쩌다가 혼자서 그것도 다치지 않은 상태로 감금되어 있었던 것일까? 일정한 시간마다 그에게 음식과 물이 제공된 것은 요새의 일상적인 절차에 따른 결과일까? 그가 황궁까지 수십 미터를 남겨두고 의식을 잃고 쓰러져 있을 때 황제의 부하들은 왜 그를 즉각 처형하지 않고 생포한 것일까? 그의 잘 훈련된 판단력은 그 해답이 노호한 바다와 붕괴되는 도시의 무시무시한 굉음 속에 있음을 알려주었다. 황제는 엄청난 재해에 마음을 쏟느라 본토의 장구한 역사상 전례가 없었던, 전 세계 심장부에 대한 무력 도발의 주동자를 처형하라는 명령마저 내릴 여유가 없었던 것이다.

황궁의 거대한 외벽을 따라 돌아가던 보손은 마침내 거대한 중심 궁문에 도달했다. 평균 두께가 2미터 50센티미터에 달하는 외벽은 거대하고 웅장했으며 훼손되지 않고 말짱했다. 그는 한 치의 망설임도 없이 구리와 금과 반암으로 만들어진 으리으리한 관문을 향해 성큼성큼 계단을 올랐다.

궁문 앞에는 황제 친위대 소속의 연푸른 갑옷을 입은 장교의 지휘 아래, 열두 명의 중무장한 병사들이 삼엄한 경계 근무를 서고 있었다. 병사 한 명이 장교의 명령에 따라 이 침입자를 돌려보내기 위해 달려왔다. 보손은 단칼에 상대를 베고서 내처 계단을 올랐다. 장교가 다시 큰 소리로 명령을 내리자, 이번에는 병사 전원이 보손을 향해 계단을 뛰어 내려왔다. 멈춰 선 보손은 선두의 병사들이 두 계단 앞까지 내려오기를 기다렸다가 사뿐히 오른쪽으로 뛰었다. 네 명의 병사가 뛰어 내려오던 가속도 때문에 그를 지나쳤고, 보손은 다시 원래의 자리로 돌아가 전광석화처럼 병사들의 옆구리에 묵직한 도끼를 내리꽂았다.

미처 전열을 가다듬기도 전에 장교와 다섯 명의 병사가 계단 위에 시체로 널브러졌다. 겁먹은 나머지 병사들이 대오를 갖추려고 애쓰는 동안, 보손은 그대로 계단을 올라 거대한 궁문으로 들어섰고, 문 바로 안쪽에서 보초를 서던 두 명의 병사를 순식간에 좌우 일격으로 처치해 버렸다.

그때부터 황궁까지는 무혈입성, 보손은 익히 잘 아는 실내 공간과 넓은 복도를 빠르게 지나서 알루 황궁의 중심으로 다가갔다.

30초 만에 그는 황제의 동생, 네트비사 톨돈의 거처로 들어가는 문을 찾아냈고, 거침없이 그 문간을 넘어갔다. 말굽 모양 식탁에 둘러앉은 가족의 모습이 보였다. 그러고 보니 저녁 시간이었다. 그는 자신을 향해 쏟아지는 시선들을 마주하며 문간에 멈춰 서서 네트비사 톨돈에게 허리를 굽혔다.

"각하, 이 무례를 용서하소서. 피치 못할 상황이라 편하신 시간을 택하지 못하였나이다."

네트비사 톨돈은 깜짝 놀란 눈으로 바라볼 뿐, 아무 대꾸도 하지 않았다. 그때 보손의 사랑, 네트비사 레다가 벌떡 일어서서 믿을 수 없다는 듯이 그를 쳐다보았다. 레다는 이 기이한 침입이 무엇을 의미하는지 서서히 깨달았고, 그녀의 아름다운 얼굴은 갑자기 알루의 장미처럼 붉게 달아올랐다. 그녀는 이 영웅적인 연인을, 영혼의 반쪽을 바라보았다.

"이리 와요, 레다!"

보손이 그렇게 말하자, 네트비사 레다는 사슴처럼 사뿐히 그에게 달려왔다.

보손은 조용히 레다의 팔을 잡았고, 톨돈의 가족들이 미처 충격에서 벗어나 정신을 차릴 새도 없이, 두 사람은 궁문을 향해 복도를 달려가고 있었다.

그들이 첫 번째 모퉁이를 돌려는 순간, 느닷없이 무장 병사들의 소리가 들려왔다. 그들은 발길을 멈추고 귀를 기울였다. 보손은 도끼를 오른손으로 바꿔 쥔 후에 레다의 앞으로 나섰다. 그러나 레다가 그의 왼팔을 강하게 잡아끌면서 속삭였다.

"이쪽, 빨리요."

레다가 너른 복도의 왼쪽 좁은 통로로 그를 이끌었다. 그들이 통로를 달리다가 급히 방향을 틀려는 순간, 중앙 복도를 따라 병사들이 달려오는 발소리에 이어 곧바로 명령 소리가 들려왔다.

"네트비사 톨돈 각하의 거처로!"

그 좁은 통로는 요리실과 식기실을 지나 작은 뜰과 연결된 문에서 끝나 있었다. 그들은 서둘러 뜰을 지나 황궁의 서쪽 광장으로 나온 뒤, 추격대를 따돌리고 알루의 넓은 거리에 모여 있던 군중 속에 섞였다.

이때부터 보손이 탈출의 방향을 잡아갔다. 근처의 대형 광장을 가로질러 한적한 구석으로 간 뒤, 그가 도끼를 찾아냈던 폐허 더미를 기어올랐다. 아직 한여름의 초저녁, 예리한 그의 시력을 방해하는 것은 없었다.

그가 앞서 고통스러운 눈에서 돌먼지를 닦아냈던 비단 튜닉으로 미루어 짐작했던 것이 맞아떨어졌다. 그 시체는 황실 친위대의 장교였다.

레다를 부서진 화강암 석조물 위에 앉히고 주위를 잘 살피라고 이른 뒤, 보손은 시체 옆에 쪼그리고 앉아 뭔가 바쁘게 움직였다.

2분의 긴장된 시간이 흘렀을 때, 네트비사 레다가 자신의 어깨에 와 닿는 손길을 느끼고 얼굴을 들어보니, 사랑하는 보손이 머리부터 발끝 까지 황실 친위대 소속 장교 엘턴의 군복과 갑옷으로 갈아입고 서 있 었다.

그들은 곧 남쪽으로 발길을 서둘러, 부서진 건물의 잔해들로 황량해 진 대형 광장을 지나 아직 건재한 부촌 중의 한 곳으로 향했다. 마침 그 곳에서 석탄처럼 새카만 노예들이 화려한 가마를 땅에 막 내려놓고 있 었다.

그들이 그 호사스러운 가마 가까이 가자, 한 건장한 시민이 그들을 미심쩍은 눈길로 노려보았다. 처음에 경계심을 느꼈던 보손은 곧 그 시 민이 황제의 조카딸과 황실 친위대의 군복을 알아보자 안심했다.

"이 가마를 빌려주셨으면 합니다." 보손이 말했다.

"기꺼이 그리하겠습니다." 시민이 고개를 숙이면서 말했다. 보손은 고마움을 표하고, 레다를 먼저 가마에 태웠다. 은 한 움큼을 네 명의 노 예에게 골고루 나누어준 뒤, 전방 왼쪽에 서 있는 흑인에게 목적지를 일렀다. 그러고는 가마에 올라 붉은 비단 커튼을 쳤다.

튼튼한 가마의 봉들이 팽팽해지는가 싶더니 끽 소리와 함께 건장한 노예들의 어깨 위로 올라갔다. 아직도 굽실거리며 억지웃음을 짓고 있 던 주인 곁을 떠난 가마는 알루의 고속 전함들을 지키고 있는 군사 지 역으로 힘차게 나아갔다.

"제가 황제의 시민을 시켜 어떻게 당신을 돕게 하는지 보셨을 거예 요." 네트비사 레다가 미소를 머금고 말했다. 레다는 황제가 왜 보손을 루데크타로 돌려보냈는지 또 알루에 대한 역사상 최초의 무장 공격이 왜 일어났는지를 잘 알고 있었다.

"어디로 가느냐고 시시콜콜 묻지도 않잖아요!"

"북서쪽에서 안전한 곳을 찾을 생각입니다." 보손이 심각하게 대답했다. "나는 본토가 멸망할 거라고 한 전쟁의 제왕, 발의 예언이 그저 학창 시절에 배워야 하는 수사학의 고전이라고만 생각하지 않습니다. 지금 우리 주변을 봐요. 이게 증거입니다. 게다가 전함들을 이끌고 알루 해변에 도착하기 전부터 네 명의 복점관이 이 대륙의 위기를 경고했습니다. 복점관들의 말에 따르면, 네 개의 거대한 힘이 서로 충돌하고 있답니다. 실제로도 우리가 보고 듣고 있지 않습니까? 알루를 뒤덮은 불, 요동치는 땅, 이 지상에서 어느 때보다 강하게 부는 바람, 그게 아니라면 역사의 기록들이 다 거짓이겠지요! 그리고 인간의 경험을 압도하는 저 격량의 물……. 내 말이 맞지 않습니까? 이 지옥의 아수라장 속에서 내가 빈말이나 하고 있는 것 같습니까?"

레다가 고개를 젓고는 역시나 심각한 어조로 말했다.

"황궁에도 엄청난 소동이 일어나고 있어요. 어디서 피난처를 찾아야 하죠?"

"오늘 밤 곧장 아-와-이 산으로 떠날 겁니다. 네 개의 거대한 힘이 우리에게 전차 한 대만 허락해 준다면 말입니다. 그리하여 당신과의 결혼을 허락해 준다면."

레다가 알았다는 듯이 고개를 끄덕였고, 자신의 오른쪽 중지에서 두 개의 태양과 팔각 별 모양의 ─ 황실의 일원임을 상징하는 ─ 반지를 뺐다. 보손이 그 반지를 받아 들더니 자신의 오른손 약지에 살짝 끼웠다.

드디어 도착한 알루 군 보급기지, 장교 막사 앞을 지키고 선 초병이 가마에서 내리는 친위대의 엘튼을 보고 경례를 붙였다. 엘튼은 딱딱한 군대식 어법으로 말했다.

"황실 가족 한 분을 망명시키기 위해 친위대 소속 엘튼 발코가 왔다고 즉시 카-칼보 네트로에게 전하라. 2인용 전차 한 대와 2주분 장교용 식량, 완벽하게 구비된 구급함이 필요하다. 여기 황제의 명령을 전하는 반지가 있다!"

초병은 황제의 해와 별 반지를 보고 경례한 뒤, 성능 좋은 자동인형처럼 명령을 복창했다. 그리고 친위대의 엘튼을 향해 경례를 붙이고는 카-칼보 네트로 사령관을 데리러 부리나케 달려갔다.

부름을 받은 카-칼보가 곧 나타났다. 그는 황제의 반지에 대고 경례를 했고, 자신보다 한 계급 낮고 일면식도 없는 친위대의 엘튼 발코로부터 절도 있는 경례를 받았다.

10분 만에 네트비사 레다는 정중한 안내를 받으며 전차에 올라탔고, 엘튼 발코도 그 옆에 자리를 잡았다. 기록에 남을 만큼 신속하게 명령을 수행한 열두 명의 공병 대원들이 땀을 뻘뻘 흘리며 도열해 경례를 붙이는 가운데, 기립 자세의 전차병이 긴 가죽끈으로 말들을 채찍질하고 매섭게 호령하며 빠른 속도로 전차를 몰았고, 이 커다란 전차의 후미에선 교대마의 기수가 다른 네 마리의 말을 향해 줄기차게 호각을 불며 질풍처럼 뒤따랐다.

보손은 북서쪽으로 높이 솟구쳐 있는 아-와-이 산을 보면서 대륙이 침몰한다는 고대의 예언으로부터 안전할 것이라고 희망을 품었다. 그 우뚝 솟은 산은 본토 과학자들의 확언에 따르면, 가스층의 폭발로 지상에서 가장 유구하고 고귀한 문명의 땅을 지탱하는 해저의 기반이 붕괴되더라도 최소한 가장 나중에 침몰할 것이었다.

먼동이 튼 직후, 전차는 카-칼보 네트로의 공들인 설명과 지도에 따라, 정확히 보손의 목적지에서 4분의 1가량 떨어진, 거대한 고원의 중심에 멈춰 섰다. 사람이 전혀 살지 않는 지역이었다. 지진의 영향이 그리 크지 않고 화재는 전혀 없어서 꽤 안전했다. 거센 북풍 소리가 네트비사 레다를 모질게 괴롭히고 있었는데도 보손은 전혀 눈치채지 못하고 있었다. 그제야 그는 자신이 청력을 잃어가고 있음을 깨달았다.

그들은 요기를 하고서 잠을 청했고, 정오에 장비를 손질한 뒤 말을 교체하여 다시 출발했다.

꾸준하게 북서쪽으로 향해 간 나흘간의 여정은 순조로웠다. 전차병들은 안정감 있게 전진했다. 나흘째 되는 날, 태양이 지평선에 닿을 무렵 그들은 마침내 안전을 보장받게 될 목적지, 아-와-이 산의 드높은 정상을 처음으로 보았다.

메러디스가 늦은 아침에 잠에서 깼을 때, 근심 어린 표정의 콜링턴 박사가 침대 옆에 서 있었다. 메러디스는 스무 시간이나 잠들어 있었다. 그러나 박사가 판단하건대, 메러디스의 정신 상태는 더없이 정상이었고, 장시간의 수면 덕분에 쾌활해 보이기까지 했기에 안심하고서 수면제 중단을 고려했던 것도 그만두었다. 수면제가 메러디스에게 대단한 효과를 보이는 게 분명했다.

점심 직전, 평소처럼 침대 겸용 소파에 편안히 기대어 있던 메러디스가 갑자기 읽고 있던 잡지를 내려놓았다. 깨어 있는 시간에도 계속되던 알루의 소동이 이번에는 전혀 들려오지 않았기 때문이다. 청력에 문제가 생긴 보손이 주변 소리를 희미하게만 들을 수 있는 상황이었기에, 우연치고는 참 의미심장했다.

그는 오른쪽 귀 뒤쪽의 상처를 만져보았다. 이제는 만져도 전혀 아프지 않았다. 손가락 끝으로 세게 눌러보았다. 만져서는 거의 알 수 없을 정도로 상처는 아물어 있었다.

메러디스는 점심 식사를 끝내고 이비인후과 의사 게이트필드가 말한 '초인의 청력'을 잃은 것 같다고 콜링턴 박사에게 말했다.

"상처가 아물고 있어요." 의사가 메러디스의 오른쪽 귀 뒤쪽을 살펴보며 의미심장하게 말했다. "그럴 줄 알았습니다. 선생의 2차 '청력'은 머리를 다치면서 시작됐습니다. 상처가 아물면서 선생이 보여준 특별한 청력을 설명해 주는, 청각기관에 가해지던 불분명한 자극도 함께 감소하고 있습니다. 지금부터는 아마 거기서 들려오는 아주 큰 소리만 들을 수 있을 겁니다. 그리고 하루나 이틀이 지나면 아무 소리도 듣지 못할 거고요. 그럼 퇴원하는 겁니다!"

한 시간이 지나지 않아서 '초인적인 청력'이 되살아났다. 누군가 방음문을 활짝 열어젖힌 것처럼 또다시 메러디스의 조용한 독서를 방해했던 것이다.

신기하게도 정신적인 이미지도 함께 나타났다. 마치 보손 장군과 기묘하게 연결되어 있는 메러디스 자신이 직접 타란-유드의 정상에 서서 피폐한 알루를 내려다보고 있는 것 같았다. 살기등등한 지진뿐만 아니라 이제는 산더미만 한 파도까지 무섭게 도시를 덮치고 있었다. 알루 전역에서 거대한 석조물이 붕괴되었고, 겁에 질린 그의 시선 아래서 그거대 도시는 부서지고 녹아내리고 있었다. 이 지옥의 공포를 헤집는 맹렬한 불길이 있었고, 알루의 수많은 시민들은 절망적으로 발작적으로 울부짖었다.

마침내 심연에서 지하의 물길이 열리는 듯한 소리가 들려왔고, 태양은 진격하는 죽음의 무시무시한 초록빛 벽에 가려져버렸다. 바다가 솟구쳐 저주받은 알루를 덮쳤다. 극한 절망의 비명, 정신 나간 갸-하우들이 벌이는 엽기적인 잔치의 음흉하고 왁자지껄한 소리, 쇳소리, 고함, 절규, 흐느낌, 울먹임, 분노 등등 인간의 청각으로는 감당할 수 없는 온갖 불협화음도, 인간이 그 모습을 보고는 다시 살아갈 수 없을 완전한 파멸의 광경도 영원히 물속에 잠겼다.

뮤-이아돈의 물이 본토를 영원히 집어삼키는 동안, 메러디스는 다행히 의식을 잃었다가, 조용한 — 세계의 파멸을 내려다보던 곳에서 멀리 떨어진 — 침실에서 다시 깨어났다. 그때 보손은 레다와 함께 최종 피난처인 아-와-이 산의 우거진 계곡을 따라 걷고 있었다. 과실수들이 주렁주렁 열매를 맺고 있었는데, 높은 산의 꼭대기가 아니라 어느 섬의 해안 같았고, 본토의 흙이 섞이면서 갈색으로 걸쭉해진 파도가 세차게 밀려들고 있었다.

"우린 여기서 안전할 거예요, 보손." 네트비사 레다가 말했다. "우리 여기 누워서 잠을 청해요. 너무 피곤하군요."

레다가 잠든 모습을 가까이서 지켜보던 보손도 그녀 곁에 누웠고, 이내 극심한 탈진감으로 깊고도 꿈 없는 잠에 빠져들었다.

메러디스는 침대 겸용 소파에서 깨어났다. 어두운 방 안, 전등을 켜고 손목시계를 확인해 보니 새벽 4시였다. 그는 옷을 벗고 침대에 누웠고, 세 시간 동안 꿈을 꾸지 않고 푹 잔 뒤 일어났다.

한 세계와 한 시대가 파국을 맞았고, 그는 그것을 목격했다.

머리의 상처는 사라졌다. 콜링턴 박사가 아침 늦게 이렇게 말했다.

"이제 집에 가도 됩니다. 다신 그 소리를 듣지 않을 겁니다." 의사가 재판관처럼 말했다. "그런데 메러디스 씨, 혹시 기억할 수 있을지 모르겠는데, '본토'의 이름이 뭐였죠?"

"뮤."

메러디스가 말했다. 의사는 잠시 말이 없다가 고개를 끄덕였다. 그리고 뭔가 결심한 듯 심각한 어조로 이렇게 말했다.

"그럴 줄 알았습니다."

"왜죠?" 메러디스가 물었다.

"스미스 씨가 그렇게 말했거든요." 의사가 대답했다.

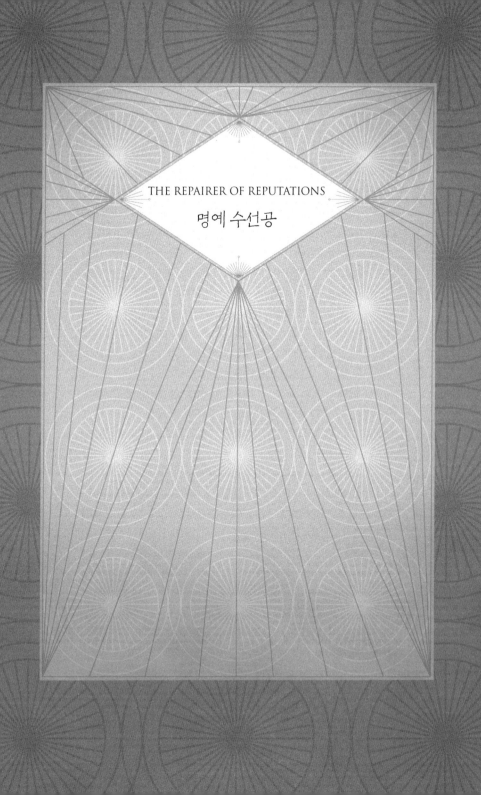

THE REPAIRER OF REPUTATIONS

명예 수선공

작가와 작품 노트 | 로버트 W. 체임버스(Robert W. Chambers, 1865~ 1933)

미국 작가. 뉴욕 브루클린에서 태어났다. 아버지는 유명한 변호사였고, 어머니는 로드아일랜드에 식민지를 개척하고 초대 총독에 오른 로저 윌리엄스의 직계 후손이었다. 체임버스는 명문가의 유복한 가정 환경에서 성장했고, 훗날 동생인 월터 체임버스 또한 유명한 건축가로 성공 가도를 달렸다. 브루클린 공과대학을 거쳐 스무 살 무렵 예술학생연맹에 입학했다. 계속해서 1886년부터 1893년까지 파리의 에콜 데 보자르와 아카데미에 줄리앙에서 공부하고 작품을 전시했다. 1893년에 뉴욕으로 돌아온 뒤,《라이프》,《보그》등의 잡지에 삽화를 팔기 시작했다.

체임버스는 1894년에 파리의 카르티에라탱을 무대로 운명적인 사랑을 그린『카르티에라탱에서 In the Quarter』라는 멜로물을 익명으로 출간했다. 이 책의 성공에 힘입어 1895년에 매우 독특하고도 강렬한 호러 단편집『황색의 왕 The King in Yellow』을 출간했다.『황색의 왕』은 체임버스가 그림을 포기하고 작가의 길을 걷게 만든 일대 전환점이었다. 출판사는 익명으로 발표했던 전작『카르티에라탱에서』를『황색의 왕』을 쓴 작가라는 설명과 실명을 넣어 재출간하기도 했다.

체임버스가 작가의 길로 들어선 19세기 말은 사회적으로 여성운동과 더불어 여성들이 대거 사회 활동(특히 타자기의 도입으로 타자수의 수요가 커짐에 따라)에 참여한 시기였다. 독립적인 수입원을 확보한 여성들의 욕구에 맞는 소설, 그것의 효과적인 공급자가 체임버스였다. 이후 체임버스는 판타지와 역사 소설 그리고 로맨스를 넘나들면서 작품들을 양산해 낸다.『붉은 공화국 The Red Republic』(1895), 마술사 유-라우에 관한 단편을 표제작으로 하는『문 메이커 The Maker of Moons』(1896), 역시 단편집『선택의 미스터리 The Mystery of Choice』(1897),『제국의 유해 Ashes of Empire』(1898),『카디건 Cardigan』(1901) 등을 잇달아 발표했다. 함께 그림을 공부했던 친구 찰스 깁슨이 체임버스의 작품에 삽화를 그리면서 '보는 재미'까지 곁들여졌고, 체임버스를 베스트셀러 작가로 만드는 데 톡톡히 한몫했다. 물론 깁슨 자신도 삽화가로서 유명세를 얻고 성공했다.

1898년에는 엘사 본 몰러와 결혼한다. 이후 외동아들이 태어나자 세 식구는 뉴욕 시내의 집과 애디론댁 산맥 기슭의 브로드앨빈에 있는 호화로운 집을 오가며 생활한다. 낚시와 사냥을 즐기는 한편, 부부가 함께 뉴욕 사교계에서 적극적으로 활동한다. 글쓰기와 여가 생활 그리고 사교계 활동까지, 안락하고 분주한 삶을 살며 체임버스는 역사와 로맨스에서 종종 호러로 회귀하는데, 미스터리와 액션을 혼합한 『미지를 찾아서 In Search of the Unknown』(1904)와 『영혼의 살인자 The Slayer of Souls』(1920)가 대표적이다. 전자는 멸종된 것으로 알려진 희귀 동물을 찾아 나선 동물학자의 이야기고, 후자는 오컬트 스릴러다.

1924년 이후에도 체임버스는 역사적인 주제에 집중하지만, 이미 변화된 독서 시장에서 그의 독자층 상당수가 이탈한 후였다. 1933년 복부 수술을 받은 뒤 사망할 때까지 '쉽게 읽히도록 잘 썼지만 평단에서는 시시하게 평가하는, 그래도 여전히 많은 잡지들이 높은 고료를 주고 사려는' 글을 계속 집필하였다. 체임버스의 작품은 작가 생전에 열네 편이 영화화되었다. 특히 화가와 그림 모델 간의 사랑을 주제로 결혼 문제를 다룬 『불문율 The Common Law』(1911)은 세 차례나 영화화되었다.

러브크래프트는 체임버스의 『황색의 왕』, 『문 메이커』, 『미지를 찾아서』를 읽고 크게 감명을 받았다. 나중에는 『영혼의 살인자』를 뒤늦게 읽고서 출간 직전에 『문학에서의 초자연적인 공포』를 다급히 수정하기도 했다. 체임버스가 생전에 얻은 명성은 속칭 '여점원 로맨스'로 불리는 로맨스 소설과 역사 소설이 베스트셀러가 된 덕분이었다. 그러나 오늘날 그를 작가로 각인시키는 힘은 호러와 판타지에 있다. '여점원들의 세헤라자드(여기서 세헤라자드는 『아라비안나이트』에서 밤마다 재미있는 이야기를 남편에게 들려주어 목숨을 보전한 술탄의 왕비를 이른다.),' 프랑스의 소설가 발자크를 빗댄 '규방의 발자크', 생전에 체임버스에게 이런 별명이 붙었다는 것은 오늘날 『황색의 왕』에 전율했던 독자들로서는 쉬이 상상이 가지 않을 것이다. 러브크래프트도 호러를 포기하고 로맨스로 뛰어든 체임버스에게 곱지 않은 시선을 보냈다.

체임버스의 초기 작품들을 인상적으로 읽은 러브크래프트는 『문학에서의 초자연적인 공포』에서 "『황색의 왕』은 고르지 않은 재미와 경박하고 부자연스러운 프랑스 화실 분위기에도 불구하고 굉장한 수준의 우주적 공포를 성취한 작품이다."라고 호평했다. 반면에 체임버스 사후에 클라크 애슈턴 스미스에게 보낸 편지에서는 가혹하게 비평하기도 했다. "체임버스는 루퍼트 휴스나 몇몇 몰락한 거물들과 같아요. 괜찮은 머리와 높은 교육 수준을 갖고도 그걸 제대로 사용하지 못했으니 말입니다." 그런데 아이러니하게도 작가로서 인세 수입으로 안락한 삶을 살았던 체임버스는 (이런 측면 만 본다면 비슷한 입장이었던 던세이니보다도 더) 러브크래프트의 롤모델에 가까웠다. 체임버스에게 많은 수입을 안겨준 로맨스 소설을 극도로 혐오했던 러브크래프트, 그러나 평생 가난에 시달렸던 그에겐 체임버스의 풍족했던 삶은 부러움의 대상이었던 것 같다.

체임버스는 앰브로스 비어스의 해스터, 카르코사 같은 가상의 명칭을 자신의 작품에 차용했고, 이것을(체임버스의 '안'을 포함하여) 다시 러브크래프트가 차용한다. 특히 처음엔 독립된 단편이었다가 나중에 『미지를 찾아서』의 도입부가 된 「하버마스터 The Harbor-Master」는 러브크래프트의 「인스머스의 그림자」에 영향을 미친 것으로 보인다. 미지의 멸종 동물을 찾아 나선 주인공이 「하버마스터」에서 인간과 유사하면서 흉측한 아가미가 달린 생명체를 발견하는데, 이것이 「인스머스의 그림자」에 등장하는 '디프원'과 유사하기 때문이다.

이 책에 수록된 「명예 수선공」은 『황색의 왕』에 수록된 첫 번째 단편이다.

광인들을 조롱하지 마라. 그들의 광기는 우리보다 오래간다……. 차이는 그뿐이다.

I

1920년 말, 미국 정부는 윈스롭 대통령의 퇴임을 몇 달 앞두고 채택된 정책들을 사실상 마무리했다. 미국은 표면적으로 평온해 보였다. 관세와 노동 현안들이 어떻게 해결되었는지 모두가 알고 있었다. 사모아 점유권을 놓고 벌어진 독일과의 전쟁은 미국에 딱히 눈에 띌 만한 상흔을 남기진 않았고, 노픽이 무력 침공에 의해 일시 점령되었다는 사실마저 미 해군의 연이은 승전보와 그 결과로 뉴저지에서 본 가르텐라우베 장군의 군대가 우스꽝스러운 곤경에 처했다는 소식이 전해 주는 기쁨에 묻혀버렸다. 쿠바와 하와이 포위 작전은 대성공을 거두었다. 그리고 사모아는 석탄 공급원으로서 대가를 치를 만했다. 사모아는 현재 미군의 철통같은 방어하에 있다. 모든 해안 도시가 효과적으로 요새화되었고, 참모진이 부모처럼 보살피는 동시에 프로이센식으로 엄격히 훈련시킨 병력이 36만에 육박했고, 여기에 사모아 본토의 예비 병력이 100만이었다. 그뿐만 아니라 순양함과 전함으로 구성된 여섯 개 정예 함대가 항해 권역의 여섯 개 해상 기지를 순찰하고 있었고, 본국을 통제하기 위한 병력도 충분했다. 서유럽에서 돌아온 사회 지도층 인사들은 변호사를 양성하는 로스쿨만큼이나 외교관을 양성할 교육기관의 필요성을 절감했다. 그 결과 무능한 애국자들이 해외에서 국가를 대표하는 사례는 사라졌다. 미국은 번영했다. 두 번째 대화재로 인해 일시 마비되었던 시카고는 폐허를 딛고서, 1893년에 장난감처럼 세워졌던 화이트시티[9]보다도 더 아름다운 백인의 제국으로 우뚝 섰다. 어디서나 좋은 건축물이 나쁜 건축물을 대체했고, 심지어 뉴욕에서조차 품위를 향한 갑작스러운 열망이 들끓어 혐오 시설의 상당 부분이 대대적으로 철거되었다. 도로는 확장되고 포장되었으며 가로등이 설치되었다. 가로수를 심고 광장을 만들었으며, 지상 구조물을 없애는 대신에 지하에 도로가 들어섰다. 신축 관공서와 병영 들은 상당히 뛰어난 건축 양식을 자랑했고, 섬을 한 바퀴 빙 도는 기다란 석조 방파제는 공원으로 바뀌어 주민들에게 하늘이 준 선물처럼 주어졌다. 주립 극단과 주립 오페라단에 대한 보조금 지원은 큰 결실을 맺었다. 미국 국립 디자인 아카데미는 동종 분야의 유럽 기관들과 매우 흡사했다. 아무도 문화예술부 장관의 직책이나 지위를 부러워하지 않았다. 산림자원부는 국립 기마 경찰이라는 새로운 조직 덕분에 업무가 상당히 수월해졌다. 프랑스, 영국과 최근에 체결한 조약에서는 상당한 국익을 챙겼다. 국민의 자기 보존권 행사를 위한 수단의 하나로 외국 출생의 유대인 입국 거부, 검둥이만의 새로운 스와니 독립 주 건설, 이민 제한, 새로운 귀화법, 점진적인 중앙 집권화가 모두 국가의 안정과 번영에 이바지했다. 정부가 인디언 문제를 해결하고 전통 의상을 입은 인디언 기마대로 전 국방부 장관에 의해 간신히 명맥만 유지하던 비루한 부대 조직을 대체했을 때, 국민들은 긴 안도의 한숨을 내쉬었다. 대규모 종교회의 이후 편견과 독단은 사라졌고, 인정과 자애심이 반목해 온 종파들을 한데 아우르기 시작했을 때, 많은 이들은 천년왕국이 적어도 신세계에는 도래했다 생각했으나, 결국 신세계도 사람이 사는 세상이었다.

그러나 자기 보존이야말로 제일의 법칙이었고, 무정부주의자들 때문에 홍역을 치르고 있던 독일, 이탈리아, 스페인, 그리고 벨기에가 이를 캅카스 산맥에서 호시탐탐 지켜보고 있던 러시아의 침공에 하나둘 속박당하는 과정을 미합중국은 무기력한 슬픔 속에서 방관해야만 했다.

뉴욕 시에서 1910년 여름은 고가 철로의 철거라는 인상적인 사건으로 기억된다. 1911년의 여름은 뉴욕 시민의 기억에 오래 남을 것이다. 그해 닷지 상이 철거되었기 때문이다. 같은 해 겨울 자살 금지법의 폐지를 요구하는 운동이 시작되었고, 이 운동이 맺은 결실이 바로 1920년 4월에 워싱턴 광장에서 문을 연 최초의 공립 자살관이었다.

나는 그날 매디슨가에 있는 아처 박사의 집에 형식적으로 들렀다가 돌아오는 길이었다. 4년 전에 말을 타다 낙마한 이후로 종종 시달려온 뒤통수와 목덜미의 통증이 몇 달 전부터 사라진 터라, 의사는 그날 더는 치료받으러 오지 않아도 되겠다고 말했다. 그런 말이나 듣자고 돈을 내기는 쉽지 않았다. 그 정도는 나도 알고 있으니까 말이다. 그래도 치료비를 아까워하지 않았다. 마음에 걸리는 것은 그가 처음에 한 실수였다. 사람들이 도로에 의식을 잃고 쓰러져 있는 나를 발견했을 때 그리고 누군가가 고맙게도 총으로 내 말의 머리를 쐈을 때 나는 아처 박사에게 이송되었고, 두뇌에 손상을 입었다고 진단한 박사는 나를 자신이 세운 정신병원에 입원시켜 거기서 억지로 정신병 치료를 받게 만들었다. 마침내 그도 내가 회복했다고 판단했고, 정신적으로 그 사람보다 더 건강했으면 건강했지 못하지는 않다고 늘 생각해 온 나는 그가 농담처럼 말하곤 하는 '수업료'를 내고 퇴원했다. 내가 미소를 머금고 그에게 실수의 대가를 받아내겠다고 말하자, 그는 실컷 웃어대고는 이따금씩 들르라고 말했다. 그래서 나는 가끔 들르면서 셈을 끝내려고 별렀으나 그가 어떤 보상도 하지 않기에 두고 보자고 말했다.

낙마 사고는 다행히 나쁜 후유증을 남기지 않았다. 오히려 전보다 좋은 방향으로 내 됨됨이를 완전히 바꾸어놓았다. 마을의 게으른 청년이었던 나는 활동적이고 정력적으로 변했고 절제할 줄 알게 되었다. 그리고 무엇보다도 야심가로 변해 있었다. 나를 괴롭히는 것은 딱 하나였다. 나 자신의 불안은 웃어넘겼으나, 그래도 그건 날 괴롭혔다.

회복기 동안 나는 처음으로 『황색의 왕』[10]을 사서 읽었다. 1막까지 읽고 나자 거기서 그만두는 게 좋겠다는 생각이 들었다. 그래서 곧바로 책을 난롯불에 집어던졌다. 책은 쇠살대에 부딪쳤다가 펼쳐진 채로 난로 앞 불빛이 비치는 곳에 떨어졌다. 펼쳐진 2막의 내용을 얼핏 보지만 않았어도 그 책을 다 읽는 일은 결코 없었을 테지만, 책을 집어 들다가 그만 펼쳐진 부분에 시선을 빼앗기어, 공포의 비명과 함께, 아니 너무도 예리해서 온 신경이 욱신거릴 정도의 기쁨과 함께 책을 들고 부들부들 떨면서 침실로 가서 읽고 또 읽으며 울다가 웃었고, 지금도 번번이 엄습해 오는 공포감에 떨고 있다. 이게 바로 나를 괴롭히는 것이다. 내가 카르코사[11]를, 검은 별이 뜨고 쌍둥이 해가 할리 호수[12]로 가라앉는 오후면 사람들의 생각이 길게 그림자를 드리우는 그 카르코사를 잊지 못하기 때문이고, 내 마음에 창백한 가면13)의 기억이 영원히 남을 것이기 때문이다. 나는 이 책의 작가에게 저주를 내려달라고 기도했다. 그 작가라는 자가 이토록 아름답고 거대한 창작물로, 섬뜩한 간결성과 거부할 수 없는 진실로 이 세상에 저주를 내렸고, 이제 이 세상이 황색의 왕 앞에 벌벌 떨게 되었으니 말이다. 프랑스 정부가 파리에 막 입수된 번역판을 몰수했을 때, 런던은 당연히 이 책의 열풍에 빠져 있었다. 이 책이 전염병처럼 도시에서 도시로 대륙에서 대륙으로 퍼져나가며 곳곳에서 판금 조처되거나 몰수당했는가 하면, 언론과 종교계의 뭇매를 맞은 건 물론이고 심지어 가장 진보적이라는 문학계 무정부주의자들로부터도 혹평을 받았다는 것은 널리 알려져 있다. 이 사악한 책이 명확한 준거를 파괴한 건 아니었고, 그렇다고 주장을 퍼뜨리거나 어떤 신념을 선동한 것도 아니었다. 이 책 『황색의 왕』은 최고의 예술성을 인정받고 있으나, 우리가 아는 어떤 기준으로도 이 책을 판단할 수 없으니, 누구나 동의하듯, 인간의 본성으로는 이 책의 긴장감을 감당할 수 없을뿐더러, 완전한 독성이 스며들어 있는 이 언어들의 향연을 만끽할 수도 없다. 1막의 더없는 진부함과 순진함은 이후 몰아치게 될 섬뜩한 효과를 극대화할 뿐이다.

우스터 거리와 사우스 5번가 중간, 워싱턴 광장 남쪽에 최초의 공립 자살관이 세워진 것은 내 기억에 1920년 4월 13일이었다. 낡고 꾀죄죄한 건물들이 많아서 외국인용 카페와 레스토랑으로 사용되던 이 부지를 정부가 1913년 겨울에 사들였다. 프렌치 카페와 이탈리안 카페 들은 철거되었다. 전체 부지를 금도금한 난간으로 에워싸고 잔디와 화단과 분수가 있는 아름다운 정원으로 탈바꿈했다. 이 정원 한복판에 고전적인 건축양식으로 지은, 꽃으로 둘러싸인 흰색의 아담한 건물이 들어섰다. 여섯 개의 이오니아식 기둥들이 지붕을 받쳤고, 하나뿐인 출입문은 황동으로 만들어졌다. 대리석으로 만든 웅장한 운명의 세 여신상이 황동 문 앞에 있는데, 이 대리석상을 만든 미국의 젊은 조각가 보리스 이바인은 스물세 살의 나이에 파리에서 요절하고 말았다.

내가 대학가를 가로질러 광장으로 들어서는 동안, 개관식이 열리고 있었다. 말 없는 구경꾼들 사이를 헤치고 나갔으나 4번 거리에서 경찰의 차단선에 막혀 멈춰 서야 했다. 미국 창기병대가 자살관 외곽 부지에 도열해 있었다. 워싱턴 공원을 마주 보는 높은 연단에 뉴욕 주지사가 서 있었고, 그 뒤로 뉴욕 시장, 경찰청장, 주 방위군 사령관, 리빙스턴 대령(미합중국 대통령 국방 보좌관), 블론트 장군(거버너스 섬 사령관), 해밀턴 소장(뉴욕 시 방위군 사령관), 버프비 제독(노스 리버 함대 소속), 랜스포드 국립 무료 병원장, 뉴욕 주의 와이스 상원의원과 프랭클린 상원의원, 그리고 국토부 장관이 있었다. 연단은 주 방위군의 경기병대가 호위하고 있었다.

주지사는 공중위생부 장관의 짧은 연설에 대한 답사를 끝내가는 중이었다. 그는 이렇게 말했다.

"자살을 금지하고 자기 파괴 행위를 처벌하는 법은 폐지되었습니다. 정부는 육체적 고통과 정신적 절망 속에서 감당할 수 없는 존재 방식을 스스로 끝내려는 인간의 권리를 인정하게 됐습니다. 이런 사람들이 제거된다면, 우리 사회에 득이 될 것입니다. 이 법안이 통과된 이후에도 미국의 자살률은 크게 증가하지 않았습니다. 이에 정부는 전국의 모든 도시와 군 단위까지 자살관을 세우기로 결정했습니다. 실의에 빠진 계층에서 날마다 새로이 낙오되고 있는 자기 파괴의 희생자들이 여기서 제공하는 안식을 과연 받아들일지는 지켜봐야 할 것입니다."

그는 잠시 말을 멈추고 흰색의 자살관을 바라보았다. 자살관 주위는 쥐 죽은 듯 고요했다.

"삶의 슬픔을 더는 견딜 수 없는 이들을 위하여 저기 고통 없는 죽음이 기다리고 있습니다. 누군가 기꺼이 죽음을 맞이하겠다면, 저기서 그 죽음을 찾게 하십시오."

그는 대통령 국방 보좌관 쪽으로 재빨리 돌아서서 말했다.

"자살관의 개관을 선언합니다."

그러고는 다시 다수의 군중들을 바라보며 또박또박 소리쳤다.

"뉴욕과 미합중국 시민 여러분, 본인은 정부를 대표하여 자살관의 개관을 선언합니다."

엄숙한 침묵을 깨는 날카로운 구령, 경기병대가 주지사의 마차를 따라 줄지어 행군했고, 창기병대는 수비대 사령관을 기다리기 위해 5번 가를 따라 도열했으며, 기마 경찰대가 그 뒤를 따랐다. 군중이 입을 벌리고 물끄러미 자살관의 흰색 대리석 건물을 바라보는 동안, 그들 곁을 떠난 나는 사우스 5번가를 지나 블리커 거리를 따라 걸었다. 얼마 후 오른쪽으로 접어들어, 간판이 걸려 있는 초라한 가게 앞에 멈춰 섰다.

호버크 병기공.

문간을 슬쩍 보니, 호버크는 복도 끝에 있는 자신의 작은 가게에서 바쁘게 일하고 있었다. 고개를 든 그가 나를 알아보고는 굵고 다정한 목소리로 소리쳤다.

"카스테인, 들어와!"

나를 맞이하려고 일어섰던 그의 딸 콘스턴스가 아름다운 손을 내밀었으나, 나는 그녀의 뺨에 떠오른 홍조가 실망감임을 알아챘다. 내가 아는 한, 그녀가 기다린 사람은 또 다른 카스테인, 다시 말해 내 사촌 루이스였다. 나는 실망한 콘스턴스에게 미소를 머금고 그녀가 컬러 도판을 본떠 자수 중인 기장이 훌륭하다고 칭찬해 주었다. 호버크 노인은 꽤 오래된 갑옷의 해진 정강이받이에 리벳을 박고 있었다. 땡! 땡! 땡! 예스러운 가게 안에 망치질 소리가 기분 좋게 울려 퍼졌다. 그는 곧 망치를 내려놓고 작은 렌치로 이리저리 비틀기 시작했다. 갑옷이 부딪치며 내는 소리에 나는 온몸이 짜릿했다. 쇠와 쇠가 부드럽게 스치는 소리, 갑옷의 넓적다리를 타격하는 나무 메의 은은한 소리, 사슬 갑옷의 짤랑거림, 나는 이런 소리를 좋아했다. 이것이 내가 호버크를 찾아가는 유일한 이유였다. 개인적으로 호버크에게 조금의 흥미도 느끼지 않았고, 콘스턴스 또한 루이스와 사랑하는 사이라는 점만 빼고는 관심 밖이었다. 콘스턴스와 루이스의 관계는 신경이 쓰여서 종종 밤늦게까지 잠을 이루지 못할 정도였다. 하지만 모든 일이 순리에 맞게 되리라. 또 내가 친절한 의사인 존 아처의 미래를 조정하려고 하듯이 콘스턴스와 루이스의 미래 또한 그렇게 하리라 믿고 있었다. 그렇긴 해도 당시엔 호버크의 가게를 방문하는 게 전혀 고민스럽진 않았다. 말했듯이 땡그랑거리는 망치질 소리는 내게 강한 매혹이었으니까. 그 소리를 들으며 몇 시간이고 앉아 있을 수도 있었고, 무심한 햇빛이 상감한 쇠에 부딪힐 때면 견디기 힘들 정도로 예리한 감정이 솟구치곤 했다. 늙은 병기공이 햇빛을 가릴 때까지 나는 신경 마디마디를 끊어버릴 듯 팽배해진 기쁨 속에서 휘둥그레진 눈을 떼지 못했다. 그러고도 나는 은밀한 전율을 간직한 채 기대고 앉아서 광택제 묻은 천으로 리벳의 녹을 닦아내는 소리에 귀를 기울이곤 했다. 쓱! 쓱! 쓱!

콘스턴스는 무릎에 올려놓은 자수에 몰두하면서 이따금씩 손길을 멈추고는 메트로폴리탄 박물관에서 빌려 온 컬러 도판의 무늬를 자세히 들여다보았다.

"누구 거죠?" 내가 물었다.

호버크는 자기가 전속 병기공으로 있는 메트로폴리탄 박물관의 갑옷뿐만 아니라, 부유한 아마추어 수집가들의 소장품 몇 점도 의뢰를 받았다고 설명했다. 지금 작업 중인 것은 유명한 갑옷의 사라졌던 정강이받이인데, 의뢰인이 파리의 작은 가게까지 수소문하여 찾아낸 것이라 했다. 의뢰인과 호버크는 정강이받이를 복원하는 계약을 맺었고, 드디어 갑옷이 완성되었다. 호버크는 망치를 내려놓더니 1450년 이후 여러 명의 손을 거쳤다가 토머스 스테인브리지의 수중에 들어오기까지 갑옷의 역사를 내게 읊었다.

호버크의 의뢰인은 자신의 애장품 하나를 팔아 이 갑옷을 사들인 뒤, 파리에서 거의 우연히 찾아낼 때까지 그 사라진 정강이받이를 수소문해 왔다.

"이 정강이받이가 아직 남아 있는지 확실하지도 않은데 그토록 집요하게 찾아다녔다는 말인가요?" 내가 물었다.

"당연하지." 그가 시원스레 대답했다.

그때 나는 처음으로 호버크에게 개인적인 관심을 느꼈다.

"선생한테 큰 돈벌이겠네요." 내가 단도직입적으로 말했다.

"아니." 그가 웃으면서 대답했다. "나는 찾는 과정이 즐거웠고, 그게 내 보상이지."

"부자가 되고 싶지 않나요?" 내가 씩 웃으면서 말했다.

"내가 되고 싶은 건 이 세상 최고의 병기공이야." 그가 진지하게 대답했다.

콘스턴스가 내게 자살관 개관 행사를 봤냐고 물었다. 아침에 기병대가 브로드웨이 쪽으로 지나가기에 개관식을 보고 싶었으나 아버지가 기장을 완성해야 한다고 해서 외출할 수 없었다고 했다.

"거기서 혹시 당신의 사촌인 카스테인 씨를 봤나요?" 그녀가 속눈썹을 사르르 떨면서 물었다.

"아뇨." 내가 아무렇지 않게 대답했다. "루이스의 부대는 웨스트체스터 카운티에서 훈련 중입니다." 나는 자리에서 일어나 모자와 지팡이를 집어 들었다.

"그 정신병자를 또 만나러 갈 생각인가?" 호버크가 웃었다. 내가 '정신병자'라는 말을 얼마나 질색하는지 호버크가 알고 있었다면, 내 면전에서 그 단어를 절대 입에 올리지 않았을 터이다. 설명하고 싶지 않은 묘한 감정들이 내 안에서 북받쳤다. 나는 담담하게 대답했다.

"와일드 씨를 잠깐 만나볼까 해서요."

"딱한 분이에요." 콘스턴스가 머리를 저으며 말했다. "제정신도 아닌데 불구의 몸으로 그리 오랫동안 혼자 사는 건 참 힘들 거예요. 카스테인 씨라도 자주 그분을 찾아주니 다행이죠."

"심술궂은 사람 같아." 호버크가 다시 망치질을 하면서 말했다. 나는 정강이받이 판에서 들려오는 황금빛 소리를 들었다. 그의 망치질이 끝나기를 기다렸다가 내가 말했다.

"아뇨. 와일드 씨는 심술궂지 않아요. 정신이상도 아니고요. 그분의 머릿속은 기적의 방입니다. 거기서 끄집어낸 보물들은 우리가 평생을 걸려야 얻을 수 있는 것들이죠."

호버크가 껄껄 웃었다.

나는 조금 발끈해서 말했다. "와일드 씨는 아무도 모르는 역사를 알고 있어요. 아무리 사소한 부분이라도 절대 놓치지 않을 정도로 연구하고, 세세한 부분까지 정확할 정도로 기억력이 완벽하죠. 그런 분이 뉴욕에 살고 있다는 게 알려진다면, 아마 사람들의 큰 존경을 받을 겁니다."

"헛소리!" 호버크가 바닥에 떨어진 리벳을 찾으며 중얼거렸다.

"그게 헛소리라면 말이죠." 내가 간신히 감정을 억누르고 말했다. "와일드 씨가 말하길, '왕자의 문장'으로 알려져 있는 에나멜 칠한 갑옷의 미늘과 넓적다리 가리개가 펠 거리의 구석방에서, 녹슨 연극 소품과 망가진 난로와 넝마주이도 거절한 잡동사니 사이에서 발견될 거라고 했는데 그것도 헛소리인가요?"

호버크가 망치를 떨어뜨렸다가 다시 집어 들고는 아주 침착하게 물었다. '왕자의 문장'에서 미늘과 왼쪽 넓적다리 가리개가 사라진 걸 자네가 어떻게 아느냐고.

"며칠 전에 와일드 씨한테 듣기 전까진 몰랐죠. 펠 거리 998번지 다락방에 있을 거라더군요."

"헛소리!" 호버크가 소리쳤다. 그러나 나는 가죽제 작업 치마 밑에서 그의 손이 떨리는 걸 알아챘다.

"그럼 이것도 헛소리겠네요?" 내가 기분 좋게 물었다. "와일드 씨는 계속해서 이런 말을 하더군요. 선생은 아본셔 후작이고 콘스턴스 양은……"

나는 말을 끝내지 못했다. 콘스턴스가 잔뜩 겁에 질린 표정으로 벌떡 일어났기 때문이다. 호버크가 나를 쳐다보더니 가죽 치마를 천천히 쓰다듬었다. "그럴 리가 없지. 와일드 씨가 많은 걸 알고 있을진 몰라도……"

"예를 들면 '왕자의 문장' 갑옷 같은 거 말이죠." 나는 그의 말을 가로채면서 미소를 머금었다.

"맞아." 호버크가 천천히 말했다. "갑옷 같은 거……. 하지만 아본셔 후작 얘기는 아냐. 아내를 험담하는 사람을 죽이고 호주로 갔지만 아내보다 그리 오래 살지 못했다는 그 후작 얘기는 틀렸어."

"와일드 씨가 잘못 알고 있는 거예요." 콘스턴스가 중얼거렸다. 입술은 창백했으나, 목소리는 감미롭고 고요했다.

"와일드 씨가 그 한 가지만 틀렸다고 인정합시다. 뭐. 그래야 여러분의 기분이 좋아진다면 말이죠."

II

나는 자주 오르내리던 세 개의 층계참을 지나 복도 끝에 있는 작은 문을 두드렸다. 와일드 씨가 문을 열어주자, 나는 안으로 들어갔다.

그는 이중 자물쇠를 채운 출입문을 육중한 가슴으로 밀어 닫은 후, 옆에 앉아서 반짝이는 작은 눈으로 나를 힐끔거렸다. 코와 뺨에는 대여섯 군데 긁힌 자국이 새로 생겼고, 인공 귀를 지탱하는 은 철사는 비뚤어져 있었다. 그가 이리도 매력적으로 보인 건 처음인 것 같았다. 그에겐 귀가 없었다. 가는 철사 지지대에서 비어져 나와 있는 두 개의 인공 귀는 그의 약점 중 하나였다. 인공 귀는 밀랍으로 만들고 귓바퀴를 분홍색으로 칠한 것이었다. 그것을 제외한 얼굴색은 황색이었다. 손가락이 하나도 없는 왼쪽 손에도 인공 손가락을 달면 좋으련만, 정작 본인은 불편하지 않은지 밀랍 귀만으로 만족하고 있었다. 열 살짜리 아이보다 클까 말까 할 정도로 키가 작았으나 두 팔은 어마어마하게 발달했

166

고, 넓적다리는 육상 선수처럼 우람했다. 그러나 와일드 씨의 가장 인상적인 부분은 그의 머릿속에 들어 있는 놀라운 정보와 지식이었다. 심약함 때문에 정신병원에 간힌 불운한 사람들 대다수가 그러하듯, 그의 머리도 납작하고 뾰족했다. 많은 사람들이 그를 가리켜 미쳤다고 하지만, 내가 보기엔 나만큼이나 말짱했다.

그가 괴짜라는 건 부인하지 않겠다. 그 암고양이를 계속 키우면서 고양이가 악마처럼 그의 얼굴에 덤벼들 때까지 광적으로 괴롭히는 걸 보면 분명히 괴짜였다. 고양이를 왜 키우는지, 그 심통 사납고 막돼먹은 짐승과 단둘이 방 안에 틀어박혀 있으면 무슨 재미가 있는지 나로서는 도저히 이해할 길이 없었다. 한번은 내가 수지 양초에 의지해 원고를 읽다가 고개를 들어보니, 와일드 씨가 어린이용 높은 의자에 가만히 웅크리고 앉아서 흥분한 기색으로 눈을 이글거리고 있었고, 난로 앞의 제 집에서 나온 고양이가 슬금슬금 그를 향해 다가오고 있었다. 고양이는 바닥에 배를 깔고 납작 엎드리더니 몸을 웅크리고 부르르 떨다가 내가 미처 어떻게 해보기도 전에 와일드 씨의 얼굴로 뛰어올랐다. 둘은 함께 뒤엉켜 울고 성내며 데굴데굴 굴렀고, 고양이가 울부짖으며 캐비닛 밑으로 도망칠 때까지 서로 할퀴어댔다. 바닥에 똑바로 돌아누운 와일드 씨는 죽어가는 거미처럼 팔다리를 오그라뜨리고 있었다. 괴짜였다.

어린이용 높은 의자에 올라간 와일드 씨가 내 얼굴을 살핀 후에 장부를 집어 들고 모서리가 접힌 부분을 펼쳤다.

"헨리 B. 매튜스, 교회 장식품을 취급하는 와이샷와이샷사(社)의 경리 담당." 그가 장부를 읽었다. "방문일 4월 3일. 경마장에서 명예훼손. 도박 빚을 갚지 않은 협잡꾼으로 알려짐. 명예 수선 예정일 8월 1일. 의뢰비 5달러." 그는 책장을 넘기고 손가락 없는 손으로 글자를 짚어나갔다.

"P. 그린 듀젠베리, 뉴저지 페이어비치 복음 교회 목사. 싸구려 술집에서 명예훼손. 명예 수선 예정일, 가능한 신속히. 의뢰비 100달러."

그가 기침을 하더니 이렇게 덧붙였다. "방문일 4월 6일."

"와일드 씨, 그러니까 돈은 필요 없다는 겁니까?" 내가 물었다.

"잠깐만." 그가 또 기침을 했다.

"C. 해밀턴 체스터 부인, 뉴욕 시 체스터 파크 거주. 방문일 4월 7일. 프랑스의 디에프에서 명예훼손. 명예 수선 예정일 10월 1일. 의뢰비 500달러."

"특기 사항, C. 해밀턴 체스터는 미 군함 애벌랜시호의 함장임, 10월 1일에 남해 함대를 떠나 귀항 예정."

"허허. 명예 수선공이라는 직업이 꽤 짭짤하네요." 내가 말했다.

그의 투명한 눈동자와 내 눈이 마주쳤다. "내가 옳았다는 걸 증명하고 싶었을 뿐이야. 자네는 명예 수선공으로 성공하는 건 불가능하다고 했지. 어쩌다가 몇 번 성공한다고 해도, 버는 돈보다 들인 돈이 더 많을 거라고 말이야. 현재 내가 거느린 직원이 500명이야. 박봉인데도 다들 열정적으로, 어쩌면 겁이 나서 그럴지도 모르지만, 아무튼 열심히 일하고 있어. 이들은 사회의 각계각층에 침투해 있지. 심지어 일부는 사회 최상류층 중에서도 핵심적인 위치에 있어. 또 일부는 재계를 주름잡고 있지. 하지만 여전히 '환상과 재능' 사이에서 오락가락하는 사람도 있긴 해. 이 직원들은 내가 한가할 때 광고를 보고 찾아온 사람들 중에서 골랐어. 아주 쉬워. 다들 겁쟁이거든. 20일 안에 직원 수를 세 배로 늘릴 수도 있지. 그래서 보다시피 동료 시민들의 명예를 지켜주는 거야. 나는 그 대가를 받는 거고."

"직원들이 당신을 배신할지도 몰라요." 내가 말했다.

그는 엄지손가락으로 끝이 잘려 나간 귀를 문지른 뒤 밀랍 보완제를 매만졌다. "내 생각은 달라." 그가 생각에 잠긴 채 중얼거렸다. "어쩔 수 없이 겁을 줘야 할 때도 있지만, 딱 한 번뿐이었어. 게다가 그들은 봉급에 만족한다고."

"어떻게 겁을 주죠?" 내가 물었다.

그의 얼굴이 일순 험악해졌다. 찌푸린 눈에서 녹색 불똥이 튀었다.

"이리로 불러서 잠시 얘기를 나누고……." 그가 부드러운 목소리로 말했다.

이때 노크 소리가 방해를 하자, 그의 얼굴은 다시 온화한 표정을 띠었다.

"누굽니까?" 내가 물었다.

"스테일렛입니다." 노크한 사람이 대답했다.

"내일 와." 와일드 씨가 말했다.

"안 됩니다. 그게……." 문 너머의 상대방이 말을 하려다 와일드 씨가 버럭대자 잠잠해졌다.

"내일 오라니까." 와일드 씨가 말했다.

상대방이 문에서 멀어지더니 계단 모퉁이를 도는 소리가 들려왔다.

"누구죠?" 내가 물었다.

"아널드 스테일렛. 거대《뉴욕 데일리》의 사주 겸 편집장."

그는 손가락 없는 손으로 장부를 파닥파닥 펼치고는 이렇게 덧붙였다. "저 사람한테는 아주 짜게 주는데, 정작 본인은 좋은 조건이라고 생각하더군."

"아널드 스테일렛!" 내가 놀라서 그 이름을 되뇌었다.

"그래." 와일드 씨는 자랑스레 헛기침을 했다.

그가 말하는 동안 방으로 들어온 고양이가 망설이는가 싶더니 그를 올려다보고 으르렁댔다. 그는 의자에서 내려와 쪼그리고 앉아서, 고양이를 끌어안고 쓰다듬었다. 고양이는 으르렁거림을 멈추고 이내 큰 소리로 기분 좋게 가르랑거렸고, 그가 쓰다듬을수록 그 소리가 더 커지는 것 같았다.

"노트는 어디 있죠?" 내가 물었다. 그가 탁자를 가리켰고, 나는 백 번째로 그 필사본 뭉치를 집어 들었다.

『미국의 황조』.

제목이 그랬다. 나는 이미 내용을 전부 외우고 있었음에도, 내 손길로만 닳고 닳은 종이를 처음부터 한 장씩 넘겼다. "카르코사로부터 히아데스, 해스터, 알데바란을 거쳐 1887년 12월 19일생 카스테인 루이스 데 칼바도스." 나는 심취해서 열렬히 읽어나갔고, 특히 이 대목에 이르러 숨을 고르고 큰 소리로 되풀이했다. "힐드레드 데 칼바도스, 힐드레드 카스테인과 에디테 란데스 카스테인의 외아들이며 왕위 계승 1순위……."

내가 다 읽고 나자, 와일드 씨가 고개를 끄덕이고 헛기침을 했다. "자네의 적법한 야망에 대해 말하자면, 음, 콘스턴스와 루이스는 어떻게 돼가나?"

"콘스턴스가 루이스를 사랑하고 있어요." 내가 간단하게 대답했다.

무릎에 앉아 있던 고양이가 갑자기 획 돌아서서 그의 눈을 할퀴자, 그는 고양이를 내던지고 나와 마주 보는 의자에 올라앉았다.

"아처 박사는? 하기야 그 문제는 자네가 원할 때 언제든지 해결할 수 있지."

"네. 아처 박사 문제는 기다릴 수 있으니, 지금은 사촌 루이스를 만나야 할 때입니다."

"만나야 할 때지." 그가 내 말을 따라 했다. 그러고는 탁자에서 또 한 권의 장부를 가져와 서둘러 책장을 넘겼다.

"현재 우린 1만 명과 접촉하고 있네." 그가 속삭였다. "28시간 안에 10만 명을 확보할 수 있고, 48시간 안에 주 전체가 일거에 봉기할 걸세. 그러면 전국에서 따라서 봉기할 것이고, 그걸 거부하는 지역은, 다시 말해 캘리포니아와 미국 북서부는, 두 번 다시 사람이 살 수 없게 될 거야. 내가 그들에겐 옐로 사인을 보내지 않을 테니까."

나는 머리까지 피가 솟구쳤으나, 그냥 이렇게만 대답했다. "새 술은 새 부대에 담아야 하는 법이지요."

"사람들의 마음을 사로잡고 그들의 영글지 않은 생각까지 통제할 수 없다면 시저의 야망도 나폴레옹의 야망도 헛되이 사라진다." 와일드 씨가 말했다.

"『황색의 왕』에 나오는 말이군요." 나는 몸서리를 치면서 신음했다.

"그분은 황제들의 섬김을 받은 왕이셨네."

"나는 기꺼이 그분을 섬깁니다." 내가 대답했다.

와일드 씨는 불구의 손으로 귀를 비볐다. "어쩌면 콘스턴스가 그를 사랑하지 않을지도 모르지." 그가 넌지시 말했다.

내가 대답을 하려는데, 갑자기 아래쪽 거리에서 들려온 군악대 소리가 내 목소리를 집어삼켰다. 세인트 빈센트 산에 주둔 중이던 용기병 20연대가 웨스트체스터 카운티에서의 훈련을 마치고, 이스트 워싱턴 스퀘어의 새로운 병영으로 돌아오는 중이었다. 내 사촌이 소속된 부대였다. 몸에 딱 맞는 연청색 재킷, 맵시 나는 모피 모자, 노란색 줄무늬가 두 줄 있는 승마 바지, 마치 옷에 맞춰 팔다리의 본을 뜬 것처럼 많은 청년들이 멋진 모습을 하고 있었다. 또 다른 병사들은 모두 창으로 무장했고, 창끝에는 노랗고 흰 삼각기가 나부끼고 있었다. 군악대가 행군가를 연주하면서 지나가자 그 뒤를 이어 우르르 발을 구르는 말들과 함께 연대장과 참모진이 나타났고, 그동안에도 병사들의 머리는 일사불란하게 끄덕거렸으며 창끝에선 삼각기가 나부꼈다. 아름다운 영국제 안장에 올라탄 기병대는 웨스트체스터의 농장 사이에서 훈련을 하느라 햇볕에 그을려 있었고, 말등자에 기병도가 부딪치는 소리며 박차와 기병총이 쨍그랑거리는 소리가 내겐 즐거움을 선사했다. 소속 부대원들과 함께 말을 타고 있는 루이스의 모습이 보였다. 그는 내가 아는 사람 중에서 가장 잘생긴 장교였다. 창가의 의자에 올라서 있던 와일드 씨도 루이스를 봤지만 아무 말 하지 않았다. 루이스는 호버크 상점을 지나가면서 고개를 돌려 그쪽을 똑바로 쳐다보았고, 나는 그의 구릿빛 뺨에서 홍조를 보았다. 콘스턴스가 틀림없이 창가에 있을 터였다. 마지막 기병대가 요란스레 지나가고 마지막 삼각기도 사우스 5번가로 사라지자, 와일드 씨가 의자에서 내려와 출입문 앞에 놓아둔 궤짝을 끌어당겼다.

"맞아. 자네가 사촌 루이스를 만나야 할 때야."

그는 문의 자물쇠를 풀었고, 나는 모자와 지팡이를 챙겨서 복도로 나갔다. 계단은 어두웠다. 더듬거리다가 발에 물컹한 것이 밟히는가 싶더니 갑자기 으르렁거림과 야옹 소리가 들려왔다. 나는 지팡이를 죽어라 휘둘렀으나 지팡이는 계단 난간에 부딪쳐 부서져버렸고, 그놈의 고양이는 냉큼 와일드 씨의 방으로 돌아가버렸다.

호버크 상점 앞을 다시 지나가다가 호버크가 아직도 갑옷 작업을 하고 있는 걸 봤지만 그냥 지나쳐 블리커 거리로 들어섰다. 우스터까지 갔다가 자살관 부지를 지나, 워싱턴 파크를 가로질러 베네딕크 가의 내 집으로 곧장 향했다. 집에서 편안히 점심을 먹었고,《헤럴드》와《미티어》를 읽은 뒤 마침내 침실의 철제 금고 앞으로 가서 비밀번호를 눌렀다. 시한 자물쇠가 열리기까지 기다려야 하는 3분 45초, 이 기다림은 내게 소중한 시간이다. 비밀번호를 누르는 순간부터 숨죽인 채 견고한 강철 문의 손잡이를 잡고 활짝 여는 순간까지 나는 설렘의 황홀경에 취한다. 천국에서 스쳐 가는 순간이 바로 그러하리라. 시간제한이 끝나갈 즈음, 무엇을 발견하게 될 것인지 나는 알고 있다. 그 철통같은 금고가 나를 위해 오직 나 하나만을 위해, 무엇을 보관하고 있는지 알기에, 금고를 열어 벨벳 위에서 다이아몬드 장식으로 반짝이는 그 순금의 왕관을 들어 올릴 때 기다림의 극한 희열이 더 강렬해질 수는 없다. 그런데도, 이 과정을 매일 반복하는데도 기다림 끝에 왕관을 다시 만지는 순간에 느끼는 희열은 날마다 더 강해지는 것 같다. 그것은 왕 중의 왕, 제왕 중의 제왕에게 어울리는 왕관이다. 황색의 왕은 이 왕관을 냉소할지 모르나, 그의 충실한 신하만이 이 왕관을 써야 한다.

금고가 요란하게 경보를 울리다 나중에 잦아들 때까지 나는 왕관을 들고 있다가 의기양양하게 제자리에 집어넣고 강철 문을 닫았다. 그리고 워싱턴 스퀘어 공원을 마주 보고 있는 서재로 천천히 돌아가서 창가에 몸을 기댔다. 오후 햇살이 창문으로 쏟아졌고, 부드러운 미풍이 공원에 있는, 아직은 새싹과 여린 잎사귀가 없는 느릅나무와 단풍나무의 가지들을 흔들었다. 비둘기 떼가 메모리얼 교회의 첨탑 주위를 선회하다가 자주색 타일의 교회 지붕에 내려앉기도 하고 대리석 아치문 앞 연꽃 연못 쪽으로 내려가기도 했다. 정원사들이 연못 주변에서 화단을 손보느라 분주했고, 방금 갈이를 끝낸 흙에서 감미롭고 향긋한 냄새가 풍겼다. 투실투실한 백마가 잔디 깎는 기계를 끌고 잔디밭을 가로질렀고, 살수차들이 아스팔트 차도에 물을 뿌렸다. 1906년에 가리발디의 모습으로 추정되는 흉상 대신에 세운 피터 스투이페산트 석상 주변에서 아이들이 봄빛을 받으며 뛰어놀았다. 보모들은 정교하게 만든 유모차를 그 안에 탄 아기들의 창백한 안색에도 아랑곳없이 함부로 밀고 갔는데, 아마도 벤치에서 한가로이 빈둥거리는 여섯 명의 말쑥한 용기병들 때문이 아닐까 싶었다. 나무들 사이로 햇빛에 은처럼 반짝이는 워싱턴 메모리얼 아치가 보였고, 그 너머 광장의 동쪽 끝에는 용기병의 회색 석조 병영과 포병대의 흰색 화강암 훈련소를 배경으로 형형색색의 움직임이 약동하고 있었다.

나는 맞은편 광장 구석에 있는 자살관을 바라보았다. 몇 명이 호기심에 금도금한 철제 난간 주변을 서성이고 있었으나, 부지 안쪽의 길에는 아무도 없었다. 분수의 잔물결과 반짝임. 참새들이 벌써 이 새로운 목욕통을 점찍어두었는지, 분수마다 깃털이 지저분한 작은 새들로 북적였다. 흰색 공작 두세 마리가 콕콕 부리를 찍어가면서 잔디밭을 가로질렀고, 칙칙한 갈색의 비둘기 한 마리는 운명의 여신상 중 하나의 팔에 앉아서 꼼짝도 하지 않으니, 마치 석상의 일부처럼 보였다.

내가 별생각 없이 돌아서려는데, 자살관 문 주변을 서성이던 사람들 사이에서 작은 소동이 일었다. 젊은 남자 한 명이 부지 안으로 들어서더니, 초조한 발걸음으로 자살관의 황동 출입문까지 나 있는 자갈길을 걸어갔다. 운명의 여신상 앞에서 잠시 멈춰 선 청년이 고개를 들어 세 개의 신비한 얼굴들을 바라보는 동안, 석상에 앉아 있던 비둘기가 날아올라 주변을 잠시 선회하다가 동쪽으로 사라졌다. 청년은 두 손으로 얼굴을 감싸 쥐었다가 이내 뜻 모를 표정을 짓고는 대리석 계단을 뛰어

올라갔다. 그의 등 뒤로 황동 문이 닫혔다. 30분이 지나자 사람들은 구부정한 모습으로 하나둘 자리를 떠났고, 겁에 질린 비둘기는 운명의 여신상으로 돌아와 앉았다.

저녁 식사 전에 잠시 산책이나 할 요량으로 모자를 쓰고 공원으로 나갔다. 중앙로를 가로질러 갈 때, 일단의 장교들이 지나갔고, 그중에 한 명이 소리쳤다.

"어이, 힐드레드!"

그가 가던 길을 돌아와 나와 악수를 나누었다. 말채찍으로 박차 달린 뒤꿈치를 툭툭 치면서 웃고 있는 남자, 내 사촌 루이스였다.

"웨스트체스터에서 지금 막 돌아왔어. 양치기 생활을 좀 하다가 왔지. 우유와 커드 뭐 그런 거 말이야. 낙농장에서 차일 모자를 쓰고 일하는 아가씨들이 있는데, 예쁘다고 말했더니 '설마요.'라고 하더라. 델모니코 식당에서 푸짐하게 먹고 싶어 죽을 지경이야. 뭐, 소식이라도 있어?"

"없어." 내가 유쾌하게 대답했다. "아침에 너희 부대가 돌아오는 거 봤어."

"그랬어? 나는 널 못 봤어. 어디 있었는데?"

"와일드 씨 댁 창가."

"아, 젠장!" 그가 짜증을 내기 시작했다. "그 사람 완전 맛이 갔잖아! 도대체 왜 네가……."

내가 그의 막말에 무척 화가 난 것을 알아채고는 그가 사과했다.

"있잖아. 네가 좋아하는 사람을 깎아내릴 생각은 없지만 너랑 와일드 씨 사이에 뭐가 통한다는 건지 당최 모르겠다. 전반적으로 봤을 때 좋은 사람이 아니야. 끔찍한 기형에다가 그 머리통을 봐. 범죄형 정신병자의 머리통이잖아. 너도 알다시피 그 사람 정신병원에 있다가……"

"나도 그랬지." 내가 침착하게 그의 말꼬리를 잘랐다.

루이스는 흠칫하면서 잠시 당황한 기색이었으나 이내 수습하고서 다정히 내 어깨를 토닥였다.

"너는 완쾌되었잖아." 그가 내놓는 말을 이번에도 내가 가로챘다.

"나를 정신병자로 생각한 적이 없다, 뭐 그런 얘기로군."

"그야 물론……. 그래, 그거야." 그가 웃었다.

나는 그 웃음이 싫었다. 억지웃음이었기 때문이다. 그래도 나는 기분 좋게 고개를 끄덕이고 어디 가던 길이냐고 물었다. 루이스는 이미 브로드웨이에 거의 다 도착한 동료 장교들을 보았다.

"브런즈윅 칵테일이나 맛볼까 하던 차였어. 그런데 솔직히 말해서 그것보다는 호버크 상점에 갈 만한 구실이 급하거든. 같이 가자. 너를 구실로 삼아야겠다."

산뜻한 봄 정장으로 빼입은 호버크가 상점 문가에 서서 공기를 들이마시고 있었다.

"콘스턴스랑 저녁 식사 전에 산책이나 할까 해서." 호버크가 루이스의 성급한 질문 공세에 대답했다. "노스 리버를 따라 공원의 단구를 거닐 생각이야."

그때 콘스턴스가 나타났고, 루이스가 허리를 굽혀 그녀의 장갑 낀 아담한 손에 입을 맞추자 그녀의 볼이 창백해졌다가 발그레 달아올랐다. 나는 주택 지구에서 약속이 있어 그만 가봐야 한다고 핑계를 댔으나, 루이스와 콘스턴스가 한사코 안 된다고 하기에 내가 함께 있으면서 호버크 노인의 주의를 끌어달라는 속셈임을 알아차렸다. 한편으로는 루이스를 주의 깊게 살펴볼 수 있는 절호의 기회라고 생각해서 그들이 불러 세운 스프링 거리의 전차에 뒤따라 탄 뒤, 병기공 옆에 자리를 잡았다.

노스 리버를 따라 부두 너머로 보이는 공원의 아름다운 윤곽과 화강암 단구, 1910년부터 공사를 시작해 1917년 가을에 완공된 이곳은 이 도시에서 가장 사랑받는 산책로 중에 하나였다. 이 산책로는 배터리 거리에서 190번 거리까지 이어지면서 수려한 강을 굽어보고, 저지 강변과 그 맞은편 고지대의 멋진 풍광까지 선사했다. 나무 사이 여기저기에 카페와 레스토랑이 흩어져 있었고, 파견을 마치고 돌아온 군악대가 일주일에 두 번씩 흉벽 위의 정자에서 음악을 연주했다.

우리는 셰리던 장군의 기마 석상 밑 양지바른 벤치에 앉았다. 콘스턴스는 모자를 눈가까지 눌러썼고, 그녀와 루이스는 들리지 않을 만큼 작은 소리로 얘기를 하기 시작했다. 손잡이가 상아로 만들어진 지팡이에 몸을 기댄 호버크 노인이 최상품 시가에 불을 붙이고는 내게도 하나를 권했으나, 나는 정중히 사양하면서 헛웃음을 지었다. 스테튼 섬의 숲 위로 해가 낮게 내려왔고, 항구에서 선적 중인 선박들이 돛에 머금은 따스한 햇빛을 반사하여 만(灣)을 황금빛으로 물들였다.

쌍돛대 범선, 요트, 갑판에 사람들이 우글거리는 투박한 연락선, 갈색과 파란색과 흰색 화차를 줄느런히 실은 철도 수송선, 퓨젓사운드 만에서 온 위풍당당한 증기선, 낡은 부정기 화물선, 연안 무역선, 채취선, 대형 평저선, 만의 끝에서 끝까지 사방에서 쓸데없이 연기를 뿜으며 뱃고동을 울리는 소형 예인선. 시선이 미치는 거리까지 온갖 배들이 햇빛 머금은 물살을 가르고 있었다. 분주한 범선이나 증기선과는 대조적으로 흰색 전함들은 고요히 강 한가운데 떠 있었다. 나의 묵상을 깨뜨린 건 콘스턴스의 쾌활한 웃음소리였다.

"뭘 그렇게 보고 있어요?" 콘스턴스가 물었다.

"뭐, 그냥, 함대요." 내가 웃었다.

그러자 루이스가 거버너스 섬의 낡은 붉은색 요새를 기준으로 하나 하나 위치를 가리키며 배들을 설명하기 시작했다.

"저기 시가처럼 생긴 작은 배는 어뢰정. 근처에 네 척이 더 있는데, 각각 타폰, 펠컨, 시 팍스, 옥터퍼스라고 불립니다. 바로 위쪽에 있는 포함들은 프린스턴, 챔플레인, 스틸 워터, 이어리. 그리고 그 옆에 있는 순양함들은 패러거트, 로스앤젤레스. 그리고 그 위에 있는 전함들은 캘리포니아, 다코타, 워싱턴, 아, 워싱턴호는 기함입니다. 저기 캐슬 윌리엄에 정박 중인 땅딸막한 쇳덩어리 같은 두 개는 쌍포탑 모니터함으로 테리블과 매그니피션트입니다. 그 뒤에 있는 충각 군함은 오스세오라."

콘스턴스는 아름다운 눈에 감탄을 담아 루이스를 바라보았다. "군인치고는 참 박식하네요." 그녀의 말에 우리는 모두 웃음을 터뜨렸다.

루이스가 우리에게 고개를 숙이며 일어서더니 콘스턴스에게 손을 내밀었다. 두 사람은 제방을 따라 걸어가기 시작했다. 호버크는 그들을 잠시 쳐다보다가 내게 이렇게 말했다.

"와일드 씨가 옳더군. 내가 '왕자의 문장' 갑옷에서 유실된 미늘과 넓적다리 가리개를 펠 거리의 고약한 잡동사니 방에서 찾아냈거든."

"998번지요?" 내가 미소를 머금고 물었다.

"응."

"와일드 씨는 아주 똑똑한 사람이죠." 내가 말했다.

"이 엄청난 발견의 공을 그 사람한테 돌리고 싶군그래. 그리고 영광의 주인공이 그 사람이라고 알릴 생각이야."

"그분이 썩 고마워하지 않을걸요." 내가 펄쩍 뛰며 대답했다. "아무 말 마세요."

"이게 얼마짜리인 줄 아나?"

"아뇨. 50달러쯤?"

"500달러. 그런데 '왕자의 문장' 소유주는 갑옷을 완성해 주는 사람에게 2000달러를 주겠대. 그 돈도 와일드 씨 거지."

"그분은 돈을 바라는 게 아니에요! 거절할 거라고요!" 내가 화를 냈다. "와일드 씨에 대해 뭘 알아요? 그분은 돈이 필요 없어요. 이 세상에서 나 다음으로 부자니까요. 아니, 곧 그렇게 될 거니까요. 그런데 우리가 돈을 바라겠어요? 그러니까 우리가, 그분과 내가 그때 가서, 그때 가서……"

"그때 가서 뭐?" 호버크가 놀라서 물었다.

"두고 보면 알아요." 내가 다시 경계하면서 대답했다.

호버크는 아처 박사가 늘 그러하듯, 주의 깊게 나를 뜯어보면서 속으로 내게 정신상의 문제가 있다고 생각하는 것 같았다. 그 순간 그가 정신병자라는 말을 사용하지 않은 건 그 자신을 위해서도 다행이었다.

"아뇨." 나는 그가 입 밖에 내지 않은 질문에 알아서 대답했다. "나는 정신병자가 아니에요. 내 정신은 와일드 씨만큼이나 건강하니까요. 그저, 지금 진행 중인 일을 설명하고 싶지 않을 뿐이죠. 다만 일종의 투자라고만 해두죠. 금은보화보다 더 귀중한 것을 얻게 될 투자 말이죠. 이 대륙, 아니 세상 절반의 행복과 번영을 얻게 될 거예요."

"허허."

"사실상," 내가 좀 더 침착하게 말했다. "이 세상 전체의 행복을 위한 거죠."

"그리고 와일드 씨와 자네의 행복과 번영은 덤으로 따라올 거고?"

"바로 그거죠." 나는 웃어주긴 했지만 그런 식으로 말하는 그를 목 졸라버리고 싶었다.

그는 한동안 말없이 나를 쳐다보더니 이윽고 아주 살갑게 말했다. "책과 연구는 좀 치워놓고, 카스테인 씨, 산이든 어디든 여행을 가는 건 어떤가? 낚시를 좋아했잖아. 랭글리에서 송어 낚시를 하는 것도 괜찮겠군."

"이젠 낚시를 좋아하지 않아요." 나는 짜증을 드러내지 않으려고 애쓰며 대답했다.

"자네는 뭐든 좋아했는데 말이야. 육상, 요트, 사냥, 승마……"

"낙마 사고 후에는 절대 승마를 하지 않아요." 내가 차분히 말했다.

"아, 그래, 말에서 떨어졌지." 그가 맞장구를 치면서 내 눈을 피했다.

헛소리는 이 정도로 충분하다고 생각한 나는 화제를 다시 와일드 씨로 돌렸다. 그런데 그가 아주 불쾌한 눈빛으로 내 얼굴을 쭉 훑어보는 것이었다.

"와일드 씨가 오늘 오후에 어쨌는지 아나? 아래층으로 내려오더니 건물 입구에, 그러니까 내 간판 옆에 간판 하나를 못질해 달더군.

와일드.

명예 수선공.

3층 벨을 누르시오.

명예 수선공이 뭔지 자네는 아나?"

"알죠." 나는 분노를 억누르며 말했다.

"허허."

루이스와 콘스턴스가 우리 앞을 지나가다가 멈추고, 함께 걷지 않겠냐고 물었다. 호버크는 자신의 손목시계를 들여다보았다. 그때 캐슬 윌리엄의 포대에서 한 차례 연기가 솟구치더니 일몰을 알리는 포성이 들려왔고, 맞은편 고지대에서 메아리가 울렸다. 깃발이 깃대를 따라 내려오는 동안, 전함의 하얀 갑판마다 나팔 소리가 났고, 저지 강변에 첫 전 깃불이 켜졌다.

내가 호버크와 함께 시내로 돌아가려는데, 콘스턴스가 루이스에게 뭐라고 알아들을 수 없는 말을 속삭였다. 그러자 루이스가 "자기야!"라 고 화답했다. 호버크와 내가 앞장서 광장을 가로질러 가는 동안, "내 사 랑!"과 "내 콘스턴스!"라는 속삭임이 들려오기에 드디어 루이스와 중 요한 문제를 얘기할 시간이 임박했음을 알았다.

III

5월의 어느 아침, 나는 침실의 강철 금고 앞에 서서 보석이 박힌 황금 왕관을 써보고 있었다. 거울 쪽으로 돌아서자 다이아몬드가 번쩍였고, 묵직한 황금이 내 머리 주변에서 후광처럼 이글거렸다. 나는 카르코사 의 어두운 거리에서 메아리치는 카밀라의 고통스러운 비명과 섬뜩한 말을 떠올렸다. 그건 1막의 마지막 구절이었고, 그다음 부분을 생각하 지 않으려고, 봄 햇살과 더불어 익숙한 물건에 둘러싸여 있는 데다 거 리의 소음과 방문 밖 복도에서 들려오는 하인들의 목소리로 거듭 안전 이 보장된 내 방에서조차 생각하지 않으려고 했다. 그 독기 어린 말들 은 임종의 땀방울이 침대 시트에 떨어지듯 서서히 내 심장에 떨어져 스 며들었기 때문이다. 나는 부들부들 떨면서 왕관을 벗고 이마의 땀을 훔 쳤다. 그러나 해스터와 나 자신의 정당한 야망을 생각했고, 마지막으로 봤을 때의 와일드 씨를, 그 못된 고양이의 발톱에 할퀴어 피를 흘리던 그의 얼굴과 그가 했던 말을 떠올렸다. 아, 그가 뭐라고 했던가! 시끄럽게 울리는 금고의 경보음이 나만의 시간이 끝났음을 알렸다. 그러나 경보음을 무시하고 그 번뜩이는 왕관을 다시 썼다. 그리고 도발적으로 거울에 내 모습을 비추었다. 시시각각 변하는 내 눈빛에 반해서 한참을 거울 앞에 서 있었다. 거울 속의 나를 닮은 얼굴, 그러나 너무도 창백하고 야위어서 누군지 알아보기도 힘들 정도였다. 나는 계속해서 이를 악물고 이렇게 되뇌었다. "그날이 왔다! 그날이 왔다!" 경보음은 더욱 요란해졌고, 왕관의 다이아몬드들이 이마 위에서 섬광처럼 번뜩였다. 문이 열리는 소리가 났으나 신경 쓰지 않았다. 거울에서 두 개의 얼굴을 보기 전까지는, 또 다른 얼굴이 내 어깨 너머로 떠올라 그 두 개의 눈동자가 내 것과 마주치기 전까지는 그랬다. 나는 휙 돌아서서 화장대에 놓아둔 긴 칼을 움켜잡았고, 내 사촌은 창백하게 질린 채 풀쩍 물러서면서 소리쳤다. "힐드레드! 그만둬!" 내 손이 힘없이 밑으로 내려가자, 그가 다시 말했다. "나야. 루이스. 날 모르겠어?" 나는 말없이 서 있었다. 아무 말도 할 수 없었다. 그가 내게 다가와 칼을 뺏어 들었다.

"대체 무슨 일이야?" 그가 부드러운 목소리로 물었다. "어디 아파?"

"아니." 내가 대답했다. 하지만 그가 내 말을 제대로 들었는지는 의심스러웠다.

"자, 자, 이 친구야." 그가 소리쳤다. "그 황동 관은 벗어버리고 조심조심 서재로 가자. 가면무도회에 가려는 거야? 그 번쩍거리는 연극 소품들은 다 뭐야?"

그가 왕관을 황동으로 만든 모조품이라고 생각해서 다행이다 싶으면서도 그렇게밖에는 생각하지 못한다는 게 마음에 들지 않았다. 그가 내 손에 든 왕관을 가져가게 내버려둔 이유는 그의 비위를 맞춰주는 게 최선이었기 때문이다. 그는 그 멋진 왕관을 공중으로 던졌다가 붙잡고

182

는 미소 띤 얼굴로 내게 돌아섰다.

"50센트는 하겠는걸. 이걸로 뭐 하려고?"

나는 대답하지 않고 그의 손에서 왕관을 도로 가져와 금고에 넣고 육중한 문을 닫았다. 악귀 같은 경보음이 뚝 그쳤다. 그는 자못 궁금한 표정으로 나를 쳐다보았으나, 경보음이 갑자기 멈춘 것을 알아채지 못한 것 같았다. 그런데 그가 금고를 비스킷 상자라는 식으로 말하지 뭔가. 혹시 그가 비밀번호를 볼까 봐 서재로 데려갔다. 루이스는 소파에 몸을 던지더니 분신처럼 가지고 다니는 말채찍으로 파리 몇 마리를 때려잡았다. 그는 작업복에 끈 장식이 있는 재킷을 걸치고 맵시 나는 모자를 쓰고 있었는데, 가만 보니 승마 부츠에 온통 붉은 진흙이 튀어 있었다.

"어디 있다 온 거야?" 내가 물었다.

"저지에 있는 흙탕물에서 뛰다가 왔지. 옷을 갈아입을 시간이 없었어. 너한테 급히 볼 일이 있거든. 한잔 안 할래? 피곤해 죽을 지경이야. 스물네 시간 내내 말을 탔더니."

내가 의약품 저장실에서 가져다준 브랜디를 그는 오만상을 찌푸리고 마셨다.

"이거 정말 구린데. 내가 진짜 브랜디 파는 곳을 알려줄게."

"나는 그거면 족해." 내가 쌀쌀맞게 말했다. "그걸로 가슴을 문지르거든."

그는 또 파리를 빤히 쳐다보다가 채찍을 휘둘렀다.

"있잖아, 너한테 제안할 게 있어. 네가 올빼미처럼 여기 처박혀서 아무 데도 안 가고 운동도 안 하고 저 벽난로 선반에 있는 책들만 주야장천 읽어댄 게 벌써 4년이야."

그는 책장을 쭉 훑어보았다. "나폴레옹, 나폴레옹, 나폴레옹! 빌어먹을, 어떻게 죄다 나폴레옹뿐이냐?"

"저 책들을 금으로 제본하면 좋을 텐데. 아, 잠깐, 다른 책도 있지. 『황색의 왕』." 나는 그의 눈을 빤히 쳐다보았다.

"너는 한 번도 읽어본 적 없지?" 내가 물었다.

"나? 당연하지! 나는 미치고 싶지 않다고."

그는 그 말을 하고 곧 후회하는 빛이 역력했다. 내가 정신병자라는 단어보다 더 싫어하는 게 하나 있으니, 그게 바로 미쳤다는 말이었다. 그러나 나는 마음을 다스린 뒤 왜 그렇게 『황색의 왕』을 위험하게 생각하냐고 물었다.

"아, 그야 모르지." 그가 허둥대면서 말했다. "저 책이 몰고 온 소동, 또 교단과 언론의 연이은 고발, 뭐 그런 것만 기억나. 저 괴물 책을 출간한 후에 작가가 총으로 자살했다지, 안 그래?"

"아직 살아 있는 걸로 아는데." 내가 대답했다.

"그럴지도 모르지." 그가 중얼거렸다. "총알로는 그런 악마를 죽일 수 없을 테니까."

"저건 위대한 진실이 담겨 있는 책이야."

"하긴, 사람들이 미치고 죽게 만든 '진실'의 책이긴 하지. 사람들 말마따나 저 책이 예술의 최고봉이래도 나는 관심 없어. 저런 책을 쓰는 건 범죄고, 나는 죽어도 저 책을 펼쳐보지 않을 사람이니까."

"그 말을 하려고 찾아온 거냐?" 내가 물었다.

"아니. 결혼한다는 말 하려고."

한순간 내 심장이 멈춘 것 같았으나 그래도 나는 그의 얼굴을 빤히 쳐다보았다.

"그렇다니까." 그가 행복한 미소를 짓고 말했다. "이 세상에서 가장 아름다운 여자랑 결혼한다고."

"콘스턴스 호버크." 내가 기계적으로 말했다.

"어떻게 알았어?" 그가 깜짝 놀라서 소리쳤다. "우리가 저녁 식사 전에 제방을 산책했던 지난 4월 저녁까지는 나 자신도 몰랐는데."

"언제?"

"원래는 9월에 할 계획이었어. 그런데 한 시간 전에 우리 부대에 파병 명령이 떨어졌어. 샌프란시스코 프레시디오. 내일 정오에 출발해. 내일." 그가 내일이라는 말을 되풀이했다. "생각해 봐, 힐드레드, 내일이면 이 즐거운 세상에서 내가 가장 행복한 사람이 된다니까. 왜냐, 콘스턴스도 함께 가니까."

내가 축하의 악수를 청하자 그는 사람 좋은 바보처럼 내 손을 잡고 흔들었다. 아니면 바보인 척했든가.

"결혼식에서 내 부대가 받들어총을 할 거야." 그는 계속해서 호들갑을 떨었다. "대위와 루이스 카스테인 부인을 향해 받들어총! 어때 힐드레드?"

이어서 결혼식 장소와 하객에 대해 말하고는 나더러 신랑 들러리로 꼭 와달라고 했다. 나는 이를 악물고 내색하지 않은 채 그가 아이처럼 떨어대는 수다를 들어주었다.

그러나 내가 인내심의 한계를 느낄 때쯤 그가 갑자기 벌떡 일어서더니 박차를 쨍그랑거릴 때까지 흔들고는 가봐야 한다고 말했다. 나는 굳이 붙잡지 않았다.

"너한테 부탁하고 싶은 게 하나 있어." 내가 조용히 말했다.

"말만 해. 무조건 들어줄게." 그가 웃었다.

"오늘 밤 만나서 한 10분 정도 얘기를 했으면 하는데."

"네가 하고 싶은 대로 해." 그는 약간 어리둥절해했다. "어디서?"

"공원이면 어디든 괜찮아."

"몇 시?"

"자정."

"근데 대체…….." 그는 말을 하려다가 말고 알았다는 듯이 웃었다. 나는 그가 계단을 내려가 서둘러 걸어가는 뒷모습을 지켜보았는데, 성큼성큼 걸을 때마다 기병도가 탁탁 소리를 냈다. 블리커 거리로 접어드는 걸 보니 콘스턴스에게 가는 모양이었다. 나는 그가 시야에서 사라질 때까지 10분을 기다렸다가 왕관과 옐로 사인으로 수놓인 비단 로브를 챙겨 그의 뒤를 따라갔다. 블리커 거리로 접어든 뒤에 입구에 다음과 같은 간판이 붙어 있는 건물로 들어갔다.

와일드.

명예 수선공.

3층 벨을 누르시오.

호버크 노인이 자기 가게에서 이리저리 움직이고 있었고, 응접실 쪽에서 콘스턴스의 목소리가 들려오는 것 같았다. 그러나 나는 그들을 피해 삐걱거리는 계단을 올라 와일드 씨의 집으로 서둘러 향했다. 노크만 하고 그냥 들어갔다. 와일드 씨는 얼굴이 피범벅이 되고 옷은 갈가리 찢긴 채 바닥에 누워 신음하고 있었다. 카펫에 핏방울이 튀어 있었고, 카펫도 얼마 전에 벌어졌을 격투에서 찢겨 너덜너덜해져 있었다.

"저 염병할 고양이 짓이야." 그가 신음을 멈추고 무채색의 눈으로 나를 보면서 말했다. "내가 자고 있는데 덤벼들었어. 지금도 날 죽이려고 들걸."

너무 심각한 상황이라 나는 주방의 식료품 저장실에서 도끼를 꺼내 들고 그 극악무도한 짐승을 끝장내버리기 위해 찾아다니기 시작했다. 아무리 찾아도 고양이가 보이지 않기에 단념하고 와일드 씨에게 돌아가보니, 그는 탁자 옆 높은 의자에 쪼그리고 앉아 있었다. 그새 얼굴을 씻고 옷을 갈아입은 상태였다. 고양이가 발톱으로 그의 얼굴을 깊게 할퀸 상처에 콜로디온을 발랐고, 목의 상처는 헝겊으로 가렸다. 내가 고양이가 눈에 띄는 대로 죽여버리겠다고 말하자, 그는 그저 고개를 저으면서 앞에 펼쳐놓은 장부를 들여다보았다. 그리고 명예 때문에 자신을 찾아온 사람들의 이름을 쭉 열거했으니, 그 수가 실로 놀라웠다.

"가끔씩 압력을 넣고 있어." 그가 설명했다.

"조만간 이 사람 중에서 당신을 죽이려는 사람들이 있을 겁니다." 나는 단언했다.

"그럴까?" 그는 엉망이 된 귀를 어루만졌다.

그와 논쟁을 해봐야 소용없는 일이라, 와일드 씨의 서재에서 마지막으로 보게 될 필사본 『미국의 황조』를 펼쳤다. 희열로 전율하고 떨면서 읽어나갔다. 내가 다 읽자, 와일드 씨가 그 필사본을 집어 들고 서재에서 침실로 이어지는 어두운 통로 쪽으로 돌아서다가 큰 소리로 말했다.

"밴스."

나는 그제야 어두운 통로에 웅크리고 있는 한 남자를 보았다. 고양이를 찾으러 다니면서 어떻게 그 사람을 못 보고 지나쳤는지 도무지 모를 일이었다.

"밴스, 이리 와!" 와일드 씨가 소리쳤다.

남자가 일어서더니 살금살금 우리 쪽으로 다가왔다. 창가의 빛을 받으며 들어 올린 얼굴, 난 평생 그 얼굴을 잊지 못할 것이다.

"밴스, 이분이 카스테인 씨다." 와일드 씨가 말했다.

그가 말을 끝내기도 전에 남자가 탁자 앞에 몸을 던지고 울먹였다.

"아, 제발! 제발! 도와주세요! 용서해 주세요. 아, 카스테인 씨, 저 사람을 쫓아버리세요! 당신이 설마, 설마 그럴 리가 없어요! 당신은 달라요. 날 구해 주세요! 나는 제정신이 아니에요. 정신병원에 있었죠. 지금은, 모든 게 제대로 되어가고 있는데, 그 왕을,『황색의 왕』을 이젠 다 잊었는데…… 근데 또 미쳐가고 있어요. 미쳐간다고요……."

그의 목소리는 숨넘어가는 가르랑거림으로 바뀌었다. 와일드 씨가 그에게 달려들어 오른손으로 그의 목을 틀어쥐었기 때문이었다. 밴스가 바닥에 널브러지자, 와일드 씨는 재빨리 의자로 올라가, 손가락 없는 손으로 망가진 귀를 어루만지다가, 내게 장부를 집어달라고 부탁했다. 나는 책장에서 장부를 꺼내서 펼친 채로 그에게 건넸다. 와일드 씨는 달필의 글자 사이를 잠시 더듬다가 흡족하게 헛기침을 하고는 밴스의 이름을 가리켰다.

"밴스." 그가 큰 소리로 읽었다. "오스굿 오스왈드 밴스." 자기의 이름이 불리자, 남자가 바닥에서 고개를 들어 일그러진 얼굴로 와일드 씨를 바라보았다. 두 눈은 충혈되었고 입술은 부어 있었다.

"방문일 4월 28일. 시포스 국립 은행 출납원. 위조 혐의로 싱싱 교도소에 수감되었다가 치료 감호소로 이감. 뉴욕 주지사의 사면으로 1918년 1월 19일 치료 감호소에서 형 집행정지. 십스헤드 만에서 명예훼손. 자신의 수입으로 감당할 수 없는 호화 생활을 한다는 소문. 명예 수선 예정일은 즉시. 의뢰비 1500달러."

"특기 사항, 1919년 3월 20일 이후 횡령액 총 3만 달러. 명문가 출신이며 삼촌의 영향력으로 현 위치에 오름. 부친은 시포스 은행장."

나는 바닥에 엎드려 있는 남자를 보았다.

"일어서, 밴스." 와일드 씨가 부드럽게 말했다. 밴스가 최면에 걸린 듯 일어섰다. "이자는 이제 우리가 시키는 대로 할 걸세." 와일드 씨가 필사본을 펼치고『미국의 황조』를 처음부터 끝까지 읽었다. 그러고는 흡사 넋이 나간 사람처럼 서 있는 밴스에게 달래듯 온화한 목소리로 요점을 설명해 주었다. 밴스의 눈이 하도 생기가 없고 휑하여 제정신이 아닌 것 같다고 내가 와일드 씨에게 말하자, 그러든 말든 중요치 않다는 답변이 돌아왔다. 우리가 아주 참을성 있게 이번 거사에서 밴스가 맡은 임무가 무엇인지 설명했고, 와일드 씨가 자신의 연구 결과를 구체화한 문장학에 관한 책 몇 권을 곁들여 필사본에 대해 설명하자, 밴스도 이해하는 눈치였다. 와일드 씨는 카르코사의 왕조에 대해, 또 해스터와 알데바란과 히아데스의 신비와 연결되는 호수에 대해 말했다. 또 카실다와 카밀라[14]에 대해, 데메[15]와 할리 호의 측량하기 힘든 깊이에 대해서도 말했다. "황색의 왕이 입었던 부채꼴 누더기 옷은 이틸[16]에 영원히 숨겨야 한다." 와일드 씨가 속삭였으나, 내가 보기엔 밴스가 그 말을 듣고 있는 것 같지 않았다. 이어서 와일드 씨는 유오트[17]와 탈레[18], 나오탈바[19]와 진리의 유령(창백한 가면)에서 알도네스[20]에 이르는 왕가의 일화들을 차근차근 짚어나가더니, 필사본과 노트를 한쪽으로 치우고 마지막 왕에 관한 놀라운 이야기를 시작했다. 나는 황홀경과 전율 속에서 밴스를 지켜보았다. 고개를 든 밴스가 자긍심과 힘을 느끼듯 두 팔을 위엄 있게 펼쳐 들었고, 그의 눈동자가 두 개의 에메랄드처럼 눈구멍 깊은 곳에서 이글거렸다. 밴스는 최면 상태에서 귀를 기울이고 있었다. 와일드 씨가 마침내 얘기를 끝내고 나를 가리키며 "왕의 사촌이

시다."라고 소리치는 순간, 내 머릿속은 흥분으로 인해 빙빙 돌았다.

나는 초인적인 노력으로 흥분을 가라앉힌 후, 밴스에게 왜 내가 왕위에 올라야 하며, 왜 내 사촌은 추방되거나 죽어야 하는지 설명했다. 내 사촌이 모든 권리를 포기한 후에라도 절대 결혼해선 안 된다는 점, 특히 아본셔 후작의 딸과 결혼한다면 영국이 어떤 혼란에 빠져들지를 이해시켰다. 그리고 와일드 씨가 작성한 수많은 사람들의 명단을 보여주었다. 명단에 있는 사람들은 모두 지상의 어느 누구도 감히 무시할 수 없는 옐로 사인을 받은 이들이었다. 이 도시, 이 주, 이 나라 전체가 이제 곧 창백한 가면 앞에서 봉기해 전율할 것이다.

때가 왔으니, 사람들은 해스터의 아들이 누구인지 알아야 하고, 전 세계는 카르코사의 창공에 떠 있는 검은 별들을 향해 머리를 조아려야 한다.

밴스는 탁자에 몸을 기대고 두 손으로 얼굴을 감쌌다. 와일드 씨가 어제 자 《헤럴드》의 여백에 몽당연필로 대략적인 스케치를 그렸다. 호버크 상점의 도면이었다. 와일드 씨는 곧 명령서를 작성해 봉인한 후 중풍 환자처럼 부들부들 떨었다. 나는 처형 집행 명령을 하달하는 첫 칙서에 힐드레드 국왕이라고 서명했다.

와일드 씨는 힘겹게 의자에서 내려와 캐비닛의 자물쇠를 풀고 첫 칸에서 긴 사각형 상자를 꺼냈다. 그 상자를 탁자로 가져와 열었다. 얇은 종이에 싸여 있는 새 칼, 나는 그것을 집어 들어 칙서와 호버크 아파트의 도면과 함께 밴스에게 건넸다. 이윽고 와일드 씨가 밴스에게 가도 좋다고 말했다. 이에 밴스는 빈민굴의 부랑자처럼 어기적어기적 그곳을 떠났다.

한동안 나는 저드슨 메모리얼 처치의 첨탑 너머로 희미해지는 햇빛을 바라보다가 필사본과 노트를 챙긴 뒤, 모자를 집어 들고 문가로 걸어갔다. 와일드 씨는 말없이 나를 바라보았다. 나는 복도로 나가다가 뒤돌아보았다. 와일드 씨의 작은 두 눈이 여전히 내게 고정되어 있었다. 그 사람 뒤로 사위는 빛 속에 어둠이 몰려들고 있었다. 나는 문을 닫고 어두워지는 거리로 나갔다.

아침 이후 아무것도 먹지 않았으나 배고프지 않았다. 길 건너 자살관 앞 거리에 있던, 불쌍하고 굶주린 천민 하나가 나를 알아보고는 쪼르르 달려와 넋두리를 늘어놓았다. 나는 그자에게 돈을 주었고 ─ 왜 그랬는지는 나도 모르겠지만 ─ 그자는 고맙다는 인사도 없이 가버렸다. 한 시간이 지나서 또 다른 부랑자가 다가와 넋두리를 해댔다. 나는 호주머니에서 옐로 사인이 그려져 있는 백지 한 장을 꺼내 그자에게 주었다. 그자는 잠시 멍한 표정으로 종이를 쳐다보더니 긴가민가한 눈빛으로 나를 보고는 너무도 조심스럽게 종이를 접어 품에 넣었다.

나무 사이로 전등이 반짝였고, 자살관 위쪽 창공에서 초승달이 빛났다. 광장에서 기다리자니 지루하고 피곤했다. 하릴없이 대리석 아치문에서 포병대 훈련소까지 갔다가 다시 연꽃 분수대로 걸었다. 꽃과 풀의 향기가 나를 괴롭혔다. 분수대에서 떨어지는 물방울은 호버크 상점의 사슬 갑옷 소리를 떠올리게 했다. 그러나 썩 매혹적이지는 않았고, 분수대의 물에 비친 탁한 달빛도 호버크의 무릎에 놓여 있던 반들반들한 코슬릿(허리에 두르는 갑옷) 표면에서 뛰놀던 햇빛만큼 쾌감을 주진 못했다. 박쥐 떼가 빠르게 날아와 분수대의 수초 위에서 방향을 틀었고, 나는 박쥐들의 빠르고 변덕스러운 비행에 신경이 거슬려서 또다시 나무 사이를 정처 없이 오갔다.

포병대 훈련소는 어두웠으나, 기병대 막사의 장교 숙소는 창가에 환한 빛이 비쳤고 뒷문에는 작업복 차림의 기병들이 끊임없이 밀짚과 마구와 통조림이 든 바구니를 나르고 있었다.

막사 정문의 기마 보초병이 두 차례 교대하는 동안 나는 아스팔트 보도를 오갔다. 손목시계를 확인했다. 9시가 가까워졌다. 막사의 불빛이 하나둘 꺼졌고, 정문의 창살문도 닫히더니, 한 이삼 분이 지났을까, 장교 한 명이 작은 문으로 빠져나와 덜컥거리는 장신구와 딸각거리는 박차로 밤 공기를 울렸다. 마지막까지 배회하다가 회색 상의를 입은 공원 경찰에게 내쫓기는 집 없는 부랑자, 한적한 우스터 거리의 도로, 보초의 말발굽 소리와 기병도가 안장 앞머리에 부딪치는 소리만이 정적을 깨고 있었다. 막사의 장교 숙소에는 여전히 불이 켜져 있었고, 군속 하인들이 퇴창 앞을 연신 지나다녔다. 세인트 프란시스 자비에르의 새 첨탑에서 정각 12시 시보가 울려왔고, 마지막 종소리와 함께 한 사람이 내리닫이 쇠살을 통과해 보초의 경례에 답한 후, 거리를 건너 광장으로 들어서서 베네딕크 아파트 건물로 다가왔다.

"루이스." 내가 그를 불렀다.

남자가 박차가 달린 뒷굽을 축으로 한 바퀴 돌더니 곧장 내게로 다가왔다.

"힐드레드, 너냐?"

"응. 딱 맞춰 나왔군."

내가 악수를 청한 후, 우리는 자살관 쪽으로 걸었다.

그는 결혼식과 콘스턴스의 매력과 장래에 대해 쉴 새 없이 나불대면서 자신의 대위 견장도 모자라 소매와 전투모의 세 줄짜리 금빛 덩굴무늬 계급장도 과시했다. 나는 그의 유치한 수다뿐만 아니라 박차와 기병도가 만들어내는 음악에도 귀를 기울였다. 우리는 마침내 자살관을 마주 보는 광장 한쪽 모퉁이, 4번 거리의 느릅나무 아래 멈춰 섰다. 그때 그가 껄껄 웃고는 할 말이란 게 뭐냐고 물었다. 나는 가로등 밑 벤치에 그를 앉히고 나도 옆에 앉았다. 그는 나를 궁금한 표정으로 쳐다보았는데, 그건 내가 싫어하고 두려워하는 의사들의 탐색하는 시선과 똑같았다. 나는 그의 표정에서 모욕을 느꼈으나, 정작 그는 모르고 있었다. 나는 신중하게 감정을 숨겼다.

"그러니까 친구, 내가 뭘 해줄까?" 그가 물었다.

나는 호주머니에서 『미국의 황조』 필사본과 노트를 꺼내고 그의 눈을 똑바로 쳐다보면서 이렇게 말했다.

"말할게. 먼저 군인으로서 이 원고를 처음부터 끝까지 아무것도 묻지 않고 쭉 읽겠다고 약속해 줘. 그리고 이 노트도 읽고 나서 내가 나중에 하는 얘기를 귀담아듣겠다고 약속해."

"네가 원한다니 약속하지." 그가 유쾌하게 말했다. "줘봐, 힐드레드."

그는 난감하고 변덕스러운 표정으로 눈썹을 치켜 올린 채 읽기 시작했고, 나는 그런 그의 표정에 화를 참느라 부르르 떨었다. 시간이 갈수록 그의 미간이 찌푸려졌고, 입술 모양은 "쓰레기."라고 말하려는 것 같았다.

이내 그는 약간 지루한 표정이 되었다. 읽어달라는 내 부탁 때문인지 관심 있는 척했으나, 조금 후에는 굳이 애를 쓸 필요가 없어졌다. 빽빽한 활자 속에서 자신의 이름을 발견했을 때, 또 내 이름까지 발견했을 때 그는 깜짝 놀라더니 필사본에서 얼굴을 들어 나를 힐끔 쳐다보았다. 그러나 그는 말없이 다시 필사본을 읽었고, 나는 그의 입술에 걸려 있는 질문이 대답을 듣지 못하고 그냥 사라지도록 내버려두었다. 그가 다 읽고 와일드 씨의 서명까지 확인한 뒤에 필사본을 조심스레 접어서 내게 돌려주었다. 내가 이번엔 노트를 건네자, 그는 벤치에 등을 기대고 아이와 같은 동작으로 ― 내가 기억하는 학창 시절의 버릇대로 ― 전투모를 이마 위로 밀어 올렸다. 그가 노트를 읽는 내내 나는 그의 얼굴을 살폈고, 그가 다 읽고 나자 노트를 받아서 필사본과 함께 호주머니에 도로 집어넣었다. 그리고 옐로 사인이 찍혀 있는 두루마리를 펼쳤다. 그가 그 사인을 보고도 알아보지 못하는 것 같아서 나는 다소 기분 나쁘게 그의 주의를 환기시켰다.

"허참." 그가 말했다. "보고 있잖아. 그게 뭔데?"

"옐로 사인." 내가 화를 내면서 말했다.

"아, 그거로구나?" 루이스는 아처 박사가 늘 내게 하듯이 살살 구슬리는 말투로 말했다. 아처는 내가 손을 써놨으니 망정이지, 안 그랬으면 계속 그런 말투를 사용했을 터였다.

나는 분노를 억누르고 최대한 차근차근 대답했다. "잠깐, 약속을 지키겠다고 했지?"

"이 친구야 지금 귀담아듣고 있잖아." 그가 달래듯이 대답했다.

나는 아주 침착하게 말문을 열었다. "아처 박사는 어떤 경로를 통해서 황위 계승의 비밀을 알게 된 뒤, 몇 년 전의 낙마 사고에서 내가 정신병자가 됐다는 것을 빌미로 내게서 권리를 빼앗으려고 했지. 그는 감히 나를 정신병자로 만들거나 아니면 독살하기 위해 자신의 병원에 날 가둬두었어. 나는 그걸 잊은 적이 없어. 어젯밤에 그를 방문해서 마지막 면담을 가졌지."

루이스는 몹시 창백해졌지만 움직이거나 하지는 않았다. 내가 의기양양하게 말을 이었다. "와일드 씨와 나 자신을 위해서 면담을 해야 할 사람이 아직 세 명이 더 있지. 내 사촌 루이스, 호버크 씨 그리고 그 사람의 딸 콘스턴스."

루이스가 벌떡 일어서기에 나도 따라 일어서다가 그만 옐로 사인이 찍힌 종이를 바닥에 떨어뜨렸다.

"아, 내가 너한테 꼭 말해 줄 필요는 없겠지." 나는 소리치면서 승리 감에 도취해 웃었다. "너는 나한테 왕의 자리를 넘겨야 해. 내 말 듣고 있나?"

루이스는 화들짝 놀란 표정으로 나를 쳐다봤으나 곧 침착해져서는 부드럽게 말했다. "물론이지. 넘기고말고. 가만있자, 내가 뭘 넘겨야 한 다고?"

"왕관." 내가 발끈하며 말했다.

"당연하지. 왕관을 넘길게. 자자, 친구야 내가 집까지 데려다 줄 테니 까 가자."

"의사처럼 나한테 수작 부릴 생각 마." 내가 분노로 몸을 떨면서 소 리쳤다. "날 미친놈 취급하지 말란 말이야!"

"헛소리 그만해! 자, 늦었어, 힐드레드."

"됐어." 내가 소리쳤다. "내 말 들어. 너는 결혼할 수 없어. 내가 허락 하지 않아. 알겠어? 나는 네 결혼을 금한다. 왕위를 포기한다면 그 대 로 망명을 허하겠다. 하지만 거부한다면 넌 죽어."

그가 나를 진정시키려고 애썼지만 나는 분을 이기지 못하고 긴 칼을 뽑아 그를 막아섰다.

나는 아처 박사가 지하실에서 목이 잘린 시체로 발견될 것이라고 말 한 뒤, 밴스와 그의 칼과 내가 서명한 칙서를 떠올리며 루이스의 면전 에서 껄껄 웃어주었다.

"아, 네가 왕이지." 내가 소리쳤다. "그러나 내가 왕이 돼야 해. 이 세상을 다 포함하는 제국에서 누가 감히 날 내쫓으려 한단 말이냐! 나는 왕의 사촌으로 태어났으나 왕의 자리는 내 것이다!"

루이스는 내 앞에서 핏기를 잃고 뻣뻣하게 서 있었다. 그때 갑자기 4번 거리를 따라 달려온 한 남자가 자살관 부지로 들어간 뒤에 전속력으로 황동 문까지 달려가서는 광란의 비명과 함께 자살실로 뛰어들었다. 나는 곧 눈물이 날 때까지 웃어댔는데, 이유인즉 그 남자가 밴스라는 걸 알아봤기 때문이고, 호버크와 그의 딸이 더는 내 앞길을 막지 못한다는 걸 알게 됐기 때문이었다.

"자, 너는 이젠 위협적인 존재가 되지 못해." 내가 루이스에게 소리쳤다. "이젠 콘스턴스와 죽어도 결혼할 수 없게 됐지. 만약에 네가 망명중에 다른 누군가와 결혼한다면, 나는 어젯밤 아처 박사를 찾아갔듯 너를 찾아갈 거야. 와일드 씨가 내일 너를 만나 문제를 처리해 줄 거야." 나는 곧 돌아서서 사우스 5번가로 쏜살처럼 달렸고, 루이스는 공포의 비명을 지르고는 허리띠와 기병도를 풀어놓은 뒤, 바람처럼 나를 쫓아왔다. 블리커 거리에 접어들었을 때 바로 뒤에서 루이스가 쫓아오는 소리를 들으며 호버크 상점의 간판 밑 문으로 뛰어 들어갔다. 루이스가 소리쳤다. "멈춰. 안 그러면 쏜다!" 그러나 내가 호버크 상점을 지나쳐 위층으로 뛰어 올라가자, 루이스는 나를 쫓는 대신에 상점 문을 마구 두드리면서 마치 시체를 깨우려는 듯 소리를 질렀다.

와일드 씨 집의 현관문이 열려 있었고, 나는 안으로 들어서며 소리쳤다. "됐어요. 됐어! 온 나라가 봉기해 왕을 맞으라!" 그러나 와일드 씨가 보이지 않기에 캐비닛으로 가서 상자에서 그 장엄한 왕관을 꺼내 들었다. 그리고 옐로 사인이 수놓인 흰색 비단 로브를 걸치고 왕관을 썼다. 마침내 나는 해스터에서 전해 내려온 적법한 권리에 따라 왕이 되었다. 내가 히아데스의 비밀을 알기 때문이며 내 마음이 할리 호 물속 깊은 곳에서 울렸기 때문이다. 내가 왕이다! 연필의 선처럼 가느다란 잿빛의 첫 여명이 비치면 전 세계를 뒤흔들 대소동이 일어날 것이다. 그렇게 어두운 통로에 서서 온몸의 신경들이 긴장의 정점에 오르고 곧 있을 일의 희열과 광휘에 젖어 정신이 아득해지는 동안, 남자의 신음이 들려왔다.

나는 수지 양초를 들고 문가로 뛰어갔다. 고양이가 악귀처럼 내 곁을 스쳐 가는 바람에 촛불이 꺼졌으나, 나의 긴 칼은 고양이보다 빨랐다. 날카로운 울음소리, 내 칼이 고양이를 찌른 것이었다. 잠시 동안 어둠 속에서 이리 쿵 저리 쿵 몸부림치는 소리가 들려왔으나 이윽고 암고양이의 발광도 끝이 났다. 나는 등불을 밝히고 머리 위로 들어 올렸다. 와일드 씨가 목이 찢어진 채 바닥에 누워 있었다. 처음에는 그가 죽은 줄 알았으나, 퀭한 눈에서 녹색 불똥이 튀었고, 불구의 손이 떨리면서 이내 입에서 귀까지 경련이 일었다. 한순간 나의 공포와 절망은 희망으로 바뀌었으나 내가 허리를 숙이고 다가갔을 때 그는 눈알을 하얗게 뒤집은 채 죽고 말았다. 내가 분노와 절망으로 못 박히듯 그 자리에 서서 나의 왕관과 나의 제국과 나의 모든 희망과 야망, 바로 나의 삶이 죽은 스승과 함께 쓰러져 있는 걸 보는 동안, 그들이 들이닥쳐 나를 등 뒤에서 붙잡아 결박했다. 나는 핏줄이 선 채로 할 말을 잃고 그저 발작적이고 광포하게 악을 썼다. 그들에게 붙잡힌 상황에서도 피를 흘리고 격분했으니, 그중에서 내가 날카로운 이로 물어뜯은 경찰이 한 명 이상이었다. 이윽고 내가 더는 움직이지 못하자 그들이 다가왔다. 나는 호버크 노인을 보았고, 그 뒤에 있는 나의 사촌 루이스의 핼쑥한 얼굴과 좀 더 떨어진 구석에서 나지막이 흐느끼고 있는 콘스턴스를 보았다.

"아, 이제 알겠구나!" 내가 새된 소리로 울부짖었다. "네놈이 왕관과 제국을 손아귀에 넣었구나. 화가 미칠지니! 황색 왕의 왕관을 쓴 자에게 화가 있으라!"

편집자 노트: 카스테인 씨는 어제 치료 감호소에서 숨을 거두었다.

---

9) 화이트시티(The White City): 1893년에 시카고에서 미국 최초의 세계 박람회인 컬럼비아 국제박람회가 6개월간 개최되어, 화이트시티라는 거대한 박람회장이 건설되었다. 이 박람회엔 한국(당시 조선)을 비롯하여 전 세계 47개국이 참가했다. 박람회가 끝나고 난 이듬해 7월에 대화재로 화이트시티 대부분의 건물이 불탔다.

10) 『황색의 왕』: 원래는 체임버스의 단편집 제목이나 여기서는 가상의 희곡으로, 읽게 되면 광기를 일으키는 금서로 묘사되고 있다.

11) 카르코사(Carcosa): 황소자리의 히아데스 성단에 있는 외계 도시. 할리 호숫가에 있으며 검은색 고층 빌딩으로 이루어져 있다. 이곳에선 신비한 일들이 벌어지는데, 가상의 희곡 『황색의 왕』의 무대이기도 하다. 알데바란과 히아데스 성단이 보이고, 두 개의 달이 뜬다.

12) 할리 호수(Lake of Hali): 연무가 짙게 낀 물결이 일렁이는 호수. 이 호수가 메말라 고비 사막이 됐다는 설도 있으나, 그렇지 않다는 주장도 만만찮다. 해스터가 쉬는 곳이며, 호수 속에는 섬뜩한 생김새의 촉수 괴물들이 살고 있다. 이 호수를 바라보고 있으면, 곧바로 해스터나 그 부하들이 찾아온다.

13) 창백한 가면(Pallid Mask): 『황색의 왕』과 관련된 존재로 '진리의 유령'이라고도 불린다. 해스터의 전령 역할을 하기도 한다.

14) 카실다와 카밀라(Cassilda and Camilla): 카실다와 카밀라는 『황색의 왕』에 등장하는 인물이지만 정확한 설명이 없이 베일에 가려져 있다. 카실다는 이틸의 왕권 계승자 중에 한 명으로 보이고, 카밀라와는 자매 관계로 추측된다.

15) 데메(Demhe): 『황색의 왕』에 등장하는 또 다른 호수. 이 호수 근처에 '알라르'라는 도시가 있다고 전해진다.

16) 이틸(Yhtill): 가상의 도시. '창백한 가면'이 해스터의 도시에 들어갔을 때 자신의 이름을 '이틸(이때는 이방인이라는 의미로)'이라고 말했다.

17) 유오트(Uoht): 이틸의 왕 자리를 노리는 경쟁자 중 하나.

18) 탈레(Thale): 이틸의 두 번째 왕.

19) 나오탈바(Naotalba): 이틸의 대사제.

20) 알도네스(Aldones): 이틸의 왕 자리를 노리는 경쟁자 중 하나.

HAITA THE SHEPHERD

양치기 하이타

작가와 작품 노트 | 앰브로스 비어스(Ambrose Bierce, 1842~1914)

국내에도 알려진 영화 「올드 그링고」(1993)와 「황혼에서 새벽까지3」(2000)은 둘 다 1913년의 멕시코를 배경으로 앰브로스 비어스라는 작가의 실종을 단초로 삼는 다. 전자는 멕시코의 전설적인 혁명가 판초 비야의 혁명에 가담한 비어스가 총살되었 다고 이야기하며, 후자는 비어스가 뱀파이어가 되어 세상의 경계를 떠돌 것이라는 암 시로 끝난다. 비어스처럼 작품뿐만 아니라 작가까지 흥미를 자아내는 경우는 드물 것 이다. 미국 역사상 10대 실종 사건 중 하나라는 비어스의 행방불명은 한동안 경쟁이 라도 하듯 황당하면서도 그럴듯하고 그래서 매혹적인 루머를 양산해 냈다. 뱀파이어 가 되었다는 얘기도 그다지 허무맹랑하고 도발적으로 느껴지지 않을 정도였다.

작가로서 또 한 개인으로서 비범한 삶을 살았던 비어스가 문학의 지형에 새겨놓은 자 취는 작품과 삶만큼이나 묘연한 것인지 모른다. 에드거 앨런 포와 러브크래프트라는 공포 문학의 양대 산맥 사이에 자리 잡은 묘연하면서도 치명적인 협곡이랄까…… .

그러나 비어스를 잘 아는 사람들이 쓴 전기나 평전마저 같은 사람을 대상으로 한 것 인지 의심스러울 정도로 묘사가 제각각이다. 그의 무자비한 비평과 독설 때문에 그를 거구의 우락부락한 인물로만 아는 사람이 많아서 그와 직접 대면하는 순간에 무척 당 황했다는 일설도 많다. '호리호리하고 아주 잘생긴 비어스'가 '독설가 비어스'이자 '샌프란시스코 최악의 인간'으로 통하던 저널리스트와 동일인이라는 사실을 받아들 이기 어려웠던 모양이다.

비어스는 열아홉 살에 남북전쟁에 참전하면서 군인의 길을 걷는다. 전쟁의 공포와 위 험에도 그는 거의 동요하지 않았다. 또래 젊은이들이 대부분 우유부단했던 것과는 달 리 그는 뛰어난 지력과 단호함을 보였다. 그러나 그는 오래지 않아 군대에 환멸을 느 끼고 작가가 되기로 결심한다. 샌프란시스코에서 작가로서의 성공을 꿈꾸던 그에게 구세주처럼 나타난 이가 《뉴스레터 앤드 캘리포니아 애드버타이저》의 편집장인 제임 스 왓킨스였다. 비어스는 곧 제임스의 후임으로 편집장이 된다.

비어스는 부패한 정치가, 전쟁에 혈안이 된 장군, 야합하는 사업가, 무능한 문학인 (헨리 제임스와 잭 런던도 그에게 무능하다고 낙인찍혔다.)을 가리지 않고 대립각을 세웠다. 이런 태도는 저널리스트에서 작가로 변신한 후에도 변하지 않았다. 그러나 저널리스트로서 어느 정도 성공을 거둔 반면, 작가로서는 제대로 평가받지 못했다. 촌철살인의 위트와 지위 고하를 가리지 않는 통렬한 비판 의식은 저널리스트로서는 장점의 여지가 많았다. 국내에도 출간된, 신랄한 유머의 결정판인 『악마의 사전 *The Devil's Dictionary*』도 이러한 맥락에서 호평을 받았다. 그러나 불행히도 소설은 그렇지 못했다.

궤도에서 이탈한 비어스의 시도들은 장르 문학에서 고딕 전통의 부활을 예고하며 19세기 말을 화려하게 장식했던 초자연적인 소설들과도 달랐다. 비어스는 최고의 문학 형식은 단편이라는 포의 견해에 동감했다. 그러나 개연성을 무시한 데다, 작품 대부분이 원고지 10매에서 30매 안팎이어서 긴 호흡과 충분한 분량에서 장점을 발휘해 온 기존 고딕 소설과는 달랐다. 고딕 소설로 세 권은 충분히 만들 수 있는 이야기를 비어스는 과감히 30매 분량으로 써냈다. 점점 더 모호함을 강조하던 세기말의 유령들과 비어스의 직선적인 유령들은 초자연적인 공간에서 만난다고 해도 서로 소통이 불가능했을 것이다.

그는 포와 같은 공포물을 썼지만(물론 포도 그의 신랄한 비평을 피해 가진 못했다.), 포나 이디스 워튼과 헨리 제임스만큼 문단에서 환영받진 못했다. 오히려 포에서 지대한 영향을 받았던 공포 문학의 또 다른 이단아, 러브크래프트와 비슷한 입장이었다. 러브크래프트가 어쩔 수 없이 펄프 잡지인 《위어드 테일스》를 기반으로 했다면, 비어스는 스스로 유수 잡지의 원고 청탁을 거절했다는 차이가 있다. 두 작가 모두 초자연적인 공포를 다루었으며 고딕 전통에 다양한 시도와 변주를 가미했다. 서로 다른 공포를 실험했던 비어스와 러브크래프트, 이들 사이를 연결하는 문학적인 끈도 독특하다.

1913년의 여름, 비어스는 일흔 살의 노구를 이끌고 혁명에 휩싸인 멕시코로 홀연히 떠났다. 100년 가까이 지난 지금, 그의 실종 혹은 죽음이 여전히 진행형이듯, 그의 작품들도 그러하다.

생전에 주목받지 못했던 비어스가 재평가되기 시작한 것은 1920년대부터다. 그는 어리석은 사회의 속박을 비웃고 시대에 순응하지 않은 작가로 조명되었다. 1930년대와 1940년대에는 풍자 문학과 사회 비평의 선구자로 인정되었다. 많은 작가들이 비어스를 전범으로 삼았지만, 비어스만큼 성공하지 못했다. 1970년대부터는 재평가 작업이 더욱 활발해져서 현대에 널리 읽히는 작가의 반열에 올랐다. 시대를 앞서 간 비어스는 당대보다는 현대 혹은 미래를 위한 축복이었다. 비어스가 쓴 아흔 편 안 팎의 단편들은 크게 공포와 남북전쟁이라는 두 가지 주제로 나뉜다. 그리고 그 밖에 구분 짓기 모호한 작품들을 톨 테일(Tall tales, 신화와 민담의 성격을 띤 공상적인 이야기)로 분류하기도 하는데, 비어스의 소설 전반에 흐르는 기조는 충격적이고 섬 뜩한 자각이다. 그것은 이상적이기를 꿈꾸었던 개인의 실수 혹은 사회 체제의 결함에 대한 인식이며, 맞닥뜨린 죽음에 대한 인식이다.

「양치기 하이타」에 등장하는 해스터는 비어스가 본의 아니게(?) 크툴루 신화의 중요 한 신적 존재를 추가하는 데 공헌한 결과를 가져왔다. 「양치기 하이타」는 단편집 『세 상에 어떻게 그런 일이? Can Such Things Be?』에 수록된 작품으로, 여기서 처음 언급된 해스터는 자애로운 목신으로 묘사된다. 이후 체임버스가 『황색의 왕』에 차용 하고, 이것을 다시 러브크래프트가 「어둠 속에서 속삭이는 자」에 차용하는 과정에서 점점 공포의 존재로 바뀌었다. 이것을 더욱 진전시켜 위대한 올드원의 위치에 올려놓 은 것은 덜레스였다. 비어스가 크툴루 신화와 관련을 맺게 되는 요소는 해스터 외에 할리 호수와 카르코사가 있다. 비어스의 또 다른 단편 「카르코사의 주민 An Inhabitant of Carcosa」에서 언급되는데(할리 호는 「핼핀 프레이저의 죽음 The Death of Halpin Frayser」 도입부에서도 잠깐 언급된다.), 할리는 가상의 호수, 카 르코사는 가상의 도시로 역시 체임버스를 거쳐 러브크래프트의 크툴루 신화에 안착 된 경우다.

하이타의 마음속에서 청년의 환상은 나이와 경험의 환상으로 대체되지 않았다. 순박한 삶과 야망을 모르는 영혼, 그래서 그의 생각은 순수하고 유쾌했다. 그는 일출과 함께 일어나 목신 해스터의 성소를 찾아 기도했고, 해스터는 이 기도를 듣고 기뻐했다. 이 경건한 의식이 끝난 후, 하이타는 양 우리의 문을 열고 쾌활하게 양 떼를 몰아 들판으로 향했다. 길을 가면서 때우는 아침 식사는 커드와 귀리 과자였다. 간혹 발길을 멈추고 이슬로 차가워진 딸기를 조금 더 따 먹거나 아니면 산에서 계곡 중간까지 흘러들어 다시 또 어디론가 줄달음치는 개울물을 마시기도 했다.

긴 여름 동안, 양 떼가 신으로부터 하사받은 좋은 풀을 뜯거나 가슴 밑에 앞발을 괴고 앉아 새김질을 할 때, 하이타는 나무 그늘에 기대거나 바위에 앉아서 감미로운 선율의 갈대 피리를 불었다. 종종 숲의 군소 신들이 피리 소리를 듣기 위해 수풀 사이로 뾰조록이 몸을 내민 모습이 그의 눈가에 스치곤 했다. 그러나 그가 똑바로 쳐다볼라치면 그들은 곧 사라져버렸다. 이때마다 하이타는 — 앞으로도 자신이 양으로 변할 리는 없다고 생각했기에 — 행복은 찾지 않을 때 오고 찾으려 하면 영영 보이지 않는다는 의미심장한 결론을 얻었다. 절대 모습을 드러내지 않는 해스터의 호의 다음으로 그가 가장 중시하는 것은 바로 그의 이웃인 숲과 개울의 수줍은 신들이 주는 상냥한 관심이었다. 어두워지면 그는 양 떼를 도로 우리에 넣고 문에 이상이 없는지 확인한 후 휴식과 꿈을 위해 자신의 동굴로 들어갔다.

하루 또 하루, 그렇게 하이타의 삶은 지나갔다. 적어도 폭풍우가 어느 성난 신의 저주를 퍼부을 때까지는. 하이타는 동굴에 웅크리고 두 손으로 얼굴을 감싼 채 그 자신의 죄를 벌해도 좋으니 이 세상은 구해 달라고 기도했다. 엄청난 폭우에 개울물이 넘치자, 겁에 질린 양 떼를 데리고 고지대로 올라가야 했다. 계곡의 관문을 형성하는 두 개의 푸른 산 너머 평원에 있다는 도시들, 그는 거기에 사는 사람들을 위하여 중재에 나섰다.

"자비로운 해스터 신이시여." 그는 기도했다. "저의 거처와 양 우리에서 가장 가까운 산을 주시어 저와 양들이 성난 물살에서 벗어날 수 있었으니 감사드립니다. 제가 모르는 당신만의 방식으로 세상의 나머지를 구해 주십시오. 그렇지 않으면 앞으로 당신을 섬기지 않겠나이다."

하이타가 자신의 말을 지키는 청년임을 아는 해스터는 세상을 구하고 물길을 바다로 돌렸다.

그리하여 하이타는 자신이 기억하는 한 같은 삶을 살아갔다. 다른 삶의 방식이 있다는 걸 생각해 볼 수도 없었다. 걸어서 한 시간 거리인 계곡 정상에 성스러운 은자가 살고 있었는데, 하이타는 이 은자로부터 커다란 도시와 거기 살고 있는 사람들과 그들의 불쌍한 영혼에 관한 이야기를 들었다. 은자는 양을 키우지 않았고 옛 시절에 대해서는 알려주지 않았기에 하이타는 그 자신이 옛날에 양처럼 보잘것없고 무력했을 거라고 생각했다.

이런 수수께끼와 경이에 대해 생각을 곱씹다가 언젠가는 침묵과 부패라는 무시무시한 변화, 이미 많은 양들이 겪었고 ─새를 제외한 모든 생명체가 겪는─ 그 변화를 언젠간 그 또한 겪게 되리라 확신이 들자, 하이타는 처음으로 자신의 운명이 얼마나 비참하고 무기력한가를 깨달았다.

"내가 어디서 어떻게 왔는지 알아야겠어. 자신에게 주어진 일이 무엇인지도 판단하지 못한다면 어떻게 그 일을 해낼 수 있지? 그리고 그 일을 얼마나 오랫동안 해야 하는지 모른다면 나는 무슨 만족을 얻을 수 있을까? 내일이면 내가 변할지도 모르는데 그땐 양들은 어떻게 될까? 과연 나는 어떻게 될까?"

이런 생각을 하노라니 하이타는 우울하고 언짢아졌다. 양들에게 더는 즐거이 말을 걸지 않았고, 해스터의 성소까지 기운차게 달리지도 않았다. 그제야 사악한 신들을 목격했고, 미풍은 그들의 속삭임을 실어왔다. 이제 구름은 재앙의 전조였고, 어둠은 공포로 가득해졌다. 입술로 가져간 갈대 피리에서는 선율이 아니라 음산한 흐느낌이 나왔다. 숲과 강기슭의 정령들은 그의 피리 소리를 듣기 위해 덤불 가에 몰려들기는커녕 그 소리를 듣고 도망갔으니, 하이타는 요동치는 잎과 휘는 꽃을 보고 그들의 도망침을 알았다. 경계를 소홀히 한 탓에 많은 양들이 산속으로 들어가 길을 잃었다. 그가 양들을 찾아 나서지 않으니 길 잃은 양들은 좋은 목초를 뜯지 못해 마르고 병들었다. 하이타는 날마다 그 자신이 알지 못하는 삶과 죽음, 불멸에 골몰하고 좌절했으며 이렇게 방심하는 동안 양들은 계속해서 산속을 헤매다 길을 잃었다.

어느 날, 더없이 음울한 생각에 골몰해 있던 그가 갑자기 바위에서 벌떡 일어나서 오른손을 불끈 쥐고 소리쳤다. "신들이 허락지 않는 지식을 달라고 더는 애원하지 않겠어. 신들이 나를 얼마나 부당하게 대해 왔는지 깨닫게 해줄 거야. 내가 맡은 일에 최선을 다하겠어. 단, 내가 잘못을 저지른다면 그건 신들의 책임이야!"

그런데 이때 갑자기 주변에 아주 환한 빛이 비치기에 그는 구름 사이로 햇빛이 비치나 보다 생각하면서 위를 쳐다보았다. 그러나 구름 한 점 없었다. 그리고 팔을 뻗으면 닿을 거리에 아름다운 여인이 서 있었다. 어찌나 아름답던지 여인의 발치에 있던 꽃들이 쓸쓸히 꽃잎을 접더니 굴종의 의미로 머리를 조아렸다. 또 어찌나 감미롭던지 벌새들이 여인의 눈가로 모여들어 눈을 찌를 듯 애타는 부리를 밀어댔고, 벌들은 그녀의 입술 주위로 모여들었다. 또 어찌나 눈이 부시던지 여인이 움직일 때마다 모든 그림자들이 그녀의 발치에서 물러났다.

하이타는 한눈에 반했다. 그가 찬탄하며 여인 앞에 무릎을 꿇자, 여인은 그의 머리에 손을 얹었다.

"일어나세요." 여인의 목소리는 양 떼의 방울을 한꺼번에 울리는 음악 같았다. "일어나세요. 여신이 아닌 나를 숭배하지 마세요. 하지만 당신이 진실하고 충실하다면 당신 곁에 머물겠어요."

하이타는 여인의 손을 잡고 기쁨과 고마움의 말을 더듬거리며 일어섰다. 그들은 손을 마주 잡고 미소 띤 얼굴로 서로의 눈을 바라보며 서 있었다. 하이타는 존경과 황홀에 취한 눈으로 여인을 그윽이 바라보았다. 그가 말했다. "아름다운 여인이여, 당신의 이름이 무엇인지 또 어디서 어떤 이유로 이곳에 왔는지 부디 말해 주시오."

여인이 경고의 의미로 그의 입술에 손가락을 댔다가 거두었다. 여인의 미모가 눈에 띄게 변하여 그를 몸서리치게 만들었으나 아름다움은 여전하였기에 하이타는 무슨 영문인지 알 수 없었다. 거대한 그림자가 독수리처럼 빠르게 계곡을 뒤덮어 주위의 풍광이 어두워졌다. 어스름 속에서 여인의 자태가 점점 흐릿하고 뿌예지더니, 멀리서 들려오는 듯한 목소리로 슬프게 비난하는 투로 말했다. "오만하고 배은망덕한 청년! 내가 당신의 곁을 이리도 빨리 떠나게 만들어야 했나요? 당신은 순식간에 영원의 서약을 깨는 것밖에는 할 수 없나요?"

이루 말할 수 없이 슬퍼진 하이타가 무릎을 꿇고 가지 말라고 애원했다. 다시 일어나 짙어지는 어둠 속에서 큰 소리로 여인을 부르며 뛰어다녔으나 부질없었다. 여인의 모습은 더는 보이지 않았고, 어둠 속에서 목소리만 들려왔다. "아뇨. 찾는 것으로는 날 가질 수 없어요. 성실한 양치기로서 본분을 다하세요. 그렇지 않으면 우린 두 번 다시 만날 수 없어요."

밤이 왔다. 늑대들이 산속에서 울자 겁에 질린 양들이 하이타의 발치에 모여들었다. 시간이 시간이니만큼 좌절감을 떨쳐낸 하이타는 양들을 우리에 넣고 성소를 찾아가 양 떼를 지키게 해준 것에 대해 해스터에게 절절히 감사를 올린 뒤 동굴로 돌아와 잠들었다.

하이타가 눈을 떴을 때, 해는 중천에 떠 있었고 동굴 안은 거룩한 영광으로 환하게 빛나고 있었다. 그리고 그의 곁에 여인이 앉아 있었다. 여인은 그에게 미소를 머금었고, 그 미소는 갈대 피리의 선율을 눈에 보이도록 만들어놓은 것 같았다. 하이타는 무슨 말을 해야 할지 몰랐고, 혹여 또 여인의 마음을 다치게 할까 두려워 아무 말 하지 못했다.

여인이 말했다. "당신이 양치기로서 본분을 다했고, 밤에 늑대가 머물 것을 알고 해스터에게 감사의 기도를 잊지 않았기에 당신을 다시 보러 온 거예요. 나를 친구로 받아줄래요?"

"이 세상 어느 누가 당신과 영원히 함께하는 걸 마다할까요?" 하이타가 대답했다. "아! 다시는, 내가, 내가 변하여 침묵하고 움직이지 못할 때까지 내 곁을 떠나지 말아줘요."

하이타는 죽음이라는 단어를 알지 못했다. 그가 계속해서 말했다.

"당신이 나처럼 남자였더라면, 함께 뒹굴고 뜀박질하면서 함께 있어도 절대 지루해지지 않을 텐데 아쉬워요."

이 말을 들은 여인이 일어서서 동굴을 빠져나갔다. 향긋한 나뭇가지로 엮은 침상에서 황급히 일어나 여인을 따라 나가던 하이타는 밖에 비가 내리고 계곡 한복판에서 물이 넘치는 것을 보고는 소스라치게 놀라고 말았다. 물이 불어 양 우리까지 들어차자 양들은 겁에 질려 음매, 음매 울고 있었다. 멀리 평원에 있는 미지의 도시들도 위험에 처해 있었다.

하이타가 여인을 다시 보기까지 많은 날이 흘렀다. 하이타가 너무 늙어서 혼자서는 끼니조차 때울 수 없는 성스러운 은자를 위해 암양의 젖이며 귀리 과자며 딸기를 가져다주고 계곡 정상에서 돌아오던 어느 날이었다.

"불쌍한 노인 같으니!" 그는 터벅터벅 집으로 돌아가며 혼잣말을 했다. "내일 또 찾아가서 노인을 등에 업고 이곳으로 데려와 돌봐줘야겠어. 해스터가 이리도 오랫동안 나를 돌봐주고 건강과 힘을 준 이유가 바로 그거야."

그렇게 말하는 동안, 번쩍이는 옷을 입은 여인이 길 중간에 서서 황홀한 미소로 하이타를 맞았다.

"또 왔어요. 당신이 나와 함께하겠다면 그리하려고 왔어요. 아무도 나와 함께하려고 하지 않으니까요. 당신은 아마 지혜를 배운 것 같으니, 더 알려고 하기보다 있는 그대로의 나를 받아들이겠지요."

하이타는 여인의 발아래 몸을 던졌다. "아름다운 여인이여." 그가 소리쳤다. "헤스터를 섬기고 남은 내 심장과 영혼의 헌신을 전부 받아주겠다고만 약속해 줘요. 모두 영원토록 당신의 것이에요. 하지만 너무 슬퍼요! 당신은 변덕스럽고 제멋대로이니 말이에요. 내일 해가 뜨기도 전에 또 당신을 잃게 될지 모르잖아요. 약속해 줘요, 제발. 내가 아무리 무지하여 당신의 맘을 상하게 만든다 해도, 그런 날 용서하고 늘 곁에 있겠다고."

그 말이 채 끝나기도 전에 곰 한 무리가 산속에서 나타나 새빨간 입과 성난 눈알을 보이며 그를 향해 달려왔다. 여인은 또 사라졌고, 하이타는 돌아서서 필사적으로 도망쳤다. 그가 얼마 전에 나섰던 성스러운 은자의 오두막에 닿을 때까지 단 한 번도 멈추지 않았다. 그는 달려드는 곰들을 보고 다급히 문을 닫아버리고는 그대로 쓰러져 흐느꼈다.

"얘야." 그날 아침 하이타가 모아 온 짚으로 만든 새 침상에서 은자가 몸을 일으키고 말했다. "곰 때문에 우는 것 같지는 않구나. 왜 그리도 슬퍼하는지 말해 다오. 고약이 나름의 효험이 있듯이 이 늙은이가 청년의 상처를 보듬어줄지도 모르겠구나."

하이타는 은자에게 전부 말했다. 눈부시게 아름다운 여인과 어떻게 세 번을 만났고, 또 어떻게 여인에게 세 번을 버림받았는지. 둘 사이에 생긴 일과 오간 말을 남김없이 말했다.

하이타가 말을 끝내자, 성스러운 은자는 잠시 침묵하다가 이렇게 말했다. "얘야, 너의 말을 잘 들었다. 그런데 나도 그 여인을 알고 있단다. 많은 이들이 그런 것처럼 나도 그 여인을 본 적이 있다. 여인이 너에겐 이름조차 묻는 걸 허락하지 않았으나, 내가 아는 그녀의 이름은 '행복'

이란다. 네가 여인에게 변덕스럽다고 한 말, 그건 진실이란다. 왜냐하면 여인이 그 어떤 인간도 지킬 수 없는 조건을 내걸고 그것을 지키지 못하면 떠나버리기 때문이지. 일말의 호기심, 의심, 불안만 스쳐도 여인은 떠나가거든! 여인이 떠나기까지 얼마나 오랫동안 함께 있었더냐?"

"그저 한순간에 불과해요." 하이타가 창피한 마음에 얼굴을 붉히며 대답했다. "제가 매번 순식간에 그녀를 쫓아버렸으니까요."

"딱한지고!" 성스러운 은자가 말했다. "너의 불신만 없었더라면 아마 두 순간 정도는 더 함께할 수 있었을 것을."

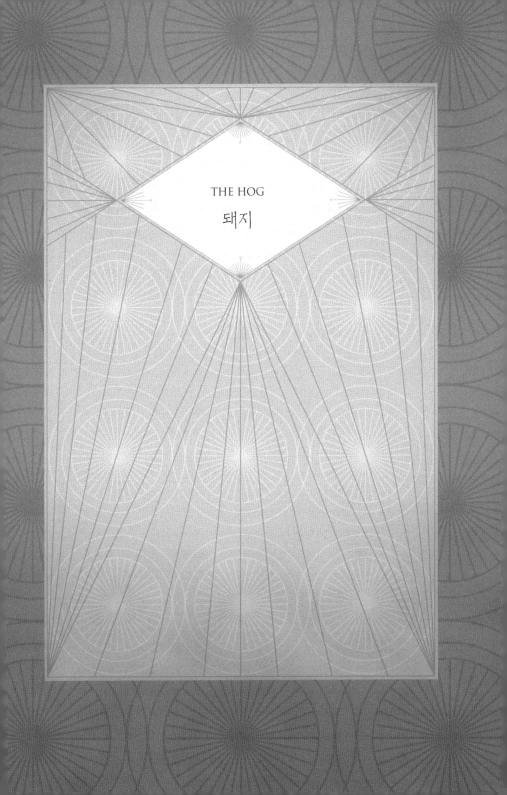

THE HOG

돼지

작가와 작품 노트 | 윌리엄 호프 호지슨(William Hope Hodgson, 1877~1918)

호러, 판타지, SF 장르를 넘나드는 장단편 소설과 에세이를 포함하여 다작을 남긴 영국 작가. 영국 에식스 주 블랙모어 엔드에서 열두 형제 중 둘째로 태어났다. 영국 국교회 목사였던 아버지가 21년 동안 11개 교구에 부임하느라 이사를 자주 다녔다. 그중 아일랜드 골웨이에서의 경험은 『경계의 집 The House on the Borderland』에 투영되었다.

13세 때 선원이 되겠다며 기숙학교를 뛰쳐나간 일도 있는데, 결국 1891년 아버지의 허락을 받고 4년간의 수습 선원 생활을 시작한다. 호지슨은 수습 과정에서 동료들로부터 집단 괴롭힘을 당했고, 이를 계기로 체력 단련을 시작한다. 고참 선원들의 괴롭힘과 이에 대한 복수는 바다를 무대로 하는 그의 작품에 번번이 등장한다. 1899년 영국 블랙번에서 '호지슨 체력 단련장'을 여는데, 블랙번 경찰들도 등록하는 등 괜찮은 성공을 거둔다. 이를 계기로 탈출 마술사 해리 후디니의 공연에서 직접 수갑과 기타 장비로 후디니를 결박하는 역할을 한다. 후디니는 공연이 끝난 후에 호지슨이 고의로 자신을 아프게 하고 수갑의 자물쇠를 비틀어놓았다고 불평했다는 일설이 있다.

체력 단련에 관한 글을 여러 매체에 기고하다가 1904년에 첫 단편 「죽음의 여신 The Goddess of Death」(1904)과 「열대의 공포 A Tropical Horror」를 쓴다. 초반엔 시에 집중했으나, 선원이었던 경험을 살려 바다를 배경으로 한 호러 단편들을 사실적인 필치로 그려낸다. 이후 10년 동안 100여 편에 달하는 호러 및 판타지 단편들을 써서 미국과 영국의 잡지에 발표한다. 시도 많이 썼지만 생전에 발표된 것은 극소수에 불과하다. 1907년에 첫 장편 『글렌 캐리그호의 구명보트 The Boats of the Glen Carrig』를 출간하여 평단의 호평을 받는다. 이듬해에는 『경계의 집』, 1909년에는 『유령 해적선 The Ghost Pirates』을 출간함으로써 러브크래프트가 호지슨의 3부작이라고 칭한 장편 세 편이 완성된다.

평단의 호평에도 불구하고 장편 출간으로 상업적 성공을 거두지 못해 경제적 여건도 개선되지 않았다. 결국 경제적 타개책으로 단편에 집중하여 많은 작품들을 펄프 잡지에 팔았다. 이 기간에 '유령 사냥꾼 카낙키'가 등장하는 일련의 단편들을 선보인다.

마지막 장편 소설 『나이트 랜드 The Night Land』를 쓴 1912년, 호지슨은 글을 기고했던 잡지 《홈노트》의 직원인 35세 동갑내기 베티 판즈워스와 결혼한다. 이후 선원 경험과 3등 항해사 자격증이 있음에도 불구하고 해군이 아닌 런던 대학의 장교 훈련단에 들어간 뒤, 왕립 포병대의 소위로 임관된다. 제1차 세계대전이 발발하자, 참전했다가 1918년 4월 이프르 전투에서 40세의 나이로 전사한다. 호지슨의 작품 상당수는 사후에 출간되었다.

러브크래프트는 호지슨에 대하여 "비현실계를 다루는 능력은 앨저넌 블랙우드와 자웅을 겨룬다. 정체불명의 힘과 쇄도하는 괴물을 근접 묘사하는 능력에 있어서, 또한 귀신 들린 지역이나 건물의 분위기를 전달하는 데 있어선 호지슨과 견줄 수 있는 작가는 극히 드물다."라고 평했다. 이 평가는 러브크래프트가 쓴 「윌리엄 호프 호지슨의 위어드 픽션 The Weird Work of William Hope Hodgson」(나중에 『문학에서의 초자연적인 공포』에 통합된)에서 밝힌 것인데, 여기서 언급한 호지슨의 대표작을 살펴보면 다음과 같다.

"『글렌 캐리그호의 구명보트』는 침몰한 글렌 캐리그호의 생존자들이 맞닥뜨리는 악의적이고 놀라운 일과 저주받은 미지의 땅을 다채롭게 보여준다. 후반부로 갈수록 평범한 무용담과 모험으로 격하되긴 하나, 초반부의 음산한 위협감은 가히 압권이다. 『경계의 집』은 호지슨의 작품을 통틀어 최고의 걸작이라 해도 무방하다. 섬뜩한 이계 세력들의 중심지이면서 숨겨진 지하 심연에서 온 불경한 혼성 변종들에 포위된, 아일랜드의 고즈넉하고 사악한 집을 배경으로 한 작품인데, 우주 공간의 무한한 광년과 영겁을 관통하면서 배회하는 화자의 영혼, 태양계의 최후에 관한 목격담, 이 두 가지 요소는 자연의 풍광 속에 모호하게 매복된 공포를 보여주는 작가의 능력 중에서 한 축을 이루고 있다. 약간의 진부한 감수성만 제외한다면, 이 작품은 최고의 고전이 될 것이다. 호지슨의 후기 작품인 『유령 사냥꾼 카나키』는 수년에 걸쳐 잡지에 발표된 단편을 모은 것인데, 다른 전작들에 비해선 확연히 수준이 떨어진다. 우리는 이 작품에서 '확실한 탐정'이라는 다소 전통적인──뒤팽과 셜록 홈스의 계승자이자 앨저넌 블랙우드의 심령 탐정 존 사일런스와 아주 흡사한──주인공이 전문적인 '오컬티즘'의 분위기에 훼손돼 버린 장면과 사건 사이를 좌충우돌하는 모습을 볼 수 있다. 그러나 그중에 몇 편은 분명한 힘을 지니고 있어서 작가의 독특한 천재성을 일견하기에 충분하다."

이 책에 수록한 「돼지」는 『유령 사냥꾼 카낙키』에 수록된 단편이다. 러브크래프트는 호지슨의 카낙키 시리즈 중에 그래도 몇 편은 수작이라고 평했는데, 그 수작에 해당하는 것이 「돼지」다. '유령 사냥꾼 카낙키'를 통해 러브크래프트의 작품과 관련해 지속적으로 재해석되고 확대 재생산되는 오컬트의 단면을 읽을 수 있다.

식사가 끝나자, 카낙키가 자신의 커다란 의자를 난로 가까이 끌어다 놓고 파이프 담배를 피우기 시작했다.

제슙, 아크라이트, 테일러 그리고 나는 저마다 제일 편한 자세를 취하고 카낙키의 얘기를 기다렸다.

"지금부터 말하려는 것은 바로 옆방에서 벌어진 일이야." 카낙키가 잠시 담배를 피운 후에 말했다. "끔찍한 경험이었지. 맨 처음 이 사건에 주목하게 된 건 윗턴 박사 때문이었어. 어느 날 밤인가 우리 둘이 클럽에서 담배를 피우며《랜싯》의 기사를 화제로 이런저런 얘기를 나누는 과정에서 윗턴이 베인스라는 남자가 겪었다는 비슷한 사건을 언급했지. 나는 곧 흥미를 느꼈어. 그건 내가 인간의 '차단벽'이라고 부르는 것에 균열이나 결함이 생긴 사건 중에 하나였지. 요컨대 내 식대로 말하자면 외계의 괴물을 효과적으로 — 정신적인 차원에서 — 차단하는 데 실패했다는 거지.

내가 아는 한, 윗턴은 쓸모가 없어. 자네들도 윗턴을 알잖아. 점잖고 완고하고 현실적이고 허튼짓은 아예 하지 않는 사람. 다리 골절이나 쇄

골 골절에는 유능하지만 베인스 사건 같은 데는 젬병이지."

카낙키는 잠시 골몰한 표정으로 담배를 피웠고, 우리는 그가 얘기를 계속할 때까지 기다렸다.

"윗턴더러 베인스를 내게 보내라고 했어. 그 주 토요일에 베인스가 찾아왔더군. 약간 예민한 사람이었어. 보자마자 딱 마음에 들더라고. 조금 있다가 무슨 문제가 있는지 설명해 보라고 한 뒤에, 윗턴 박사가 '베인스의 꿈'이라고 말한 부분에 대해 물어봤지."

"그건 단순한 꿈이 아니었어요." 그 친구가 말하더군. "너무 사실적이어서 진짜 경험한 일 같았어요. 아주 섬뜩했죠. 그런데 딱히 말할 만한 내용은 없어요. 그런 건 대부분 내가 잠들었을 때 왔다가, 어딘지 깊고 어렴풋한 곳에 떨어져 정체 모를 끔찍한 공포에 포위되는 순간 갑자기 끝나버리니까요. 그게 뭔지는 도저히 모르겠어요. 왜냐하면, 내가 본 건 아무것도 없고 그저 어딘가 무시무시한 곳, 내가 평소에 군이 기웃거릴 일이 없는, 이를테면 지옥 같은 곳에 떨어졌다는 경고처럼 불현듯 알게 되니까요. 그런데 빨리 여기서 나가야지 아니면 엄청난 괴물이 날 덮칠 거야, 이런 경고가 언제나 집요한 데다 절박하기까지 하단 말이에요."

"다시 돌아올 수 없다는 건가?" 내가 물었어. "깨면 되잖아?"

"아뇨." 그 친구가 그러더군. "아무리 애를 써도 그게 안 되더라고요. 이를테면 그 지옥의 미로를 따라 소름 끼치는 미지의 공포를 향해 계속 나아가게 되거든요. 경고는 되풀이되고 점점 강해지죠. 마치 깨어 있고 살아 있는 진짜 내가 말짱한 정신으로 그 경고를 의식하고 있는 것처럼 말이죠. 뭔가가 내게 일어나라고, 어떻게 해서든 깨어나라고, 깨어나라고 경고하는 것 같고, 어느 순간 갑자기 의식을 찾게 되면 내 몸은 침대에 있는데 본질이나 영혼은 여전히 뭐가 뭔지 헷갈리는 정체불명의 지옥인지 어디인지 모를 곳에서 위험에 빠져 있단 말입니다. 그런데 그게 어찌나 위압적이던지 영혼 속속들이 공포에 질리는 것 같아요.

깨어나야 한다고 혼자서 계속 말하죠. 하지만 내 영혼은 여전히 저 아래에 있고, 의식도 눈에 보이지 않는 어마어마한 힘과 내가 싸우고 있다는 걸 알고 있는 것 같아요. 당장 깨어나지 않으면 영영 깨어날 수 없다는 걸 알면서도 더 깊숙이 더 깊숙이 영혼을 파괴하는 그 거대한 공포를 향해 내려가는 겁니다. 곧 싸움이 벌어지죠. 몸은 침대에 대자로 누워 있는데도, 저 아래 미로에선 괴력의 강적 앞에서 평생 느껴보지 못한 절망감에 빠져버리죠. 포기하고 싸움을 멈춘다면, 그리고 깨어나지 않는다면 내가 죽게 된다는 걸 알고 있죠. 조용히 내 영혼을 파괴하려는 그 공포의 괴물에게 당한다는 걸 말입니다.

그래서 마지막으로 죽을힘을 다하죠. 그러면 내 두뇌가 영혼의 유령처럼 내 몸속을 가득 채워요. 심지어 눈도 뜰 수 있게 되는데, 눈이 아니라 두뇌 혹은 의식을 통해서 보는 거죠. 침대보를 볼 수 있고, 내가 지금 어떻게 누워 있는지를 알게 되죠. 그런데 여전히 진짜 나는 저 아래 지옥에서 절체절명의 위기에 빠져 있어요. 무슨 말인지 이해하겠어요?"

"100프로 이해해." 내가 대답했지.

"그래요, 나는 싸우고 또 싸우는 겁니다. 저 아래 거대한 구덩이에서 내 영혼은 음산한 괴물의 부름에 움츠러드는 것 같아요. 괴물은 눈에 보이는 모퉁이 쪽으로 조금만 더 가까이 오라며 침묵으로 더욱더 강요하고 있어요. 내가 그 모퉁이를 일단 돌면 다시는 이 세상으로 돌아올 수 없어요. 나는 필사적으로 두뇌와 의식, 이 둘을 상대로 싸우죠. 그 고통이 너무도 격심해서 침대에 누워 겁에 질려 굳어 있지만 않다면 비명을 질러댔을 겁니다.

그때, 힘이 다 빠져버리는 바로 그때, 영혼과 육체가 이겨서 서서히 둘이 섞이게 되죠. 그리고 나는 이 끔찍하고 희한한 싸움으로 녹초가 되어 침대에 누워 있는 겁니다. 마치 그 오싹한 곳에 있던 괴물이 날 쫓아와서 눈에 띄지 않게 조용히, 침대에 있는 나를 위협하는 것처럼 여전히 주변을 무시무시한 공포가 에워싸고 있는 느낌이죠. 내가 지금 제대로 설명하고 있는 건가요?" 그 친구가 묻더군. "기괴한 존재가 있다는 느낌 말입니다."

"그래." 내가 말했어. "무슨 말인지 알아."

베인스의 이마는 그야말로 식은땀으로 범벅이 되어 있어서 실제로 공포를 경험하고 구사일생으로 살아난 사람 같더군.

잠시 후에 그가 말을 이었어.

"꿈인지 뭔지 모르겠지만 아무튼 지금부터가 가장 흥미로운 부분입니다. 내가 탈진해서 침대에 누워 있을 때면 언제나 소리가 들려와요. 여전히 침실에는 내가 그곳에서 빠져나올 때 뒤쫓아 온 괴물이 도사리고 있다는 느낌이 가득한 상황이죠. 그 소리는 까마득한 심연에서 솟아오르는 것으로, 언제나 돼지들이 우는 소리예요. 꿀꿀, 돼지 말이죠. 정말이지 오싹해요. 그 꿈은 늘 똑같아요. 일주일 내내 매일 밤 그 꿈을 꿀 때가 있어서 결국은 잠들지 않으려고 해요. 물론 잠을 안 잘 수는 없는 노릇이잖아요. 아마 사람들이 이런 식으로 미쳐가는 거겠죠, 안 그래요?" 베인스가 말을 끝냈어.

나는 고개를 끄덕이고 그의 예민한 얼굴을 쳐다보았지. 딱한 친구 같으니! 그걸 다 겪은 거야. 틀림없어.

"더 자세히 말해 보게." 내가 말했지. "꿀꿀이라니, 그게 정확히 무슨 소리지?"

"돼지가 꿀꿀하는 소리라니까요. 다만 훨씬 더 오싹하죠. 돼지 축사에 먹이를 가져다줄 때 나는 꿀꿀, 꽥꽥 하는 돼지 울음소리보다 더한 소리 말이죠. 규모가 큰 양돈장에서는 수백 마리씩 키우잖아요. 돼지들이 한꺼번에 꿀꿀 꽥꽥 한다고 해봐요, 그야말로 아수라장이죠. 아수라장으로 끝나면 다행이게요. 아주 끔찍한 소리로 뒤섞인단 말입니다. 내가 들었던 소리가 바로 그겁니다. 꿀꿀거리는 합창 속에서 툴툴거리고 으르렁거리고 악을 쓰는 돼지들의 아우성이 날카롭게 한데 섞여서 솟구치는 거라고요. 그 소리에 일정한 리듬이 있다는 생각이 왕왕 들 때가 있어요. 이따금씩 무수한 돼지의 아우성을 뚫고 굉장히 큰 ─ 어마어마하게 큰 ─ 꿀꿀거림이 리듬과 함께 들려오거든요. 이해하겠어요? 모든 걸 뒤흔드는 소리…… 영혼의 지진처럼. 울고 악쓰고 꿀꿀거리는 돼지 떼의 소음이 그곳에서 솟구치고, 기괴한 꿀꿀거림이 그 모든 소리를 압도하면서 리듬과 함께 그 심연에서 튀어나온단 말입니다. 굶주림에 미쳐버린 돼지 떼의 아우성을 뚫고 괴물 돼지들의 어미가 내는 소리……. 소용없어요! 설명할 수가 없어요. 누구도 설명하지 못할 겁니다. 그냥 끔찍하다고요! 지금 선생님은 속으로 이놈이 미쳤구나 생각하겠죠. 오락거리나 술 한잔이 필요할 거라고, 기운을 차리지 못하면 정신병원 신세를 져야 할 거라고 생각하겠죠. 선생님은 그렇게만 이해하고 있잖아요! 윗턴 박사는 반쯤은 이해하는 것 같았어요. 그런데 그분은 지푸라기라도 잡는 심정으로 나를 선생님한테 보냈잖아요. 내가 정신병원에 가게 될 거라고 생각한 거죠. 내가 모를 줄 알아요?"

"헛소리 마!" 내가 말했지. "쓸데없는 말 관두게. 자네는 나만큼 정상이야. 내게 말하고 싶은 것을 정확히 생각하고 그것을 아주 설득력 있게 전달함으로써 내가 마음의 눈으로 자네가 본 것을 보게 하고 자네의 정신이 온전하다는 걸 보증하게 만들었으니까.

나는 자네의 사건을 조사할 생각이야. 그리고 내 추측이 맞는다면, 차단벽에 '결함'이나 '균열'이 생기는 보기 드문 사건의 하나가 될 거야. (차단벽이란 외부 괴물을 막는 자네의 정신적인 차단 능력이라고 해두지.) 우리가 이 문제를 해결할 수 있다고 자신하네. 하지만 우선은 문제에 제대로 접근해야 하는데, 그 과정에서 큰 위험이 따를 거야."

"위험해도 하겠어요." 베인스가 대답하더군. "이런 상태로 더는 버틸 수 없으니까요."

"좋아. 지금 나갔다가 5시 정각에 돌아오게. 필요한 걸 준비해 둘 테니까. 그리고 자네의 정신 상태에 대해서는 걱정 말게. 자네는 말짱해. 그리고 곧 예전처럼 안정을 찾게 될 거야. 힘내. 괜히 낙담하지 말고."

II

저 층계참 맞은편에 있는 실험실에서 오후 내내 베인스 사건에 필요한 준비를 했어. 베인스가 5시에 돌아왔을 때, 준비를 끝내고 그를 실험실로 안내했지.

6시 30분쯤에 주위가 어두워지기 시작했는데, 어둠이 오기 전에 준비를 끝냈으니 다행이었지. 나는 늘 어두워지기 전에 준비를 끝내는 편이니까.

실험실로 들어가면서 베인스가 내 팔꿈치를 툭 치더군.

"할 말이 있어요." 그는 꽤 계면쩍은 표정을 지었어. "말하기가 좀 창피하네요."

"어서 말해 봐."

그가 잠시 머뭇거리는가 싶더니 일사천리로 이렇게 말하더군.

"돼지가 꿀꿀거리는 소리라고 말했죠. 근데, 나도 꿀꿀거려요. 물론 끔찍한 일이라는 거 알아요. 내가 침대에 누워 정신을 차릴 때쯤 그 소리가 들려와요. 그 소리에 대답이라도 하듯 나도 꿀꿀거려요. 그만둘 수가 없어요. 저절로 그렇게 되거든요. 뭔가가 날 그렇게 만들어요. 이 얘기는 윗턴 박사님에게 하지 않았어요. 차마 말할 수가 없더라고요. 지금 날 미쳤다고 생각하는 거 압니다."

베인스가 불안하면서도 묘하게 쑥스러워하면서 나를 쳐다보더군.

"그건 기이한 사건들에서 이어지는 자연스러운 결과일 뿐일세. 그래도 솔직히 말해 주니 기쁘군." 나는 베인스의 등을 토닥여주었지. "자네가 말한 것과 자연스럽게 이어지는 현상이야. 나는 지금까지 자네와 비슷한 사례를 두 번 접했네."

"어떻게 됐나요?" 베인스가 묻더군. "그 사람들은 괜찮아졌나요?"

"한 명은 지금까지 건강하게 살고 있네. 다른 한 명은 미쳐버렸지만 그래도 다행이었어. 죽었으니까."

나는 그렇게 말하면서 문을 닫았고, 베인스는 경계하는 눈빛으로 주변을 둘러보았는데, 특히 실험 장치들에 신경이 쓰이는 것 같더군.

"이제 어쩌실 건가요? 위험한 실험인가요?"

"위험하지. 자네가 내 지시를 철저히 따르지 않는다면 말이지. 잘못하면 우리 둘 다 이 방에서 살아서 나갈 수 없어. 무슨 일이 벌어져도 내가 시키는 대로 하겠다고 약속하겠나?"

베인스는 방 안을 둘러보고 다시 나를 쳐다보더군.

"네." 그가 대답했고, 나도 그 친구가 중요한 순간에 약속을 지켜줄 거라 믿음이 가더군.

나는 곧 실험의 막바지 준비를 시작했네. 베인스에게 외투와 부츠를 벗으라고 했어. 그리고 머리에서 발끝까지 두꺼운 고무 전신복과 고무 장갑을 착용하라고 했지. 같은 재질의 귀마개가 부착되어 있는 헬멧도 씌웠네.

나도 비슷한 실험복으로 갈아입었어. 곧 다음 단계에 착수했지.

일단 실험실의 크기가 가로 12미터, 세로 11미터라는 걸 말해 두겠네. 그리고 바닥에는 1.3센티미터 두께의 묵직한 고무판이 깔려 있었어.

나는 그 평평한 고무판 바닥을 깨끗하게 치우고, 그 중앙에 다리 네 개가 유리로 되어 있고 탁자보가 덮인 탁자 하나와 진공관, 배터리 세트, 그 밖에 실험에 필요한 특수 장치 세 개를 가져다 놓았어.

내가 베인스에게 말했지. "자, 베인스. 이리로 와서 이 탁자 옆에 서게. 그대로 서 있어. 우리 주변에 '차단벽'을 칠 거니까. 그리고 일단 차단벽이 설치된 후에는 팔 하나 발 하나라도 절대 밖으로 넘어가선 안 돼."

우리가 방 한복판으로 간 뒤, 베인스가 탁자 옆에 서 있는 동안, 나는 우리를 중심으로 주변에 둥그렇게 진공관을 조립하기 시작했어.

최근에 완성된 신형 스펙트럼 '방어 시스템'을 사용할 생각이었지. 말하자면, 일곱 개의 원형 유리 진공관으로 구성되는데, 가장 바깥에 빨간색 그다음 안쪽 방향으로 순서에 따라 주황색, 노란색, 초록색, 파란색, 남색, 보라색의 원형 진공관을 놓는 거야.

방 안은 아직 밝은 편이었으나, 밖에 조금씩 어스름이 깔리기 시작해서 일을 서둘렀어.

유리 진공관을 조립하다가 불현듯 어딘지 신경에 거슬리는 느낌이 들기에 베인스를 쳐다봤더니, 그 친구가 탁자 옆에 서서 앞쪽을 뚫어지게 노려보고 있더라고. 아주 언짢은 기억에 빠져 있는 것 같았어.

"제발 무서운 생각을 떠올리지 말게." 내가 소리쳤지. "그런 생각은 나중에 떠올려도 늦지 않으니까. 이 특별한 방에서는 차단벽이 설치되기 전까진 그런 생각을 하지 않는 게 좋아. 일상적이거나 편안한 생각, 예를 들면 극장이나 뭐 그런 거, 게이어티 극장에서 최근에 본 걸 떠올려봐. 내가 조금 있다가 말을 걸 테니까."

20분이 지나서 우리 주변에 '방어 시스템'이 완성되자, 배터리를 연결했어. 그 무렵에 방 안은 머잖은 밤을 앞두고 어스레해졌고, 일곱 색깔의 원형 진공관이 싸늘한 빛을 뿜으며 의외로 밝게 반짝이더군.

"어이쿠!" 베인스가 소리쳤어. "아주 근사한데요. 아주 근사해!"

그때 나는 다른 장치를 조작하기 시작했는데, 특수 제작한 카메라와 혼 스피커 대신에 이어폰을 달아 개조한 축음기 그리고 원형으로 특수하게 배치된 유리 진공관들로 구성된 것이네. 이 장치에서 나온 두 개의 전선이 헬멧에 부착할 수 있도록 전극에 연결되어 있네.

내가 이 세 개의 장비를 점검하면서 설치하는 동안 밤이 왔고, 어두워진 방 안은 위쪽으로 비추는 일곱 개의 진공관 불빛에 더없이 묘하게 빛나고 있었지.

"자, 베인스. 이 탁자에 눕게. 양손을 옆구리 쪽에 가지런히 놓고 가만히 누워서 생각하는 거야. 두 가지를 명심해야 해. 하나는 거기 누워서 늘 꾸는 꿈을 자세히 떠올리는 거고. 다른 하나는 무엇을 보건 무슨 소리를 듣건 간에 또는 무슨 일이 벌어지든 간에 내가 말하기 전까지는 절대 탁자 밖으로 움직여선 안 된다는 걸세. 알겠나?"

"네. 내가 그렇게 멍청하진 않으니까 걱정 마세요. 아무튼 선생님과 함께 있으니까 이상하게 안정이 되네요."

"그렇다니 기쁘군. 그래도 혹시 모를 위험을 무시해선 안 돼. 엄청난 위험이 도사리고 있을지 모르니까. 지금 내가 자네의 머리에 이 띠를 고정할 걸세." 내가 전극을 조정하면서 베인스에게 몇 가지 지시를 덧붙였어. 잠에서 깨는 과정에서 들었다는 소음에 집중하되, 절대 잠이 들어서는 안 된다고 말이지. "나한테 말을 해서도 안 되고 신경을 써서도 안 돼. 집중하기 어려우면 두 눈을 감아."

베인스가 똑바로 눕자, 나는 유리 진공관들의 중심부를 마주 보도록 앞에 카메라를 배치했어.

내가 이 작업을 끝내자마자 초록 빛이 물결처럼 진공관들을 지나가더군. 이 빛이 사라지자, 1분 정도 완전히 어두워졌어. 곧 초록 빛이 한 차례 더 진공관을 가로질렀는데, 이번에는 물결치듯 사방으로 빛을 뿜으면서 짙은 초록에서 아주 기분 나쁜 음영에 이르기까지 다양한 명암으로 너울거리기 시작했어. 앞뒤로 왔다 갔다, 왔다 갔다 하면서.

0.5초 간격으로 이 다양한 초록 빛을 가로질러 황색, 그러니까 아주 흉하고 징그러운 노란색 빛이 깜박거리더니 느닷없이 진공관 전체를 휩쓸듯 칙칙한 붉은 빛이 반짝였어. 이 붉은 빛이 나타날 때처럼 갑자기 사라지자, 여전히 변화무쌍한 초록 빛 사이를 기분 나쁜 노란색 빛이 스쳐 가고 있더군. 진공관의 다른 색깔들은 약 0.15초마다 진공관 전체를 휩쓰는 칙칙한 붉은 빛에 가려져버렸어.

'이 친구가 소음에 집중하고 있군.' 나는 속으로 그렇게 생각하면서 실험을 서둘렀고 묘한 전율을 느꼈지. 어깨 너머로 베인스에게 이렇게 말했어.

"무슨 일이 벌어져도 무서워 말게. 자네한테 아무 문제도 없으니까!"

이번에는 카메라를 켰어. 이 카메라에는 필름이나 셀룰로이드판 대신에 기다란 종이 리본 한 롤이 준비되어 있었어. 손잡이를 돌리자, 롤이 카메라 속을 통과하면서 종이 리본이 나타났지.

롤 작업을 마치는 데 5분가량 걸렸고, 그동안 진공관 중에서 초록 빛이 가장 강하게 나타나고 있었어. 물론 0.15초 간격으로 붉은색이 진공관 전부를 휩쓸듯 스쳐 갔지. 지금까지 한 번도 들어보지 못한, 귀에 거슬리는 멜로디가 주기적으로 되풀이되는 것 같았어.

노출된 종이 리본 릴을 카메라 밖으로 꺼내서 개조한 축음기에 배치해 두었던 두 개의 '다른 장치' 속에 수평으로 놓았어. 이 종이는 이미 진공관들의 변화하는 색에 반응하고 있어서 그 표면에 기묘하고 불규칙한 소형 파동이 기록되어 있더군.

리본을 30센티미터 정도 풀어서 그 끝을 미리 축음기의 태엽 장치 원리에 따라 설치해 둔 빈 스풀 롤러에(그러니까 축음기 반대편에) 걸었지. 그다음엔 진동판을 리본 위쪽에 조심스럽게 내려놓았어. 진동판은 일반적인 바늘 대신에 멋진 철실 브러시가 장착되어 있는데, 브러시의 폭이 2.5센티미터 정도여서 리본의 폭과 짜서 맞춘 듯 딱 맞아떨어졌지. 이 섬세하고 민감한 브러시는 종이 표면에 살며시 놓인 상태였고, 장치를 작동시키자 리본이 브러시 밑을 지나가기 시작했어. 이 섬세한 '철실 브러시'가 매순간 작고 불규칙한 파동의 변화를 종이 표면에 기록했어.

내가 이어폰을 귀에 꽂는 순간, 베인스가 꿈에서 들었다는 소리를 실제로 기록하는 데 성공했다는 걸 알았지. 베인스가 기억해 내려고 애쓰는 소리를 나도 '정신적으로' 듣고 있었으니까. 무수한 돼지들이 멀리서 꽥꽥 꿀꿀 하는 희미한 소리 같은 게 들려왔어. 독특하면서도 아주 섬뜩하고 고약한 소리였어. 미처 준비를 하기 전인데도 더럽다고 할까 아주 혐오스럽다고 할까 그런 위험과 너무 가까워진 기분이 들어서 두렵더군.

이 느낌이 너무 강하고 절박해서 이어폰을 뺀 뒤, 평상심을 되찾기 위해 잠시 앉아서 방 안을 둘러보았지.

방 안은 원형 진공관으로부터 나오는 빛 속에서 낯설고 불분명해 보였어. 방 안 어디서나 괴물의 기운이 느껴졌어. 베인스가 '그곳'에서 빠져나온 후에 늘 느끼게 된다고 말한 것이 떠오르더군. 섬뜩한 뭔가가 쫓아와서 침실을 가득 채우는 것 같다던 말. 그게 무슨 뜻인지 나도 확실히 알겠더라고. 내 느낌을 설명하는 데 베인스의 표현이 딱 들어맞았어.

베인스에게 말을 하려고 고개를 돌렸는데, '방어 시스템' 중심에 이상한 것이 있더군.

자네들한테 얘기를 계속하기에 앞서 내가 그동안 시도해 온 새로운 '방어 시스템'의 특징, 즉 '집중화'에 대해 먼저 설명해야겠어.

『시그산드 필사본』[21]은 집중화에 대해 이렇게 설명하고 있지. '색깔의 변화를 피할 것. 유색광의 방벽 안에 서 있지 말 것. 색에는 사탄의 기쁨이 있기 때문이다. 빨간색과 자주색으로 무장한 사탄과 대적할 때는 심연에 머물지 말라. 극히 조심하라. 반면에 천상에 있는 신의 색깔, 즉 파란색에서는 안전하다.'

그러니까 『시그산드 필사본』의 이 진술을 토대로 새로운 '방어 시스템'을 떠올리게 된 거지. 『시그산드 필사본』에서 암시하는 '집중' 혹은

'유인'까지 포함하는 '방어 시스템'을 만들고 싶었던 거야. 아주 많은 실험을 통하여 이 스펙트럼의 극단에 있는 빨간색과 자주색이 아주 위험하다는 걸 입증했어. 너무 위험해서 실제로 외부의 힘들을 '유인'하거나 '집중'한다고 의심이 갈 정도였지. 이 색깔로 구성된 차단벽 내부에서 특정한 비율과 색조가 될 때 실험자 쪽에 어떤 행동이나 '간섭'이 있다면 그 결과는 걷잡을 수 없어지지.

이와 똑같은 맥락에서 파란색은 '전면적인 방어'를 의미하지. 노란색은 중립, 초록색은 그 범위 내에서는 뛰어난 방어력을 발휘해. 주황색은 약간 당기는 힘이 있고, 남색은 그 자체만 보면 위험한 색이지만 다른 색과 결합하면 상당히 강한 '방어 시스템'이 되지. 아직 이 진공의 원에 어떤 가능성이 있는지 10분의 일도 알아내지 못했네. 색의 배합에 따라 안전하기도 하고 지옥이 될 수도 있는 일종의 색채 오르간을 연주하는 거라고 할 수 있지. 물론 색깔별로 원마다 각각 고유한 건반이 있다고 할까.

자, 내가 '방어 시스템'의 중심에서 이상한 것을 봤을 때 기분이 어땠을지 이제 자네들도 이해하겠지. 마치 원형의 그림자가 바닥이 아니라 몇 센티미터 위에 떠 있는 것 같았어. 내가 쳐다보고 있는 동안에도 한복판의 그 그림자는 점점 더 짙어지더군. 중심에서 바깥쪽으로 퍼지는 것 같았고, 계속해서 점점 더 어두워졌어.

나는 조금도 당황하지 않고 지켜봤지. 그 빛의 조합은 내가 적절하게 변경해 놓은 '전면적인 방어' 단계였으니까. 좀 더 확실해지기 전까지는 집중화를 사용하지 않으려고 한 거야. 사실, 첫 조사는 시험 수준이지 실제로 대처해야 하는 단계는 아니었으니까.

재빨리 쪼그리고 앉아서 손바닥을 바닥에 대보았지. 이상한 느낌은 전혀 없어서 사아아이티의 악영향은 없다고 확신했지. 그건 '방어 시스템'의 구성 물질을 나쁜 쪽으로 이용하거나 위해를 끼치는 위험이거든. 사아아이티는 불을 제외하고 모든 것을 재료로 이용할 수 있지.

나는 아직 웅크리고 있는 자세였고, 그때 베인스가 누워 있던 탁자의 유리 다리가 계속 짙어지고 있던 그림자에 일부분 가려져 있다는 것과 바닥에 댄 내 손까지 점점 흐릿해지는 걸 알아챘지.

그 현상을 좀 더 거리를 두고 지켜보기 위해 일어서서 몇 걸음 뒤로 물러났지. 탁자에 뭔가 변화가 생긴 건 바로 그때였어. 이상할 정도로 낮아져 있었지.

'탁자 다리가 그림자에 가려져서 그런 거야.' 속으로 그렇게 생각했지. '흥미로운걸. 하지만 너무 진전시키진 말아야지.'

나는 베인스에게 생각을 멈추라고 소리쳤어. "잠깐 생각을 멈추게." 그런데 베인스가 아무 반응을 하지 않는 거라. 불현듯 탁자가 아까보다 더 낮아졌다는 생각이 들더군.

"베인스, 생각을 멈추라니까." 그렇게 소리치다가 퍼뜩 떠오르는 게 있더군. "이봐, 깨어나! 깨어나!" 내가 소리쳤지.

베인스는 잠이 든 거였어. 그래선 안 되는데 말이야. 위험이 두 배로 커졌으니까. 시험 결과가 더없이 만족스러운 상황인데, 하필! 그 불쌍한 녀석이 오랫동안 잠을 못 잔 탓에 완전히 녹초가 되어 있었던 거라. 내가 다가가는데도 그 친구는 꼼짝도 하지 않았고 말 한마디 뻥긋하지 않았어.

"일어나!" 내가 그의 어깨를 흔들면서 소리쳤어.

휑뎅그렁한 방에서 내 목소리가 거북하게 메아리치더군. 베인스는 시체처럼 누워 있고 말이지.

베인스를 다시 흔들다가 원형의 그림자가 내 무릎 높이까지 뒤덮은 걸 깨달았지. 지옥의 아가리 같더군. 무릎 아래쪽은 희미해져서 보이지 않았어. 발로 쿵쿵 쳐봤더니 바닥은 별문제 없이 탄탄했어. 그래도 좀 무리를 했다는 생각이 들어서 배전반의 스위치를 '완전 방어'로 바꾸었지.

그런데 탁자에서 섬뜩하고 메스꺼운 충격을 받고 뒤로 풀쩍 물러섰지. 탁자는 분명히 가라앉아 있었어. 바닥에서 탁자 위까지 60센티미터도 되지 않았고, 이미 짧아진 탁자 다리들은 마치 막대기를 물속에 넣었을 때처럼 보였어. 구덩이의 입구처럼 독특한 원 모양으로 몰려든 검은 그림자 속에서 탁자 다리 네 개가 어렴풋하게 보이더군. 내가 볼 수 있는 부분은 탁자의 맨 위 그리고 거기에 꼼짝도 하지 않고 누워 있는 베인스뿐이었어. 눈앞에서 모든 것이 검은 원 속으로 가라앉고 있었어.

III

화급을 다투는 상황이라 나는 잽싸게 두 팔로 베인스의 목과 몸통을 받치고 탁자에서 들어 올렸어. 그때 베인스가 커다란 돼지처럼 꿀꿀거렸어.

그 소리 때문에 온몸으로 섬뜩한 공포의 전율이 지나가더군. 내가 사람이 아니라 돼지를 안아 들고 있는 것 같더라고. 하마터면 베인스를 떨어뜨릴 뻔했지. 베인스의 얼굴을 불빛 쪽으로 돌리고 자세히 살펴봤어. 눈을 반쯤 뜬 상태로, 마치 나를 빤히 쳐다보는 것 같더라고.

그런데 베인스가 또 꿀꿀거리는 거야. 그 소리와 함께 작은 몸이 떨리더라고.

내가 소리쳤어. "베인스, 내 말 들려?"

그의 눈동자는 여전히 나를 응시하고 있었어. 그렇게 서로를 쳐다보고 있는데, 그가 또 돼지처럼 꿀꿀 소리를 내는 거야.

나는 한쪽 손을 빼서 그의 뺨을 호되게 후려쳤어.

"베인스, 깨어나! 일어나라니까!" 이건 차라리 송장한테 소리치는 꼴이더군. 베인스는 그냥 빤히 날 쳐다보고 있었으니까. 조금 더 허리를 굽히고 그 친구의 눈을 자세히 살펴봤어. 그 눈동자에서 무엇을 본줄 아나, 그것은 내 평생 처음 보는 확고하고 지능적이고 미친 공포였다네. 혐오감까지 단번에 사라지게 만들 정도였으니까. 이해들 하겠나?

재빨리 탁자 주변을 둘러봤어. 탁자는 원래의 높이로 돌아와 있었어. 아무리 봐도 평범한 탁자 그대로였어. 구덩이의 검은 입구 같았던 그 기묘한 그림자는 사라지고 없었어. 안심이 되더군. 미리 작동해 둔 '완전 방어' 덕택에 국소적인 '집중'의 가능성을 완전히 차단했다는 생각이 들었으니까.

베인스를 바닥에 눕힌 뒤에 주변을 살피며 어떡해야 좋을지 생각했어. '위험한 긴장감'이 방에서 완전히 사라지기 전까지 차단벽 밖으로 나가긴 어려웠어. 그렇다고 유사 수면 상태에 빠져 있는 베인스를 '완전 방어' 안에 놔두는 것도 현명하진 않았어. 준비 과정에서 뭔가 필요한 것을 빠뜨린 듯했지.

정말이지 애가 타더군. 베인스를 내려다보다가 또 충격을 받았어. 독특한 원형의 그림자가 누워 있는 베인스를 또다시 에워싸고 있었으니까. 베인스의 손과 얼굴이 마치 연한 색소를 탄, 몇 센티미터 깊이의 물에 잠긴 것처럼 이상할 정도로 흐릿하게 보였어. 그래도 두 눈만은 분명하게 보이더군. 그 두 개의 눈동자가 무표정하고 섬뜩하게 그 짙어지는 그림자를 뚫고 나를 올려다보고 있었어.

내가 재빨리 베인스를 바닥에서 들어 올리자, 그는 내 팔에 안긴 채 돼지처럼 세 번째 꿀꿀 소리를 내더군. 환장하겠더라고.

나는 베인스를 안은 채 차단벽 안에 서서 방을 또 한 번 둘러본 뒤에 다시 바닥을 내려다보았지. 그림자가 내 발을 감고서 여전히 짙어지고 있기에 냉큼 탁자 반대편으로 옮겨 갔어. 계속 노려보고 있는데 그림자가 사라져버리더군. 이번에는 다리 쪽을 내려다보다가 또 충격을 받았지. 그림자가 또 내 주위로 희미하게 몰려들고 있었으니까.

한 발 움직여보니 그림자가 사라졌어. 그러고는 또 금세 느리게 번지는 색소처럼 내 발치에 몰려들기 시작하는 거라.

나는 또 한 발 움직이면서 방의 출입문으로 돌진하기로 마음먹고 주변을 살폈지. 그런데 그 순간 그게 불가능하다는 생각이 들었어. 방 안 공기 중에 불분명한 뭔가가 차단벽 주위를 천천히 돌면서 움직이고 있었으니까.

발치를 힐끔 내려다보니, 그놈의 그림자가 두 발을 감싸면서 짙어지고 있었어. 오른쪽으로 한 발 움직이자 그림자가 사라졌고, 그동안 방 안을 또 둘러보았지. 그런데 방이 어마어마하게 넓고 낯설게 보이더라고. 아마 자네들이 이해하긴 힘들 거야.

주위를 살피는 동안, 또다시 불분명한 뭔가가 공기 중에 떠도는 게 보였어. 한 1분 정도 일정하게 그 모습을 본 것 같아. 그때쯤 그것이 차단벽을 정확히 두 바퀴 돌았어. 그때 갑자기 그것의 모습이 조금은 분명하게 보였어. 조그맣게 부푼 검은 연기 같았지.

그런데 다른 골칫거리가 생겼지 뭔가. 갑자기 심한 현기증과 함께 밑으로 가라앉는 느낌이 들더라고. 진짜 몸이 가라앉고 있었어. 겉으로는 그림자처럼 보이지만 구덩이의 입구가 분명한 그 속으로 거의 허벅지까지 잠긴 걸 보는 순간 진짜 속이 메슥거리더군. 무슨 말인지 알겠나? 베인스를 안은 채 그 괴물 속으로 빨려 들어가고 있었단 말일세.

갑자기 부아가 치밀더라고. 그래서 오른발로 힘껏 차버렸지. 물체 같은 걸 찬 건 아니었기 때문에 그림자를 획 지나간 발이 소음을 내며 부딪친 곳은 탁자였지. 온몸에 스멀거리고 따끔거리는 ─ 전기력처럼 눈에 보이지 않고 모호한 ─ 느낌이 들더군. 그게 더 강해진다면 견딜 수 없을 것 같았어. 이해들 하겠나?

내가 그 자리에서 획 몸을 돌리자, 그 고약한 것이 사라져버렸어. 하지만 탁자 옆에 멈춰 서자, 또 그놈의 원형 그림자가 잿빛을 띠면서 서서히 두 발을 에워싸더군.

탁자 반대편으로 옮겨 간 뒤에 잠시 거기에 기댔지. 엄청난 공포, 내가 지금껏 겪어본 것과는 차원이 다른 공포 때문에 머리에서 발끝까지 부들부들 떨고 있었거든. 인간이 자신의 영혼을 지키기 위해서는 결코 접근해서는 안 되는, 어떤 것에 내가 그 순간 가까이 다가간 느낌이라고 할까. 불현듯 이런 생각이 들더군. 뻣뻣해진 베인스가 내 팔에 안겨 있는 동안에 견뎌내고 있던 그 공포를 나도 순간적으로 느꼈던 건 아닐까 하는.

차단벽 외곽에 몇 개의 기묘하고 작은 구름이 나타났어. 각각의 생김새가 검은 연기를 조그맣게 훅 불어 올린 것과 똑같이 생겼더군. 내가 지켜보는 몇 분 동안 구름들이 점점 커졌어. 하지만 지켜보는 내내 '방어 시스템'의 이쪽저쪽을 계속 옮겨 다녔기 때문에 그 그림자가 또다시 발치에 모여드는 건 막을 수 있었지.

계속 위치를 바꾸긴 했지만 얼마 후에는 느린 걸음으로 '방어 시스템' 안을 빙빙 도는 것만으로도 움직임이 둔해지더군. 게다가 아주 뻣뻣해진 베인스를 안고 움직여야 했거든.

슬슬 힘들어지더군. 베인스의 체구가 아무리 작다곤 해도 알다시피 뻣뻣해진 몸을 들고 있는 건 참 고역이잖아. 그렇다고 달리 방법도 없고. 베인스가 설명하려고 애썼던, 그러니까 부분적인 정신의 분리 과정에서 육체가 무력해진 상태에 있긴 해도 나처럼 정신적으로는 깨어 있기 때문에 멈춰 서서 그를 흔들어 깨우려고도 해봤지.

미리 빨간색, 주황색, 노란색, 초록색 원의 스위치를 끄고 파란색부터 나머지 보호색 스펙트럼을 최대화했어. 파란색, 남색, 보라색의 세 색깔이 각각 방 안에 저항 진동을 일으켰지. 그러나 이것만으로는 부족했기 때문에 적정 수준 이상으로 베인스를 자극하거나 아니면 보호색을 새로 혼합하는 실험을 감행해야 하는 상황이었다네.

그 순간에도 위험은 계속 커졌어. 차단벽 외부 공기에 상당히 위험한 긴장 상태가 조성됐고, 내부의 위험도 증가하고 있었지. 그림자가 꾸준히 반복해서 나타나는 것으로 봐서 '방어 시스템'이 역부족이었어.

간단히 말해서, 독특한 상태에 빠져 있는 베인스가 사실상 '방어 시스템'의 '관문'인 것 같아서 두려웠지. 베인스를 깨우든가 아니면 위험에 대항할 수 있는 보다 강력한 저항 진동을 만들기 위해 진공의 원을 제대로 배합하지 못한다면 끝장이었어. 인위적으로 수면의 연상 작용을 일으키는 최면 효과 속에서 베인스가 실제로 잠이 들 수 있다는 가능성을 내가 왜 한사코 외면했는지 그제야 참 의아하더군.

차단벽의 저항력을 높이거나 베인스를 깨우지 못한다면, 남은 방법은 딱 하나, 출입문으로 돌진하는 수밖에 없었어. 그런데 차단벽 외부의 공기 상태를 봐선 출입문으로 간다는 건 사실상 불가능했지. 아니면 베인스를 차단벽 밖으로 내던져버리는 건데, 물론 그것도 가능한 얘기가 아니지.

이러는 동안에도 나는 계속해서 차단벽 안을 빙빙 돌고 있었어. 그런데 우릴 위협하던 위험이 갑자기 다르게 전개되기 시작하더군. '방어 시스템'의 중심에서 그림자가 지름 30센티미터가량의 새카만 원으로 바뀌었어.

원은 계속해서 커졌어. 그 모습을 지켜보자니 섬뜩하더군. 슬금슬금 퍼지더니 지름이 1미터 가까이 커졌어.

나는 재빨리 베인스를 바닥에 내려놓았어. 외부의 힘이 '방어 시스템' 내부로 진입하기 위해 어마어마한 수작을 벌이고 있었던 거야. 마지막으로 베인스를 깨워보는 수밖에 없었어. 랜싯(양날 끝이 뾰족한 의료용 칼)을 꺼내서 베인스의 왼쪽 소맷부리에 갖다 댔어.

출혈 때문에 또 기이한 일이 벌어질 테니까 나로서는 굉장한 모험이었어.

『시그산드 필사본』에 정확하진 않지만 대충 이런 내용이 언급되어 있지. "피 속에서 모든 공간에 울리는 목소리가 있다. 깊은 곳에서 괴물들이 그 목소리를 듣고 욕망한다. 또한 이 목소리는 당연히 있어야 할 육체에서 벗어나 방황하는 우둔한 영혼을 물리치는 데 더 큰 힘을 발휘한다. 그러나 위험한 시간에 피를 흘리는 자에게 화가 있으라! 피의 울부짖음을 듣는 괴물들이 있을지니."

그런 위험을 무릅써야 했지. 피가 외부의 힘들을 불러들일 테니까. 하지만 동시에 베인스의 본질, 그러니까 깊은 나락에 떨어져서 그 자신으로부터 멀어져 있는 본질의 일부에도 더 강한 울림을 전할 수 있었지.

랜싯으로 그를 찌르려다가 먼저 그림자를 슬쩍 보았어. 그 가장자리가 베인스의 오른쪽 어깨에서 60센티미터도 채 떨어지지 않은 거리까지 퍼져 있더군. 게다가 종이 끝이 까맣게 타들어가듯이 점점 더 가까워지고 있었어. 그런데 전체적인 생김새가 지금까지와는 달리 그렇게 어둡지도 않았고 유령처럼 괴이하지도 않더군. 그러니까 단순명료하게 말해서 구덩이의 검은 입구처럼 생겼더란 말이야.

"이봐, 베인스. 정신 차려 이 친구야. 정신 차리라니까!" 나는 그렇게 말하는 동시에 신속하게 그러나 깊지 않게 랜싯으로 찔렀어.

붉은 핏방울이 그의 손목을 따라 '방어 시스템'의 바닥으로 떨어졌어. 그리고 순식간에 내가 걱정했던 일이 벌어지고 말았지. 낮은 천둥소리 같은 것이 방 안을 울리더니, 차단벽 바깥의 바닥을 따라 여기저기서 아주 섬뜩한 섬광들이 물결처럼 일렁이더군.

나는 다시 한 번 흔들림 없는 단호한 목소리로 베인스를 불러 깨웠어. 그러는 동안에도 섬뜩한 원형 그림자가 '방어 시스템'의 중심 바닥에서 시시각각 번져왔고, 나와 베인스는 그 해괴한 검은 공간 — 검은 구덩이의 아가리로 나를 올려다보는 듯한 검은 공간 — 위에 붕 떠 있는 것처럼 보였지. 그나마 베인스의 손목을 붙잡고 그 곁에 쪼그리고 앉아 있을 때 바닥이 여전히 단단하게 느껴진 게 다행이었지.

"베인스!" 이번에도 소리치지 않으려고 꾹 참으면서 베인스를 불러봤어. "베인스, 일어나! 일어나라니까! 일어나!"

그러나 베인스는 꼼짝도 하지 않은 채 섬뜩한 영원의 시간을 넘어서 나를 바라보듯 그저 공포의 눈길만 보내고 있더군.

IV

어느새 그림자는 우리 주변을 온통 검게 물들여놓았고, 나는 또 오싹한 현기증을 느꼈어. 베인스를 안고 벌떡 일어서서 첫 번째 보호 서클, 즉 보라색 진공관을 건너서 보라색과 남색 진공관 중간에 멈춰 섰어. 베인스의 무기력한 몸이 남색과 파란색 진공관 밖으로 삐져 나가지 않게 신경을 곤두세우면서 말이야.

이미 '방어 시스템'의 한복판을 완전히 뒤덮은 그 검은 입에서 희미한 소리, 뭐랄까 가까운 곳이 아니라 어딘지 모를 심연에서 나를 겨냥한 듯한 소리가 들려왔어. 소리가 너무 희미하고 혼란스럽긴 해도, 그게 멀리서 들려오는 수많은 돼지의 울음소리라는 건 분명했어.

바로 그때, 베인스가 마치 화답하듯 내 품에서 꿀꿀 소리를 내더군.

유리 진공관 사이에 서서 나의 왼쪽 팔꿈치 밑으로, 끝없는 지옥으로 떨어지는 듯한 그 검은 그림자의 입을 내려다보자니 현기증이 나더군.

사태가 걷잡을 수 없이 진행되는 데다 그 과정이 너무 완만하면서도 너무 갑작스러워서 정말이지 자신감을 완전히 잃어버렸지. 사고력이 마비된 것 같았고, 생각할 수 있는 것이라고는 스무 걸음 거리에 출입문과 정상적인 세계가 있다는 것뿐이었어. 그런데도 나는 상상 초월의 위험에 직면한 채 그것을 피하려면 어떡해야 하는지 몰라 망연자실해 있었지.

이렇게 말하면 아마 자네들이 이해하기 쉬울 거야. 세 개의 진공관에서 발산되는 푸르스름한 빛을 통해서 보니까, 수백 수천의 검은 구름 조각 같은 작은 연기들이 꾸준히 차단벽을 에워싸고 있더라고.

베인스의 뻣뻣한 몸을 두 팔에 안고 있는 내내 녀석이 꿀꿀거리는 역겨운 소리에 지지 않으려고 얼마나 기를 썼는지 몰라. 이제는 너무 작아서 나한테는 거의 들리지도 않는 그 돼지 떼 소리에 대답을 하듯 베인스가 20초 내지 30초 간격으로 꿀꿀거리더라고. 육체의 죽음과 영혼의 죽음 사이에서 아슬아슬 균형을 잡고 서 있는 상황이니, 차라리 시체를 안고 있는 게 낫겠다 싶더군.

팔꿈치와 어깨에 닿을 듯 가까이 입을 벌리고 있는 구덩이에서 갑자기 너무도 희미하고 종잡을 수 없는 메아리처럼 아득히 먼 돼지의 꿀꿀거림이 또 들려왔어.

베인스가 돼지처럼 시끄럽게 대꾸했고, 인간으로서 도저히 참을 수 없는 역겨움 때문에 온몸 구석구석에서 거부반응이 치밀더군. 머리에서 발끝까지 식은땀이 흘렀어. 곧이어 낮은 천둥소리처럼 돼지 소리가 방 안을 울리면서 온몸의 관절 마디마디가 덜걱거리고 불에 타들어가는 것 같아서 나는 온 힘을 다해 그 거대한 그림자의 아가리 속을 내려다봤지.

구덩이 속을 보기 위해 몸을 돌리는 바람에 순간적으로 베인스의 발꿈치가 파란색 진공관 밖으로 살짝 나갔는데, 차단벽 외부의 '장력'이 베인스와 내게 고스란히 전해지더군. 만약에 보라색 진공관과 파란색 진공관 사이에 있지 않고 차단벽 가장 안쪽에 서 있었더라면, 그 결과는 훨씬 더 심각했겠지. 실제로 감각이 손상된 느낌이 들었어. 그건 건강한 사람이 외부의 괴물에 지나치게 가까이 접근했을 때 늘 일어나는 현상이지. 자네들도 '관문 사건[22]'에서 그 '손'이 아주 가까워졌을 때 내가 경험했다고 한 그 느낌, 기억하고들 있겠지?

물리적으로 나타난 결과가 아주 흥미로웠지. 베인스의 왼쪽 부츠가 찢어졌고, 바지 양쪽은 무릎까지 그을렸으니까. 게다가 다리에 불규칙한 소용돌이 모양의 푸르스름한 자국이 무수히 찍혀 있더라고.

나는 베인스를 안고서 온몸을 부들부들 떨었어. 머리가 아프고 온몸의 관절이 묘하게 마비된 것 같았어. 그래도 육체의 고통은 정신의 그것에 비하면 나은 편이었지. 끝장이다 싶었거든! 가동 중인 보라색 진공관과 파란색 진공관 사이의 거리는 불과 80센티미터 정도, 게다가 이건 남색 진공관의 두께 2.5센티미터를 포함한 거리였기 때문에 몸을 돌리거나 움직이거나 할 여유가 없었으니까. 그러니 또 다른 충격을 받으면 어쩌나 노심초사하면서도 어찌해 볼 방법은 없으니 그저 석상처럼 서 있을 수밖에.

왼쪽의 검은 아가리에서 더는 소리가 들려오지 않더군. 그래서 조금씩 안정감을 되찾았고, 생각을 할 수 있게 됐지. 구덩이를 들여다보려고 다시 한 번 그쪽으로 몸을 숙였지. 동그란 아가리의 윤곽이 또렷해지고 단단하다는 느낌까지 들어서 마치 검은 유리로 만든 것 같더라고.

좀 애매하긴 하지만, 검은 아가리 밑으로 꽤 멀리까지도 그런 단단함이 느껴졌어. 그 기이한 현상의 중심은 단순하고도 완전한 암흑, 방 안의 빛을 빨아들인 것 같은 칠흑의 어둠이었어. 아무것도 보이지 않더군. 완벽한 침묵 외에 그래도 혹시 그 속에서 나오는 것이 있었다 해도, 그건 시나브로 나를 죄어오는 공포의 암시였을 거야.

나와 베인스가 파란색 진공관에서 벗어나지 않게 조심하면서 몸을 돌렸어. 그때 파란색 진공관 외부에서 일어난 확연한 변화를 보았지. 구름 조각 같은 검은 연기들이 기하급수적으로 늘어나서 하나의 크고 음산한 원형의 구름 벽을 만들고 있더군. 이 구름 벽이 끝없이 주위를 빙빙 에워쌌기 때문에 내 시야에서 방의 다른 부분은 완전히 가려져 버렸어.

내가 그 연기들을 지켜본 시간이 1분 정도였을 거야. 곧이어 방이 조금씩 흔들렸어. 흔들림은 3, 4초 계속되다가 사라졌어. 그러나 30초 정도 후에 다시 흔들렸고, 그때부터 반복되더군. 흔들림 속에서 기이한 진동 같은 것이 느껴졌는데, 불현듯 '귀신 들린 자비호 사건[23]'이 떠오르더군. 자네들도 그 사건 기억하지?

방이 또 흔들렸고, 오싹한 빛의 물결이 차단벽 외부를 도는 것 같았어. 그리고 갑자기 방 안에 기이한 소리가 가득했어. 꿀꿀 꽥꽥 하는 돼지 소리가 무시무시할 정도로 크게 휘몰아쳤어.

소리가 멈추고 완벽한 침묵이 흘렀어. 뻣뻣한 베인스가 답을 하듯 내 품에서 두 번 꿀꿀거렸지. 돼지 소리가 또 폭풍처럼 쇄도하더니 방 안이 온통 포악한 짐승의 포효로 떠들썩해졌지. 뺙뺙, 꽥꽥, 꿀꿀……. 그런데 소리가 조금씩 잦아들 즈음, 이번에는 기괴한 괴물의 목구멍에서 나오는 것처럼 단 한 번의 엄청난 꿀꿀 소리가 들려왔고, 곧이어 무수한 돼지의 합창이 귀청을 찢을 듯 방 안을 다시 울렸어.

혼란 그 이상의 뭔가가 있었어. 거대한 악마의 리듬이라고 할까. 갑자기 무수한 돼지의 웅얼거림과 꿀꿀거림이 뚝 그치는가 싶더니 역시 귀청을 찢을 듯한 꿀꿀 소리가 또 한 번 울리더군. 그리고 그 소리에 자극을 받은 것처럼 무수한 돼지들의 소리가 방 안에 가득해졌지. 손목시계를 확인하지 않더라도 7초 간격으로 정체불명의 괴물이 우레처럼 내지르는 한 번의 거대한 꿀꿀 소리가 들려왔어. 그리고 인간인 베인스가 내 두 팔에 안긴 채 그 돼지 소리에 맞춰 괴물처럼 고집스레 꿀꿀거리는 거라.

그야말로 머리에서 발끝까지 후들거리고 식은땀이 쏟아지더군. 뭐라고 했는지는 모르지만, 아무튼 내가 기도를 했던 거 같아. 그때의 감정은 단 한 번도 느껴보거나 감당해 본 적이 없는 거였어. 80센티미터의 공간에 서서 꿀꿀거리는 뭔가를 두 팔에 안은 채 거대한 심연에서 터져 나오는 지옥의 소리를 듣고 있어야 했으니까. 게다가 오른쪽에는 차단벽에서 벗어나는 순간 내 몸을 박살 내버릴 '장력'이 도사리고 있었지.

그런데 어디선가 불쑥 들려온 쾅 소리와 함께 그 어마어마한 돼지 소리가 뚝 그쳤어. 방 안은 침묵과 상상할 수 없는 공포로 채워졌지.

침묵은 계속됐어. 헛소리처럼 들릴지 모르지만, 침묵이 방 주변에 졸졸 흐르는 것 같았어. 왜 그런 느낌이 들었는지는 모르겠어. 아무튼 작은 소리로 꿀꿀거리는 베인스를 안고 서 있는 동안 내가 느낀 감정을 정확히 표현하려면 그렇게 말하는 수밖에 없으니까.

음산한 원형의 새카만 구름 벽이 철통처럼 차단벽을 에워쌌고, 그것도 모자라 계속해서 완만하면서도 중단 없는 속도로 포위망을 겹겹이 싸고 있었지. 그리고 내가 볼 수 없는 원형의 검은 구름 벽 뒤에서 죽음과도 같은 침묵이 졸졸졸 방 안을 돌더라 이 말이야. 조금이라도 이해하겠나?

그건 내가 정신적으로 또 육체적으로 광기에 가까운 긴장감을 견디고 있다는 걸 방증하는 징후 같았어. 침묵이 방 안을 졸졸졸 굽이돈다, 내 머리가 이렇게 고집하고 있었다니 참 흥미로운 일이야. 내가 유사 광증 상태에 있었거나 아니면 육체적으로 지각과 감각이 비정상적으로 바뀌었거나 둘 중에 하나니까 말일세. 그래서 침묵이 추상적인 성질이 아니라 견고한 실체로 바뀌었다고 할까, 좀 애면 비유긴 하지만, 눈에 보이지 않는 공기 중 습기가 물로 침전되면서 눈에 보이는 실체를 띠듯이 말이야. 나는 이 생각에 무척 흥미를 느끼는데, 자네들은 어때?

그런데 뭔가 더 극한 공포가 다가오고 있는 느낌이 느리면서도 점점 더 강해지더군. 이것이 감각인지 인식인지 아니면 달리 뭐라고 해야 할지는 모르겠으나, 너무나 강렬해서 갑자기 숨이 턱 막히는 기분이 들더군. 더는 버틸 수 없다는 느낌이 들었어. 게다가 또 다른 일까지 벌어진다면, 그땐 정말 권총으로 베인스와 내 머리를 쏴서 이 끔찍한 일을 끝내버릴 생각이었지.

그런데 이런 기분은 곧 사라졌어. 어딘지 힘이 나는 것 같았고, 좀 더 적극적으로 상황과 다시 맞설 수 있을 것 같았어. 그뿐만 아니라 아직은 막연한 수준이긴 했지만, 처음으로 사태를 조금은 안전한 방향으로 끌어갈 수 있는 방법이 떠올랐거든. 하지만 그 방법을 효과적으로 구체화하기에는 아직 멍한 상태였어.

그때 멀리서 낮게 우는 소리가 방 안으로 스며들었고, 나는 위험한 일이 곧 벌어질 것을 직감했어. 베인스의 발이 파란색 진공관 밖으로 나가지 않게 조심하면서 왼쪽으로 천천히 몸을 숙인 뒤, 왼쪽 팔꿈치 가까이서 밑으로 까마득히 내려가는 구덩이의 어둠을 들여다보았지.

우는 소리는 사라졌어. 하지만 어둠 속 저 아래 뭔가, 그냥 멀리서 반짝이는 점이라고 할까 그런 게 있더군. 10분가량을 묵묵히 그 점을 내려다보고 있었어. 점이 매순간 커져서 훨씬 또렷해지더군. 그래도 여전히 아득히 멀고 까마득히 깊은 곳에 있었어.

그런데 또 낮게 우는 소리가 들려왔고, 통나무처럼 내 품에 안겨 있던 베인스가 짐승처럼 길게 울면서 답을 하기에 이건 또 새로 개발한 역겨운 레퍼토리로구나 싶더군.

곧이어 아주 신기한 일이 벌어졌어. 검은 유리 같던 구덩이의 가장자리가 갑자기 환하게 이글거리기 시작했거든. 빛은 가장자리를 따라 빙빙 돌면서 묘하게 연기를 냈는데, 그 도는 방향이 차단벽 외부에서 불룩해진 원형의 검은 구름 벽이 에워싸는 방향과는 정반대였어.

이 독특한 빛이 결국 사라지자, 갑자기 그 깊은 구덩이에서 섬뜩한 어떤 것 혹은 가공할 만한 분위기가 위로 솟구쳐 올라오는 것이 느껴졌어. 펄럭이는 느낌이라고 할까, 아무튼 이렇게 말해야 가장 정확한 표현일 거야. 하지만 정신적인 피로감 때문에 그렇게 느낀 건 아닌지 설명하기가 곤란하군. 내 의지로 그것을 물리치지 못한다면 내 본질이 훼손될 거라는 느낌이 들었어.

나는 재빨리 구덩이에서 물러났어. 역겨운 힘이 미지의 심연에서 솟구쳐 올라오는 동안 그 구덩이 가까이 있고 싶지 않았거든.

그렇게 '방어 시스템'의 중심에서 벗어나, 잔뜩 긴장한 상태로 새로운 것을 보게 되었지. 끊임없이 차단벽의 외부를 빙빙 돌고 있는 그 음산한 구름 벽에 뭔가가 아주 많이 있었기 때문에 그게 뭘까 생각하기 시작했지.

제일 먼저 발견한 것은 빙빙 도는 구름 벽에 생긴 묘한 동요였어. 바닥에서 50센티미터 정도 위쪽, 내가 서 있는 바로 앞쪽이었어. 구름 벽을 '휘젓는' 기묘한 움직임. 마치 뭔가가 구름 벽을 마구 주무르고 있는 것 같았지. 그 독특한 움직임이 이는 지점은 지름이 채 30센티미터도 되지 않았고, 계속해서 나를 정면으로 마주 보는 위치에 있지도 않았어. 그러니까 회전하는 벽을 따라 그 위치가 바뀌었어.

그 지점이 또 내 앞을 지나갈 때, 내가 있는 쪽으로 그러니까 차단벽의 안쪽으로 그 지점이 약간 불룩해져 있었어. 그리고 그것이 다시 멀어지는 동안, 다른 지점에서도 그와 비슷한 움직임이 포착됐지. 그뿐만 아니라 천천히 회전하는 검은 벽의 각각 다른 곳에서 세 번째, 네 번째 움직임이 있더군. 그 휘젓는 움직임은 전부 바닥에서 50센티미터 정도의 높이에서 일어나고 있었어.

첫 번째 지점이 다시 내 앞까지 돌아왔을 때, 내가 있는 쪽으로 조금 불룩 튀어나왔던 부분이 이젠 아주 분명한 혹처럼 커져 있더군. 움직이는 벽 여기저기서 기묘한 돌출물들이 보였어. 그것들은 계속해서 차단벽 안쪽으로 부풀면서 동시에 길어졌어.

최대한 부풀어 올랐던 그것 중 하나가 갑자기 터졌다고 할까 열렸다고 할까 아무튼 창백한 뭔가의 끝 부분이 튀어나왔는데, 아무리 봐도 주둥이가 분명했어. 그것은 순식간에 사라졌지만 똑똑히 봤어. 그리고 1분도 채 되지 않아서 구름 벽에서 또 다른 것이 쑥 튀어나왔다가 쏙 들어가버리더군. 그때부터 회전하는 기이한 검은색 구름 벽 아래쪽 여기저기서 돼지의 주둥이가 튀어나왔다가 들어갔다 하는 거라.

나는 그 광경을 아주 독특한 정신 상태에서 지켜보고 있었지. 전후좌우 어디서나 비정상적인 상황이 주는 압박이 너무 커서 오히려 공포에 면역이 될 정도였어. 무슨 말인지 알겠지? 일시적으로 멍한 상태가 되어서 그 주둥이들과 공포가 덜 현실적으로 보였던 거지. 마치 질주하는 열차 안에서 어린아이가 빠르게 스쳐 지나가는 야경 중에 어느 공단의 용광로에 묘하게 이끌려서 바라보는 상황이랄까. 나도 그렇게 주둥이들을 보고 있었던 거야. 자네들을 이해시킬 수 있다면 좋으련만.

내 팔에 안긴 베인스는 조용하고 뻣뻣했어. 두 팔과 등이 아팠고 나중에는 온몸 구석구석이 결리더라고. 하지만 이런 고통은 내가 일시적으로 정신에서 육체의 자각에 주목했을 때, 그러니까 팔과 등의 피로를 잠시나마 덜어볼 요량으로 베인스를 안은 자세를 바꾸는 과정에서 약간만 느꼈을 뿐이야.

갑자기 새로운 상황이 전개됐어. 낮지만 강렬한 한 번의 꿀꿀 소리가 난폭하게 방 안에 울려 퍼졌지. 그 소리를 듣고 움직임이 없던 베인스가 부르르 떨더니 화답하듯 새끼 돼지의 소리로 세 번 꿀꿀거렸어.

회전하는 구름 벽의 위쪽에서 뭔가가 쑥 튀어나왔어. 곧이어 돼지의 발과 다리가 관절 부위까지 튀어나오더니 잠시 허공을 차더군. 바닥에서 3미터 정도 높이였어. 그것이 서서히 사라지는 동안, 구름 벽 반대편에서 낮게 꿀꿀 하는 소리가 나다가 갑자기 꿀꿀 꽥꽥 하는 돼지의 사나운 울음소리와 뒤섞였어. 꿀꿀하면 더 크게 꿀꿀, 꽥꽥하면 더 크게 꽥꽥하는데 그야말로 공포의 크레센도였어. 지옥의 소굴에서 벌어지는 짐승의 성장, 갈망, 열광과 행동……. 아무리 내가 설명하려고 해봐야 부질없는 짓이지. 그 꿀꿀거림과 울부짖음과 으르렁거림이 내게 어떻게 전달됐는지 설명할 길이 없으니 나 자신도 답답하고 기가 막히는군. 영혼의 밑바닥에 도사린 그 기괴함과 공포감이 너무도 불가사의해서 온갖 고통과 공포를 일으키는 죽음 자체에 대한 일반적이고 단순한 공포는 이 섬뜩한 으르렁거림에 깃든 묘연한 공포에 비하면 차라리 평화롭고 더없이 신성하게 느껴질 정도였지. 나는 그 소리와 함께 방 안에 있었던 거야. 바로 저 방 말이야. 그런데도 벽으로 둘러싸인 방이 아니라 거대한 복도에서 울리는 메아리 같았어.

사방에서 돼지 소리의 난장판이 펼쳐지고 있는 동안, 홀연히 꿀꿀하는 한 번의 돼지 소리가 들려왔어. 그 무렵에는 일말의 의심도 없이 그 괴물 돼지의 소리가 실제로 들려온다고 확신했지.

『시그산드』는 이 괴물 돼지를 이런 식으로 묘사하고 있지. "이 돼지를 다스릴 수 있는 힘은 오직 전능자에게만 있다. 잠들었을 때나 위험한 시간에 이 돼지의 소리를 듣게 된다면, 쓸데없는 간섭을 삼가라. 이 돼지는 외계의 괴물이며, 어떤 인간도 이것의 울음소리를 듣고서 이것에 가까이 가거나 간섭할 수 없기 때문이다. 이 돼지가 태초를 다스렸으니 종래에는 또다시 이 세계를 다스릴 것이다. 한때 이 지구를 다스렸으니 또다시 그러기를 갈망할 것이다. 그대가 계속해서 간섭하여 이 짐승이 가까이 오도록 방치한다면, 그대의 영혼에 치명적인 위해가 가해질 것이다. 진실로 말하건대, 만약 그대가 이 극한 위험을 자초한다면, 이 돼지야말로 공포의 상징이니 그대의 기억은 고난의 형벌을 면치 못하리라."

내용이 더 있지만 대충 요점만 전달한 것이고, 나머지를 다 기억할 수도 없군그래.

내 팔에 안긴 베인스는 여전히 돼지 소리만 들려올라치면 역겹게 꿀꿀거리고 있었지. 내가 미치지 않은 게 기적이었어. 아마 상황의 중압감 때문에 멍한 상태가 되어 지각 능력이 둔해지다 보니 오히려 매순간을 버티는 데 득이 된 것 같아.

1분 아니 5분 정도 지났을까, 둔해진 감각을 헤집는 경고처럼 갑자기 새로운 느낌이 들었어. 고개를 돌렸지. 하지만 뒤에는 아무것도 없었기에 왼쪽 팔꿈치 아래부터 깎아지른 듯한 검은 구덩이로 몸을 숙이고 내려다보았어. 그 순간 천둥소리 같은 돼지의 소음이 그쳤고, 수 킬로미터 아래의 검은 대기 속에 뭔가 — 까마득히 깊숙한 곳에 떠 있는 창백하고 거대한 돼지의 얼굴이 — 보이는 것 같았어.

내가 보고 있는 동안, 점점 더 커지더군. 움직이지 않는 것 같은데도 그 창백한 돼지의 얼굴이 심연으로부터 올라오고 있었어. 불현듯 내가 진짜 돼지를 보고 있다는 걸 깨달았어.

V

꼬박 1분 동안 어둠을 헤치고 내려다본 것은 어마어마한 진공의 공간에서 아득히 떠 있는 새하얀 행성처럼 유영하는 그 얼굴이었어. 나는 퍼뜩 정신을 차렸는데, 말하자면 원래의 감각과 지각을 되찾은 셈이지. 지금까지는 알맞다 싶을 정도의 중압감으로 생긴 멍한 마비 상태에서 그 덕을 본 반면, 이번에는 갑자기 가공할 만한 극한의 공포를 사실로 맞닥뜨림으로써 무기력에서 행동으로 반동이 일어난 셈이지. 순식간에 무기력을 박차고 최고의 상태를 회복한 거야.

상황을 극복하는 과정에서 내가 경계를 완전히 꿰뚫고 들어왔다는 걸 깨달았지. 그리고 인간의 영혼이 있어서는 안 될 곳에, 불과 몇 분만 있어도 목숨을 잃게 될지 모르는 곳에 서 있다는 것도.

베인스가 '취소선'을 넘어섰는지 아닌지는 확신이 서지 않더군. 나는 그를 진공관 중간 — 다시 말해 보라색 진공관과 남색 진공관 사이 — 에 조심스럽지만 재빠르게 내려놓고 옆으로 뉘었지. 베인스가 누운 상태에서 천천히 꿀꿀거리더군. 권총을 뽑아 들어야 할 섬뜩한 순간이 바로 지금이구나 싶었어. 심연의 그 괴물이 더 가까이 오기 전에 우리 스스로 끝장을 내는 것이 최선이라고 생각했으니까. 베인스는 뭐랄까, 괴물의 '감응력'이라고 해두지, 아무튼 이미 괴물의 영향권 내에 있어서 인간이랄 수 없는 상태였지. 병적이고 정신적인 변화, 다시 말해 영혼의 파괴로 설명할 수밖에 없는 '검은 베일 사건[24]'에서 펜타클 바깥에 있던 애스터에게 벌어졌던 일이 되풀이될 것 같았어.

그런데 그때 뭔가가 총을 쏘지 말라고 말하는 것 같더군. 미신적인 얘기로 들릴 거야. 하지만 그 순간 나는 베인스를 죽일 작정이었고, 그것을 말린 것은 외부로부터 온 분명한 메시지였어.

온몸에 거대한 희망의 전율이 일더라고. 왜냐하면 외부 서클의 회전을 제어하는 힘들이 개입하고 있었으니까. 하지만 그런 개입이 일어났다는 사실 자체가 오히려 우리가 얼마나 위급한 영혼의 위기에 처해 있는가를 새삼 일깨우더군. 그 불가사의한 방어력은 오로지 인간의 영혼과 외계 괴물의 중간에서만 개입하는 것이니까.

그 메시지를 받는 순간 나는 용수철처럼 벌떡 일어나 구덩이를 향해 돌아섰지. 보라색 진공관을 넘어 곧장 검은 구덩이 속으로 돌진했어. 중앙에 있는 책상형 배전반을 조작하기 위해선 어쩔 수 없었어. 그 검은 구덩이 속으로 추락할지 모른다는 두려움을 떨칠 수 없더군. 바닥은 끄떡없이 단단했어. 하지만 거꾸로 뒤집힌 칠흑의 밤을 밟고 가듯 검은 공간 위의 허공을 걷는 기분이 들더군. 게다가 발아래 까마득히 깊은 곳에서 점점 가까워지고 있는 돼지의 얼굴이 있었지. 심연에서 나온 황당한 침묵의 괴물, 어마어마한 암흑의 액자에 담긴 것처럼 떠 있는 창백한 돼지의 얼굴.

빠르고 초조하게 성큼성큼 두 걸음 만에 한복판의 탁자에 닿고 보니, 탁자의 유리 다리 네 개가 허공에 떠 있는 것 같았어. 배전반을 움켜잡고 파란색 진공관의 조절기에 두른 고무판을 밀어 올렸어. 파란색 진공관의 배터리는 일곱 개 중에서 우측의 것으로, 각각의 배터리마다 해당 진공관을 가리키는 머리글자를 써놓아서 위급할 때 필요한 배터리를 쉽게 고를 수 있었지.

B(파란색) 스위치를 힘껏 올리자, 내가 고작 두 걸음 거리에서 감행한 위험이 얼마나 심각한 것인지 경고하는 징후가 나타났어. 갑자기 지독한 현기증이 다시 밀려왔고, 모든 것이 물속에 잠겨 있는 것처럼 흐

릿한 매질을 통해 보이는, 오싹한 순간을 경험했으니까.

내 발밑으로, 두 다리 사이 저 아래서 독특한 방식으로 점점 더 가까워지고 커지는 돼지가 보이더군. 그것이 시시각각 내게 접근해 오는 것 같았어. 그런데 불현듯 내 몸이 진짜로 가라앉는 느낌이 들더라고.

나를 구덩이 속으로 밀어 넣으려는 가공할 만한 힘이 느껴졌으나, 나는 의지력을 전부 쥐어짜내서 시야를 가려버린 그 뿌연 유령 속으로 몸을 던짐으로써 베인스가 누워 있는 보라색 진공관으로 돌아갔지.

거기 쪼그리고 앉아서 두 팔을 뻗어 파란색 진공관의 고무 받침판 밑에 양쪽 집게손가락을 쑤셔 넣었어. 그리고 고무 받침판이 바닥에서 떨어져 손가락을 집어넣을 수 있을 때까지 조심조심 들어 올렸지. 폭 5센티미터의 고무 받침판 위에서 이글거리고 있는 진공관의 표면에 손가락이 닿지 않게 조심하면서 말이야.

그렇게 파란색 진공관의 일부분을 들고서 아주 천천히 일어섰어. 내가 서 있는 위치는 남색과 보라색 진공관 중간, 다시 말해 언제 닥칠지 모르는 죽음과 나 사이에는 오로지 남색 진공관만 남아 있었지. 만에 하나 내가 들어 올릴 때처럼 비정상적인 장력이 가해져 파란색 진공관이 부러지기라도 하는 날에는 일말의 희망마저 수포로 돌아갈 테니까.

그때 기분이 어땠는지 자네들도 짐작할 거야. 따끔거리는 불쾌감이 전해졌는데, 특히 양쪽 손가락 끝 부분과 손목에서 가장 심했지. 게다가 파란색 진공관이 모종의 미립자들에 의해 무수히·충격을 받는 것처럼 이상하게 진동을 일으키는 것 같았어. 양손에서 각각 60센티미터쯤 떨어진 지점에서 빛나는 유리 진공관을 따라서 작은 불꽃들이 튀면서 기이한 후광 형태로 빙빙 돌더군.

남색 진공관 너머로 발을 디디면서 파란색 진공관을 회전 중인 검은 구름 벽 쪽으로 천천히 밀고 나가자, 작고 희미한 섬광들이 파란색 진공관 위로 물결처럼 일렁이더군. 이 섬광들은 유리 진공관을 따라 움직이다가 파란색 진공관과 남색 진공관의 교차점에 이르러 탁 하는 날카로운 소리와 함께 꺼져버렸다네.

파란색 진공관을 들고 조심조심 천천히 나아가는 동안, 아주 기이한 일이 벌어졌어. 그게 뭐고 하니, 회전하는 구름 벽이 파란색 진공관을 피해 불룩해졌다가 바람이 빠지듯 뒤로 물러가는 것 같았어. 나는 들고 있던 파란색 진공관 부분을 바닥에 내려놓은 뒤, 베인스를 넘어서 구덩이의 입구까지 곧장 걸어가서 파란색 진공관의 반대쪽을 탁자 위로 들어 올렸어. 원형의 진공관이 두 동강이 날 것처럼 끽끽거렸지만 다행히 그런 상황은 벌어지지 않았어.

그 암흑의 구덩이 속을 다시 들여다보았을 때, 밤의 원 안에 떠 있는 돼지의 오싹하고 창백한 머리가 있었어. 그것은 아주 조금, 그냥 흐릿하게 빛나고 있는 것 같았어. 그리고 아주 가까이에 있었지. 그 검은 진공의 공간에서 거리를 판단할 수 있는 사람은 없을 테지만.

나는 방금 전처럼 다시 파란색 진공관의 가장자리를 들어 올려서 남색 진공관의 반을 지나갈 때까지 밀었지. 그다음 베인스를 '방어 시스템'에서 벗어난 파란색 진공관 부분에다 옮겨놓았어. 곧바로 파란색 진공관을 들어 올리고 최대한 빠르게 앞으로 밀었어. 진공관의 접합 부분마다 끽끽 소리를 냈고, 내가 가한 힘 때문에 진공관 전체가 금방이라도 부서질 듯 덜컥거렸어. 한편 회전하는 구름 벽은 계속해서 파란색 진공관에 밀려 마치 보이지 않는 바람에 날리듯 뒤로 물러가더군.

이따금씩 작은 섬광들이 파란색 진공관 위에서 튀어 올랐고, 파란색 진공관을 차단벽 외곽으로 밀고 갈 때까지 과연 '장력'을 버텨줄지 의심스러워지더군.

일단 구름 벽이 걷히면 우리 주변의 비정상적인 힘도 사라질 거라고 기대한 거야. 그리되면 다시 '방어 시스템'과 부정적인 '장력'에 집중할 수 있으니까.

그때 뒤에서 탁 하는 날카로운 소리가 들려왔어. 파란색 진공관이 심하게 요동치면서 보라색과 남색 진공관을 완전히 벗어나 바닥에 떨어지더군. 그와 동시에 낮게 울리는 천둥소리처럼 굉음과 기묘한 으르렁거림이 들려왔어. 검은 구름 벽이 엷어져서 방 안이 한결 또렷해졌지만 그래도 간간이 바닥을 가로질러 일렁이는 푸르스름한 빛 외에는 아무것도 보이지 않더군.

고개를 돌려 '방어 시스템'을 확인해 보니, 회전하는 검은 구름 벽에 에워싸여 있는데, 바깥에서 보니까 구름 벽이 아주 이상하더라고. 바닥에서 천장까지 소용돌이치는 검은 안개가 깔때기 모양으로 조금씩 흔들렸고, 그 벽을 통해서 흐려졌다가 또렷해졌다가 하면서 반짝이는 남색과 보라색 진공관이 보였어. 내가 그렇게 지켜보고 있는 동안, 갑자기 섬뜩한 존재가 나를 공포로, 정신적 치명상이나 다름없는 공포로 짓누르며 방 안 전체를 가득 채우는 것 같았어.

파란색 진공관 안에서 베인스 곁에 쪼그리고 앉아 있는 동안, 심신의 모든 기능이 일시적으로 마비된 상태여서 탈출 계획은 고사하고 될 대로 되라는 마음까지 들더라고. 당장의 위기에선 이미 벗어났다고 느꼈기에 사소한 공포에는 놀라우리만큼 무덤덤해진 거지.

그동안 내내 베인스는 조용히 모로 누워 있었어. 베인스를 똑바로 뉘고 그의 상태를 감안해 눈을 마주치지 않으려고 조심하면서 눈동자를 살폈지. 그가 만약 이미 '취소선'을 넘은 상태라면, 위험에 처할 테니까 말이야. 다시 말해서 만약에 베인스의 '방황하는' 정신 일부가 돼지에게 동화되기라도 한다면, 베인스는 정신적으로 영향을 받기 쉬운 상태가 되어, 가뜩이나 겉모습만 사람인 상태에서 돼지의 괴물 자아에 압도될 것이고 결국엔 뭐랄까, 육체적으로도 전염되는 단계라고 할까, 정확하게 표현하긴 어렵지만, 아무튼 그런 단계까지 이를 수 있기 때문이었어. 이러한 힘은 무엇보다 눈을 통해서 전염되기 쉽고, 극도로 위험한 정신착란을 일으킬 수 있지.

그런데 베인스의 두 눈 모두 시력이 마비되어 있더군. 내가 말하는 것은 눈동자가 아니라 '정신의 눈'에서 육체의 눈으로 전달되는, 그래서 육체의 눈에 시각 대신에 생각의 인상을 전하는 반사작용일세. 아마 무슨 말인지 이해하기 힘들 거야, 그렇지?

난데없이 방 안 여기저기서 발굽 소리가 들려왔어. 마치 수천 마리의 돼지가 옴짝달싹 못하는 상황에서 갑자기 풀려나 미친 듯이 돌진하는 것처럼 방 안이 온통 발굽 소리로 진동하더군. 이 돼지들의 소동이 저절로 하나의 파동처럼 구름 벽을 향해 가는 것 같았어. 바닥에서 천장까지 솟구친 깔때기 모양의 구름 벽은 보라색과 남색 진공관을 에워싼 채 묘하게 흔들리며 빙빙 돌고 있었지.

소동이 그치자 '방어 시스템'의 중앙에서 뭔가 솟구치는 게 보였어. 느리면서도 일정한 속도로 말이야. 흔들리며 휘도는 깔때기 구름 벽을 통해서 창백하고 거대한 ── 미지의 심연에서 솟아오른 기괴한 ── 주둥이가 보였어. 거대한 둔덕처럼 솟구치더군. 그리고 점점 옅어지는 구름 벽 너머로 내가 본 것은 하나의 작은 눈알인데……. 그것을 보면서 느낀 감정은 내 남은 평생 두 번 다시 경험하지 못할 거야. 야비한 지능을 번뜩이는 지옥의 불빛 같은 그런 돼지의 눈알 말일세.

VI

바로 그때 무시무시한 공포가 엄습했어. 지금까지 줄곧 두려워한 파멸의 시작을 봤으니까. 천천히 휘도는 구름 벽 너머로 보라색 진공관이 바닥에서 떨어져 올라가더니 거대한 주둥이에 닿았어.

나는 눈을 부릅뜨고 흔들리는 깔때기 구름 너머에서 보라색 진공관이 보라색 불줄기처럼 주둥이 주변으로 녹아서 흘러내리는 것을 봤어. 그러는 동안 방 안 공기에 변화가 생겼지. 검은 깔때기 구름이 칙칙하고 탁한 적색으로 반짝였고, 방 안은 붉은색으로 가득 찼어.

그 변화를 비유하자면, 보안경을 끼고 어떤 빛을 보고 있다가 보안경이 갑자기 벗겨졌을 때 드는 느낌일 거야. 하지만 내가 감각을 통해서 직접적으로 느낀 변화가 또 있었어. 방 안의 무시무시한 존재가 내 영혼에 더욱 가까이 접근한 느낌. 글쎄, 이 모든 걸 명쾌하게 설명할 수 있을 것 같지 않군그래. 지금까지는 누군가의 영혼에 찾아드는 음울하고 스산한 날의 죽음처럼 그것이 날 짓눌렀지. 그러나 이제는 사나운 위협이 있었고, 더러운 괴물이 내게 다가온다는 실재적인 느낌이 들었다네. 무서웠어. 그저 무섭기만 했어.

그때 베인스가 움직였어. 잠이 든 후 처음으로 몸을 움직인 셈인데, 배를 바닥에 깔고 엎드리는가 싶더니 짐승처럼 이상한 몸짓으로 더듬거리면서 기는 자세로 상체를 일으키더군. 그러고는 곧장 파란색 진공관을 넘어서 '방어 시스템' 내부의 괴물에게 가려고 하더군.

나는 소리를 지르면서 황급히 그를 붙잡기 위해 뛰어들었어. 하지만 그를 멈추게 한 것은 내 목소리가 아니었어. 파란색 진공관이었지. 보이지 않는 손이 그를 뒤로 획 밀친 것처럼 파란색 진공관 앞에서 그가 뒤로 물러나더군. 그는 돼지처럼 머리를 치켜들고 꽥꽥거리며 파란색 진공관 안을 빙빙 돌기 시작했어. 돌고 또 돌면서 두 번인가 흔들리는 깔때기 구름 속의 그 괴물을 향해 달려가려고 하더군. 그때마다 뒤로 물러섰고, 그때마다 거대한 돼지처럼 꽥꽥거리는 바람에 그 소리가 아주 멀리서 들려오는 것처럼 섬뜩하게 방 안에 울려 퍼졌어.

이쯤 되자 베인스가 '취소선'을 완전히 넘어섰다는 확신이 들었고, 나 자신에게 새삼 절망적인 공포와 연민이 일더군. 사실이 그렇다면, 진공관 안에 나와 함께 있는 것은 베인스가 아니라 괴물이었지. 내 안전을 지킬 마지막 기회는 그를 진공관 밖으로 내보내는 것이었어.

베인스는 끝없이 돌던 것을 멈추고 모로 누워서 낮은 소리로 구슬피 꿀꿀거리기 시작했어. 서서히 회전하는 구름 벽이 약간 엷어졌을 때, 그 창백한 얼굴이 또렷하게 나타났어. 그것은 여전히 위로 솟구치고 있었으나, 그 속도가 아주 느려서 어쩌면 '방어 시스템'으로 막을 수도 있겠다는 희망이 생기더군. 그 괴물이 베인스를 쳐다보고 있다는 걸 분명하게 확인하는 바로 그 순간, 나는 아래를 내려다봄으로써 내 목숨과 영혼을 구할 수 있었지. 바닥에는 베인스를 닮은 괴물이 내 발목을 잡으려고 손을 뻗고 있었어. 자칫하다간 발이 걸려서 바깥으로 넘어질 것 같았지. 그랬다가는 어떻게 될지 다들 알겠지?

꾸물거릴 시간이 없었어. 나는 펄쩍 뛰어올랐다가 내려오면서 무릎으로 베인스를 내리찍었어. 베인스는 잠시 버둥거리다가 잠잠해지더군. 가죽 허리띠를 풀러 베인스의 두 손을 등 뒤로 묶었어. 그 친구의 몸에 손이 닿았을 때 뭔가 기괴한 것을 만질 때처럼 소름이 돋더군.

베인스의 손을 다 묶고 났을 때, 방 안의 붉은 빛이 아주 짙어지고 방 전체가 더 어두워진 것을 깨달았지. 보라색 진공관이 파괴됨으로써 방

안 빛이 현저히 약해진 거야. 하지만 내가 말하는 어둠은 단순히 어둡다는 것이 아닐세. 뭔가가 방 안 공기 중에 들어온 것 같았지. 음울하다고 할까, 아무튼 파란색 진공관과 깔때기 구름 내부의 남색 진공관이 빛나고 있었음에도 붉은 빛이 더 강해져 있었어.

맞은편, 남색 진공관에서 구름에 휩싸인 괴물이 아무 움직임도 없는 것 같았어. 줄곧 그 윤곽은 흐릿했고, 깔때기 구름이 엷어질 때만 또렷하게 보였지. 거대하게 불룩 솟은 주둥이가 희끄무레하게 빛을 내고 있더군. 그 거대한 주둥이의 한쪽이 내가 있는 쪽으로 향해져 있었고, 그 측면의 하단에서 가늘게 째진 허연 눈알 하나가 반짝이고 있었어.

곧바로 칙칙하고 엷은 적색 증기 너머로 내 희망을 꺾고 섬뜩한 절망을 안겨주는 뭔가를 보았어. 방어 시스템의 마지막 차단벽이었던 남색 진공관이 천천히 허공으로 올라가고 있더란 말이야. 돼지는 더 높이 솟구치기 시작했어. 놈의 오싹한 주둥이가 구름을 뚫고 위로 솟았어. 천천히, 아주 천천히 주둥이가 올라갔고, 남색 진공관이 그것을 따라 올라갔어.

방 안의 쥐 죽은 듯한 고요 속에서 모든 것이 긴장하고 완전히 정지된, 이상한 느낌을 받았어. 마치 이 공포의 정체를 알고 있는 것처럼 말일세. 나로 인해 벌어진 일…… 뭔가 다가오는…… 아주 머나먼 곳에서 다가오고 있다는 느낌…… 내 머리의 숨겨진 영역에서 그 뭔가를 알고 있는 느낌. 이해하겠나? 저 높이 어딘가에서 가까이 다가오는 빛이 있었지. 그것이 다가오는 소리가 들리는 것 같았어. 나는 바닥에 볼품없이 쓰러져 있는 베이스를 그저 바라보고만 있었지. 흔들리는 구름의 장막 안에서 그 괴물은 거대하고 창백하며 희미하게 빛을 내는, 주둥이 달린 언덕처럼 보이더군. 방 안의 적색 공기 중에 솟구친 창백하고 치명적인 지옥의 괴(怪)언덕처럼.

뭔가가 내게 말했어. 돼지가 지금 다가오는 구조의 손길에 대항하여 마지막 시도를 하는 거라고. 어느새 남색 진공관은 바닥에서 꽤 올라간 상태였고, 금방이라도 녹아내려 남색 불이 창백한 주둥이의 옆으로 흘러내릴 것 같았지. 남색 진공관이 갑자기 빠른 속도로 솟구치기 시작했어. 괴물의 승리가 목전에 있었지.

외부 어딘가에서 낮고 지속적인 천둥소리가 들려왔어. 아주 높은 곳에서 뭔가가 빠르게 다가오고 있었으나 제시간에 도착하진 못했어. 점점 더 깊은 울림을 전해 오는 천둥소리…… 그것은 점점 더 요란해졌고, 방 안의 붉은 색조를 뚫고 반짝이던 남색 진공관은 바닥에서 이미 30센티미터 높이까지 올라가 있었어. 푹푹 뿜어지는 남색 빛을 본 것 같아……. 마지막 차단벽이 녹기 시작한 거야.

그 순간 날아오던 물체의 천둥소리가 — 내 머릿속으로 또렷하게 들려온 굉음이 — 아찔하고 무시무시한 소리와 함께 속력을 높이더니 방이 폭음을 내며 뒤흔들리게 만들었어. 파란 불꽃의 이상한 섬광이 깔때기 구름을 잠시 동안 세로로 찢어서 벌려놓았고, 나는 그 짧은 시간에 창백하고 무시무시한 벌거숭이 돼지 괴물을 보았어.

곧바로 깔때기의 벌어졌던 부분이 다시 봉해지면서 괴물을 가려버렸고, 깔때기는 고요한 파란색 — 그건 신들의 색이야! — 반구 밑으로 빠르게 가라앉더군. 순식간에 구름 벽이 사라진 것 같았고, 바닥에서 천장까지 살아 있는 영기(靈氣)와도 같은 이 반구형의 파란색 광휘 주변에 세 개의 녹색 고리가 일정한 간격을 두고 띠처럼 에워쌌는데 정말이지 장엄하기 이를 데 없었어. 소리도 움직임도 빛의 깜박임마저 없었고, 그 빛 속에서 내가 볼 수 있는 것은 아무것도 없더군. 파란 하늘을 쳐다보는 것과 같았으니까. 하지만 외부 서클의 회전을 관장하는 불가사의한 힘들이 우리를 돕기 위해 온 것이라 확신했지. 왜냐하면 세 개의 고요한 녹색 띠를 두른 반구형의 파란 빛이야말로 의심의 여지 없이 방어 성향을 지닌 거대한 힘의 외면이었으니까, 눈에 보이는 표식이었으니까.

완전한 침묵이 흐르는 10분 동안, 나는 파란색 진공관 안에 서서 그 현상을 지켜보고 있었어. 시시각각 방 안의 탁하고 역겨운 적색 빛이 쫓겨 나가면서 방이 눈에 띄게 환해지더군. 방 안이 환해지자, 길쭉하고 볼품없는 그림자 같았던 베인스의 몸이 조금씩 또렷해졌고, 그의 손목을 묶었던 가죽 허리띠까지 잘 보이더라고.

내가 보고 있는데 베인스의 몸이 살짝 움직였고, 기운이 없긴 해도 정상적인 목소리가 들려왔어.

"그걸 또 겪었네요! 젠장! 또!"

VII

나는 재빨리 베인스의 옆에 앉아서 손목을 풀어준 뒤, 그가 일어나 앉도록 도왔어. 그가 약간 실성한 사람처럼 두 손으로 내 팔을 덥석 붙잡더군.

"결국 잠이 들어버렸네요. 또 저 밑에 갔고요. 빌어먹을! 하마터면 잡힐 뻔했어요. 그 끔찍한 곳에 내려갔다가 커다란 모퉁이를 돌기 직전인데, 아무리 돌아가려고 해도 그럴 수 없었어요. 끝없는 시간 동안 싸웠던 것 같아요. 미쳐버리는 줄 알았어요. 정말 미치겠더라고요! 지옥으로 빠져들기 직전이었죠. 그런데 까마득히 높은 곳에서 선생님이 날 부르더군요. 노란 통로를 따라 선생님의 목소리가 메아리쳤어요. 통로가 노란색이었어요. 눈에 익은 통로였죠. 돌아가려고 기를 썼지만 그럴 수 없더군요."

"날 봤나?" 내가 물었어. 베인스는 말을 끝내고 헐떡거리고 있었지.

"아뇨." 베인스가 내 어깨에 머리를 기대면서 대답했어. "말했잖아요. 하마터면 그것한테 잡히기 직전이었다고. 앞으론 두 번 다시 잠을 잘 수 없을 거예요. 왜 깨우지 않았죠?"

"깨웠어. 그동안 내내 자네를 안고 있었어. 자네는 내가 함께 있다는 걸 아는 것처럼 날 쳐다보던데."

"알았죠. 이제 기억나요. 하지만 선생님은 그 무서운 구덩이 위에 있었고 나와는 아주 멀리 떨어져 있는 것 같았어요. 게다가 그 괴물들이 꿀꿀 꽥꽥 울어댔고, 나를 붙잡으려고 하면서 계속 못 가게 했어요. 아무것도 볼 수 없었고요. 보이는 건 통로의 노란색 벽뿐이었죠. 그리고 시작부터 끝까지 변함없이 그 모퉁이 근처에 뭔가가 있었어요."

"아무튼 자네는 이제 안전해. 그리고 장담하는데, 앞으로도 안전할 걸세."

방 안은 파란색 진공관의 빛만 있을 뿐 어두워져 있었어. 반구형의 빛도 소용돌이치던 검은 깔때기 구름도 사라지고 없었어. 돼지도 사라졌고, 남색 진공관에서 나오던 빛도 꺼졌어. 근처에 있던 스위치를 작동해 본 결과, 방 안 공기가 정상으로 돌아온 상태라 파란색 진공관의 방어력을 줄이고 외부의 압력을 가늠해 봤지. 그리고 돌아서서 베인스를 쳐다봤어.

"따라오게. 가서 뭐라도 먹고 좀 쉬자고."

그런데 베인스는 이미 손 베개를 한 채 지친 아이처럼 잠들었더군.

"이런 딱한 친구를 봤나!" 나는 베인스를 두 팔로 들어 올렸어. "불쌍하구먼!"

나는 중앙 배전반 쪽으로 가서 방 안의 벽면과 출입문에서 V(보라색) 방어 전류를 끊었어. 그리고 베인스를 안고서 건전하고 아늑한 정상의 세계로 빠져나왔지. 그 공포의 방에서 나온 게 실로 기적 같더군. 맞은편에 방문이 활짝 열려 있는 내 침실과 평소처럼 너무나 푹신한 흰색의 침대를 볼 수 있다는 것도 기적 같았어. 아주 평범하고 인간적인 거 말이야. 친구들, 무슨 말인지 알겠지?

베인스를 침실로 데려가 긴 소파에 뉘었어. 내가 얼마나 기진맥진했던지 물 한 잔 마시려다가 병을 떨어뜨리는 바람에 새 물병을 가져와야 했지.

베인스에게도 물 한 잔을 먹이고 침대에 뉘었지.

"자, 지금부터 내 눈을 똑바로 쳐다보게. 내 말 들리나? 이제 안전하게 편히 잘 수 있을 걸세. 만약에 조금이라도 문제가 있으면, 내 지시에 따라서 깨어나는 거야. 자, 잠이 든다. 잠이 든다. 잠이 든다!"

내가 손으로 그의 눈 위를 여섯 번 쓸어내리자 그는 세상모르게 잠들었어. 설령 그에게 위험이 닥친다고 해도 내 지시에 따라 깨어날 테니까. 최면술과 전기요법으로 그 친구를 치료할까 해. 전기요법은 윗턴 박사한테 맡겨야지.

그날 밤 나는 소파에서 잤고, 아침에 베인스를 살펴보니 아직 자고 있더군. 그래서 더 자게 놔두고, 결과를 조사하기 위해 실험실로 갔어. 아주 놀라운 광경이 기다리고 있더군.

짐작들 하겠지만, 방 안에 들어서니 기분이 묘하더군. 화학약품으로 처리한 창문으로 들어오는 이상야릇하고 푸르스름한 빛 속에 서 있자니, 간밤에 놔둔 대로 여전히 빛을 발하고 있는 파란색 진공관을 보고 있자니 참 이상하더라고. 원 안에 원이 놓여 있는 형태의 '방어 시스템'은 전부 작동이 중지된 상태였지. 불과 몇 시간 전만 해도 돼지의 오싹한 괴물 형상 속에 파묻혀 있었던 한복판의 탁자가 그대로 남아 있었어. 그렇게 보고 있자니 모든 것이 황당한 악몽 같더군. 자네들도 알다시피, 그 전에도 실험실에서 이런저런 신기한 실험들을 했지만 단 한 번도 위험한 상황을 겪진 않았잖아.

간혔다는 느낌이 들까 봐 실험실 문을 열어놓고서 '방어 시스템' 쪽으로 다가갔지. 돼지와 같은 힘이 작용했을 때 물리적으로 어떤 일이 벌어지는지 무척 궁금했거든. 그 결과, 그 괴물이 진짜 사아아이티의 현시라는 명백한 흔적을 발견했지. 보라색 진공관이 녹았다는 건 심리적 혹은 물리적 착각이 아니었으니까. 구타페르카[25] 고무판은 녹아 있었지만 바닥은 말짱했어. 사아아이티 형태들은 종종 공격력과 파괴력을 보이는데 심지어 그것들을 막기 위해 만든 방어 물질마저 이용할 수 있지.

가장 바깥쪽 빨간색 진공관을 건너서 남색 진공관을 자세히 살펴봤지. 군데군데 완전히 녹아버린 흔적이 있더군. 시간이 조금만 지체됐더라도 돼지는 공포와 파괴의 보이지 않는 안개 형태로 방 안을 초토화했을 걸세. 그 절체절명의 순간에 구원의 손길이 닿은 거지. 내가 파괴된 차단벽을 내려다보면서 어떤 기분이었는지 자네들이 이해할 수 있을지 모르겠네.

카낙키는 파이프 담배를 끄기 시작했는데, 그것은 늘 그래왔듯이 이야기를 끝냈으니 얼마든지 질문을 해도 좋다는 신호였다.

테일러가 제일 먼저 포문을 열었다. "새로운 스펙트럼 진공관 외에도 전기 펜타클을 사용할 수 있었을 텐데 왜 그러지 않았지?"

"그건 펜타클이 단순히 '방어용'이기 때문이야. 그 실험 초반에 '집중화'를 확인할 필요가 있었으니까. 그리고 중요한 순간이다 싶으면 그 집중화의 결과에 따라 색의 혼합을 변경하여 '방어 시스템'의 강도를 높일 생각이었지. 다들 이해할 거야."

우리가 무슨 의미인지 이해하지 못하자, 그것을 알아챈 카낙키가 계속 말을 이었다. "펜타클 내부에선 집중화가 일어나지 않잖아. 단순히 방어 전용이니까. 설령 전기 펜타클의 전류를 차단한 후에라도, 확실하고 효과적인 방어력을 갖추어야 했거든. 집중화를 무력화할 정도의 방어력 말일세.

이번 실험에서 집중화를 이용하려고 했기 때문에 펜타클을 제외한 거야. 하지만 이번 사례에서 펜타클이 그리 중요했는지는 모르겠군. 이번에 내가 고안한 이 새로운 스펙트럼 '방어 시스템'을 제대로 사용만 한다면 완벽한 방어력을 입증할 거라고 자신했지. 하지만 시간이 더 필요할 거 같아. 이번 일로 새로운 걸 배웠네. 녹색과 파란색의 혼합에 대해선 아예 생각지도 못했거든. 그런데 반구형의 파란색과 세 개의 녹색 띠를 보고서 생각이 달라졌어. 그 혼합 방식만 미리 알아냈더라면 달랐을 텐데! 내가 꼭 습득했어야 하는 혼합이었으니까. 이 혼합이 왜 그리 중요한지 이해하려면 이걸 명심하라고. 즉, 녹색 자체는 아주 제한적이기는 하지만, 가장 위험한 빨간색보다도 더 치명적이라는 점 말일세."

"그런데 돼지의 정체는 뭐지?" 내가 물었다. "어떤 종류의 괴물이야? 진짜 본 거야, 아니면 위험한 악몽 같은 거야? 그것이 외계 괴물들 중에 하나라는 걸 어떻게 알지? 그리고 그런 위험과 자네가 '괴물의 관문' 사건에서 본 것 사이에 무슨 차이가 있는 거지? 그리고 또⋯⋯."

"잠깐!" 카낙키가 웃었다. "한 가지씩 차근차근! 일단 자네의 질문에 전부 답을 해주겠어. 다만 순서대로 하진 못할 거 같아. 예를 들어 진짜 돼지를 봤냐고 묻는다면, 유령의 성향을 띤 것들은 육안으로 보이지 않는다고 답하겠네. 그런 것들은 정신적인 특질을 지닌 심안으로 보이지. 심안이라는 것은 늘 사용할 수 있는 것이 아닌 데다, 육안으로 기록된 것을 두뇌에 전달하는 '정상적인' 임무에 늘 충실하지도 않지.

우리가 유령을 볼 때 종종 '심안'은 자체적으로 본 것뿐만 아니라 육안이 본 것을 동시에 뇌로 전달하는 임무를 수행하기도 해. 이 경우를 생각하면 이해가 될 걸세. 심안과 육안이 각각의 기능을 혼합한 것인데 실제로는 뇌로 전달된 모습 전체가 육안을 통해서 보인다는 인상을 우리한테 주는 거지.

'비정상적인' 장면의 물질적인 부분과 비물질적인 부분까지 전부 육안을 통해 보고 있다는 인상도 같은 맥락이지. 물질과 비물질, 이 각각의 부분은 똑같이 사실성을 띠려는 목적에 따라, 다시 말해 둘 다 물질로 보이려는 목적에 따라 기계적으로 뇌에 받아들여지고 전달되지. 이해들 하겠나?"

우리가 고개를 끄덕이자, 카낙키는 계속 말했다.

"이와 마찬가지로, 우리 육체에 대한 위협도 전부 같은 방식으로 받아들이지. 요컨대 위협을 받고 있는 것이 바로 우리의 육체라는 인상을 갖게 되는 거야. 왜냐하면 우리의 육체 감각과 인상이 육체와 육안의 방식처럼 우리 육체의 맨 위에 중첩되어 있기 때문이지.

우리의 감각들이 이런 식으로 뒤섞이다 보니 우리가 육체적으로 느끼는 것과 심리적으로 느끼는 것을 구별할 수 없는 거지. 좀 더 쉽게 설명하기 위해 예를 들어보겠네. 사람은 악몽을 꾸거나 영적인 경험을 하는 과정에서 실제로 자신이 추락한다고 느낄 때가 있지. 다시 말해 육체적인 감각에 비추어 추락한다고 느낀단 말이지. 하지만 추락하는 것이 심리적인 영역이나 존재 — 딱히 뭐라고 해야 할지 모르겠지만 — 일 수도 있잖아. 하지만 두뇌에는 이 모든 것이 한꺼번에 추락하는 듯한 감각이 전달되지. 알겠나?

이것이 심리적인 육체의 추락이라 할지라도 여전히 위험하다는 걸 명심하라고. 내가 그 구덩이의 입구를 지나갈 때 추락의 느낌을 받았지. 육체는 쉽게 그것을 통과했고, 두 발이 딛고 있는 바닥도 단단했어. 하지만 심리적인 육체는 추락이라는 너무도 사실적인 위험에 처해 있었던 거야. 실제로도 심리적인 육체를 지탱하기 위해 내 생명력을 전부 쏟아부었어. 육체가 깊디깊은 탄갱 앞에 섰을 때처럼 심리적 육체는 그 구덩이를 완벽한 실재이자 현실로 받아들였어. 심리적인 육체가 괴물의 거대한 인력에 굴복하여 끝없는 심연으로 수직 낙하하지 않은 것은 오롯이 생명력의 필사적인 저항 덕분이었네.

알다시피, 돼지가 잡아끄는 힘은 생명력으로 맞서기엔 너무 강력했기 때문에 나는 육체적으로도 추락할 위기에 처했지. 곧바로 내 두뇌에 기록된 감각은 실제로 육체가 추락할 때 일어날 수 있는 감각과 똑같은 것이었어. 위험을 무릅쓰기에는 너무 무모했지만 알다시피 배전반과 배터리를 조작해야만 했지. 추락의 위험과 구덩이의 검은 가장자리가 나를 에워싸는 것 같은 육체적 감각을 느꼈을 때, 사실상 본 것을 두뇌에 전달한 주체는 심안이었어. 심리적인 육체는 이미 추락하기 시작해서 실제로 구덩이의 가장자리 아래까지 가 있었지만 아직은 나와의 교감을 유지하고 있었지. 다시 말해서 최면 상태의 육체와 심리적인 육체가 여전히 뒤섞여 있었지. 육체는 여전히 방바닥에 굳건히 서 있었으나 만약에 매순간 노력과 의지로 구덩이의 가장자리를 지나가도록 육체를 강제하지 않았더라면, 심리적인 육체는 나와의 교감이 완전히 끊어진 상태에서 유령 별똥별처럼 방향을 잃고 돼지의 힘에 굴복하고 말았을 걸세.

장애물을 뚫고 가라고 나 자신을 강제했던, 그 기묘한 감각은 우리가 이해하는 의미의 육체적 감각이 결코 아니었어. 이미 구덩이의 가장자리 아래까지 추락한 심리적인 몸과 아직은 방에 서 있는 육체 사이의 간극을 뛰어넘으라고 강요한 것은 오히려 심리적인 감각이었어. 게다가 그 간극은 내 육체와 영혼이 다시 결합하는 것을 한사코 방해하려는 힘으로 가득 차 있었지. 정말 끔찍한 경험이었어. 육체가 이미 내게서 상당 부분 이탈해 버린 상황임에도 불구하고 여전히 내가 육체의 눈을 통해 보고 있었다는 점, 기억하고 있겠지? 아주 특별한 경우니까 기억해 두라고.

얘기를 좀 더 진전시키자면, 영적인 현상은 정상적인 상황에서 광범위하게 확산되어 있네. 이 현상들이 집중되는 사례들은 전부 물리적으로 대단히 위험해지지. 지금 갑자기 생각해 낼 수 있는 가장 좋은 예로 누구나 익숙한 전기를 들 수 있어. 그런데 우리는 명칭을 붙이고 이용한다고 해서 전기라는 힘을 이해하는 양 쉽게들 생각하지. 하지만 우린 전기를 조금도 이해하지 못해! 전기는 여전히 완벽하고 근본적인 미스터리지. 전기가 확산될 때는 '상상적이고 추상적인 것'이지만 집중될 때는 예기치 못한 죽음이지. 무슨 말인지 알겠나?

이 설명은 억지스러워 보이긴 해도 돼지의 정체를 알려주는 일례가 될 수 있지. 돼지는 외부 서클에 놓여 있는 수백 킬로미터 길이의 '성운' 중 하나야. 그래서 내가 이 구름을 외부의 괴물이라고 칭하는 거고.

그것이 정확히 무엇이냐고? 대답하기 참 어려운 질문이군. 저기 있는 도지슨이 자기의 질문 중에 대답하기 불가능한 것들이 있다는 걸 과연 알기는 할까 종종 의심스럽단 말이야." 카낙키는 이 대목에서 껄껄 웃었다.

"그래도 잠깐 노력을 해보겠어. 이 지구 주변에, 물론 다른 행성 주변에도 그럴 것 같은데, 아무튼 에마나치온이라는 서클이 있지. 에마나치온은 극도로 가벼운 기체 아니 에테르라고 하는 편이 좋겠군. 에테르가 딱하게 됐네그려. 시간 맞춰서 딱딱 떠올라주질 못하니까!

잠시 학창 시절로 돌아가, 지구가 한때 초고온의 기체 덩어리에 불과했다는 점을 떠올려보자고. 이 가스는 물질과 고체의 형태로 응축된 것이지. 하지만 아직 고체화되지 않은, 이를테면 공기 같은 것이 있어. 자, 우리가 마음껏 단단하다고 확정할 수 있는 고체 덩어리가 생긴 셈이군. 그리고 이 구체 주변에 모든 생명과 관계된, 다시 말해 공기로 이루어진 기체의 고리가 놓여 있지.

그러나 이것이 우리 주위에 떠 있는 한낱 기체의 고리에 그치는 건 아니지. 내가 도달할 수밖에 없었던 결론에 따르면, 이것은 아주 높은 지점을 층층이 에워싸고 있는 훨씬 더 크고 더 옅은 기체환들이지. 이 기체환들이 내가 '내부 서클'이라고 부르는 것을 구성하는 거야. 달리 더 좋은 용어가 없으니 일단 '에마나치온'이라고 하자고, 이 에마나치온의 고리 혹은 환에 의해 차례차례 에워싸이고 있는 것, 그게 내부 서클일세.

내가 외부 서클이라고 명명한 것은 지구에서 16만 킬로미터 이내로 들어오진 못해. 그리고 대략 800만 킬로미터에서 1600만 킬로미터에 이르는 두터운 층을 형성하고 있어. 내 믿음일 뿐 증명할 순 없으나, 이 외부 서클은 지구와 반대 방향으로 공전을 하지. 그 이유에 대해서는 아마 특정 전기 기계를 구성하는 이론에서 유사점을 찾아낼 수 있을 것도 같아.

나는 나름의 근거를 바탕으로 이 외부 서클의 공전이 때때로 방해를 받는다고 보고 있네. 그 원인은 우리로선 전혀 알 수 없는 것이지만, 물리적인 현상에서 비롯된 것이라고 추정하고 있지. 자, 외부 서클은 심리적인 서클인 동시에 물리적인 서클이지. 쉽게 설명하기 위해 전기의 예를 또 들어야겠군. 말하자면, 우리가 발견한 전기 자체는 우리가 기존에 갖고 있는 물질의 개념과는 완전히 다른 것이지. 마찬가지로 심리적 혹은 외부 서클 또한 우리의 기존 물질 개념과는 다르다는 거야. 그럼에도 불구하고 전기의 기원이 물질이기 때문에 전기는 물질인 거야. 이런 맥락에서 보면 외부 혹은 심리적 서클도 그 구성 요소 면에서 물질인 셈이지. 다시 말해서, 내부 서클은 대기의 상층이고, 대기 ─ 우리에게 친근한 기체 ─는 물이며, 물은 실체지. 내가 비유하는 이 연결 고리를 이해들 하겠나?”

우리가 모두 고개를 끄덕이자, 카낙키가 다시 말했다.

“그럼, 이번에는 이 모든 것을 지금까지 내가 설명해 온 것에 적용해 보자고. 내가 심리 혹은 외부 서클 속에 기나긴 괴물 성운이 떠 있다고 했을 거야. 이 성운은 외부 서클의 요소와 같은 종류지. 문어나 상어가 바다에서 나왔고, 또 호랑이나 기타 물리적 힘이 땅과 대기 환경의 요소에서 나왔듯이, 이 괴물 성운 또한 외부 서클에서 나온 어마어마한 심리적 힘이지.

더 나아가서 물리적인 인간은 흙과 공기의 구성 요소와 100퍼센트 같은 구조를 띠지. 물론 여기서 말한 흙과 공기는 햇빛과 물과 기타 등등을 다 포함하는 의미지. 다시 말해서 흙과 공기가 없다면 인간은 존재할 수 없는 거야! 달리 말하면, 흙과 공기에서 신체와 뇌 그러니까 지능 기관이 자라나는 셈이지.

　　이번에는 이 방식을 심리 혹은 외부 서클에 적용해 보자고. 이 서클은 너무 옅어서 에테르 개념과 유사하다고 대충 추정할 뿐이지만, 그래도 특정 힘과 지능을 생산하는 요소들을 전부 포함하고 있지. 그러나 이런 요소들은 냄새의 에마나치온이 단순히 냄새 자체이듯 물질이라고 하기엔 어려운 형태를 취하고 있지. 마찬가지로 외부 서클의 힘과 지능 생산 능력은 흙과 공기의 결과물보다는 흙과 공기의 생명-지능 생산 능력과 더 유사해. 내가 제대로 설명하고 있는지 모르겠군.

　　나 혼자 생각일진 모르나, 이제 우리는 물질에서 생긴 거대한 영적 세계의 개념을 받아들인 셈이야. 이 세계의 멀리 외부에 있으면서 동시에 이 세계를 완전히 에워싸고 있는 외부 서클 말이지. 물론 그것으로 통하는 관문들은 예외인데, 이것에 대해서는 나중에 얘기하도록 함세. 외부 서클의 이 거대한 영계는 이 세계가 자체적인 물력과 지능, 이를테면 생명체, 사람과 동물, 곤충 등을 생산하듯이 자체적인 영력과 지능을, 가만 이 용어가 적절한지는 모르겠지만, 아무튼 '발생'시키지.

　　외부 세계의 괴물들은 우리가 가장 바람직하다고 생각하는 모든 것들에 대해 적대적이야. 마치 상어나 호랑이가 우리가 바람직하다고 생각하는 모든 것들에 대해 물리적으로 적대적이듯이 말일세. 실재적인 힘들이 전부 약탈적이듯이 외부 세계의 괴물들 또한 약탈적이지. 그들이 우리를 향해 품고 있는 욕망은, 지능을 지닌 양이 자신의 고기를 원하는 우리의 욕망에 느끼는 것보다 백배 천배 더 무시무시한 공포감을 우리의 정신에 심어주지. 다른 생물체들이 욕망과 굶주림을 채우기 위해 약탈과 파괴를 일삼듯 이 괴물들 또한 자신의 욕망과 굶주림을 채우기 위해 약탈하고 파괴하지. 이 괴물들이 욕망하는 대상은 늘 그런 것은 아니지만 주로 인간의 영적 부분이거든.

하지만 오늘 밤에 이 부분까지 말하기엔 무리야. 다음 기회에 영적인 관문들의 어마어마한 미스터리에 관해 말하고 싶군. 그건 그렇고, 도지슨, 궁금증이 좀 풀렸나?"

"그런 것 같기도 하고 아닌 것 같기도 하고." 내가 대답했다. "자네는 유쾌한 친구야. 하지만 내가 알고 싶은 게 아직 수도 없이 많아."

카낙키가 자리에서 일어섰다. "자, 다들 꺼져주게나!" 이 말은 우리에게 익숙하고 친근한 표현이었다. "썩 꺼져! 잠 좀 자게."

그가 손을 흔드는 동안, 우리는 고요한 엠뱅크먼트(템스 강 강변도로)로 나갔다.

---

21) 『시그산드 필사본 *The Sigsand Manuscript*』: 카낙키 연작 중에서 「괴물의 관문 *Gateway Of The Monster*」에 처음 언급된 가상의 책이다. 14세기경에 신원 미상의 노르웨이 수도사가 쓴 것으로 알려져 있다. 이 책에는 외부 서클의 존재들에 대항할 수 있는 다양한 표식과 의식 그리고 이들 존재들에 따라 각각 다른 스펙트럼 색을 사용할 때의 효과가 적혀 있다. 또한 차단벽을 만들어내는 강력한 방어 주문인 사아마아 의식도 담겨 있다.

22) 관문 사건: 앞서 언급한 「괴물의 관문」을 말한다. 한 오래된 저택의 '회색 방'이라는 침실에서 이상한 소음이 들린다는 고객의 의뢰를 받고, 카낙키는 전기 펜타클을 설치하고 섬뜩한 밤을 보낸다. 유령은 예상 외로 강했고, 거대한 사람의 손 모양을 띠고 나타났다. 카낙키는 가까스로 유령을 가두는 데 성공한다.

23) 귀신 들린 자비호 사건(The Haunted Jarvee): 역시 카낙키 연작 중 하나인 「귀신 들린 자비호」를 말한다. 카낙키는 유령이 출몰한다는 친구의 불평을 듣고 친구인 톰슨 선장의 구식 범

선에 올라 항해를 떠난다. 나흘이 지나 바다 수면에 모여든 그림자들이 배를 향해 쇄도하는 것
을 목격한다. 이런 현상이 반복되자, 카낙키는 방어 진동을 발산하는 기계를 고안한다. 한편, 자
비호는 밤마다 맹렬한 돌풍에 휩쓸리고, 카낙키는 진동기 둘레에 펜타클을 그린 뒤 기계를 작
동한다. 곧바로 기이한 그림자들이 배를 향해 쇄도하면서 기묘한 보랏빛이 나타난다. 자비호가
격렬하게 흔들리자 카낙키는 진동기를 끈다. 결과적으로 거센 폭풍이 몰려오면서 자비호는 손
상을 입고 카낙키와 선장과 선원들이 보트로 탈출한 뒤에 자비호는 침몰한다. 이 귀신 들린 자
비호 사건에서 카낙키는 말미에 '집중화' 이론에 대해 설명하는데, 정확한 이유를 알 순 없으나
자비호 자체가 진동을 유인하는 초점이 된 것 같다고 하면서도 자비호에 왜 유령이 출몰했는지
에 대해서는 알 수 없다고 말한다.

24) 검은 베일 사건(The Black Veil): 이 사건은 카낙키 연작에 포함되는 실제 단편이 아니라,
작품 내에서 카낙키가 지나가듯 언급만 한 경우다. 검은 베일 사건은 애스터라는 남자가 창문
을 통해 정체불명의 여성을 보고, 창틀에 떨어진 너덜너덜한 검은 베일을 발견한 것이 발단이
다. 애스터는 카낙키의 경고에도 불구하고 말도 안 되는 미신이라면서 방어 펜타클 안으로 들
어가지 않다가 광증을 일으키며 죽고 만다.

25) 구타페르카(gutta-percha): 수지를 말린 고무 비슷한 물질. 전기 절연용으로 사용.

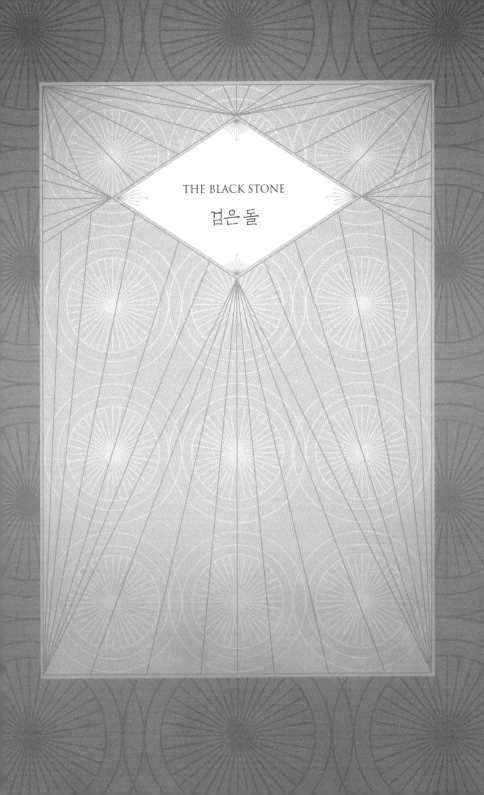

THE BLACK STONE

검은 돌

작가와 작품 노트 | 로버트 E. 하워드(Robert Ervin Howard, 1906~1936)

1906년 1월에 텍사스의 작은 마을 피스터에서 태어났다. 의사였던 아버지 아이작 하워드가 임신한 아내의 건강을 염려해 의료 지원이 보다 쉬운 피스터로 이사한 것으로 전해진다. 원래 건강이 좋지 않았던 어머니 헤스터 하워드는 그를 낳은 이후 평생 병마와 싸워야 했다. 하워드의 가족은 여러 번 이사를 다니다가 1919년 크로스 플레인스에 정착한다. 의사가 되기를 바라는 아버지의 뜻과는 달리 하워드는 하워드 페인 상업학교에서 부기 과정을 수료한다. 그동안에도 창작 활동을 계속하여 생애 처음으로 《위어드 테일스》에 단편 「창과 송곳니Spear and Fang」를 팔아 작가로서 가능성을 확인한다. 그러나 돈벌이를 위해 여러 직업을 전전하다가 아버지와 딱 1년만 작가가 되기 위한 유예기간을 두기로 정한다.

1928년은 하워드에게 뜻 깊은 해였다. 꿈꾸던 전업 작가로의 길이 비로소 가시권에 들어온 것이다. 「창과 송곳니」를 계약한 이후에도 원고 발표와 원고료 지급을 미루어 작가 지망생 하워드의 애를 태우던 《위어드 테일스》가 단편 「붉은 그림자Red Shadow」를 비롯한 네 편을 한꺼번에 계약한 것이다. 하워드는 이때부터 생을 마감하기 전까지 《위어드 테일스》에서 지속적인 작품 활동을 전개한다.

하워드가 창조한 주요 캐릭터들은 어린 시절의 상상력에서 비롯된 것들이 많다. 일명 '엘 보락'으로 통하는 프랜시스 자비어 고든은 하워드가 열 살 때 처음 구상한 인물이다. 13세 때에는 고대 영국의 역사에 관심을 갖고, 켈트족과 그 이전의 픽트족에 매료된다. 하워드는 후대 종족에 비해 상대적으로 미약했던 픽트족을 야성의 강한 부족으로 바꾸고, 영광스러운 고대의 역사와 연결시킨다. 그리고 이 부족의 왕으로 탄생시킨 캐릭터가 바로 브랜 맥 몬이다. 하워드가 창조한 코난, 컬 등의 여러 캐릭터는 서로 비슷하면서도 다르다. 이를테면, 코난은 액션에, 컬은 사색적 분위기에 초점이 맞춰진다. 반면에 단편과 시, 미완성작을 포함해 총 열여섯 편의 단편으로 구성된 『솔로몬 케인Solomon Kane』은 청교도와 이교적 악의 대결을 주축으로, 하워드의 작품 중에서도 가장 침울한 분위기를 자아낸다. 컬이 형이상학적인 문제와 음모에 봉착해 있다면, 솔로몬 케인의 주된 동인은 강박 혹은 집념이다.

『컬Kull』은 상대적으로 성년기인 스무 살 무렵에 집필한 작품으로 1928년 《위어드 테일스》 8월 호에 첫선을 보인다. 『컬』은 영웅 모험담에 판타지와 호러를 가미함으로써 『키메리아인 코난Conan the Cimmerian』과 더불어 '검과 마법' 장르의 대표작으로 통한다. 「그림자 왕국The Shadow kingdom」을 시발점으로 한 『컬』은 기원전 2000년경, 가상의 투리아를 배경으로 고대 발루시아 왕국의 패권을 놓고 벌이는 사인족과 컬의 대결을 다룬다.

1929년 하워드는 《위어드 테일스》 외에 다른 잡지와도 계약을 맺고 작품 발표의 장을 더욱 넓혀간다. 이런 계기를 마련해 준 것은 전혀 다른 분야, 즉 복싱이었다. 하워드는 특히 복싱에 관심이 많아서 지역 클럽의 복싱 경기에 자주 참가했던 것으로 알려져 있다. 복싱과 초자연적인 이야기를 결합시킨 일련의 독특한 단편들 중에서 대표적인 작품이 스티브 코스티건 연작이다. '시걸'이라는 상선에서 일하는 코스티건은 선원이자 무쇠 주먹과 강인한 의지력을 지닌 복싱 챔피언인데, 하워드의 작품 중에서 드물게 현대를 배경으로 하며 유머러스한 분위기를 풍긴다.

하워드의 생애에서 빼놓을 수 없는 부분은 앞서 말한 러브크래프트와의 만남이다. 《위어드 테일스》에 발표된 러브크래프트의 「벽 속의 쥐」를 읽은 하워드가 당시 편집장이었던 판즈워스 라이트에게 편지를 보냈고, 이 편지가 러브크래프트에게 전달되면서 판타지의 두 전설이 교우하는 단초가 된다. 물론 두 사람은 생전에 직접 만난 적은 없으나, 서신을 주고받으며 문명과 야만, 정신과 육체, 예술과 상업 등 많은 주제를 놓고 때로는 서로를 격려하고 때로는 치열하게 논쟁한다.

하워드는 《위어드 테일스》의 또 다른 핵심 작가인 클라크 애슈턴 스미스에게 보낸 서한에서 지금까지 구상한 캐릭터들의 종합판이 키메리아인 코난이라고 말하기도 한다. 코난은 이후 후대 작가들에게 강렬한 영감의 원천이 되었다. 코난은 하워드의 작품 전체를 대변하는 동시에 다양한 문학적 성과를 외려 가리는——재미만 추구하고 철학적 깊이는 부족하다는——양날의 칼일 수 있으나, 어쨌든 만화와 애니메이션, 영화, 게임에 이르기까지 셜록 홈스, 제임스 본드, 드라큘라에 버금가는 유명 캐릭터이자 문화 아이콘으로 자리매김하고 있다.

판타지, 호러, 웨스턴, 탐정 소설, 복싱(스포츠), 역사를 넘나드는 다양한 장르에서 방대한 양의 작품을 남긴 로버트 E. 하워드. 왕성한 필력을 과시하던 그였기에 돌연한 자살로 끝난 서른 살의 짧은 생은 많은 억측을 낳았다. 당시는 어머니의 병간호를 위해 의사인 아버지가 집에서 환자를 받던 시기여서 하워드가 창작에 몰두할 수 없는 상황이었다. 창작 과정에서도 심리적 부담과 절망을 느꼈을 가능성이 크다. 사후 원고들의 처리 방향을 에이전시와 미리 상의해 놓고, 친구에게 담담히(이상하다는 의심을 전혀 주지 않고) 38구경 콜트 자동 권총을 빌리는 등 미리 죽음을 준비한 것으로 보인다.

어머니가 마지막 혼수상태에 빠져든 것은 1936년 6월 8일이었다. 6월 11일 아침, 간밤에 아버지에게 쾌활한 모습까지 보였던 하워드가 간호사에게 어머니의 회복 가능성을 묻자, 간호사는 가망이 없다고 말한다. 하워드는 자신의 방으로 가서, 10년 동안 애용해 왔던 언더우드 타자기로 다음과 같은 짧은 글을 남긴다.

"모든 것이 사라지고, 다 끝났다. 그러니 나를 화장용 장작더미 위에 올려다오. 축제는 끝나고 램프도 꺼졌다."

하워드는 곧 집 밖으로 나가 자신의 1935년형 쉐보레에 올라탄다. 그리고 오른쪽 귀 위에 총구를 대고 방아쇠를 당긴다.

하워드는 러브크래프트의 크툴루 신화를 단순히 차용하는 수준 혹은 오마주를 넘어 신화 체계에 속하는 작품을 여러 편 썼다. 이 책에 수록된 「검은 돌」이 대표적인 작품이다. 이 작품에서 우선 눈에 띄는 것은 크툴루 신화의 중요 요소로 포함되는 금서 『비밀 의식』과 그 저자인 본 준츠가 처음으로 또 자세히 언급됐다는 점이다. 일명 『검은 책』으로도 불리는 『비밀 의식』은 러브크래프트의 『네크로노미콘』에서 영감을 받은 가상의 금서다. 나중에 덜레스가 독일어로 "Unaussprechilich Kulten(비밀 의식)."이라는 서명을 덧붙이기도 했다. 『네크로노미콘』에 영감을 받은 후배 작가들이 창조한 또 다른 금서로는 커트너의 『아이오드의 서』, 로버트 블록의 『벌레의 신비』 등이 있다. 그중에서도 러브크래프트, 로버트 E. 하워드, 클라크 애슈턴 스미스가 각각 창조한 『네크로노미콘』, 『비밀 의식』, 『에이본의 서』는 3대 금서로 통한다.

"태고의 불결한 것들이 지금도
세상의 잊힌 검은 구석마다 숨어 있다고 한다.
그리고 그 관문들은 특정한 밤이면 여전히 열리고 있다.
곡두들이 지옥에 갇혀 있다."

— 저스틴 제프리

　나는 이것을 너무도 기묘하게 살다가 너무도 섬뜩하고 불가사의하
게 죽은 독일의 기인, 본 준츠의 이상한 책에서 처음 읽었다. 본 준츠에
게 모진 운명이 닥치기 직전인 1839년에 뒤셀도르프에서 출간되어 일
명 『검은 책』으로 불린 『비밀 의식』의 초판본을 내가 손에 넣은 건 행운
이었다. 희귀 문학서 수집가들은 주로 런던의 브라이드웰 출판사가 낸
값싸고 오류투성이의 해적판(1845)과 뉴욕의 골덴 고블린 출판사에서
펴낸 신중한 축약본(1909)을 통해서 『비밀 의식』을 알고 있다. 그러나
내가 우연히 접한 책은 묵직한 검정 가죽 정장과 녹슨 쇠 걸쇠가 달린
무삭제 독일어 판본이었다. 출간 부수가 많지 않은 데다 저자의 죽음에

얽힌 풍문이 돌면서 이 책을 소장한 사람들 상당수가 겁에 질려 책을 불살라버렸기에 현재 전 세계를 통틀어 남아 있는 것이 여섯 권 남짓이나 될까 모르겠다.

본 준츠는 평생(1795~1840)을 바쳐 금기의 주제에 몰두했다. 셀 수 없이 많은 비밀 집단과 접촉하기 위해 세계 곳곳을 누볐고, 세상에 거의 알려지지 않은 방대한 양의 신비서와 원고를 원본으로 두루 읽었다. 때로는 깜짝 놀랄 정도로 명확하고 때로는 두루뭉술 애매모호한, 이 『검은 책』에는 생각하는 사람이라면 능히 피를 얼어붙게 만드는 진술과 암시가 있다. 본 준츠가 출간한 책을 읽노라면, 그가 감히 말하지 못한 것이 무엇일까 하는 불안한 추측이 인다. 이를테면, 그가 죽기 몇 달 전부터 쉬지 않고 빽빽이 써나갔으나 출간은 되지 않았다는 원고, 그러니까 빗장과 자물쇠로 꽁꽁 잠긴 방에서 목에 난 발톱 자국과 함께 그의 시체가 발견되었을 때 방바닥에 가득했다는, 갈가리 찢긴 그 원고에 과연 어떤 음산한 내용이 담겨 있었을까? 그것은 끝내 밝혀지지 않았다. 저자의 가장 절친한 벗이었던 프랑스인 알렉시스 라도가 밤을 새워 그 찢긴 원고를 이어 붙여 읽어본 뒤에 원고를 불사르고 자신의 목을 면도칼로 그었기 때문이다.

그러나 출간된 책의 내용만으로도 소름이 끼친다. 그것이 그저 한 미치광이의 헛소리에 불과하다는, 일반적인 의견을 받아들인다고 해도 그렇다. 내가 『검은 책』에서 발견한 이상한 것들이 많은데, 그중에 헝가리에 있는 산에 음침히 서서 온갖 음산한 전설들의 발원지가 됐다는 기묘하고 불길한 돌이 있다. 본 준츠는 이 돌에 대해 많은 지면을 할애하진 않았다. 이 무시무시한 책의 대부분은 저자의 생존 당시에 유지되고 있던 비밀 숭배와 음산한 의식의 대상들을 다루고 있으며, 그 검은 돌은 수 세기 전에 사라졌거나 잊힌 어떤 존재 혹은 의식의 법규 같은 것을 의미하는 것 같다. 본 준츠는 이 검은 돌을 다양한 문맥을 통해서 열쇠 — 그가 빈번하게 사용하는 단어 — 의 하나라고 밝히고 있는데, 이 또한 이 책이 지닌 모호함의 한 가지 예라 하겠다. 그리고 하지 밤에 이 돌 주변에서 목격되는 기이한 광경을 간단히 언급한다. 또한 이 돌이 훈족 침략의 유물로서 고트족을 제압한 아틸라의 승리를 기리기 위해 세워졌다는 오토 도스트만의 주장을 언급하고 있다. 본 준츠는 이 주장을 반박하면서도 따로 근거를 제시하진 않았고, 그저 이 검은 돌이 훈족에 의해 세워졌다는 말은 윌리엄 1세가 스톤헨지를 세웠다는 말이나 같다고만 일갈하고 있다.

나는 여기서 암시된 엄청난 고대의 시간에 크게 매료되었고, 현재 너덜너덜 곰팡이 핀 상태로 남아 있는 도스트만의 『잃어버린 제국들』(데어 드래첸하우스 출판사, 베를린, 1809)이 어디에 있는지 어렵사리 알아냈다. 그러나 실망스럽게도 도스트만은 검은 돌에 대해서 본인의 전문 분야인 소아시아의 그리스 로마 유적과 비교해 상대적으로 최근에 만들어진 유물이라며 오히려 본 준츠보다도 더 간단하게 언급하는 데 그쳤다. 도스트만은 이 돌기둥의 마모된 문자들을 해독할 수 없었다고 인정하면서 그것이 틀림없이 몽골족의 문자라고 단언했다. 도스트만의 책에서 알아낸 것은 거의 없으나, 그나마 그가 검은 돌과 가까운 마을의 이름 — '마녀 마을'과 비슷한 의미의 '스트레고이카바르'라는 불길한 이름 — 을 언급하고 있음을 찾아냈다. 관광 안내서와 여행 기사들을 면밀히 살펴봤으나 이렇다 할 정보를 얻지 못했다. 일반 여행객들이 다니는 길에서 벗어나, 인적이 드물고 험한 지역에 있다는 스트레고이카바르는 지도 어디에도 나와 있지 않았다. 그런데 돈리의 『마자르 민담』에서 의미심장한 대목을 발견했다. 꿈의 신화를 다룬 부분에서 돈리는 검은 돌과 그에 얽힌 기묘한 미신들을 기록해 놓았는데, 특히 이 돌기둥 주변에서 잠을 자는 사람은 누구든 그 이후로 영원히 기괴한 악몽에 시달리게 된다는 내용이 눈에 띄었다. 그뿐만 아니라 호기심이 지나쳤던 농부들이 하지 밤에 이 돌기둥을 찾아갔다가 거기서 본 어떤 것 때문에 미쳐서 죽었다는 이야기도 있었다.

이것이 돈리의 책에서 어렴풋이나마 찾아낸 단서의 전부였으나, 이 돌기둥에 감도는 불길한 기운을 느끼면서 오히려 관심이 더욱 커졌다. 음산한 태고의 암시와 하지 밤의 기이한 사건들에 관한 반복되는 언급들은 내 안에 잠든 본능을 자극했다. 마치 한밤에 검은 지하에서 흐르는 강물을 소리로 듣기보다 온몸으로 느낀 기분이라고 할까…….

그리고 불현듯 저스틴 제프리의 꽤나 기이하고 환상적인 시 「돌기둥의 사람들」과 이 검은 돌 사이에 모종의 관련이 있음을 깨달았다. 수소문한 결과, 실제로도 제프리는 헝가리를 여행하는 과정에서 이 시를 썼다고 한다. 그렇다면 그가 자신의 이상한 시에서 언급한 돌기둥이 바로 그 검은 돌이 틀림없었다. 그의 시를 다시 읽어보니, 검은 돌과 관련된 글을 읽었을 때처럼 내 안에서 또다시 잠재적인 충동이 기이하게 일렁이었다.

전부터 짧은 휴가를 보낼 만한 장소를 물색해 오던 나는 드디어 마음을 굳혔다. 스트레고이카바르로 간 것이다. 테메스바르에서 폐물이나 다름없는 기차를 타고 목적지 근처까지 간 다음, 사흘 동안 덜컹거리는 마차를 타고 간 끝에, 전나무로 뒤덮인 산에서도 고지대의 비옥한 계곡에 자리 잡은 아담한 마을에 도착했다. 마차로 가는 동안에 별다른 일은 없었으나, 첫날 지나간 스콤바알 전쟁터는 술라이만 대제가 동유럽을 휩쓸던 1526년, 폴란드계 헝가리인 기사였던 보리스 블라디노프 백작이 술라이만과 용감히 그러나 헛되이 맞서 싸웠던 곳이다.

마부가 근처의 언덕 위, 커다란 돌무더기를 가리키며 용감한 백작의 뼈가 거기 묻혀 있다고 말했다. 나는 라슨의 『터키 전쟁사』 한 구절을 떠올렸다. "(백작의 소규모 군대가 터키의 전위대에 패해 퇴각한) 전초전이 끝난 후, 백작은 성벽이 반쯤 허물어진 언덕의 고성(古城) 아래 서서, 군대의 배치를 지시하고 있었다. 이때 부관 한 명이 앞서 벌어졌던 전초전에서 숨진 터키의 유명 저술가이자 역사가 세림 바하두르의 시체에서 작은 칠기를 꺼내 가져왔다. 백작은 칠기에서 양피지 두루마리를 꺼내 읽기 시작했으나 이내 안색이 파랗게 질리더니, 아무 말 없이 양피지를 도로 집어넣고 칠기를 망토 속에 쑤셔 넣었다. 바로 이 순간, 매복해 있던 터키 군이 기습 포격을 가해 왔고, 고성으로 포탄이 날아들었다. 헝가리 병사들은 성벽이 무너져 백작을 완전히 짓뭉개는 광경을 지켜보며 겁에 질렸다. 지휘관을 잃은 소수의 용감한 병사들은 궤멸당했고, 이후 수년 동안 이어진 전쟁의 화염 속에서 백작의 유골은 수습되지 못했다. 오늘날 이곳의 토착민들은 스콤바알 인근의 거대한 폐허 더미를 가리켜, 그 아래 수백 년이 지난 지금까지 보리스 블라디노프 백작의 유해가 남아 있다고 말한다."

스트레고이카바르는 알고 보니 그 불길한 명칭과는 딴판으로 — 전쟁의 소용돌이를 잊은 — 꿈결처럼 평화로운 소촌이었다. 색다른 가옥, 그보다 더 색다른 사람들의 옷차림과 행동거지는 한 시대를 거슬러 올라간 분위기를 자아냈다. 사람들은 상냥했고, 외부에서 찾아오는 방문객이 거의 없는 상황에서도 조심스레 호기심을 보일 뿐 꼬치꼬치 캐묻지는 않았다.

"10년 전에도 한 미국인이 이 마을에 찾아와서 며칠 머물렀죠." 내가 묵기로 한 여인숙 주인이 말했다. "혼자 중얼거리기도 하고 행동이 이상한 젊은이였는데, 시인이라고 했나 그래요."

나는 그가 바로 저스틴 제프리라고 생각했다.

"맞아요. 그 사람 시인이었어요." 내가 대답했다. "이 마을의 주변 풍경에 관해 시를 썼는걸요."

"그래요?" 여인숙 주인이 더욱 관심을 보였다. "하긴 위대한 시인들은 원래 말과 행동이 이상한 법이니, 그 사람도 아마 큰 명성을 얻었겠군요. 내 평생 그렇게 말과 행동이 이상한 사람은 처음 봤으니까요."

"예술가들이 대개 그렇듯이, 그 사람도 죽은 후에야 유명해졌어요."

"그럼, 그 사람이 죽었군요?"

"5년 전에 정신병원에서 비명을 지르면서 죽었어요."

"참 안됐네요. 참 딱하게 됐군요." 여인숙 주인이 불쌍하다는 듯이 한숨을 쉬었다. "불쌍한 친구 같으니라고. 검은 돌을 너무 오래 쳐다보더니만."

나는 가슴이 철렁했으나 속마음을 숨기고 무심한 척 말했다.

"아 참, 나도 이곳에 있다는 검은 돌에 대해 들은 게 있어요. 이 마을 근처에 있다던데, 아닌가요?"

"기독교인들이 원하는 것보다는 가까이 있답니다." 여관 주인이 말했다. "저기!" 그가 격자 창문으로 나를 이끌더니 파란 산의 전나무 가득한 비탈을 가리켰다. "저기 돌출해 있는 절벽 너머에 그놈의 저주스러운 돌이 서 있어요. 박살이 나서 그 가루까지 깡그리 다뉴브 강을 따라 가장 깊은 바닷속으로 가라앉아버려야 하는 건데! 한번은 사람들이 저걸 부숴버리려고 했지만, 돌에 망치나 메를 댄 사람들은 하나같이 변을 당하고 말았어요. 그래서 사람들은 저 돌을 피해 다니죠."

"그 돌이 뭐가 그리 안 좋다는 거죠?" 내가 궁금해서 물었다.

"악마가 씐 돌이에요." 그가 몸서리치는 시늉을 하면서 불편하게 대답했다. "내가 어렸을 때, 저 아랫마을에서 온 젊은이 하나가 우리 마을의 전통을 비웃더니만 미련하게도 하지 밤에 그 돌을 찾아갔지요. 그리고 새벽녘에 비틀비틀 마을로 내려왔는데, 멍하니 미쳐 있더라고요. 뭔가가 그의 머리를 망쳐놓고 입을 봉해 버린 거죠. 그렇게 얼마 후에 죽고 말았답니다. 그 청년이 죽기 전까지 했던 말이라고는 오싹하고 불경한 괴성 아니면 침을 질질 흘리며 횡설수설한 게 전부죠.

내 조카 중에 하나가 아주 꼬맹이였을 때 산속에서 길을 잃고 그 돌 인근의 숲 속에서 잠든 적이 있지요. 그런데 어른이 된 지금까지 악몽에 시달리고, 밤마다 가위에 눌려서 식은땀을 쏟으며 깨어나곤 해요.

아이고, 손님. 다른 얘기나 합시다. 이런 걸 계속 입에 담는 건 좋지 않아요."

내가 여인숙이 얼마나 오래됐냐고 묻자, 그가 자랑스레 말했다.

"400년도 넘었죠. 술라이만의 군대가 지랄같이 이 산을 깔아뭉갰을 때 마을에서 불에 타 잿더미가 되지 않은 유일한 집이 바로 이 건물이에요. 주변이 초토화되는 동안, 저술가 세림 바하두르가 이 건물을 본부로 삼았다고 하더군요."

나는 스트레고이카바르의 현재 거주자들이 1526년의 터키 침략 이전에 살았던 사람들의 후손이 아니라는 걸 그때 알았다. 승리한 이슬람교도들이 이 마을과 인근 사람들을 모조리 몰살해 버렸던 것이다. 남녀노소를 불문하고 처참히 살육됨으로써 마을 멀리까지 침묵에 잠기고 완전한 폐허로 남았다. 스트레고이카바르의 현 거주자들은 터키 군이 돌아간 뒤에 저지대 계곡을 떠나 황폐한 마을로 이주해 온 강인한 정착민들의 후손이다.

여인숙 주인은 이 마을의 원주민들이 말살된 얘기를 하면서도 그리 분노하지 않았는데, 알고 보니 저지대의 선조들은 산간 원주민들을 터키인보다 더 증오하고 혐오했던 모양이다. 그는 이런 반목의 원인에 대해서는 확답을 피하면서 스트레고이카바르의 원주민들이 일상적으로 저지대 마을을 급습하여 아녀자들을 납치했다고만 말했다. 또한 산간 원주민들과 여인숙 주인의 선조는 정확히 말하면, 같은 혈통이 아니라고도 했다. 원래 강건한 마자르-슬라브 혈통이 퇴화된 어느 토착민 부족과 결혼으로 뒤섞이면서 불건전한 혼혈인들이 나오게 됐다는 것이다. 문제의 토착민 부족에 대해서는 여인숙 주인도 전혀 알지 못했고, 다만 그들이 이교도였고 정복민들이 오기 전인 태곳적부터 이 산간에 거주했다고 했다. 나는 이 이야기에는 그리 관심을 두지 않았다. 켈트족과 갤러웨이 구릉의 지중해 토착민들이 결합하여 혼혈종이 탄생했고, 이로써 스코틀랜드의 전설에 살이 붙었다는 식의 이야기와 별반 다르지 않다고 여겨서다. 세월은 민담에 기묘한 원근법 효과를 주었고, 픽트족이 옛 몽골족의 전설과 뒤섞이게 되면서 결국은 땅딸막한 원시인의 혐오스러운 외모가 픽트족 때문이라는 설이 픽트족의 전설에도 등장했다가 잊혔다. 그래서 스트레고이카바르의 첫 주민들에게 나타났다는 비인간적인 특성들은 더 오래전, 요컨대 침략적인 훈족과 몽골족이 등장하는 케케묵은 신화까지 거슬러 올라가야 그 연원을 찾을 수 있을지 모른다고 생각했다.

이튿날 나는 여인숙 주인이 걱정스레 알려주는 길을 따라 검은 돌을 찾아 떠났다. 전나무 산비탈을 몇 시간 동안 올라가자, 산허리에 떡하니 튀어나온, 울퉁불퉁하고 단단한 암석 절벽이 나타났다. 절벽으로 구불구불 나 있는 비좁은 길을 따라 올라서니, 좌우로 푸르고 거대한 산맥을 호위병 삼아 졸린 듯 펼쳐져 있는 스트레고이카바르의 평화로운 계곡이 훤히 보였다. 내가 서 있는 절벽과 마을 사이에는 오두막이나 사람의 주거지 같은 것은 보이지 않았다. 계곡에 무수히 흩어져 있는 밭들도 전부 스트레고이카바르의 맞은편에 있어서 마치 검은 돌을 숨기고 있는, 침울한 산비탈로부터 멀리 도망치려는 것 같았다.

절벽의 정상은 나무가 우거진 일종의 고원이었다. 나는 지름길을 택해 빽빽한 수풀을 지나, 너른 빈터에 도착했다. 그리고 그 빈터 한복판에 으스스한 검은 돌기둥이 있었다.

팔각형의 생김새에 높이 5미터, 폭 50센티미터 정도였다. 한때는 아주 반들반들했을 표면이 지금은 그것을 부수려고 했던 맹렬한 시도들에 의해 움푹 파여 있었다. 그러나 망치질로는 작은 돌조각을 떨어뜨리고, 한때는 돌기둥을 나선형으로 빙빙 돌아 꼭대기까지 새겨져 있던 문자들을 훼손한 게 고작이었다. 밑에서 3미터까지는 문자가 거의 지워지다시피 해서 그 흔적을 찾기가 무척 어려웠다. 그 위로는 글자의 형태가 남아 있는 편이라서 기둥을 따라 올라가는 필체를 가까스로 확인할 수 있었다. 문자들은 모두 어느 정도씩은 마모되어 있었으나, 그것이 이 지구 상에 알려진 언어와는 다른 상징이라고 확신할 수 있었다. 나는 연구자들과 언어학자들에게 알려져 있는 모든 상형문자에 퍽 익숙한 편이라 내가 지금까지 읽거나 들은 그 어떤 문자와도 다르다고 단언할 수 있다. 내가 본 문자 중에서 가장 유사한 것이 있다면, 유카탄 계곡의 거대하고 이상하리만큼 대칭 구조를 띤 바위에 투박하게 휘갈겨진 것이다. 당시에 내가 그 문자들을 고고학자인 동료에게 보여주자,

그는 자연적인 풍화작용의 결과이거나 인디언의 심심풀이 낙서라고 고집스레 말했다. 그 바위가 실제로는 오래전에 사라진 기둥의 토대라는 내 추측에 대해서도 그는 그저 웃어넘기며 만약에 그것이 어떤 방식이든 건축 공학적으로 만들어진 것이라면 기둥의 높이가 족히 300미터는 될 거라고 했다. 그래도 나는 그의 말을 수긍할 수 없었다.

검은 돌의 문자들이 유카탄의 거대한 바위에 새겨진 그것과 유사하다고 말하려는 것은 아니다. 서로 시사하는 바가 있다는 얘기다. 이 돌기둥의 재질에 대해서는 도저히 감이 잡히지 않았다. 표면이 잘 파이거나 거칠어지지 않는 재질에다 둔탁한 빛이 도는 흑색이어서 돌기둥이 반투명하게 보이는, 이상한 착시를 일으켰다. 나는 아침나절을 거기에 있다가 고개를 갸웃거리며 돌아왔다. 이 돌기둥은 지구 상의 어떤 인공물과도 관련이 없다고 스스로 암시하는 것 같았다. 마치 인간의 지식이 닿지 않는 머나먼 과거에, 외계인에 의해 세워졌다는 듯이……

나는 조금도 누그러지지 않은 호기심을 품고 마을로 돌아왔다. 이 신기한 돌을 직접 눈으로 확인하고 나니, 좀 더 파고들어 과연 어떤 이방인이 어떤 목적으로 오래전에 이 검은 돌기둥을 세웠는지 알아내고픈 조바심이 일었다.

여인숙 주인의 조카를 찾아가 꿈에 대해 물었으나, 그는 설명하려는 의지는 있는데 제대로 표현하지 못했다. 꿈에 대해 말하는 걸 굳이 꺼리진 않았지만, 명확하게 설명하질 못했던 것이다. 매번 같은 꿈을 반복해서 꾸었고 그 순간만큼은 오싹하게도 생생했다고는 하나, 꿈에서 깨어나면 또렷한 인상이 남아 있지 않다고 했다. 그가 기억하는 것이라고는 시뻘건 불길이 솟구치는 거대한 불의 소용돌이와 계속해서 요란하게 울리는 음산한 북소리로 가득한 혼돈의 악몽이었다. 한 가지 그가 또렷하게 기억하는 바에 따르면, 한번은 꿈에서 검은 돌을 보았는데 산비탈이 아니라 어마어마한 규모의 어느 검은 성에 첨탑처럼 세워져 있더라고 했다.

반면에 다른 마을 사람들은 검은 돌에 대해 말하기를 꺼렸다. 한 사람, 뜻밖에도 학식이 깊은 교사만이 예외였으니, 그는 마을 사람 중에서 가장 세상과의 교류가 많은 인물이었다.

내가 검은 돌에 관한 본 준츠의 글을 말하자, 그 교사는 큰 관심을 보이면서 그 독일인 저자가 추정한 돌기둥의 연원이 맞을 거라고 동의했다. 교사의 의견에 따르면, 이 마을 일대에서 한때 마녀 집회가 열렸는데, 마을의 원주민 모두가 풍요제 성격의 이 제의에 참가했던 것으로 보이고, 이것은 나중에 한때 유럽 문명에 위협이 되었던 마녀 이야기의 진원지가 되었다. 그가 자신의 의견을 입증하기 위해 든 예가 다름 아닌 이 마을의 이름이었다. 요컨대 마을의 원래 이름이 스트레고이카바르가 아니었다는 얘기다. 마을을 세운 선조들의 전설에 따르면, 이 지역은 '수틀탄'이라고 불리었고 이곳에 수 세기 전에 마을을 세웠던 원주민들이 지은 이름이라고 했다.

나는 교사의 말을 듣고 또다시 막연한 불안감을 느꼈다. 그 야만적인 명칭은 이 자연 환경 속에서 산간 마을의 원주민들이 속해 있었을 인종, 요컨대 스키타이나 슬라브 혹은 몽골 등과 아무런 연관이 없었기 때문이다.

교사의 말에 따르면, 저지대의 마자르인과 슬라브인들은 이 마을의 원주민들이 마녀 집회에 참가했다는 걸 기정사실로 믿고 있었다. 게다가 원주민들이 붙였다는 마을의 명칭은 터키의 학살이 자행된 이후에도 계속 사용되었고 나중에야 좀 더 깨끗하고 건전한 혈통을 지닌 사람들에 의해 마을이 재건되었다고 했다.

교사는 마녀 집회의 회원들이 그 돌기둥을 세웠다고는 생각하지 않았고, 다만 그것을 제의 활동의 중심지로 사용했을 거라고 보았다. 그리고 터키의 침공 이전부터 대대로 전해져왔다는 불분명한 전설들을 거듭 강조하면서, 퇴화한 마을 사람들이 자신들의 선조 격인 저지대의 주민들로부터 아녀자들을 납치하여 인신 공양의 제물로 삼았고, 그 제단으로 사용한 것이 바로 돌기둥이라고 추측했다.

하지 밤에 벌어졌다는 기괴한 사건들에 관한 신화, 수틀탄의 마녀 집회 회원들이 매질과 살육으로 미개한 제식을 행하면서 주문을 외우며 숭배했다는 기이한 신과 관련된 전설, 교사는 이런 부분에 대해서는 무시해 버렸다.

그는 하지 밤에 돌기둥을 보러 간 적은 없으나 그렇게 하는 것이 두렵지는 않다고 했다. 과거에 거기에 무엇이 있었건 간에 이미 세월과 망각 속에 파묻힌 지 오래라 죽음과 덧없는 과거를 떠올리게 할 뿐 아무런 의미도 없다는 것이다.

스트레고이카바르에 머문 지 일주일쯤 되는 어느 밤, 교사를 방문하고 돌아오는 길에 불현듯 뇌리에 스치는 것이 있었다. 그날이 바로 하지 밤! 전설에서 검은 돌과 관련해 오싹한 암시를 하는 바로 그 밤이었다. 나는 여인숙으로 가던 발길을 돌려 재빨리 마을을 지나갔다. 스트레고이카바르는 침묵에 잠겨 있었다. 마을 사람들은 일찍 잠자리에 들었다. 서둘러 마을을 벗어나, 속삭이는 어둠으로 산비탈을 가리고 있는 전나무 숲에 들어설 때까지 눈에 띄는 사람은 없었다. 계곡 위에 걸린 휘영한 은빛 달이 바위와 산비탈에 기이한 빛을 환하게 비추며 그림자들을 더욱 검게 새기고 있었다. 전나무 사이로 불어오는 바람은 없었으나, 기묘하고도 또렷한 부스럭거림과 속삭임이 주변에 가득했다. 변덕스러운 상상력 속에서 오래전 이런 하지 밤마다 마법의 빗자루에 올라탄 벌거벗은 마녀들이 깔깔거리는 악마 패거리를 이끌고 저 계곡 위를 날아가는 모습이 떠올랐다.

절벽에 올라서자, 기만적인 달빛 때문에 전에는 미처 몰랐던 미묘한 모습이 나타나 있어서 퍽 불안해졌다. 기이한 달빛 아래서 그곳은 천연의 절벽이라기보다는 산비탈에서 돌출된, 거대한 성가퀴의 폐허처럼 보였다.

간신히 이 환영을 떨쳐버리며 고원에 도착했고, 숲의 음침한 어둠 속으로 들어서기 전에 잠시 망설였다. 숨 막히는 긴장감 같은 것이 어둠을 짓누르고 있었다. 마치 보이지 않는 괴물이 먹잇감이 놀라 달아날까 봐 숨을 죽이고 있는 것처럼.

장소가 으스스한 데다 불길한 소문까지 도는 곳이니 이런 감정이 드는 것도 당연지사, 마음을 다잡고 숲 속을 지나갔다. 뭔가에 쫓기는 듯 무척이나 거북했고, 실제로도 뭔가 끈적끈적하고 흔들거리는 것이 어둠 속에서 얼굴을 스쳐 간 것 같아서 발길을 멈추기도 했다.

숲에서 빈터로 나오자, 기다란 돌기둥이 풀밭에 비쩍 마른 유령처럼 서 있었다. 절벽 쪽 숲 가장자리에 있는 바위 하나는 마치 자연이 만들어놓은 의자 같았다. 나는 거기 앉아서 아마도 그 미친 시인 저스틴 제프리가 기괴한 「돌기둥의 사람들」을 쓴 곳도 바로 이 바위일 거라고 생각했다. 여인숙 주인은 돌기둥 때문에 제프리가 미쳤다고 생각했으나, 광기의 씨앗은 이미 그가 스트레고이카바르에 오기 오래전부터 그의 머릿속에서 싹트고 있었다.

손목시계를 보니 자정이 임박해 있었다. 나는 바위에 등을 기대고 어떤 유령 쇼가 벌어질 것인지 기다렸다. 전나무 가지 사이로 불기 시작한 실바람이 어디선가 아스라이 들려오는 스산하고 불길한 피리 소리 같았다. 그 단조로운 소리를 들으며 돌기둥을 계속 쳐다보고 있자니, 자기 최면 같은 효과가 생겨서 점점 졸음이 쏟아졌다. 졸음을 쫓다가 나도 모르게 잠이 들고 말았다. 돌기둥이 흔들흔들 춤을 추면서 이상하게 일그러져 보인다 싶었는데 이내 잠이 든 것이었다.

눈을 뜨고 일어서려 했으나 차가운 얼음 손에 꽉 붙잡혀 있는 것처럼 꼼짝도 할 수 없었다. 싸늘한 공포가 온몸을 휘감았다. 빈터는 더 이상 휑뎅그렁하지 않았다. 말없이 운집해 있는 낯선 사람들, 나는 휘둥그레진 눈으로 그들의 이상하고 야만적인 옷을 눈여겨보았다. 이성적으로 생각해 보면 그런 산간벽지에서조차 입지 않는 옛날 옷차림이었다. 그들은 뭔가 괴상한 집회를 열기 위해 그곳에 온 마을 사람들 같았다. 그러나 다시 한 번 훑어본 결과, 스트레고이카바르의 주민들은 아니었다. 거기 모여 있는 사람들은 키가 더 작고 땅딸막했으며, 험상궂은 얼굴은 넓적하고 둔해 보였다. 일부는 슬라브인과 마자르인의 특징을 지니고 있었으나 그런 특징은 딱히 분류하기 어려운, 이질적이고 열등한 혈통과의 혼혈 때문에 생긴 퇴화 현상이었다. 대다수는 산짐승의 가죽을 입었고, 전반적인 생김새는 남녀 공히 육감적이고 야만적이었다. 내가 보기엔 무섭고 혐오스러웠으나, 정작 그들은 내게 관심을 보이지 않았다. 그들은 돌기둥 앞에 거대한 반원형으로 모여서 같은 동작으로 두 팔을 휘두르고 상반신을 리드미컬하게 흔들면서 영창 같은 것을 부르기 시작했다. 그들의 눈은 전부 뭔가에 홀린 듯이 돌기둥의 맨 위에 고정되어 있었다. 그러나 무엇보다 이상한 것은 그들의 희미한 목소리였다. 50미터도 채 안 되는 거리에서 수백 명의 남녀가 거친 영창을 목청껏 부르고 있는데도 그 목소리가 마치 공간적으로 혹은 시간적으로 아득히 먼 곳에 들려오는 것처럼 작고 희미한 중얼거림 같았으니 말이다.

돌기둥 앞에 놓여 있는 화로 같은 것에서 징그럽고 역겨운 황색 연기가 피어오르더니 흥분한 거대한 뱀처럼 검은 돌기둥 주위를 빙빙 돌면서 요상하게 굽이쳐 올랐다.

이 화로 한쪽에는 젊은 여자가 실오라기 하나 걸치지 않은 알몸으로 손발이 묶여 있었고, 태어난 지 몇 달밖에 안 돼 보이는 갓난아기도 있었다. 그리고 그 반대쪽에는 섬뜩하게 생긴 노파가 무릎에 괴상한 모양의 검은 북을 올려놓고 있었다. 노파는 손바닥으로 느리고 가볍게 북을 두드리고 있었으나, 나는 그 소리를 들을 수 없었다.

사람들의 상체 움직임이 점점 더 빨라지는 가운데 사람들과 돌기둥 중간으로 벌거벗은 여자가 뛰쳐나왔다. 여자의 눈은 이글거렸고, 풀어헤친 긴 흑발이 바람에 날리었다. 여자는 발가락 끝으로 현란하게 회전하면서 빈터를 가로지르다가 돌기둥 앞에 푹 쓰러지더니 꼼짝도 하지 않았다. 곧이어 괴상한 사람이 ― 상반신에 염소 가죽을 걸치고 머리에 커다란 늑대 머리 모양의 탈을 뒤집어쓰고 있어서 인간과 짐승을 오싹하게 뒤섞어놓은 악몽 속의 괴물처럼 보이는 남자가 ― 여자의 뒤를 따랐다. 남자의 손에는 한데 묶은 전나무 회초리 다발이 들려 있었고, 그의 목에 늘어져 있는 묵직한 금줄이 달빛에 번뜩였다. 그 금줄에 매달려 있는 작은 사슬에는 원래 펜던트가 붙어 있었던 것 같았으나 당시에는 사라지고 없었다.

사람들은 격렬하게 팔을 흔들었고, 그 괴상한 남자가 빈터를 활보하면서 간간이 풀쩍풀쩍 뛰어오르는 동안, 사람들의 함성이 더욱 거세지는 것 같았다. 남자는 돌기둥 앞에 쓰러져 있는 여자에게 다가가더니

들고 있던 전나무 회초리 다발로 여자를 때리기 시작했다. 여자가 벌떡 일어서서 내 평생 처음 보는 광란의 춤을 추었다. 매질을 하던 남자도 돌고 뛰는 여자의 동작에 맞춰 격렬하게 춤을 추기 시작했고, 그러는 동안에도 여자의 알몸을 향해 무자비한 매질을 퍼부었다. 매질을 할 때마다 그가 외마디 말을 반복해서 소리쳤고, 모든 사람들이 그 말을 복창했다. 나는 사람들의 움직이는 입술을 볼 수 있었다. 아득한 중얼거림 같던 그들의 목소리가 어느새 흐느끼는 황홀경 속에서 끝없이 되풀이되는 하나의 단어로 합쳐졌다. 그러나 나는 그 한마디 말이 무엇인지 알아낼 수가 없었다.

두 사람의 아찔한 춤사위가 계속되는 동안, 군중은 자리를 지킨 채 상반신을 흔들고 두 팔을 휘저으며 춤꾼들의 리듬을 따르고 있었다. 날뛰는 여자의 눈에서 광기가 점점 더 강해졌고, 군중의 눈에서도 그랬다. 걷잡을 수 없이 격렬해지는 광란의 춤사위는 야만스럽고 음탕해졌다. 한편 노파는 미친 사람처럼 괴성을 지르며 북을 두드려댔고, 북소리는 요란하게 악마의 리듬으로 울려 퍼졌다.

여자의 팔다리에서 피가 뚝뚝 떨어졌으나, 더욱더 격렬한 동작의 충동 외에는 매질의 고통을 느끼지 않는 것 같았다. 여자는 황색 연기 속으로 뛰어들었고, 이쯤에선 연기가 촉수처럼 퍼져서 날뛰는 두 사람을 감싸고 있었다. 여자는 그 불결한 연기와 합쳐져 그 속에 몸을 숨긴 것 같았다. 이윽고 여자가 다시 시야에 들어왔을 때, 여전히 그 뒤를 바짝 뒤따르던 짐승인지 사람인지 아리송한 남자가 시종일관 그녀를 매질하고 있었다. 여자는 뭐라고 형용하기 어려우리만큼 발작적으로 역동적이고 광기 어린 동작을 취했고, 그 미친 움직임의 절정에서 갑자기 풀밭에 쓰러져 탈진감을 이기지 못한 듯 부들부들 떨며 숨을 헐떡였다.

여전히 모진 매질이 계속되었고, 여자는 돌기둥을 향해 부들거리며 기기 시작했다. 사제 ─ 짐승 같은 남자를 달리 부를 말이 없기에 ─ 가 기어가는 여자를 뒤따르며 그녀의 알몸에 온 힘을 다해 매질을 계속했다. 이윽고 돌기둥까지 기어간 여자는 가쁜 숨을 몰아쉬면서 두 팔로 와락 돌기둥을 끌어안더니, 미치고 부정한 열애에 빠진 사람처럼 차가운 돌에 격정적으로 입을 맞추었다.

해괴망측한 이 사제가 허공으로 높이 뛰어오르며 피로 물든 회초리 다발을 집어던지자, 숭배자들이 입에 거품을 물고 괴성을 지르면서 이와 손톱으로 서로의 옷과 살을 마구 찢어대는데 그야말로 미친 야수들의 모습이었다. 사제는 긴 팔로 갓난아기를 낚아채고는 또다시 그 이름을 소리쳤다. 그러고는 갓난아기를 높이 치켜들고 빙빙 돌리는가 싶더니, 갑자기 돌기둥에 내리치는 바람에 아기의 뇌가 튀어나와 검은 돌 표면에 오싹한 흔적을 남겨놓았다. 공포로 얼어붙은 나는 그가 흉포한 맨손으로 자그만 아기의 몸을 갈가리 찢어서 한 줌의 피를 돌기둥에 뿌리고는 찢긴 새빨간 살덩어리를 화로 속에 집어던지는 광경을 지켜보았다. 화로의 불과 연기가 핏물에 의해 꺼지고 잦아들자, 금수만도 못한 미친 군중은 사제의 뒤에서 그 이름을 끝없이 소리쳤다. 그들이 갑자기 모두 땅에 엎드려 뱀처럼 몸부림쳤고, 사제는 승리에 도취한 듯 유혈이 낭자한 두 손을 활짝 펴 들었다. 나는 속에 억눌려 있던 공포와 증오를 터뜨리기 위해 입을 벌렸으나, 나오는 소리라고는 그저 메마른 가르랑거림뿐이었다. 두꺼비를 닮은 거대한 괴물이 돌기둥 꼭대기에 앉아 있었다!

달빛 속에서 그것은 얼굴 바탕만 자연의 생물체를 닮았을 뿐이지 종잡을 수 없이 불룩하고 역겨운 윤곽을 드러냈다. 그것의 번뜩이는 커다란 눈알엔 인간의 조상이 눈멀고 털 없는 모습으로 나무 사이를 옮겨 다니던 날 이후로 인류에게 파고든 육욕과 끝없는 탐욕, 지독한 잔혹성과 거대한 악의 기운이 어려 있었다.

그 음산한 눈알은 해저 도시 사이에 잠들어 있는, 한낮의 빛을 피해 원시 동굴의 암흑 속에 잠복해 있는, 세상의 모든 신성모독과 혐오스러운 비밀을 비추고 있었다. 피와 사니즘과 산혹함의 불결한 제의를 통해 산간의 침묵에서 불러낸 이 소름 끼치는 괴물이 자기 앞에 역겨우리만큼 비굴하게 조아리고 있는 야만의 숭배자들을 흘겨보면서 눈알을 껌벅거리고 있었다.

그때 짐승의 탈을 쓴 사제가 포박당하여 힘없이 몸부림치는 여자를 잔인한 두 손으로 들어서, 돌기둥 위의 그 괴물을 향해 치켜 올렸다. 괴물이 침을 흘리며 탐욕스레 숨을 들이마시는 동안, 갑자기 내 머릿속에서 딱 하는 소리 같은 것이 들려왔고, 나는 다행히 기절하고 말았다.

내가 눈을 뜬 것은 고요하고 희끄무레한 새벽이었다. 간밤의 일들이 한꺼번에 떠올랐고, 벌떡 일어나 황망히 주변을 둘러보았다. 아침 산들바람에 흔들리는 푸른 풀밭엔 짓밟힌 흔적이라곤 없었고, 그 위로 돌기둥이 침묵 속에서 스산하게 서 있었다. 성큼성큼 빠르게 걸어서 금세 빈터 맞은편에 닿았다. 바로 거기서 춤꾼들이 이리 뛰고 저리 뛰면서 풀밭이 파헤쳐지도록 춤을 추었고, 여자는 피를 흘리며 고통스럽게 돌기둥까지 기어갔더랬다. 그러나 풀밭에는 짓밟힌 흔적도 한 방울의 혈흔도 남아 있지 않았다. 나는 몸서리를 치면서 돌기둥 옆, 그러니까 짐승 같은 사제가 납치해 온 갓난아기의 머리를 후려쳤던 자리를 보았다. 그러나 검은 자국도 오싹한 살점도 보이지 않았다.

꿈이었던가! 무시무시한 악몽. 나는 어깨를 으쓱했다. 꿈이 어찌 이리도 생생한가!

나는 조용히 마을로 돌아가 사람들의 눈을 피해 여인숙으로 들어갔다. 그리고 간밤의 기이한 일들에 대해 곱씹었다. 시간이 갈수록 그것이 꿈이었다고 인정하기 싫어졌다. 내가 본 것이 실체 없는 환영이었음은 분명했다. 그러나 내가 본 망령 속에 지난 시절의 만행들이 투영된 것은 아닐까? 그걸 내가 어떻게 알지? 내가 본 것이 허구의 악몽이 아니라 불결한 유령들의 집회였다면 그 증거는 무엇이지?

그 해답처럼 뇌리에 번뜩이는 이름이 있었다. 세림 바하두르! 전설에 따르면, 저술가이자 군인이었던 그는 스트레고이카바르를 유린했던 술라이만 군대의 일부를 지휘하고 있었다. 그렇다면 근거 없는 억측은 아니지 싶었다. 그는 괴멸된 시골 마을에서 피비린내 나는 스콤바알 전쟁터로 곧장 이동하여 거기서 죽음을 맞았을 것이다. 나는 고함을 치면서 벌떡 일어섰다. 이 터키인의 시체에서 꺼냈다는…… 보리스 백작이 보고서 몸서리쳤다는 원고. 혹시 그 원고에 터키 병사들이 스트레고이카바르에서 무엇을 발견했는지 기록되어 있지 않을까? 그것 말고 용맹무쌍한 폴란드 백작의 간담을 서늘하게 만들 수 있는 것이 또 있었을까? 게다가 백작의 유골이 수습된 적이 없으니, 신비한 내용이 담긴 칠기 또한 보리스 블라디노프 백작을 덮친 폐허 더미 아래 아직까지 숨겨져 있지 않겠는가? 다급히 짐을 꾸리기 시작했다.

사흘 후에 나는 옛 전장 스콤바알에서 불과 수 킬로미터 떨어진 소촌에 도착해 있었다. 그리고 달이 뜰 무렵에는 언덕을 뒤덮은 커다란 폐허 더미에서 초인적인 힘을 발휘하고 있었다. 너무도 힘겨운 일이었으나 ─ 지금 생각해도 내가 어떻게 그 일을 해냈을까 싶지만 ─ 아무튼 월출부터 새벽까지 쉬지 않고 폐허 더미를 치웠다. 해가 막 떠오른 시간, 나는 마지막 돌무더기를 치우고 보리스 블라디노프 백작의 유골―부서져가는 몇 개의 처량한 뼈―을 보았다. 그리고 그 유골 사이에서 부서져 원래의 모습이 다 남아 있진 않으나 칠을 한 덕분에 오랜 세월에도 완전히 썩어 없어지진 않은 상자 하나를 발견했다.

나는 그 칠기를 덥석 움켜잡았다. 그리고 돌 몇 개로 유골을 대충 덮어놓았다. 솔직히 도굴 행위나 다름없는 내 행농이 의심 많은 농부들의 눈에 띤다 해도 상관없었다.

여인숙으로 돌아와 칠기를 열어보니, 비교적 잘 보존되어 있는 양피지가 들어 있었다. 그리고 작고 땅딸막한 물건 하나가 비단에 싸여 있었다. 정신없이 누런 양피지의 내용을 파고들었으나, 피로감이 가로막았다. 스트레고이카바르를 떠난 이후로 잠을 거의 자지 못한 데다 간밤의 중노동까지 겹친 결과였다. 정신을 차리려고 했으나 결국은 침대에 대자로 뻗어서 해 질 녘까지 잠들어버렸다.

저녁을 대충 때우고, 깜박이는 촛불에 의지해 양피지에 빼곡한, 정갈한 필체의 터키어에 몰두했다. 터키어에 능통하지 못했고 번번이 고어투에 막혀서 녹록지 않은 작업이었다. 그래도 힘겹게 파고들면 파고들수록 군데군데 한 단어 혹은 한 구절씩 의미가 드러났고, 그 때문에 조금씩 강해지는 공포가 엄습해 왔다. 이 해독 작업에 온 힘을 다함에 따라 내용이 분명해질수록 피가 얼어붙었고 머리칼이 쭈뼛거렸으며 입안이 바짝바짝 타들어갔다. 주위의 모든 것이 이 지옥의 원고에 담긴 오싹한 광기에 전염되는 것 같았다. 그렇게 밤이 되자, 숲 속 곤충과 동물 들의 소음이 섬뜩한 중얼거림처럼 또 소름 끼치는 괴물의 은밀한 발소리처럼 들려왔고, 밤바람은 사람들의 영혼을 향해 킥킥거리는 악마의 음탕한 비웃음으로 바뀌었다.

마침내 잿빛 여명이 격자 창문으로 슬그머니 새어 들어올 때, 원고를 내려놓고 비단에 싸여 있는 물건을 집어 들었다. 퀭한 눈으로 그것을 바라보면서 이 일의 진실은 침묵으로 남겨져야 한다는 걸 깨달았다. 설령 이 섬뜩한 원고의 내용을 의심하는 말일지라도 입 밖에 내지 말아야 했다.

나는 그 역겨운 양피지와 물건을 도로 상자에 집어넣었다. 그리고 그 상자에 돌을 매달아 다뉴브의 가장 깊은 강물에 내던짐으로써 그것이 원래 있던 지옥으로 돌아갈 때까지 쉬지도 잠들지도 먹지도 못했다.

내가 하지 밤에 스트레고이카바르의 산속에서 꿈을 꾼 것이 아니었다. 한낮에만 그곳에 머물렀던 저스틴 제프리에게는 다행이었다. 만약에 그가 그 무시무시한 집회를 목격했더라면, 그의 광기는 훨씬 더 일찍 파멸로 이어졌을 테니까. 나는 얼마나 버틸 수 있을까, 모르겠다.

그렇다, 그것은 꿈이 아니었다. 오래전에 죽은 광신도들이 그들처럼 오래된 옛것을 숭배하기 위해 지옥에서 나와 불온한 집회를 열었고, 내가 그것을 목격했다. 유령 앞에 머리를 조아린 유령들. 지옥은 아주 오래전부터 자기만의 신을 원했다. 그 신은 풍파에 닳은 끔찍한 모습으로 오래도록 이 산간에 머물렀으나, 더는 그 더러운 발톱으로 산 자의 영혼을 움켜잡지 못했다. 신의 왕국은 살아서 그를 숭배했던 자들이 유령으로만 존재하는 망자의 왕국이기 때문이다.

그 으스스한 밤에 지옥의 관문을 열어젖힌 음험한 연금술 혹은 불경한 마법이 무엇인지는 모르겠으나, 나는 두 눈으로 똑똑히 보았다. 그리고 이제 그 밤에 내가 본 것이 살아 있는 사람들이 아님을 알게 되었다. 세림 바하두르가 신중하게 쓴 원고에 그와 그의 부하들이 스트레고이카바르의 계곡에서 무엇을 발견했는지 나와 있기 때문이다. 나는 또

악을 쓰던 숭배자들의 입에서 고통스레 쥐어짜듯 튀어나온 그 불경하고 음탕한 말이 어떤 의미인지 자세히 읽었다. 또 이 산속 높은 곳에 있는 칠흑 같은 어둠의 동굴에서 겁에 질린 터키 병사들이 두꺼비처럼 불룩한 모습으로 버둥거리는 괴물을 에워싸고, 마호메트로부터 대대로 축복받은 고대의 검과 불 그리고 아라비아가 있기 오래전부터 전해져 온 주문으로 그것을 죽였다는 것도 읽었다. 괴물이 죽어가면서 땅이 뒤흔들리는, 어마어마한 비명을 질렀다는 대목에서 그 강건한 세림마저 손을 떨었다. 괴물은 혼자 죽지 않았다. 공격자의 절반을 죽음으로 데려갔고, 세림은 그 광경을 묘사할 의지도 능력도 없었다.

금으로 만들어져, 비단에 싸여 있던 그 땅딸막한 신상은 바로 그 괴물의 모습이었다. 세림이 탈바가지 쓴 대사제를 살해하고 그의 금목걸이에 달려 있던 그 신상을 뜯어냈던 것이다.

터키인들이 횃불과 정결한 칼로 이 더러운 계곡을 휩쓸었으니 얼마나 다행인가! 이 음울한 산맥이 묵묵히 지켜봤던 그때의 광경은 세월의 어둠과 심연 속에 묻혀 있다. 밤마다 나를 몸서리치게 만드는 것은 두꺼비 괴물에 대한 공포가 아니다. 지옥에서 자신의 숭배자 무리들과 함께 무소불위의 존재로 군림하는 그 괴물은 1년 중 가장 불가사의한 밤에 내가 목격한 바와 같이 딱 한 시간 동안만 자유를 허락받는다. 게다가 숭배자들 중에서 생존자는 전무하다.

그러나 한때 그런 괴물들이 인간의 영혼을 짓누르며 야수처럼 웅크리고 있었다는 깨달음, 그것이 내가 식은땀을 흘리는 이유다. 또 하나, 내가 본 준츠의 그 저주스러운 책장을 다시 훔쳐볼까 봐 두렵다. 지금은 그가 반복해서 말하는 핵심 어구의 의미를 알고 있으니까! 외부의 문을 여는 열쇠. 그것은 혐오스러운 과거와 연결된, 혐오스러운 현재의 외부로 가는 문을 여는 열쇠다. 나는 또한 그 절벽이 왜 달빛 아래서 성가퀴처럼 보이는지, 그리고 여인숙 주인의 조카가 시달린다는 악몽 속에서 검은 돌이 왜 거대하고 검은 성의 뾰족탑처럼 보였다고 했는지 이해하고 있다. 누군가 이 산간을 파보기라도 한다면, 아마도 산비탈의 위장막 아래서 믿을 수 없는 것들을 발견할지 모르겠다. 터키인들이 괴물을 몰아간 그 동굴은 사실 동굴이 아니었기 때문이다. 현재의 시간과 땅이 파도처럼 흔들리며 솟구치고, 저 파란 산맥들이 일어나 상상초월의 존재들을 덮어버렸던 시간, 그 시간의 간극에 놓여 있을 영겁의 거대한 심연을 떠올릴 때마다 모골이 송연해진다. 그 어느 누구도 저 돌기둥을, 사람들이 검은 돌이라고 부르는 저 섬뜩한 뾰족탑을 없애려 들지 말기를!

열쇠! 아, 그것은 망각된 공포의 열쇠이고 상징이다. 그 공포는 태초의 어둠 속에서 역겨운 모습으로 기어 나왔다가 다시 원래의 지옥 변방으로 사라졌다. 그러나 본 준츠가 암시한 또 다른 악마의 존재들, 예컨대 그의 목숨을 앗아 간 기괴한 손과 같은 것은 어떤가? 나는 세림 바하두르의 글까지 읽어본 터라, 『검은 책』의 어떤 것도 더는 의심할 수 없다. 인간이 늘 지구의 주인은 아니었다. 그렇다면 지금은 인간이 주인인가?

그리고 자꾸 이런 생각이 든다. 만약에 돌기둥의 주인과 같은 괴물이 도저히 상상도 할 수 없는 시대부터 오늘날까지 여전히 생존해 있다면, 지금 이 세상 어두운 곳곳에 어떤 이름 없는 곡두들이 잠복해 있을까?

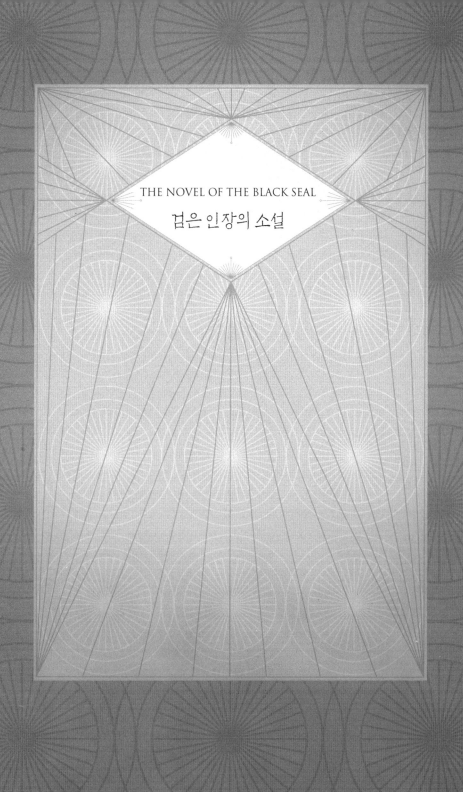

THE NOVEL OF THE BLACK SEAL

검은 인장의 소설

작가와 작품 노트 | 아서 매컨(Arthur Machen, 1863~1947)

판타지, 호러 작가. 1863년에 칼레온에서 태어났다. 칼레온은 영국에서 가장 흥미로운 로마 유적지이자 아서 왕의 전설(카멜롯과 칼레온이 동일시되며)의 배경이 되는 곳이다.

오늘날에는 매컨의 작품보다는 공포 소설의 대가 스티븐 킹과 롤링스톤스의 믹 재거 등 유명인들이 그의 팬이라는 일성을 통해서 이따금씩 이름이나마 접하게 되는 작가일지 모르나(물론 한국에는 그런 유명인도 일반 독자도 거의 없는 형편이나), 19세기에서 20세기로 넘어가는 전환기에는 영국에서 가장 중요한 작가 중에 하나였다.

유년기와 청소년기 대부분을 칼레온에서 북쪽으로 수 킬로미터 떨어진 란데위 파치의 목사관에서 보낸다. (매컨의 아버지는 목사였다.) 목사관 주변으로 굽이치는 목초지와 조용한 개울과 산등성이 그리고 칼레온의 고색창연한 유적에 이르까지 이곳의 아름다운 풍광과 신비한 분위기는 매컨을 매료시켰고, 그의 남은 생과 문학에 깊게 투영된다. 훗날 자서전『지나간 것들 *Far Off Things*』에서 다음과 같이 그 시절을 술회하고 있다. "나이가 들수록, 내가 혹여 문학에서 성취했을지 모르는 것은 고스란히, 처음 눈을 뜬 유년 시절 내 앞에 매혹적인 땅이 있었다는 사실 덕분이라고 더욱더 확신하게 된다."

헤리퍼드 가톨릭 학교를 마쳤으나 가정 형편 때문에 대학 진학은 꿈도 꾸지 못한다. 그 무렵 글쓰기에 매료되어서 작가가 되겠다고 결심한다. 문학적 가능성을 보여준 장시집『엘레우시나 *Eleusina*』를 자비로 출판한 이후 1884년에 런던으로 향한다. 런던에서 어렵게 생계를 이어가며 낮에는 일하고 밤에는 글을 쓰는 생활을 한다. 이후 수년 동안 작가로서의 평가는 꾸준히 높아졌으나, 경제적 어려움은 그대로였다. 1894년『위대한 목신 The Great God Pan』에 이어 이듬해에는『세 사칭자 *The Three Imposters*』등 대표작들이 연달아 출간되었다. 이 공포 소설들은 이후 러브크래프트를 비롯한 많은 작가들에게 지대한 영향을 끼친다. 스티븐 킹은『위대한 목신』에 대해 영어로 쓰인 공포 소설 중에서 최고라는 평을 했다. 그러나 출간 당시에는 성적이고 공포적인 요소 때문에 많은 사람들이 항의하는 등 논란을 일으켰다.

매컨은 오스카 와일드 같은 런던의 문학 거물들과 교류를 넓혀가면서 언론 관련 일과 저술로 생계를 꾸려간다. 1887년에 결혼했으나, 1899년 아내 에이미가 암으로 사망한다. 절망에 휩싸인 매컨은 밤이고 낮이고 런던 시내를 정처 없이 배회한다. 이런 방황의 시기에 무작정 걸으면서 건물과 거리를 바라보다가 불현듯 평범해 보이는 일상의 공간 너머에 숨겨진 삶과 의미가 있다고 생각한다. 이때 오컬트에 관심을 갖게 되고, 오컬트 단체인 황금 여명회에 가입한다. 이후 그의 작품들에 심리지리학(psycho-geography, 인공적이거나 자연적인 지리 환경이 인간의 감정과 행위에 미치는 영향을 연구하는 지리학의 한 분야) 개념이 도입된다. 눈에 보이지 않는 세계를 그린 「요정 The White People」(1904), 은폐된 생명체들을 다룬 「땅으로부터 Out of the Earth」(1923)가 대표적인 예다. 최대 회심작 『꿈의 언덕 The Hill of Dreams』이 출간된 것도 20세기 초반(1907)이었다.

아내를 잃은 절망에서 빠져나오게 된 계기는 갑작스러운 직업의 전환이었다. 매컨은 프랭크 벤슨 극단의 배우가 되어 전국 순회공연에 나서면서 암울한 터널을 빠져나왔다. 게다가 이때 만난 도로시와 재혼하여 행복한 가정을 꾸렸다. 1906년에 글쓰기를 재개하면서 1890년대에 완성된 단편 중에서 걸작들을 모아 『영혼의 집 The House of Souls』을 출간했다. 연극과 병행하면서 소설 창작을 계속해 나갔고, 이 무렵부터 일정한 독자층이 형성된다. 1910년에는 《이브닝 뉴스》에서 저널리스트로서 정규직을 얻는다.

1920년대는 매컨의 전성기였다. 전작들까지 연이어 재출간되면서 호응을 얻는다. 그러나 1926년에 접어들면서 이런 열기는 사그라지기 시작하고, 여러 신문과 잡지에 자신과 다른 작가들의 작품을 소개하는 평론을 기고하면서 줄어든 수입을 만회하려고 노력하지만 또다시 경제적 어려움에 봉착한다. 80세 생일을 맞아 막스 비어봄, T. S. 엘리엇, 조지 버나드 쇼, 존 메이스필드, 앨저넌 블랙우드 등 기라성 같은 문인들이 벌인 문학 모금이 성황리에 끝난 덕에 매컨은 1947년 사망할 때까지 비교적 안락한 생활을 할 수 있었다.

러브크래프트는 아서 매컨에 대해 "현존하는 창작인들 중에서 우주적 공포를 가장 예술적인 경지로 끌어올린 작가, 10여 편의 장단편을 통하여 숨은 괴물체와 음산한 공포를 독보적인 실체성과 사실적인 정확성으로 그려낸 이 작가의 재능에 근접할 수 있다고 기대하는 작가조차 거의 없을 것이다."라고 평했다. 러브크래프트는 미스터리의 일부만을 서서히 보여주면서 공포의 대부분은 상상력에 맡기는 기법을 아서 매컨으로부터 익혔다. 러브크래프트는 매컨의 작품 중에서 특히 이 책에 수록한 「검은 인장의 소설」과 「백색 분말의 소설 *The Novel of the White Powder*」에서 직접적인 영감과 영향을 받았다. 「백색 분말의 소설」은 러브크래프트의 「냉기」와 「우주에서 온 색채」에 영향을 주었고, 「검은 인장의 소설」의 다큐멘터리 방식은 「크툴루의 부름」, 「더니치 호러」, 「이둠 속에서 속삭이는 자」에 영향을 주었나.

프롤로그

"선생님이 완고한 합리주의자라는 거 알아요." 젊은 여성이 말했다. "내가 훨씬 더 끔찍한 일을 당했다고 하지 않았나요? 한때는 나도 회의주의자였지만, 그걸 알고 난 후에는 의심이나 하면서 즐길 수 없게 됐죠."

"아가씨." 필립스 씨가 대답했다. "아무도 내 신념을 버리게 만들진 못해요. 나는 2 더하기 2가 5라거나, 두 개의 변으로 이루어진 삼각형이 있다거나 이런 걸 절대 믿지 않을뿐더러 믿는 척하지도 않소."

"좀 성급하시네요." 여자가 말했다. "혹시 인종학과 그 관련 분야에서 권위자인 그레그 교수의 이름을 들어보신 적 있는지요?"

"단순히 들어만 본 게 아니오." 필립스가 말했다. "당대에서 가장 예리하고 명석한 관찰자 중에 한 분이라고 늘 생각하고 있으니까. 게다가 그분이 최근에 출간한 『인종학 교본』은 관련 분야에서 대단한 역작이라 감명을 받았소. 솔직히 말해서 그 책을 접하게 된 건, 그레그 교수의 경력을 갑자기 끝장 내버린 그 참변에 대해 전해 들은 무렵이었소. 그레그 교수가 여름 동안 영국 서부의 한 농가에서 지내다가 강에 빠졌다고 알고 있소. 내가 기억하기론, 시신이 발견되지 않았다지요."

"선생님이 신중한 분이라고 확신해요. 선생님과 대화를 해보니 그렇고, 선생님이 썼다는 책의 제목을 봐도 선생님이 허술한 한량은 아니라는 확신이 드네요. 간단히 말해서, 선생님을 믿을 수 있을 거 같아요. 그런데 그레그 교수님이 죽었다고 생각하시나 봐요. 내가 보기엔 사실이 아닌 것 같은데요."

"뭐요?" 필립스가 깜짝 놀라고 어리둥절해하면서 소리쳤다. "명예롭지 못한 일이랄까 뭐 그런 것과 관련이 있다는 건 아닐 테지요? 그럴 리 없소. 그레그는 누구보다 깨끗한 성품을 지닌 사람이었소. 사생활도 타의 모범이 되었고, 게다가 진실하고 독실한 기독교도였다고 믿고 있소. 설마 불명예스러운 일에 쫓겨 도망쳤다고 말하려는 건 아니지요?"

"또 성급하게 구신다. 그렇게 말한 적 없어요. 요점만 말하면, 그레그 교수는 어느 날 아침에 몸도 마음도 지극히 건강한 상태로 이 집을 떠났다는 거죠. 다시는 돌아오지 않았지만, 그분의 시계와 시곗줄, 금화 3파운드가 들어 있는 지갑 그리고 늘 끼고 있던 은반지가 3일 후에 강에서 수 킬로미터 떨어진 험준한 산 중턱에서 발견되었죠. 이 물건들은 기괴하게 생긴 석회암 옆에 놓여 있었어요. 거친 양피지 같은 것에 싸여 있었는데, 양피지는 장선(腸線)으로 감겨 있었어요. 이 꾸러미는 벌어져 있었고, 양피지 안쪽에는 붉은색 물질로 글이 새겨져 있었어요. 문자를 해독할 순 없었지만, 변형된 일종의 쐐기문자 같았지요."

"아주 흥미로운 얘기군요." 필립스가 말했다. "계속 얘기해 보겠소? 아가씨가 말한 상황이 나로서는 도저히 이해가 되지 않으니 꼭 설명을 듣고 싶소."

젊은 여성은 잠시 생각에 잠긴 듯하다가 이윽고 입을 열었다.

검은 인장의 소설

나에 관한 얘기부터 좀 더 자세히 해야겠어요. 내 아버지 스티븐 랠리는 토목기사였으나 불행히도 일을 시작하고 얼마 되지 않아서 아내와 두 자식에게 변변한 재산도 남겨두지 못한 채 갑자기 돌아가셨지요.

어머니는 정말이지 막막한 수단에 의지해 단출한 식구의 생계를 꾸리느라 갖은 고생을 하셨어요. 혹독하리만큼 절약하는 생활로도 벅찼기에 도시보다 생필품이 싼 외진 시골 마을에서 살았지요. 똑똑하고 박식했던 아버님이 적으나마 엄선된 책을 남기셨는데, 그리스어와 라틴어 그리고 영어권의 걸작들이 포함된 이 책들은 우리에겐 유일한 오락거리였어요. 오빠는 데카르트의『성찰』을 통해 라틴어를 배웠고, 내가 보통 아이들에게 들려주는 동화를 대신해 신 나게 읽을 수 있었던 책은 『게스타 로마노룸』[26] 번역본이었지요. 우리는 과묵하고 학구적인 아이들로 자랐고, 시간이 흘러서 오빠는 애면글면 독립해 나갔어요. 나는 계속 집에서 생활했어요. 불쌍한 어머니는 몸을 제대로 가눌 수 없는 지경이 되어서 내 보살핌이 필요했고, 결국 오랜 세월의 고통스러운 투병 끝에 2년 전쯤에 돌아가셨어요. 나는 참 모진 상황에 처했지요. 알량한 집안 살림을 처분해 봐야 그동안 어쩔 수 없이 진 빚을 갚기엔 턱없이 부족했고, 책들마저 그것을 소중하게 여기는 오빠에게 보냈거든요. 그야말로 외톨이였어요. 오빠가 얼마나 근근이 살아가고 있는지 알고 있었어요. 오빠가 내 생활비를 도와준다는 전제하에 일자리를 찾아 런던으로 간다고 해도, 한 달을 버티지 못할 것이고 어떻게 해서든 그 안에 일자리를 찾지 못하면 자신의 생계만으로도 벅차하는 오빠의 푼돈을 축내느니 굶어 죽겠다고 결심했어요. 런던에서 멀리 떨어진 교외에 작은 방을 구했어요. 찾아낼 수 있는 가장 싼 방이었지요. 빵과 차로 끼니를 때우며 구인광고의 오지 않는 답변을 부질없이 기다리거나 광고에 나온 일자리 중에서 알 만한 주소를 찾아가는, 더더욱 부질없는 짓의 연속이었어요. 하루 또 하루가 지나고 한 주가 두 주가 되는 동안, 일자리를 구하지 못했고 결국 넷째 주에 접어들어서는 결심한 대로 끝이 나는구나, 이제 서서히 굶어 죽겠구나 싶어 앞날이 암담해지더군요. 집주인 여자는 나름 착한 사람이었어요. 딱한 내 사정을 알고 있으니 쫓아내지는 않을 거라 확신했어요. 이제 남은 일은 내 발로 셋집을 떠나 조용한 곳에서 죽는 거였어요. 당시는 겨울이었고, 이른 오후부터 몰려든 짙은 안개가 시간이 갈수록 더 짙어졌어요. 아마 일요일이었을 거예요. 사람들은 예배당에 가고 없었지요. 오후 3시쯤, 셋집에서 나왔고 제대로 먹지 못해 허약한 상태여서 되도록 걸음을 재촉했어요. 안개는 거리를 온통 침묵 속에 뒤덮었고, 헐벗은 나뭇가지마다 매서운 서리가 내려앉아 있더군요. 나무 울타리에서도 발밑의 차가운 땅에서도 서릿발이 반짝였어요. 거리의 이름도 확인하지 않은 채 이쪽저쪽 발길 닿는 대로 걸었고, 그 일요일 오후에 걸었던 과정에서 기억나는 것이라고는 악몽의 파편뿐이었어요. 어지러운 시야 때문에 비틀거리며 도시인지 시골인지 모를 곳을 지나는 동안, 한쪽으로 잿빛 들판은 안개의 몽롱한 세계와 합쳐졌고, 다른 쪽으론 아늑한 저택들은 벽면에 난롯불 빛이 너울거리고 있었으나 그 모든 것이 너무도 비현실적이었어요. 붉은 벽돌벽과 불이 밝혀진 창문들, 희미하게 보이는 나무들, 반짝이는 시골과 희뿌연 그림자들을 흩뿌리기 시작한 가스등, 높은 제방 아래 점점 아련해지는 철로, 녹색과 빨간색의 신호등, 이 모든 것이 나의 지친 머리와 배고픔에 무뎌진 감각을 통해 그저 순간적으로 스쳐 가는 풍경에 불과했지요. 이따금씩 철길 위를 빠르게 걷는 발소리가 들려왔고, 두껍게 입은 사람들이 온기를 찾아 나를 지나갔어요. 그들은 서리 긴 창문을 꼭 막은 커튼과 함께 빨갛게 달아오른 난로의 아늑함과 친구의 환대를 간절히 머릿속에 그리고 있었겠죠. 그러나 이른 저녁의 어둠이 점점 짙어져 밤이 다가올수록 인적이 점점 드물어졌고, 나는 홀로 이 거리 저 거리를 헤매 다녔지요. 흰 침묵 속에서, 마치 파묻힌 도시의 거리를 걸어가듯 쓸쓸히 비틀거렸어요. 점점 더 무력해지고 지쳐갈수록 죽음의 공포 같은 것이 내 심장을 뒤덮었지요. 그런데 어느 모퉁이를 돌았을 때, 누군가 가로등 아래서 내게 다가와 에이번 로(路)가 어디에 있는지 정중하게 묻더군요. 나는 예기치 못한 사람의 목소리에 깜짝 놀라서 그 자리에 주저앉아버렸고, 온몸에서 힘이 다 빠져나가버렸어요. 말 그대로 보도에 널브러져서는 히스테리 발작을 일으켜 울다가 웃다가 했지요. 애써 모든 희망과 추억에 작별 인사를 고하고 죽기로 결심한 채 은신처의 문지방을 넘었어요. 등 뒤로 문이 요란하게 닫혔고, 철의 장막이 내 짧은 생을 뒤덮는 것 같았지요. 그때부터 어둠과 그림자의 세계를 걷게 될 운명이었던 거죠. 나는 죽음의 1막 무대에 올랐던 겁니다. 그리고 모든 것을 백색으로 뒤덮은 안개 속에서의 방황, 텅 빈 거리, 억눌린 침묵. 그런데 그 목소리가 죽은 것이나 다름없는 내 귓가에 홀연히 들려오자 나는 다시 살아난 것 같았어요. 몇 분이 지나서 간신히 마음을 추스르고 일어서는데 눈앞에 호감 가는 외모에 말쑥하고 반듯하게 차려입은 중년 신사가 있더군요. 그는 아주 동정 어린 표정으로 나를 바라보고 있었고, 내가 그곳 지리를 모른다고(사실 내가 어디를 헤매고 다니는지조차 몰랐으니까요.) 답하기도 전에 이렇게 먼저 말을 걸더군요.

"아가씨. 곤경에 처한 것 같군요. 아가씨가 얼마나 위태롭게 보이는지 모를 겁니다. 그런데 문제가 뭔지 물어도 될까요? 날 믿어요."

"친절하시네요." 내가 대답했어요. "하지만 아무 방법도 없는걸요. 내가 처한 상황이 속수무책이니까요."

"에이, 그런 말 마세요! 그런 말을 하기엔 너무 젊잖아요. 자, 이쪽으로 함께 걸어가면서 무슨 문제인지나 들어봅시다. 혹시 내가 도움이 될 수도 있으니까."

그의 언행에서 위안과 신뢰 같은 것이 느껴지더군요. 그래서 우리가 함께 걷는 동안 대략적인 내 신상과 죽음까지 생각하게 만든 절망에 대해 말했지요.

"자포자기하다니 잘못된 생각이네요." 내가 입을 다물었을 때 그가 말했어요. "런던에서 살아갈 방법을 찾기에 한 달은 너무 짧아요. 내가 알려주죠. 런던은 호락호락한 곳이 아닙니다. 해자와 외호로 겹겹이 둘러싸인 철옹성이라고 할까요. 대도시의 생활이 늘 그렇듯이, 런던에서도 삶의 조건들이 아주 부자연스러워요. 그저 화려함에 취해 찾아온 사람들에게 런던은 단순한 장벽이 아니라 교묘한 술수와 함정이 빽빽하게 얽혀 있는 전쟁터나 다름없어요. 극복하려면 생소한 기술이 필요하죠. 아가씨는 단순한 생각으로 이런 장벽들을 향해 그냥 없어져라 소리친 것에 불과해요. 성공을 거두려면 시간이 필요해요. 용기를 내요. 머잖아 성공의 비밀을 배우게 될 테니까."

"아! 선생님." 내가 대답했어요. "선생님의 말이 옳아요. 하지만 당장은 굶어 죽고 말 거예요. 비밀이 있다고 하셨는데, 조금이라도 날 불쌍히 여긴다면 제발 비밀을 알려주세요."

그가 온화하게 웃었어요. "이상한 것투성이죠. 그 비밀을 아는 사람은 말하고 싶어도 그럴 수 없어요. 그건 프리메이슨의 핵심 교리처럼 입에 올리기 힘들거든요. 하지만 이건 말할 수 있어요. 이미 아가씨는 적어도 그 비밀의 겉껍질까진 뚫었다고 말이죠."

"제발 농담하지 마세요. 내가 무엇을 어떻게 했고, 뭘 안다는 거죠? 나는 너무도 무지해서 다음 끼니를 어떻게 때워야 할지도 모르는걸요."

"잠깐만요. 아가씨는 자신이 무엇을 했냐고 묻는군요. 나를 만났잖아요. 자, 선문답은 그만둡시다. 보아하니, 아가씨는 독학을 했고 그것도 전혀 해롭지 않은 것만 습득했군요. 그리고 지금 나는 두 아이의 가정교사를 찾고 있지요. 꽤 오랫동안 홀아비 신세거든요. 내 이름은 그레그입니다. 아가씨한테 연봉 100파운드 조건으로 가정교사 자리를 제의할까 하는데 어때요?"

정신없이 고맙다는 말만 되뇌는데, 손안으로 주소가 적힌 명함과 지폐 한 장이 슬며시 들어왔어요. 그레그 씨는 하루 이틀 안에 집으로 와주겠냐고 묻고는 작별 인사를 하더군요.

그것이 그레그 교수와의 첫 만남이었어요. 죽음의 문턱에서 불어오는 절망과 혹한 앞에서 내가 그분을 아버지처럼 여기게 됐다면, 과연 이상한 일일까요? 그 주가 끝나기 전, 나는 새로운 일을 시작하게 됐어요. 그레그 교수님은 런던의 서쪽 교외에 있는 낡은 벽돌 저택을 임대해 살고 있더군요. 아늑한 잔디밭과 과수원으로 둘러싸이고, 지붕 위로 가지를 흔드는 느릅나무 고목의 살랑임이 마음을 달래주는 곳에서 내 인생의 새 장이 펼쳐진 거죠. 알다시피 교수님의 직업이 직업이다 보니, 집 안에 책이 가득하고 서랍마다 이상한 물건들이 꽉 차 있을 뿐만 아니라 섬뜩하기까지 물건들이 커다란 방 구석구석을 채우고 있다고 해서 놀랄 일도 아니지요. 그레그 교수님은 오로지 지식 탐구에만 몰두했고, 머잖아 나도 그분의 열정을 알게 되어 학구열을 본받으려고 노력했어요. 몇 달이 지났을 무렵, 나는 두 아이의 가정교사라기보다는 교수님의 비서에 가까워져서, 밤에도 갓등이 밝혀진 책상 앞에 오랜 시간 앉아서 교수님이 난롯불의 그림자 속을 이리저리 오가며 내게 구술하는 『인종학 교본』의 핵심 부분을 받아 적었답니다. 그런데 좀 더 냉철하고 정확하게 연구를 해나갈수록 교수님이 말하지 않은, 뭔가 숨겨진 것이 있다는 느낌과 그것을 알아내고 싶다는 갈망 같은 것이 계속됐어요. 그분은 이따금씩 구술을 하다 말고 마치 대단한 발견을 떠올리듯 황홀한 표정으로 골똘히 생각에 잠기곤 했어요. 집필이 마무리됐고, 인쇄소에서 교정쇄가 속속 도착하기 시작했지요. 내가 초교를 보고 교수님이 최종 수정을 하는 방식이었어요. 일에 집중하느라 작업 내내 피곤해하던 교수님이 어느 날 내게 책 한 권을 건네줄 때는 시험이 끝난 학생처럼 즐거워 보였죠. "자자," 교수님이 그러더군요. "약속을 지켰군. 이 책을 쓰겠다고 약속했고 이렇게 끝냈으니까. 자, 앞으론 더욱 기이한 것들을 찾아 자유롭게 살아도 되겠지. 솔직히 말해서, 랠리 양, 난 콜럼버스의 명성이 부러워. 앞으로 내게서 탐험가의 면모를 보게 될 거야."

"기대되는걸요. 그런데 탐험할 거리가 거의 없잖아요. 교수님이 수백 년 전에 태어났더라면 좋았을 텐데요."

"그건 아니지." 교수님이 말하더군요. "아직 발견되지 않은 기묘한 미지의 지역과 대륙이 있어. 아무렴! 랠리 양, 진짜야. 우린 경외감으로 가득한 상징과 미스터리의 한복판에 서 있다고. 아직 본모습을 드러내고 있지 않을 뿐이지. 생명은 외과 의사의 메스 앞에 놓인 회백질 덩어리도 아니고 혈관과 근육의 집합체처럼 단순한 것이 아니야. 내가 탐험하려는 비밀, 그게 바로 인간이야. 그 비밀을 발견하려면 험한 바다와 대양을 건너 수천 년 세월의 안개를 헤치고 가야 해. 랠리 양도 아틀란티스의 전설을 알고 있을 거야. 그게 진짜라면, 그리고 내가 그 놀라운 대륙의 발견자로 불리게 될 운명이라면 어떨 것 같아?"

나는 그분의 말에서 끓어오르는 흥분을 느꼈고, 그분의 얼굴에서 사냥꾼의 열정을 보았답니다. 내 앞에 스스로 미지와의 경주에 불려 나왔다고 믿는 사람이 서 있었지요. 그분과 그런 모험을 함께할 수 있다는 생각에 짜릿한 기쁨을 맛보았어요. 우리가 밝혀내려는 것이 무엇인지도 모른 채 덩달아 탐험의 열망에 불타올랐던 거죠.

다음 날 아침, 그레그 교수님이 벽면에는 분류용 서랍장이 있고 서랍마다 깔끔하게 라벨이 붙어 있는 개인 서재로 나를 부르더군요. 그렇게 몇 미터 안에 그 모든 걸 분류해 넣기 위해선 오랜 시간의 노력이 있었겠지요.

"이게 바로 내 삶이지." 그분이 말했어요. "그동안 각고의 노력으로 수집한 자료들이 여기 다 있어. 하지만 아직은 이 모든 게 무용지물이야. 그래, 내가 앞으로 시도하려는 것에 비하면 아무것도 아니라고. 이걸 봐." 그분이 나를 이끌고 한쪽 구석에 있던, 독특한 생김새의 색 바랜 책상 앞으로 데려갔어요. 그리고 열쇠로 앞쪽의 서랍 하나를 열었지요.

"약간의 스크랩 문서." 그분이 서랍을 가리키면서 말했어요. "그리고 기묘한 표식과 자국이 투박하게 남아 있는 흑석 하나, 이 서랍에 있는 건 이게 다야. 20년 전의 검붉은 소인이 찍혀 있는 낡은 봉투가 보일 거야. 내가 봉투 뒤에 줄을 몇 줄 그어놓았지. 여기 원고 한 장이 들어 있어. 그리고 지역 신문의 스크랩 기사 몇 개하고. 무슨 기사냐면, 평범해 보이진 않을 거야. 자신의 농가에서 사라진 뒤 영영 나타나지 않는 어느 하녀, 산속 낡은 갱도에 추락한 것으로 보이는 아이, 석회암 바위에 휘갈겨져 있는 기묘한 낙서, 이상한 무기에 살해된 남자, 내가 앞으로 의지해 갈 단서들이라고 할까. 맞아, 자네 말대로 이 모든 사건은 설명이 가능하지. 소녀는 아마 런던이나 리버풀 아니면 뉴욕으로 줄행랑을 쳤을지 모르고, 어린아이는 폐기된 갱도 바닥에 있을지 몰라. 바위에 휘갈겨진 글자들은 어느 부랑자의 심심한 변덕에서 나온 것일 수도 있고. 아무튼, 그래 다 인정해 주지. 하지만 진짜 단서가 있어. 봐!" 그분이 노란 종잇조각을 내밀었어요.

내가 종이에서 본 건 그레이 힐스의 석회암 바위에서 발견됐다는 글자들이었는데, 지명과 15년쯤 전의 날짜로 보이는 부분이 지워져 있더군요. 투박한 글자 중에서 상당수는 그 아래쪽에 헤브루 문자처럼 낯설고, 이국적인 생김새의 쐐기랄까 칼표 같은 것이 그려져 있었어요.

"그리고 이건 인장이야." 그레그 교수가 생김새는 파이프에 담배를 채워 넣는 구닥다리 기구를 확대해 놓은 것 같고, 길이는 5센티미터가량 되는 흑석 하나를 건네더군요. 그것을 불빛에 비춰보니, 놀랍게도 종이에 적힌 글자들이 인장에도 새겨져 있었어요.

"그래, 같은 문자야. 석회암 바위에 있는 문자는 빨간색 물질로 15년 전에 쓴 거지. 그리고 인장에 있는 문자는 최소한 4000년은 된 거야. 어쩌면 그보다도 훨씬 오래되었을걸."

"날조된 것인가요?" 내가 물었죠.

"아니, 나도 그러길 바랐지. 장난질에 인생을 걸 수는 없으니까. 아주 신중하게 확인해 봤지. 나 말고 그 검은 인장의 존재를 알고 있는 사람은 딱 한 명밖에 없어. 게다가 지금 바로 시작할 수 없는 이유가 있지."

"하지만 이게 다 무슨 뜻이죠? 대체 결론이 뭔지 이해할 수 없네요."

"랠리 양, 그건 당분간 내버려두는 게 나을 질문이야. 어쩌면 내가 여기에 담긴 비밀이 무엇인지 영원히 말할 수 없을지도 모르지. 약간의 애매한 힌트, 마을에서 벌어진 참사들의 대략적인 윤곽, 붉은 흙으로 바위에 쓴 표식 그리고 고대의 인장. 단서라고 믿고 가기엔 묘한 자료들이지? 이 여섯 개의 증거를 수집하는 데만도 20년이 걸렸어. 게다가 그 이면에 어떤 신기루나 미지의 영역이 있을지 누가 알겠나? 랠리 양, 나는 깊은 물 너머를 바라보는 중이고, 그 너머의 땅은 몽롱한 안개에 휩싸여 있는 셈이지. 그러나 무조건 막막한 건 아니라고 믿고 있어. 아마 몇 달 후면 내가 맞는지 틀리는지 알게 될 거야."

교수님은 그렇게만 말했고, 나는 과연 증거라는 괴상한 잡동사니들이 이끄는 목적지가 어디일지 의아해하면서 그 수수께끼를 혼자서 가늠해 보려고 애썼어요. 내가 상상력이 아예 없는 사람도 아니고, 교수님의 확고한 지성을 존중할 만한 이유도 충분했지요. 그렇지만 내 눈에 보이는 서랍 속 내용물들은 그저 공상의 소재로만 보였고, 그 단편적인 물건들을 토대로 어떤 추론이 가능할까 암만 궁리해 봐도 헛수고였어요. 솔직히 내가 교수님을 통해서 보고 들은 것들은 허황된 무용담의 첫 장에 불과했지요. 그런데도 내 마음 깊은 곳에서 호기심이 불타올랐고, 날이 갈수록 일말의 단서라도 찾으려고 교수님의 얼굴을 간절히 바라보곤 했답니다.

그러던 어느 날, 그 말이 나온 것은 저녁 식사를 끝내고 난 뒤였어요.

"너무 애쓰진 말고 준비를 해주면 좋겠어." 교수님이 불쑥 말하더군요. "일주일 안에 여길 떠나야 하니까."

"에!" 나는 깜짝 놀랐죠. "어디를 가는데요?"

"잉글랜드 서부에 시골집 하나를 구했어. 칼마엔[27]이라고 한때 도시였고 로마 군단의 사령부가 있었던 아담하고 조용한 마을에서 그리 멀지 않은 곳이야. 여긴 너무 지루해. 그곳은 아주 아름답고 공기가 좋거든."

나는 그분의 눈빛이 반짝이는 것을 보고 혹시 갑작스러운 이사와 며칠 전에 나눈 대화가 관련이 있지 않을까 짐작했어요.

"나는 책 몇 권만 가져갈 거야. 그거면 돼. 돌아올 거니까 다른 건 여기에 놔두고 가자고. 휴가를 보내는 거지." 교수님이 씩 웃으면서 말하더군요. "오래된 뼈와 돌과 잡동사니 들을 잠시 놔두고 간다고 해서 아쉬울 거 없거든. 랠리 양, 내가 30년 동안 사실을 파고드느라 얼마나 괴로웠는지 알 거야. 이젠 환상을 즐길 시간이라고."

시간이 빠르게 흘러갔어요. 교수님이 흥분을 삭이며 전율하는 모습이 빤히 보였어요. 낡은 대저택을 뒤로하고 여행을 시작할 때 그분의 눈빛이 얼마나 간절하던지, 눈앞에서 보고도 믿기지 않을 정도였어요. 우리가 출발한 시간은 한낮, 작은 시골 역에 도착했을 때는 어스름이 지기 시작하더군요. 나는 피곤하면서도 설레었고, 스쳐 지나는 오솔길마다 꿈결 같았어요. 그레그 교수님이 아우구스투스 군단과 무기를 쨍그랑거리며 독수리 깃발을 따르던 으리으리한 행렬에 대해 말하는 동안, 잊힌 마을의 버려진 거리를 보았지요. 저녁놀의 마지막 자락으로 금빛 수면을 어스름히 장식하고 너울거리는 큰 강, 너른 초원, 하얀 옥수수 밭, 산과 강을 굽이도는 으슥한 시골길. 드디어 오르막으로 들어섰고, 공기는 점점 희박해졌어요. 아래를 내려다보니 강의 윤곽을 따라 수의처럼 드리워진 순백의 안개와 어슴푸레한 시골의 풍광이 보이더군요. 상상과 환상이 산에서 부풀어 올라 숲을 덮었죠. 절반은 시야에 가려진 산 너머 저 멀리에서 용광로의 불빛이 빛나는 불꽃 기둥으로 타오르다가 한 점의 붉은색으로 사그라졌어요. 우리는 천천히 마차를 몰았고, 위쪽에 펼쳐진 거대한 숲의 비밀과 시원한 바람이 느껴졌어요. 세상에서 가장 깊숙한 바닥을 헤매는 것 같았고, 졸졸 흐르는 물소리와 초록빛 나뭇잎의 냄새와 여름밤의 숨결이 있었어요. 드디어 마차가 멈춰 섰을 때, 어둠 속에서 집의 윤곽을 제대로 보지 못한 채 기둥 장식을 한 입구에서 잠시 기다렸지요. 그 이후의 밤 시간은 숲과 계곡과 강의 거대한 침묵에 둘러싸인, 기이한 꿈만 같았어요.

다음 날 아침, 잠에서 깨어, 크고 고풍스러운 침실의 내리닫이창을 내다봤을 때, 잿빛 하늘 아래 나타난 시골은 여전히 신비롭기만 했지요. 길고 아름다운 계곡이 굽이도는 강물을 끼고 펼쳐지다가 시야의 중간쯤에서 아치와 버팀벽으로 이루어진 중세풍의 돌다리와 만났고, 그 너머로 솟은 산과 숲은 간밤에 어둠 속에서만 봤던 때보다 선명하게 황홀감을 자아내는 것 같았지요. 열린 창으로 살며시 들어오는 미풍은 세상의 어떤 바람과도 달랐어요. 계곡과 그 너머로 꼬리를 무는 파도처럼 줄느런히 늘어선 산들을 바라보는 동안, 낡은 회색빛 어느 농가의 굴뚝에서 푸른색의 옅은 연기가 아침 공기 속으로 얌전히 피어올랐고, 울퉁불퉁한 어느 산 정상에는 거무스름한 전나무들이 가득했고, 아득히 멀리 흰 줄처럼 보이는 도로가 위로 향하다가 어딘지 모를 곳으로 사라져가더군요. 그러나 이 모든 풍광은 산이라는 거대한 벽으로 둘러싸여 있었어요. 산은 서쪽으로 거대하게 버티고 서서, 그 끝에선 마치 가파른 비탈과 반구형의 봉분들이 있는 성채처럼 하늘을 배경으로 또렷한 모습을 하고 있었죠.

그레그 교수님이 창문 아래 테라스를 이리저리 오가는 모습이 보였어요. 일에서 벗어났다는 생각에 해방감을 만끽하고 있다는 증거였죠.

내가 테라스로 나가자, 교수님은 계곡과 아름다운 산 아래 휘도는 강을 한 번에 가리키며 흥분된 어조로 말하더군요.

"정말이지 이상할 정도로 아름다운 곳이야. 적어도 나한테는 신비로 가득해 보이거든. 랠리 양, 내가 서랍을 보여준 거 잊지 않았겠지? 그래야지. 그리고 내가 여기 온 이유가 단순히 아이들과 깨끗한 공기 때문이 아니라는 것도 짐작하고 있겠지?"

"그 정도는 짐작하죠. 하지만 교수님이 무엇을 조사하려고 하는지는 모르죠. 그리고 그 조사와 이 아름다운 계곡 사이에 무슨 관련이 있는지도 모르겠답니다."

교수님은 이상한 미소를 지어 보였어요. "내가 미스터리를 위한 미스터리를 만들어내고 있다고는 생각하지 말아줘. 지금까지 말하지 않은 건, 딱히 해줄 말이 없어서야. 건조하지만 확실하고 흠 없는 시험 답안지처럼 흑 아니면 백이라고 말할 수 있는 게 없다는 뜻이지. 그리고 또 다른 이유도 있고. 몇 년 전에 우연히 어느 신문 기사에 실린 사진을 봤는데 그걸 보는 순간, 그동안 뜬금없이 되는대로 떠올리던 막연한 생각과 불분명한 공상이 단번에 확실한 가설로 연결되더군. 동시에 위험한 길로 들어섰다는 직감이 들더라고. 그 가설은 기상천외한 것이라 책으로 출간할 엄두도 내지 못했지. 그런데 발견의 과정을 잘 알고 있는 다른 동료 과학자들이라면, 그러니까 싸구려 술집에서 활활 타오르며 빛을 발하는 가스의 존재 역시 한때는 황당무계한 가설에 불과했다는 걸 아는 과학자들이라면 과연 어떻게 할까 생각했지. 꿈을 위해 모험을 했던 사람들, 이를테면 아틀란티스 대륙이나 현자의 돌 같은 것을 세상의 비웃음도 온갖 위험도 아랑곳없이 찾아다니던 사람들을 생각했어. 내가 큰 실수를 하고 있다는 걸 알았어. 내 친구들은 나를 멍하니 바라보았고, 그들이 서로 주고받는 눈짓 속에서 동정심이라고 할까 경멸이라고 할까, 그런 것을 보았지. 친구 한 명이 다음 날 나를 찾아와서 하는 말이, 내가 과로에 시달리고 정신적으로 혹사당하고 있다더군. 그래서 내가 말했지. '그러니까 까놓고 말해서 내가 미쳐가고 있다는 얘기로군. 그런데 그렇지가 않아.' 나는 그 친구한테 화난 내색을 하지 않았어. 그날 이후로 다시는 어느 누구에게도 내 이론을 입도 뻥긋하지 않겠다고 결심했어. 딱 한 사람, 서랍 속을 보여준 자네를 제외하고 말이야. 어쩌면 내가 무지개를 좇고 있는지 몰라. 우연의 장난에 미혹되고 있는지도 모르지. 하지만 여기 숲과 험준한 산의 한복판, 신비한 고요와 침묵 속에 이렇게 서 있으니, 그 어느 때보다도 강한 확신이 드는군. 자, 집 안으로 들어가세."

내가 보기엔 이 모든 일에는 불가사의함과 흥분 같은 것이 있었어요. 그레그 교수님은 평소에 일을 할 때 굉장히 신중해서 모든 경우의 수를 철저히 다 확인하고 확실한 증거 없이는 결코 단정적으로 말을 하는 법이 없다는 걸 잘 알고 있었으니까요. 그렇지만 교수님의 말 자체보다는 격정적인 말투와 눈빛에서 그분이 매순간 믿기 어려운 환상을 품어왔다는 걸 짐작하게 되었지요. 불가사의한 단서에 적잖게 회의적이고 당황스러우면서도 그분의 상상 일부를 공유한 나로서는 그분이 혹시 편집광은 아닌지, 유독 이번 일만 평소의 과학적인 방식을 거부하는 것인지 자문할 수밖에 없더군요.

그런데도 신비한 이미지가 뇌리에서 떠나지 않아서 결국에는 그 시골의 매력에 굴복하고 말았지요. 그 허름한 집 위쪽으로 산 중턱부터 거대한 숲이 시작되었어요. 맞은편 산에서 길고 검은 숲의 윤곽이 강 위쪽으로 북쪽에서 남쪽으로 수 킬로미터 펼쳐졌고, 북쪽으로는 더욱 험준한 풍광과 황량하고 야성적인 산세, 울퉁불퉁한 공유지, 영국인에게는 아프리카의 한복판보다도 더 생경하고 인적 없는 땅이 자리 잡고 있었지요. 집과 숲 사이에 가파른 들판이 가로놓여 있었어요. 아이들은 나를 따라 덤불 아래, 빛나는 너도밤나무가 벽처럼 늘어선 샛길을 걸어 숲의 정상까지 오르며 즐거워했지요. 정상에 오르니, 한쪽으로는 강 너미와 서쪽의 거대한 산에 막힐 때까지 솟았다가 내려갔다 하는 시골의 풍경이 있었고, 반대쪽으로는 강의 물결 너머 수목으로 우거진 내리막 길을 지나 평평한 초원이 펼쳐져 있었고, 황금빛 바다가 아련한 해안까지 닿아 있었어요. 내가 로만 로드[28]의 흔적이 남아 있는, 양지바른 잔디에 앉아 있는 동안, 두 아이는 둑 여기저기에 자라 있는 월귤 열매를 따느라 시합을 벌이곤 했지요. 거기 새파란 하늘 아래, 마치 한껏 돛을 펼치고 바다에서 산으로 가는 낡은 갈레온 범선처럼 흘러가는 커다란 구름 아래서 나는 거대한 태곳적 숲의 속삭이는 매혹에 귀를 기울이며 마냥 즐거웠답니다. 그리고 집으로 돌아가 그레그 교수님이 서재로 삼은 작은 방에 틀어박혀 있거나 결연한 탐구자처럼 인내와 열정의 표정으로 테라스를 오가거나 하는 모습을 볼 때면 기이한 일들만 떠올랐지요.

그곳에 도착한 지 여드레나 아흐레쯤 되는 날 아침, 창문 너머 완전히 달라진 풍경을 보고 있을 때였어요. 잔뜩 몰려든 구름이 서쪽의 산을 가려버렸지요. 남풍은 계곡 위로 장대비를 몰아왔고, 집 아래 산을 파고든 작은 시내는 어느새 붉은 급류로 돌변하여 맹렬히 강으로 흘러갔어요. 우리는 어쩔 수 없이 아늑한 집 안에만 있어야 했죠. 나는 아이들을 돌보기 위해 낡은 책장 하나가 남아 있는 거실에 자리를 잡았어요. 이미 책장을 한두 번 살펴봤으나, 그리 눈길이 가는 책은 없었어요. 18세기 설교집 몇 권, 낡은 동화책 한 권, 일류 시인들의 시집 몇 권, 프리도의 신구약 저작물, 교황의 낙질본이 전부였는데, 재미있거나 읽을 만한 책은 다 사라지고 없는 것 같더군요. 절박한 심정으로 이 곰팡내 나는 양피지와 소가죽 장정의 책들을 다시 한 번 자세히 살피다가, 다행히도 폼포니우스 멜라의 『지지(地誌)』세 권을 비롯해 고대 지리학자들의 저서를 발견했어요. 나는 평범한 라틴어 문장 정도는 그럭저럭 읽을 수 있어서 세계와 그 너머 일부분에 빛을 비추고, 안개와 그림자와 오싹한 형태 들이 사실과 환상으로 뒤섞여 있는 책에 빠져들었지요. 선명하게 인쇄된 책장을 넘기다가 솔리누스의 저서 첫 장에 눈길을 빼앗겼어요. 이런 글귀였지요.

"미라 데 인티미스 겐티부스 리비아에. 데 라피데 헥세콘타리토.(리비아의 내부에 사는 사람들과 육십석이라는 불리는 돌의 경이로움은.)"

이 기이한 글에 이끌려 계속 읽어나갔어요.

"겐스 이스타 아비아 에트 세크레타 하비타트, 인 몬티부스 호르렌디스 포에다 미스테리아 셀레브라트. 데 호미니부스 니힐 아리우드 일리 프라에페룬트 퀴암 피구람, 아브 후마노 리투 프로르수스 엑수란트, 오데룬트 데움 루시스.

스트리둔트 포티우스 퀴암 로쿤투르, 복스 아브소나 네크 시네 호르로레 아우디투르. 라피데 쿼담 글로리안투르, 퀴엠 헥세콘타리톤 보칸트, 디쿤트 에님 훈크 라피뎀 섹사긴타 노타스 오스텐데레.

쿠주스 라피디스 노멘 세크레툼 이네파빌레 코룬트, 쿼드 익사사르."

내가 직접 번역해 보니 이랬어요. "이 사람들은 은밀한 외딴 지역에 거주하면서 험준한 산에서 음험한 신비 의식을 거행한다. 이들은 얼굴 생김새를 제외하곤 보통 사람들과 공통점이 전혀 없으며, 인류의 관습은 이들에게 완전히 생소한 것이다. 이들은 태양을 극도로 싫어한다.

말이라기보다 쉿-쉿 하는 치찰음을 내는데, 몹시 귀에 거슬려서 듣는 이에게 두려움을 준다. 이들은 육십석이라고 부르는 돌을 자랑한다. 이들의 말에 따르면, 육십석은 60개의 문자를 보여주며, 발설할 수 없는 비밀의 이름을 지니고 있다. 그 이름은 '익사사르'라 한다."

나는 이 황당한 얘기에 웃음이 나왔고, 『아라비안나이트』에 나오는 「신드바드의 모험」 같은 이야기에나 어울린다고 생각했죠. 그날 그레 그 교수님에게 책장에서 발견한 책과 내가 읽은 황당무계한 내용에 대해 말했어요. 그런데 놀랍게도 교수님은 아주 흥미진진한 표정으로 날 바라보더군요.

"야, 아주 흥미로운걸. 낡은 지리학 책이 무슨 소용이 있을까 했는데, 이제 보니 내가 많은 걸 놓치고 있었군. 그게 책에 나온 구절이라고 했지? 자네의 오락거리를 빼앗아 미안하네만, 나도 그 책을 읽어봐야겠어."

다음 날 교수님이 서재로 날 불렀어요. 교수님은 창가로 들어오는 환한 햇빛을 받으며 책상 앞에 앉아, 확대경으로 뭔가를 아주 열심히 살펴보고 있더군요.

"아, 왔군그래. 자네의 시력을 좀 빌려야겠어. 이 확대경이 아주 괜찮긴 한데, 집에 놔두고 온 것과는 좀 달라서 말이야. 자네가 직접 살펴보고 몇 개의 글자가 새겨져 있는지 말해 주겠나?"

교수님이 살펴보던 물건을 내게 건넸어요. 그건 교수님이 런던에서 보여주었던 검은 인장이었고, 드디어 뭔가를 알게 됐다는 생각에 내 가슴은 마구 뛰기 시작했지요. 그것을 햇빛 속에 받쳐 들고 단도 모양의 기괴한 글자가 몇 개인지 하나하나 세기 시작했어요.

"62개네요."

"62개? 말도 안 돼. 그럴 리가 없어. 아, 무슨 소리인지 알겠어. 자네가 이거랑 이것까지 센 거로군." 교수님이 글자처럼 생긴 두 개의 표식을 가리켰어요.

"그래, 그래." 그레그 교수님이 계속 말했어요. "그 두 개는 우연히 긁힌 자국이야. 척 보면 알 수 있지. 그래, 그렇다면 딱 맞는군. 랠리 양, 아주 고맙네."

고작 검은 인장에 새겨진 글자의 수나 세라고 부른 것이었다니, 조금은 실망해서 서재를 나가려는데 불현듯 그날 아침에 읽었던 책 내용이 떠올랐어요.

"그런데 교수님," 내가 숨을 죽이고 소리쳤어요. "그 인장. 그 인장요. 아, 그게 바로 솔리누스가 말한 육십석, 그러니까 익사사르로군요."

"그래. 그런 것 같네. 아니면 그저 우연의 일치에 불과할지도 모르지. 자네도 알다시피, 이 문제에 대해 확실하게 얘기할 수 있는 건 없네. 우연 때문에 그 학자가 죽었지."

나는 교수님의 말에 어리둥절해져서 서재를 나왔고, 이 기이한 증거의 미궁 속에서 중요한 단서를 발견하고도 오히려 어느 때보다 당혹스러웠어요. 사흘 내리 날씨가 나빠서 폭우와 짙은 안개, 이슬비와 장대비 사이를 오락가락했고, 흰 구름에 갇혀 세상과 단절된 느낌이 들더군요. 그동안 그레그 교수님은 줄곧 자신의 방에서 시무룩한 모습으로 내게 비밀은 고사하고 어떤 말도 하고 싶어 하지 않는 것 같았지요. 교수님이 집 안에 갇힌 일상에 많이 지친 듯이, 빠르고 성마른 발걸음으로 이리저리 오가는 발소리가 들려왔어요. 나흘째 아침에 날이 개자, 아침 식사 때 교수님이 활달하게 말하더군요.

"집에 일손을 더 구해야겠어. 열대여섯 살 정도 되는 남자아이면 좋겠는데. 남자가 너끈하게 할 수 있는데 여자한테는 시간이 걸리는 잡일들이 많잖아."

"하녀들한테서 일손이 부족하다는 불평은 듣지 못한걸요. 앤은 먼지가 거의 없어서 오히려 런던에 있을 때보다 일이 훨씬 줄었다고 하던데요."

"아, 그래. 하녀들이 무척 착하긴 해. 그래도 남자아이가 하나 있으면 한결 수월해질 거야. 솔직히 이 문제 때문에 이틀 내내 골치가 아팠거든."

"골치가 아팠다고요?" 내가 깜짝 놀랐던 이유는 지금까지 교수님이 집안일에는 조금도 관심을 가지지 않았기 때문이죠.

"그렇다니까. 날씨 말이야. 그렇게 짙은 안개 속에서는 밖에 나갈 수가 없거든. 이 지역 지리에 밝지 못해서 금세 길을 잃을 테니까. 그래서 남자아이 하나를 구하려는 거야."

"하지만 교수님이 원하는 아이가 이 주변에 있을지는 모르잖아요?"

"아, 그런 거라면 걱정 마. 이삼 킬로미터쯤 걷다 보면 딱 맞는 아이를 찾아낼 수 있을 테니까."

나는 교수님이 농담을 하는 거라고 생각했어요. 그런데 허풍스러운 말투에도 불구하고 표정이 어딘지 진지하고 결연해 보이기까지 해서 난감하더군요. 교수님은 지팡이를 챙겨 들고 문간에 서서 앞쪽을 골똘한 표정으로 바라보았어요. 내가 그쪽으로 지나가는데 교수님이 부르더군요.

"아참, 랠리 양, 자네한테 하고 싶은 말이 있네. 혹시 자네도 들어서 알겠지만, 이 지역 아이들은 그리 똑똑한 편이 아니야. '백치'라고 하면 과한 표현으로 비칠 수 있어서 대개는 '지진아' 같은 표현을 쓰지. 내가 그리 똑똑지 못한 아이를 데려오더라도 신경 쓰지 않았으면 좋겠어. 물론 누구한테 해를 끼치거나 하진 않을 거고, 일꾼이 굳이 머리를 많이 쓸 필요도 없으니까."

교수님이 그렇게 말하곤 숲으로 난 길을 성큼성큼 걸어가는 동안, 나는 그저 멍하니 서 있었어요. 그리고 곧 난생처음으로 충격과 함께 갑작스러운 공포가 뒤섞이는 것을 느꼈어요. 왜 그런 느낌이 들었는지 도저히 알 수 없는데도 죽음의 냉기랄까 죽음 자체보다도 더 나쁜 정체불명의 공포랄까 그런 것이 내 심장을 움켜잡는 것 같더군요. 바다에서 불어오는 상쾌한 공기와 비 온 뒤의 햇빛 속에서 마음을 추슬러보려 했으나, 주변의 신비한 숲은 온통 검게만 보였어요. 게다가 갈대 사이에서 소용돌이치는 강물과 낡은 다리의 은백색은 어린아이가 무해하고 익숙한 것에서 공포를 그려내듯 내 마음속에 막연한 공포의 상징을 새겨 넣더군요.

두 시간 후에 그레그 교수님이 돌아왔어요. 나는 길까지 마중 나가서 소년을 찾아냈는지 조용히 물었지요.

"아무렴, 찾았지. 아주 쉽게 찾았네. 이름이 제르바시오 크라도크, 꽤 쓸모가 있을 거 같아. 아이 아버지는 오래전에 죽었고, 내가 만나본 어머니는 토요일 밤마다 뜻하지 않게 몇 실링이 생긴다니까 무척 좋아하더군. 예상대로 아이는 그리 똑똑하진 않고, 어머니 말에 따르면, 간간이 발작을 일으킨대. 하지만 그 아이한테 깨지기 쉬운 그릇 같은 걸 맡길 것도 아니니까 별문제 아니잖아, 안 그래? 게다가 조금도 위험하지 않아. 그저 힘없는 어린애니까."

"언제 오죠?"

"내일 아침 8시. 앤더러 이것저것 필요한 걸 가르쳐주라고 하게. 처음 얼마간은 밤마다 집에 보낼 거고, 나중에 여기서 자는 게 더 편하다고 여기면 그땐 일요일마다 집에 보내게 될 거야."

딱히 할 말이 없더군요. 그레그 교수님은 마치 일손이 딸려서 당연하다는 듯이 사무적인 말투로 조용히 말했어요. 그런데도 그 일 때문에 받은 충격을 진정시킬 수 없더군요. 솔직히 집 안에 일손이 더 필요한 것도 아닌 데다, 그렇게 수소문해서 구한 아이에게 그저 단순한 일이나 시킬 거라는 말도 너무나 이상하게 느껴졌어요.

다음 날 아침에 하녀가 말하길, 8시에 도착한 크라도크라는 소년에게 이것저것 가르쳐보고 있다고 하더군요. "그런데 아가씨, 좀 모자란 애 같아요." 하녀가 소년에 대해 그렇게 평했어요. 나는 그날 나중에 소년을 봤는데, 정원에서 노인을 도와 일을 하고 있더군요. 나이는 열네 살가량, 검은 머리칼과 검은 눈동자, 피부는 올리브색이었어요. 아이의 이상할 정도로 무표정한 얼굴에서 지능이 낮다는 걸 단번에 알아챘죠. 내가 지나갈 때 아이는 어색하게 자기 이마를 만졌고, 늙은 정원사가 부르는 소리에 아이가 대답하는 기묘하고 거친 목소리가 주의를 끌었어요. 누군가 땅속 깊숙한 곳에서 말을 하는 듯한 목소리였어요. 축음기의 바늘이 움직이듯 쉿쉿 하는 이상한 마찰음이라고 할까요. 아이는 어떻게서든 일을 잘 하려고 애쓰는 것 같았고, 퍽 유순하고 고분고분했어요. 정원사인 모건도 아이의 어머니와 아는 사이라면서 아이가 순하디 순하다고 날 안심시키더군요. "애가 원래 좀 이상하게 굴어요." 모건이 말했어요. "녀석이 태어나기 전에 제 어미가 당한 일을 생각하면 그럴 만도 하죠. 나랑 녀석의 아버지인 토머스 크라도크와는 잘 아는 사이였어요. 그 사람도 아주 괜찮은 일꾼이었죠. 습기 찬 숲에서 일을 하다가 그만 폐병이 났고, 끝내 그걸 이기지 못하고 어느 날 황망히 급사를 하고 말았어요. 크라도크 부인이 어쩌다가 정신이 나갔는지를 놓고 이러쿵저러쿵 소문이 자자했어요. 티코크에 사는 힐리어 씨가 그녀를 발견했을 때, 저기 그레이 힐스에 웅크린 채 지옥에 떨어진 영혼처럼 울고불고 난리였대요. 제르바시오는 그로부터 여덟 달이 지나서 태어났고, 아까 말했듯이 언제나 좀 이상했지요. 걸음마를 떼기가 무섭게 이상한 소리를 내는 바람에 또래 아이들이 겁을 먹고 자지러지기 예사였어요."

나는 모건의 말을 듣다가 한 단어에 막연히 뭔가가 떠올라서 그레이 힐스가 어디에 있냐고 물어보았죠.

"저 위예요." 모건이 아까와 똑같은 손짓으로 말했어요. "저기 '여우와 사냥개'를 지나 숲을 통과하면 낡은 폐허가 나오는데, 바로 거기예요. 여기서 8킬로미터쯤 떨어진, 좀 이상한 곳이죠. 그곳과 몬모스 사이의 토양이 가장 안 좋다고들 하죠. 뭐, 양을 키우기엔 괜찮긴 하지만요. 그럼요, 불쌍한 크라도크 부인한테는 참 딱한 일이었죠."

노인이 돌아서서 하던 일을 마저 시작하자, 나는 낡고 비틀린 과수로 된 울타리 사이의 길을 따라 걸으며 방금 들은 얘기를 곱씹었고 내 기억에서 중요한 단서가 되는 것을 찾아내려 애썼어요. 금세 떠올랐지요. 그레그 교수님이 서랍에서 꺼내 보여주었던 노란 종이쪽지에서 '그레이 힐스'라는 단어를 봤다는 거 말이죠. 또다시 호기심과 공포가 뒤섞이는 고통에 사로잡혔어요. 석회암 바위에서 탁본한 이상한 문자들이 떠올랐고, 그 문자가 오래된 인장과 라틴 지리학자의 기괴한 얘기에도 똑같이 등장한다는 것도 생각나더군요. 이 모든 상황들이 우연의 일치가 아니라면, 그리고 이 괴상한 사건들이 요술 때문에 벌어진 것이 아니라면, 틀림없이 나는 일상적이고 관습적인 부산스러움에서 크게 동떨어진 일들을 목격하고 있는 셈이었어요. 날마다 그레그 교수님을 예의 주시했어요. 그분은 들떠 있었고, 애가 타서 점점 여위어가더군요.

해가 산머리에 걸터앉는 저녁 시간마다 그분이 시선을 떨어뜨린 채 테라스를 이리저리 오가는 동안, 안개는 계곡에서 짙어져갔고, 밤의 정적은 소음을 가까이 실어 왔으며, 내가 첫날 아침에 본 것처럼 잿빛 농가의 마름모꼴 굴뚝에서 파란 연기가 솟아올랐어요. 이미 말했듯이 나는 의심이 많아요. 그런 내가 명확하게 밝혀진 것이라고는 전혀 없는 상황에서 두려움을 느끼기 시작했고, 모든 생명은 물질이라는 과학의 변함없는 신조를 자꾸 되뇌는가 하면, 지금과 같은 만물의 체계에선 설령 초자연적인 현상이 그나마 근거로 삼을 수 있을 가장 먼 행성 너머에서조차 아직까지 발견되지 않은 미지의 땅은 있을 리 없다고 스스로 다짐하고 있었지요. 그러나 한편으로는 이 문제가 영혼처럼 진짜 두려운 미지의 주제인 반면, 과학 자체는 한계점에서 우물쭈물할 뿐 내부 영역의 경이를 제대로 보지도 못한다는 생각이 들었어요.

일상 속에서 앞으로 닥치게 될 악의 전조가 새빨간 횃불처럼 타오르는, 그런 날이 있잖아요. 그날 나는 정원 벤치에 앉아서 크라도크가 잡초를 뽑는 모습을 지켜보고 있었어요. 그런데 갑자기 고통스러워하는 야수의 울부짖음처럼 거칠게 숨넘어가는 소리가 나서 깜짝 놀랐지요. 어느새 내 앞에 버티고 서 있는 그 불쌍한 아이의 모습에 그만 엄청난 충격을 받았어요. 전기에 감전된 듯 아이의 온몸이 짧은 간격을 두고 마구 떨리고 있었어요. 아이는 빠드득빠드득 이를 갈면서 입에 거품을 물었고, 얼굴 전체가 부풀어 오르고 까맣게 변해서 섬뜩한 가면을 쓰고 있는 것 같더군요. 내가 겁에 질려 비명을 지르자, 그레그 교수님이 달려왔어요. 내가 아이를 가리켰을 때, 발작적인 경련과 함께 고꾸라져 버린 아이는 젖은 땅바닥에 누운 채 상처 입은 도마뱀처럼 몸을 비틀어대면서 푸푸, 덜컥덜컥, 쉿쉿 하는 해괴한 소리를 지르고 있었어요. 숲

한 세월 동안 나일 강의 진흙 속에 혹은 멕시코 숲의 가장 으슥한 곳에 깊숙이 파묻혀 있던 망자의 말로, 아니 말처럼 들리는 소리로 고약한 은어를 토해 내는 것 같았어요. 잠시 그런 생각을 하는 중에도 귓가로는 '영락없는 지옥의 소리'가 여전히 혐오스럽게 들려왔지요. 나는 연거푸 비명을 질렀고, 내 안의 가장 깊숙한 영혼까지 전율하고 있었어요. 그레그 교수님이 뒤틀린 아이를 살펴보다가 일으켜 세웠는데, 나는 그때 교수님의 얼굴 전체에 퍼지는 환희의 빛을 보고 그만 섬뜩하게 질려버렸어요. 내 방에서 창문의 블라인드를 내리고 두 손으로 얼굴을 묻은 채 앉아 있는 동안, 묵직한 발소리가 들려왔어요. 나중에 들은 얘기에 따르면, 그레그 교수님이 크라도크를 부축해 서재로 들어간 뒤 문을 잠갔다는군요. 불분명하게 중얼거리는 목소리가 들려왔고, 내가 앉아 있는 곳에서 불과 몇 미터 거리에서 무슨 일이 벌어지고 있는지 생각하니 온몸이 부들부들 떨렸어요. 숲으로, 햇빛 속으로 도망치고 싶은 마음이 간절하면서도 한편으로는 그랬다가 길에서 뭔가와 마주칠 것만 같아서 무서웠어요. 마침내 초조히 문손잡이를 잡았을 때, 나를 부르는 그레그 교수님의 명랑한 목소리가 들려왔어요. "랠리 양, 이제 아무 걱정할 거 없어. 아이는 괜찮아졌어. 모레부터 아이를 여기서 재우려고 준비 중이야. 아이를 위해 뭔가 할 수 있을 듯하네."

"그래, 눈 뜨고 보기 참 딱한 광경이었지." 교수님이 나중에 또 이렇게 말했어요. "자네가 크게 놀랐겠구먼. 영양가 있는 음식을 먹여서 아이가 좀 나아졌으면 좋겠으나, 완치까진 불가능할 거야." 교수님은 사람들이 으레 불치병에 대해 말할 때처럼 어딘지 음울하고 극히 평범해 보였어요. 그러나 나는 그 이면에서 교수님이 광희 같은 것에 사로잡혀서 그것을 어떻게든 숨기려고 애쓰는 걸 알아챘지요. 뭐랄까, 깨끗하고 잔잔한 바다의 수면을 보면서 동시에 그 아래의 격노한 심해와 거친 파도를 보고 있는 느낌이라고 할까요. 죽음의 칼날 앞에서 나를 기꺼이 구해 주고 늘 자비와 연민과 배려로 가득한 모습만 보여주던 이 남자에게 악마의 일면이 있어 병든 이의 고통에서 소름 끼치는 쾌락을 느낀다니, 참으로 괴롭고 꺼림칙한 문제였어요. 아무튼 난관을 극복하고 해결책을 찾으려고 애썼지요. 그러나 수수께끼와 모순에 에워싸여 있을 뿐 일말의 단서도 없는 상황이었어요. 내게 도움이 되는 건 없었고, 결국에는 무슨 수를 써서라도 이 산간벽지의 흰 안개에서 벗어나야 한다고 생각했지요. 그런 생각을 교수님에게 내비쳐봤어요. 내가 얼마나 당혹스러운 상황에 처해 있는지 교수님이 충분히 알아챌 수 있을 만큼 말이죠. 하지만 그분의 얼굴에 스치는 고통스러운 표정을 대하고는 이내 후회하고 말았어요.

"랠리 양, 정말 우리 곁을 떠나고 싶은 건 아니지? 그래, 자네는 그러지 않을 거야. 내가 얼마나 자네를 의지하고 있는지 몰라. 자네가 여기서 아이들을 돌봐주는 덕분에 내가 얼마나 든든하고 자신 있게 일을 해나가는지 말이야. 랠리 양, 자네는 나의 지원군일세. 내가 몰두하고 있는 일이 위험한 것이니까. 내가 여기 온 첫날 아침에 한 말을 잊지 않았을 걸세. 교묘한 가설이나 막연한 추측이 아니라 수학적 증명처럼 명명백백한 사실로 말할 수 있을 때까지, 나는 오래전부터 지켜온 단호한 결심대로 입을 열지 않을 거야. 랠리 양, 잘 생각해 보게. 자네의 직감을 무시하고 자네를 여기 붙잡아두려고 임기응변으로 이렇게 말하는 건 아니야. 그래도 솔직히 말하겠네. 여기 이 숲 한복판에 자네가 해야 할 일이 있다고 말일세."

나는 그분의 진심 어린 말에 감동했어요. 게다가 누가 뭐래도 그분은 나의 구세주이고, 조건 없이 그분을 충심으로 돕겠다던 나 자신의 약속을 떠올리면서 마음을 고쳐먹었지요. 며칠 후 교구 ─ 강둑에서 굽이도는 물결을 묵묵히 지켜보고 있는 회색의 작고 엄숙하며 예스러운 교회 ─ 의 목사가 우리를 방문했고, 그레그 교수님은 단번에 목사를 설득하여 함께 저녁 식사까지 하게 되었지요. 유서 깊은 지주 집안 출신인 메이리크 목사는 11킬로미터쯤 떨어진 산중에 오래된 대저택에 살며 이 지역에 뿌리를 내렸기에 인근의 사라져가는 관습과 민간전승의 살아 있는 보고나 마찬가지였어요. 목사의 예절과 다정함은 물론이고 은둔자의 괴팍함까지 그레그 교수님의 호감을 샀지요. 진기한 부르고뉴 포도주가 효험을 발휘하기 시작하자, 두 사람은 아예 포도주처럼 벌겋게 달아올라서 귀족 가문의 후예라는 공통된 열정으로 언어학에 대해 열띤 대화를 이어가더군요. 목사가 웨일스의 발음에 대해 설명하면서 시범 삼아 이 지역의 개울물 소리처럼 꼴꼴 하는 소리를 내는 동안, 교수님은 대화에 푹 빠져 있었어요.

"그런데 일전에 아주 이상한 단어를 접했답니다. 제르바시오 크라도크라는 불쌍한 아이 아시죠? 그 아이가 혼잣말을 하는 나쁜 버릇이 있는데, 그저께 내가 정원을 산책하다가 그 아이의 말을 듣게 되었지요. 그 아이는 내가 가까이 있다는 걸 전혀 몰랐어요. 그 아이의 말 대부분은 알아듣기 어려웠고, 한 단어만 분명하게 들리더군요. 반은 마찰음 반은 연구개음 같은 이상한 소리였는데, 목사님이 시범을 보여준 '이중자음 엘[29]'처럼 독특했어요. 정확히 흉내 내는 건지는 모르겠으나, 이런 말이었어요. '이사크사르.' 하지만 '크'의 음가는 그리스어의 '치'나 스페인어의 '지'여야 하지 않나 싶군요. 이게 웨일스어로 무슨 뜻인가요?"

"웨일스어로요? 웨일스어에는 그런 단어는 물론이고 그것과 비슷한 말조차 없는걸요. 내가 사람들 사이에서 웨일스어 사전으로 통하고 누구보다 구어체 방언도 잘 알고 있으나, '앵글시'에서 '유스크'까지 통틀어 그런 말은 없어요. 게다가 크라도크 가족 중에서 웨일스어를 한마디라도 하는 사람은 없어요. 웨일스어는 이 일대에서 고어가 되고 있으니까요."

"허, 정말 흥미진진하군요. 메이리크 목사님, 지금까지 웨일스어처럼 인상적인 말을 들어본 적이 없어요. 그런데 그 단어가 혹시 이 지역 전와어[30)]는 아닐까 싶은데요."

"아뇨, 그런 말도 그 비슷한 말도 들어본 적이 없어요." 목사가 묘하게 웃으면서 덧붙였어요. "솔직히 말해서, 그 단어가 이 세상 언어 중 한 가지가 맞는다면, 아마도 요정 이야기에 나오는 말이 아닐까 생각합니다. '탈위스 테그[31)]'라고도 하죠."

두 사람의 대화는 인근에서 로만 빌라[32)]가 발견됐다는 화제로 이어졌어요. 그리고 얼마 후 나는 그 자리를 나와서, 증거의 이상한 단서들을 맞춰보았죠. 교수님이 그 이상한 단어를 말하면서 나를 바라봤는데, 그때 그분 눈이 번뜩였어요. 교수님의 발음이 아주 괴상했지만, 그 단어가 솔리누스가 언급한 육십석의 이름이자 교수님의 서재 어딘가 은밀한 서랍 속에 들어 있을 검은 인장의 이름이라는 걸 알아챘지요. 검은 인장에 대해 내가 아는 것이라고는 그것이 사라진 종족에 의해 새겨졌다는 것과 인간은 아무도 읽을 수 없고, 아주 오래전에 행해졌다가 여기 산들이 채 모습을 갖추기도 전에 잊혀버린 섬뜩한 일들을 은폐하고 있다는 것뿐이었죠.

다음 날 아침 일어나보니, 그레그 교수님이 테라스에서 또다시 그 끝없는 산책을 하고 있더군요.

"저 다리를 봐." 교수님이 나를 보고 말했어요. "예스러운 고딕풍의 설계를 살펴보라고. 아치 사이의 각도, 아침 햇빛의 경외 속에서 은백색으로 반짝이는 돌을 보게. 내게는 상징처럼 보여. 이 세계에서 다른 세계로 가는 통로를 신비한 비유로 보여주고 있는 거야."

"그레그 교수님." 내가 조용히 말했어요. "무슨 일이 벌어졌는지, 그리고 앞으로 무슨 일이 벌어질지 이젠 내가 좀 알아야겠어요."

교수님은 당장은 곤란하다고 넘어갔지만, 저녁때 내가 또 같은 요구를 하자, 그때는 흥분한 교수님이 큰 소리로 말하더군요.

"아직도 모르겠나? 내가 이미 충분히 말해 줬는데도 말이야. 그래, 많이 보여주기도 했지. 내가 듣고 본 얘기를 자네도 거의 다 듣고 본 셈이라고."

이쯤에서 교수님의 목소리가 쌀쌀맞게 변했어요.

"적어도 상당 부분을 이해할 만큼은 충분히 자네도 알고 있단 말이야. 하인들이 말하지 않던가. 지지난밤에 크라도크가 또 발작을 일으켰다고 말이야. 아이가, 자네도 정원에서 들었던 그 목소리로 소리를 지르는 바람에 자다 말고 달려갔지. 내가 그날 밤에 본 것을 자네는 절대 볼 일이 없기를 비네. 하지만 이런 건 다 부질없어. 이곳에서의 시간도 점점 끝나가고 있어. 3주 후엔 집으로 돌아가야 해. 준비해야 할 강의가 있고, 봐야 할 책이 산더미니까. 며칠만 지나면 끝날 거야. 더는 광인처럼 또 괴짜처럼 우스꽝스럽게 굴지 않을 거고, 단서니 뭐니 하면서 에둘러 말하지도 않을 걸세. 그래, 분명히 말해야겠지. 그 누구도 사람의 마음에서 이끌어낸 적 없는 감정을 가지고 말해야겠지."

교수님이 말을 잠시 멈추었을 때, 거대하고 놀라운 발견의 기쁨으로 환하게 빛나는 것처럼 보였어요.

"하지만 이건 다 훗날의 일이야. 분명히 가까운 미래에 있을 일이지만, 미래는 미래니까. 아직 해야 할 일이 남았어. 내 연구들이 위험할 수 있다고 한 말, 기억하겠지? 그래, 어느 정도 위험은 감수해야 해. 내가 그 말을 한 당시에는 그게 어느 정도로 위험한 것인지 몰랐네. 지금도 안다고는 할 수 없는 상황이고. 하지만 기이한 모험이 될 것이고, 연결고리의 마지막 증명이 될 것이네."

교수님은 말하는 동안 방 안을 계속 왔다 갔다 했어요. 그분의 목소리에서 환희와 좌절이 서로 부딪치는 느낌이랄까, 미지의 바다로 나아가는 사람의 경외감이라고 할까, 그런 느낌이 전해졌지요. 언젠가 교수님이 출간된 책을 내게 건네면서 했던 콜럼버스 얘기가 떠오르더군요. 그날 밤은 조금 쌀쌀한 편이어서 우리가 있던 서재에 장작이 타고 있었지요. 장작의 불꽃과 벽에 너울거리는 불빛을 보고 있자니 지난 시간들이 떠올랐어요. 난롯가 안락의자에 묵묵히 앉아서 지금까지 들은 얘기들을 반추해 봤지만, 내가 직접 목격한 광경 이면에 숨겨진 비밀의 샘은 여전히 오리무중이더군요. 그런데 불현듯 방 안에 어떤 변화가 생겼고, 어딘지 낯설다는 기분이 들었어요. 잠시 주변을 둘러봤으나, 무슨 변화인지 알 수가 없더군요. 창가의 탁자, 의자, 색 바랜 등널 긴 의자까지 달라진 건 없었어요. 갑자기 뇌리에 스치는 것이 있었지요. 무엇이 이상한지 알아낸 거죠. 나는 그때 난로 반대편에 있는 교수님의 책상을 마주 보고 있었는데, 책상 위에 지저분해 보이는 피트[33]의 흉상이 놓여 있었어요. 책상에서 흉상을 본 건 그때가 처음이었어요. 곧 흉상이 원래 어디에 있었는지 떠올랐어요. 문가 구석에 낡은 진열장이 있었고, 그 맨 위에, 그러니까 바닥에서 4.5미터 정도 높이에 흉상이 놓여 있었어요. 아주 오랜 세월 동안 그 자리서 먼지가 켜켜이 쌓여 있었을 거예요.

332

나는 소스라치게 놀라서 여전히 혼란스러운 생각에 골몰한 채 아무 말 없이 앉아 있었어요. 내가 아는 한, 그 집에 사다리 같은 건 없었어요. 내 방의 커튼을 바꿔보려고 사다리가 있는지 물어본 적이 있으니까요. 그리고 키 큰 사람이 의자에 올라선다고 해도 그 흉상을 내려놓기는 불가능해요. 게다가 흉상이 진열장 위에서도 뒤쪽으로 벽에 기대듯 들어가 있었으니까요. 무엇보다 그레그 교수님은 평균 신장보다 작았어요.

"도대체 저 피트 흉상을 어떻게 옮기신 거예요?" 결국에는 내가 물었지요.

교수님은 날 이상한 눈빛으로 쳐다보면서 왠지 우물쭈물하는 것 같았어요.

"혹시 하인들이 사다리를 찾아준 건가요? 아, 정원사가 밖에서 사다리를 가져왔나 보군요?"

"아니, 사다리 같은 건 없네. 자, 랠리 양." 교수님이 억지 농담을 하듯 계속 말하더군요. "시시한 수수께끼를 내겠네. 셜록 홈스를 흉내 내는 거지. 여기 명명백백한 사실이 있어. 자네의 기지를 다 발휘해서 한번 수수께끼를 풀어보라고. 아니, 잠깐."

갑자기 교수님이 떨리는 목소리로 소리쳤어요.

"사다리 얘기는 그만! 분명히 말하겠는데, 나는 흉상을 건드린 적이 없어!"

그러더니 교수님이 잔뜩 겁에 질린 표정으로 손까지 떨면서 서재를 나가더니 문을 꽝 닫아버리지 뭐예요.

나는 놀라고 영문을 몰라서 방 안을 둘러보았으나 교수님이 왜 그러는지 전혀 알 수가 없었어요. 이 일을 설명하려고 부질없이 이런저런 추측을 해보았지만, 대수롭지 않은 말과 장식품의 위치가 바뀐 시시한 변화 때문에 교수님이 저리 화를 낸 것이 이상할 뿐이었죠.

'별일 아니야. 내가 쓸데없는 말을 하는 바람에 화가 나신 거지, 뭐. 교수님이 아마 사소한 것에 지나치게 예민하고 미신적인지 몰라. 내가 물어보니까 자기도 몰랐던 두려움을 떠올리고 오히려 화를 낸 거지. 평범한 스코틀랜드 여자 앞에서 거미를 죽이거나 소금을 엎지른 꼴이지 뭐야.[34]'

나는 이렇게 생각했어요. 이런 생각에 골몰하다 보니 교수님의 이유 없는 공포가 내 탓만은 아니라는 생각이 들기 시작하더군요. 그런데 반박할 수 없는 진실이 납덩어리처럼 내 가슴을 짓누르고 있었어요. 뭔가 섬뜩한 힘이 작용한 것이라는, 싸늘한 공포가 밀려왔지요. 그러니까 그 흉상은 아무리 해도 내려놓을 수 없다는 거였죠. 사다리가 없으면 아무리 키가 큰 사람이라도 흉상에 닿지 않으니까요.

나는 주방으로 가서 최대한 목소리를 낮추고 하녀에게 물었어요.

"앤, 진열장 위에 있던 흉상을 누가 옮겼지? 그레그 교수님은 만진 적도 없다시는데. 창고에서 사다리를 찾아낸 거야?"

어린 하녀는 멍한 표정으로 날 바라보더군요.

"저는 절대 만지지 않았어요. 어제 아침에 서재를 청소하다가 그게 책상에 놓여 있는 걸 봤을 뿐이에요. 지금 생각해 보니, 월요일 아침이었어요. 왜냐하면 크라도크가 밤에 탈이 난 이튿날 아침이었으니까요. 아가씨도 알다시피, 제 방이 그 아이 방 바로 옆이잖아요." 계속 말을 이어가는 하녀의 얼굴이 어딘지 측은해 보였지요. "뭐라는지 종잡을 수 없는 말로 아이가 소리를 질러대는데 정말 오싹하더라고요. 너무 무서웠어요. 곧 주인어른이 와서 아이에게 뭐라고 하더니 아이를 서재로 데려가 뭔가를 주셨어요."

"그러니까 저 흉상이 옮겨진 걸 다음 날 아침에 알았다는 거니?"

"네, 아가씨. 청소하려고 서재에 들어갔더니 이상한 냄새가 나서 창문을 전부 열었어요. 냄새가 고약했는데, 무슨 냄새인지는 모르겠더라고요. 제가 아주 오래전에, 그러니까 마침 휴무였던 오후 시간에 사촌인 토머스 바커와 런던 동물원에 간 적이 있거든요. 스탠호프 게이트에 있는 프린스 부인의 집에서 일할 때였죠. 뱀 사육장을 구경했을 때 맡았던 냄새랑 비슷해요. 냄새가 얼마나 메스꺼웠던지 바커에게 어서 나가자고 졸랐던 기억이 나요. 서재에서도 꼭 그런 냄새가 나기에 무슨일일까 궁금해하던 차에 주인어른의 책상에 놓여 있는 피트 흉상을 본거예요. '어, 이걸 대체 누가 어떻게 옮겨놓은 거지?' 저도 내심 궁금했어요. 오랫동안 먼지를 턴 적이 없었던 그 흉상을 청소하려고 보니까 먼지가 사라진 자리에 커다란 자국 같은 것이 있었어요. 손가락 자국 같은 건 아니고, 넓게 퍼진 헝겊 자국 같았어요. 별생각 없이 거기에 손을 댔는데, 자국이 있는 곳이 아주 끈적끈적하고 미끌미끌했어요. 마치 달팽이가 그 위를 지나간 것처럼 말이죠. 아가씨, 정말 이상하지 않아요? 그래서 누가 어떻게 한 걸까 궁금해졌어요."

하녀가 선의로 떠벌린 얘기는 충분히 이해가 갔지요. 나는 침대에 누워 입술을 깨물었어요. 공포와 당혹감의 참을 수 없는 괴로움 때문에 소리 내서 울지 않으려고 말이죠. 솔직히 무서워서 미칠 지경이었어요. 그때가 한낮이 아니었더라면, 용기를 잃고 그레그 교수님의 은혜도 다 잊은 채 허겁지겁 도망치고 말았을 거예요. 나날이 날 옥죄어오는 듯한 맹목적이고도 극단적인 공포에서 벗어날 수만 있다면 굶어 죽는대도 상관이 없었어요. 무엇이 이토록 두려운 것인지 알 수만 있어도 그 대비책을 세울 수 있을 것 같았어요. 하지만 오래된 숲과 산으로 첩첩이 에워싸인 그 외딴 집에서는 어디서든 공포가 튀어나올 것 같았고, 섬뜩한 것들을 중얼거리는 소리는 정말이지 간담이 서늘했어요. 회의론자의 의심을 불러내보고, 자연의 질서에 대한 냉정한 믿음과 상식을 떠올리려고 애써봤지만 모두 헛수고였어요. 열어놓은 창문으로 들어오는 바람은 신비한 숨결이었고, 어둠 속의 침묵은 진혼곡처럼 점점 더 무겁고 구슬퍼졌으니까요. 게다가 강물에 씻기는 갈대 사이에 이상한 형체들이 빠르게 모여드는 것 같았지요.

아침에 식당에 들어서는 순간, 정체 모를 음모가 위기로 치닫고 있다는 느낌이 들더군요. 교수님은 몹시도 굳은 표정을 하고서 우리가 무슨 말을 해도 듣지 못하는 것 같았어요.

"멀리까지 산책을 다녀올 거야." 식사가 끝나자 교수님이 말했어요. "내가 저녁 식사 시간까지 돌아오지 않더라도 기다리거나 걱정하거나 하지 말게. 요즘 자꾸만 께느른해져서 도보 여행이라도 하면 괜찮아질 것 같아. 어쩌면 깨끗하고 안락한 여인숙을 발견하면 하룻밤 묵고 올지도 모르고."

평소 그레그 교수님을 잘 아는 나로서는 그 말을 듣고 그분의 외출이 결코 즐거운 일은 아니라는 걸 알았지요. 그분이 어디로 가는지 또 무슨 일 때문인지 짐작조차 할 수 없었지만, 간밤의 공포가 오롯이 되살아나더군요. 교수님이 떠날 채비를 하고 테라스에서 미소를 머금고 서 있는 동안, 나는 가지 말라고, 미지의 대륙이니 하는 꿈은 그냥 잊어버리라고 애원했지요.

"랠리 양, 그건 안 돼." 교수님은 여전히 미소를 띠고 말했어요. "너무 늦었어. '베스티기아 눌라 레트로르숨.(후퇴의 여지를 남기지 마라.)'

이게 바로 진정한 탐험가들의 소망 아니던가. 진짜 나한테도 해당되지 않기를 바라지만 말일세. 그러나 자네 스스로 지나치게 경계심을 갖는 건 틀렸어. 나는 그저 흔해빠진 여행이나 다녀오려는 거니까. 지질학용 해머를 가지고 단 하루의 설레는 시간을 보내는 것뿐일세. 물론 위험할지도 모르나, 그건 가장 단출한 소풍을 가도 마찬가지잖나. 기분이 한결 좋아져서 돌아올 거야. 공휴일마다 수도 없이 다녀온 나들이와 별로 다르지 않을 거고, 위험한 일은 절대 하지 않을 걸세. 그러니까 인상 좀 펴라고. 자, 늦어봐야 내일이니 그때 보세."

교수님은 기세 좋게 걸어갔고, 곧이어 숲이 시작되는 경계의 관문을 열더니 나무 그림자 속으로 사라져버렸어요.

허공에 기이한 어둠이 드리운 채로 하루가 침울하게 지나는 동안, 나는 또다시 태고의 숲 한복판에, 신비와 공포의 옛 땅에 갇힌 것 같았고, 모든 것이 오래전의 일이고 바깥세상의 사람들에게 잊혀버린 느낌이 들었어요. 희망을 품는 동시에 무서웠어요. 저녁 시간이 됐을.때, 혹시나 현관에서 교수님의 발소리가 들려오지는 않을까, 내가 모르는 승리감에 도취하여 의기양양한 목소리로 우리를 부르지는 않을까 기다렸지요. 나는 온화한 표정으로 그분을 반기려고 준비했으나, 밤이 깊어가도록 그분은 돌아오지 않았어요.

다음 날 아침, 문을 두드리는 하녀에게 교수님이 돌아왔는지 물었어요. 하녀가 교수님의 침실 문이 열린 채로 방 안은 비어 있다고 대답하자, 나는 절망의 냉기에 휘감기는 기분이었죠. 그래도 교수님이 도중에 좋은 길벗을 만났을 것이고 점심 아니면 늦어도 오후까지는 돌아올 거라 믿었어요. 그래서 아이들을 데리고 숲으로 산책을 나갔고, 최선을 다해 아이들과 놀아주고 웃어주면서 비밀이니 베일에 가려진 공포니

하는 생각을 떨쳐내려고 애썼어요.

기다림이 한 시간 두 시간 길어질수록, 생각은 점점 음침해졌어요. 또 밤이 찾아왔고, 또 나는 기다렸답니다. 어떻게든 저녁 식사를 끝내려고 애를 쓰는데, 밖에서 발소리와 남자의 목소리가 들려왔어요. 하녀가 식당으로 들어와서 이상한 표정으로 날 쳐다보더군요. "저어, 아가씨. 모건 씨가, 그러니까 정원사가 괜찮으면 잠깐 뵙고 싶다는군요."

"들어오라고 해." 나는 그렇게 말하고 입을 꾹 다물었어요.

늙은 정원사가 천천히 식당으로 들어왔고, 하녀가 문을 닫고 나갔어요.

"모건 씨, 앉아요. 내게 할 말이 있다고요?"

"네, 아씨. 그레그 나리가 어제 아침 떠나기 직전에 아씨한테 주라며 맡긴 게 있어요. 특별히 당부하길, 오늘 저녁 8시 정각이 될 때까지 나리가 돌아오지 않으면 그때 아씨한테 건네주라고 했어요. 만약에 그 전에 나리가 돌아오면, 자기한테 도로 주면 된다면서요. 그런데 나리가 아직 돌아오지 않았으니, 아씨한테 이걸 직접 전해야 할 것 같군요."

정원사는 엉거주춤 일어선 자세로 주머니에서 뭔가를 꺼내 내밀었어요. 나는 아무 말 없이 그걸 받았고, 모건은 이제 어떡해야 하는지 몰라 난감해하는 거 같았어요. 그래서 내가 고맙다고 잘 자라고 하면서 그를 내보냈죠. 혼자 남아서 손에 든 포장을 살펴보니, 깔끔하게 봉인되고 교수님의 크고 자유분방한 필체로 내 이름이 적혀 있더군요. 숨죽이며 봉인을 풀자 이번에도 내 이름이 적힌 봉투가 나왔고, 거기서 편지를 꺼냈어요.

"랠리 양에게," 편지는 이렇게 시작됐어요. "자네가 이 쪽지를 읽는다면, 내가 어떤 실수를 저질렀다는 의미네. 그 실수로 인해 이 글이 작별 인사가 될까 봐 두렵군. 확실한 건, 자네도 그 어떤 누구도 다시는 나를 볼 수 없다는 거야. 이런 상황에 대비하여 유언장을 작성해 놓았네. 부디 자네에게 남긴 조촐한 유품을 받아주게나. 나와 함께해줘서 진심으로 고맙네. 내게 닥친 운명은 인간은 꿈에서조차 상상할 수 없는, 가혹하고 무서운 것이네. 이 운명이 무엇인지, 원한다면 자네도 알 권리가 있네. 화장대의 왼쪽 서랍을 열어보면, 분류표가 붙어 있는 서랍 열쇠가 있을 거야. 책상 서랍 깊숙한 곳에 자네 이름과 함께 봉인된 큰 봉투 하나가 있네. 나는 그걸 불에 태워버리라고 충고하겠네. 그러면 밤에 잠을 푹 잘 수 있을 걸세. 그러나 자네가 사건의 내막을 기어이 알아야겠다면, 봉투에 전부 들어 있을 걸세."

밑에는 교수님의 서명이 분명하게 적혀 있었어요. 다시금 글자 하나하나를 읽는 동안, 겁이 나서 얼굴이 창백하게 질렸고, 손이 부들부들 떨리면서 금방이라도 토할 것처럼 숨이 막혔어요. 쥐 죽은 듯한 침묵 속에서 사방을 에워싼 검은 숲과 산을 떠올리자니, 의논할 사람 하나 없는 무력감과 무능함이 나를 짓누르더군요. 결국엔 결심했어요. 앞으로 여생 동안 망령처럼 떨칠 수 없는 괴로운 멍에가 될지언정, 해 질 녘 숲 속의 그림자처럼 어스름하고 섬뜩한 빛을 일으키며 오래도록 나를 괴롭혀온 이 기이한 공포의 의미를 알아야겠다고 말이죠. 나는 조심스럽게 그레그 교수님의 지시를 따랐고, 망설임 없이 봉투의 봉인을 뜯고 교수님의 원고를 앞에 펼쳐놓았어요. 그때부터 그 원고를 늘 지니고 다녀요. 선생님이 직접 말을 하진 않았으나 그 원고를 읽게 해달라고 침묵의 요구를 하고 있으니, 솔직히 거절할 수 없군요. 자, 이것이 내가 그날 밤 책상 앞에 앉아서 갓등을 밝혀놓고 읽은 내용이에요.

자신을 랠리 양이라고 밝힌 이 젊은 아가씨는 다음과 같은 내용을 읽어나가기 시작했다.

완전치는 않지만 이제 사실로 드러나고 있는 이 가설이 맨 처음 떠오른 것은 퍽 오래전이다. 광범위하고 때론 시대에 뒤처진 독서가 이 길을 준비하는 데 큰 도움을 주었고, 나중에 전문가로서 인종학이라는 학문에 전념하게 됐을 때, 정통 과학과는 합치되지 않는 사실과 철저한 연구에도 불구하고 여전히 은폐된 것이 있다는 암시를 발견하고 소스라치게 놀라곤 했다. 더욱이 세상의 민담 중에서 상당 부분은 과장됐을 뿐이지 실제 벌어진 일이라고 확신하게 되었고, 켈트족의 선인(善人), 즉 요정 이야기에 주목하게 되었다. 윤색과 과장, 환상적인 겉모습, 초록색과 황금색 옷을 입고 꽃에 파묻혀 장난치는 요정들 속에서 본질을 골라냈고, 가공일지 모르는 이들 종족에게 붙여진 이름이나 외모와 행동의 묘사에 분명한 유사성이 있음을 알아냈다. 우리의 먼 조상들은 무서운 존재들을 '요정'과 '선인'으로 칭했는데, 두려운 대상이기에 오히려 매력적인 모습으로 치장한 것이다. 문학 또한 일찍이 이런 역할을 수행하여 변형이라는 강력한 수단을 제공하였기에 셰익스피어의 짓궂은 요정들은 이미 그 본질에서 멀어졌고, 진정한 공포는 장난꾸러기의 모습으로 위장되었다. 그러나 좀 더 오래된 이야기, 요컨대 사람들이 타오르는 장작 가까이 모여 앉아 주고받던 이야기 속에서 다른 국면을 보게 된다. 나는 지상에서 기이하게 사라진 남자와 여자 그리고 아이들에 관한 기록에서 아주 상반된 요정을 보았다. 이 요정들이 초록빛의 둥그런 언덕을 향해 걸어가는 모습이 들판에서 일하는 어느 농부에게 발견될지도 모르고, 아니면 지상에서 더는 보이지 않을지도 모른다. 곤히 잠든 아이를 놔두고 나무토막으로 대충 빗장을 채운 뒤 집을 나갔다가 돌아와보니 통통한 장밋빛 혈색의 색슨족 아이가 아니라 창백한 피부에 검고 매서운 눈을 한 빼빼 마르고 시들시들한 다른 종족의 아이가 있더라는 어머니들의 이야기도 있다. 그뿐만 아니라 더욱 음산한 신화들이 있으니, 마녀와 마술사, 악마 연회의 무시무시한 악, 인간의 딸들과 잠자리를 한 악마들에 대한 두려움, 이런 것들이다. 우리는 섬뜩한 '요정들'을 친근한 무리로 변신시켰듯이, 마녀와 그 일당의 검은 부정을 늙은 노파와 빗자루, 꼬리를 똑바로 세운 우스꽝스러운 고양이가 가미된 인기 있는 전설 속에 은폐해 왔다. 그리스인들이 무서운 복수의 여신을 다정한 여성의 이름으로 칭했듯이, 북부의 나라들은 그들 나름의 전례를 따라왔다. 이런저런 일과 주어진 업무를 처리하면서 틈틈이 나만의 연구를 계속했고, 스스로 이런 질문을 던졌다. 이런 민담들이 사실이라면, 악마의 연회에 참석했다는 악마들의 정체는 과연 무엇인가? 중세의 초자연적인 가설들은 당연히 배제한 상태에서 내가 내린 결론은, 그 요정과 악마들이 같은 기원을 지닌 하나의 종족이라는 것이다. 지난 시절의 발명과 고딕풍의 상상력이 왜곡과 과장에 많은 영향을 끼쳤음은 당연하다. 그럼에도 나는 이 모든 가상의 이면에 진실의 검은 배경이 있다고 굳건히 믿고 있다. 물론 근거 없는 불가사의나 신비 같은 것까지 자신하진 못한다. 현대의 강신술이 진짜라고 믿는 건 혐오하지만, 숱한 사례에서 보이듯, 지금은 마법처럼 보이는 어떤 존재들의 후손이 바로 인간 가운데 있을 수 있다는 것까지 전적으로 부인하진 못하겠다. 높은 곳에서 나와 인간을 그쪽으로 이끌었던 이 존재들은 생사의 밑바닥에서 실제로 살아남은 생존자들이다. 아메바와 달팽이는 우리에게 없는 능력을 지니고 있다. 격세유전론이 어쩌면 도저히 설명할 수 없는 문제 상당수에 해답이 될지 모르겠다. 이것이 내 입장이다. 내가 훼손되지 않은 가장 초기의 요정 민담 중에서 방대한 양을 사실로 믿는 데는 충분한 근거가 있다. 그리고 이런 민담에 나타나는 순전히 초자연적인 요소들은 진화의 거대한 행진에서 이탈한 종족이 우리에겐 기적으로만 보이는 특정 능력들을 지니고 있었다는 가설로 설명된다. 이런 가설들이 내 머릿속에서 구체성을 띠기 시작했다. 이런 시각으로 연구를 진행하면서 폐허가 된 고분이나 굴, 어느 골동품 연구가의 인터뷰 기사가 실린 지역 신문, 온갖 유형의 문학 작품 등등 다방면에서 확증을 수집했다. 그 밖에도 호메로스의 작품에 등장하는 '분절어를 사용하는 사람들'이라는 문구에 강한 인상을 받았는데, 호메로스가 너무 투박하여 언어라고 하기 어려운 말을 사용하는 사람들을 알았거나 그 소문을 들었던 건 아닐까 생각했다. 퇴화된 종족이 있다는 가정하에서 이들이 짐승의 불분명한 소리와 크게 다르지 않은 방언을 사용할 거라는 추론이 쉽게 도출됐다.

이렇게 철저한 사실을 바탕으로 추론을 입증해 가는 과정에서 어느 날, 어느 작은 마을과 관련된 책자에서 우연히 접한 문구가 시선을 사로잡았다. 어느 모로 보나 그 마을의 비극적인 사건을 짤막하게 다룬 글로, 한 젊은 여성이 감쪽같이 실종된 가운데 그녀와 관련하여 나쁜 소문이 돈다는 내용이었다. 그러나 나는 행간을 통하여 이 추문이 완전한 억측이며, 설명할 수 없는 것을 설명하기 위해 모든 가능성이 날조된 것임을 간파했다. 런던이나 리버풀로 도망갔다거나 삼림지대의 더러운 연못에 머리를 처박은 신원 불명의 시체 한 구가 있다거나 혹은 여성이 살해됐다거나 하는 소문들은 전부 불쌍한 이 여성의 이웃들한테서 나온 것이다. 그런데 그 글을 별생각 없이 여러 번 검토하다가 전기에 감전된 듯한 충격과 함께 어떤 생각이 뇌리를 스쳐 갔다. 만약에 정체 묘연한 공포의 산간 종족이 아직 살아남아서 험준한 지역과 헐벗은 산속을 배회하고 있다면, 그래서 우랄알타이어족의 셸터어나 스페인의 바스크어처럼 변함이 없고 변할 수도 없는, 고딕풍의 전설에나 등장하는 악행을 지금도 되풀이하고 있다면? 이런 생각이 감전된 듯한 충격과 함께 떠올랐다. 제대로 숨을 쉴 수조차 없었고, 공포와 승리감이 묘하게 뒤섞이는 혼란 속에서 의자의 팔걸이를 두 손으로 꽉 붙들어야 했다. 한 과학자가 영국의 조용한 숲 속을 거닐다가, 전설 속에서 용감한 기사들에 의해 죽은 괴물 벌레의 원조 격인 어룡의 미끈거리고 징그러운 공포와 실제로 맞닥뜨리고는 화들짝 놀라거나 익수룡이 해를 가려 어두워지는 광경을 목격한 그런 기분이 들었다. 그러나 결연한 지식의 탐구자로서 이런 발견을 떠올리자니 기쁨의 열정이 몰려왔다. 신문 기사를 오려내 낡은 책상 서랍에 넣으면서 이것이 세상에서 가장 기이한 상징의 수집품 목록 1호가 될 거라 생각했다. 그날 밤늦게까지 앞으로 도달하게 될 결론을 떠올렸으나, 애초에 간담을 서늘하게 만들었던 생각보다 더 괜찮거나 진전된 것은 아니었다. 그래도 연구를 제대로 진행하기 위해 내가 불확실한 근거를 토대로 하지는 않았나 반성할 필요가 있었다. 일부 사실들은 지역의 소문과 일치할 수도 있기에 일단 이 사건을 유보적인 입장에서 보기로 했다. 관찰자의 입장을 견지하면서도, 다른 사상가와 탐구자 대부분이 부주의하고 무관심하여 가장 중요한 사실들을 간과했는데, 나 홀로 지켜보고 주목하고 있다는 생각에 큰 기쁨을 느꼈다.

서랍의 수집품 목록을 추가하기까지 몇 년이 더 흘렀다. 두 번째 품목은 타지의 변형된 소문이 가미됐을 뿐이지 실상 1호 품목의 판박이에 불과하기에 그리 중요한 가치는 없었다. 그래도 건진 것이 있었다.

첫 번째 사건처럼 두 번째 사건도 한적한 외딴 마을에서 벌어진 참사였고, 여기까지도 내 이론이 입증되는 것 같았다. 그런데 세 번째 품목은 결정적이었다. 이번에도 주요 도로에서 멀리 떨어진 외딴 산간에서 한 노인이 시체로 발견되었고, 그 옆에 살해 도구가 놓여 있었다. 살해 도구가 나무 손잡이까지 장선으로 감겨 있는, 원시적인 돌도끼였기 때문에 역시나 온갖 소문과 추측이 돌았고, 너무도 황당하고 터무니없는 억측까지 난무했다. 나는 회심의 미소를 지으며 가장 난폭한 추측들은 근거가 없는 것이라고 생각했다. 나는 검시를 맡았던 마을 의사와 서신을 주고받는 수고까지 마다하지 않았다. 꽤 똑똑한 의사도 아연실색한 상태였다. "이 지역에 있는 한 이번 일을 입에 올리지 않을 작정입니다." 의사는 편지에 이렇게 썼다. "하지만 솔직히 말해서 아주 무시무시한 비밀이 있습니다. 문제의 손도끼를 입수했는데, 너무 궁금해서 그 파괴력을 시험해 봤지요. 가족과 하인들이 모두 외출한 일요일 오후에 도끼를 뒷마당으로 가져가 미루나무 울타리에 몸을 숨기고 실험했습니다. 그런데 도끼를 사용할 수 없더군요. 독특한 균형이 필요한 것인지, 부단한 연습에 의해서만 적절한 무게를 실을 수 있는 것인지, 그도 아니면 어떤 특정 근육을 써야 실제로 타격을 가할 수 있는 것인지 도무지 알 수가 없었어요. 그냥 나 자신의 운동신경을 탓하면서 집 안으로 들어왔습니다. 도끼질에는 영 소질이 없었으니까요. 힘이 저절로 도끼에 전달되어야 하는 것 같은데, 나는 막무가내로 도끼를 뒤로 젖혔다가 그냥 땅바닥에 떨어뜨리기만 했어요. 다음에는 인근에서 똑똑한 나무꾼과 함께 실험을 했습니다. 그런데 40년 동안 도끼질을 해온 이 나무꾼역시 돌도끼를 전혀 사용하지 못했고, 그것도 매번 아주 우스꽝스럽게 도끼를 놓쳐버리더군요. 이렇게 말하면 너무 황당할지 모르나, 4000년 동안 이 지상의 어느 누구도 노인을 살해하는 데 사용된 것이 분명한 이 도끼를 제대로 휘둘러보지 못했을 겁니다."

당연히 의사의 편지는 내게 진기한 소식이었다. 나중에 사건의 내막을 자세히 듣고 그 불쌍한 노인이 평소에 험준한 산 중턱에서 밤에 뭔가를 봤다느니 전대미문의 기적이니 지껄여대다가 결국은 어느 날 아침, 바로 그 산에서 싸늘한 주검으로 발견됐다는 것을 알게 되었다. 나는 바야흐로 추측을 벗어났다는 생각에 쾌재를 불렀다. 그러나 그다음이 훨씬 더 중요한 국면이었다. 나는 오랫동안 독특한 인장을 가지고 있었는데, 칙칙한 검은색 돌로 만들어진 것으로 손잡이에서 인장 부분까지의 길이가 5센티미터였고, 인장 끝은 지름 3센티미터 정도의 투박한 육각형이었다. 전체적인 생김새는 파이프에 담배 채워 넣는 구식 기구를 확대해 놓은 것과 비슷했다. 이것은 동양에 거주하는 판매상이 보내온 것으로, 그 사람 말에 따르면, 고대 바빌론 지역 인근에서 발견된 것이라 했다. 그러나 인장에 새겨져 있는 문자들이 수수께끼처럼 애를 태웠다. 한눈에 봐도 쐐기 모양과 흡사하나 분명한 차이가 있었다. 쐐기문자의 해독 방법을 적용하는 등 온갖 방법을 동원해 문자를 해독하려 했으나 모두 허사였다. 이 수수께끼를 풀지 못하여 자존심이 상했으나, 시간이 날 때마다 이 검은 인장을 꺼내 무작정 들여다본 덕분에 글자 하나하나를 정확히 기억해 낼 정도로 눈에 익었다. 그러던 어느 날, 영국 서부에 있는 한 지인으로부터 편지와 함께 동봉한 문서를 받고는 벼락을 맞은 듯한 충격에 빠졌다. 동봉된 커다란 종이에는 검은 인장과 정확히 일치하는 문자들이 있었고, 그 위에 지인이 이렇게 적어놓았다. "만머스셔 주, 그레이 힐스의 석회암 바위에서 발견된 비문. 적토(赤土) 같은 재질로 적혀 있고, 아주 최근의 것으로 보임." 나는 지인의 편지를 집어 들었다. 내용은 이랬다. "아주 신중한 마음으로 비문을 동봉하네. 일주일 전에 그 바위를 지나갔다는 목동이 확언한 바에 따르면, 당시에는 바위에 아무런 표식도 없었다는군. 내가 확인한 결과, 이 문자들은 적토 비슷한 재질로 바위에 적은 것으로 평균 길이가 2.5센티미터 정도더군. 많이 변형된 쐐기문자의 일종으로 보이네만, 물론 불가능한 일이지. 누군가의 장난이거나 이 지역에 많이 모여 있는 집시들의 낙서일 공산도 크네. 자네도 알다시피, 집시들은 다양한 상형문자로 서로 의사소통을 하잖나. 내가 이틀 전에 문제의 바위를 찾아가게 된 것은 사실 이곳에서 벌어진 참사와 관련이 있네."

나는 물론 곧바로 친구에게 편지를 보내 비문을 복사해 보내준 것에 고마움을 전하고, 거기서 벌어진 참사라는 게 뭐냐고 넌지시 물었다. 후에 내가 들은 얘기를 간단히 말하자면, 하루 전날 남편을 잃은 크라도크라는 여성이 그 비보를 전하기 위해 10킬로미터 정도 떨어진 사촌의 집을 찾아갔다. 크라도크 부인은 그레이 힐스를 거쳐 가는 지름길을 택했다. 당시에 아주 젊었던 그녀는 사촌의 집에 도착하지 못했다. 그날 밤늦게 무리에서 떨어져 나간 두세 마리의 양을 찾아 나선 한 농부가 랜턴을 들고 자신이 기르는 개와 함께 그레이 힐스 주변을 살피고 있었다. 그때 그의 귓가에 흐느끼고 통곡하는 처량한 소리가 들려왔다. 소리를 따라가보니, 가여운 크라도크 부인이 석회암 바위 옆 땅바닥에 웅크린 채, 이리저리 몸을 뒤척이며 비통하게 울고 있었다. 그 소리가 어찌나 구슬프던지, 농부의 말에 따르면, 처음엔 귀를 틀어막고 그냥 그 자리를 떠나고 싶을 정도였다고 한다. 농부가 집에 데려다 주겠다고 하자, 여인은 그리해 달라고 했고, 집에 도착했을 때 이웃 사람 한 명이 그녀를 보살피러 왔다. 여인은 밤새 알아들을 수 없는 말로 탄식하며 울음을 그치지 않았고, 얼마 후에 의사가 와서, 그녀는 제정신이 아니라고 진단했다. 사람들의 전언에 따르면, 그녀는 영원히 길을 잃고 저주받은 자처럼 울부짖다가 혼수상태에 빠지기를 반복하면서 꼬박 일주일을 병상에 누워 있었다. 남편을 잃은 슬픔에 실성했다는 게 주위의 중론이었고, 의사는 여인의 살날이 얼마 남지 않았다고 했다. 내가 이 사건에 얼마나 큰 흥미를 느꼈는지에 대해 시시콜콜 말하지 않아도 될 것이다. 나는 친구에게 이 사건과 관련된 모든 것을 빠짐없이 일정한 간격을 두고 편지로 알려달라고 부탁했다. 6주가 지나서 여자가 조금씩 회복 중이라는 소식이 왔고, 몇 달이 지나서는 제르바시오라는 세례명의 아들을 출산했으나, 아이가 불행히도 저능아라고 했다. 이 정도가 마을에 알려진 사실이었다. 그러나 나는 이 사건의 이면에 모종의 흉악한 범죄가 있다고 봤고, 모든 것이 이런 추측을 확증하고 있었다. 나는 경솔하게도 진실에 가까운 얘기를 동료 과학자 몇 명에게 발설하고 말았다. 그 얘기를 꺼내자마자 뼈아픈 후회가 밀려왔고, 이젠 내 인생의 커다란 비밀들이 사라지고 말았다는 두려움마저 들었다. 그런데 분노와 안도감이 교차하는 가운데 내가 괜한 걱정을 했다는 걸 깨달았다. 왜냐하면 동료들이 면전에서 나를 조롱했을 뿐만 아니라 미친놈 취급을 했기 때문이다. 나는 분한 마음을 삭이면서도 내심 웃고 있었다. 마치 사막에 대고 나만의 비밀을 털어놓은 것처럼 이런 멍텅구리들 속에 묻혀 있으니 안도감이 느껴졌다.

그러나 너무도 많은 것을 알게 된 지금, 아예 전부를 알아내겠다고 결심했고, 검은 인장의 비문을 해독하는 작업에 집중했다. 수년에 걸쳐 시간 여유가 생길 때마다 이 수수께끼를 푸는 데 몰두했다. 물론 여러 가지 업무에 매달려야 했기에 일주일 내내 짬을 내기 어려운 경우도 많았다. 이 흥미로운 조사 과정을 속속들이 말한다면, 이 글은 아주 지루해질 것이다. 길고도 지루한 실패담이 되풀이될 테니까 말이다. 고대 문헌에 익숙했던 나는 스스로 보기에도 적격의 탐구자였다. 유럽 아니 전 세계 과학자들과도 서신을 주고받았다. 그런데 아무리 그 기원이 태고로 거슬러 올라간다 해도, 또 아무리 그 본질이 혼란스럽다고 해도, 요즘 세상에 나의 이런 헌신과 탐구욕에도 실체를 드러내지 않는 문자가 있다니 영 믿기지 않았다. 실제로도 내가 성공하기까지 꼬박 14년의 세월이 걸렸다. 해마다 해야 할 일은 늘어갔고 여가는 줄어갔다. 당연히 시간이 지체될 수밖에 없었다. 그래도 지난 시간을 되돌아보면, 검은 인장과 관련된 연구가 참으로 광범위했다는 사실에 나 스스로도 깜짝 놀라곤 한다. 내 책상은 지역과 시대를 막론하고 전 세계의 고문(古文)을 수집하는 본부였다.

어떤 것도 그냥 넘기지 않겠다고, 아무리 빈약한 단서라도 기꺼이 받아들이고 추적하겠다고 결심했다. 그러나 비밀의 껍질을 벗기면 또 다른 껍질이 나왔고, 번번이 아무런 성과도 거두지 못했다. 그렇게 몇 년간 좌절을 겪다 보니, 이 검은 인장은 세상에서 사라진 어느 종족의 유일한 유물이 아닐까 하는 의심이 시작됐다. 어떤 종족이 검은 인장 외에 아무런 자취도 남기지 않고, 아틀란티스처럼 모종의 큰 재앙 때문에 멸망했으며 그들의 비밀은 해저 혹은 산속 깊숙한 곳에나 숨어 있는 것이 아닐까? 이런 생각을 하자 조금은 전율이 일었다. 여전히 인내하고 있었으나, 처음의 확실한 신념과는 거리가 있었다. 구원의 손길은 우연히 찾아왔다. 나는 영국 북부의 꽤 큰 마을에 머물면서 연구와 직접적인 관련이 있는 그곳의 박물관을 찾아갔다. 이 박물관의 학예사는 나와 서신 왕래를 하는 지인 중에 하나였다. 광물 전시관을 살펴보다가 어딘지 검은 인장을 떠올리게 하는, 가로세로 10센티미터 정도의 검은 돌 표본에 눈길이 갔다. 무턱대고 그것을 집어 들고 뒤집어보니 놀랍게도 밑바닥에 글이 새겨져 있었다. 학예사에게 이 표본이 아주 흥미로워서 그러니 이틀 정도만 호텔에 가져가 살펴보게 해주면 정말 고맙겠다고 조용히 말했다. 그 친구가 그러라고 하기에 부리나케 호텔 방으로 가져 왔고 처음의 직감이 틀리지 않았다는 걸 확인했다. 표본에는 두 개의 비문이 있었다. 하나는 규칙적인 쐐기문자였고, 다른 하나는 검은 인장 에 새겨진 것과 같은 문자였다. 드디어 성공을 확신했다. 두 개의 비문 을 정확히 필사했다. 런던의 집 서재에 도착해 인장을 앞에 두고 이 거 대한 문제와 씨름했다. 박물관 표본의 비문을 해독하는 작업은 그 자체 로 흥미로웠으나 본연의 목적과는 관련이 없었다. 다만 이 해독 과정을 통하여 검은 인장의 비밀에 다가갈 수 있었던 것이다. 물론 해독 과정 에 일정 부분 추측이 가미될 수밖에 없었다. 확실치 않은 표의문자들이 있었고, 인장에서 되풀이되는 한 개의 문자에 막혀서 숱한 밤을 새우기 일쑤였다. 그러나 마침내 그 비밀이 명료한 영어로 옮겨져 내 앞에 놓 였다. 나는 그 산간에서 벌어졌던 오싹한 변형에 관한 단서를 읽어나갔 다. 손가락이 떨려서 마지막 단어를 옮기기조차 힘들었으나, 어쨌든 그 쪽지를 잘게 찢어서 난롯불에 던졌고 그것이 불에 타들어가는 모습을 지켜보았다. 그것도 모자라 타고 남은 재를 미세한 가루가 될 때까지 짓밟았다. 그 후로 해독한 그 문장을 어디에도 두 번 다시 쓴 적이 없다. 그리고 앞으로도 인간이 어떻게 원시 점액으로 축소될 수 있는지, 또 강제로 파충류와 뱀의 피부를 갖게 할 수 있는지 알려주는 그 문장을 절대 쓰지 않을 것이다.

이제 하나만 남았다. 알면서도 직접 눈으로 확인하고 싶었다. 그래서 얼마 후 그레이 힐스 인근에, 크라도크 모자가 사는 오두막에서 그리 멀지 않은 곳에 집 한 채를 구했다. 이 글을 쓰고 있는 시점에서 그동안 벌어진 불가사의한 일들에 대해 굳이 소상히 설명할 필요는 없을 것이다. 제르바시오 크라도크에게서 '요정'의 혈통을 발견할 것임을 이미 알고 있었다. 나중에는 그 아이가 이 외딴 지역 으슥한 곳에서 동족들을 여러 번 만났다는 것까지 알아냈다. 어느 날, 일이 생겼다는 말에 정원으로 나가보니, 아이가 발작 상태에서 검은 인장의 내용을 말하고, 아니 쉿쉿 소리를 내고 있었다. 나는 아이에 대한 연민보다 환희에 굴복할까 봐 조마조마했다. 아이의 입을 통해 지하 세계의 비밀이자 죽음의 언어인 '이사크사르'를 들었다. 물론 내가 그 의미를 여기에 밝히진 않겠지만.

그런데 그냥 넘길 수 없는 일이 하나 있다. 스산한 한밤중에 너무도 익숙한 쉿쉿 소리를 듣고 잠을 깼다. 곧 그 불쌍한 아이의 방으로 갔더니, 아이는 꿈틀거리는 악마의 손아귀에서 벗어나려고 기를 쓰듯 침대에서 경련을 일으키며 입가에 거품을 물고 있었다. 아이를 내 방으로 데려와 램프를 밝히는 동안, 아이는 바닥에 쓰러진 채 자기 몸 안의 어떤 존재에게 떠나달라고 애원했다. 아이의 몸이 공기주머니처럼 부풀어 올랐고, 얼굴이 까맣게 변해 갔다. 위기에 순간에 인장의 지시에 따라 필요한 조치를 취한 뒤, 양심의 가책은 접어두고 과학자로서 무슨 일이 벌어지는지 지켜보았다. 눈앞에서 벌어진 광경은 인간의 인식 능력과 가장 무시무시한 환상마저 뛰어넘을 정도로 끔찍한 것이었다. 바닥에 쓰러져 있던 아이의 몸에서 뭔가가 빠져나왔고, 그것이 흔들거리는 끈적끈적한 촉수를 내뻗더니 방을 가로질러 진열장 위의 흉상을 붙잡아 책상에 내려놓았다.

그 상황이 끝난 뒤, 창백하게 질린 나는 밤새 부들부들 떨면서 방 안을 오갔고, 온몸에 식은땀을 흘리며 이성을 찾으려고 애썼으나 부질없는 짓이었다. 단언컨대, 내가 본 것은 초자연적인 현상이 절대 아니었다. 달팽이가 돌기를 뻗었다가 당기는 듯한 모습은 내가 목격한 광경의 일부에 지나지 않는다. 공포가 이성을 송두리째 파괴해 버렸고, 그날 밤 나 자신이 초래한 결과에 기진맥진하여 스스로를 원망했다.

더 할 말은 그리 많지 않다. 나는 마지막 시도와 만남을 준비하고 있다. 더 바랄 것은 없기에 그저 '요정'을 직접 만나보겠다고 결심한 것이다. 검은 인장의 비밀을 알고 있으니 도움이 될 것이다. 만약에 내가 불행히도 이 여정에서 돌아오지 못하더라도 내게 닥친 모진 운명을 놓고 설왕설래할 필요는 없다.

랠리 양이 그레그 교수의 진술 마지막 부분에서 잠시 낭독을 멈추더니 이렇게 자신의 얘기를 이어갔다.

교수님이 남긴 글은 도저히 믿기 어려운 내용이었어요. 글을 다 읽고 났을 땐 늦은 밤이었지만, 다음 날 아침 곧바로 모건과 함께 실종된 교수님을 찾기 위해 그레이 힐스를 수색하기로 계획을 세웠죠. 이 지역의 험하고 황량한 지세와 더없이 고독한 길, 그리고 시간의 폭력에 닳아서 사람과 짐승을 기괴하게 닮게 된 회색의 석회암 표석들로 수놓인 불모의 초록빛 산간에 대해 일일이 열거함으로써 선생님을 지치게 만들진 않겠어요. 결론적으로 말하자면, 오랜 시간의 고된 수색 끝에 이미 앞에서 말한 대로 교수님의 물건들 — 시계와 시곗줄, 지갑, 반지 — 이 거친 양피지 조각에 감싸여 있는 걸 발견했죠. 모건이 양피지를 묶은 장선을 잘라내자 교수님의 물건이 나타났어요. 나는 울음을 터뜨렸지만, 검은 인장의 섬뜩한 문자들이 양피지에도 적혀 있는 것을 보고는 침묵의 공포로 얼어붙고 말았어요. 그제야 고인이 된 교수님에게 얼마나 호된 운명이 닥쳤는지 처음으로 이해할 수 있을 것 같더군요.

그레그 교수님의 변호사는 내가 들려준 얘기를 동화 속 얘기처럼 받아들였고, 내가 내민 문서들을 쳐다보지도 않았어요. 언론의 기사들은 변호사가 알아서 한 일이고, 그 결과 교수님이 익사했고 시체는 바다로 흘러갔을 거라는 추측만 남았죠.

랠리 양이 말을 멈추고 뭔가 묻는 눈빛으로 필립스 씨를 쳐다보았다. 필립스 씨는 생각에 골몰했다. 그가 시선을 들어 저녁 시간을 맞아 부산해진 광장의 움직임들을 바라보았다. 사람들은 저녁 식사를 하러 발길을 재촉했고, 많은 이들이 이미 음악당을 에워싸고 있었다. 현실의 부산함과 소동은 오히려 비현실적이고 몽환적으로 보였고, 뜬눈으로 새우고 맞이한 아침에 꾸는 꿈 같았다.

---

26) 『게스타 로마노룸 Gesta Romanorum』: 14세기에 편찬된 라틴어 설화집.

27) 칼마엔(Caermaen): 아서 매컨은 자신의 고향이기도 한 칼레온을 작품 속에서 칼마엔으로 지칭하곤 했다. 칼레온은 영국 웨일스 동남부의 소도시로 로마 군단의 성채와 아서 왕의 궁전이 있었던 곳으로 알려져 있다.

28) 로만 로드(Roman Road): 율리우스 카이사르가 영국에 만든 도로로, 지금도 흔적이나 명칭이 남아 있다고 함.

29) 이중자음 ll은 웨일스어에서 특히 인명이나 지명에 자주 등장한다. 정확한 음가를 표기하기 어렵지만 대략 영어 L을 발음할 때처럼 혀를 윗니 뒤에 대고 바람만 입 밖으로 내보내어 '스'에 가깝게 발음한다. 일례로 웨일스의 많은 지명에 포함된 'Llan'의 경우, '스안'에 가깝게 발음된다.

30) 전와어(轉訛語): 본래의 뜻과는 달리 잘못 전해진 말.

31) 탈위스 테그(Tylwydd Teg): 웨일스 전설 속 여러 요정을 포괄적으로 가리키는 말.

32) 로만 빌라(Roman villa): 로마 공화정과 로마 제국 시기에 상류계급을 위해 지은 주택 양식으로 로마의 점령 시기에 영국에도 세워짐.

33) 윌리엄 피트(William Pitt): 영국의 정치가.

34) 스코틀랜드 미신 중에 거미를 죽이면 비가 오거나 그날 안에 그릇이 깨진다고 한다. 소금을 쏟으면 불길한 징조인데, 액운을 막으려면 소금을 집어 왼쪽 어깨 너머로 던져야 한다. 스코틀랜드 가정주부들은 소금 통을 성경책 위에 올려놓는다고 한다.

THE TALE OF SATAMPRA ZEIROS

사탐프라 제이로스의 이야기

작가와 작품 노트 | 클라크 애슈턴 스미스(Clark Ashton Smith, 1893~1961)

20세기 초반 펄프 잡지의 전성기를 이끌었던 《위어드 테일스》. 이 잡지의 전성기를 이끈 3인방이 러브크래프트, 로버트 E. 하워드 그리고 클라크 애슈턴 스미스다. 세 작가 중에서 두 명의 명성에 가려 저평가된 이가 클라크 애슈턴 스미스다. 세 작가는 누군가 먼저 죽기 전까지 활발히 편지를 주고받는 글벗이었고 신기하리만큼 공통점이 많았으나, 정작 얼굴을 맞대고 만난 적이 없을 뿐만 아니라 사는 지역도 서로 꽤 멀었다. 러브크래프트는 뉴잉글랜드의 프로비던스, 하워드는 텍사스의 피스터, 클라크 애슈턴 스미스는 캘리포니아 롱밸리의 오번에서 태어났다.

1912년 11월, 19세 때 스미스의 첫 시집 『별을 밟는 자』가 출간되었다. 1912년 앰브로스 비어스는 《웨스턴》에 평소처럼 신랄한 비평을 쓰면서 이례적으로 스미스에 대해서는 아주 장래가 촉망되는 시인이라고 평했다.

1922년 출간된 시집 『흑단과 수정』에는 스미스의 가장 유명한 시 「해시시 마약쟁이 혹은 악의 계시」가 포함되어 있다. 러브크래프트는 1923년에 이 시집을 읽고 "영어권 문학에서 가장 위대한 상상력의 상찬."이라고 극찬하면서 스미스에게 먼저 편지를 씀으로써 오랜 문우 관계의 물꼬를 텄다. 두 사람은 서로의 창조물(가상의 책, 공간, 신)을 각자의 작품에 차용하는데, 스미스는 러브크래프트의 주제를 자신만의 색채로 활용 발전시킴으로써 '클라크 애슈턴 신화'라는 새 지평을 열었다.

지인들의 권유와 경제적인 이유로 스미스는 시에서 단편 소설로 선회한다. 1929년 대공황이 시작되고 나이 든 양친의 건강이 나빠지는 동안, 스미스는 단편 창작에 매진한다. 러브크래프트처럼 스미스 또한 병마의 그림자가 드리웠던 유년기의 악몽을 작품에 투영한다. 1929년에서 1937년까지는 스미스가 가장 활발하게 소설을 창작한 시기다. 거의 한 달에 한 편꼴로 100편가량의 단편과 중편을 완성했다. 그중에서 절반가량이 지속적으로 《위어드 테일스》에 발표되었다. 특히 1930년에서 1934년 사이는 러브크래프트와 로버트 E. 하워드와 더불어 《위어드 테일스》의 전설적인 3인방 시대를 구가하였다. 1930년대는 스미스가 작가로서 전성기를 누렸으나, 동시에 비극적인 사건들이 연속된 불운의 시기이기도 했다. 스미스의 문우였던 시인 베이첼 린지가 1931년 세상을 떠났고, 스미스의 양친은 급격히 건강이 나빠졌다. 그 결과

1933년에는 한동안 소설 창작을 중단해야 했다. 1935년에 어머니 패니가 세상을 떠난 데 이어, 1936년에는 로버트 E. 하워드가 자살한다. 게다가 1937년에는 러브크래프트가 숨을 거둔다. 그리고 같은 해 12월엔 아버지마저 세상을 떠나고 만다. 44세의 스미스는 잇따른 비보로 좌절과 무력감에 빠진 채 사실상 소설 집필을 중단한다. 결과적으로 3인방 중에 두 명의 죽음과 스미스의 침체와 더불어 《위어드 테일스》의 황금기도 끝나간다. 이후 25년의 여생 동안 이전의 왕성했던 창작 활동과 상반되게 10여 편의 소설을 쓰는 데 그친다.

이 책에 수록한 「사탐프라 제이로스의 이야기」는 '차토구아'라는 러브크래프트와의 긴밀한 연결 고리를 제공한다. 차토구아는 스미스의 작품뿐만 아니라 크툴루 신화에서도 중요한 위치를 점하는 위대한 올드원 중 하나로, 스미스가 이 작품에 최초로 언급한 외계의 신이다. 러브크래프트는 스미스의 차토구아를 약간 변형하여 자신의 작품에 빈번하게 차용하였다.

나, 우줄다롬의 사탐프라 제이로스는 오랫동안 버려진 하이퍼보리아 통치자들의 수도 콤모리옴의 밀림화된 외곽에 있는, 인간의 숭배 대상에서 제외된 차토구아 신의 신전에서 티로브 옴팔리오스와 내가 당한 일의 전모를 부득불 왼손으로 써나가는 바, 그 이유는 지금 내게 오른손이 없기 때문이다. 마스토돈[35]의 가죽으로 만든 튼튼한 피지에 세월이 흐르면 핏빛 붉은색으로 변하는 수바나 야자의 보랏빛 즙으로 이 글을 쓰니, 콤모리옴의 사라진 보석에 얽힌 과장된 전설을 듣고 혹여 유혹을 당하게 될 선량한 도둑과 모험가 들이 경계로 삼을지니.

　내 평생의 친구이자 믿음직한 동료, 티로브 옴팔리오스는 능란한 손가락과 민첩하고 빈틈없는 기질을 요하는 일에 적격인 인물이었다. 나 자신이나 티로브 옴팔리오스를 자랑하려는 것이 아니라, 사실 그대로를 말하자면, 우리는 우리보다 훨씬 더 유명한 이 바닥의 꾼들도 움쩔꿍무니를 뺄 정도로 엄청난 성공을 거두었다. 좀 더 노골적으로 말하자면, 스무 마리가 넘는 맹독성 파충류들이 득시글거리는 방에 보관되어 있는 쿠남브리아 여왕의 보석들을 훔쳤다는 얘기다. 그뿐만 아니라 하이퍼보리아 초기 왕조의 장식물로 가득한 아크로미의 철통같은 상자까지 부수었다. 사실 이 장식물들은 처분하기가 여의치도 않고 위험하기까지 하여 멀리 레무리아에서 온 야만인 선박의 선장에게 눈물을 머금고 헐값에 팔아넘기긴 했다. 그렇다고 해도 그 상자를 연 것은 눈부신 위업이었다. 삼지창으로 무장한 10여 명의 보초가 가까이 있어서 쥐 죽은 듯 조용히 처리해야 하는 일이었으니까. 우리가 그때 사용한 것은 쉽게 구하기 어려운 강산(强酸)인데……. 아니다. 빛나는 용기와 능란한 고도의 기술과 영웅적인 추억에 대해 말하고픈 유혹은 강하나, 수다스레 너무 오래 끌어서는 안 되겠다.

인간 만사 새옹지마, 우리의 직업에도 부침이 많았다. 게다가 기회의 여신이 늘 우리에게 호의적이지도 않았다. 이 글에 등장하는 그 사건이 있던 당시, 티로브 옴팔리오스와 나는 짭짤한 한탕과 풍족한 나날 뒤에 으레 찾아오는 금전적인 어려움에 처해 있었는데, 일시적인 상황이기는 하나 극히 힘든 데다 몹시도 불편하고 괴로웠다. 사람들은 보석과 귀중품을 보관하는 데 있어 증오스러울 정도로 신중해졌고, 창문과 출입문을 겹겹으로 막는 것도 모자라 다루기 까다로운 최신형 자물쇠를 사용했으며, 경비원들은 더욱 경계심을 높이고 예전보다 졸지 않았다. 간단히 말해서, 우리 직업상 어쩔 수 없는 난관들이 더욱더 많아졌다는 얘기다. 한번은 평소에 취급하지 않던 물건, 요컨대 부피는 더 크고 값어치는 떨어지는 물건들을 훔치는 상황까지 내몰렸으나, 이것조차 위험이 따랐다. 급기야 어느 날 밤에 참마 한 자루를 훔치다가 붙잡힐 뻔한 일을 떠올리면 지금도 얼굴이 화끈거린다. 이런 얘기까지 했으니 내가 그리 오만하고 허영심이 강한 사람으로 보이지는 않을 것이다.

어느 날 저녁, 우줄다롬의 빈민가 골목에서 우리는 수중에 있는 돈을 세어보다가 정확히 3파주르 ― 석류주 큰 거 한 병 또는 빵 두 덩어리를 살 수 있는 돈 ― 가 있다는 걸 알았다. 우리는 이 돈의 지출을 놓고 언쟁을 벌였다.

"빵을 먹어야 몸에 좋지." 티로브 옴팔리오스가 말했다. "힘 빠진 팔다리와 흐늘거리는 손가락에 기운을 주고 순발력을 준다 이 말이야."

"석류주로 말할 것 같으면," 내가 말했다. "생각을 고상하게 만들고, 정신을 고양하고 계몽하지. 혹시 알아, 지금의 궁핍에서 벗어날 묘안이 떠오를지."

티로브 옴팔리오스가 쓸데없는 논쟁을 그만두고 나의 우월한 논리력에 두 손을 들었기에 우리는 근처 선술집으로 들어갔다. 술은 맛으로 치자면 최고는 아니었으나 양도 넉넉하고 적당히 독했다. 우리는 북적거리는 선술집에 앉아서 한가로이 술을 마셨고, 그러는 동안 새빨간 술의 불꽃이 우리의 머릿속으로 옮겨붙었다. 발그레한 쇠 초롱 불빛이 우리 앞날의 어둠과 의심을 밝히고 해소해 주었으며, 세상의 모진 면면들을 놀라우리만큼 감미롭게 바꾸어놓았다. 얼마 지나지 않아서 내게 영감이 떠올랐다.

"티로브 옴팔리오스, 사람들의 공포와 미신에 아랑곳하지 않는 용감한 우리 두 사람이 콤모리옴의 왕실 보물을 이용하지 말아야 할 이유라도 있던가? 이 지루한 마을에서 하루면 도착할 그곳에서 유쾌하게 머물면서 오전이나 오후 반나절만 고고학적인 조사를 하다 보면 우리가 뭘 발견하게 될까?"

"이 친구 말 한번 똑소리 나게 하네." 티로브 옴팔리오스가 대꾸했다. "까놓고 말해서 죽은 왕이나 신 한둘만 희생하면 우리의 바닥난 자금을 벌충할 수 있는데 그러지 말라는 법이 없잖아."

세상이 다 알듯이, 콤모리옴 근처에 얼씬하는 인간들은 모조리 말 못할 참변을 당하리라 예언한 폴라리온의 백의 무녀 때문에 콤모리옴은 수백 년 전부터 버려져 있었다. 그 예언된 운명에 대하여 어떤 이는 북쪽 황무지로부터 밀림의 부족들이 다니는 길목을 따라서 퍼지게 될 역병이라 했고, 또 어떤 이는 일종의 광증이라 했다. 어쨌거나 왕, 사제, 상인, 노동자, 도둑, 어느 누구도 콤모리옴에 남기를 거부하고 한꺼번에 꼬박 하루 거리에 있는 새 도시 우줄다롬으로 이주해 버렸다. 그리고 콤모리옴의 성지와 능과 왕궁에 인간이 대면하거나 이겨낼 수 없는 괴물과 공포가 영원히 떠돈다는 괴담이 퍼졌다. 대리석의 광채와 화강암의 웅장함과 밀림의 거목들도 아직은 미치지 못하는 첨탑, 돔 지붕, 오벨리스크를 고스란히 간직한 채, 이 도시는 여전히 하이퍼보리아의 비옥한 내륙 골짜기에 버티고 서 있다. 사람들은 이 도시의 훼손되지 않은 지하실에 옛 군주들의 값비싼 보물이 고스란히 남아 있다고 했다. 그뿐만 아니라 높이 쌓아 올린 능마다 미라와 함께 묻힌 보석과 호박이 있으며, 신전에는 황금 제기와 비품을 비롯하여 귀와 입과 배꼽에 보석이 박혀 있는 신상들이 아직 남아 있다고도 했다.

나는 두 병째 마신 석류주의 용기와 영감이 사라지기 전에 그날 밤 당장 떠나야겠다고 생각했다. 결국 우리는 이른 새벽에 떠나기로 결정했다. 노잣돈이 없다는 건 문제가 아니었다. 우리의 솜씨가 녹슬지 않았다면, 순진한 촌뜨기 하나 골라서 쥐도 새도 모르게 약간의 상납을 받아낼 수 있을 테니까. 그때까지 잠시 하숙집에 가 있기로 했다. 그런데 집주인이 우리를 영 마뜩잖게 맞이하더니 아주 몰상식하게 하숙비를 요구하는 것이었다. 그러나 찬란한 미래가 있기에 그 정도의 사소한 괴로움은 대수롭지 않았다. 우리가 집주인을 경멸스럽게 옆으로 밀어버리자, 집주인은 겁을 먹은 건 아니어도 꽤 놀라는 눈치였다.

늦잠을 잔 덕분에 우줄다롬의 관문을 뒤로하고 콤모리옴으로 향하는 북쪽 길에 들어섰을 때는 이미 해가 중천에 떠 있었다. 황갈색 멜론으로 아침을 거뜬하게 해결했고, 나중에는 훔친 닭을 숲에서 요리해 먹은 뒤 여정을 계속해 나갔다. 하루가 저물어갈수록 피곤이 쌓여갔으나, 여행은 즐거웠고 각양각색의 풍광과 사람들이 있어 적잖이 위로가 되었다. 사람들 중에서 일부는 지금까지도 우리를 원망하고 있을 터인데, 그 이유는 우리가 상상이나 식욕을 돋우는 것 중에서 손에 넣을 수 있는 것이면 무엇이든 훔쳤기 때문이다.

그곳은 농장과 과수원, 흐르는 시냇물과 초록의 나무로 가득한 유쾌한 마을이었다. 마침내 오후에 오랫동안 버려져 잡초 무성한 옛길로 들어섰고, 그 길은 더 오래된 밀림을 뚫고 콤모리옴으로 향하고 있었다.

우리가 그 길로 들어서는 것을 본 사람은 아무도 없었고, 그 시간 이후로 만난 사람도 없었다. 단번에 인간세계를 벗어난 것이다. 우리를 에워싼 숲의 침묵은 수백 년 전에 전설의 왕과 백성이 떠나간 이후로 단 한 번도 인간의 발소리에 의해 깨진 적이 없는 것 같았다. 난생처음 보는 거목들은 미로처럼 끝없이 서로 얽혀 있었고, 억겁 동안 거미줄처럼 휘감긴 넝쿨들은 나무와 마찬가지로 아주 오래된 것이었다. 꽃들의 크기가 병적으로 컸고, 꽃잎은 죽음처럼 창백하거나 핏빛 진홍색을 띠었으며, 향기는 굉장히 좋거나 악취를 풍겼다. 커다란 열매들은 자줏빛과 오렌지색, 황갈색을 띠었으나 감히 먹어볼 엄두는 나지 않았다.

숲은 갈수록 울창하고 험해졌으며, 화강암으로 포장된 도로는 그 틈마다 나무들이 뿌리를 내려서 점점 더 수풀로 무성했고, 심지어 화강암 틈이 넓게 벌어진 곳도 많았다. 해는 아직 지지 않았으나 거대한 나무

줄기와 가지가 그늘을 드리워 심히 어두웠다. 그렇게 우리는 무성한 수풀 냄새와 썩은 식물의 숨 막히는 악취로 가득한 검푸른 석양 속을 나아갔다. 유익한 숲에서라면 눈에 띌 만한 새도 동물도 없었다. 어쩌다가 길가 무성한 잎 사이에 창백하고 굵은 똬리를 틀고 있던 독사가 슬그머니 우리 발치를 미끄러져 가거나, 기괴하고 기분 나쁜 색깔의 반점이 있는 큰 나방이 우리 앞을 날아서 밀림의 어둠 속으로 사라지는 게 고작이었다. 자주색의 커다란 박쥐들이 어스름 속에서 벌써 활동을 시작했는지, 독이 든 것처럼 보이는 열매로 배를 채우다가 우리를 보고는 날아오른 후 소리 없이 창공을 배회하며 우리를 사악하게 지켜보았다. 왠지 보이지 않는 뭔가가 우리를 지켜보고 있는 느낌이 들었다. 외경심이라고 할까, 기괴한 밀림의 막연한 공포라고 할까 이런 감정들이 밀려들었다. 우리는 전처럼 자주 말하지 않았고, 그나마 큰 소리도 못 내고 우리답지 않게 속삭임을 주고받는 정도였다.

전부터 우리는 길을 가면서 최대한 야자 즙을 가죽 부대에 가득 담았다. 그 진액을 몇 모금만 마셔도 여독이 금세 풀리곤 했다. 이번에도 그덕을 봤다. 각자 양껏 들이켜고 나니 밀림이 전보다 덜 무서워졌다. 그러고 보니 침묵과 침울함, 경계하는 박쥐 떼와 우울하리만큼 광활한 숲 때문에 잠시라도 의기소침해질 필요가 어디 있나 싶었다. 그래서 또 한번 야자 즙을 들이켜고 노래를 부르기 시작했다.

땅거미가 지고 보름달이 하늘 높이 빛날 때, 모험의 열정에 흠뻑 취한 우리는 그날 밤 안으로 콤모리옴에 도착하고야 말겠다고 결심했다. 촌사람들한테서 징발한 음식으로 저녁을 때우면서 가죽 자루의 야자 즙을 주거니 받거니 했다. 그렇게 든든히 배를 채우고 고결한 모험심으로 용기백배해져서 다시금 여정에 올랐다.

솔직히 그리 멀리 가지는 못했다. 우리가 긴 여정의 피로를 잊게 했던 열정으로 콤모리옴의 전설적인 금은보화 중에서 맨 처음 선택하게 될 값비싼 약탈물이 무엇일까 논쟁을 벌이는 동안에도 나무 우듬지 위로 달빛에 반짝이는 대리석 돔 지붕이 보였고, 나뭇가지와 줄기 사이로 어렴풋한 주랑의 음침한 기둥들이 스쳐 갔다. 얼마 지나지 않아 지금까지 걸어온 큰길을 가로지르는 포장도로에 들어섰는데, 그 거리 양 끝은 크고 울창한 숲으로 이어졌고, 앞쪽으로는 거대한 야자수와 양치류 나무들이 낡은 가옥의 지붕들을 뒤덮고 있었다.

걸음을 멈추자 다시금 태고의 폐허를 휩싸는 침묵 앞에서 우리는 할 말을 잃었다. 집들은 흰색이었고 묘지처럼 고요한 데다 집집이 감도는 짙은 그림자는 죽음의 그것처럼 차갑고 불길하고 불가사의했다. 그곳엔 오랫동안 해가 비치지 않은 것 같았다. 폴라리온 백의 무녀의 예언으로 촉발된 대대적인 이주 이후, 시체 같은 달의 괴괴한 달빛만이 대리석과 화강암을 어루만진 유일한 온기 같았다.

"한낮이었다면 좋았을걸." 티로브 옴팔리오스가 중얼거렸다. 이상하게 쌕쌕거리는 그의 낮은 목소리가 쥐 죽은 듯한 정적 속에서 묘하게도 또렷하게 들려왔다. "티로브 옴팔리오스, 자꾸 미신 얘기를 하려는 건 아니겠지. 네가 사람들의 유치한 상상에 겁먹었다고 생각하긴 싫다. 그래도 한 잔씩 더 하자." 내가 말했다.

상황이 상황이니만큼 가죽 자루의 야자 즙을 퍽 많이 마셨고, 그 덕에 아주 호기로워져서 내친 김에 왼쪽의 가로수 길을 탐사하기 시작했다. 물론 길이라고 해봐야 똑바로 뻗었다가 이내 양치류 나무 사이로 사라졌지만 말이다. 그런데 다른 건물들과 꽤 떨어진 곳에서 아직은 밀림에 전부 침식당하지 않은 정사각형 형태의, 주변 건물들보다도 훨씬 더 오래돼 보이는 고대의 작은 신전 하나를 발견했다. 이 신전은 건축 자재 또한 다른 건물들과 달라서 아주 오래전의 것으로 보이는 검은 — 이끼류로 뒤덮인 — 현무암으로 지어졌다. 형태는 정사각형, 돔 지붕도 첨탑도 정면의 기둥도 없이 그저 두세 개의 좁은 창문이 높이 위쪽에 나 있을 뿐이었다. 이런 신전들은 근래의 하이퍼보리아에서 보기 드물었다. 그러나 우리는 그것이 태고의 신들 중에 하나였으나 지금은 인간의 숭배를 받지 못하는 차토구아의 신전임을 알았다. 풍문에 따르면, 이제는 밀림의 음흉한 맹수, 원숭이와 거대한 나무늘보와 긴 이빨 호랑이 들이 신전의 잿빛 제단 앞에서 머리를 조아리는 모습이 종종 눈에 띄거나 괴성으로 우짖고 낑낑거리는 소리가 들려온다고 했다.

다른 건물들과 마찬가지로 이 신전 또한 완벽하게 보존되어 있었다. 부패의 유일한 흔적이라고는 출입문의 상인방 몇 군데가 부서지고 쪼개져 있는 정도였다. 거무스름한 청동으로 만들어진 출입문은 오랜 세월로 인해 녹이 슬고 살짝 벌어져 있었다. 그 문만 열고 들어가면 귀금속으로 만든 온갖 제기와 보석으로 장식한 신상들이 있다는 걸 알기에 안달이 났다. 푸른 녹으로 뒤덮인 그 문을 억지로 열자면 힘을 써야 할 터, 야자 즙을 양껏 들이켜고 작업을 시작했다. 물론 돌쩌귀들도 녹이 슬어 있었다. 있는 힘껏 힘을 주자 마침내 문이 움직이기 시작했다. 계속해서 힘으로 밀어붙이는 동안, 삐꺼덕거리는 오싹한 소리를 내며 문이 안쪽으로 천천히 열리었는데, 그 소리가 마치 악다구니 같아서 인간과 다른 어떤 생물체의 소리를 듣고 있는 기분이 들었다. 신전의 검은 내부가 모습을 드러냈을 때, 오랫동안 갇혀 있던 곰팡내와 정체를 알 수 없는 기묘한 악취가 뒤섞여 몰칵 풍겨왔다. 그러나 당시에 몹시 흥분해 있던 우리는 냄새 따위에는 신경 쓰지 않았다.

평소 선견지명이 남달랐던 나는 한밤에 콤모리옴을 탐사할 경우를 대비해 횃불로 쓸 수 있지 않을까 해서 그날 일찍부터 진이 많은 나무토막 하나를 준비해 두었다. 나무에 불을 붙이고 성지 안으로 들어갔다.

바닥은 벽과 똑같은 재질의 거대한 오각형 포석으로 포장되어 있었다. 멀리 맞은편 벽 쪽에 있는 신의 좌상과 그 앞에 있는 외설적인 장식의 금속제 2단 제단, 그리고 신전 한복판에 있는 다리 세 개로 지탱되는 크고 기묘한 청동 대야를 제외하곤 내부가 휑뎅그렁했다. 우리는 이 대야에는 눈길 한번 제대로 주지 않고 앞으로 달려갔다. 내가 신상의 면전에 횃불을 들이밀었다.

나는 차토구아를 한 번도 본 적이 없으나, 그동안 들어온 풍문으로 어렵지 않게 그것을 알아보았다. 차토구아는 아주 땅딸막한 배불뚝이로, 두상은 신이라기보다는 괴물 두꺼비에 더 가까웠고, 몸 전체는 박쥐나 나무늘보를 연상시키는 짧은 털 같은 것으로 뒤덮여 있었다. 졸음에 겨운 눈꺼풀은 공처럼 둥글게 생긴 눈알의 절반을 가리고 있었다. 그리고 괴상하게 생긴 혀끝이 투실투실한 입 밖으로 나와 있었다. 솔직히 아름답거나 호감을 주는 신의 모습은 아니어서 사람들이 숭배 의식을 중단한 것도 별로 이상하지 않았다. 지금도 그렇지만 시대를 막론하고 몹시 야만적인 토착민들만 차토구아에게 감화를 받았으니 더더욱 그럴 만했다.

이 밉살맞은 신상은 물론이고, 그 주변 어디에도 흔해빠진 보석류조차 없다는 것을 확인한 우리는 좀 더 품위 있고 교양 있는 신들의 이름을 걸고 동시에 욕설을 퍼붓기 시작했다. 눈알마저도 이 괴물상의 나머지 부분처럼 볼품없는 석재로 조각해 놓은 데다 입, 코, 귀, 그 어떤 구멍에도 장식된 것이 없었다. 이 독특한 괴수를 창조해 낸 자들이 무척 탐욕스러웠거나 가난했거나 둘 중 하나였을 거라는 생각만 들었다.

벼락부자의 꿈이 사라지자, 주변의 물건과 정황에 주의가 끌렸다. 그 중에서도 앞에서 이미 말했던 정체 모를 악취가 유독 거슬렸는데, 악취는 그 무렵에 더욱 강해져 있었다. 알고 보니 악취는 청동 대야에서 풍기고 있었다. 돈이 되는 건 고사하고 유쾌하지도 않을 테지만 그래도 우리는 그 대야를 살펴보기 시작했다.

대야는 이미 말했듯이 굉장히 컸다. 지름 1미터 80센티미터, 깊이 90센티미터 정도로 바닥에서 대야의 가장자리까지 키 큰 남자의 어깨높이였다. 대야를 받치고 있는 세 개의 커다란 다리는 곡선형을 그리다가 끝에서 고양이과 맹수의 발 모양을 띠었고 발톱까지 조각되어 있었다. 대야에 다가가 가장자리 너머를 흘깃 본 결과, 아주 칙칙하고 거무스름한 색깔의 끈적끈적한 액화성 물질이 가득 담겨 있었다. 그것이 악취의 진원지였다. 그런데 악취는 지독히도 역겨웠음에도 불구하고 부패의 냄새라기보다는 징그럽고 불결한 습지 동물의 냄새에 더 가까웠다. 악취를 견딜 수 없어 막 돌아서려는데 마치 거무스름한 액체 속에 가라앉은 동물 아니면 뭔가가 움직이듯 표면에 살며시 기포가 이는 것이 보였다. 기포는 금세 많아졌고, 강한 효모의 작용처럼 가운데 부분이 부풀어 올랐다. 우리가 극한 공포 속에서 지켜보는 동안, 거칠고 애매한 윤곽의 머리와 흐릿하게 튀어나온 눈알이 점점 길어지는 목과 함께 솟구쳐 오르더니 극한 악의를 띠고 우리를 노려보았다. 이내 두 개의 팔 — 그것을 팔이라고 말할 수 있을지는 모르겠으나 — 역시 조금씩 솟아올랐다. 우리의 예상과는 달리 그것은 액체 속에 가라앉아 있던 생물이 아니라 액체에서 그 끔찍한 목과 머리가 생겨난 것이었다. 게다가 액체에서 생겨난 그 징그러운 팔들이 발톱이나 손 대신 달려 있는 촉수

같은 것으로 우리를 찾아 더듬거리고 있잖은가!

꿈에서도, 그동안 우리가 감행했던 가장 위험한 야간 습격에서도 겪어보지 못했던 공포에 휩싸여 할 말을 잃었고 꼼짝도 하지 못했다. 우리는 대야에서 몇 걸음 뒤로 물러섰지만, 우리의 걸음걸이에 맞춰 그 섬뜩한 목과 팔 들이 계속해서 길어지고 있었다. 이윽고 검은 액체가 한꺼번에, 그것도 내 필력에서 야자 즙의 약발이 빠져나가는 것보다도 빠르게 솟구쳐 오르더니 검은 수은의 격랑처럼 대야 밖으로 쏟아졌다. 액체는 구불거리는 뱀처럼 바닥에 닿았는데, 어느새 짧은 다리가 열 개도 넘게 생겨나 있었다.

우리 앞에 나타난 상상 초월의 괴물이 원생동물인지 아니면 원시 점액의 역겨운 자손인지는 모르겠으나 생각하고 따져볼 겨를이 없었다. 그 괴물이 어찌나 무시무시하던지 잠시라도 생각할 여력이 없었던 것이다. 게다가 그것의 의도가 너무도 적대적이었고, 식인의 성향마저 보여주고 있었다. 그것이 놀라운 속도로 정확하게 우리를 향해 미끄러져 오면서 이빨이 없는 어마어마한 크기의 입을 벌렸기 때문이다. 그것이 우리를 향해 입을 벌렸을 때, 기다란 뱀처럼 풀린 혀가 드러났고, 턱은 몸뚱이의 여타 움직임처럼 극히 유연하게 벌어져 있었다. 차토구아의 신전을 속히 빠져나가는 것이 절실했기에 우리는 그 부정한 성지의 모든 혐오를 뒤로한 채, 단숨에 출입문을 지나서 달빛 아래 콤모리옴의 외곽을 향해 전력으로 뛰었다. 되는대로 모퉁이를 돌았고, 방치된 귀족들의 대저택과 무허가 상인들의 창고를 지나 속력을 높이는 동안, 밀림의 나무들이 가장 크고 울창한 곳을 골라 방향을 잡아갔다. 마침내 변두리의 가옥들도 눈에 띄지 않는 샛길에 이르렀고, 그제야 발길을 멈추고 용기를 내어 뒤를 돌아보았다.

폐는 금방이라도 터져버릴 것처럼 헐떡였고, 하루 종일 쌓인 피로가 한꺼번에 엄청난 무게로 짓눌렀다. 그러나 뒤를 돌아보았을 때, 그 검은 괴물은 긴 내리막을 내려오는 급류처럼 뱀의 유연하고 구불구불한 움직임으로 힘 하나 들이지 않고 우리를 뒤쫓고 있었다. 우리의 축 늘어졌던 팔다리에 기적처럼 힘이 돌아왔다. 우리는 샛길의 빛을 피해서 길 없는 밀림으로 뛰어들었고, 나뭇가지와 덩굴과 거대한 잎의 미로 속에서 추격자를 피해 갈 수 있길 바랐다. 뿌리와 쓰러진 나무에 발부리가 걸렸고, 날카로운 가시나무에 옷과 살갗이 찢기었다. 어둠 속에서 우리 앞에 구부러져 있던 거대한 나무줄기와 어린 나무에 부딪치기도 했고, 머리 위 나뭇가지에서 독을 내뿜는 독사들의 쉿쉿 소리가 났다. 정신없이 도망치던 발길에 짓밟힌 정체 모를 동물들의 으르렁거림과 울부짖음이 들려왔다. 그러나 또 한 번 발길을 멈추고 돌아볼 용기는 나지 않았다.

그렇게 몇 시간을 정신없이 달렸나 보다. 울창한 나뭇잎 사이로 제대로 빛을 던져주지도 못하던 달마저 잎이 거대한 야자수와 이리저리 뒤엉킨 덩굴 사이로 점점 저물고 있었다. 그러나 달이 지면서 비춘 마지막 달빛 덕분에 은밀한 수풀 더미로 가려져 있던 죽음의 늪을 피해 우리의 목숨을 구할 수 있었다. 시시각각 끈질기게 거리를 좁혀오는 추격자 때문에 하마터면 위험천만한 환경 한복판에 도사리고 있던 그 죽음의 늪 속으로 무턱대고 뛰어들 뻔했던 것이다.

어느새 달이 졌고, 도주는 더욱더 맹목적이고 위험해졌다. 공포와 탈진과 혼란에 갇힌 착란, 그것은 허상이 아닌 진짜였다. 우리의 필사적이고 힘겨운 도주를 가로막는 온갖 장애물이 무엇인지 더는 관심도 없었고 알고 싶지도 않았다. 어둠은 여전히 우리 곁에 찰싹 달라붙은 악마의 짐이었고, 벗어나려고 몸부림치는 거대한 거미줄이었다. 그 괴물이 놀라운 운동 능력과 지구력으로 뒤를 바짝 쫓아오다가 언제든지 우리를 붙잡을 것만 같았다. 그런데 놈은 이 게임을 좀 더 즐기고 싶은 모양이었다. 결론을 알 수 없는, 그마저 영원히 연장돼 버린 것만 같은 공포, 게다가 더디게 흘러가는 밤……. 그러나 우리는 멈추거나 뒤돌아볼 수 없었다.

멀리 나무 사이로 희미하게 밝아오는 새벽빛, 그것은 숨어 있던 아침의 전조였다. 죽느니보다 못한 피로감, 휴식에 대한 갈망, 숨어 있을 수 있는 곳이라면 무덤도 마다하지 않을 심정으로 우리는 빛을 향해 달렸고, 비틀거리며 밀림을 벗어나 대리석과 화강암 건물들 사이의 포장도로에 올라섰다. 그런데 우리는 피로에 짓눌린 채 지금까지 다람쥐 쳇바퀴 돌듯 맴을 돌다가 콤모리옴 외곽으로 되돌아와 있음을 깨닫고 멍멍해졌다. 눈앞에, 돌을 던지면 닿을 거리에 차토구아의 음산한 신전이 있었다.

이번에는 뒤를 돌아보았고, 고무줄처럼 팽창하는 괴물을 보았다. 괴물의 발이 계속 늘어나더니 우리의 위쪽으로 덮쳐왔고, 목구멍은 한입에 우리 둘을 삼켜버릴 만큼 커다랗게 벌어져 있었다. 괴물은 섬뜩하리만큼 정확한 움직임과 의도로, 또 믿기지 않을 만큼 냉소적으로, 힘들이지 않고 우리를 향해 유유히 다가왔다. 우리는 차토구아의 신전으로 — 우리가 열어놓은 상태 그대로 있는 출입문을 통해 — 뛰어 들어가 다급히 문을 닫았다. 그리고 필사적으로 초인적인 힘을 발휘해 녹슨 빗장 중에 하나를 걸었다.

차갑고도 처량한 새벽빛이 벽면의 높은 창문으로 가늘게 한줄기 비쳐 들어오는 동안, 우리는 담대하게 마음을 추스르고 어떤 운명이건 받아들이기로 마음먹었다. 우리가 기다리는 동안, 차토구아 신은 횃불에 비추어봤을 때보다도 더욱 멍청하게 쪼그리고 앉아서 더욱 비열하고 잔인하게 우리를 엿보고 있었다.

출입문의 상인방이 부서지고 군데군데 쪼개졌다는 건 앞서 말했던 것 같다. 그 결과 세 개의 구멍이 나 있었는데, 그리로 어느새 햇빛이 들어오고 있었고, 작은 동물이나 뱀 정도는 능히 들락거릴 정도로 구멍이 컸다. 우리는 영문도 모르면서 그 세 개의 구멍에서 눈을 떼지 못했다.

얼마 후 갑자기 세 개의 구멍을 통해 들어오던 햇빛이 차단되고 곧바로 검은 물질이 구멍으로 쏟아져 들어왔다. 바닥의 포석으로 떨어진 세 개의 검은 줄기는 다시 결합되어 괴물의 형태를 띠기 시작했다.

"잘 가라, 티로브 옴팔리오스." 나는 남아 있는 힘을 쥐어짜 소리치고는 차토구아의 신상 뒤로 달려가 몸을 숨겼다. 신상은 내 몸 하나 가려주기에는 넉넉했으나 불행히도 두 사람에게는 작았다. 티로브 옴팔리오스도 몸을 숨기기 위해 그 기특한 생각을 나보다 먼저 떠올렸을 테지만 내가 선수를 친 것이다. 그는 차토구아 신상의 뒤쪽에 두 사람을 위한 공간이 없다는 걸 알고서 내게 작별 인사로 화답하고 거대한 청동 대야로 올라갔다. 휑뎅그렁한 신전에서 잠시나마 몸을 숨길 장소는 그 청동 대야뿐이었으니까.

그 밉살스러운 신상의 펑퍼짐한 배와 허리를 방패 삼아 엿보니, 괴물의 움직임이 잘 보였다. 티로브 옴팔리오스가 삼발이 대야 속에 웅크리자마자, 그 정체불명의 괴물이 검은 기둥처럼 몸을 일으키고는 대야 쪽으로 다가갔다. 머리의 형태와 위치가 바뀌더니 팔다리도 목도 없는 몸뚱이의 중간 쪽으로 이동하여 얼굴의 흔적 정도로만 남았다. 괴물은 잠시 청동 대야의 가장자리 쪽에 있다가 갑자기 끝이 뾰족한 꼬리 같은 부분을 제외하고 몸 전체가 어마어마한 덩어리로 부풀어 올랐다. 그러고는 급류처럼 대야 속의 티로브 옴팔리오스를 덮쳐버렸다. 괴물이 내 시야를 벗어나 대야 속으로 가라앉는 동안, 그것의 몸 전체가 벌어져 거대한 입처럼 변했다.

나는 겁에 질려서 숨도 제대로 쉬지 못한 채 가만히 기다렸으나, 대야에서는 아무런 소리도 움직임도 없었다. 티로브 옴팔리오스의 신음 한 번 들려오지 않았다. 마침내 나는 부들부들 떨면서 한없이 느린 동작으로 차토구아의 신상 뒤에서 간신히 빠져나왔고, 까치발로 청동 대야를 지나 출입문까지 갔다.

이제 자유를 얻기 위해서는 어쩔 수 없이 빗장을 풀고 문을 열어야 했다. 그렇게 하자면 소리가 날 수밖에 없어서 몹시도 두려웠다. 대야 속에서 티로브 옴팔리오스를 소화하고 있을 괴물을 방해하는 건 참으로 부적절한 짓 같았다. 그러나 그 지긋지긋한 신전에서 벗어날 방법은 달리 없었다.

잽싸게 빗장을 푸는 순간, 촉수 하나가 전광석화처럼 대야에서 튀어나오더니 신전을 가로질러 길게 늘어나서 나의 오른손을 무섭게 움켜쥐었다. 그런 것이 몸에 닿은 적은 평생 처음이었다. 뭐라 말할 수 없을 정도로 끈적끈적했고 미끈미끈했으며 차가웠다. 늪지의 더러운 수렁처럼 진저리나게 부드러웠고, 날카로운 금속처럼 지독히도 예리했다. 그 촉수가 칼날이 있는 고정쇠처럼 살을 꽉 움켜쥐고 파고드는 동안, 그 빠는 힘과 죄는 힘이 너무도 고통스러워 나는 큰 소리로 비명을 질렀다. 빠져나오려고 몸부림치면서 문을 열었고, 문지방 너머로 몸을 던졌다. 순간적으로 느껴지는 끔찍한 고통과 더불어 내가 포획자로부터 풀려났음을 깨달았다. 그런데 내려다보니 오른손이 사라지고 없었다. 피는 거의 나지 않았고 그저 이상하게 시든 팔목만 남아 있었다. 그때 신전 안을 힐긋거리다가 짧아진 촉수가 대야 속으로 사라지는 것을 보았다. 잘린 내 손을 가지고 티로브 옴팔리오스의 남은 시체로 돌아간 것이다.

35) 마스토돈(mastodon): 원시 장비목(長鼻目)에 속하는 멸종한 코끼리의 총칭.

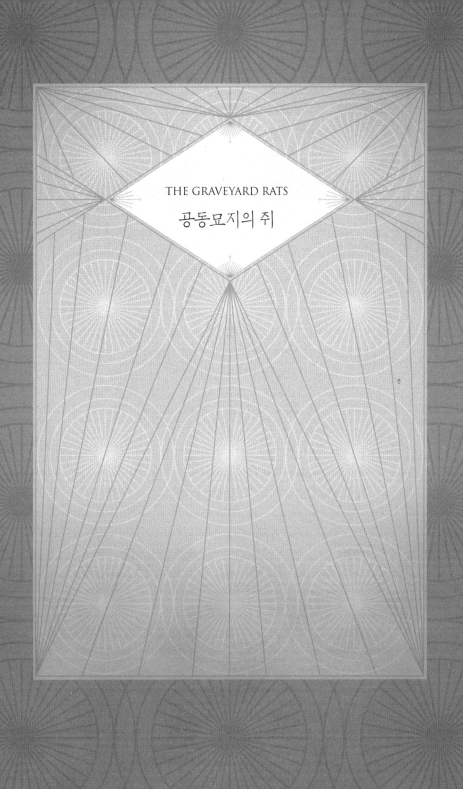

THE GRAVEYARD RATS

공동묘지의 쥐

작가와 작품 노트 | 헨리 커트너(Henry Kuttner, 1915~1958)

미국의 SF 작가. 초기에는 호러를 포함하여 다양한 장르의 글을 썼다. 1915년 로스
앤젤레스에서 태어났다. 아버지가 사망한 후 어려운 가정 형편 속에서 자랐고, 20대
초반 첫 단편 「공동묘지의 쥐」를 발표하기까지 삼촌의 문학 대리인으로 일했다.

커트너는 아내이자 역시 뛰어난 작가였던 캐서린 무어와의 긴밀한 공동 창작으로 유
명하다. 두 사람은 러브크래프트와 편지를 주고받았던 동료 작가들과 독자들로 이루
어진 일군의 집단, 즉 '러브크래프트 서클'을 통하여 만났다. 이들의 공저작들은
1940년대와 1950년대에 집중적으로 쓰였고, 대부분의 작품은 주로 사용한 루이스
패젯을 포함하여 로렌스 오도넬 등 스무 개가량의 필명으로 발표되었다. 두 사람이
공공연히 인정했듯이, 부부가 공동으로 창작하여 하나의 남성 필명으로 출간한 이유
중 하나는 그렇게 하는 것이 무어 단독으로 출간할 때보다 수입이 더 좋았기 때문이
다. 많지는 않지만 무어가 단독으로 쓴 작품들까지 패젯의 이름으로 발표되었다는 주
장도 제기되었다. 두 사람의 공동 작업은 매우 긴밀하고 유기적으로 진행되어서 작품
이 완성된 후엔 각자가 쓴 대목을 정확히 가려내지 못할 정도였다고 한다. 한 사람이
집필을 하다가 타이핑을 멈추면(문단이든 문장 중간이든 간에) 그 지점부터 다른 사
람이 집필하기 시작하는 식이었다.

가장 인기 있는 작품은 패젯이라는 필명으로 발표한 '갤러거' 연작이었다. 이 단편들
은 주인공 갤러거가 거나하게 취해 있을 때 의뢰인들의 문제에 첨단 기술을 이용한
해결책(지독히도 자기중심적인 로봇을 포함하여)을 제시하지만 술에서 깨면 자기가
무엇을 왜 만들었는지 제대로 기억하지 못한다는 내용이다. 이 단편들은 나중에 『로
봇은 꼬리가 없다Robots Have No Tails』에 수록된다. 커트너 사후에 재출간된 페
이퍼백 서문에서 무어는 갤러거 연작은 전부 커트너 혼자 썼다고 밝히기도 했다.

2007년, 뉴 라인 시네마에서 루이스 패젯의 단편 「보로고브는 여리고 비참했
다Mimsy Were the Borogoves」를 원작으로 한 「라스트 밈지」를 제작했다. 이 독
특한 제목의 단편은 루이스 캐럴의 『거울 나라의 앨리스』에 나오는, 알쏭달쏭한 권두
시 「재버워키」에서 영감을 얻은 것이다. 영화화와 더불어 같은 해에 커트너의 단편들
을 추려 『밈지Mimzy and Other Stories』라는 걸작선 형태로 재출간되기도 했다.

1950년대 초반, 커트너와 무어는 창작의 피로와 창의력 고갈을 호소하면서 글쓰기를 멀리한다. 두 사람은 남가주 대학교에서 심리학 학사를 취득하고, 커트너는 임상 심리사가 될 계획으로 임상보조사 프로그램에 등록한다. 작품 활동은 현저히 줄었으나, 오히려 이 기간에 발표한 과작(寡作)들은 커트너의 최고 수작으로 통한다. 커트너는 1958년 잠을 자다가 갑자기 숨을 거두었다. 캐서린 무어는 커트너보다 30년 넘게 더 살았으나 재혼하여 다시는 작품을 출간하지 않았다. 그래도 SF 문단과 계속 교류했다고 한다. 1987년 알츠하이머 합병증으로 사망했다.

『아발론의 안개』와 『다크오버』 시리즈로 잘 알려진 매리언 짐머 브래들리와 국내 독자들에게도 익숙한 거장 로저 젤라즈니 등이 커트너의 영향을 받은 것으로 알려져 있다. 또한 리처드 매드슨은 1954년판 『나는 전설이다』를 커트너에게 헌정했고, 레이 브래드버리는 자신의 첫 호러 단편의 마지막 부분을 커트너가 쓴 것이나 다름없다면서 커트너를 제대로 평가받지 못한 거장이라고 말했다.

러브크래프트와 스미스의 후배이자 동료 작가였던 커트너는 크툴루 신화에 속하는 단편들을 써 이 독특한 장르를 확장하는 데 역시 기여했다. 「크라리츠의 비밀 The Secret of Kralitz」에서는 '아이오드', 「영혼을 먹는 자 The Eater of Souls」에서는 '보르바도스', 「세일럼 호러 The Salem Horror」에서는 '뇨그타' 등등 핵심적이진 않지만 크툴루 신화를 확장하는 신적 창조물들을 추가했다.

이 책에 수록한 「공동묘지의 쥐」는 커트너의 첫 작품이자 공포 소설의 걸작으로 여러 선집에 꾸준히 포함되고 있는데, 역대 호러 걸작의 반열에도 심심찮게 오른다. 러브크래프트의 지인 중 일부는 러브크래프트가 썼거나 대필한 작품이라는 주장을 제기할 정도로, 러브크래프트의 색채가 매우 강하다. 그러나 커트너와 러브크래프트가 알게 된 시기는 이 작품의 출간 결정이 난 후인 1935년이었고, 두 사람이 서신을 주고받기 시작한 것은 1936년 2월이었다.

세일럼에서 가장 오래되고 가장 방치된 공동묘지를 관리하는 매슨 노인은 쥐 때문에 골머리를 앓았다. 쥐 떼가 수 세대 전에 부두를 떠나 이 공동묘지에 정착했고, 이전 관리인이 감쪽같이 실종된 이후 매슨이 후임이 됐을 때, 묘지는 이상하리만큼 커다란 쥐들의 서식지가 되어 있었다. 매슨은 쥐들을 전부 없애기로 결심했다. 처음에는 쥐덫을 놓고 쥐 소굴에 쥐약이 든 음식을 넣어두기도 했다가 나중에는 총까지 동원해 봤으나 소용이 없었다. 이 게걸스러운 쥐들은 여전히 묘지에 머물렀고, 번식을 통해 사방에 들끓었다.

　크기가 커서 분홍빛과 잿빛이 도는 꼬리를 제외하고도 길이가 40센티미터에 달하는 녀석들도 왕왕 있었다. 매슨은 몸집이 고양이만 한 쥐도 얼핏 본 적이 있었고, 한두 번인가 무덤 파는 사람들이 쥐 굴을 발견했을 때 보니까, 그 악취 나는 굴의 크기가 사람이 기어 들어갈 수 있을 만큼 컸다. 수 세대 전에 멀리의 여러 항구로부터 쇠퇴해 가는 세일럼 부두로 들어오던 선박들이 이상한 화물을 실어 오곤 했더랬다.

　매슨은 지나치게 큰 굴들을 떠올리며 종종 의혹을 품었다. 마녀가 출몰하는 세일럼으로 이주한 이후 들어온 왠지 심란한 전설들이 떠올랐다. 요컨대 땅속 잊힌 굴에서 죽어가는 비인간적인 삶에 관한 이야기들이었다. 오싹한 주신제를 통해서 헤카테와 어둠의 마그나 마테르[36]를 숭배하는 사교(邪敎) 척결에 앞장섰던 코튼 매더[37]의 시대는 이미 지나간 과거였다. 그러나 음산한 박공집들이 지금도 여전히 자갈 깔린 비좁은 거리를 사이에 두고 무너질 듯 기울어져 있고, 옛 이교도 의식들이 법망과 상식을 비웃으며 여전히 거행되고 있는 지하 공간과 동굴마다 불경한 비밀과 미스터리가 숨어 있다는 소문이 떠돌았다. 늙은이들은 반백의 머리를 내저으며 세일럼 공동묘지의 불경한 땅속에는 득시글거리는 쥐와 구더기보다도 훨씬 더 심각한 괴물들이 있다고 단언했다.

그리고 이 쥐 떼에 대한 이상한 공포감이 있었다. 매슨은 이 난폭한 설치류들을 싫어하는 동시에 존중했다. 번뜩이는 바늘처럼 뾰족한 어금니에 위험이 도사리고 있음을 알기 때문이었다. 그러나 쥐로 들끓는 폐가들에 대해 노인들이 느끼는 터무니없는 공포심까지 이해할 순 없었다. 깊숙한 땅속에 구울 같은 것들이 사는데, 이들에게 쥐 떼를 마치 무시무시한 군대처럼 부리는 힘이 있다는 따위의 막연한 소문도 들어 알고 있었다. 노인들의 속삭임에 따르면, 쥐들은 이 세상과 세일럼 깊은 지하의 으스스한 옛 동굴들을 오가는 전령이었다. 그뿐만 아니라 노인들은 야밤의 축제를 위해서 묘지의 시체들이 도굴되곤 했다고 말했다. 피리 부는 사나이 설화는 불경한 공포를 숨기고 있으며, 아베르누스[38]의 검은 구덩이에선 햇빛을 극구 피하려는 네 번째 지옥의 괴물들이 잉태되었다고도 했다.

매슨은 이런 이야기를 무시했다. 이웃과 교류가 없었던 그가 할 수 있는 일이라고는 침입자들로부터 쥐 떼의 존재를 숨기는 것뿐이었다.

조사라도 벌어지면 틀림없이 많은 무덤을 열게 될 터였다. 닫히고 텅 비어 있는 관들은 쥐 떼의 소행으로 돌린다고 해도, 매슨이 관 속의 훼손된 시체들을 설명하기란 녹록지 않을 터였다.

순금은 이를 때우는 데 사용되고, 사람을 매장하면서 금니를 빼내진 않는다. 옷은 물론 다르다. 왜냐하면 장의사들은 대개 값싸고 쉽게 구별이 되는, 평범한 나사류를 제공하기 때문이다. 그러나 금이라면 문제가 달라진다. 게다가 종종 해부용 시체를 필요로 하는 의대생과 덕망이 부족한 의사들이 있고, 이들은 시체를 어디서 구했는지 비밀을 지키는 데 썩 신중하지도 않다.

지금까지는 매슨이 가까스로 조사를 막아왔다. 쥐 떼가 자신의 약탈품들을 훔쳐 가기도 했지만, 어쨌든 그는 묘지에 쥐새끼는 없다고 딱 잡아뗐다. 매슨은 섬뜩한 절도질을 끝낸 뒤에는 시체가 어찌 돼든 관심이 없었으나 쥐 떼가 관을 쏠아 구멍을 내서 시체들을 싹 가져간 것이 틀림없었다.

쥐 굴의 크기가 가끔씩 매슨을 불안하게 만들었다. 게다가 결국에는 쥐 떼에 쏠려서 어김없이 뚫리고 마는 지점이 기묘하게도 측면이나 위쪽이 아니라는 게 문제였다. 마치 쥐 떼가 지능적인 우두머리의 지시를 받아 아래쪽을 공략한 것 같았다.

매슨은 파헤친 어느 무덤 속에 서서 구덩이 옆의 흙무더기에 막바지 젖은 흙을 퍼 얹고 있었다. 벌써 몇 주째 찌무룩한 먹구름에서 차가운 빗줄기가 느릿느릿 내리고 있었다. 공동묘지는 누런 진흙 수렁이나 다름없었고, 빗물에 씻긴 묘비들은 오합지졸 부대 같았다. 쥐들은 소굴에 틀어박혀 있어서 며칠 동안 한 마리도 눈에 띄지 않았다. 그러나 매슨의 수척하고 텁수룩한 얼굴은 잔뜩 찌푸려져 있었다. 그가 딛고 서 있는 관은 나무로 만든 것이었다.

시체는 며칠 전에 매장됐으나, 매슨은 이 무덤을 도굴할 생각은 하지 못했더랬다. 고인의 친척이 주기적으로 심지어 퍼붓는 빗속에서도 무덤을 찾았기 때문이다. 그러나 아무리 큰 슬픔에 잠겼더라도 이렇게 늦은 시간에 오기는 힘들 거라 생각하며 매슨은 심술궂게 히죽거렸다. 허리를 펴면서 삽을 옆으로 치워놓았다.

이 오래된 공동묘지가 있는 언덕에서는 빗줄기 너머로 희미하게 깜빡이는 세일럼의 불빛들을 볼 수 있었다. 그는 호주머니에서 회중전등을 꺼냈다. 지금부터 불빛이 필요했다. 삽을 들고 허리를 구부린 뒤 관의 잠금 상태를 살폈다.

그는 갑자기 뻣뻣하게 굳어버렸다. 발밑에서 들썩거리며 긁어대는 움직임이 느껴졌는데, 마치 관 속에서 뭔가가 움직이고 있는 것 같았다. 순간적으로 미신적인 공포의 충격이 매슨의 온몸을 헤집었고, 곧이어 그 소음의 의미를 알아챘을 때는 공포 대신에 분노가 치솟았다. 쥐새끼들이 또 선수를 쳤으렷다!

분노의 격발 속에서 매슨은 관의 잠금장치를 비틀어 뗐다. 삽날을 관 뚜껑 밑으로 쑤셔 넣고 들어 올린 뒤 나머지는 두 손으로 처리했다. 그리고 회중전등의 싸늘한 불빛을 관 속으로 내리꽂았다.

관에 안감으로 댄 흰색 공단에 빗방울이 부딪쳐 튀어 올랐다. 관은 비어 있었다. 매슨은 관의 머리 쪽에서 뭔가가 휙 움직이는 것을 보고 다급히 그쪽으로 불빛을 비췄다.

관의 끝이 쏠려서 구멍이 나 있었고, 구멍은 어둠 속으로 이어져 있었다. 매슨이 지켜보는 동안에도 검은 구두 한 짝이 느릿느릿 끌려서 어둠 속으로 사라져갔다. 그는 문득 쥐 떼가 불과 몇 분 빨랐다는 것을 깨달았다. 그는 엎드려서 재빨리 구두를 붙잡았고, 그 바람에 회중전등이 관 속으로 떨어져 꺼져버렸다. 손아귀에 잡힌 구두가 반대편에서 계속 잡아당겨졌고, 흥분 상태의 날카로운 찍찍거림이 들려왔다. 그는 곧 회중전등을 찾아서 굴 속을 비추었다.

커다란 굴이었다. 그게 당연했다. 그렇지 않았다면 시체가 끌려갈 리 없었다. 매슨은 남자의 시체를 끌고 갈 정도라면 쥐가 대체 얼마나 클까 의아해하다가 호주머니 속의 장전된 권총을 떠올리고는 마음이 든든해졌다. 시체가 평범했더라면 매슨은 굴 속으로 들어가지 않고 그냥 쥐 떼의 약탈품을 못 본 체 돌아섰을 터이나, 전에 봤을 때 시체에 아주 값나가는 커프스단추와 틀림없이 진짜로 보이는 진주가 박힌 넥타이핀이 있었던 게 기억났다. 그는 지체 없이 회중전등을 허리띠에 끼우고 굴 속으로 기어 들어갔다.

몸이 죄어들었으나 그럭저럭 움직일 순 있었다. 전방을 비추는 회중전등의 불빛 속에서 굴의 젖은 흙바닥을 따라 구두가 질질 끌려가는 것이 보였다. 간간이 그의 깡마른 몸이 꽉 낄 정도로 굴이 좁아져 애를 먹기도 했으나 최대한 빠르게 굴 속을 기었다.

공기는 쾨쾨한 썩은 내로 가득하여 몹시 갑갑했다. 1분 안에 시체를 찾지 못한다면 그냥 돌아가겠다고 마음먹었다. 마음 한편에서 때늦은 공포감이 구더기처럼 꾸물거리기 시작했으나, 그래도 전진하게 만든 건 탐욕이었다. 그렇게 기어가는 동안 이 굴과 연결된 또 다른 굴들의 입구를 몇 번인가 지나갔다. 굴의 벽면은 축축하고 미끈거렸으며, 뒤쪽에서 흙무더기가 두 번 떨어졌다. 두 번째 흙무더기가 떨어졌을 때, 간신히 고개를 돌려 뒤쪽을 보았다. 물론 아무것도 보이지 않았기에 회중전등을 허리띠에서 풀어 반대 방향으로 비추어야 했다.

뒤쪽으로 군데군데 떨어져 있는 흙덩어리, 불현듯 그는 자신이 지금 얼마나 위험한 처지에 있는지 실감했고, 덜컥 겁이 났다. 생매장될지 모른다는 생각에 맥박이 마구 뛰어서, 시체와 그것을 끌고 가는 뭔가에 거의 접근했음을 알면서도 추격을 포기하기로 마음먹었다. 그런데 그가 한 가지 간과한 것이 있었다. 굴은 방향을 틀기엔 너무 좁았다.

그는 일순간 공황 상태에 빠졌으나, 방금 전에 다른 굴의 입구를 지나온 것을 기억하고 그곳까지 어설프게 뒤로 기어갔다. 그리고 방향을 틀 수 있을 때까지 옆 굴에 다리를 밀어 넣었다. 무릎이 멍들고 아팠지만 그래도 다급하게 왔던 길을 거슬러 기어갔다.

다리에서 후벼 파는 듯한 극심한 통증이 느껴졌다. 살을 파고드는 날카로운 이빨, 그는 정신없이 발로 찼다. 찍찍찍 날카롭게 우는 소리와 많은 수가 한꺼번에 종종걸음 치는 소리가 들려왔다. 회중전등을 뒤로 비추었을 때, 매슨은 10여 마리의 커다란 쥐가 불빛 속에 째진 눈알을 번뜩이며 자신을 노려보고 있는 모습을 보고는 그만 공포로 숨이 막혔다. 고양이만큼 커다랗고 흉측한 쥐들, 그런데 그 뒤에서 재빨리 어둠 속으로 몸을 숨기는 검은 형체가 얼핏 스쳤다. 그는 그것의 엄청난 크기에 간담이 서늘해졌다.

불빛에 갇혀 잠시 멈칫했던 놈들이 희미한 빛 속에서 칙칙한 오렌지색 이빨을 드러내고 슬금슬금 다가오기 시작했다. 매슨은 호주머니 속 권총을 힘겹게 꺼내 들고 조심스레 겨냥했다. 불편한 자세였다. 자칫하다간 자신의 발을 쏠 수도 있기에 두 발을 굴의 축축한 양쪽 벽에 착 붙였다.

엄청난 총성에 한동안 귀가 멍멍했고, 연기에 기침이 났다. 청력이 돌아오고 연기가 걷혔을 때, 확인해 보니 놈들은 사라지고 없었다. 권총을 도로 집어넣고 서둘러 굴 속을 기기 시작하는데, 그를 향해 다시 종종거리며 달려오는 소리가 들려왔다.

놈들이 떼로 그의 다리에 몰려들어 미친 듯이 물고 찍찍거리는 동안, 매슨은 다시 총을 움켜잡으며 오싹한 비명을 질렀다. 무턱대고 방아쇠를 당겼고, 그러고도 발에 총상을 입지 않은 건 순전히 운이 좋아서였다. 이번에는 놈들이 그리 멀리까지 물러가지 않았으나, 매슨은 최대한 빠르게 기면서 혹시 또 놈들의 공격 소리가 들려오면 냉큼 방아쇠를 당기려고 했다.

후드득하는 발소리, 매슨은 잽싸게 회중전등을 뒤로 비추었다. 커다란 쥐 한 마리가 멈춰 서서 그를 보고 있었다. 놈의 기다랗고 너덜너덜한 수염은 비비 꼬여 있었고, 털이 없는 거칠거칠한 꼬리가 이리저리 천천히 움직이고 있었다. 매슨이 고함을 치자 놈은 뒤로 물러났다.

그가 갑자기 멈추었을 때 팔꿈치 쪽에서 다른 굴의 입구가 시커먼 속을 드러내고 있었다. 멈춘 이유는 몇 미터 앞 축축한 진흙 바닥에 뭔가가 쌓여 있는 것을 봤기 때문이었다. 처음에는 천장에서 떨어진 흙더미라고 생각했지만 이내 그것이 사람의 시체라는 걸 알아냈다.

갈색의 말라붙은 시체, 그런데 그것이 움직이고 있다는 걸 깨닫고 매슨은 도저히 믿을 수가 없어서 충격에 휩싸였다.

그것은 그를 향해 기어오고 있었다. 그는 회중전등의 희미한 불빛 속에서 자기 쪽으로 쑥 내민 오싹한 가고일의 얼굴을 보았다. 그것은 오래전에 죽은, 그러나 지금은 지옥의 생력이 스며든 시체의 무정하고 섬뜩한 두개골이었다. 불룩하니 부풀어 오른 눈알이 이글거리고 있었으나 아무것도 볼 수 없는 것 같았다. 그것은 계속해서 매슨을 향해 기어

오면서 너덜너덜하고 꺼끌꺼끌한 입술을 벌리고 작은 소리로 신음했다. 매슨은 지독한 공포와 역겨움으로 온몸이 얼어붙었다.

매슨은 그 괴물이 자신의 몸에 닿으려는 순간, 옆에 나 있는 굴 속으로 미친 듯이 기어 들어갔다. 발치에서 다급한 소음이 들려오는가 싶더니, 그것이 매슨의 뒤를 쫓아오며 둔중한 신음을 토해 냈다. 어깨 너머를 힐끔거리던 매슨은 비명을 지르며 필사적으로 좁은 굴 속을 기어갔다. 거북한 동작으로 기어가는 동안 뾰족한 돌들에 손과 무릎을 베였다. 흙먼지가 눈에 파고들었으나 한순간도 멈출 수 없었다. 다급하게 계속 기었고, 반(半)미치광이처럼 숨을 헐떡이며 욕설을 퍼붓기도 하고 기도를 하기도 했다.

쥐들이 의기양양하게 찍찍거리면서 매슨에게 다가왔고, 놈들의 눈알은 오싹한 굶주림으로 번뜩였다. 차라리 그 사악한 이빨 앞에 굴복하고 싶었다. 굴이 점점 비좁아지는 동안, 공포의 광기 속에서 발을 구르고 비명을 지르며 빈 약실에서 찰칵 소리가 날 때까지 방아쇠를 당겼다. 그래도 다행히 쥐 떼를 쫓아냈다.

천장에 박혀 있는 커다란 돌 밑을 지나갈 때, 돌은 인정사정없이 그의 등짝을 파고들었다. 그의 몸과 부딪친 돌이 약간 움직이자, 공포의 광기에 사로잡혀 있던 매슨의 머리에 번쩍 떠오르는 것이 있었다. 그 돌을 떨어뜨려 굴을 막아버릴 수만 있다면!

흙은 비에 젖고 흐물흐물해져 있어서 그가 활처럼 구부린 몸을 밀어 올리자 돌 주변의 흙이 떨어졌다. 쥐들이 또 다가오고 있었다. 전등 불빛에 비친 놈들의 이글거리는 눈알이 보였다. 그는 여전히 천장의 흙을 부수느라 혈안이 되어 있었다. 돌이 움직이고 있었다. 돌을 잡고 흔들면서 잡아당겼다.

쥐 한 마리가 그에게 접근해 왔다. 그리고 괴물의 모습도 스쳐 갔다. 잿빛의 불결하고 섬뜩한 쥐가 오렌지색 이빨을 드러내고 기어왔다. 그 뒤에는 눈먼 시체가 신음하면서 따라왔다. 매슨은 마지막 힘을 다해 돌을 잡아당겼다. 드디어 돌이 쑥 빠지는 느낌이 들자 다시금 굴 속을 정신없이 기어가기 시작했다.

뒤에서 돌이 바닥으로 쿵 떨어지는가 싶더니 갑자기 고통스레 지르는 오싹한 비명이 들려왔다. 흙덩어리가 그의 두 다리를 뒤덮었다. 그는 묵직한 흙더미 속에서 간신히 두 발을 빼냈다. 굴 전체가 무너지고 있었다!

발끝에서 젖은 흙이 무너져 내리는 동안, 매슨은 공포로 헐떡이며 죽을힘을 다해 기었다. 점점 좁아지던 굴은 손과 다리를 움직일 수조차 없을 지경까지 이르렀다. 뱀장어처럼 앞쪽으로 버둥거리던 그는 갑자기 손끝에 잡혀 찢어지는 공단의 천 자락을 느꼈고, 앞을 가로막는 뭔가에 머리를 부딪혔다. 다리를 움직여보니 무너진 흙더미에 깔려 있진 않았다. 배를 깔고 납작 엎드려 있던 그는 몸을 일으켜보다가 천장과 등 사이에 불과 몇 센티미터의 공간밖에 없다는 걸 깨달았다. 돌연한 공포가 그의 온몸을 뚫고 지나갔다.

눈먼 괴물이 그를 막아섰을 때, 그는 옆 굴로 뛰어들었고 그 굴에는 출구가 없었다. 그는 어느 관 속에 들어와 있었던 것이다. 쥐들이 관을 갉아서 뚫어놓은 구멍으로!

그는 돌아누우려고 했으나 그럴 수 없었다. 관 뚜껑이 옴짝달싹 못하게 짓눌렀다. 이번에는 온몸으로 단단히 버티면서 관 뚜껑을 밀어 올려보았다. 꿈쩍도 하지 않았다. 설령 이 석관에서 빠져나간다 해도, 어떻게 지상까지 1.5미터의 흙더미를 뚫고 올라갈 수 있겠는가?

숨을 제대로 쉴 수 없다는 걸 깨달았다. 악취가 지독했고, 못 견디게 더웠다. 공포의 발작 속에서 공단이 너덜너덜해질 때까지 마구 잡아 뜯었다. 무너져 내려 그의 퇴로를 막은 흙더미를 발로 파헤쳐봤지만 부질없는 짓이었다. 자세를 거꾸로 바꿀 수만 있다면, 어떻게 해서든 공기를 찾아 두 손으로 흙을 파낼 수 있을 텐데……. 공기를…….

희고 뜨거운 고통이 그의 가슴을 찔렀고, 눈이 바르르 떨렸다. 머리가 계속해서, 점점 더 크게 부풀어 오르는 것 같았다. 갑자기 승리에 취한 쥐 떼의 울음소리가 들려왔다. 그는 미친 듯이 비명을 질렀으나 놈들을 쫓아버리지 못했다. 한순간 그 비좁은 감옥 안에서 히스테리를 부리며 몸부림을 쳐봤지만 이윽고 잠잠해져서 희박한 공기를 찾아 숨을 헐떡였다. 두 눈이 감겼고, 검게 변한 혀가 튀어나왔다. 쥐들이 만찬을 즐기면서 내는 광란의 찍찍 소리를 들으며 그는 죽음의 암흑 속으로 가라앉았다.

---

36) 마그나 마테르(Magna Mater): '위대한 어머니'라는 의미로, 자애로운 사랑의 여신인 동시에 통제할 수 없는 충동과 파괴의 에너지를 가진 양면적 존재다.

37) 코튼 매더(Cotton Mather): 미국의 회중파(會衆派) 교회 목사. 뉴잉글랜드의 청교도적 질서를 강화하는 데 힘을 쏟았다.

38) 아베르누스(Avernus): 이탈리아 나폴리 인근의 쿠마에 있는 거대한 분화구. 옛날에는 이 아베르누스가 하계(下界)로 가는 입구라고 믿었다.

FISHHEAD

물고기 머리

작가와 작품 노트 | 어빈 코브(Irvin Shrewsbury Cobb, 1876~1944)

미국의 작가, 칼럼니스트. 60권이 넘는 저서와 300편가량의 단편을 남겼다. 켄터키 주의 퍼두카에서 태어났고, 이곳에서 자라면서 겪은 사건과 사람 들을 작품에 많이 활용했다. 그래서 나중에는 '퍼두카 공작'이라는 별명을 얻었다.

코브는 법조인을 꿈꾸었으나, 열여섯 살 때 저명한 의사였던 할아버지가 숨지고 아버지마저 알코올중독에 빠지자, 학교를 그만두고 일자리를 찾아야 했다. 이때부터 글쓰기 경력이 시작되었다. 열일곱 살 때《퍼두카 데일리 뉴스》에 입사하여, 열아홉 살에 최연소 뉴스 편집자가 되었다.

1904년에 뉴욕으로 이주하여《이브닝 선》과 계약을 맺고, 러일전쟁의 뒤처리를 위하여 열린 포츠머스 조약을 취재하러 뉴햄프셔에 파견된다. 루스벨트 대통령을 포함하여 회담 관련 인사들의 인간적인 면모에 초점을 맞춘 기사를 써서 호평을 받고 조지프 퓰리처의《뉴욕 월드》로 스카우트된다.《뉴욕 월드》에서 미국을 통틀어 몸값이 가장 비싼 기자가 된다.

1915년에는《새터데이 이브닝 포스트》와 계약을 맺고 제1차 세계대전의 종군기자로 활약했고, 이때의 경험을 바탕으로『영광의 길 Paths of Glory』을 집필한다. 일간지 외에 잡지에도 많은 글을 쓰는 한편 연극 제작에도 참여한다. 코브의 작품 몇 편이 무성 영화로 제작되었고, 유성 영화가 도입된 이후에는 「고발된 여인 The Woman Accused」을 비롯해 많은 작품이 영화화된다. 존 포드 감독은 코브의 '프리스트 판사' 연작 가운데 「프리스트 판사 Judge Priest」와 「태양은 밝게 빛난다 The Sun Shines Bright」를 포함 총 세 편의 단편을 원작으로 한 「태양은 밝게 빛난다」(1953)를 연출했다. 코브는 1932년부터 1938년까지 열 편의 영화에 배우로 출연하기도 했고, 제6회 아카데미 시상식의 사회를 맡기도 했다.

독일계 미국인으로 유명한 퍼피티어(인형 부리는 사람)이자 삽화가, 토니 자르크가 그린 코브의 캐리커처는 삼중턱과 두툼한 입술 그리고 늘 물고 다니는 시가를 잘 표현하고 있다. 코브는 1944년에 숨을 거뒀고, 유언에 따라 유해는 화장을 위해 고향 마을 퍼두카로 보내져 묻혔다.

코브의 저작 중에서 가장 많이 알려진 것은 켄터키 주의 지방색을 표현한 유머러스한 작품들이다. 이런 단편들을 모은 대표작이 『늙은 프리스트 판사 Old Judge Priest』
다. 이 작품에서 코브는 명예를 소중히 여기는 시민들과 매력적인 괴짜들, 우직하고
순종적인 흑인들이 어우러져 살아가는 미국 남부의 모습을 인상적으로 보여준다.

이력이나 작품의 주된 경향에서 볼 때 러브크래프트와는 별다른 관련이 없어 보이나,
의외로 코브가 쓴 공포 소설이 러브크래프트의 이목을 잡아끈다. 「물고기 머리」
(1911)와 「단단한 사슬 The Unbroken Chain」(1923)이 그것이다. 이 단편들은
각각 러브크래프트의 「인스머스의 그림자」, 「벽 속의 쥐」에 영감을 준 것으로 알려져
있다. 특히 「물고기 머리」에 대해서 러브크래프트는 『문학에서의 초자연적인 공포』
를 통해 '혼혈 백치와 외딴 호수에 사는 이상한 물고기 간의 비정상적인 관련성을 치
명적이리만큼 효과적으로 그려낸' 작품이라고 찬사를 보냈다. 「물고기 머리」는
1913년 《캘버리어》 1월 호에 발표됐다.

내가 이 글을 읽는 독자들이 선명하게 눈앞에 그려볼 수 있도록 릴풋 호수를 묘사하려고 해봐야 필력이 따라주질 못한다.

릴풋 호수는 내가 아는 그 어떤 호수와도 다르기 때문이다. 이 호수는 예정에 없이 추가된 창조물이다.

이 대륙의 나머지는 내가 아는 한 릴풋이 생기기 전에, 수백만 년 아니, 수천만 년 전에 생겨나 햇빛을 받아왔다. 반면에 릴풋 호수는 1811년의 대지진으로 생겼으니 아마도 이 아메리카 대륙에서 근래에 일어난 가장 큰 사건일지 모르겠다.

1811년의 지진은 당시에 미국 변방의 미개척지였던 이 지역의 지형을 바꾸어놓았다.

강의 물길을 돌려놓았고, 산을 수몰지로 바꾸었으며, 단단한 땅을 젤리처럼 만들어 바다의 파도처럼 쓸려 다니게 만들었다. 그리고 땅과 강이 솟구치는 가운데 지각의 일부를 최대 100킬로미터 깊이까지 주저앉힘으로써 나무와 산과 분지 등등 모든 것을 집어삼켰다. 미시피 강을 관통하는 균열 때문에 강물이 차올라 그 틈을 메웠다. 그 결과 생긴 것이 오하이오 주에서 가장 큰 이 호수다. 대부분은 테네시 주에 걸쳐 있고 지금의 켄터키 주 접경까지 뻗은 이 호수의 이름은 그 윤곽이 옥수수 밭에서 일하는 흑인의 휘고 비틀거리는 발을 닮았다고 해서 붙은 것이다.[39] 이 호수에서 그리 멀지 않은 니거울 늪지[40] 또한 릴풋이라는 이름을 붙인 사람의 작명일지 모르겠다. 적어도 그렇게 생각할 근거는 충분하다.

릴풋 호수는 늘 그래왔듯이 여전히 미스터리다. 군데군데 깊이를 알수 없다. 또 어떤 지점에는 지반이 가라앉으면서 딸려 내려간 사이프러스 나무들이 앙상한 모습으로 지금까지도 똑바로 서 있다. 만약에 햇빛이 충분히 비치고 호수의 흙탕물이 평소보다 엷어졌을 때 물속을 내려다본다면, 익사한 사람들의 손가락처럼 위로 펼쳐진, 세월의 진흙으로 뒤덮이고 호수의 녹조류를 삼각기처럼 칭칭 감은, 헐벗은 나뭇가지들을 보거나 적어도 본 것 같다는 생각이 들 것이다.

그뿐만 아니라 호수의 일부는 꽤 멀리까지 사람의 가슴 높이 정도로 수심이 낮지만 수초와 침전물이 사람의 팔다리에 엉겨 붙어서 위험하다. 호숫가 대부분은 진흙이고, 호수도 흙탕물이다. 호수는 봄에 짙은 커피색을 띠다가 여름에는 구릿빛이 도는 황색으로 바뀌고, 호숫가를 따라 늘어선 나무들은 봄철 홍수가 지나간 후 나무 밑동까지는 물에 씻긴 진흙 색을 띠고 위쪽 줄기들은 두껍고 지저분한 외투를 걸친 것처럼 마른 침전물로 덮여 있다.

호수 주변에 천연의 삼림이 펼쳐져 있고, 무수히 많은 사이프러스 나무들이 물컹물컹한 늪지에 잠긴 채, 죽어서 썩은 고목들을 기리는 묘석과 받침돌처럼 서서 산발한 가지를 흩뜨리고 있다.

위아래로 나란히 줄지어 자란 저지대의 옥수수 주변에 개간지가 있고, 불에 그을려 색 바랜 나무들이 메마른 잎가지를 높이 쳐들고 그 주위를 띠처럼 에워싸고 있다.

봄에 덩이진 개구리 알들이 수초 사이에 흰 점액처럼 달라붙을 때면 길고도 음산한 습지의 모습이 되는데, 밤이면 거북들이 동글고 흰 알을 낳기 위해 모래사장으로 엉금엉금 기어 나온다.

사방으로 뻗은 물목과 커다란 장님 벌레들처럼 갈팡질팡 굽이도는 늪지는 드디어 미시시피 강을 만나서 걸쭉한 흙탕물을 서쪽으로 수 킬로미터까지 강에 실어 보낸다.

이렇게 펼쳐진 릴풋 호수는 겨울에 살짝 얼었다가 여름에 뜨겁게 수증기를 뿜어내고, 숲이 싱싱한 초록으로 물들고 셀 수 없이 많은 파리 떼가 범람하는 분지에서 해로운 날갯짓의 향연을 펼치는 봄이면 한껏 물이 넘치다가, 가을에는 첫서리 맞은 히코리의 황금빛과 플라타너스의 황갈색, 말채나무의 붉은색, 소합향나무의 검붉은색 등등 총천연색으로 반짝인다.

그러나 릴풋 지역은 나름의 소용이 있다. 천연적이든 인공적이든 남부 지역에서 사냥과 낚시를 하기에 릴풋만큼 좋은 곳은 없다. 정해진 사냥철이 돌아올 때마다 오리와 거위가 무리를 지어 다니고, 심지어 펠리컨과 플로리다 가마우지 같은 아열대성 조류까지 둥지를 틀기 위해 이곳을 찾는다. 야생으로 돌아간 돼지들이 이 지역 외곽에 진을 치고, 홀쭉하고 사나운 늙은 수돼지가 이 반야생의 돼지 떼를 통솔한다. 밤이면 놀라울 정도로 몸집 크고 목청 큰 황소개구리들이 호숫가 둑 아래 몰려든다.

물고기에게도 대단히 좋은 곳이다. 농어, 개복치, 입이 큰 버펄로피시가 있다. 릴풋 호수에 다른 물고기를 잡아먹는 대형어들이 얼마나 많은지 알게 된다면, 이런 식용 어류들이 알을 낳고 그 알이 성어가 되어 또 알을 낳는 과정을 가히 기적이라 여길 터이다.

이곳에 어느 지역보다도 큰 가피시가 있다. 악어를 닮은 주둥이와 뿔처럼 단단하고 날씬한 체형을 지닌 이 어류는, 박물학자들에 따르면, 파충류 시대의 동물과 오늘날의 동물 중간에 가장 가깝다. 민물 철갑상어의 변종처럼 보이는 삽코 메기는 코에서 얇은 막 같은 것이 커다란 부채처럼 튀어나와 있는데, 조용한 수면 곳곳에서 마치 말이 물에 빠진 것처럼 첨벙첨벙 큰 소리를 내면서 하루 종일 뛰어오른다. 물가 통나무에는 어김없이 늑대 거북들이 대여섯 마리씩 무리를 지어 일광욕을 즐기면서 뱀처럼 생긴 작은 머리를 쳐들고 주위를 살피다가 행여 노걸이에서 노가 삐걱거리는 소리만 들려도 순식간에 머리를 집어넣기 마련이다. 그러나 덩치로 치자면 뭐니 뭐니 해도 메기가 으뜸이다.

릴풋의 이 괴물 메기들은 비늘이 없고 미끈거리며 시체처럼 흐릿한 눈알과 창처럼 위험한 지느러미를 지녔고, 동굴과도 같은 머리 옆에 커다란 수염들이 달려 있다. 길이 2미터 이상, 무게 100킬로그램 이상까지 자란다. 입은 사람의 발이나 주먹이 들어갈 정도로 크고 웬만한 낚싯바늘을 부러뜨릴 정도로 강하며, 산 것이든 죽은 것이든 심지어 썩은 것까지 억센 턱으로 물 수 있는 것은 뭐든 집어삼킬 정도로 게걸스럽다. 하지만 메기들은 요물이고, 이와 관련된 전설들이 이 지역에 전해진다. 사람들은 이곳의 메기를 식인 괴물이라고 부르면서 상어의 습성과 비교하곤 한다.

물고기 머리는 이런 환경과 딱 어울렸다. 물고기 머리에게 릴풋은 그야말로 안성맞춤인 셈이었다. 평생을 릴풋에 있는 늪지 초입 한곳에서만 살아왔다. 이곳에서 지금은 모두 고인이 된 흑인 아버지와 인디언

혼혈인 어머니 사이에서 태어났다. 물고기 머리가 태어나기 전에 그의 어머니가 커다란 메기에게 봉변을 당한 적이 있어서 물고기 머리가 더 없이 섬뜩한 표식을 갖고 세상에 나왔다고 한다.

어쨌든 물고기 머리는 영락없이 악몽이 현실화된 인간 괴물이었다. 몸은 사람 — 땅딸막하고 다부진 체격 — 이었으나 얼굴은 사람의 흔적이 어느 정도 남아 있을 뿐이지 실상 커다란 물고기에 가까웠다. 두상은 뒤쪽으로 절벽처럼 푹 꺼져서 이마가 있다고 말하기 어려웠다. 턱부분이 있긴 해도 쓸모는 없었다. 옅은 황색의 작고 동그란 눈은 얄팍하고 흐리며 눈 사이가 넓은 데다 깜박거리지 않고 물고기의 눈알처럼 빤히 열려 있었다. 코라고 해봐야 누런 얼굴 한복판에 작게 째진 두 개의 홈에 불과했다. 가장 볼썽사나운 건 입이었다. 메기를 닮은 흉한 입은 입술이 없고 양쪽으로 길게 찢어져 있었다.

물고기 머리가 어른이 됐을 때는 더욱더 물고기와 닮아 있었다. 얼굴에 자란 털이 비비 꼬이더니 두 가닥의 가는 펜던트처럼 변해 메기의 수염처럼 입 양쪽에 늘어졌기 때문이다!

물고기 머리 외에 다른 이름이 있더라도 그건 본인만이 알고 있었다. 그는 물고기 머리로 알려졌고, 물고기 머리라고 부르면 대답했다. 그는 이 지역 누구보다도 릴풋의 물과 숲을 잘 알기에 매년 사냥이나 낚시를 하러 오는 도시인들의 안내자로서 중요한 인물이었다. 다만 물고기 머리가 일을 맡는 경우는 별로 없었다.

물고기 머리는 옥수수 밭을 일구고 호수에서 고기를 잡으며 덫을 조금 놓기도 하고 성수기에는 도시의 시장에 내다 팔기 위해 마구잡이 사냥에 나서면서 주로 혼자 지냈다. 이웃에 사는, 학질에 시달리는 백인과 말라리아에 면역이 된 흑인 모두 물고기 머리를 홀로 내버려두었다.

사실 이웃 사람들은 물고기 머리에게 미신적인 두려움을 느꼈다. 그래서 그는 일가붙이도 친구도 하나 없이 사람들로부터 소외되어 홀로 살았다. 그의 오두막은 테네시 주 경계선 바로 아래, 머드 슬라우천(川)이 호수와 만나는 지점에 있다. 이 통나무 오두막은 반경 6킬로미터 내에서 유일한 주택이다. 오두막 뒤로 묵직한 대들보가 물고기 머리의 작은 채소밭 가장자리까지 뻗어 있어서 해가 바로 위에서 비출 때를 제외하곤 주변을 짙은 그늘로 덮어버린다.

요리는 밖에서 축축한 땅의 움푹 들어간 곳이나 빨갛게 녹이 슬어 고철이나 다름없는 낡은 요리용 레인지 위에 식기를 올려놓고 원시적인 방법으로 했으며, 식수는 호리병박으로 만든 국자로 호수의 샛노란 물을 떠서 마셨다. 배를 몰고 그물을 치는 데 능했고, 오리 사냥총과 작살 투척에 명수였으나 사람들과 떨어져 사는 혼자만의 삶은 고통스럽고 고독했으며 야만적이면서 거의 양서류에 가까웠고 침묵과 의심으로 가득했다.

오두막 앞에는 기다란 사시나무 한 그루가 쓰러져, 반은 물속에 잠긴 채 튀어나와 있다. 윗부분은 햇볕에 그을리고 물고기 머리의 맨발에 닳아서 작은 소용돌이무늬들이 무수히 생겨났고, 검게 썩은 아랫부분은 작은 혀처럼 날름거리는 잔물결에도 쉼 없이 흔들거렸다. 사시나무의 맨 끝은 물속 깊은 곳에 닿아 있었다. 이 나무는 물고기 머리의 일부이기도 했다. 그가 한낮에 고기를 잡거나 덫을 놓으러 아무리 멀리 간다 해도 해 질 녘이면 늘 오두막으로 돌아왔고, 작은 배를 뭍에 끌어 올리리고 나면 어느새 이 사시나무 앞에 와 있곤 했으니까.

사람들은 멀리서도 자주 물고기 머리를 보았다. 때로는 가만히 웅크리고 있었고(그럴 때면 커다란 거북들이 이때다 싶어 물에 잠긴 사시나무 끝까지 엉금엉금 기어 다녔다.), 때로는 냇가의 왜가리처럼 똑바로 서 있었는데, 이럴 때면 노란 해를 배경으로 그의 노랗고 기형적인 모습과 노란 물과 노란 호숫가까지 모든 것이 노랬다.

릴풋 주민들은 낮에는 물고기 머리를 피하고 밤에는 두려워하며 혹여 만남의 기회라도 있으면 전염병처럼 질겁하며 외면했다. 물고기 머리에 관한 괴담, 그러니까 흑인 전부와 백인 일부가 믿는 이야기가 있기 때문이었다.

사람들의 말에 따르면, 일몰 직전이나 직후에 어둠에 물든 호수를 가로지르는 고함이 들려왔다. 물고기 머리가 호랑이들을 부르는 소리로, 자신의 명령에 따라 모여든 호랑이들과 달빛 비치는 호수에서 함께 수영을 하거나 장난을 치거나 다이빙을 하고 심지어 불결한 먹이를 나누어 먹기도 한다는 것이었다.

고함이 숱하게 들려왔다는 것만은 분명했다. 그리고 물고기 머리가 사는 늪지 초입에 커다란 물고기들이 눈에 띄게 많다는 것 또한 분명했다. 백인이든 흑인이든 릴풋의 토박이들은 그 누구도 그곳에서 발 하나 팔 하나 물에 닿게 놔두질 않았다.

여기서 물고기 머리가 살아왔고 여기서 죽게 될 터였다. 백스터 형제들이 그를 죽이려고 별렀고, 늦여름 이맘때가 죽이기에 좋은 시기였다. 백스터 형제 — 조엘과 제이크 — 가 드디어 마상이(작은 배)를 띄웠다! 이 살인이 계획된 것은 아주 오래전이었다. 백스터 형제는 그들의 증오심을 몇 달 동안이나 더딘 불길에 달구면서 확 타오르기를 기다려 왔다. 그들은 보잘것없는, 평판이나 재산이나 사회적 지위 모든 면에서 보잘것없는 백인이었다. 용케 손에 넣을 수만 있다면 위스키와 담배에 의지해서 살고, 잡은 물고기를 먹거나 그것도 여의치 않을 때는 옥수수로 연명하는 다혈질의 형제.

물고기 머리와 백스터 형제 간의 불화는 몇 달째 지속되었다. 어느 날 백스터 형제가 월넛 로그에 있는 소형 선착장의 허름한 발판에서 물고기 머리와 마주쳤을 때, 과음으로 인한 술기운에 용기와 객기를 구분하지 못하고는, 자신들의 연어 낚싯줄을 물고기 머리가 건드려 다 잡은 연어를 도둑질했다며 — 이것은 남부의 어촌과 영세한 뱃사람들 사이에서는 용서받을 수 없는 범죄 행위로 간주되는데 — 증거도 없이 무턱대고 비난을 퍼부었다.

물고기 머리가 묵묵히 비난을 감수하면서 그저 빤히 처다보기만 하자, 백스터 형제는 더욱 대담해져서는 그의 뺨을 후려갈기고 말았다. 이때부터 돌변한 물고기 머리가 형제를 묵사발이 되도록 두들겨 팼다. 백스터 형제는 앞니를 몇 차례 세게 얻어맞아 코피를 흘리고 입술에 멍이 든 채로 결국에는 초주검이 되어 흙바닥에 내동댕이쳐졌다.

게다가 구경꾼들의 입장에서 볼 때는, 인종보다는 사리분별을 따져 백스터 형제 — 자유민으로 태어난 두 백인 남자 — 가 검둥이한테 박살이 나게 방치한 셈이 아니던가! 그래서 형제는 검둥이를 해치우기로 결심했다!

모든 일은 구체적으로 계획되었다. 때와 장소는 해 질 녘 물고기 머리의 오두막으로 정해졌다. 목격자가 없을 테니, 처벌도 받지 않을 것이었다. 계획이 너무도 순조롭게 진행되다 보니 형제는 자신들이 물고기 머리의 거주 지역에 대해 선천적으로 간직한 공포마저 잊고 말았다. 그들은 자신들의 판잣집을 출발해 톱니바퀴 모양으로 굴곡이 심한 호수의 내포(內浦)를 한 시간 넘게 건너왔다.

유칼립투스를 불과 까뀌와 연줄 깎이로 다듬어 만든 마상이가 청등

오리처럼 소리 없이 물 위를 움직이면서 잔잔한 호수에 긴 물결을 남겨 놓았다. 형제 중에서 노 젓기에 더 능한 제이크가 바닥이 둥그런 배의 고물에 앉아서 빠르고 조용히 노를 젓는 동안, 사격에 더 능한 조엘은 이물 쪽에 웅크리고 있었다. 조엘의 무릎 사이에 녹이 슨 묵직한 오리 사냥총이 놓여 있었다.

주변을 정탐한 결과 물고기 머리가 몇 시간 동안은 뭍에 나타나지 않을 거란 확신이 들었음에도 형제는 한층 긴장한 상태에서 잡초 우거진 둑을 향해 다가갔다. 그들이 그림자처럼 호숫가를 따라 미끄러지는 동안, 어찌나 빠르고 조용하던지 경계심 많은 진흙거북마저도 그들이 지나갈 때 뱀처럼 생긴 머리를 돌리지 않았다.

결전의 시간보다 한 시간이나 앞서 그들은 늪지 초입 주변에 슬그머니 접근하여, 물고기 머리의 오두막에서 돌을 던지면 닿을 거리에서 매복을 준비했다. 늪지가 수심이 깊어지는 지점에 반쯤 뿌리가 뽑힌 나무한 그루가 호수 쪽으로 비스듬히 누워 있었다. 절반은 땅속에 박힌 뿌리로 영양분을 빨아들여서 우듬지는 아직 잎이 무성한 초록빛이었고, 능소화나무와 머루까지 소담스레 뒤엉켜 있었다. 그리고 주변에 있는 것이라고는 지난해에 심었던 옥수숫대, 나무껍질 부스러기, 썩은 잡초 덩어리 등등 조용한 회오리바람에 흔들리는 잡동사니 같은 것들이 다였다.

백스터 형제는 초록빛 무더기 속으로 마상이를 몰아간 뒤 나무줄기에 뱃전을 가져다 댐으로써 무성한 잎의 장막 뒤로 숨었다. 그들은 이미 며칠 전에 인근을 정찰하다가 계획에 따라 이곳에 매복하여 기다리기로 자리를 봐둔 터였다.

장애물도 없었고 운도 나쁘지 않았다. 이 늦은 오후에 배를 타고 나왔다가 그들의 움직임을 목격한 이도 없었다. 조금 있으면 물고기 머리가 응분의 대가를 치르게 될 것이었다. 제이크의 예리한 시선이 떨어지는 해의 궤적을 사색에 잠긴 듯 좇고 있었다.

육지 쪽으로 던져진 그림자들이 잔물결 위에 길게 드리워져 미끄러졌다. 한낮의 소음들은 잦아졌다. 다가오는 밤의 소음들이 커지기 시작했다. 초록빛 파리들이 떠난 자리에 얼룩얼룩한 잿빛 다리를 지닌 커다란 모기들이 모여들었다. 졸린 듯한 호수가 마치 진흙의 맛에 반한 것처럼 물결 소리를 내면서 진흙 둑을 빨았다. 새우 새끼만 한 가재 한 마리가 마른 진흙에서 기어 나오더니 감시탑의 무장한 보초병처럼 자리를 잡았다.

쏙독새들이 나무의 우듬지 위로 이리저리 날기 시작했다. 머리를 들고 헤엄치던 땅딸막한 사향쥐 한 마리가, 한창 여름의 독기를 불룩하게 품고 발 없는 도마뱀처럼 여러 개의 에스(S) 자를 그리며 수면을 따라 움직이는 늪살모사와 마주치고는 잽싸게 옆으로 도망쳤다. 대기 중인 두 명의 암살자 바로 위에서는 작은 곤충 무리가 연(鳶) 모양으로 대오를 갖추고 맴돌았다.

얼마 후, 어깨에 배낭을 멘 물고기 머리가 뒤쪽 숲에서 나와 재빨리 걷기 시작했다. 잠시 그의 기형적인 모습이 보이는가 싶더니 곧 오두막의 어두운 내부로 사라졌다.

해가 거의 저문 시간이었다. 해는 붉은색의 작은 점처럼 작아져 호수너머 나무 위에 걸쳐 있었고, 물에 드리워진 그림자들이 길어졌다. 저너머 어딘가에서 호랑이들이 꿈틀거렸고, 서로 뒤엉켜 물장구를 치는지 요란한 첨벙 소리가 합창 소리처럼 뭍 쪽으로 가까워졌다.

그러나 초록의 엄폐물에 숨어 있던 형제는 딱 한 가지에만 온 정신을 집중하고 신경을 곤두세웠다. 조엘이 총열을 나무에 걸쳐놓은 뒤 개머리판을 어깨에 대고 손가락 두 개로 방아쇠를 조심스레 어루만졌다. 제이크는 좁은 배가 움직이지 않도록 머루의 덩굴손을 붙잡고 있었다.

조금만 참으면 끝이다!

그때 오두막에서 나온 물고기 머리가 좁은 길을 따라 물가로 향했고 곧 절반이 물에 잠긴 사시나무 위에 올라섰다. 맨발에 맨머리였고, 단추 풀린 면 셔츠 사이로 누런 목과 가슴이 보였으며, 허리춤에 줄로 묶은 무명 바지가 헐렁하게 늘어져 있었다. 그는 밭장다리를 넓게 벌리고 쥐는 힘이 강한 발가락을 펼쳐서 사시나무의 반들반들한 굴곡 부분을 움켜잡고 흔들거리며 나무를 따라 물속에 잠겨 있는 부분까지 걸어갔다. 그러고는 나무 끝에 똑바로 서서 주인이자 지배자처럼 가슴을 힘껏 내밀고 턱 없는 얼굴을 치켜들었다.

그리고 곧 그의 시야에 다른 사람이라면 놓쳤을 뭔가 — 초록의 위장막 사이로 그를 향해 겨누어진 한 쌍의 동그란 총구와 조엘의 번뜩이는 눈동자 — 가 걸려들었다! 불과 몇 초 후에 그는 자신을 향해 달려드는 섬광을 느끼면서 여전히 머리를 치켜들고 볼썽사나운 입을 크게 벌린 채 호수 너머로 괴성을 질렀다.

그의 괴성 속에는 얼간이의 웃음과 개구리의 시끄러운 울음과 사냥개의 짖음 등등 호수의 밤을 채우는 온갖 소음들이 뒤섞여 있었다. 또한 그 괴성은 작별이자 저항이었고 호소였다!

오리 사냥총의 육중한 총성이 울렸다!

20미터 거리에서 두 개의 총알이 물고기 머리의 목을 찢어놓았다. 그는 정면을 바라보는 자세로 쓰러져 나무를 붙잡고 매달렸다. 몸이 뒤틀렸고, 다리는 작살에 꽂힌 개구리의 그것처럼 씰룩거리며 경련을 일으켰다. 한 번의 질풍 추격 끝에 사냥개한테 죽어가는 동물처럼 간헐적으로 어깨가 휘었다가 들썩였다. 머리는 들썩이는 어깨 사이에서 비스듬히 기울어져 있었고, 두 눈은 살인자의 얼굴을 빤히 노려보고 있었다. 이내 그의 입에서 피가 쏟아졌다. 죽는 순간에도 물고기 머리는 물고기처럼 미끄러지고 퍼덕이다가 나무 끝에서 머리부터 떨어지더니 물속에 얼굴을 처박고 팔다리는 물 밖으로 뻗은 채 서서히 가라앉았다. 커피색 호수에 붉은색이 점점 퍼져갔고, 그 한가운데서 커다란 거품이 연이어 튀어 올랐다.

백스터 형제는 자신들이 저지른 짓에 잔뜩 겁을 먹고 이 광경을 지켜보았다. 흔들거리던 마상이가 사격의 반동으로 그 끝이 기울더니 뱃전으로 물이 계속 넘어 들어오고 있었다. 기울어진 배 밑을 뭔가가 쾅 쳤고, 그 바람에 배가 뒤집히면서 형제는 호수로 빠졌다.

그러나 뭍까지는 고작 6미터, 뿌리가 반쯤 뽑힌 나무까지는 고작 1.5미터 거리였다. 아직까지 사냥총을 꽉 움켜쥐고 있던 조엘은 총으로 힘껏 물을 저으면서 다른 손으로 나무를 잡고 매달렸다. 그렇게 선헤엄을 치는 동안 두 눈이 파르르 떨리었다.

뭔가가 그를 붙잡았다. 눈에 보이지 않는 크고 억센 뭔가가 그의 넓적다리를 으깰 듯이 꽉 움켜잡았다! 그는 비명을 지르지 않았으나, 두 눈은 튀어나오고 입은 고통스레 일그러졌다. 그의 손가락은 나무와 드잡이를 벌이듯 그 껍질까지 헤집어 붙잡고 있었다. 계속 경련을 일으키면서 밑으로 가라앉았다. 빠르지 않고 느리게, 너무 느려서 그의 손가락들이 나무껍질에 네 개의 가는 흰 줄을 새길 정도였다. 입이 물에 잠겼고, 그다음엔 불거진 두 눈, 그다음에는 쭈뼛 선 머리카락, 마지막엔 나무껍질을 할퀴어 움켜잡았던 손이 잠김으로써 그는 최후를 맞았다.

404

그보다 더 오래 산──조엘의 최후를 지켜보기엔 충분할 정도로 오래 산──제이크의 운명은 더욱 가혹한 것이었다. 그는 연신 얼굴을 쳐들며 호수 물 사이로 조엘의 최후를 지켜보았고, 뭔가에 붙잡히지 않으려고 통나무를 지나 물 밖으로 두 다리를 높이 쳐드느라 온몸을 마구 버둥거렸다. 너무도 격렬하게 버둥거린 나머지 뭍에서 정반대 방향으로 멀어지고 말았다.

그리고 뭍에서 멀어진 이 물속에서 커다란 물고기의 머리가 솟구쳤다. 물고기의 배와 검은 머리에, 빳빳한 수염과 이글거리는 시체 같은 눈알에 수십 년 동안 가라앉았던 호수의 침전물이 덮여 있었다. 꾹 다문, 뿔처럼 억센 턱 사이에 제이크의 플란넬 셔츠 앞자락이 물렸다. 미친 듯이 내뻗던 그의 두 손은 독을 품은 지느러미에 찔렸고, 조엘과는 다르게 그는 커다란 비명을 지르며 사라져갔다. 물이 소용돌이치고 그 가장자리를 따라 옥수숫대가 휘도는 가운데 그는 물속으로 사라졌다.

곧 잦아진 소용돌이는 잔물결의 커다란 동심원처럼 퍼져나갔고, 옥수숫대들도 맴돌기를 끝내고 다시 정지했다. 늪지 초입에는 밤의 소음들만이 점점 커져가고 있었다.

세 구의 시신은 사건 현장 근처 뭍으로 한날에 떠올랐다. 목과 가슴이 만나는 부위에 째지듯 총상이 난 것 외에 물고기 머리의 시신은 깨끗했다. 그러나 백스터 형제의 두 시신은 심각하게 망가지고 훼손되어 릴풋 주민들은 누가 제이크이고 누가 조엘인지 구별하지 못해 시신을 한꺼번에 묻었다.

....
39) '릴풋'이라는 명칭에 대해서는 여러 유래가 있다. 다리가 기형이고 '릴풋'이라는 별명으로

통했던 한 인디언 추장에게서 유래했다는 설과 치카소의 원주민 추장 아들이 다리가 기형인 채로 태어나 비틀비틀 걸어 다녔다는 데서 유래했다는 설도 있다.

40) 니거울 늪지(Nigger Wool Swamp): 미주리 주 남동쪽에 있던 늪지로 일대를 뒤덮은 이끼 때문에 '검둥이 머리털'이라는 뜻에서 니거울로 불렸다고 한다.

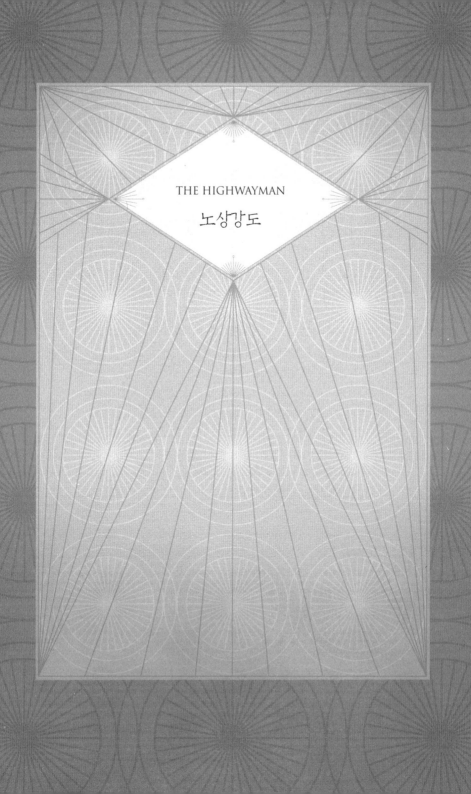

THE HIGHWAYMAN

노상강도

작가와 작품 노트 | 로드 던세이니(Lord Dunsany, 1878~1957)

아일랜드 작가. 로드 던세이니는 필명이고, 본명은 에드워드 존 몰턴 드랙스 플룬켓이다. 던세이니는 1878년 런던에서 태어났다. 침스쿨과 이튼스쿨을 거쳐 1896년 샌드허스트 육군사관학교에 입학했다. 보어 전쟁에 참전했다가 아버지의 유산을 물려받은 후 1901년에 던세이니 캐슬로 돌아와 생애 대부분을 머문다.

1903년에 베아트리체를 만나 1904년에 결혼했다. 던세이니는 글을 쓸 때 혼자 있기를 좋아했으나, 베아트리체가 가까이서 작품을 기록하는 일을 도왔다고 한다. 1905년에 신화를 자신만의 독특한 신화 세계에 결합한 『페가나의 신들 *The Gods of Pegana*』이 출간되었고, 같은 해 던세이니 부부의 외동아들 랜달이 태어났다. 이 무렵부터 숙부를 통해 알게 된 아일랜드의 거물급 인사들, 이를테면 윌리엄 예이츠, 러디어드 키플링, 제임스 스티븐스 등과 교류를 시작한다. 왕성한 창작 활동과 함께 아일랜드 문예 부흥을 지원하면서 이름을 알리기 시작한다.

『페가나의 신들』의 성공을 바탕으로 『시간과 신 *Time and the Gods*』(1906), 『웰러랜의 검 *The Sword of Welleran*』(1908), 『어느 몽상가의 이야기 *A Dreamer's Tales*』(1910)를 연이어 발표했다. 이 작품들은 대부분 시드니 사임이 삽화를 그렸는데, 사임의 그림에 강렬한 인상을 받은 러브크래프트는 자신의 작품에 사임의 이름을 자주 언급했다. 1909년에는 희곡 『빛나는 문 *The Glittering Gate*』이 평단과 관객들로부터 호평을 얻으며 애비 극장에 올라 작가로서 입지를 굳혔다. 많은 동료 작가들을 후원하는 동시에 제1차 세계대전 후에도 집필과 강연을 이어가며 큰 성공을 거둔다. 단편, 장편, 희곡, 시, 에세이 등 많은 작품을 남겼고, 그중에서도 가장 유명한 판타지 단편들이 1905년부터 1919년 사이에 여러 작품집으로 속속 출간되었다. 장르 개념이 확립되기 전 판타지의 초기 지형을 대표하는 작가로 평가되며, J. R. R. 톨킨, 러브크래프트 등 많은 작가에 지대한 영향을 미쳤다.

1957년 식사 중에 맹장염 증세가 일어나 수술을 했으나 끝내 회복하지 못하고 얼마 후 더블린의 병원에서 숨을 거둔다. 러브크래프트는 1919년에 『어느 몽상가의 이야기』를 통하여 던세이니를 처음 접했고, 같은 해 10월에 보스턴에서 열린 던세이니의 강연에 참석했다. 던세이니는 자신의 강연을 듣기 위해 청중석에 앉아 있는 러브크래프트를 당연히 알아보지 못했으나, 러브크래프트의 입장에선 문학 인생의 일대 전환점이 되는 순간이었다. 러브크래프트는 포를 발견한 이후로 가장 큰 문학의 동인을 찾았다고 흥분했고, 이후 던세이니풍의 판타지를 대거 양산해 냈다. 「사나스에 찾아온 운명」, 「화이트호」, 「울타르의 고양이」, 「셀레파이스」, 「이라논의 열망」, 「또 다른 신들」 등 러브크래프트의 초기작 상당수와 「실버 키」, 「안갯속 절벽의 기묘한 집」 같은 좀 더 세련된 후기작은 던세이니의 영향이 짙다.

1948년에 아서 C. 클라크와 던세이니 사이에 오간 편지는 러브크래프트를 화제로 하고 있어 흥미롭다. 당시 킹스 칼리지에 있던 아서 C. 클라크가 보낸 편지 내용은 이렇다. "제가 방금 미국에서 받은 잡지를 동봉하는데, 아마 선생님이 퍽 흥미로워하실 겁니다. (알고 보니, 아컴 하우스에서 선생님의 『조르켄의 네 번째 책 The Fourth Book of Jorkens』을 출간하는군요.) 「카다스를 향한 몽환의 추적」을 꽤 오래전에 처음 읽었을 때 큰 인상을 받았습니다. 혹시 러브크래프트라는 작가에 관해 들어보셨는지요? 편집자 주를 보면 아시겠지만, 러브크래프트는 선생님의 초기 저작들에 많은 영향을 받았습니다. 작품 수가 아주 많고, 수준이 고르다고 할 수는 없지만, 그 사람의 수작들은 그쪽 장르에서 걸작으로 통합니다. 생전에 작품들이 잡지에만 발표됐으나, 지금 상당수가 여러 선집과 단편집에 수록되어 재출간되고 있습니다."

이에 대해 던세이니는 다음과 같이 답장을 보낸다. "잡지를 보내줘서 정말 고맙네. 러브크래프트가 내 스타일을 차용한 것을 알고 있으나, 그렇다고 불평하고 싶지는 않네. 솔직히, 그 친구의 작품을 읽을 수 있어 기쁘네. 『네크로노미콘』은 《리듬》인가 《블루 리뷰》인가, (기억이 안 나는데) 미들턴 머리가 편집한 잡지에 보냈던 「사파날의 슬로브본 5막 The Fifth Act of the Thlobbon of Sapphanal」의 한 장면을 떠올리게 하는군."

이로부터 4년 뒤인 1952년, 던세이니는 덜레스에게 이런 편지를 보낸다. "귀하의 출판사에서 나온 『마지널리아』라는 책에 작고한 러브크래프트가 내 작품에 관해 쓴 글이 수록되어 있다는 말을 들었소. 이곳(영국)에서는 구할 수 없으니 괜찮다면 그 책을 한 권 보내주면 고맙겠소. 러브크래프트의 작품 몇 편을 읽어본 결과, 내 스타일로 또 상당 부분 내 소재로 글을 쓰되 완전히 독창적이고 전혀 모방의 방식이 아니라서 그의 작품에 유달리 관심이 많소. 내게 책을 보내주는 호의를 베풀어준다면, 큰 관심을 갖고 읽어볼 생각이오."

위 편지에서 던세이니가 언급한 글은 「로드 던세이니와 그의 작품론 Lord Dunsany and his Work」으로 던세이니 사후 1976년에 출간된 『세 반구의 이야기 Tales of Three Hemispheres』의 서문으로 포함되기도 했다.

이 책에 수록한 「노상강도」는 『웰러랜의 검 The Sword Of Welleran and Other Stories』에 수록된 단편으로, 종종 「노상강도들 Highwaymen」이라는 복수형 제목으로 소개되기도 한다. 이 짧은 단편은 여러모로 던세이니 작품 중에서 독특한(최초라는 수식어가 많이 붙는) 의미를 지니고 있다. 던세이니가 등장인물 전체를 인간으로 설정한 최초의 작품이고, 배경이 현실 세계인 작품으로도 최초이다. 무엇보다 던세이니 작품 중에서 첫 번째 호러 장르로 분류된다. 러브크래프트는 "인간의 두뇌 속에서 가장 무서운 개념은 가늠할 수 없는 공간의 혼돈과 악마의 공격을 막아주는, 우리의 유일한 안전장치인 고정불변의 자연 법칙이 악의적이고 특이하게 중지되거나 파기되는 것."이라고 공포를 규정했다. 「노상강도」는 법칙의 중지나 파기는 아니나 분명한 공포의 분위기를 전달한다. 「노상강도」의 불경하고 파격적인 내용에도 불구하고 던세이니 특유의 시적이고 웅장한 필치로 공포의 분위기를 그대로 전해 준다. 러브크래프트와 직접적인 연결 고리가 있지는 않지만, 던세이니의 보기 드문 호러 단편을 통하여 러브크래프트가 왜 그토록 던세이니에게 매료되었는지 엿볼 수 있다.

마지막 순간까지 말을 타고 달렸던 방랑자 톰, 그는 지금 이 밤에 홀로 남았다. 그가 있는 곳에서 보면, 굼뜬 흰 양 떼와 쓸쓸한 고원의 검은 윤곽과 그 너머 더 멀고 더 쓸쓸한 고원의 잿빛 경계가 보일지 모르겠다. 아니면 저만치 발아래, 냉혹한 바람에서 벗어나 있는 분지에서 검은 계곡 위로 피어오르는 소촌들의 잿빛 연기를 볼 수도 있겠다. 그러나 이 모든 것은 톰의 눈에 검은색, 이 모든 소리는 그의 귀에 침묵이었다. 오로지 그의 영혼만이 쇠사슬에서 벗어나 남쪽 너머 천국으로 가고자 몸부림치고 있었다. 바람이 불고 또 불어왔다.

톰이 오늘 밤 탈 수 있는 것은 오로지 바람뿐이었다. 그들이 그에게서 녹색 들판과 하늘을, 남자의 목소리와 여자의 웃음을 빼앗아 간 그날, 그의 목에 쇠사슬을 채워 홀로 바람 속에서 영원히 흔들리게 놔둔 그날, 새카만 그의 말을 가져가버렸다. 그리고 바람은 불고 또 불어왔다.

그러나 방랑자 톰의 영혼은 잔인한 사슬에 묶인 채 벗어나려고 몸부림치면 칠수록 천국에서, 남쪽에서 불어오는 바람 때문에 쇠 목줄에 꽉 물리었다. 입술에서 특유의 비웃음이 점점 옅어져갔고, 혀에서 신을 조롱한 이후 변함없던 조롱이 사라졌으며, 그의 심장에서 빠져나와 썩어버린 오랜 탐욕과 그의 손가락에서 떨어진 악행의 얼룩이 있었다. 그것은 전부 땅으로 떨어져서 창백한 나이테와 꽃송이로 자라났다. 사악한 것들이 전부 사라지자, 톰의 영혼은 다시 깨끗해졌고, 봄날 이후 한참 만에 유년 시절의 사랑이 그의 영혼을 찾아왔다. 그렇게 영혼은 저 위에서 톰의 뼈와 더불어, 그의 낡고 해진 외투와 녹슨 쇠사슬과 더불어 바람에 흔들거렸다.

1908년 판에 실린 시드니 사임의 삽화

그리고 바람은 불고 또 불어왔다.

때때로 무덤 속의 영혼들이 신성한 땅에서 나와 교수대를 지나, 자유로워지지 못할 톰의 영혼을 지나, 바람을 거슬러 천국으로 가곤 했다.

밤이면 밤마다 죽은 머리칼이 자라 죽은 얼굴을 가려 그의 치욕적인 몰골을 양들이 볼 수 없게 감출 때까지, 톰은 텅 빈 눈구멍으로 고원의 양 떼를 지켜보았다. 그리고 바람은 불고 또 불어왔다.

때때로 누군가의 눈물이 돌풍에 실려 와 쇠사슬을 때리고 또 때렸으나 완전히 부식시키지는 못하였다. 그리고 바람은 불고 또 불어왔다.

그리고 매일 밤, 톰이 한 번이라도 발설했던 생각들 전부가 세속에서 영원히 계속될 소행을 일삼다 말고 몰려들어, 교수대 나뭇가지들을 따라 앉아서 자유로워지지 못할 톰의 영혼에 대고 재잘거렸다. 그가 생애한 번이라도 입 밖에 냈던 그 모든 생각들! 그리고 나쁜 생각들은 자기들은 죽지도 못할 텐데 지루하게 만든다며 영혼을 나무랐다. 가장 은밀하게 말했던 생각들마저 모조리 나뭇가지에서 밤새 가장 시끄럽고 날카로이 재잘거렸다.

톰이 그 자신에 대해 한 번이라도 품었던 생각들 전부가 지금 물이 뚝뚝 떨어지는 뼈를 가리켰고 낡고 찢어진 외투를 비웃었다. 그러나 그가 타인에 대해 한 번이라도 품었던 생각들은 유일한 친구가 되어 그의 영혼이 밤새 이리저리 흔들릴 때 위무하였다. 그 생각들은 살기 어린 생각에 쫓겨날 때까지 영혼을 향해 지저귀었고 더는 꿈꿀 수 없는 가련한 벙어리 형상을 격려하였다.

그리고 바람은 불고 또 불어왔다.

알루아와 베이언스의 대주교 폴이 흰색의 대리석 묘에 누워 남쪽 천국을 똑바로 쳐다보고 있었다. 그의 묘비에 온통 십자가가 새겨져 있으니 아마 그의 영혼은 안식을 얻었을 터이다. 고원 위 고즈넉한 나무 우듬지에는 바람이 거센 것과 달리, 이 저지대는 남쪽 천국에서 불어오는 부드러운 산들바람과 과수원의 향기가 알루아와 베이언스 대주교 폴의 묘지 주변에, 안식이 있는 이 성스러운 땅에 핀 물망초와 수풀 사이에 노닐었다. 인간의 영혼이 이런 묘지를 빠져나와, 여전히 기억하고 있는 들판 위를 낮게 날아서, 천국의 정원에 도착하여 영원한 평온을 찾기란 쉬운 일이다.

그리고 바람은 불고 또 불었다.

악명이 자자한 한 선술집에서 세 남자가 술을 홀짝이고 있었다. 이들의 이름은 조와 윌 그리고 집시인 푸그리오니. 이들의 이름에 성이 없는 이유, 그건 셋 다 아버지에 대해 음침한 의혹만 있을 뿐 누구인지는 모르기 때문이었다.

죄악이 종종 자신의 손길로 이들의 얼굴을 쓰다듬고 어루만졌으나, 유독 푸그리오니의 얼굴에는 입과 턱에 흠뻑 입을 맞추었다. 이들의 음식은 약탈, 오락은 살인이었다. 셋 다 신의 슬픔과 인간의 증오를 일으켰다. 이들이 둘러앉은 탁자에는 사기꾼의 손때로 번들거리는 카드 한 벌이 놓여 있었다. 이들은 서로 술맛에 대해 속삭였으나, 그 소리가 너무 작아서 맞은편 끝에 있던 술집 주인은 그것이 누구에 대한 얘기이고 분노인지는 모른 채 그저 억눌린 욕설만 들을 수 있었다.

이 세 사람은 신이 인간에게 우정을 선사한 이래 그것에 가장 충실한 자들이었다. 그리고 이들이 우정을 선사한 자는 낡고 해진 옷과 쇠사슬 속에서 비바람에 흔들리는 뼈와 자유로워지지 못할 영혼으로만 남아 있었다.

밤이 깊어지자, 세 친구는 술자리를 파하고 살그머니 고원을 내려가 알루아와 베이언스 대주교 폴의 묘지로 향해 갔다. 묘지의 가장자리긴 하나 신성한 땅에선 벗어난 자리에 그들은 서둘러 무덤을 팠으니, 둘이 파는 동안 하나는 비바람 속을 감시하였다. 이 신성하지 않은 땅에서 꾸물거리던 벌레들은 무슨 일인가 궁금해하며 기다렸다.

오싹한 자정이 그 시간의 공포를 몰고 다가왔을 때, 그들은 여전히 묘지의 그 자리에 있었다. 세 친구는 그런 장소와 그런 시간의 공포에 떨었고, 바람과 장대비 속에서 전율했으나 그래도 하던 일을 멈추지 않았다. 그리고 바람은 불고 또 불어왔다.

얼마 후 그들은 일을 끝냈다. 그들은 배곯은 벌레와 빈 무덤을 그대로 놔두고, 묘지도 자정의 시간 속에 남겨두고, 급하면서도 은밀하게 젖은 들판을 가로질렀다. 그렇게 가는 동안 몸이 부들부들 떨렸고, 저마다 떨면서 큰 소리로 내리는 비를 욕하였다. 그렇게 그들은 사다리와 랜턴을 숨겨놓은 곳까지 다다랐다. 랜턴을 켤 것인지 아니면 왕의 병사들에게 발각되지 않게 그냥 갈 것인지 오랜 논쟁이 일었다. 결국은 교수대 근처 자정을 조금 넘긴 어둠 속에서 그 무엇과 불쑥 마주치기보다는 랜턴의 불빛이 있는 편이, 왕의 병사들에게 잡히어 교수형을 당할지 모르는 위험을 감수하는 편이 더 나을 듯하였다.

영국에선 삼거리를 무사히 건널 수 없다는 게 불문율, 그러나 오늘 밤은 여행자들이 편안히 길을 갈 수 있었다.[41] 한편 세 친구가 널찍한 국도를 걸어 다가간 곳은 교수대였다. 윌은 랜턴을, 조는 사다리를, 푸그리오니는 이번 일에 없어서는 안 될 큰 칼을 가져왔다. 그들은 가까이 다가가 톰의 처참한 몰골을, 잘생긴 외모와 강건한 정신을 지녔던 남자가 한 줌 뼈로 남아 있는 모습을 보았고, 마치 우리에 갇혀 꼼짝 못하는 짐승의 울음처럼 구슬픈 소리가 들려온다는 생각만 들었다.

이쪽에서 저쪽으로, 저쪽에서 이쪽으로 바람 속에서 흔들리는 톰의 뼈와 영혼, 그것은 그가 왕의 도로에서 왕의 법을 어기고 저지른 범죄 때문이었다. 그림자들과 랜턴 불빛이 어둠을 가르는 가운데, 톰의 영혼이 쇠사슬에 묶여 흔들리기 이전에 사귀어둔 세 친구가 목숨을 걸고 찾아왔다. 톰이 평생을 뿌려온 영혼의 씨앗은 교수대 나무에서 자라나 때가 되면 쇠사슬 가운데에서 흐드러지게 꽃을 피울 터였다. 그러나 그가 여기저기 부주의하게, 다정한 농담과 유쾌한 몇 마디 말로 흩뿌려놓았던 씨앗들은 세 겹의 우정으로 자라나서 결코 그의 뼈를 버려두지 않을 터였다.

이윽고 세 명이 나무에 사다리를 걸친 뒤, 푸그리오니가 오른손에 칼을 들고 사다리 끝까지 올라가서 쇠 목줄 밑으로 목을 자르기 시작하였다. 얼마 후, 톰의 뼈와 낡은 외투와 영혼이 덜컥 소리를 내며 떨어졌고, 너무도 오랫동안 홀로 지켜보던 그의 머리도 이내 흔들리는 사슬에서 깨끗하게 떼어졌다.

윌과 조가 떨어진 것들을 그러모으는 동안, 푸그리오니가 사다리를 줄달음쳐 내려왔다. 셋은 다시 친구의 오싹한 유해를 사다리에 올려놓은 다음, 비를 맞으며, 그들의 심장에 깃든 유령과 사다리에 놓인 전율을 두려워하며, 서둘러 그곳을 떠났다. 정각 2시에 그들은 모진 바람에서 벗어나 계곡 아래 다시 와 있었으나, 랜턴과 사다리와 오싹하지만 그들의 우정을 지탱하게 만든 유해를 가지고, 열려 있는 무덤을 그대로 지나쳐 묘지 한복판으로 들어갔다. 온당하고 예의 바른 희생자들을 강탈해 왔고, 여전히 그들의 친구인 그것을 위해서 여전히 범죄를 저지르고 있는 이 세 명은 알루아와 베이언스 대주교 폴의 성스러운 묘에서 지렛대로 그 대리석 판을 들어 올렸다. 그리고 묘에서 꺼낸 대주교의 유골을 안달이 나도록 방치해 둔 무덤으로 가져가, 그 안에 넣고 흙을 덮었다. 그러나 사다리에 놓아둔 친구의 유해는 하나도 남김없이, 몇 방울의 눈물과 함께 십자가 밑의 그 희고 거대한 묘에 안장되었고, 대리석 판도 제자리에 놓였다.

톰의 영혼은 새벽녘에 이 신성한 땅에서 성스러이 일어나 계곡을 따라갔고, 어머니의 오두막과 유년 시절의 놀이터 주변을 잠시 배회하다가, 옹기종기 모여 있는 농장 너머의 너른 땅에 도착하였다. 거기서, 거기서 톰의 영혼이 간직했던 온갖 상냥한 생각들과 재회하였고, 남쪽으로 가는 내내 그 생각들이 곁에서 함께 날며 노래하였다. 그리고 마침내 사방에서 들려오는 노랫소리와 함께 도착한 곳은, 천국이었다.

그러나 윌과 조와 집시인 푸그리오니는 다시 술자리로 돌아갔고, 평판이 나쁜 선술집에서 또다시 강도질과 사기 행각을 일삼았으니, 그들 스스로 천사들을 미소 짓게 한 범죄를 저질렀다는 사실만은, 그들의 죄 많은 생애에서 알지 못했다.

....

41) 영국에서 16세기에서 17세기 동안 복면을 쓰고 말을 탄 노상강도들이 횡행하여 여행자들의 가장 큰 두려움이었다. 이런 강도질은 중세와 엘리자베스 시대까지 거슬러 올라가지만 노상강도(highwayman)라는 용어가 생긴 것은 1617년경이었다. 노상강도의 평균수명은 28세로, 대부분 교수형에 처한 뒤 범법자에 대한 경종으로서 교차로 교수대에 시체를 매달아두었다.

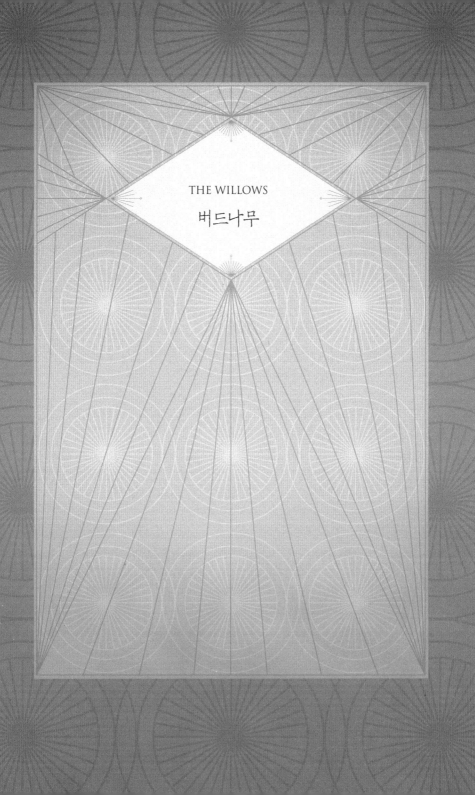

THE WILLOWS

버드나무

작가와 작품 노트 | 앨저넌 블랙우드(Algernon Blackwood, 1869~1951)

영국의 소설가, 저널리스트, 방송인. 1869년 켄트 주의 슈터스힐에서 태어나, 엄격한 칼뱅파 가정에서 자랐다. 사립학교에 다니던 14세 때 정신과 의사가 되기로 결심하는데, 당시 의사였던 교사가 보여준 최면 요법에 매료됐기 때문이다. 웰링턴 칼리지를 마치고, 1년간 스위스에 머물렀고, 다시 1년간 캐나다에서 아버지의 일을 돕는다. 그 후 에든버러 대학으로 옮겨 학업을 계속하지만 1년 만에 그만둔다. 이 무렵, 의사가 되겠다는 꿈도 사라진다. 1896년에 캐나다로 건너가 낙농업을 시작하지만 실패한다. 이어서 시작한 숙박업은 적성에 맞지 않아서 얼마 안 가 자신의 지분을 처분해 버린다.

금전적인 어려움과 부모와의 마찰로 인해 캐나다의 오지로 6개월가량 훌쩍 떠나기도 하는데, 그때의 경험은 이후 작품들에서 일관적으로 나타난다. 정신적 피로에서 회복된 블랙우드는 뉴욕으로 이주해《이브닝 선》에서 박봉을 받으며 기자로 일한다. 이 무렵 부업으로 그림 모델을 하는데, 그 화가가 로버트 W. 체임버스의 친구 찰스 깁슨이다. 그 밖에도 바텐더, 바이올린 교습 등 여러 직업을 전전하며 자신의 작품 못잖은 미스터리하고 색다른 인생을 산다. 1895년에《뉴욕타임스》기자가 되면서 형편이 전보다 안정된다. 2년 후에는 한 은행가의 개인 비서로 전직하기도 하지만, 뉴욕 생활에 적응하지 못하고 30대 후반에 영국으로 돌아간다.

1900년 황금 여명회를 알게 되면서 어린 시절의 초자연적이고 심령적인 관심이 되살아나고, 이때부터 소설을 쓰기 시작한다. 1906년 단편집 『빈집 *The Empty House and Other Ghost Stories*』을 필두로 '비범한 의사 존 사일런스'를 주인공으로 내세운 오컬트 탐정 시리즈를 발표하면서 명성을 얻는다. 1910년에는 블랙우드의 또 다른 걸작으로 평가받는 『켄타우로스 *Centaur*』가 출간된다. 자연과 야외 생활을 유달리 좋아하는 성향이 작품 곳곳에 나타난다. 초자연적인 것에 대한 관심 때문에 고스트 클럽(The Ghost Club, 1862년 런던에 결성된 단체로 초자연적인 현상의 조사와 연구를 목적으로 함.)에 가입하기도 했다. 평생 독신으로 살았고, 지인들에 따르면 혼자 있기를 좋아했으나 함께 있을 땐 유쾌한 사람이었다고 한다. 작품 중에서 가장 널리 알려진 걸작은 중편 「버드나무」와 「웬디고 *The Wendigo*」다. 즉

흥적으로 신문에 단편을 기고하는 일도 잦아서 자신도 얼마나 많은 작품을 썼는지 확실히 알지 못했다고 한다.

블랙우드는 '장미십자회'나 불교나 신비학에 빠져 있지 않을 땐 스키를 타거나 등산을 했다. 그 자신의 말을 빌리면, 인간에게 숨겨져 있는 힘의 흔적과 증거를 찾는 것이 주된 관심사였다. 다시 말해 그는 인간 능력의 확장을 믿었다. 그래서 그의 많은 작품들이 의식의 확장, 의식의 정상적인 범주 외부에 있는 가능성을 추론과 상상으로 다루었다. 그는 인간의 의식이 변화하고 확장될 수 있으며, 이런 변화를 바탕으로 새로운 세계를 인식할 수 있다고 믿었다.

1934년, BBC 라디오의 초청으로 유령 소설을 낭독하는데, 이것이 큰 성공을 거둔다. 이후 방송계로 진출하여 극작가와 방송인으로 활약한다. 1936년부터 텔레비전에도 출연하고, 1949년에는 '텔레비전 협회'에서 주는 메달을 받는다. 방송 활동으로 '고스트맨'이라는 애칭을 얻고, 건강이 나빠지는 가운데도 집필과 방송 활동을 계속한다. 그러다 몇 차례 뇌졸중 발작을 겪은 후 1951년에 사망한다. 공식적인 사인은 동맥경화로 인한 뇌 혈전이다.

러브크래프트는 블랙우드에 대해 '강렬한 공포의 극단을 포착하는 데 있어 매컨보다 못하나, 현실 세계를 지속적으로 압박하는 비현실 세계에 관한 개념에는 좀 더 긴밀하게 천착하는, 영감이 넘치는 다작의 작가, 앨저넌 블랙우드의 천재성에 대해선 논란의 여지가 있을 수 없다. 평범한 사물과 경험 속에서 기이함의 울림 혹은 현실에서 비범한 삶이나 비전으로 이끌어가는 완벽한 감정과 인식을 기록해 내는 기법, 진지함과 농밀함에 근접하는 작가조차 없기 때문이다.'라고 평했다.

이 책에 수록한 중편 「버드나무」는 블랙우드의 작품 중에서 가장 많이 거론된다. 역대 가장 뛰어난 공포 소설의 목록에서 빠지지 않고, 러브크래프트 또한 "「버드나무」는 블랙우드의 작품을 통틀어 최고의 걸작일 뿐만 아니라, 전 시대를 통틀어서도 최고의 '위어드 픽션.'"이라고 찬사를 보냈다.

I

빈에서 출발해 부다페스트에 닿기 한참 전, 다뉴브 강은 아주 고즈넉하고 황량한 지역으로 흘러드는데, 여기서 물길은 중심 수로가 있음에도 불구하고 사방으로 퍼지고, 풍경은 끝없는 늪지로 변하여, 망망대해처럼 펼쳐진 키 작은 버드나무 수풀로 뒤덮인다. 큰 지도에서 이 황량한 지역은 칙칙한 파란색으로 칠해지고, 강기슭을 지나면 점점 더 색이 옅어진다. 이 지역을 가로질러 습지를 뜻하는 '숨프'라는 커다란 두 글자가 약간의 간격을 두고 적혀 있다.

홍수의 절정기에는 바닥이 자갈인 이 거대한 모래 지역과 버드나무 울창한 섬들이 물에 거의 잠기지만, 평시에는 끝없이 움직이는 듯한 매혹적인 평원에서 버드나무가 거침없는 바람에 휘고 살랑거리면서 햇빛 머금은 은색 잎을 보여준다. 이 버드나무들은 절대 나무의 위엄을 따라잡진 못한다. 단단한 줄기가 없다. 그저 변변찮은 가지에 둥근 머리와 부드러운 자태를 의지한 채 바람의 가장 작은 입김에도 화답하며 이리저리 하늘거린다. 풀처럼 연약한 데다 어쩌나 쉬지 않고 움직이는

지, 평원 전체가 살아서 움직이는 것 같다. 바람에 수면 전체가 일렁이기 때문에, 마치 초록빛 바다가 솟구친 양 계속 움직이는 것은 물결이 아니라 잎의 흔들림이요, 나중에 일어서는 것은 꺾였던 가지들이니 이때 물속에 잠겨 있던 은백색 속살이 햇빛 아래 드러난다.

엄격한 제방의 한계를 기꺼이 뛰어넘은 다뉴브 강은 여기, 어디서나 섬들이 엇갈리는 수로의 복잡한 교차로에서 유유자적 방황한다. 이 섬들 사이로 강물이 함성을 지르며 지나가면서, 때론 소용돌이를 만들기도 하고, 포말을 일으키며 질주하다가 모래 둑을 부서뜨리는가 하면, 강기슭의 일부와 버드나무 숲의 일부를 덩어리째 떼어 실어 가기도 하고, 이렇게 매일 옮겨 온 퇴적물로 무수히 많은 그러나 홍수기에는 흔적조차 없이 사라질 시한부의 섬들을 크기도 모양도 제각각으로 만들어놓는다.

정확히 말하자면, 이 강의 매혹적인 부분은 프레스부르크[42]를 떠난 직후부터 시작되는데, 우리는 캐나다산 카누에 집시 텐트와 프라이팬을 싣고서, 만조기의 절정인 7월 중순경에 거기 도착했다. 그날 아침, 일출을 앞두고 하늘이 붉게 물들 때, 우리는 아직 잠들어 있는 빈을 재빨리 벗어났고, 두 시간 정도 지나서는 지평선에서 비너발트 숲의 푸른 언덕을 배경으로 빈이 작은 잿빛 얼룩처럼 보였다. 피샤멘트 아래, 바람에 크게 흔들리는 자작나무 밑에서 아침을 먹었다. 곧 맹렬한 물살을 타고 파죽지세로 오르트, 하인부르크, 페트로넬(마르쿠스 아우렐리우스가 거주했던 고대 로마의 군사기지 '카르눈툼')을 지나, 카르파티아 산맥에서 돌출한 텔슨의 험준한 산 봉우리 아래 도착하니, 왼쪽부터 슬슬 모호해지던 산맥의 경계선이 은근슬쩍 오스트리아와 헝가리의 국경지대에 걸터앉는다.

시속 12킬로미터로 물살을 헤쳐 가노라면 어느새 헝가리, 홍수의 확실한 징조인 흙탕물 때문에 자갈 바닥에 좌초하는 일이 다반사요, 하늘을 배경으로 보이는 프레스부르크(헝가리어로 '포조니')의 탑들 앞에서는 갑작스럽고 맹렬한 소용돌이에 휩쓸려 마치 코르크 부표처럼 빙글빙글 돈 것도 한두 번이 아니었다. 그 이후부터 우리 카누는 힘찬 말처럼 잿빛 성벽 아래를 전속력으로 질주했고, 폴리겐데 브뤼케 나루터의 수중 닻사슬을 무사히 헤치고 나가, 왼쪽으로 급선회한 다음, 누런 물보라로 뛰어들었다. 섬, 모래톱, 늪지, 그리고 버드나무의 땅이 나왔다.

마을의 거리를 비추던 영사기의 장면이 느닷없이 호수와 숲으로 바뀌듯, 풍광이 갑자기 달라졌다. 어디를 보나 황량하기 그지없는 지역으로 들어선 지 30분이 지나도록 배 한 척, 어부의 오두막 한 채, 붉은 지붕은 고사하고 시선이 닿는 곳 어디에도 사람의 집과 문명의 흔적일랑 아예 보이지 않았다. 인간세계에서 외떨어졌다는, 완전한 고립감 그리고 버드나무와 바람과 물뿐인 이 독특한 세계의 매력에 우리 두 사람은 곧 혹해 버렸고, 특별한 여권이라도 선사받은 덕분에 경이와 마법의 외지고 아담한 왕국에 허락도 구하지 않고 대담무쌍하게 들어온 것처럼 호탕하게 웃어댔다. 이 왕국은 마땅한 권리를 지닌 사람들만이 이용하도록 준비된 것이고, 풍부한 상상력의 소유자가 이곳을 발견하기까지 사방에서 지나가는 이들에게 보이지 않는 신호를 보내는 것 같았다.

아직 이른 오후, 그러나 끝없이 불어대는 거센 바람에 지칠 대로 지친 우리는 밤에 묵을 적당한 야영지를 물색하기 시작했다. 그러나 섬들이 어찌나 애를 먹이던지 배를 대기가 녹록지 않았다. 소용돌이에 휩쓸려 뭍까지 갔다가 다시 휩쓸려 나왔다. 카누를 세우려고 버드나무 가지를 붙잡다가 손이 찢어졌고, 모래 둑을 코앞에 두고 다시 휩쓸려 나가

기를 무수히 반복하다가 때마침 옆에서 불어오는 거센 바람 덕택에 잔잔한 수면으로 들어가서는 물보라를 일으키며 간신히 뱃머리를 뭍에 올릴 수 있었다. 우리는 힘을 다 쏟아부은 터라 바람을 피해 뜨거운 황색 모래밭에 벌러덩 누운 뒤 숨을 몰아쉬며 웃었다. 구름 한 점 없는 하늘과 작렬하는 태양 아래, 버드나무들이 군무를 추며 함성을 지르는 백만 대군처럼 사방을 에워싼 채 우리의 노고를 치하하듯 무수한 작은 손으로 박수를 치며 물보라와 함께 반짝이고 있었다.

"강물 한번 봐라!" 내가 친구에게 말했다. 6월 초에 슈바르츠발트 숲에서 여행을 시작할 때 상류에서 얼마나 자주 걸어서 여울을 건너며 카누를 밀어야 했는지 떠올랐다.

"이제 헛짓거리는 더 안 해도 되겠지?" 그는 카누를 모래 위 좀 더 안전한 곳으로 끌어놓고는 낮잠을 청했다.

나도 친구 곁에 누우니, 물과 바람과 모래 그리고 거대한 불덩어리 같은 태양에 흠뻑 젖어서 행복하고 평화로웠다. 지나온 긴 여정과 앞으로 흑해까지 펼쳐질 장도를 떠올리며 이처럼 유쾌하고 매력적인 스웨덴 친구가 길벗이라는 게 큰 행운이라고 생각했다.

우리는 함께 비슷한 여행을 많이 했으나, 다뉴브 강은 특유의 생동감으로 내가 아는 어떤 강보다도 시작부터 큰 인상을 주었다. 작은 포말이 일던 강의 초입부터 도나우에싱겐의 소나무 정원 한복판에 이르기까지, 또 버려지고 제멋대로인 이 황량한 습지 사이에서 강물 스스로도 길을 잃으면서 본격적으로 게임을 시작한 지금 이 순간까지, 우리는 마치 살아 있는 생물의 성장 과정을 따라온 느낌이 들었다. 처음에는 졸린 듯 잔잔했으나 나중에는 자신의 깊은 영혼을 자각하면서 격렬한 욕망을 품고 거대한 액체 생물처럼 줄달음치더니, 자신의 억센 어깨 위에 우리의 작은 배를 싣고서 때론 우리와 거칠게 장난치면서도 언제나 친근하게 호의를 베풀었기에 결국 우리는 이 다뉴브 강을 거대한 인격체로 여기게 된 것이다.

그렇지 않다면, 어떻게 강이 우리에게 그 많은 자신의 비밀을 말해줄 수 있었겠는가? 우리는 밤마다 텐트 안에 누워 있는 동안, 다뉴브 강이 달을 향해 부르는 노래, 쉬익쉬익 하는 기묘한 혼잣말, 아주 빠른 속도로 달리면서 바닥의 자갈을 들쑤셔내는 소리를 듣곤 했다. 그뿐만 아니라 다뉴브 강이 조금 전까지만 해도 잔잔하던 수면에 갑자기 물거품을 일으키며 꿀럭꿀럭 내는 소용돌이의 목소리도 우리는 알고 있었다. 여울목과 급류의 성난 소리, 수면의 소리와는 다르게 물속에서 지르는 끊임없는 천둥소리, 차가운 물로 둑을 쉼 없이 할퀴는 소리까지……. 게다가 그 평평한 얼굴에 빗방울이라도 떨어지면 또 얼마나 거세게 일어나 소리치던가! 바람이 다뉴브 강의 속도를 줄이려고 흐름을 거슬러 불어올 때면 또 얼마나 가소로이 웃어대던가! 우리는 다뉴브 강의 소리와 목소리를 전부 알고 있었다. 구르기와 거품 내기 그리고 교각에 대고 쓸데없이 물보라 튀기기, 앞에 경치 좋은 산이라도 보이면 수줍게 재잘거리기, 작은 마을들을 지나갈 때마다 짐짓 위엄 있는 척하며 너무 진지한 분위기라 웃어넘기기 어려운 연설하기, 속도가 느려진 굴곡부에서 짱짱한 햇빛 아래 증기가 피어오를 때까지 으레 나지막이 지절대는 감미로운 속삭임.

거대한 세상이 알아주기 전, 다뉴브 강의 유년 시절은 장난으로 가득했다. 다뉴브 강의 운명을 알려줄 첫 속삭임이 아직 들려오기 전, 슈바벤 숲 속 고지대에 수원이 있었다. 이곳에서 다뉴브 강은 땅의 구멍들 속으로 사라졌다가 다공질(多孔質)의 석회암 언덕 맞은편에서 다시 나타나, 다른 이름으로 새로운 강이 되어 흐르기 시작했다. 원래의 강바닥에는 물을 거의 남겨놓지 않는 바람에 우리는 걸어서 카누를 밀며 수 킬로미터의 여울을 지나야 했다.

돌아갈 수 없는 이 유년 시절에서 가장 큰 즐거움은, 알프스의 난폭한 지류가 흘러들기 직전에 브러 폭스[43]처럼 낮게 웅크리고 있다가, 지류가 도착했을 때 모른 척 외면해 버린 것이었다. 결국 다뉴브 강과 알프스의 지류는 나란히 수 킬로미터를 줄달음치면서 뚜렷한 경계선을 만들고 수위까지 달랐지만, 다뉴브 강은 끝끝내 이 신참을 받아주지 않았다. 그러나 파사우 아래서 다뉴브 강은 특유의 장난질을 그만두었다. 왜냐하면 인 강(Inn 江)이 무시할 수 없는 엄청난 힘으로 밀고 들어오는 바람에 길고 구불구불한 협곡 사이를 통과하기가 어려워졌기 때문이다. 이때 다뉴브 강은 억지로 물길을 헤치고 절벽에 이리저리 부딪쳐가며 시간을 맞추려고 분투를 벌였다. 이 분투 과정에서 우리의 카누는 다뉴브 강의 어깨에서 가슴으로 미끄러져 내려갔고 격랑 속에서 흔들려야 했다. 그러나 인 강이 이 나이 든 다뉴브 강에게 교훈을 일깨워주었으니, 파사우 이후로는 다뉴브 강도 더는 다른 강들을 무시하지 않게 되었다.

이것은 물론, 아주 오래전의 일이다. 우리가 이 거대한 생물체의 또 다른 일면을 알게 된 이후, 그리고 바이에른 주의 슈트라우빙 밀밭을 가로지른 이후, 다뉴브 강은 이글거리는 6월의 태양 아래서 아주 느리게 흘러서 우리는 수면에서 몇 센티미터 정도만 물이고, 그 아래에는 비단 휘장에 가려진 언딘(물의 요정)의 대군이 들키지 않으려고 조용히 숨어서, 바다를 향해 아주 느긋하게 행군 중이라는 상상의 나래를 폈다.

다뉴브 강이 강기슭의 새와 짐승에게 다정히 대해 주었기에 우리가 용서한 부분도 많았다. 한적한 둑에서 키 작은 검정 말뚝처럼 줄지어 서 있는 가마우지, 자갈 바닥에 모여든 회색 까마귀, 섬들 사이 열려 있는 얕은 물에 서서 고기를 잡는 황새 그리고 창공에서 날개를 번뜩이며 노래하거나 야살스레 울어대는 온갖 습지 새와 매와 백조……. 해 질 녘에 첨벙거리며 물속으로 뛰어든 사슴 한 마리가 재빨리 카누의 뱃머리를 헤엄쳐 지나가는 모습을 본 다음에는 다뉴브 강이 아무리 변덕을 부려도 짜증을 낼 수 없었다. 그리고 우리가 전속력으로 굴곡을 돌아 다뉴브 강의 다른 지역으로 들어서는 동안 종종 새끼 사슴이 덤불 속에서 우리를 훔쳐보거나, 어미 사슴의 갈색 눈이 빤히 쳐다볼 때도 있었다. 둑 곳곳에서 유목 사이를 우아하게 지나다가 순식간에 사라져버리는 여우들도 있었는데, 그 감쪽같은 출몰의 비밀은 우리로선 아무래도 알아내기 불가능했다.

그러나 프레스부르크를 떠나온 지금, 모든 것이 조금 변했고, 다뉴브 강은 더욱 심각해졌다. 장난질을 멈추었다. 흑해까지 절반을 달려왔고, 멀리 보일 듯 말 듯한 더욱 낯선 지역들은 다뉴브 강의 장난을 용인하지도 이해하지도 않을 터였다. 다뉴브 강은 갑자기 어른이 되어서, 우리의 존경은 물론 경외심까지 요구했다. 게다가 갑자기 세 개의 팔을 펼쳐 보였는데, 세 개의 팔은 100킬로미터는 족히 가야 하나로 합쳐질 텐데도 어느 쪽 팔을 따라 가야 할지 우리에게 아무런 표시조차 남겨주지 않았다.

"샛길을 택한다면," 식량을 사기 위해 프레스부르크 상점에 들렀을 때 만났던 헝가리 장교가 이렇게 말했더랬다. "강물의 수위가 갑자기 낮아지고 반경 65킬로미터 안에 당신들 단둘이만 남게 될 거요. 굶어 죽기 십상이죠. 사람도 농장도 어부도 없으니까요. 그쪽으로 계속 가지

마시오. 강물은 여전히 불고 바람은 더 거세집니다."

강물이 불어나는 건 우리에게 전혀 문제 될 것이 없었으나, 수위가 갑자기 낮아진 지역에서 철저히 고립된다는 건 심각한 문제였기에 식량을 더 많이 준비했다. 헝가리 장교의 예언은 대부분 사실로 입증되었다. 청명한 날씨에도 바람이 점점 더 거세지더니 나중에는 서쪽에서 불어오는 돌풍의 위력까지 더해졌다.

해가 지기까지 아직 한두 시간은 더 남아서 야영을 하기엔 이른 데다, 친구는 여전히 뜨거운 모래밭에서 잠들어 있는지라, 나는 우리의 숙박지를 대충 훑어볼 겸 이리저리 거닐었다. 알고 보니, 이 섬은 4000제곱미터도 채 되지 않는 크기였고, 강물의 수위보다 50센티미터 정도 높은 모래섬에 불과했다. 해가 저물어가는 섬의 끝자락에서는 거센 바람이 파도의 꼭대기에서 잡아챈 물보라를 허공에 마구 뿌려대고 있었다. 섬의 모양은 삼각형, 꼭짓점마다 파도가 거셌다.

내가 그곳에 몇 분간 서서 지켜보는 동안, 함성과 파고를 일으키는 맹렬한 심홍색 물살이 모래톱을 통째로 쓸어 갈 듯 달려들었다가, 양쪽에 물거품을 만들며 소용돌이쳤다. 강물의 충격과 돌진에 모래톱이 흔들리는 것 같았고, 사나운 바람에 마구 흔들리는 버드나무 숲은 마치 모래섬이 실제로 움직이는 듯한 착각을 일으켰다. 3킬로미터쯤 상류에서 거대한 강물이 나를 덮칠 듯 쇄도하는 것이 보였다. 강물이 산의 경사진 활주로를 따라 흰 포말을 일으키며 올라갔다가, 어디든 가리지 않고 심지어 해에도 닿을 듯이 도약하는 것 같았다.

섬의 나머지는 버드나무가 아주 빽빽하게 자라 있어서 유쾌한 산책로는 아니었으나, 그래도 나는 계속 거닐었다. 물론 해가 지면서 햇빛에 변화가 생겼고, 강물은 어둡고 성나 보였다. 보이는 것이라고는 포

말을 수놓고서 날뛰는 파도의 뒷모습뿐, 그 파도마저 뒤에서 강하게 불어오는 강풍에 쫓겨 억지로 떠밀려 가고 있었다. 가까운 거리에서만 눈에 보이는 강물이 섬 사이를 넘나들다가 거센 물살을 일으키며 버드나무 수풀 속으로 사라졌고, 버드나무 수풀의 모습은 마치 대홍수 이전의 거대한 생명체들이 물을 마시러 모여 있는 것 같았다. 거대한 스펀지처럼 강물을 힘껏 빨아들이며 자라는 것 같았고, 그래서 강물이 버드나무 숲에서 갑자기 사라지는 효과를 냈다. 아무튼 버드나무는 엄청난 수를 과시하며 거기 모여 있었다.

버드나무의 철저한 고독감, 그리고 그것들이 암시하는 기괴함이 어우러져 인상 깊은 장면을 연출했다. 내가 한참 그 기묘한 풍광을 지켜보고 있는 동안, 내 마음속 깊은 곳 어딘가에서 독특한 감정이 꿈틀거리기 시작했다. 야생의 아름다움을 지켜보는 즐거움 이면에 뭐랄까, 초대받지 않았다는 느낌과 설명할 수 없는, 공포에 가까운 묘한 불안감이 슬그머니 도사리고 있었다.

불어나는 강물은, 어쩌면, 언제나 불길한 뭔가를 암시하는지 모르겠다. 내가 본 작은 모래섬 상당수는 내일 아침이면 강물에 휩쓸려 사라질 터였다. 막을 길 없는, 파죽지세로 범람하는 강물은 경외감을 일으켰다. 하지만 나는 경외감과 경이감보다 더 깊숙한 곳에 자리 잡은 불편함을 알아채고 있었다. 아니 정확히 내가 느낀 감정은 그게 아니었다. 노호한 싹쓸바람은 몇 제곱미터 면적의 버드나무 숲을 가뜬하게 뽑아내 시시한 쓰레기인 양 허공에 흩뿌릴 기세였지만, 내 감정은 이 거센 바람과는 직접적인 관련이 없었다. 평지 어디에도 바람을 막아설 만한 돌출물이 없었기에 바람은 그저 혼자 즐기고 있었다. 그리고 나는 즐거운 흥분 속에서 거대한 게임을 벌이고 있는 듯한 바람의 기분을 공유하고 있었다. 그러니 이 새로운 감정은 바람과 아무 상관이 없었다. 내 감정은 무한한 자연의 힘 앞에서 우리가 얼마나 하찮은 존재인가 하는 깨달음과 어느 정도 관련이 있긴 했으나, 실상은, 너무도 애매해서 그 근원을 알 수 없었고, 그렇다 보니 해결책도 찾을 수 없었다. 크게 불어난 강물과도 관련이 있었다. 하루하루 낮과 밤의 매순간을 무력하게 의지해 온 이 거대한 자연을 우리는 너무 만만히 보고 가벼이 장난을 쳐온 것은 아닐까, 그런 막연하고 언짢은 기분이 들었다. 강물은 이곳에서도 거대하게 뛰놀았고, 그 광경이 내 상상력에 영향을 미쳤던 것이다.

그러나 내가 이해하는 한, 이 감정은 특히 버드나무 숲과 관련이 있었다. 시선이 닿는 곳까지 끝없이 펼쳐져 있고, 강물을 짓누를 듯 동서남북 하늘 아래 수 킬로미터까지 너무도 빽빽한 군락을 이루고서, 보고, 기다리고, 듣고 있는 이 버드나무와 관련이 있었다. 게다가, 자연의 일부라는 것과는 별개로, 이 버드나무 자체가 미묘하게 불안감을 야기했고, 그 엄청난 수로 교묘히 내 마음을 공격했으며, 새롭고도 강렬한, 그러나 우리에겐 결코 우호적이지 않은 상상을 연달아 떠올리게 획책했다.

자연이 주는 거대한 계시는, 물론 이런저런 방식으로 반드시 인상을 주기 마련이라, 나 또한 그런 분위기에 처음 젖어본 건 아니었다. 산맥은 위압적이고 바다는 무서운 반면, 거대한 숲의 신비는 그 자체로 독특한 마력을 발휘한다. 그러나 이 모든 것은, 어떤 식으로든, 인간의 삶과 경험에 밀접한 관련을 맺고 있다. 설령 불안한 감정을 야기한다 해도 우리를 이해시킨다. 그리고 전반적으로 사람의 마음을 고양시킨다.

그런데, 이 버드나무 군집은 뭔가 달라도 많이 다르다. 이게 내 느낌이었다. 그것들이 발산하는 본질의 일부는 내 마음을 옥죄었다. 진정,

그것은 경외감을 일으켰으나, 이 감정에는 어딘지 막연한 공포의 기운이 많이 서려 있었다. 주변 어디서나, 짙어지는 그림자와 더불어 점점 어두워지는 이 밀집한 버드나무들은 약한 바람에도 격하게 흔들리면서, 내 안에 기이하고 언짢은 암시를 일깨웠다. 요컨대, 우리가 외계의 경계를 침범했다는 암시, 우리가 침입자가 되는 세계, 우리가 불청객으로 남아야 하는 세계, 우리가 엄청난 위험을 감수하고 함부로 들어온 세계!

낱낱이 분석되기를 거부한 이 감정은, 그래도 당시에는 위협감으로까지는 발전하지 않았다. 그러나 쉬이 떨쳐지지 않았고, 심지어 텐트를 세우고 요리를 위해 모닥불을 피우는 등 아주 현실적인 일을 하는 동안에도 내 마음속 어딘가를 맴돌았다. 이 감정은 성가시고 어리둥절한 정도로만, 픽 매력적인 야영지의 즐거움을 대부분 박탈해 버릴 정도로만 머물러 있었다. 그러나 내가 친구에게 아무 내색도 하지 않은 이유는, 그 친구에겐 상상력이 없다고 생각해서였다. 첫째는 어떻게 설명해야 할지 몰랐고, 둘째는 내가 그런 말을 했다가는 그 친구가 하찮게 웃어넘길 것이기 때문이었다.

모래섬 한복판에 움푹 들어간 곳이 있어서 거기에 텐트를 세웠다. 사방을 둘러싼 버드나무가 조금은 바람을 막아주기도 했다.

"조잡한 텐트로구나." 텐트를 간신히 똑바로 세우고 나서 스웨덴인 친구가 태평하게 말했다. "돌도 없고 쓸 만한 땔감도 없네. 내일 아침 일찍 떠나자……. 알았지? 이 모래밭이 제대로 지탱할 수 있는 건 하나도 없어."

그러나 자정에 텐트가 무너지는 경험을 통해서 이런저런 요령을 터득했고, 그 결과 아늑한 집시 텐트를 최대한 안전하게 세울 수 있었다.

잠이 들 때까지 모닥불이 꺼지지 않도록 땔감도 충분히 준비해 두기로 했다. 떨어진 버드나무 가지가 없으니 유목이 유일한 땔감이었다. 우리는 땔감을 찾기 위해 모래섬 기슭을 샅샅이 뒤졌다. 모래톱 곳곳이 높아지는 강물에 침식당해 부서지고 떨어져 물보라와 꽐꽐 소리에 묻혀 떠내려갔다.

"우리가 상륙했을 때보다 섬이 훨씬 더 작아졌어." 빈틈없는 친구가 말했다. "이런 속도면 오래가지 못할 거야. 카누를 텐트 가까이 끌어다 놓고 여차하면 출발하는 게 좋겠어. 나는 옷을 입은 채로 잘 거야."

그는 나와 조금 거리를 두고, 모래 둑을 따라 올라갔는데, 그가 말을 하면서 웃는 소리가 퍽 유쾌하게 들려왔다.

"어이쿠!" 잠시 후에 그가 소리치기에 무슨 일인가 돌아보았다. 그러나 그는 그 순간 버드나무에 가려 보이지 않았다.

"이게 대체 뭐야?" 그가 또 외치는 소리, 이번에는 목소리가 심상치 않았다.

나는 재빨리 친구한테 달려갔다. 그가 강을 보면서 물속에 있는 뭔가를 가리켰다.

"어, 사람 시체잖아!" 그가 놀라서 소리쳤다. "봐!"

검은 물체가 거품이 이는 파도 속에서, 급류에 휩쓸려 계속 뒤집히고 있었다. 물속으로 사라졌다가 다시 수면으로 나타나기를 반복했다. 뭍에서 6미터 정도 거리, 우리 바로 맞은편에서 빙그르르 기우뚱하면서 곧장 우리를 향해 다가오는 것 같았다. 우리는 햇빛에 반사되는 그것의 눈알을 보았고, 몸이 뒤집힐 때 묘하게 누런색으로 반짝이는 것을 보았다. 그런데 곧 그것이 물속에 쑥 가라앉는가 싶더니 순식간에 우리의 시야에서 사라져버렸다.

"수달이야!" 우리는 거의 동시에 소리치고는 껄껄 웃었다.

그것은 사냥을 나온, 살아 있는 수달이었다. 그러나 한편으로는 급류에 이리저리 힘없이 뒤집히는 사람의 익사체를 꼭 빼닮았다. 멀리서 그것이 깊은 물속에서 수면으로 다시 한 번 나왔을 때, 우리는 그 검은 피부가 물에 젖어 햇빛에 반짝이는 것을 보았다.

우리가 각자 유목을 한 아름씩 안고 텐트로 막 돌아왔을 때, 또 다른 일이 곧바로 우리를 다시 강가로 이끌었다. 이번에는 진짜 사람, 그것도 보트에 타고 있는 사람이었다. 시기상으로 다뉴브 강에서 작은 배를 보는 건 아주 드문 일인 데다, 이렇게 황량한 지역에서, 그것도 홍수기에, 배를 보다니 일대 사건이라고 할 만큼 뜻밖이었다.

사위어가는 햇빛 때문이었는지, 아니면 불가사의하게 빛나던 강물의 굴절 때문이었는지는 알 수 없으나, 그 이유야 어찌 됐든 간에, 그 질주하는 배에 시선의 초점을 맞추기가 녹록지 않았다. 그렇긴 해도, 뭐랄까, 한 남자가 바닥이 편평한 배에 똑바로 서서 긴 노를 저으며, 엄청난 속도로 반대편 강기슭을 따라 떠내려가고 있는 것 같았다. 남자가 우리 쪽을 똑바로 쳐다보고 있는 듯했으나, 거리가 너무 멀고 햇빛이 약해서 그가 무엇을 하려는 것인지 정확히 알 수는 없었다. 내가 보기엔 남자가 우리를 향해 손짓하면서 신호를 보내는 것 같았다. 우리를 향해 뭐라고 고함치고 있었으나, 바람이 그 소리를 집어삼켜버려서 한마디도 알아들을 수 없었다. 전체적으로 ─ 남자, 배, 신호, 목소리까지 전부 ─ 나로서는 도저히 이해할 수 없는, 기묘한 느낌이 들었다.

"십자가를 긋고 있어!" 내가 소리쳤다. "봐, 십자가를 긋고 있잖아!"

"그러게." 스웨덴 친구가 한 손을 눈 위에 대고, 시야에서 사라져가는 남자를 보았다. 남자는 순식간에 사라져버린 것 같았다. 버드나무 숲이 햇빛을 받아 거대하고 아름다운 심홍색 벽처럼 늘어서 있는 강의 만곡 지점에서 마치 버드나무의 망망대해 속으로 녹아든 것처럼 말이다. 안개까지 교란작전을 펴기 시작한 터라, 대기가 흐릿해졌다.

"그런데 저 사람은 불어나는 강물에서 해 떨어지는 시간에 대체 뭘 하고 있는 거지?" 나는 혼잣말처럼 말했다. "이 시간에 어디를 가려는 거고, 또 그 신호와 고함은 무슨 뜻이지? 우리한테 뭔가 경고를 하려는 거 같지 않아?"

"모닥불 연기를 보고 우리가 요정인 줄 알았나 보네." 친구가 웃었다. "여기 헝가리인들은 별의별 미신을 다 믿거든. 왜 있잖아, 프레스부르크의 가겟집 여자가 이곳은 인간이 아닌 다른 존재들의 영역이니까 발을 들여놓아선 안 된다고 우리한테 경고를 했잖아! 이 사람들은 요정과 정령 같은 걸 믿나 봐. 악마도 믿을지 모르지. 아까 배를 타고 간 그 농부는 평생 이쪽 섬에서 사람을 처음 봤을 거야." 그가 잠깐 뜸을 들이다가 이렇게 덧붙였다. "그래서 겁이 났을 거야. 그게 다야."

스웨덴 친구의 목소리엔 왠지 확신이 없었고, 행동거지에도 여느 때와 달리 뭔가가 빠져 있었다. 정확히 꼭 집어서 말할 순 없어도, 그 친구가 말하는 동안 나는 금세 그 변화를 알아챘다.

"이 사람들이 풍부한 상상력을 가졌다면," 나는 크게 웃었다. 지금 생각해 보면 당시에 되도록 아주 시끄럽게 말하려고 애썼던 것 같다. "이런 곳에 태고의 신들이 살고 있다고 생각할걸. 로마인들이 이 지역 전체에 성소니 성스러운 숲이니 정령이니 퍼뜨려놨을 테니까."

화제가 바닥나자 우리는 요리 중인 냄비를 살피러 텐트로 발길을 돌렸다. 내 친구는 워낙 상상적인 대화를 즐기지 않았기 때문이다. 게다가 나는 그때만큼은 그가 상상력이 풍부하지 않아서 다행이라고 생각했다. 친구의 무디고 현실적인 성격이 갑자기 고맙고 위안이 되었다. 칭찬해 줄 만한 성격이라고 생각했다. 그 친구는 북아메리카 원주민 못지않게 급류를 잘 헤쳐 나갔고, 내가 본 그 어떤 백인보다도 위험한 교각과 소용돌이 사이를 잘 통과했다. 모험 여행을 하거나, 성가신 일이 생겼을 때 굳건한 버팀목 역할을 해주는 정말이지 든든한 친구였다. 유목 한 아름을 안고(내가 안은 것보다 두 배나 많은!) 뒤뚱뒤뚱 걸어가는 친구의 강인한 얼굴과 살짝 곱슬곱슬한 머리칼을 바라보면서, 나는 안도감을 느꼈다. 그랬다. 그때만큼은 있는 그대로의 이 스웨덴 친구가, 다른 사람들과 달리 불필요한 암시나 말을 결코 하지 않는 그 친구가 좋았다.

"그런데 강물이 계속 불고 있네." 친구가 무슨 생각 끝에 하는 말처럼 툭 내뱉고는, 숨을 몰아쉬며 유목을 내려놓았다. "이런 추세라면 이 모래섬은 이틀 안에 물에 잠길 거야."

"바람이나 좀 잠잠해지면 좋겠다." 내가 말했다. "강물은 신경 안 써."

홍수, 맹세코, 두렵지 않았다. 여차하면 10분 안에 떠날 수 있었고, 강물이 넘칠수록 좋았다. 강물이 분다는 건 물살이 빨라진다는 의미였고 종종 카누의 밑바닥을 찢어낼 듯 도사리고 있는 자갈 바닥을 걱정하지 않아도 된다는 의미였으니까.

우리의 기대와는 반대로, 바람은 해가 져도 누그러지지 않았다. 오히려 어둠과 함께 더욱 거세져서, 우리의 머리 위에서 울부짖었고 주변의 버드나무 숲을 지푸라기처럼 흔들어댔다. 때때로 바람에 실려 중포의 포성 같은 소리가 들려왔고, 바람은 강물과 모래섬을 엄청난 괴력으로 후려치곤 했다. 싫어도 들을 수밖에 없는 그 소리들은, 마치 어느 행성이 우주 공간을 유영하며 내는 소리 같았다.

그러나 하늘은 구름 한 점 없이 깨끗했고, 저녁을 먹고 나자 곧 동쪽에서 떠오른 보름달이 강물과 울부짖는 버드나무 평원을 대낮처럼 밝게 비추었다.

우리는 모닥불 주변 모래밭에 누워서, 담배를 피우며 우리를 둘러싼 밤의 소음에 귀를 기울였고, 지나온 여정과 앞으로의 계획에 대해 즐거이 얘기를 나누었다. 텐트 안에 지도를 펼쳐놓았으나 거센 바람 때문에 제대로 볼 수가 없어서, 우리는 곧 텐트의 입구를 닫고 랜턴을 껐다. 모닥불만으로도 충분히 서로의 얼굴을 볼 수 있었고, 불똥이 튀어 머리 위로 날아오를 때는 불꽃놀이 같았다. 불과 몇 미터 거리에서, 강물이 콸콸거리며 쉿소리를 냈고, 이따금씩 멀리 기슭에서 묵직한 물보라 소리가 들려왔다.

우리가 슈바르츠발트 숲에서 첫 야영을 했던 때의 머나먼 풍광과 사건들, 혹은 현재의 상황과는 동떨어진 화제만 입에 올리며 지나칠 정도로 현재에 대해서는—마치 지금 모래섬의 야영과 사건들에 대해선 입에 올리지 않기로 암묵적인 약속이라도 한 것처럼—말을 삼가고 있다는 걸 나는 알아챘다. 평소였으면 밤 시간 내내 화젯거리로 등장했을 일들, 이를테면 수달이나 보트를 저어 간 남자에 대해서도 우리는 입도 뻥긋하지 않았다. 그런 일들은 이런 장소에서는, 물론, 인상 깊은 사건이었는데도 말이다.

땔감이 부족하다 보니 불을 꺼뜨리지 않는 게 큰일이 되었다. 아무리 위치를 바꿔서 앉아도 바람 때문에 연기가 얼굴로 날아왔고 번번이 연기를 마셨다. 우리는 어둠 속에서 교대로 땔감 징발에 나섰는데, 스웨덴 친구는 매번 가져오는 양에 비해서 턱없이 오래 있다가 돌아오는 것 같았다. 솔직히 혼자 남아 있는 건 아무렇지 않았지만, 매번 친구는 대충이고 나만 열심히 달빛에 의지해 덤불을 뒤지고 미끄러운 강기슭을 오르내리는 기분이 들었다. 바람과 물을 상대로 — 게다가 그게 보통 바람이고 보통 강물이던가! — 싸워야 했던 기나긴 하루, 우리 둘 다 지칠 대로 지친 터라 으레 일찍 잠자리에 들 상황이었다. 그런데도 우리는 텐트로 들어가지 않았다. 그냥 거기 누워서 모닥불을 살피기도 하고, 생각나는 대로 얘기를 주거니 받거니 하면서 빽빽한 버드나무 숲을 힐끔힐끔 보거나, 바람과 강의 거센 소리에 귀를 기울였다. 고독감이 뼛속까지 사무쳐서, 침묵이 자연스러워서, 우리의 목소리는 비현실적이고 억지스러웠다. 속삭임이 그나마 합당한 대화의 방법 같았다. 자연의 포효 속에서 인간의 목소리는 언제나 생뚱맞게 들리는 법인데, 그때는 거의 죄를 짓는 느낌마저 들었다. 교회에서 큰 소리로 얘기를 하는 것처럼, 또는 소리를 내는 것이 불법이고, 어쩌면 안전하지도 않은 장소에서 그러는 것처럼.

무수한 버드나무 수풀 한복판, 강풍에 휩쓸린, 깊고 빠른 물에 포위된 이 고즈넉한 섬의 스산함, 우리 둘 다 그 영향을 받았던 것 같다. 인간의 발길이 닿은 적 없는, 아예 인간 세상에 알려지지도 않은 이 섬은 달 아래, 인간의 영향력에서 멀리 벗어나, 또 다른 세계, 요컨대 버드나무와 그 영혼만이 거주하는 외계의 변경처럼 동그마니 놓여 있었다. 그런데 우리가 경솔하게도 이 세계에 침입해 이용까지 하고 있다니! 모래밭에 누워서, 버드나무 사이로 별을 올려다보는 동안, 불가사의한 힘 이상의 뭔가가 내 마음을 흔들어댔다. 나는 마지막 땔감을 구하러 일어섰다.

"이게 다 타버리기 전에," 내가 단호하게 말했다. "내가 땔감을 구해올게."

친구는 주위의 어둠 속으로 걸어가는 나를 께느른하게 쳐다보았다.

상상력이 없는 친구가 오늘 밤은 유난히 예민한 데다, 자신의 경험보다도 사물의 암시를 더 쉽게 받아들이는 것 같았다. 그 친구 또한 이곳의 아름다움과 고독에 감화된 것이었다. 지금 생각해 보면 나는 친구의 그런 작은 변화가 무조건 기쁘지만은 않았고, 곧바로 땔감을 찾아다니는 대신에 평원과 강에 비치는 달빛을 더 잘 볼 수 있는 섬의 끝 지점까지 걸어갔다. 갑자기 혼자 있고 싶다는 생각이 들었다. 얼마 전에 느꼈던 공포감이 되살아났다. 그 공포의 근원과 직면하여 파헤쳐보고 싶다는 막연한 감정이 일었다.

내가 파도 밖으로 돌출해 있는 섬의 끝에 도착했을 때, 이곳의 마력이 강렬한 충격으로 엄습해 왔다. 단순한 '풍경'은 그런 효과를 만들어낼 수 없었다. 이곳엔 그 이상의 뭔가가, 불안을 야기하는 뭔가가 있었다.

나는 거친 강물의 광막한 수면을 응시했다. 속삭이는 버드나무를 지켜보았다. 지치지 않는 바람의 끝없는 채찍질 소리를 들었다. 이 모든 것이 제각각의 방식으로 내 안에서 기묘한 번민의 감정을 일으켰다. 그중에서도 버드나무가 특히 그랬다. 그것들은 끝없이 자기들끼리 재잘재잘 떠들기도 하고, 작은 소리로 웃다가 날카롭게 소리를 지르는가 하면, 때때로 한숨지었다. 하지만 그것들이 그토록 시끄럽게 떠드는 얘기들은 자기들이 사는 이 거대한 평원의 비밀스러운 삶에 관한 것이었다. 내가 아는 세상과는 완전히 다른 세상에 관한 것이었고, 혹은 야성적이면서도 친근한 정령들에 관한 것이었다. 나로 하여금 삶의 다른 국면에서 온 존재들에 대해, 또 전혀 다른 진화에 대해, 그리고 자기들만 아는 미스터리에 대해 생각하고 궁리하게 만들었다. 나는 그것들이 부산스레 한데 움직이는 것을, 크고 북슬북슬한 머리를 흔드는 것을, 바람이 불지 않을 때조차 무수한 잎을 비틀어대는 것을 보았다. 그것들은 살아 있는 생물처럼 자신의 의지에 따라 움직였고, 이해할 수 없는 방식으로 내게서 예리한 공포의 감정을 유발했다.

버드나무는 그렇게 달빛 아래 서서, 우리의 텐트를 에워싼 대군처럼 언제든 공격할 태세로, 셀 수 없이 많은 은빛 창을 야무지게 흔들어대고 있었다.

최소한의 상상력만 있어도 이곳의 심리를 아주 생생하게 느낄 수 있을 터였다. 특히 방랑자는 야영지에서 자신이 환영을 받는지 거부를 당하는지 그 '분위기'를 알기 마련이다. 텐트를 치고 끼니를 준비하느라 바빠서 처음에 그 분위기를 분명하게 감지하지 못할 때도 있으나, 한숨 돌리고 나면, 대개는 저녁을 먹고 난 후에는 분위기가 저절로 분명한 의사를 표명한다. 그러고 보면 이 버드나무 야영지의 분위기는 내게 명확히 전달된 셈이었다. '우리는 훼방꾼이고 침입자다. 우리는 환영받지 못한다.' 거기 서서 지켜보는 내내 거북한 느낌이 점점 더 강해졌다. 우리의 출현에 분개하는 지역의 경계를 우리는 이미 넘어선 것이었다. 하룻밤만 묵는 것이라면 혹시 용서받을지도 몰랐다. 호기심 때문에 더 머물겠다고만 하지 않는다면……. 아니! 나무와 야성의 신들을 다 걸어서 맹세컨대 아니올시다! 우리는 이 섬에 발을 들여놓은 최초의 인간이었고, 불청객이었다. 버드나무들은 우리에게 적대적이었다.

그렇게 서서 귀를 기울이고 있는 동안, 근원을 알 수 없는 기괴한 환상과 이상한 생각이 마음 한편에 자리를 잡았다. 결국 내가 생각한 것은, 이 웅크린 버드나무들이 살아 있구나, 이거였다. 우리에게 침범당한 이 땅의 신들이 명령하여, 언제든지 득시글대는 생물 떼처럼 벌떡 일어나, 밤의 상공을 우르르 흔들며 우리를 짓밟고 이 거대한 습지를 유린해 버린다면……. 그렇게 지켜보고 있자니, 그것들이 진짜 움직이고 있다는, 가까이 다가왔다가, 살짝 물러서고, 엎치락뒤치락 서로 뒤엉켜서는, 잔뜩 적의를 품고, 바람을 기다려 대대적인 기습 공격을 준비하고 있다는, 생각이 절로 들었다. 맹세컨대 그것들의 모습에도 조금 변화가 생겨서, 밀도가 더욱 촘촘해졌고 서로 더욱 밀착하고 있었다.

밤새의 음울하고 날카로운 울음소리가 허공에 울려 퍼지는 순간, 나는 균형을 잃고 하마터면 커다란 물보라와 함께 강물로 떨어져, 휩쓸려 갈 뻔했다. 다행히 간발의 차로 뒷걸음질 쳐 위기를 모면했고, 한동안 마음을 사로잡고 주술을 걸었던 그 기이한 환상을 어느 정도 웃어넘기면서, 다시 장작을 구하러 나섰다. 문득 떠오르는, 다음 날 아침 떠나자던 스웨덴 친구의 말, 그 말이 전적으로 옳다고 생각하다가, 그만 깜짝 놀라 돌아섰더니, 바로 그 친구가 내 앞에 서 있었다. 그는 인기척도 없이 다가와 있었다. 자연의 소음들이 그의 발소리를 뒤덮어버렸던 것이다.

II

"한참이 지나도 네가 안 와서," 그가 바람 소리보다 더 크게 소리쳤다. "무슨 일이라도 생긴 줄 알았잖아."

그러나 그의 말투와 표정에 그가 한 평범한 말 이상의 뭔가가 분명히 드러나 있었고, 대번에 나는 그가 나를 찾아 나선 진짜 이유를 알아챘다. 이곳의 마력이 그의 영혼에도 영향을 미쳐서, 그래서 혼자 있기 싫었던 것이다.

"강물이 아직도 불고 있어." 그가 소리치면서, 달빛이 비치는 강물을 가리켰다. "게다가 바람은 더 사나워졌고."

그는 늘 그런 식으로 말했지만, 그 말의 진짜 의미는 친구와 함께 있고 싶다는 절규였다.

"다행이야." 나도 큰 소리로 대꾸했다. "텐트를 분지에 세웠으니까. 끄떡없을 거야." 그리고 시간을 오래 끈 변명을 하기 위해 땔감을 구하기 어려웠다는 식의 얘기를 덧붙였다. 그러나 바람이 내 목소리를 낚아채 강물 위로 던져버려서, 친구는 내 말을 알아듣지 못했으면서도 버드나무 사이로 나를 향해 고개를 끄덕였다.

"아무 일 없이 무사히 여기를 빠져나간다면 다행이지!" 그가 소리쳤다. 아니면 일부러 소리치듯 말한 것 같았다. 나도 똑같은 생각을 하고 있던 터라, 그걸 구태여 말로 표현한 친구에게 분노 같은 걸 느꼈다. 당장이라도 무슨 일이 벌어질 것 같은 예감 때문에 기분이 좋지 않았다.

우리는 모닥불 있는 곳으로 돌아와 발로 부지깽이처럼 이리저리 헤쳐서 마지막 불길을 살렸다. 마지막으로 주변을 돌아보았다. 바람이 불지 않았다면 후텁지근해서 불쾌했을 것이다. 내가 그렇게 말하자, 친구는 뜻밖의 반응을 보였던 것으로 기억한다. 그러니까 그 친구의 대답은 이 '악귀 같은 바람'보다는 7월의 무더위가 더 낫다는 것이었다.

아늑한 밤을 보내기 위한 준비는 모두 끝났다. 텐트 옆에 카누를 뒤집어놓고, 그 안에 노 두 개를 넣어두었다. 식량 배낭은 버드나무 대에 매달아놓았고 설거지한 식기들은 모닥불에서 약간 떨어진 곳에 안전하게 치워두었으며 아침 준비까지 끝내놓은 상태였다.

우리는 모래로 불씨를 덮은 뒤, 텐트로 들어갔다. 나는 텐트 입구의 드리개를 걷어 올려놓고, 버드나무 가지와 별과 흰 달빛을 내다보았다.

졸음이 쏟아져 모든 것을 유쾌하고 아스라한 망각으로 뒤덮기 전까지, 흔들리던 버드나무와 우리의 말끔하고 아담한 집을 묵직하게 후려치던 바람이 내가 기억하는 것이었다.

갑자기 눈을 떴을 때, 나는 모래 매트리스에 누운 채로 텐트의 입구를 내다보고 있었다. 텐트에 꽂아둔 손목시계를 환한 달빛에 비춰 보고 12시가 지났음을 — 새로운 하루의 문간에 들어섰음을 — 곧 확인했다. 두 시간 정도 잠을 잔 셈이었다. 스웨덴 친구는 내 옆에서 곤히 잠들어 있었다. 바람은 또바기 거셌다. 뭔가가 내 심장을 잡아챘고 나는 무서웠다. 아주 가까운 곳에서 소동 같은 것이 일고 있었다.

나는 재빨리 몸을 일으키고 밖을 예의 주시했다. 버드나무들은 돌풍에 맞을 때마다 이리저리 격렬하게 흔들렸지만, 분지 안에 옴폭 들어가 있는 우리의 작은 녹색 텐트는 위쪽으로 지나는 바람과 접촉할 기회가 그리 없으니, 괜스레 저항하다가 바람의 화만 돋우는 일도 없었다. 그런데도 불안감이 가시지 않기에, 장비들은 무사한지 보려고 조용히 텐트 안을 기었다. 친구가 깰까 봐 조심해서 움직였다. 기묘한 흥분감이 나를 덮쳤다.

기어서 텐트 입구까지 거의 다 왔을 때, 제일 먼저 눈길을 사로잡은 것은, 맞은편에서 잎사귀를 흔들면서 하늘을 배경으로 서 있는 버드나무 군집의 우듬지 부분이었다. 나는 앉아서 빤히 쳐다보았다. 도저히 믿기지 않았으나, 그래도 분명히, 맞은편 약간 위쪽에, 버드나무 숲 한가운데, 불분명한 어떤 형체들이 있었다. 버드나무들은 바람에 가지를 흔들면서 이 형체들 주변으로 몰려드는 것 같았고, 그런 식으로 달빛 아래 빠르게 변하는, 일련의 기괴한 윤곽들을 만들어내고 있었다. 대략 15미터의 전방, 그 가까운 거리에서 나는 그 형체들을 보고 있었다.

444

처음엔 본능적으로 친구를 깨워 그것을 보게 하려다가, 왠지 망설여졌다. 불현듯, 친구가 그것을 보고 내 말을 확인해 준다고 해서 기분이 좋아질 것 같지 않았다. 나는 그대로 웅크린 채 놀라움 속에서 눈도 깜박이지 않고 바라보았다. 이미 졸음은 싹 가시고 정신은 말똥말똥했다. 그때 이건 꿈이 아니라고 스스로 다짐했던 기억이 난다.

그 거대한 형체들은 처음부터 썩 잘 보이는 편이었고, 버드나무 우듬지 바로 안쪽에 있었다. 청동색의 거대한 것이, 버드나무들의 흔들림과는 별개로, 움직이고 있었다. 그 형체들을 또렷하게 구별해 낸 다음에는 좀 더 자세히 살피기 시작했는데, 크기는 사람보다 훨씬 더 컸으며 그들의 모습에 있는 뭔가가 사람과는 전혀 다른 존재임을 알려주고 있었다. 분명히 그것들은 달빛을 배경으로 움직이는 버드나무의 일부는 아니었다. 버드나무와는 별개로 움직였다. 땅에서 하늘까지 줄줄이 올라가다가 허공의 어두운 상층부에 닿자마자 감쪽같이 사라져버렸다. 서로 뒤엉키어 거대한 기둥을 만들었고, 엎치락뒤치락 튀어나왔다가 들어갔다 하는 그들의 팔다리와 거대한 몸뚱이가 보였다. 이렇게 만들어진 뱀과 같은 행렬은 바람에 부딪쳐 구부러지고 흔들리며 나선형으로 비틀렸다. 그들은 알몸의 유동체로서 버드나무 바로 위 잎사귀 부분에 걸치듯 있다가 살아 있는 기둥 모양을 이루어 하늘로 솟구치고 있었다. 그들의 얼굴만은 도저히 보이지 않았다. 탁한 청동색의 살갗을 지니고 흔들리는 거대한 곡선 모양으로, 끝없이 위로 쇄도해 올라갔다.

나는 하나도 남김없이 보려고 두 눈을 부릅떴다. 한참을 생각해 보니 그것들이 매순간 사라졌다가 버드나무의 움직임과 뒤섞임으로써 착시 현상을 일으키는 게 분명해 보였다. 착시가 아닌 현실의 증거를 찾아 사방을 둘러보다가, 불현듯 현실의 기준 자체가 달라졌다는 걸 실감했다. 보면 볼수록 그 형체들이 현실이고 살아 있다는 확신이 강해졌다. 물론 카메라와 생물학자가 주장하는 현실의 기준과는 맞지 않겠지만.

나를 사로잡고 있던 경외감과 경이감은 공포와는 전혀 다른, 내 평생 처음 느껴보는 감정이었다. 이 으스스한 원시 지역에 거주하는 정령들의 의인화 과정을 지켜보고 있는 것 같았다. 우리가 침입함으로써 이곳의 정령들을 활동하게 만든 것이었다. 이 소동의 원인은 바로 우리 자신이었고, 내 머릿속은 세계 역사상 시대를 막론하고 인간에 의해 숭배되고 인정되었던 정령과 신에 관한 민담과 전설 들로 가득 찼다. 그러나 내가 그럴듯한 결론에 도달하기도 전에, 뭔가가 좀 더 밖으로 나오라고 충동했고, 나는 모래밭으로 기어 나가 똑바로 일어섰다. 맨발에 와 닿는 모래밭이 아직 따스했다. 바람이 머리칼과 얼굴을 사정 없이 헤집었다. 갑자기 사나워진 강물 소리가 귓전을 때렸다. 이런 것들이 내가 아는 현실이었고, 내 감각이 정상적으로 기능하고 있음을 입증해주었다. 그럼에도 그 형체들은 여전히 땅에서 하늘로, 우아하고 힘차고 거대한 나선형을 이루며 조용히 웅장하게 솟구침으로써 결국은 나를 압도했고, 진정으로 우러나오는 숭배의 감정을 느끼게 만들었다. 그 자리에 엎드리어 경배를, 절대적인 경배를 올려야 한다는 느낌이 들었다.

1분만 더 있었더라면 나는 실제로 그리했을 텐데, 그때 나를 후려친 돌풍이 어찌나 거세던지 비틀거리다 쓰러질 뻔했다. 마치 나를 꿈속에서 호되게 깨우는 것 같았다. 적어도 그때의 돌풍 때문에 보는 시각이 달라졌으니 말이다. 그 형체들은 여전히 밤의 심장을 떠나 하늘로 솟구치고 있었으나, 내 안에서 이성이 저절로 힘을 발휘하기 시작했다. 아마도 그건 주관적인 경험에 불과했을 것이다. 아무리 그것이 현실이라 해도 주관적인 경험이라고, 나는 그렇게 주장하고 있었다. 달빛과 버드나무 가지들이 합세해 상상력의 거울에 그 그림들을 비추었고, 나는 어떤 이유에서인지는 몰라도 그 그림을 거울 밖으로 끄집어냄으로써 그것이 객관적인 대상처럼 보이게 만들었다고 말이다. 그래야 말이 된다는 걸, 나는 알고 있었다. 나는 용기를 내어 텅 빈 모래밭을 가로지르기 시작했다. 천만에, 이게 다 환각이라고? 그저 주관적이라고? 내 이성이 기존의 하찮은 기준을 따라 구태의연하고 헛된 아집을 부리고 있는 건 아닐까?

내가 아는 것이라고는 형체들의 거대한 기둥이 아주 한참 동안을, 그것도 대부분의 사람들이 인정하고 익숙해하는 현실과 똑같은 현실로서 은밀히 하늘로 올라갔다는 것뿐이었다. 그리고 감쪽같이 사라졌다!

그 형체들이 일단 사라지고 나자, 그 존재감이 자아냈던 경이감도 단번에 사라졌고, 그 대신에 싸늘한 급류처럼 공포감이 밀려왔다. 이 적막하고 으스스한 지역에 깃든 신비한 의미가 갑자기 내 안에서 불길처럼 타올라, 나는 오들오들 떨기 시작했다. 재빨리 주위를 둘러보며 — 공황에 가까운 공포의 표정으로 — 부질없이 탈출의 방법을 궁리했다. 그러나 곧 내가 실제로 할 수 있는 일이 없다는 무력감만 실감한 채, 조용히 텐트로 들어가 모래 매트리스에 누웠다. 처음으로 입구의 드리개를 내림으로써 달빛 머금은 버드나무들의 모습을 가려버렸고, 오싹한 바람 소리를 피하기 위해 되도록 담요 깊숙이 머리를 파묻었다.

꿈이 아니라는 확신은 더욱 강해졌고, 내가 기억하기엔 다시 괴롭고 불안한 잠 속으로 빠져들기까지 한참이 걸렸다. 가장 깊은 수면 단계에서도 그 이면에는 사라진 것이 아니라, 경계 태세로 지켜보고 있는 뭔가가 남아 있었다.

두 번째로 잠에서 깼을 때는 진짜로 겁에 질려서 벌떡 일어났다. 나를 깨운 건 바람도 강물도 아니었다. 천천히 다가오는 뭔가가 내 잠의 공간을 야금야금 줄여놓더니 결국에는 싹 없애버렸다. 나는 일어나 앉은 상태로 귀를 기울이고 있었다.

밖에서 후드득후드득, 작지만 무수한 소리가 들려왔다. 오래전부터 그들이 다가오고 있었고, 내가 자고 있는데 그 소리가 처음으로 들려온 것이었다. 나는 자다가 깨어난 사람 같지 않게 말짱한 정신으로 초조히 앉아 있었다. 숨을 쉬기가 힘든 것이, 뭔가 육중한 것이 내 몸을 누르고 있는 것 같았다. 무더운 밤이건만 춥고 오한이 났다. 실제로 뭔가가 텐트 양쪽을 위에서 아래로 누르고 있었다. 바람일까? 빗방울이 후드득, 버들잎을 타고 떨어지는 것일까? 바람이 강에서 실어다 놓은 물방울이 모여 점점 커진 것일까? 나는 이런저런 생각을 떠올렸다.

그때 갑자기 뇌리를 스치는 해답이 있었다. 이 섬에서 거목이라고는 미루나무 한 그루가 전부인데, 바람에 미루나무의 큰 가지 하나가 부러졌을 터이다. 부러진 가지는 아직까지 다른 가지에 매달려 있지만, 다음 돌풍이 불어올 때 우지끈 우리를 향해 떨어질 터이다. 그동안 가지에 달린 잎들이 텐트의 팽팽한 표면을 쓸고 두드리고 있었던 것이다. 나는 텐트 입구의 드리개를 올리고, 스웨덴 친구에게 따라오라고 소리치며 뛰어나갔다.

그러나 밖으로 나와보니, 텐트 주변에는 아무것도 없었다. 늘어진 나뭇가지 따위는 없었다. 빗방울도 물방울도 없었다. 아무것도 다가오고 있지 않았다.

차갑고 희끄무레한 달빛이 버드나무 수풀 사이에 스며들었고 모래밭 위에서 희미하게 반짝였다. 하늘엔 여전히 별이 총총했고, 바람은 엄청나게 울부짖었으나, 모닥불은 이미 꺼진 지 오래였다. 버드나무 사이로 동녘에 붉게 그어져 있는 줄무늬들이 보였다. 거기 서서 솟구치는 형체들을 지켜본 뒤로 몇 시간은 족히 흐른 것 같았고, 다시금 그 기억이 악몽처럼 되살아나 등골이 오싹해졌다. 아, 저놈의 성난 바람이 사람 참 지치게 하누나! 잠 못 이룬 밤의 깊은 피로에도 불구하고, 내 신경들은 역시나 지치지 않는 불안감으로 들썩이고 있었으니 달콤한 휴식일랑 아예 생각도 말아야 했다. 강물은 더 불어 있었다. 거센 물소리가 허공에 가득했고, 미세한 물보라가 얇은 잠옷까지 튀었다.

아무리 둘러봐도 불안을 야기할 만한 그 어떤 것도 눈에 띄지 않았다. 내 마음속의 이 깊고도, 오랜 소동은 완전한 미궁으로 남을 듯했다.

내가 부르는 소리에도 친구는 깨지 않았고, 이제는 깨울 필요도 없었다. 주변을 찬찬히 살펴보았으나 아무것도 없었다. 뒤집어놓은 카누, 노란 노 두 개, 그랬다, 노 두 개가 틀림없이 거기 있었다. 그리고 식량 배낭과 여분의 랜턴도 버드나무 대에 함께 매달려 있었다. 그리고 나를 에워싼 버드나무들, 끊임없이 흔들리는 그 버드나무들도 변함이 없었다. 새 한 마리가 아침의 울음을 토해 냈고, 오리 떼가 여명의 창공을 날아갔다. 주변의 메마른 모래들이 바람에 날려 휘돌다가 맨발에 튀어서 깔끄럽고 따끔거렸다.

텐트를 한 바퀴 돌아본 뒤 버드나무 숲 속으로 조금 들어가보았다. 강 너머 멀리까지 시야가 트여서, 수평선까지 한없이 펼쳐진 버드나무들이 창백한 새벽빛 속에서 유령처럼 비현실적으로 보이는 모습에 그만, 여전히 깊고도 모호한 불안감이 새삼 일었다. 나는 이리저리 거닐며 무수한 후드득 소리, 텐트를 짓누르고 나를 깨웠던 중압감에 대해 골몰했다. 바람이었거니, 그리 생각했다. 바람이 마르고 뜨거운 모래

알갱이들을 텐트에 얄궂게 내던졌겠지, 바람이 허약한 텐트의 지붕을 무겁게 후려쳤겠지…….

그런데도 나의 신경과민과 불안은 계속 깊어지기만 했다.

나는 반대편 기슭까지 갔다가 밤새 강의 윤곽이 얼마나 달라졌는지, 또 모래톱이 얼마나 많이 강물에 유실되었는지 알게 되었다. 손과 발을 차가운 강물에 담그고 이마를 닦았다. 이미 하늘을 수놓고 있던 일출의 빛과 함께 더없이 청명한 하루가 밝아오고 있었다. 형체들의 기둥이 하늘로 솟구쳤던 지점을 일부러 택하여 돌아오는데, 중간쯤에서 돌연 엄청난 공포에 사로잡히고 말았다. 버드나무 그늘에서 커다란 형체 하나가 획 지나갔던 것이다. 누군가가, 혹은 뭔가가 꼭 사람이 그러듯 내 곁을 스쳐…….

나를 계속 걷게 한 것은 그때 불어닥친 엄청난 돌풍이었고, 빈터로 나오자 공포감이 야릇하게도 사라졌다. 바람은 주변에서 계속 맴돌면서 활보하고 있었다. 바람은 종종 나무 아래서 거대한 형체처럼 움직인다고, 나는 스스로 다짐하듯 말했다. 그 공포 말고 또 다른 공포, 요컨대 내가 한 번도 느껴보지 못했던 거대한 미지의 공포라고 할까, 그런 것이 경외감과 경이감을 불러일으킴으로써 공포의 가장 나쁜 효과까지 상쇄하게 만들었다. 게다가 섬의 중간에 있는 둔덕에 도착하여 일출과 함께 심홍색으로 물든 강물을 멀리 바라보노라니, 그 마술적인 아름다움이 너무도 강렬해서 야성의 동경 같은 것을 일깨웠고 그 감격에 겨워 목구멍까지 함성이 차올랐다.

그러나 함성은 입 밖으로 나오지 않았다. 섬을 가로질러 그 너머 평원으로 향해져 있던 내 시선이 버드나무 숲에 반쯤 가려진 우리의 작은 텐트를 발견했기 때문이다. 나는 활보하는 바람의 공포 따위는 아무것도 아닐 정도로 섬뜩한 것을 발견하고 말았다.

그 변화는 아마도 풍경의 배치에서 일어난 것 같았다. 단순히 높은 곳에 있어서 조망이 다르게 보이는 것이 아니라, 텐트에서 버드나무 숲까지, 버드나무 숲에서 텐트까지 분명하게 눈에 띄는 변화였다. 버드나무들은 텐트를 향해 훨씬 더 가까이, 쓸데없이 거북하게 가까이 있었다. 그것들이 가까이 다가온 것이었다.

표사(漂砂)를 소리 없는 발로 기어서, 거의 알아챌 수 없는, 은근하고 느린 속도로, 버드나무들이 밤새 텐트로 다가왔다. 하지만 바람에 떠밀려 움직인 것일까, 아니면 스스로 움직인 것일까? 조그맣게 들려왔던 무수한 후드득 소리 그리고 텐트와 내 심장을 짓눌러 나를 소스라치게 놀라 깨게 했던 중압감이 떠올랐다. 나는 바람 때문에 나무처럼 흔들렸고, 그 모래 둔덕에 똑바로 균형을 잡고 서 있기 어렵다는 걸 알았다. 거기에 누군가의 신중한 의도, 공격적인 적의를 품은 대리자가 있다는 암시, 그것이 나를 겁에 질려서 뻣뻣하게 만들었다.

그에 대한 반작용은 곧바로 일어났다. 너무도 기괴하고 불합리하다는 생각에 웃고 싶었던 것이다. 그러나 함성이 목에 잠겼듯 웃음도 그랬다. 추가적인 공포를 일으키는 위험한 상상에 내 정신이 너무도 민감하게 반응하여 육체가 아닌 정신을 통해서 곧 공격을 받게 되리라는 걸, 아니 이미 공격을 받고 있다는 걸 나도 알고 있기 때문이었다.

바람이 거칠게 불어왔고, 4시가 넘었으니 곧 수평선 위로 해가 떠오를 것 같았다. 버드나무와 가까이 있는 텐트로 돌아가기가 두려워, 나도 모르게 그 모래 둔덕에 오랫동안 서 있었던 것 같다. 나는 조용히 어기적어기적 텐트로 돌아가면서, 지칠 대로 지친 시선으로 제일 먼저, 솔직히 털어놓건대, 거리를 가늠해 보았다. 버드나무와 텐트 사이의 따뜻한 모래밭으로 나왔을 때, 둘 사이의 거리가 아주 가까워진 게 눈에 확 띄었다.

나는 담요 속으로 슬그머니 기어들었다. 얼핏 보기에, 친구는 아직 곤히 잠들어 있어서 다행이다 싶었다. 내가 겪은 일을 정확히 입증하지 못할 바에는, 차라리 좀 쉬고 원기를 회복하여 간밤의 일을 부정하는 게 나을 것 같았다. 날이 밝으면 그 모든 것이 주관적인 환상이었다고, 밤의 환영이고, 들뜬 상상의 투사였다고 나를 설득할 수 있을 터였다.

더는 심란하게 만드는 것이 없었고, 기진맥진한 상태라, 곧바로 잠이 들긴 했으나, 또다시 후드득하는 무수한 괴성을 들을까 봐, 혹은 숨 쉬기 힘들 정도로 내 심장을 짓누르는 중압감을 느낄까 봐 두려웠다.

친구가 깊이 잠든 나를 깨우면서 귀리 죽을 다 만들어놨다고, 목욕하기 딱 좋은 시간이라고 말한 것은 해가 중천에 떴을 때였다. 지글지글 베이컨이 익어가는 고소한 냄새가 텐트 안으로 들어왔다.

"강물이 아직 불고 있어." 친구가 말했다. "그리고 저기 중간에 있던 섬 몇 개는 감쪽같이 사라졌어. 이 섬은 크기가 아주 줄어들었고."

"땔감은 남았어?" 내가 졸린 목소리로 물었다.

"땔감이고 이 섬이고 내일이면 찜통더위 속에서 거덜 날걸." 그가 웃었다. "그래도 내일까지 버틸 정도의 땔감은 있어."

섬은 실제로 크기와 모양이 밤새 많이 변해 있었고, 나는 섬 끝자락에서 강물로 뛰어들었다가, 아차 하는 순간 텐트 맞은편의 상륙 지점까지 휩쓸려 내려갔다. 물이 얼음처럼 차가웠고, 떠내려갈 때는 고속 열차에서 내다보는 풍경처럼 강기슭이 빠르게 스쳐 지나갔다. 그런 상황에서 목욕을 하는 것도 아주 상쾌한 자극이어서, 간밤의 공포도 머릿속의 증발 과정을 거쳐서 말끔하게 씻겨버린 것 같았다. 태양은 폭염을 내뿜고 있었다. 구름 한 점 없었다. 그러나 바람은 조금도 누그러지지 않았다.

불현듯 스웨덴 친구의 말이 뇌리를 스쳤다. 이제는 서둘러 이곳을 떠나지 않겠다고, 생각을 바꾼 듯한 말……. "그래도 내일까지 버틸……." 우리가 이 섬에 하루 더 있어야 한다는 의미 같았다. 이상했다. 하루 전만 해도 그 친구는 정반대의 입장이었다. 왜 생각을 바꾼 걸까?

아침 식사를 하는 동안, 육중한 비말(飛沫)과 무수한 물보라를 일으키며 기슭이 크게 부서졌고, 바람에 실려 온 물방울이 프라이팬으로 튀었다. 그동안에도 친구는 빈에서 페스트를 오가는 증기선이 홍수 때문에 뱃길을 찾기 어려울 거란 얘기를 줄기차게 떠들어댔다. 내 입장에서는 그 친구의 정신 상태가 강의 상태나 증기선의 난관보다도 더 흥미롭고 인상적이었다. 그는 어젯밤 이후 변해 있었다. 행동거지가 어딘지 ― 약간 들떠 있고, 약간 소심해지는 등 ― 달라졌고, 목소리와 표정엔 의심이 도사리고 있었다. 지금에 와서 그 변화를 객관적으로 묘사하기란 어려우나, 당시에 내가 확신했던 딱 한 가지만은 지금도 기억난다. 이 친구가 겁을 먹고 있구나…….

친구는 아침을 먹는 둥 마는 둥 하더니, 식후의 습관이던 파이프 담배마저 피우지 않았다. 옆에 지도를 펼쳐놓고 골몰히 들여다보았다.

"한 시간 안에 여길 뜨는 게 좋겠어." 내가 이렇게 말한 건, 그 친구도 같은 생각을 하고 있을 테니까 속마음을 털어놓을 수 있게 슬쩍 운을 떼려는 요량에서였다. 그런데 친구의 반응이 나를 꽤나 곤혹스럽게 만들었다. "아무렴! 그들이 우릴 가게 놔준다면."

"누가? 요정이?" 내가 아무렇지 않은 척하며 재빨리 반문했다.

"그게 누구든 이 오싹한 곳의 실세들." 그가 여전히 지도를 보면서 말했다. "이 세상 어디든 신이 있다고 한다면, 여기에도 있을 테고, 그들이 가라고 한다면."

"하긴 요정들이야말로 진짜 불사신이지." 나는 되도록 자연스럽게 웃으려고 애썼으나, 표정엔 속마음이 그대로 나타나 있다는 걸 깨달았고, 그 친구가 그런 내 얼굴을 심각하게 올려다보면서 연기 너머로 이렇게 말했다.

"우리가 다른 재앙을 피할 수만 있다면 행운이지."

그게 바로 내가 두려워하는 것이었다. 나는 어떻게 하면 직설적으로 질문할 수 있을까 머리를 쥐어짰다. 치과 의사에게 이를 뽑아도 좋다고 허락하는 것과 같은 일이었다. 어찌 됐건 가까스로 방법을 찾아냈고, 나머지는 다 이걸 말하기 위한 구실에 불과했다.

"다른 재앙! 그럼, 이미 무슨 일이라도 생겼단 말이야?"

"우선, 조타용 노가 사라졌어." 그가 담담하게 말했다.

"조타용 노가 사라져!" 내가 몹시 흥분해서, 친구의 말을 되풀이했는데, 그 이유는 조타 장치 없이 홍수기의 다뉴브 강에서 배를 타는 건 자살행위였기 때문이다. "하지만 어떻게……."

"그게 다가 아니라 카누 밑바닥도 갈라졌어." 그는 가식이라고는 전혀 없는, 진짜 떨리는 목소리로 덧붙였다.

나는 그를 물끄러미 쳐다보면서, 한심하게도 그의 말을 앵무새처럼 따라 했을 뿐이었다. 그 폭염 속에서, 또 데일 듯 뜨거운 모래 위에서, 나는 우리를 덮치는 싸늘한 공기를 느꼈다. 친구가 다른 말 없이 심각하게 고개를 끄덕이고는 모닥불에서 몇 미터 떨어진 텐트 쪽으로 앞장서 갔기에 나도 따라 일어설 수밖에 없었다. 카누는 내가 밤에 마지막으로 봤을 때처럼, 늑재를 위로 한 채 놓여 있었고, 노 두 개가, 아니 한 개가, 그 옆 모래밭에 놓여 있었다.

"노가 하나뿐이야." 친구가 노를 집으려고 허리를 굽히면서 말했다. "게다가 바닥 여기가 갈라졌어."

불과 몇 시간 전만 해도 노가 두 개 있는 것을 똑똑히 봤다고 말하려다가, 그러지 않는 게 낫겠다 싶어 그만두었다. 나는 카누의 바닥을 보려고 가까이 갔다.

카누 바닥에 나 있는 길고 미세한 균열, 나무가 살짝 떨어져 나간 상태였다. 날카로운 암초나 나뭇가지에 긁힌 것 같았고, 자세히 살펴본 결과 구멍까지 뚫려 있었다. 이것을 모르고 출발했더라면 침몰하고 말았을 터였다. 처음엔 나무가 물에 불어서 구멍을 막아주겠지만, 곧 물살이 틈을 파고들 터이고, 카누는 수면 위로 5센티미터 이상을 뜨지 못한 채 빠른 속도로 물에 잠겨 가라앉았을 테니까.

"봐, 희생제에 쓸 제물을 준비하려고 한 흔적 말이야." 친구가 나한테라기보다는 혼잣말하듯, 말하는 소리가 들려왔다. "아마 제물이 두 개일 거야." 그가 그렇게 덧붙이고는 허리를 숙이고 카누 바닥에 난 틈을 손가락으로 문질렀다.

나는 휘파람을 불기 시작했다. 아주 난감한 상황에 처하면 나도 모르게 나오는 버릇이었다. 그리고 부러 친구의 말을 못 들은 척, 헛소리인 양 무시해 버렸다.

"간밤엔 갈라져 있지 않았어." 친구가 허리를 펴고는 내가 아닌 다른 곳을 바라보았다.

"상륙할 때 긁혔을 거야." 내가 휘파람을 멈추고 말했다. "돌들이 아주 날카롭잖아."

나는 멈칫했다. 그 순간 그가 획 돌아서서 나를 똑바로 쳐다봤기 때문이었다. 그 친구뿐만 아니라 나 자신도 내가 한 설명이 터무니없다는 걸 잘 알고 있었다. 무엇보다, 상륙 지점에는 돌이라곤 없었다.

"그렇다면 이것도 설명해 봐." 그가 노를 내게 건네면서 날 부분을 가리켰다.

노를 받아서 살펴보는 동안 새롭고도 기묘한 감정이 얼음장처럼 나를 덮쳐왔다. 노의 날 부분이 마치 누군가 사포로 정성 들여 문질러놓은 것처럼 반질반질해져 있었고, 너무 가늘어져서 힘차게 노를 젓는 순간 댕강 부러질 것 같았다.

"우리 중 한 명이 몽유병자처럼 잠든 채 걸어 나와서 이런 짓을 했나 보군." 내가 작은 목소리로 말했다. "아니면…… 아니면, 바람에 실려 온 모래 알갱이에 계속 부딪쳐서 이렇게 갈려버렸나 봐. 어쩌면 말이야."

"아하." 스웨덴 친구는 돌아서면서 피식 웃었다. "너는 뭐든 설명할 수 있구나."

"그래, 그놈의 바람 때문에 조타용 노도 가까운 둑까지 날아갔다가 그 부분이 강물에 뭉텅 유실될 때 함께 사라진 거라고." 나는 그의 뒤를 쫓아가면서 소리쳤다. 그 친구가 무슨 의문을 제기하든 설명하고야 말겠다는 오기로.

"알았어." 그가 돌아서서 나를 향해 그렇게 말하고는, 버드나무 숲 속으로 사라져버렸다.

실재적인 힘이 개입했다는 이 어리둥절한 증거들과 함께 홀로 남게 된 상황, 내가 제일 먼저 떠올린 생각은 '우리 둘 중에 하나가 이런 짓을 했고, 나는 분명히 아니다.'라는 것이었다. 그러나 두 번째 생각은, 모든 상황을 고려해 볼 때, 우리 중 하나가 그런 짓을 하기란 도저히 불가능하다는 것이었다. 이와 비슷한 열 번도 넘는 탐험에서 믿음직한 동반자였던 내 친구가, 고의로 이런 짓을 했다는 생각은 한순간도 참기 어려운 것이었다. 더군다나 침착하기 이를 데 없고 지극히 현실적인 성격의 친구가 갑자기 미쳐서 미친 목적에 정신을 빼앗겼을 거란 설명도 터무니없었다.

그럼에도 여전히 나를 무엇보다 불안하게 만들고, 작열하는 태양과 야성의 아름다움 속에서조차 생생한 공포감을 준 것은 친구에게 이상한 변화가 일어났다는 확신이었다. 그는 신경질적이고 소심하고 의심이 많아졌으며, 일련의 비밀과 아직까지는 입에 올리지 못하는 사건들을 주시하고, 알면서도, 침묵하고 있었다. 한마디로 말해서, 그 자신이 예상하고 있는, 그리고 내 생각에는, 곧 일어날 것만 같은 절정의 순간을 기다리고 있었다. 이것은 어디까지나 나의 직감이었기에 왜 이런 생각을 하게 됐는지 설명하기는 녹록지 않았다.

나는 다급히 텐트와 그 주변을 살펴봤으나, 이상한 점은 없었다. 그때 처음으로 모래밭 여기저기 움푹 파인 곳들을 발견했는데, 찻잔만 한 것부터 커다란 사발만 한 것까지, 깊이와 크기가 제각각이었다. 노를 강가로 내던진 것도 모자라, 이 작은 구멍들까지 만든 장본인, 그건 틀림없이 바람이었다. 카누 바닥이 갈라진 것만은 도무지 설명이 되지 않았다. 결국 우리가 이 섬에 상륙할 때 뭔가 뾰족한 것에 찢어졌다는 정도가 그럴듯한 추측이었다. 강기슭을 살펴본 결과 이 추측엔 근거가 없었음에도, 나의 '이성'과 동일시했던 나의 지성을 상당 부분 폄하하면서까지 나는 이 추측을 고집했다. 이 세상에서 자신의 의무를 다하고 삶의 문제와 맞서 싸우려는 모든 개인의 행복을 위해서는, 우주의 작동 원리라든가 하는 것처럼, 아무리 불합리하다고 해도 반드시 필요한 설명들이 있기 마련이다. 당시에는 이런 직유법이 타당하게 느껴졌다.

나는 곧바로 카누의 바닥을 때우기 위해 송진을 녹이기 시작했고, 얼마 후 스웨덴 친구가 돌아와 거들었다. 물론 작업이 최상의 결과를 가져온다 해도, 내일까지는 카누를 안전히 띄우기 어려운 상황이었다. 나는 별일 아니라는 듯이 모래밭의 파인 곳들을 가리켰다.

"어." 그가 말했다. "알아. 섬 전체가 저래. 그래도 너는 설명할 수 있겠지!"

"그야 물론 바람 때문이지." 나는 기다렸다는 듯이 받아쳤다. "길거리에서도 작은 소용돌이가 일면 뭐든지 동그랗게 빙빙 돌려놓잖아. 너는 그런 것도 못 봤냐? 여기 모래는 끈기가 없어서 충분히 그럴 수 있어. 별거 아냐."

그가 아무 대꾸도 하지 않기에 우리는 한동안 침묵 속에서 작업했다. 나는 줄곧 친구를 힐끔힐끔 살폈고, 그도 나를 그렇게 보고 있는 것 같았다. 그는 그러는 동안 내내 내가 들을 수 없는 뭔가에, 아니면 들려올 거라고 기대하는 뭔가에, 귀를 기울이고 있는 것 같았다. 왜냐하면 계속해서 버드나무 수풀과 하늘, 그리고 버드나무 사이의 빈터로 내다보이는 강 건너 저쪽으로 고개를 돌리고 빤히 쳐다보았기 때문이다. 때로는 손을 귀에 모으고 그쪽을 향해 몇 분 동안 집중하기도 했다. 그러나 내게는 무슨 일인지 일언반구도 하지 않았고, 나도 구태여 묻지 않았다. 그래도 그는 북아메리카 인디언처럼 능숙하고 솜씨 좋게 갈라진 카누를 손질했고, 나는 작업에 몰두하는 그를 보면서 한편으로 안심하고 있었다. 혹시나 그 친구가 버드나무의 달라진 모습에 대해 말을 꺼낼까 봐 막연히 두려워하고 있었기 때문이다. 만약 그가 그 변화를 눈치챈다면, 나는 상상력으로도 더는 설명할 재간이 없었다.

III

한참 만에 친구가 말문을 열었다.

"이상한 일이야." 그는 후딱 말해 버리고 잊고 싶은 것처럼 쫓기는 투로 말했다. "이상한 일이야. 그러니까 어젯밤에 본 수달 말이야."

전혀 예상치 못한 얘기에 나는 깜짝 놀라서 그를 쩨려보았다.

"이곳은 진짜 외진 곳이잖아. 수달은 엄청 조심성이 많은 동물이고……"

"그런 말이 아니야." 그가 내 말을 가로막았다. "내 말은…… 그러니까 너는, 너는 그게 진짜 수달이라고 생각하는 거냐?"

"수달이 아니면 대체 뭔데?"

"내가 너보다 먼저 봤잖아. 처음에는…… 수달보다 훨씬 더 컸어."

"일몰 때고 역류 방향이라서 확대되어 보였거나 그랬겠지 뭐." 내가 말했다.

그는 잠시 동안 속으로 다른 생각에 정신이 팔린 듯, 멍한 표정으로 나를 보았다.

"눈알이 이상할 정도로 샛노랬어." 그는 여전히 혼잣말처럼 말했다.

"태양도 그랬지." 내가 조금 큰 소리로 웃었다. "이번에는 보트에 탄 그 남자가 이상하다고 그러겠……"

나는 갑자기 말끝을 흐렸다. 그가 바람 부는 쪽으로 고개를 돌리고 또 귀를 기울였는데, 그의 얼굴 표정 때문에 말을 멈춘 것이었다. 얘깃거리가 바닥나자, 우리는 계속 틈 메우는 작업을 했다. 그는 내가 말을 하다가 그만둔 것도 모르는 눈치였다. 그런데 5분이 지나서 그가 연기 나는 송진을 손에 든 채, 아주 심각한 표정으로 카누 맞은편에서 나를 바라보았다.

"네가 알고 싶어 하는지, 그게 궁금했거든." 그가 천천히 말했다. "그 보트에 있던 게 뭔지 말이야. 당시에는 사람이라고 생각하지 않았어. 강물에서 너무 갑작스레 벌어진 일이라."

나는 또 큰 소리로 웃었지만, 이번에는 조바심과 분노를 느꼈다.

"내 말 잘 들어." 내가 소리쳤다. "우리가 평소답지 않게 헛소리를 지어내지 않아도 이곳은 원체 이상한 곳이란 말이야! 그 보트는 평범한 보트고 거기 타고 있던 남자도 평범한 남자야. 둘 다 그냥 하류 물살을 타고 빠르게 지나간 거라고. 그리고 그 수달도 그냥 수달이니까, 한심한 소릴랑 집어치우자!"

그는 변함없이 심각한 표정으로 나를 빤히 보고 있었다. 그렇다고 화를 낸 것은 아니었다. 그가 잠자코 있기에 나는 용기를 내서 말했다.

"그리고, 제발 부탁이니까." 내가 계속 말했다. "무슨 소리가 들리는 척 좀 하지 마라. 너 때문에 깜짝 깜짝 놀라서 어디 살겠냐. 그래봐야 강물 소리와 염병하게 시끄러운 바람 소리뿐이니까."

"멍청한 놈!" 그가 떨리는 목소리로, 지긋이 말했다. "바보 천치 같은 놈. 당하는 놈들은 늘 그런 소리를 하지. 너도 나처럼 모르는 척하는 거잖아!" 그는 경멸감을 드러내며, 한편으로는 체념한 듯이 코웃음을 쳤다. "네가 할 수 있는 거라고는 최대한 침착하게 마음을 다잡는 것뿐이지. 그렇게 자기를 속이려고 애써봐야 진실과 직면했을 때 더 힘들어질 뿐이야."

나의 하잘것없는 허세도 끝이 나버렸고, 말문이 막혔다. 친구의 말이 사실이고, 바보는 그가 아니라, 나라는 걸 잘 알고 있기 때문이었다. 이 여정의 어느 시점까지는 그가 늘 나를 능가했는데, 아마도 그것에 분한 마음이었던 내가, 이 괴이한 사건들을 접하고 그보다 더 정신적으로 강하고 대담하다는 걸 보여주기 위해, 눈앞에서 벌어지는 일까지 모른 척했는지 모르겠다. 어쩌면 그는 처음부터 알고 있었나 보다. 그러나 그 순간 나는 그곳에서 반드시 희생자가 있어야 하고, 그것이 바로 우리 자신이라는 그 친구의 말을 제대로 알아듣지 못했다. 그때부터 나는 허세 부리는 걸 그만두었으나, 그와 동시에 공포심은 점점 절정을 향해 점증하고 있었다.

"그래도 네가 한 가지 점에선 옳아." 그가 화제를 돌리기 전에 그렇게 덧붙였다. "우리가 그걸 말하지 않는 게, 아니 생각조차 하지 않는 게 더 현명하다는 거 말이야. 생각하면 말로 표현하게 되고, 일단 말을 하면 실제로 그렇게 돼버리니까."

그날 오후 카누를 말리고 굳히는 동안, 우리는 고기를 잡고 누수를 시험하며 땔감을 모으고 엄청나게 불어나는 강물을 지켜보았다. 한 무더기의 유목들이 때때로 섬을 스치듯 지나갈 때는 기다란 버드나무 가지로 그것을 건져 올리기도 했다. 시끄러운 소리와 함께 물보라를 일으키며 섬의 가장자리가 떨어져 나가면서, 섬의 크기가 점점 더 확연히 줄어들고 있었다. 4시경까지 날씨는 눈부시게 화창했고, 이 무렵 사흘 만에 처음으로 바람이 한풀 꺾이는 징조를 보였다. 구름이 남서쪽에서 모여들기 시작하더니, 서서히 하늘 전체로 퍼져나갔다.

바람의 끝없는 포효, 강한 타격, 엄청난 굉음 때문에 신경이 곤두섰던 터라, 약해진 바람은 큰 위안이었다. 그런데 5시 정각에 갑자기 바람이 뚝 그쳤고, 그 침묵이 오히려 숨 막히도록 갑갑했다. 강물의 노호는 사방 어디서나 여전했다. 강물 소리는 저음의 굵은 웅얼거림처럼 허공에 가득했는데, 바람 소리보다는 더 음악적이되 훨씬 더 단조로웠다.

바람은 높낮이를 달리하면서, 거대한 자연의 멜로디처럼 언제나 다양한 음조를 지닌 반면, 강물은 기껏해야 세 개의 음조, 그마저 바람 소리를 이국적이고 음울하게 변주한 듯, 둔중한 건반 소리를 냈다. 당시에 신경이 곤두서 있던 내게 바람과 강물 소리는 파멸의 음악처럼 절묘하게 들려왔다.

게다가 눈부시게 밝았던 햇빛이 갑자기 어두워져서 풍광 중에서 유쾌했던 부분들을 모조리 없애버린 것도 예사롭지 않았다. 이곳의 독특한 풍광은 처음부터 불길한 암시를 자아내고 있던 데다, 변화까지 더해지자 훨씬 더 불쾌하고 눈에 확 띄었다. 내가 보기엔, 어두워진 풍광은 더 또렷한 불안을 의미했고, 일몰 후에 곧바로 보름달이 떴다는 점을 떠올리면서, 점점 짙어지는 구름 때문에 이 작은 섬을 비추는 달빛마저 거의 다 가려지지는 않을까 속으로 가늠해 보았다.

간헐적으로 돌풍이 불었다가 금세 잦아들긴 했으나, 전반적으로 바람이 잠잠해진 상황에서 강물은 점점 더 어두워지는 것 같았고, 버드나무들은 더욱 밀집한 형태를 띠는 것 같았다. 더군다나 버드나무들은 바람이 불지 않는데도 저들끼리 살랑거리기도 하고, 뿌리부터 꼭대기까지 요상하게 흔들리기도 하면서, 잠시도 쉬지 않고 스스로 움직이는 것처럼 보였다. 이런 상황에서는 평범한 물체들도 공포의 암시를 띠기 마련이라, 버드나무들은 괴상한 물체보다도 더 상상력을 자극했다. 우리 주변을 떼 지어 에워싸고 있는 모습을 어둠 속에서 보고 있자니, 그 괴상망측한 인상 때문에 의도를 지닌 생물처럼 보였다. 그것들은 지극히 평범한 겉모습 이면에, 우리를 향한 악의와 적개심을 숨기고 있는 것 같았다. 이 지역의 실세들이 점점 짙어지는 밤과 더불어 가까이 다가오고 있었다. 그들은 이 섬을 겨냥했고, 특히 우리를 겨냥하고 있었다. 그

특별한 장소에서, 도저히 설명할 길 없는 내 감정들은 상상력의 형태로 저절로 표출되고 있었다.

나는 이른 오후에 충분히 낮잠을 자둔 터라, 뒤숭숭했던 간밤의 탈진에서 어느 정도 회복했지만, 이것이 오히려 이 으스스한 섬의 집요한 주술에 전보다 더 민감하게 반응하게 만들었다. 아주 명확한 심리학적인 설명을 토대로 나 자신의 감정을 불합리하고 유치한 것으로 웃어넘기려고 무던히 애썼으나, 아무리 노력해도 그 주술은 점점 더 강해져서 나는 숲에서 길을 잃고 다가오는 어둠을 무서워하는 아이처럼 밤을 두려워하고 있었다.

우리는 낮에 카누를 방수포로 꼼꼼하게 덮어두었고, 하나 남은 노는 스웨덴 친구가 또 바람의 도둑질에 당하지 않도록, 나무 밑둥에 단단히 묶어두었다. 5시 정각부터 나는 그날 저녁 식사 당번답게 요리를 하고 저녁을 준비하느라 분주했다. 감자, 양파에 맛을 내기 위해 약간의 베이컨을 곁들여서, 앞 끼니때 남긴 꽤 많은 양의 잔반을 밑에 깔고 함께 끓였다. 여기에 흑빵을 잘라 넣으니 그 맛이 일품이었다. 식사를 끝낸 후에는 가루우유와 진한 차를 섞은 뒤 설탕을 타서 건포도와 함께 먹을 요량이었다. 땔감도 넉넉하게 준비해 두었고, 바람이 불지 않으니 일하기가 한결 수월했다. 내 친구는 께느른하게 나를 쳐다보면서, 파이프 담배를 청소하는 동시에 쓸데없는 충고를 쏟아내고 있었다. 그건 물론 제 할 일을 끝내고 휴식을 취하는 사람에게 허락된 특권이었다. 사실 그 친구는 오후 내내 카누의 틈을 메웠고 텐트의 밧줄을 팽팽하게 손보았으며 내가 잠든 동안에는 유목을 건져 올렸다. 불쾌한 일에 대해서는 입에 올리지 말자는 암묵적 약속이 있었기에, 그 친구는 오로지 서서히 진행되는, 말하자면 이미 우리가 처음 이곳에 도착했을 때보다 3분의 1도

안 되는 크기로 줄어들어버린 이 섬의 파멸에만 국한해서 말을 하는 것 같았다.

냄비가 막 보글보글 끓기 시작하는데, 어느 틈에 거기까지 갔는지 친구가 기슭에서 부르는 소리가 들려왔다.

"이리 와서 들어봐." 그가 말했다. "무슨 소리인지 맞혀보라고." 그는 얼마 전까지 종종 그랬던 것처럼 귓가에 손을 모으고 뭔가에 귀 기울이고 있었다.

"들려?" 그가 나를 호기심 어린 눈으로 쳐다보았다.

우리는 거기 서서 귀를 쫑긋 세웠다. 처음에 나는 물소리와 거친 수면 위로 솟구치는 쉭쉭 소리밖에는 듣지 못했다. 그때만큼은 버드나무들도 가만히 침묵하고 있었다. 이윽고 멀리서 울리는 종소리처럼, 독특한 소리가 희미하게 내 귓가에 전해졌다. 광막한 습지와 반대편 버드나무 숲에서 어둠을 뚫고 들려오는 것 같았다. 일정한 간격으로 되풀이됐으나, 그것이 종소리인지 아니면 증기선의 기적 소리인지는 분간이 가지 않았다. 나로서는 하늘 저 높이 매달린 거대한 종에서 은은하고 음악적인 금속성의 소리가 둔중하게, 그리고 쉼 없이 울리고 있다는 것 말고는 달리 비유할 말이 없었다. 그 소리를 듣고 있는 동안 심장박동이 빨라졌다.

"저 소리가 하루 종일 들려왔어." 친구가 말했다. "아까 오후에 네가 잠든 동안 이 섬 사방에서 들려오더라고. 소리를 따라가봤지만 어디서 들려오는지 정확히 알아낼 만큼 가까이 가진 못했어. 위쪽에서 나는 것 같기도 하고 물속에서 나는 것 같기도 해. 한 번인가 두 번은, 맹세하는데, 밖이 아니라 내 안에서 저 소리가 나더라. 아마 사차원에서라면 소리가 그렇게 들려올지도 모르지."

나는 어리둥절한 상태라서 친구의 말을 그리 귀담아듣지 않았다. 그 소리를 집중해서 들으면서 내가 아는 비슷한 소리를 떠올려봤으나 소용이 없었다. 방향까지 변화무쌍해서, 가까이서 들리는가 싶으면 저 멀리 아스라이 사라져버렸다. 그것이 불길한 소리였는지는 지금도 모르겠다. 분명히 음악처럼 들렸음에도 마음을 괴로이 휘저어서 두 번 다시는 듣고 싶지 않은, 그런 소리였다.

"저기 모래밭 곳곳에 깔때기처럼 파여 있는 자국에서 나는 바람 소리야." 내가 드디어 해답을 찾아냈다. "아니면 저 버드나무 숲이 돌풍에 흔들리면서 내는 소리겠지."

"소리는 습지 전체에서 나고 있어." 친구가 대꾸했다. "한꺼번에 사방에서 들려온다고." 그는 내 설명을 무시했다. "버드나무 숲에서도 들려오고……"

"지금은 바람이 멈췄잖아." 내가 반박했다. "버드나무가 혼자서 소리를 내긴 힘들어, 안 그래?"

친구의 대답을 듣고 나는 흠칫했는데, 첫 번째 이유는 그렇게 대답할까 봐 내가 두려워했기 때문이고, 두 번째는 직관적으로 친구의 말이 사실임을 알았기 때문이었다.

"바람이 멈추었기 때문에 우리가 지금 저 소리를 듣게 된 거야. 지금까지는 바람 소리에 묻혀 있었으니까. 내 생각에는 비명 같은데……"

나는 냄비 끓는 소리에 놀라서 모닥불 가로 달려갔으나, 그 이유 말고 친구와 대화를 피하고 싶은 이유도 있었다. 되도록 친구와 서로의 생각을 말하는 건 피하겠다고 마음먹었다. 친구가 신이나 정령 따위의 심란한 얘기를 꺼낼까 봐 두렵기도 했다. 나는 나중에 무슨 일이 벌어지든 침착하게 대처하고 싶었다. 이 괴로운 섬을 벗어나기 위해선 또 하룻밤을 버텨야 했고, 무슨 일이 벌어질지 모르는 노릇이었다.

"이리 와서 냄비에 빵이나 썰어 넣자." 나는 먹음직스러운 잡탕을 기운차게 휘저으면서 친구를 불렀다. 냄비 안에 들어 있는 것만큼은 우리에게 유익한 거로구나 생각하다가, 피식 웃음이 났다.

친구는 느릿느릿 돌아와서는 나무에 매달아놓은 식량 배낭을 뒤적이다가, 안 되겠는지 발치에 펼쳐놓은 방수 깔개에 아예 속에 든 것을 다 쏟아냈다.

"빨리!" 내가 소리쳤다. "끓고 있잖아."

스웨덴 친구가 갑자기 큰 소리로 웃는 바람에 나는 깜짝 놀랐다. 완전히 꾸며낸 것은 아닐지라도, 즐거움이 없는 억지웃음이었다.

"아무것도 없는데!" 그가 소리치더니 또 배를 잡고 웃어댔다.

"빵만 있으면 돼."

"없어. 빵이 없다고. 그들이 가져갔어!"

나는 긴 수저를 내려놓고 달려갔다. 배낭 속 물건들을 모조리 방수 깔개에 쏟아놓았지만, 그중에 빵은 보이지 않았다.

서서히 커져가던 공포의 무게가 한꺼번에 나를 짓누르고 뒤흔들었다. 나도 웃음을 터뜨렸다. 그것밖에는 할 수 있는 게 없었다. 내 웃음소리를 듣고서야 친구의 웃음소리를 이해할 수 있었다. 심리적 압박으로 생긴 정신의 부스럼이 우리에게 억지웃음을 짓게 만들었다. 그건 안도감을 찾기 위한 힘겨운 노력의 과정이었다. 일시적인 안전판이었다. 우린 둘 다 웃음을 뚝 그쳤다.

"내가 왜 이렇게 멍청하지!" 나는 여전히 설명하려고 애쓰며 소리쳤다. "프레스부르크에서 빵을 산다는 걸 깜박했지 뭐야. 그 수다스러운 여자 때문에 정신이 없어서 계산대에 그냥 놔두고 왔나 봐. 아니면……"

"귀리도 오늘 아침보다 줄었어."스웨덴 친구가 불쑥 말했다.

이 자식은 왜 그냥 넘어가는 게 없지? 나는 속으로 부아가 치밀었다.

"그 정도면 내일까지 먹고도 남아."나는 애써 기운을 내며 말했다. "그리고 코마르노나 그란에서 더 사면 돼. 24시간 뒤면 여기서 아주 멀리 가 있을 테니까."

"나도 그랬으면 좋겠다. 부디."그가 쏟아놓은 물건들을 도로 배낭에 담으면서 말했다. "우리가 희생제의 첫 번째 제물이 아니라면 말이야." 그는 실없이 웃으면서 그렇게 덧붙였다. 그는 배낭을 안전한 곳에 두기 위해 텐트 안으로 가져갔다. 그때 그가 뭐라고 혼잣말로 중얼거렸지만, 무슨 소리인지 알아들을 수 없었고 무슨 말이든 그냥 무시하는 게 나로서는 현명해 보였다.

저녁 식사는 당연히 침울했고, 우리는 모닥불을 꺼뜨릴세라 거기에만 신경 쓰면서 서로의 시선을 피한 채, 거의 말없이 저녁을 먹었다. 곧 씻고 잘 준비를 한 다음, 담배를 피우는 동안, 서로 종잡을 수 없는 생각에 빠져 있었고, 내가 하루 종일 떨치지 못한 불안감이 더욱더 예리해져감을 느꼈다. 당시의 공포는 직접 눈으로 확인하지 않은 이상 실재적인 건 아니었지만, 지금 생각해 보면, 그 근원이 너무도 애매하다는 점이 오히려 더 나를 괴롭힌 것 같다. 내가 종소리에 비유했던 그 기묘한 소리는 그 무렵엔 아예 쉴 새 없이 계속되다시피 해서, 분명한 음조보다는 희미하고, 지속적인 울림으로 밤의 정적을 메우고 있었다. 우리 뒤에서 들려온다 싶으면 앞에서 들려왔다. 왼쪽 버드나무 숲에서 들려온다 싶으면 어느새 오른쪽 버드나무 숲에서 들려왔다. 머리 위쪽에서 날개가 퍼덕이는 소리 같은 게 들려올 때도 많았다. 상하좌우, 그야말로 사방에서, 한꺼번에 들려왔다. 도저히 표현할 길이 없는 소리였다.

다만, 황량한 습지와 버드나무 숲을 뚫고 끝없이 들려오는 그 억눌린 소리는 내가 평생 한 번도 들어보지 못한 것이라는 사실만은 말할 수 있었다.

우리는 퍽 조용하게 앉아서 담배를 피웠고 시시각각 긴장감이 팽배해졌다. 우리가 무엇을 예상하고 있는지 몰랐고, 그래서 아무런 방어 수단도 준비할 수 없다는 것이 상황을 더욱 악화시켰다. 우리는 아무것도 예상할 수 없었다. 햇빛 아래서 내가 했던 설명들은 이제 너무도 한심하고 터무니없는 것이 되어, 나를 괴롭혔다. 점점 더 분명해지는 것이 있다면, 싫든 좋든 친구와 평범한 얘기를 나누면서 거기에 몰두해야 한다는 것이었다. 어찌 됐건 우리는 함께 밤을 보내야 했고, 한 텐트 안에서 나란히 잠들어야 했다. 친구가 마음으로 도와주지 않는다면, 내가 오래 버틸 수 없다는 걸 알고 있었기에 더더욱 평범하고 일상적인 대화가 절실했다. 그러면서도 그 시간을 최대한 미루고 싶어서 친구가 혼자서 간간이 허공에 대고 하는 말을 무시하거나 웃어넘기려고 애썼다.

그 친구의 말 중에서 일부는 서로의 관점이 완전히 다름에도 불구하고 나 자신도 오롯이 동의할 수 있는, 아니 거기서 더 나아가 확신할 수 있는 것이어서 무척이나 나를 불안하게 만들었다. 친구는 아주 기묘한 말들을 대수롭지 않다는 듯, 마치 자신의 중요한 생각은 끝내 비밀로 남겨두되, 자신도 소화할 수 없는 나머지 생각의 쩨마리들만 골라서 내게 던져주듯, 툭툭 내뱉었다. 그것을 말로 내놓음으로써 잊고자 했으리라. 얘기함으로써 안도감을 얻었으리라. 안에 든 것을 게워내는 일종의 구토처럼.

"장담하는데, 혼란에 빠뜨리고 분열시키고 파멸시키기 위해, 바로 우리를 파멸시키기 위해 그것이 우리를 포위하고 있어." 이글거리는 모닥불을 사이에 두고, 그가 말하고 있었다. "우리는 저기 어딘가에서 안전선을 벗어나버렸어."

그뿐만 아니라, 우리 바로 위에서 종소리가 어느 때보다도 크고 가까이 들려왔을 때는 마치 혼잣말처럼 이렇게 말하기도 했다.

"아마 축음기로도 저 소리를 녹음하지 못할 거야. 귀로 들리는 게 절대 아니거든. 진동이 느껴지는 방식도 달라서, 뭐랄까, 내 안에서 일어나는 것 같단 말이야. 사차원에서 들리는 소리가 정확히 이런 식일 거야."

나는 부러 대꾸하지 않았으나, 모닥불 쪽으로 좀 더 바투 다가앉아서 주변의 어둠을 둘러보았다. 하늘에는 온통 뭉게구름이 잔뜩 끼어 있었고, 달이 나올 기미는 보이지 않았다. 게다가 너무 고요했다. 강도 개구리도 나름의 방식으로 침묵을 지키고 있었다.

"이 주변에서 나는 소리." 그가 계속 말했다. "이건 인간의 경험에서 완전히 벗어난 거야. 미지의 소리. 한 가지는 분명하게 말할 수 있지. 인간세계의 소리가 아니라는 거. 다시 말해 인간 바깥에 있는 소리라는 거야."

자기가 소화할 수 없는 찌꺼기들을 다 게워냈는지, 친구는 한동안 말없이 누워 있었다. 그래도 그는 나 자신의 감정까지 절묘하게 표현함으로써 안도감을 주었고, 마음속에서 이리저리 위험하게 배회했을 생각들을 언어의 한계 안에 가두어버린 셈이었다.

그곳, 다뉴브 강 야영지의 고독을 내가 과연 잊을 수 있을까? 텅 빈 행성에 철저히 홀로 남겨진 느낌! 나는 여러 도시와 사람들을 끊임없이 떠올렸다. 우리가 빠른 속도로 지나쳐 온 그 바이에른 마을들을 다시 '느낄' 수만 있다면, 내 영혼이라도 내줄 수 있을 것 같았다. 정상적이고, 인간적인 평범함, 이를테면 맥주를 마시는 농부들, 폭염 속에서 나무 아래 놓여 있는 탁자들, 빨간 지붕의 교회 너머 바위 위 폐허가 된 성, 이런 것들을 다시 볼 수만 있다면…… 관광객인들 어찌 반갑지 않으랴.

그러나 내가 두려워했던 것은 일반적인 유령의 공포가 아니었다. 그런 것보다는 수백 배는 더 거대하고 기이한, 어쩌면 내가 알거나 상상해 본 어떤 것보다 더 마음을 어지럽히는, 조상 대대로 내려온 공포감에서 비롯된 것이었다. 스웨덴 친구의 말처럼, 우리는 엄청난 위험이 도사리고 있음에도, 그걸 미처 모른 채, 어떤 지역 혹은 환경 속으로, 가까운 어딘가에 미지의 세계로 들어가는 경계가 있는 곳으로 '탈선'해 들어온 것이다. 이 지역의 주인은 외계의 거주자들로서, 신비한 구멍 같은 것을 통해서 자신들의 모습은 드러내지 않은 채, 지구를 감시해 왔을 터이다. 우리가 있는 곳은 미지의 세계를 은폐하고 있는 베일이 아주 얇어지는 지점이었다. 우리가 이곳에 너무 오래 머문 대가는, 그 경계로 압송되어 육체적인 과정이 아니라, 정신적인 과정으로 '우리의 생명'을 박탈당하는 것이리라. 이런 점에서 보면, 친구의 말마따나, 우리는 스스로 감행한 모험의 희생자, 즉 희생제의 제물이 되는 셈이었다.

우리는 각자의 감수성과 저항력의 차이에 따라, 상황 인식에서도 차이를 보였다. 나의 경우에는 대단히 불온한 존재들을 막연하게 의인화하여 그들의 번식지를 침범한 우리의 오만함에 대해, 의도적이고 유해한 목적과 분노를 표출하는 괴물로 형상화했다. 반면에 내 친구는 태고의 신들이 아직 건재한 고대의 성지를 침범했다는 다소 진부한 형태로 받아들였다. 그리고 이 성지에는 옛 숭배자들의 기운이 아직 남아 있고, 그의 조상 일부가 이 오래된 이교도의 주술에 굴복했었다고 말이다.

어쨌거나 이곳은 사람에 의해 오염되지 않았고, 바람이 사람의 영향력을 거칠게 막아서면서 이곳을 언제나 깨끗이 씻어내고 있었다. 그리고 이곳 어딘가에서 영적인 대리자들이 공격성을 띠고 있었다. 인간세계와는 또 다른 생명 주기를 지닌, '이계'가 있다는 막연한 암시에 이토록 강렬하게 공격당한 경험은 내 평생 일찍이 없었고 앞으로도 결코 없을 터였다. 결국 우리의 정신은 오싹한 주술의 힘에 굴복하여, 그들의 세계로 들어가는 변경까지 끌려갈 것이었다.

사소한 일들을 통하여 이곳의 놀라운 힘이 입증되었고, 이제는 모닥불 가의 침묵 속에서 그들이 스스로 우리의 정신을 통하여 모습을 드러내고 있었다. 공기까지도 눈에 띄는 모든 징후들을 왜곡하는 확대경 역할을 자임하고 있었다. 물살에 휩쓸린 수달, 다급히 신호를 보내던 보트의 남자, 움직이는 버드나무, 이 모든 것이 본질을 상실한 채 다른 모습으로 뭔가를 드러내고 있었다. 마치 경계 너머의 또 다른 세계에 존재하는 것처럼……. 그리고 내가 느꼈던 이 변화들은 비단 나 하나만이 아니라, 인류 전체에 영향을 미치는 사안이었다. 우리가 건드린 경계에서 경험한 이 모든 일들은 인간세계에 알려지지 않은 것들이었다. 이것은 경험의 새로운 체제이자, 이계 언어의 표현 방식이었다.

"이건 용의주도하게 우리의 용기를 바닥까지 끌어내리려는 수법이야." 스웨덴 친구가 불쑥 말했는데, 마치 내 생각을 훤히 들여다보고 있는 것 같았다. "그렇지 않다면 이 대부분이 상상으로 빚어진 일이라고 설명할 수 있지. 그러나 노, 카누, 줄어든 식량……"

"내가 다 설명했잖아!" 나는 표독스럽게 친구의 말꼬리를 잘랐다.

"그랬지." 그가 건성으로 대꾸했다. "확실히 그랬지."

그는 무슨 이론이나 되는 것처럼 소위 '제물 확정' 운운하는 얘기를 또 꺼냈다. 그러나 한결 머리가 맑아진 나는 친구의 말이 그저 겁에 질린 영혼의 절규임을 깨달았다. 친구는 자신이 급소를 공격당했으며 결국에는 스스로 굴복하거나 무너져버릴 것임을 알고 절규하고 있었던 것이다. 당장은 우리 둘에게 불가능한 이성의 용기와 냉정함, 그게 요구되는 상황이었다. 내 안에 두 개의 자아 ─ 모든 것을 설명하려는 나와 그 우둔한 설명을 비웃으면서도 잔뜩 겁에 질려 있는 또 다른 나 ─ 가 있다는 걸 뼈저리게 깨달은 건 그때가 처음이었다.

한편, 칠흑 같은 어둠 속에서 모닥불이 약해졌고 쌓아둔 땔감의 양은 점점 줄어들었다. 우리 중에서 어느 누구도 땔감을 구하러 가지 않았고, 어둠은 우리의 턱밑까지 기어올랐다. 모닥불의 반경 바로 바깥은 새카만 어둠이었다. 간헐적으로 길 잃은 바람이 한 번씩 불어와 주변의 버드나무들을 전율케 했으나, 썩 유쾌하지 않은 이 소리와는 별개로 콸콸거리는 강물과 위쪽 허공에서 들려오는 종소리가 무겁고 갑갑한 침묵을 깨뜨리고 있었다.

아마도, 우리 둘 다, 바람의 포효를 그리워하고 있었던 것 같다.

강풍이 다시 일 것처럼 길 잃은 바람이 유난히 길게 불어오는 순간, 마침내 나는 한계상황, 그러니까 평범한 대화 속에서 안도감을 찾거나, 아니면 우리 둘에게 훨씬 더 안 좋은 결과를 가져올지 모르는 발작적인 장광설을 빌려 속내를 털어놓거나 해야 하는 절박한 임계점에 다다랐다. 나는 발끝으로 모닥불을 헤집어 불길을 되살리고는 친구 쪽으로 획 고개를 돌렸다. 그가 흠칫 나를 보았다.

"더는 속이지 못하겠다." 내가 말했다. "나는 이곳이 싫어. 이 어둠도 소음도 싫고, 이 끔찍한 느낌도 싫어. 여기에 있는 뭔가가 나를 만신창이로 만들고 있어. 그래, 난 무서워 죽겠다. 이게 진실이야. 여기와는 다른 섬이 있기만 하다면, 당장이라도 헤엄쳐서 갈 거야!"

해와 바람에 짙게 그을린 친구의 얼굴이 하얗게 질려 있었다. 그가 나를 똑바로 쳐다보면서 차분한 목소리로 말했으나, 그 억지스러운 침착함이 오히려 그의 격한 동요를 드러냈다. 어쨌거나 잠깐 동안은 그가 우리 둘 중에서 더 강한 남자였다. 무엇보다 그는 냉정했다.

"뜀박질해서 도망칠 수 있는 그런 물리적 상황이 아니야." 그는 아주 심각한 병증을 진단하는 의사처럼 말했다. "잠자코 기다려야 해. 지금 우리 주변에 있는 힘들은 코끼리 떼를 단숨에 죽여버릴 수도 있으니 너나 나 정도는 파리 새끼처럼 짓뭉개버릴 거야. 유일한 방법은 그냥 가만히 있는 거야. 무관심, 그게 어쩌면 우리를 구해 줄지 몰라."

나는 얼굴에 열 개도 넘는 질문을 떠올렸으나, 끝내 입 밖으로 내지는 못했다. 나로서는 도저히 이해할 수 없는 병증에 대해 그가 내리는 정확한 처방을 귀담아듣고 있는 기분이었다.

"그러니까 지금까지 그들이 우리의 불안을 알아채긴 했지만 우리를 찾아내진 못했다는 얘기야. 거 있잖아, 미국인들이 곧잘 하는 표현, 걔네들 식으로 말해서 우리의 '위치 추적'에는 실패했다 이 말이지. 그들은 지금 가스 누출 지점을 찾는 사람들처럼 시행착오를 겪고 있어. 노와 카누와 식량이 그 증거야. 내 생각에는 그들이 우리를 느끼지만 실제로 볼 수는 없는 것 같아. 우리는 침착하게 있어야 해. 그들이 느끼는 건 우리의 마음이니까. 우리가 생각을 통제하지 않으면 둘 다 끝장이야."

"주, 죽는다는 말이야?" 나는 친구의 암시에서 전해지는 공포에 얼어붙어서 더듬거렸다.

"그거보다 더 안 좋지. 우리의 관점에서 죽음은 감각의 한계로부터 절멸되거나 혹은 해방되는 것이지만, 그렇다고 성격의 변화가 일어나지는 않아. 육체가 죽었다고 해서 네가 갑자기 변하는 건 아니잖아. 하지만 이건 급속한 변화, 완전한 변화, 다른 것으로 대체됨으로써 우리 자신을 상실해 버리는 끔찍한 변화를 의미하지. 죽음보다도 절멸보다도 훨씬 더 안 좋은 거야. 우리는 어쩌다가 저들의 세계와 우리의 세계가 접하는 지점, 그러니까 그 경계가 얇아지는 지점에서 야영을 하게된 거야." 허! 그는 내 말을 그대로 사용하고 있었다. "그래서 저들이 가까이에 있는 우리의 존재를 알아챈 거지."

"알아채다니 누가?" 내가 물었다.

나는 그 순간 바람이 없는데도 흔들리는 버드나무와 허공의 종소리까지 모두 잊어버린 채, 오로지 내가 더없이 두려워하는 대답을 기다리고 있었다.

그는 모닥불 가로 조금 몸을 내밀고, 목소리를 죽여 대답했다. 그의 얼굴 표정에 뭐라고 말할 수 없는 변화가 생겨서 나는 그의 눈을 피해 시선을 떨어뜨렸다.

"나는 지금까지 살아오면서 다른 세계를 이상하게, 또 생생하게 느껴왔어. 우리의 세계에서 그리 멀지 않지만 완전히 이질적인 세계. 어마어마한 일들이 끊임없이 일어나고, 거대하고 오싹한 개체들이 지구의 일상과는 비교할 수 없이 원대한 목적을 위해 바삐 움직이는 세계, 국가의 흥망성쇠니 제국의 운명이니 군대와 대륙의 운명이니 하는 것들은 그저 하찮은 먼지에 불과한 세계 말이야. 내가 원대한 목적이라고 말한 건, 영혼의 인상들을 간접적으로 다루는 것이 아니라 영혼 자체를 직접 다룬다는 거야. 그러니까……"

"그러니까 무슨 말을 하려고……" 나는 미치광이와 대면하고 있는 느낌이 들어서 친구의 말을 제지하려고 했다. 그러나 그는 간신히 억누르고 있던 격렬한 감정을 터뜨려 내 목소리를 압도해 버렸다.

"너는 그게 정령이나 요정이라고 생각하고, 나는 태고의 신이라고 생각하고 있어. 하지만 내가 지금 말하는데, 둘 다 아니야. 인간의 숭배나 제물을 받으면서 인간과 관련을 맺어왔다면 우리가 이해할 수도 있는 존재일 거야. 그런데 지금 우리 주변에 있는 존재들은 인간과는 아무 관련이 없어. 저들의 영역과 지금 우리가 있는 영역이 만나게 된 건 순전히 우연일 뿐이야."

그 친구가 가설에 불과한 얘기를 퍽 자신만만하게 말하는 것을, 외딴섬의 어두운 정적 속에서 듣고 있노라니 온몸이 슬슬 떨려왔다. 아무리 참아보려고 해도 몸이 떨리는 걸 어쩔 수 없었다.

"무슨 말을 하고 싶은 거야?" 내가 좀 전에 하려던 말을 다시 꺼냈다.

"제물 하나만, 그러니까 희생자 하나만 있으면 우리가 도망칠 때까지 저들의 주의를 분산할 수 있어. 늑대들이 썰매 개를 먹어치우는 동안 남은 일행이 도망쳐도 그냥 놔두는 것처럼. 그런데…… 당장 다른 제물이 있을 리 없잖아."

나는 우두커니 그를 바라보았다. 그의 이글거리는 눈빛이 섬뜩했다. 그는 계속해서 말을 이었다.

IV

"그래, 바로 저 버드나무. 저것들이 뭔가를 가리고 있지만, 그 뭔가는 우리의 존재를 느끼고 있는 거야. 우리가 두려워하고 있다는 걸 드러내 보이면, 그땐 우린 끝장이야." 그가 어찌나 침착하고 단호하고 진지한 표정으로 나를 바라보던지 그가 제정신이라는 걸 추호도 의심할 수가 없었다. 그는 그 누구보다도 제정신이었다. "이 밤만 버텨낸다면, 내일 낮에 몰래 들키지 않고 빠져나갈 수 있을지도 몰라."

"그런데 너 정말 제물이 필요하다고 생각⋯⋯"

그때 종소리 같은 윙윙거림이 우리의 머리 바로 위에서 들려왔는데, 내가 하던 말을 멈춘 진짜 이유는 그 친구의 겁에 질린 얼굴 때문이었다.

"쉿!" 그가 손을 들어 올리면서, 속삭였다. "가능하면 저들에 관한 얘기는 하지 마. 저들을 지칭하는 말도 안 돼. 지칭하는 건 드러내는 거야. 그랬다간 확실한 단서를 주게 돼. 유일한 희망은 저들을 무시하는 거야. 그래서 저들이 우리를 무시하게 만드는 거야."

"생각하는 것도 안 돼?"

내가 그렇게 묻자, 그가 몹시 동요하는 기색을 보였다.

"생각은 더더욱 안 돼. 우리의 생각은 저들의 세계에서 소용돌이를 일으켜. 무슨 수를 써서라도 저들에 관한 생각일랑 아예 하지 마."

나는 주위가 온통 어둠에 잠길까 봐 두려워 모닥불을 이리저리 헤집었다. 여름밤의 그 오싹한 어둠 속에서만큼 간절히 해를 그리워했던 적도 없었을 것이다.

"너 밤새 깨어 있었어?" 그가 불쑥 물었다.

"새벽녘에 잠깐 잤어." 나는 쭈뼛거리며 대답했고, 그가 한 말이 직감적으로 옳다는 생각이 들어서 그의 말대로 따르려고 애썼다. "그래도 바람 때문에⋯⋯."

"알아. 하지만 소음들이 전부 바람 때문에 생긴 건 아냐."

"그러면 너도 그 소리 들었구나?"

"수없이 들려오는 작은 발소리, 그래 들었어." 그가 잠시 머뭇거리다가 이렇게 덧붙였다. "그리고 다른 소리도⋯⋯."

"텐트 위에서 나던 소리 말하는구나. 그리고 뭔가 아주 커다란 것이 텐트를 짓누르던 거, 그렇지?"

그가 의미심장하게 고개를 끄덕였다.

"질식할 것 같은 기분이 들기 시작했잖아?"

"일부는 네 말이 맞아. 내가 생각했을 땐 대기의 압력이 변한 거 같았어. 기압이 아주 높아져서 우리를 박살 낼 것 같았거든."

"그리고 말이야." 나는 기탄없이 말하기로 결심하고, 종소리 같은 윙윙거림이 높아졌다 낮아졌다 하면서 줄기차게 울리고 있는 위쪽을 가리켰다. "저 소리는 뭘까?"

"저들의 소리야." 그가 불안스레 속삭였다. "저들 세계의 소리, 그 세계에서 윙윙거리는 소리야. 이쪽에서 경계가 너무 얇아져서 소리까지 새어 나오는 거야. 그런데 잘 들어봐, 주변보다 위쪽에서 딱히 더 소리가 강한 건 아니니까. 버드나무 사이에서 소리가 나고 있어. 버드나무들이 내는 소리라고. 왜냐하면 여기 있는 버드나무들은 우리를 적대시하는 저들의 대변자로 변해 있으니까."

나는 그 친구의 말을 정확하게 이해하진 못했으나, 내가 속으로 하는 생각과 인식을 그 친구도 똑같이 하고 있다는 건 틀림없었다. 그가 실제로 느끼는 것들을 나 또한 느낄 수 있었는데, 다만 그 친구의 분석력이 나보다 더 뛰어났다. 결국 내가 하늘로 올라가던 형체와 움직이는 버드나무의 환영에 대해 말하려고 하는 순간, 그가 갑자기 모닥불 너머에서 얼굴을 획 들이밀더니 아주 진지하게 속삭이기 시작했다. 나는 그 친구의 침착함과 담력과 상황을 통제하는 능력에 그만 놀라고 말았다. 이런 친구를 내가 오랫동안 상상력이 없는 둔감한 사람이라고 생각해 왔다니!

"있잖아." 그가 말했다. "우리한테 남아 있는 유일한 방법은 계속해서 아무 일도 일어나지 않은 것처럼 행동하는 거야. 평소처럼 잠을 잔다든가 하는 거 말이야. 우리가 아무것도 느끼지 못하고 아무것도 눈치채지 못하는 척하는 거지. 이건 전적으로 마음의 문제야. 우리가 저들에 대해 생각을 덜하면 덜할수록 탈출의 기회가 커지는 거라고. 그러니까 생각하지 마. 생각하는 그 일이 실제로 벌어지고 마니까!"

"알았어." 나는 그의 기이하기 짝이 없는 얘기를 듣고 조마조마해져서 간신히 대답했다. "알았어. 네 말대로 할게. 그런데 우선은 궁금한 게 하나 있어. 우리 주변에 가득한 저 움푹 들어간 자국 말이야, 저 깔때기 모양의 모래 자국들은 뭐지?"

"그만!" 그는 몹시 흥분해서, 지금까지 속삭이던 목소리와 달리 고함을 지르고 말았다. "나는 절대로, 죽어도 그게 뭔지 말 못 해. 너도 괜히 추측 같은 건 하지 말았으면 좋겠다. 그러지 마. 저들이 그 생각을 내 마음속에 심어놓았어. 너만은 어떻게 해서든 저들이 그렇게 하도록 내버려둬선 안 돼."

그는 말을 끝내기 전에 다시 목소리를 낮추었고, 나는 설명을 더 강요하지 않았다. 주변은 내가 이미 감당할 수 없을 정도의 공포로 가득했다. 대화는 끝이 났고, 우리는 침묵 속에서 파이프 담배를 바삐 피우기 시작했다.

그때 뭔가, 뭔가 사소해 보이는 일이 벌어졌고 신경이 극도로 곤두서 있을 때 종종 그러는 것처럼, 그 조붓한 공간에서 그 사소한 일로 말미암아 나의 관점은 완전히 달라졌다. 그러니까 나는 무심코 즈크화 —— 보통 카누를 탈 때 신는 신발 —— 를 내려다보았는데, 앞에 난 구멍이 불현듯 뭔가를 떠올리게 만들었던 것이다. 그때 떠오른 것은 신발을 샀던 런던의 한 상점에서 내 발에 신발이 맞지 않아 직원이 쩔쩔매던 모습과 그 밖에 시시하지만 일상적인 일들이었다. 그때부터 내게 아주 익숙한, 현대적이고 회의적인 현실 세계에서 겪었던, 건전한 일상들이 꼬리를 물고 떠오르기 시작했다. 로스트비프, 맥주, 자동차, 경찰, 관악대 그리고 일상의 편의를 위한 10여 가지 물건들……. 그 효과는 즉각적이었고 나 자신도 깜짝 놀랄 정도였다. 심리학적으로 볼 때, 이것은 정상적인 의식 상태에서는 불가능한, 황당무계해 보이는 환경 속에서 일정 기간 긴장하고 스트레스를 받은 결과 나타나는 돌발적이고도 거친 반응일 터였다. 그런데 그 원인이 무엇이건 간에, 나는 일시적으로 주술에서 벗어났고, 잠시나마 해방감과 더불어 걱정도 두려움도 전혀 없는 평온을 느낄 수 있었다. 나는 맞은편의 친구를 바라보았다.

"이 못된 이교도 놈 같으니!" 나는 큰 소리로 말하고 웃어댔다. "공상에 잠긴 이 멍청이야! 미신에 빠진 백치! 야, 인마……"

나는 새삼 공포에 사로잡혀서 입을 다물어버렸다. 신성모독이라도 저지른 것처럼 서둘러 내 목소리를 덮어버리려고 했던 것이다. 물론 스웨덴 친구도 그 소리 ― 어둠 속 허공에서 울리는 기이한 비명 소리 ―를 들었다. 그리고 마치 뭔가가 더 가까이 접근해 온 것처럼 허공은 순식간에 정적에 휩싸였다.

그는 하얗게 질린 얼굴을 내게로 돌렸다. 그러고는 벌떡 얼어서더니 쇠막대기처럼 뻣뻣하게 굳은 모습으로 나를 노려보았다.

"네놈이 결국……." 그는 자포자기에 빠진 미치광이 같았다. "가야 해! 더 있을 수 없어. 당장 여길 정리하고 떠나야 해. 강 하류로."

그가 말하는 동안, 그가 비참한 공포에 사로잡혀 옴짝달싹 못하는 상황임을, 나는 간파했다. 지금까지 용케 저항해 왔지만, 결국엔 굴복해 버린 공포.

"이렇게 어두운데?" 나는 발작적으로 흥분한 직후, 새삼 되살아난 공포에 떨면서 소리치긴 했지만, 아직은 그 친구보다 사태를 정확히 판단하고 있었다. "완전히 미친 짓이야! 강물이 불어 넘치는데 노는 하나뿐이잖아. 게다가 그랬다가는 저들의 영역으로 더 깊숙이 들어갈 뿐이야! 여기서 80킬로미터 거리까지 버드나무밖에는 없어. 버드나무, 버드나무!"

그는 금방이라도 기절할 것 같은 몰골로 털썩 주저앉았다. 변화무쌍한 만화경처럼 우리의 처지가 갑자기 역전되어, 주도권이 내 수중으로 넘어왔다. 그의 정신이 마침내 약화되기 시작하는 변곡점에 다다른 것이었다.

"대체 뭐에 홀려서 그렇게 지랄을 떤 거냐?" 그는 완전한 공포에 짓눌린 목소리와 표정으로 속삭였다.

나는 모닥불을 빙 돌아서 그의 곁으로 갔다. 그리고 무릎을 구부리고 앉아서, 두 손을 마주 잡은 뒤 겁에 질린 그의 눈을 똑바로 쳐다보았다.

"모닥불을 한 번 더 세게 지필 거야." 내가 단호하게 말했다. "그리고 잠을 자는 거야. 해가 뜨면 전속력으로 코마르노를 향해 갈 거야. 자, 정신 좀 차리고 무서운 생각을 하지 말라던 너 자신의 충고를 명심해!"

그는 아무 말이 없었고, 그건 내 말에 동의하고 따르겠다는 의미였다. 어떤 면에서, 몸을 움직이고 땔감을 구하기 위해 어둠 속을 한 차례 거니는 것도 기분 전환 겸 긴장을 푸는 데 좋을 듯했다. 우리는 서로 몸을 거의 밀착한 상태로, 버드나무 숲을 더듬거렸고 기슭을 따라 걸었다. 공중에선 윙윙 소리가 그치기는커녕, 우리가 모닥불에서 멀어질수록 더욱 커지는 것 같았다. 정말이지 오싹했다!

빽빽한 버드나무 수풀의 한복판에는 지난 홍수 때 흘러온 유목들이 가지 위쪽에 걸려 있었다. 우리가 더듬거리며 그곳에 도착했을 때 누가 갑자기 내 몸을 꽉 붙잡는 바람에 하마터면 모래밭에 고꾸라질 뻔했다. 스웨덴 친구였다. 그가 나 있는 쪽으로 넘어지면서 균형을 잡느라 나를 붙잡은 것이었다. 가쁘게 몰아쉬는 그의 숨소리가 들려왔다.

"봐! 진짜야!" 그가 속삭였다. 나는 사람의 목소리에서 공포의 눈물 소리가 난다는 걸 그때 처음 알았다. 그가 15미터쯤 떨어진, 모닥불을 가리켰다. 그의 손가락 끝을 따라 시선을 옮기던 나는 일순 심장이 멎는 것 같았다.

거기, 희미한 불길 앞에서, 뭔가가 움직이고 있었다. 약간 흐릿하게 보였는데, 그 이유는 극장의 뒷벽에 드리워져 있는 성기고 엷은 현수막 같은 것이 시야를 가리고 있었기 때문이다. 사람도 동물도 아니었다. 내가 보기엔, 말 같은 짐승 두세 마리 정도가 한데 모여 있는 것처럼 거대했고, 천천히 움직이는 것 같았다. 스웨덴 친구도 표현은 달랐지만, 나와 비슷한 인상을 받았다. 그 친구가 나중에 한 말에 따르면, 크기와 모양이 버드나무 수풀처럼 생긴 ─ 꼭대기가 둥그런 ─ 것이 '연기처럼 몸을 돌돌 감으면서' 움직이는 것 같았다고 했다.

"그게 버드나무 수풀을 지나더니 아래쪽으로 가라앉았어." 그가 울먹였다. "헉! 저기! 이쪽으로 오잖아! 힉, 힉!" 그는 휘파람 소리 같은 비명을 토해 냈다. "우리를 발견했어."

흠칫 그쪽으로 시선을 던졌을 때, 그림자 같은 형체가 버드나무 수풀을 지나 우리를 향해 빠르게 다가왔고, 곧바로 나는 충격과 함께 덤불 속으로 나자빠졌다. 버드나무 가지들이 내 무게를 감당하기에는 역부족이어서 모래밭에 쓰러졌고, 나와 뒤엉켜 있던 친구가 나를 위에서 누르고 있었다. 무슨 일이 벌어진 것인지 감이 잡히지 않았다. 그저 싸늘한 공포의 손길이 다시금 내 신경을 잡아 뜯어서, 이리저리 마구 비틀고 흔들어대는 통에 온몸이 오들오들 떨리는 느낌만 있을 뿐이었다. 두 눈을 질끈 감았다. 목구멍에 뭐가 걸려서 숨이 막혔다. 내 의식이 점점 더 확장되어 허공으로 뻗어나간다는 느낌이 든 데 이어서 곧 다른 느낌, 이러다가 의식을 잃고 죽겠다는 느낌이 들었다.

예리한 통증이 온몸을 훑고 지나갔다. 알고 보니 스웨덴 친구가 통증을 느낄 정도로 악착같이 나를 붙잡고 있었다. 그런 상태로 같이 쓰러졌던 것이다.

그러나 나중에 그가 주장하기를, 그때의 고통이 나를 살렸다고 했다. 그들이 우리를 발견하기 직전, 바로 그 순간 통증 때문에 내가 그들의 존재와 그들과 관련된 생각을 잊었다는 얘기다. 발각되려는 찰나, 그들로부터 내 정신을 숨김으로써 간발의 차로 끔찍한 위기를 모면했다는 것이다. 그 친구는 그 순간에 기절한 덕분에 살았다고 했다.

그것이 한참 동안 벌어진 일인지 아니면 금세 지나간 일인지는 알 길이 없지만, 나중에 기억해 낸 것은, 내가 뒤엉키고 미끈거리는 버드나무 가지 사이에서 비틀거리며 일어섰을 때, 친구가 내 앞에 서서 손을 내밀었다는 것뿐이다. 나는 그 친구에게 비틀렸던 팔을 문지르면서 멍하니 그를 쳐다보았다. 달리 할 말이 떠오르지 않았다.

"잠깐 기절했어." 그가 말했다. "그래서 내가 산 거야. 저들에 관한 생각을 멈추었으니까."

"너 때문에 팔이 부러지는 줄 알았어." 나는 그 순간 그나마 떠오른 생각을 말했다. 온몸이 마비된 것 같았다.

"그게 널 살린 거야!" 그가 대꾸했다. "우리가 가까스로 저들을 따돌린 거라고. 윙윙 소리가 멈췄어. 사라졌어. 아무튼 지금은 안 들리잖아!"

나는 또 발작적으로 웃음을 터뜨렸고, 이번에는 친구도 따라 웃었다. 한바탕 요란한 웃음은 치유의 효과를 가져왔고, 그 울림과 함께 크나큰 안도감을 선사했다. 모닥불 가로 돌아와 땔감을 보태자 불길이 곧 활활 타올랐다. 그때 텐트가 무너져서 뒤죽박죽 엉켜 있는 것을 보았다.

우리는 텐트를 다시 세웠고, 그 과정에서 몇 번이나 발이 걸려 모래밭으로 넘어졌다.

"저 깔때기 자국들을 봐." 친구가 소리쳤다. 그때는 텐트를 다시 세운 후였고 모닥불이 주변 몇 미터까지 환히 비출 때였다. "저 크기를 보라고!"

우리가 움직이는 그림자를 목격했던 텐트와 모닥불 주변의 모래밭에 깔때기 모양으로 깊게 파인 자국들, 그건 이미 섬 전체에서 발견했던 자국과 아주 흡사했는데, 다만 이번에 새로 생긴 것이 더 크고 깊었다. 생김새가 아름다웠고, 그중에 몇 개는 내 다리 한 짝이 다 들어갈 정도로 컸다.

우리는 아무 말도 하지 않았다. 잠을 자는 것이 우리가 할 수 있는 가장 안전한 일이라는 걸 알고 있었기에 모닥불에 모래를 끼얹은 후 식량 배낭과 노를 들고 지체 없이 텐트 안으로 들어갔다. 카누도, 텐트 바로 끝 우리의 발이 닿는 곳에 두어서 그것이 약간만 움직여도 우리가 잠에서 깰 수 있게 조치해 놓았다.

위급 상황이 오면 언제든 출발할 수 있도록 이번에도 옷을 다 챙겨 입고서 누웠다.

밤새 누운 채로 잠들지 않고 감시하겠다고 굳게 결심했으나, 심신이 녹초가 된 상태라 기분 좋은 망각의 담요를 덮고 얼마 지나지 않아 나도 모르게 스르르 잠이 들었다. 처음에는 조바심을 내면서 연신 몸을 일으키며 혹시 "이 소리 들었냐?", "저 소리 들었냐?" 하고 묻던 친구도 잠이 든 모양이었다. 그는 잠들기 전까지 코르크 매트리스 위에서 뒤척이다가 텐트가 움직인다는 둥 강물이 섬 위로 넘쳤다는 둥 좀처럼 가만있지를 못했으나, 그때마다 내가 밖에 나가 확인한 결과 아무 이상이 없기에 괜찮다고 말했더니, 결국에는 잠잠해져서 잠이 든 것이었다. 이내 그의 숨소리가 규칙적으로 바뀌었고, 코 고는 소리까지 들려왔다. 내 평생 코골이가 그토록 기분 좋게 위안을 준 건 그때가 처음이었다.

그 생각을 끝으로, 나도 잠이 들었나 보다.

숨을 쉬기 힘들어서 잠을 깨고 보니 담요가 얼굴까지 덮여 있었다. 그런데 담요 말고도 짓누르는 다른 뭔가가 더 있었고, 처음에는 친구가 잠결에 내 옆까지 굴러 왔다고 생각했다. 내가 친구를 불러 깨우면서 몸을 일으키는 순간 불현듯 텐트가 포위됐다는 생각이 들었다. 부드럽고 무수한 후드득 소리, 그 소리가 밖에서 또렷하게 그 밤을 공포로 채우고 있었다.

나는 좀 더 큰 소리로 친구를 다시 불렀다. 아무 대답이 없었다. 그런데 코 고는 소리가 들리지 않는 데다, 텐트의 입구 드리개가 밑으로 쳐져 있었다. 이건 도저히 용서할 수 없는 실수였다. 드리개를 다시 감아올리려고 어둠 속에서 몸을 빼 밀다가, 그제야 친구가 텐트 안에 없다는 걸 깨달았다. 친구가 사라지고 없었다.

나는 섬뜩한 충격에 사로잡혀 정신없이 텐트 밖으로 튀어나왔고, 곧바로 나를 포위하듯 주변과 공중에서 한꺼번에 들려오는 윙윙 소리의 격랑 한복판으로 빠져들었다. 익숙한 윙윙거림, 정말이지 미칠 노릇이었다! 눈에 보이지 않는 거대한 벌 떼가 내 주변과 허공에 가득했다. 그 소리 때문에 공기가 아주 희박해져서, 숨을 쉬기 위해 헐떡거렸다.

그러나 내 친구가 위험에 처해 있으니 꾸물거릴 수 없었다.

먼동이 트기 직전의 희끄무레한 빛이 깨끗한 수평선에서 시작해 구름 너머로 퍼져나가고 있었다. 바람은 불지 않았다. 버드나무 수풀과 그 너머의 강, 창백한 모래밭이 간신히 시야에 들어왔다. 나는 미친 듯이 섬 이곳저곳을 뛰어다니며 친구를 불렀고, 머릿속에 떠오르는 대로 무슨 말이든 목청껏 외쳤다. 그러나 내 목소리는 버드나무 수풀에 가로막히고, 윙윙거림에 짓눌려서, 고작 몇 미터 거리밖에는 들리지 않았다. 수풀 속으로 뛰어든 나는 발을 헛디뎌 고꾸라지고, 버드나무 뿌리에 발부리가 걸려 넘어지는 와중에도, 이리저리 찢어진 얼굴을 문지르며 차단막처럼 버티고 있는 버드나무 사이를 헤매었다.

뜻밖에도 섬 끝에 다다랐을 때, 강물과 하늘을 배경으로 새겨 넣은 듯 서 있는 검은 형체 하나를 발견했다. 친구였다. 그는 이미 한 발을 강물에 담그고 있었다! 금방이라도 강물로 뛰어들 태세였다.

나는 그를 향해 몸을 던져서, 두 팔로 그의 허리를 껴안고 뭍 쪽으로 힘껏 잡아당겼다. 그는 물론 거칠게 저항했다. 계속해서 그 저주스러운 윙윙거림과 똑같은 소리를 냈고, 격분해서 "저들 속으로 가는 거야."라든가 "물과 바람의 길을 따라서." 같은 괴상한 말들을 지껄여댔다. 나중에 그 말들을 다 기억해 내려 해도 소용이 없었으나, 그걸 듣고 있던 당시에는 공포와 충격으로 속이 메슥거렸다. 그래도 가까스로 그를 조금은 더 안전한 텐트로 데려와 매트리스에 패대기치는 데 성공했고, 발작이 끝날 때까지 내게 붙잡혀 있는 동안 그는 숨을 몰아쉬며 욕설을 퍼부었다.

지금 생각해 보면, 그는 갑자기 잠잠해졌고, 그와 동시에 윙윙거림과 후드득 소리도 뚝 그쳤던 것 같다. 이것이 아마도 그때의 사건 중에서 가장 기이한 부분이 아닐까 싶다. 왜냐하면, 친구가 방금 잠에서 깬 것 같은 눈빛과 지친 얼굴로 나를 바라보았을 때, 텐트 입구로 스며든 희미한 여명이 그의 얼굴에 비쳤고, 그때 그는 겁에 질린 아이처럼 이렇게 말했기 때문이다.

"이봐, 네가 날 살렸어. 이제 다 끝났어. 저들이 우리 대신에 다른 제물을 찾아냈으니까."

그러더니 그는 담요를 덮고는 내가 지켜보는 가운데 잠들었다. 한마디로 곯아떨어져서는, 마치 아무 일도 없었다는 듯이, 마치 강물에 뛰어들어 자기 목숨을 제물로 바치려고 한 적이 없었다는 듯이 곤히 코를 골기 시작했다. 그로부터 세 시간이 지나 햇빛이 그를 깨웠을 때(그동안 나는 쉬지 않고 불침번을 섰다.) 그는 자신이 무슨 짓을 하려고 했는지 전혀 기억하지 못했다. 나는 위험한 질문을 삼가고 잠자코 있는 게 현명하다고 판단했다.

말했듯이, 바람 없는 무더운 하늘에 해가 높이 솟았을 때, 친구는 자연스럽고 편하게 일어났고, 곧바로 아침 준비를 하기 위해 모닥불을 피우기 시작했다. 걱정이 된 나는 씻으러 가는 친구를 뒤따라갔지만, 그는 강물에 뛰어들기는커녕 그저 머리만 적신 채 물이 아주 시원하다는 따위의 말만 했을 뿐이다.

"강물이 드디어 빠지기 시작했어." 그가 말했다. "다행이야."

"윙윙 소리도 그쳤어." 내가 말했다.

그는 평소처럼 차분한 표정으로 나를 올려다보았다. 자살하려고 했다는 것만 빼고는 전부 기억하고 있음이 틀림없었다.

"모든 게 멈췄지." 그가 말했다. "왜냐하면……."

그는 망설였다. 그가 기절하기 직전에 했던 말을 기억하고 있을 거란 생각이 들었고, 나는 그걸 확인해 보기 위해 이렇게 말했다.

"왜냐하면 '저들이 다른 제물을 찾아냈으니까.' 아나?" 나는 억지웃음을 지었다.

"바로 그거야." 그가 대답했다. "맞아! 그 생각을 하니까 뭐랄까……. 음……. 내가 다시 안전해진 느낌이 들더라고."

그는 호기심 어린 표정으로 주위를 둘러보기 시작했다. 햇볕이 모래밭 군데군데 뜨겁게 내리쬐고 있었다. 바람은 불지 않았다. 버드나무들은 흔들리지 않았다. 친구가 천천히 몸을 곧추세웠다.

"가보자." 그가 말했다. "둘러보면 찾아낼 수 있을 거야."

그가 뛰기 시작했고, 나도 그를 쫓아갔다. 그는 기슭을 따라가면서 막대기로 모래톱과 구덩이 그리고 기슭에 부딪쳤다가 돌아가는 강물을 휘저었고, 나는 그 뒤를 바짝 따라다녔다.

"어!" 그가 갑자기 소리쳤다. "어!"

그의 목소리는 지난 스물네 시간의 생생했던 공포를 되살려냈고, 나는 다급히 그의 곁으로 뛰어갔다. 그가 막대기로 가리킨 것은 절반은 물에 잠기고 절반은 모래에 놓여 있는, 커다란 검은색 물체였다. 뒤얽힌 버드나무 뿌리에 걸려서 강물에 쓸려 가지 않은 것 같았다. 불과 몇 시간 전만 해도 그곳은 강물에 잠겨 있었다.

"봐." 그가 조용히 말했다. "우리의 탈출을 도와준 제물이야!"

내가 그의 어깨 너머를 힐끔 보니, 막대기 끝이 남자의 시체에 닿아 있었다. 그는 시체를 뒤집었다. 얼굴이 모래에 뒤덮여 가려진 농부의 시체였다. 익사체가 분명했고, 불과 몇 시간 전 먼동이 틀 무렵에 이 섬으로 휩쓸려 온 것 같았다. 그때는 친구의 발작이 멈춘 시점이었다.

"제대로 묻어줘야 해."

"그래야지." 내가 대답했다. 나도 모르게 몸이 조금 떨렸다. 그 불쌍한 익사체의 모습이 어딘지 피를 얼어붙게 만들었기 때문이다.

스웨덴 친구가 뜻 모를 표정으로 나를 매섭게 쳐다보고는, 기슭을 내려가기 시작했다. 나는 천천히 뒤따라갔다. 시체의 옷 상당 부분이 물살에 찢겨서, 목과 가슴의 맨살이 드러나 있었다.

기슭을 내려가던 친구가 중간쯤에서 갑자기 멈추더니 경고하듯 손을 들어 올렸다. 그러나 나는 발이 미끄러지면서, 갑자기 멈추려다 오히려 균형을 잃고 친구와 부딪치고 말았다. 우리는 딱딱한 모래 위를 데굴데굴 구르다가 물에 빠졌다. 둘 다 손을 써볼 틈도 없이 그만 시체와 부딪쳤던 것이다.

스웨덴 친구는 날카로운 비명을 질렀다. 나는 총에 맞은 것처럼 화들짝 뒤로 물러났다.

우리가 시체에 닿는 순간, 시체의 외부에서 윙윙거림이 — 한 개가 아닌 몇 개의 윙윙거림 — 이 요란하게 솟구치더니 새들의 거대한 소동처럼 우리 주변의 공기를 뒤흔들었고, 이내 하늘로 올라가 점점 희미해지다가 아주 먼 상공에서 사라졌다. 마치 살아 있지만 눈에 보이지 않는 생명체를 우리가 건드려 움직이게 만든 것 같았다.

친구는 나를 꽉 붙잡고 있었고, 아마 나도 그 친구를 꽉 붙잡고 있었던 것 같다. 그러나 우리가 그 예기치 못한 충격에서 미처 정신을 차리지 못하고 있을 때, 파도에 시체가 밀리면서 버드나무 뿌리에서 풀려났다. 얼마 후 시체는 완전히 한 바퀴를 돌아서 죽은 얼굴이 하늘을 똑바로 올려다보게 되었고, 물살 가장자리까지 옮겨졌다. 금방이라도 물살에 휩쓸려 갈 상황이었다.

스웨덴 친구가 갑자기 시체를 붙잡으려고 다가가면서 뭐라고 소리 쳤는데, '제대로 매장해야' 한다는 식의 얘기 같았을 뿐 내가 정확히 알 아들은 건 아니었다. 그런데 친구가 갑자기 모래톱에 털썩 무릎을 꿇고 는 두 손으로 눈을 가리는 것이었다. 나는 곧 그의 곁으로 달려갔다.

그가 본 것을 나도 보았다.

그때 막 시체가 물살에 휩쓸리면서 얼굴과 맨가슴이 오롯이 우리 쪽 으로 향해졌기 때문이다. 피부와 살에 너무도 또렷하게, 또 아름답게 나 있는 작은 홈들, 그것은 우리가 섬 전체에서 발견했던 깔때기 모양 의 모래 자국과 정확히 일치하는 것이었다.

"저 자국!" 힘겹게 토해 내는 친구의 목소리가 들려왔다. "저 끔찍한 자국!"

내가 친구의 핼쑥한 얼굴에서 강으로 다시 시선을 돌렸을 때, 이미 물살에 휩쓸린 시체는 우리의 손길과 시야에서 벗어나 강 한복판으로 떠내려가면서, 물결을 따라 수달처럼 돌고 또 돌고 있었다.

....

42) 프레스부르크(Pressburg): 현재 슬로바키아의 수도인 브라티슬라바를 말함.

43) 브러 폭스(Brer Fox): 조엘 챈들러 해리스의 동화집 『레무스 아저씨의 이야기』에 등장하는 여우.

외전 출간에 즈음한
러브크래프트와의 가상 인터뷰

역자:『러브크래프트 전집』에 이어 이번에 두 권의 외전이 출간을 앞두고 있습니다.『러브크래프트 외전上: 박물관에서의 공포』(이하『외전上』)는 전집에 포함되지 않은 공저작과 유실되지 않고 남아 있는 청소년기 작품을 수록합니다.『러브크래프트 외전下: 러브크래프트 연대기』(이하『외전下』)에서는 다른 작가들과의 상호 영향 관계를 통하여 러브크래프트 문학의 형성 과정을 짚어보는 취지로 계획했는데요. 역자로서 번역뿐만 아니라 인터뷰도 하게 되어 무척 부담스러운 게 사실입니다. 고인이 된 분과 인터뷰 형식을 빌림으로써 자칫 역자의 결례와 과도함이 작가님(편의상 이 호칭을 선택하겠습니다.)께 누가 될지 모르나, 취지만은 이해해 주시리라 생각합니다. 전집을 통하여 작가님의 생애와 문학 전반에 대해선 어느 정도 살펴본 터라, 곧장 외전과 관련된 본론으로 들어가겠습니다. 우선 공저작을 수록한『외전上』의 경우, 단순 교정에서 윤문, 대필에 이르기까지 작가님이 어느 정도까지 각각의 작품에 참여했는지가 중요하겠지요. 작가님이 남긴 방대한 서신과 공저자들의 진술을 통하여 상당 부분 밝혀졌으니 다행입니다. 그런데 문

학에 대한 자긍심이랄까 강고한 가치관으로 볼 때 타인의 글을 고쳐주는 작업이 쉽지 않았을 텐데, 이런 작업을 하게 된 동기는 무엇인지요?

러브크래프트: 나 또한 전집에 대한 소회나 인사는 생략하고 곧장 답하지요. 생계 때문이었어요. 늘 마음먹은 대로 창작을 하고 그때마다 고료를 받을 수 있다면 좋았겠지요. 그러나 현실은 녹록지 않았어요. 일례로 가장 많은 작품을 발표했던 《위어드 테일스》의 경우에도 한 번에 작품을 받아주기보다 이런저런 수정 요구와 함께 거절이 반복된 적이 많았고, 그나마 많은 시간이 걸리는 것도 예사였지요. 한번 경제적 어려움에 처한 뒤로는 좀처럼 빠져나오기가 쉽지 않더군요. 돈을 위해 글을 쓰고 싶지 않다는 생각도 경제적 궁핍을 가중시켰지요. 정통 문예지도 아니고, 펄프 잡지에서 큰돈을 받기는 어려웠으니까 원고료로 생계를 유지하는 건 정말 힘들었어요. 그래서 다른 작가의 글을 대필하거나 수정해 주는 것으로 근근이 버티었으나, 하고 싶지 않은 일이라는 자괴감과 생활고라는 현실 때문에 늘 이율배반적인 선택을 강요받는 것 같았지요. 작품을 발표하고 싶은 아마추어 작가들을 도와주고 싶다는 것도 이유겠으나, 생계의 절실함에 비해선 부차적인 문제였어요.

역자: 솔직한 답변 감사드립니다. 공저작의 경우 단순 교정이나 윤문, 대필 등으로 기계적인 분류가 힘들 것 같은데요. 작품 자체가 유기적인 결과물인 데다 작가님이 문장이나 문단 단위로 철저하게 수정을 요구하거나 직접 수정을 하는 등 공저작 작가들이 결국 자신이 쓴 것이 없다며 볼멘소리를 할 정도였다지요. 대략이나마 직접 분류를 해주실 수 있을까요?

러브크래프트: 말씀대로 단순 교정이나 윤문보다는 대필 혹은 그에 준하는 작품이 더 많았습니다. 예를 들어 후디니의 「피라미드 아래서」, 헤이

즐 힐드의 다섯 편, 질리아 비숍의 세 편이 대필에 해당하고, 반면 R. H. 발로 등의 경우엔 내가 참여한 부분이 미미한 편이지요.

역자: 발로와는 아버지뻘이 될 정도로 나이 차가 많은데, 작가님이 각별히 신뢰하셨던 것 같습니다. 작가님의 문학 작품에 대한 권리 집행을 일임하신 걸로 봐서요. 작가님이 고인이 된 후, 발로는 미리 작성된 작가님의 지침에 따라 작품을 분류 정리하고 존 헤이 도서관에 기증했습니다. 오거스트 덜레스와 도널드 원드레이가 아컴 출판사를 세우고 작가님의 작품들을 출간하는 데 큰 도움을 주기도 했습니다. (다만 알력과 대립으로 인해 출판사 운영에는 배제됐지만요.) 또 작가님의 육필 원고들을 타이핑해서 원고를 보존하는 데 지대한 공헌을 하기도 했습니다.

러브크래프트: 처음 서신을 주고받을 땐 발로가 열세 살인지 몰랐어요. 나이를 속였거든요. (웃음.) 나이가 어리다고 해서 달라질 건 없지요. 나중에 영화 「사이코」로 알려진 로버트 블록도 내게 편지를 보낼 때 열여섯 살이었어요. 문학적인 소통을 나누는 데 남녀노소 또 아마추어, 유명인 상관없이 모두 진심으로 대했으니까요. 그때 꾸준히 서신을 주고받았던 많은 분들이 끝까지 나를 지지하고 문학을 알려주셨지요. 발로는 작가로서 또 학자로서도 명민하고 재능이 많았던 친구예요. 두 번인가 초대를 받아 발로의 집에 갔는데 그때마다 장기간 함께 지냈고, 내가 프로비던스로 초대하기도 했어요.

역자: 말년에 병마로 고통스러운 상황에서도 끝까지 동료와 후배 작가 들에게 기탄없는 격려와 영감을 주셨다는 건 잘 알려져 있습니다. 그것이 또 작가님의 문학이 확장되고 재생산되는 밑거름이 됐습니다. 공저작 작업

을 함께 하는 과정에서 특별히 더 힘들었다거나 인상적이었다거나 하는 작가나 작품이 있는지요?

러브크래프트: 공저작 중에서 특히 여성 작가들은 대부분 작품을 발표하고 싶어 하는 아마추어 작가들이었어요. 처음엔 로맨스 소설이나 시에 관심이 많아서 내가 위어드 픽션 쪽으로 유도를 했고요. 아돌프 드카스트로는 나보다 30세나 연상이었는데, 작업하기가 퍽 고약한 상대였어요. 능력에 비해 문학적 야심은 너무 강했고, 비용을 지불할 의사는 너무 약했지요. 작품을 들라면, 글쎄요, 지나고 보니 우스운 상황이나 당시에는 진땀이 났던 일이 있어요. 후디니의 「피라미드 아래서」라는 작품 때문이었지요. 소니아 그린과 뉴욕에서 결혼을 앞둔 시점이었어요. 「피라미드 아래서」의 타이핑까지 끝낸 원고를 가지고 결혼식을 위해 뉴욕으로 가다가 그만 기차역에서 원고를 잊어버렸지 뭡니까. 다행인 건 마침 육필 원고도 챙겨 갔다는 것이고, 불행인 건 그것을 다시 타이핑하느라 신혼여행 대부분을 허비한 겁니다.

역자: 말씀하신 카스트로는 일각에서 당시 앰브로스 비어스와의 인맥을 지나치게 이용하려고 했다는 비난이 있었던 것으로 압니다. 나중엔 카스트로가 비어스의 전기물에 관해 작업 의사를 타진했으나, 작가님이 거절하신 것으로 알고 있습니다. 『외전下』에 수록한 비어스는 작가님과 직접적인 관련이 있다기보다 로버트 W. 체임버스를 통한 간접적인 관련이 있다고 보는데요. 어떤가요?

러브크래프트: 물론 비어스의 '할리 호', '카르코사', '해스터'를 크툴루 신화에 차용하게 된 계기는 체임버스를 통한 것이지요. 체임버스가 먼저 자신의 『황색의 왕』에 비어스의 요소들을 차용했고, 내가 그것을 다시 작품에 차용했으니까요. 서른 살 전후였던 것 같은데요. 비어스라는

작가를 발견하고 공포를 다룬 단편들에 깊은 인상을 받았어요.

역자: 그리고 후디니 일화도 퍽 흥미로운데요. 당시 탈출 마술가로 명성이 높았던 후디니와 작가님의 조합은 어딘지 쉽게 그려지지 않는, 흥미로운 대목입니다. 후디니의 이름으로 작품을 대필하게 된 계기는 무엇이었나요?

러브크래프트: 나도 후디니와 문학 작품을 함께 할 거라고는 생각지 못했어요. 물론 후디니가 글쓰기와 전혀 관련이 없었다고는 할 수 없지요. 칼럼도 쓰고, 단편도 두 편인가 발표했으니까요. 칼럼은 모르겠고, 단편들은 대필이라는 설이 유력했지만요. 어쨌든 당시에 《위어드 테일스》가 재정적인 어려움에 처해 있어서 소유주였던 제이콥 클라크 헤네버거가 유명인을 참여시켜 잡지 홍보를 하려고 한 거지요.

역자: 소니아 그린 여사 얘기도 나왔으니 여쭙겠습니다. 작가님의 아내로 더 많이 알려졌으나, 문학에 관심이 많았고 단편 「마틴 비치에서의 공포」도 함께 작업하셨더군요. 실질적인 결혼 생활이 2년 정도로 짧았는데, 당시 어떤 상황이었습니까?

러브크래프트: 글쎄요. 역자께서 뭔가 질문할 것이 따로 있는 느낌이네요. 결혼 생활에 대해선 전집에 이미 간략하게나마 소개되어 있고 따로 덧붙일 만한 것도 딱히 없어요. 이 역시 전집에 소개된 내용과 중복되는 얘기겠으나, 소니아 그린은 문학에 대한 열정도 남달랐고, 모자 가게를 운영하는 등 사업 수완도 좋았어요. 당시로서는 드물게 독립적이고 당찬 여성이었지요. 결혼 생활 동안 소니아는 건강이 악화되면서 사업도 중단했고, 나 또한 벌이가 시원찮으니 경제적인 문제가 쉽지 않았어요. 뉴욕 생활에 염증이 나서 고향 프로비던스로 돌아가고 싶은 향수병도 심했고요. 소니아는 사업 재기를 원하고 있어서 프로비던스로 함

께 가는 건 여건이 맞지 않았고 어찌 보면 자연스럽고 담담하게 이별을 한 거 같아요. 그것 말고 특별한 이유는 없습니다.

역자: 작가님도 소니아 그린 여사에 대해 이미 알려진 내용을 반복하시고 군이 이유를 묻지 않았는데 특별한 것은 없다 하시니 제가 질문하려는 요지를 짐작하시는 것 같습니다. 그래서 실례를 무릅쓰고 여쭙겠습니다. 짧은 결혼 생활과 관련하여 말씀하신 경제적인 이유 외에 다른 중요한 뭔가가 있다고 생각하고 싶어 하는 사람들이 있는 것 같습니다. 한때는 작가님이 동성애자라는 설도 있었지만, 최근에는 염문설로 이동하는 느낌입니다. 그것도 『외전上』에 수록된 두 명의 작가가 그 상대로 회자되니 더 호기심이 이는 것도 사실입니다. 공저자로 작품을 발표한 헤이즐 힐드, 위니프리드 버지니아 잭슨, 질리아 비숍의 경우엔 대부분(소니아 그린 여사도 사실 별다른 작품 활동이 없었고) 이후 지속적인 활동을 하지 않아서 현재 알려진 정보가 없고, 그나마 알려진 것은 작가님과의 개인적인 관계에 국한된 겁니다. 정보가 없다 보니, 헤이즐 힐드가 실존 인물이 아니라, 위니프리드 아니면 비숍 또는 다른 유명 작가의 필명이라고 알려지기도 했습니다.

러브크래프트: 솔직히 말해서 지금 열거하신 작가들에 대해선 나도 아는 것이 많지 않습니다. 물론 서신 왕래가 있었고, 작업을 함께 했으나 그렇다고 개인사에 대해 많이 알지 못하고, 그러니 염문설 운운하는 것도

난처하군요. 헤이즐 힐드는 작가로서의 재능을 평하기는 어렵지만, 상상력은 꽤 독특했지요. 그녀가 이혼녀이고 지속적으로 함께 일을 해서 염문설이 났나 본데, 나는 좋은 동료 이상으로 생각해 본 적이

없어요. 당시 에디 여사가 작가 모임을 주선하는 자리에 함께 참석하기도 했고, 힐드가 저녁 식사에 저를 초대한 일이 있긴 해요. 또 다른 작가 위니프리드에 대해선 당시에도 말들이 좀 있었어요. 워낙 재기 발랄하고 매사 정열적이어서 종종 오해를 불러일으키고 알쏭달쏭한 여자였어요. 감정적인 문제가 아예 없었다고 할 순 없으나 그 역시 서신 왕래를 끊으면서 자연스레 중단됐고요. 염문설이라고 하는 것들도 소니아 그린과의 결혼 전과 이혼 후에 있었던 일이고요. 혹시 역자분이 내 이름까지 번역했나 보군요. 나는 이름과는 달리 연애에 능하지 못하고 젬병이니까요. 로맨티시스트에다 여성과 잘 지내기론 클라크 애슈턴 스미스가 일가견이 있지요. 역자 스스로 경계한 과도함을 상기할 시점으로 보입니다만.

역자: 알겠습니다. 『외전下』로 넘어가겠습니다. 헨리 S. 화이트헤드, 로버트 W. 체임버스, 앰브로스 비어스, 윌리엄 호프 호지슨, 로버트 E. 하워드, 아서 매컨, 클라크 애슈턴 스미스, 헨리 커트너, 어빈 코브, 로드 던세이니, 앨저넌 블랙우드가 『외전下』에 수록된 작가들입니다. 던세이니 경과 함께 작가님께 가장 큰 영향을 준 에드거 앨런 포는 국내에도 많이 알려져 있고, 국내엔 생소하나 작가님과 밀접한 관련이 있는 작가들을 소개하기 위해 『외전下』에는 제외했습니다. 또 덧붙여 설명할 부분은 『외전上』과 『외전下』에 중복되는 두 명의 작가가 있습니다. 질리아 비숍과 작업하면서 작가님이 대필한 작품 「고분」을 따로 『외전下』에 수록한 이유는 대필 작품 중에서도 걸작에 속하고, 작가님의 이상향이나 작풍까지 강한 작품이라 작가들 간의 관계를 살피는 취지에 적합하다고 판단한 결과입니다. 또 한 명인 헨리 S. 화이트헤드의 「보손」은 작가님의 작품이라는 설과 덜레스의 작품이라는 설 등 논란이 있

는 작품인데, 어떤 경우든 역시 상호 관계를 살피기에 좋다고 판단하여 수록했습니다.

러브크래프트: 새삼 그립고 설레는 이름들이군요. 또한 내가 『문학에서의 초자연적인 공포』(국내 출간명은『공포문학의 매혹』— 역자주)에서 다루었던 작가들이고요.

역자: 우선 눈에 띄는 작가로는 작가님과 더불어 펄프 잡지《위어드 테일스》의 전성기를 이끈 3인방으로 알려진 로버트 E. 하워드와 클라크 애슈턴 스미스입니다. 세 분은 긴밀한 문학적인 교류에도 불구하고 정작 서로 만난 적은 없다고 들었습니다.

러브크래프트: 문학을 제외하고 서로 다른 것이 많았지요. 사는 지역도 서로 멀었고, 작품에 투영된 개인적인 취향도 그렇고요.

역자: 외모도 많이 달랐습니다. 하워드가 복싱으로 단련된 다부진 체격이었다면, 작가님은 위아래(키뿐만 아니라 얼굴까지) 길쭉길쭉했고, 스미스는 보통 키에 호리호리하고 날렵한 체격이었지요. 그러나 지역과 생활양식, 취향, 외모 등 여러 차이에도 불구하고, 세 분은 문학적으로 서로 깊은 영향을 주고받았던 것으로 알고 있습니다. 먼저 고인이 된 분 때문에 창작의 동인을 잃은 것은 물론이고 일상에서도 상실감에 힘들어하셨지요.

러브크래프트: 왕성한 활동을 하던 하워드가 서른 살의 젊은 나이에 요절할 거라곤 상상치 못했어요. 그 충격이 무척 컸지요. 장문의 추모 글로도 다 상쇄할 수 없는 상실감이 컸습니다. 그런 면에서 문학, 그림, 조각에 이르기까지 다재다능했던 클라카쉬-톤(Klarkash-Ton, 러브크래프트가 스미스에게 붙인 별명으로 작품에서도 종종 언급됨. — 역자주)이 어쩌면 가장 힘들었을 겁니다. 하워드에 이어 나까지 먼저 보내고,

부모님까지 떠나보내는 슬픔을 연이어 감당해야 했을 테니까요. 게다가 클라카쉬-톤은 우리 두 사람의 그늘에 가려 그 놀라운 독창성을 제대로 평가받지 못했으니 미안함이 큽니다.

역자: 말씀대로 클라카쉬-톤은 두 분을 떠나보내고 남은 생애 동안 거의 창작을 하지 못했습니다. 하워드의 검과 마법, 작가님의 크툴루 신화 양쪽의 아류작이라고 저평가되던 스미스의 작품들도 다행히 최근 들어 재평가가 이루어지는 중이고, 국내에서도 이번에 걸작선이 출간될 예정입니다. 스미스에 비해선 덜한 편이나, 헨리 커트너도 하워드 투톱(하워드 필립스 러브크래프트와 로버트 E. 하워드의 이름에 들어간 하워드를 따서 판타지와 호러의 전설적 쌍벽을 일컫는 말. ── 역자주)의 그늘을 벗어나느라 어려움을 겪었습니다. 다행히 캐서린 무어와 결혼한 이후 부부 공동 창작으로 전기를 마련했고, 근래에는 영화화로 다시 주목을 받았습니다.

러브크래프트: 클라카쉬-톤과 커트너 둘 다 재능이 너무 많아 오히려 걸림돌이 됐나 봅니다. 커트너의 첫 단편 「공동묘지의 쥐」는 주변에서 내가 쓴 것으로 오해를 받았으나, 커트너 본인의 작품이 맞습니다. 하긴 나 자신도 놀랐을 정도로 내 색채가 강하긴 했지요. 커트너는 연이어 크툴루 신화에 속하는 작품들을 썼고, 검과 마법 판타지 장르에서도 연작으로 작품을 발표하면서 재능을 인정받았지요. 그러나 나중에 나와 하워드의 영향에서 벗어나 SF로 선회했을 땐 그때까지의 성과가 오히려 독이 됐지요. 절친한 문우였던 클라카쉬-톤은 정말이지 시적이고 독창적인 문체와 상상력에선 타의 추종을 불허하는 천재였어요. 문학 전반에서 그러했듯, 크툴루 신화 계열의 작품들 역시 '클라카쉬-톤화' 하는 능력을 유감없이 보여주었지요. 그런 클라카쉬-톤마저도 꽤 오랫

동안 역시나 나와 하워드의 아류라는 오해를 받았으니 안타까웠어요. 아무튼 내가 포와 던세이니의 영향에서 벗어나기까지 얼마나 힘겨웠는지 떠올리면 클라카쉬-톤의 독창성은 참 대단합니다.

역자: 저 또한 스미스의 독창성을 인정하나, 작가님 자신에 대해선 너무 겸손하신 것 같습니다. 특히나 포에 대해선 죽음이 아니면 아름다움을 볼 수 없을 정도로 작품뿐만 아니라 삶에 깊게 투영된 그늘이라고 토로하셨고, 작품 중에서 던세이니의 것이 아닌 것이 과연 있을까 하고 역시 괴로워하신 적이 있는 걸로 압니다. 그러나 창작의 동력이 저하된 침체기에 토로한 극단적인 절망과 고뇌의 표출이었다고 봅니다. 던세이니는 실제로 작가님의 작품에 주목했고, 자신과 소재나 작풍이 흡사하나 완전히 독창적이라는 평가를 했으니까요. 그리고 보니 작가님은 자신의 작품에는 늘 인색하고 혹독한 평가를 하셨습니다. 다른 작가들에겐 지나치다 싶을 정도로 좋은 평가를 하셨는데요. 그런데 호평했던 체임버스의 경우엔 좀 달랐던 것 같습니다.

러브크래프트: 체임버스의 『황색의 왕』을 비롯해 초기 공포 소설들은 참 매력적이지요. 다만 체임버스가 잘 팔리는 로맨스 쪽으로 방향을 바꾼 것에 대한 서운함과, 좋은 재능을 제대로 활용하지 못했다는 아쉬움이 컸어요. 어찌 보면, 체임버스는 아이러니하게도 내가 싫어하는 방식으로 내가 원하는 삶을 살았군요. 글을 쓰는 것으로 안정된 생활을 하고 싶다는 건, 작가로서 당연하고도 절실한 소망일 겁니다. 영국과 미국의 차이도 있을 겁니다. 유령 소설뿐만 아니라 섬뜩한 주제와 이미지의 마카브르(macabre)를 포함하고 여기에 호러와 판타지, SF가 혼합된(물론 당시에는 장르 개념이 확립되지 않은 상황이었으나) 위어드 픽션(Weird Fiction)의 특성상 독자층과 발표 지면이 얼마나 확보되는가

의 문제가 있었으니까요. 영국에서는 상대적으로 장르 소설에 제한이나 차별이 없어서, 이를테면 위어드 픽션을 쓴다고 해서 대우나 출간에 제한이 있지는 않았어요. 반면 미국은 상황이 달랐어요. 《위어드 테일스》의 선정적이고 야한 표지만 봐도 질겁하는 독자들이 많았고, 순문학과의 경계가 뚜렷한 편이어서 장르 소설의 공급원은 펄프 잡지로 제한된 면이 있었으니까요. 물론 로버트 E. 하워드처럼 펄프 잡지에 글을 써서 경제적으로 성공한 작가가 있긴 했지요. 하지만 드문 경우였어요. 체임버스 또한 계속 호러를 고집했다면 성공을 장담하진 못했을 테지요.

역자: 위어드 픽션 얘기가 나왔으니, 그 핵심이라 할 수 있는 일명 '코스미시즘(Cosmicism)'에 대해서 짚고 넘어가겠습니다. 코스미시즘을 위어드 픽션의 그릇에 우주적 공포를 담아낸 작가님의 문학론이라고 본다면, 윌리엄 호프 호지슨과의 관련성이 깊은데요. 또한 코스미시즘과 긴밀한 관계를 맺고 있는 오컬티즘 측면에서 작가님이 매컨이나 블랙우드처럼 오컬트 단체와 직접적인 관련을 맺었다는 시각도 있는데 어떤가요?

러브크래프트: 코스미시즘 하니까 거창하군요. 편의상 우주적 공포라고 하겠어요. 우주적 공포의 핵심은 광대하고 냉혹한 우주와 그에 비해 너무도 하찮은 존재로서의 인간을 보여주는 것이지요. 필연적으로 무신론과 닿아 있고, 오컬트 요소도 포함하지요. 내가 호지슨의 『경계의 집』과 『나이트 랜드』에서 우주적 공포를 발견하고 얼마나 흥분했을지 짐작할 겁니다. 호지슨도 블랙우드의 '존 사일런스'를 모방하여 '유령 사냥꾼 카낙키'를 등장시킨 일련의 심령 탐정물을 선보였지요. 블랙우드와 매컨이 '황금 여명회' 등의 오컬트 단체와 관련을 맺었으나, 호지슨은 아닌 걸로 알고 있어요. 나 또한 오컬트에 관심이 많았으나, 특정 단

체나 의식에 관여한 적은 없습니다. 나는 애초부터 무신론자고 유물론
자니까요. 아이러니하게도 (아니면 당연하게도) 내가 위어드 픽션으로
가장 뛰어난 걸작 1위와 2위에 꼽은 작품이 바로 블랙우드의 「버드나
무」와 매컨의 「요정」이군요. 아무튼, 나는 정통 과학뿐만 아니라 마법과
신비학 등에도 관심이 많았고, 그것은 작품 전반에 표현되고 있어요.

역자: 이미 알고 계시겠지만, 작가님은 현재 20세기 모던 호러와 판타지
의 원류이자 이 장르에서 가장 영향력 있는 작가로 평가받고 있습니다.
에드거 앨런 포와 비견될 정도로 학계와 평단을 바쁘게 만드는 작가이
기도 하며, 책이 나올 때마다 유명 작가들이 기꺼이 헌사를 바치고 있
지요. 무엇보다 크툴루, 『네크로노미콘』 등 작가님의 상상력을 바탕으
로 지금 이 순간에도 유무명의 작가들이 끝없이 또 다른 실험과 재생산
을 하고 있다는 사실이 조금이라도 위안이 됐으면 합니다. 작가님이 남
긴 유산은 비단 공포와 환상 문학에서 차지하는 작가적 위상뿐만 아니
라, 고단하고 힘겨운 삶을 살면서도 소외당한 대중 문학을 일정한 수준
으로 끌어올린 정신적인 부분이 더 클지 모릅니다. 작가님이 평생을 천
착한 '값싼 저질 문학' 속에서 오히려 문학의 진정성과 작가 정신이 도
도히 흐르고 있다는 사실 때문에 당대의 수많은 작가들이 작가님에게
열광하고 있습니다. 마지막으로 독자들에게 하실 말씀은 없는지요?

러브크래프트: 감회가 새롭군요. 이제 고인이 된 옛 동료들을 생각하면
더욱 그래요. 모두들 나름대로 뛰어난 문학적 성과를 거두고, 이제는
예전처럼 나와 함께할 수 있으니 그 역시 죽음이 준 선물이군요. 내 이
름을 기억해 주는 요즘 최고의 베스트셀러 작가라는 스티븐 킹과 닐 게
이먼을 비롯해 내 작품에 창조적인 변주를 가미해 준 유무명의 후배 작
가들에게 고마움을 표합니다. 그러나 누구보다 고마운 분들은 바로 독

자들입니다. 변덕이 심했던 평단이나 일부 작가들과는 달리 늘 한결같이 나를 신뢰해 주고 아껴준 분들은 독자 여러분이었지요. 내 무덤에 묘비를 세워준 이도 독자 여러분이었으니 늘 감사한 마음입니다.

역자: 인터뷰에 응해 주셔서 감사합니다. 작가님의 방대한 문학 세계를 조명하기엔 턱없이 부족한 시간이었습니다. 기회가 된다면 다시 모셔도 될는지요?

러브크래프트: 허허, 정말 궁금해서 묻는 건 아니겠지요? 역자분은 혼자서도 심심하지 않겠어요.

역자: (식은땀을 흘리며) 오해하지 마십시오. 저는 원래 땀을 많이 흘립니다. 뮤노즈 박사(단편 「냉기」에 등장하는 인물로 온도가 조금만 높아도 땀을 흘림. ― 역자주) 스타일인가 봅니다.

옮긴이 | 정진영

홍익대 영문학과를 졸업했다. 현대 호러의 모태가 되는 고딕(Gothic) 소설과 장르 문학에 특히 관심이 많다. 국내에 잘 알려지지 않은 걸작들을 소개하려고 노력하고 있다. 주요 역서로는 『세계 호러 걸작선』 시리즈, 스티븐 킹의 『그것』, 『아울크리크 다리에서 생긴 일』 외에 필명(정탄)으로 『피의 책』, 『세익스피어는 없다』, 『해변에서』 등이 있다.

러브크래프트 전집 6 외전 (하)

1판 1쇄 펴냄 2015년 1월 30일
1판 10쇄 펴냄 2022년 3월 3일

지은이 | H. P. 러브크래프트 외
옮긴이 | 정진영
발행인 | 박근섭
편집인 | 김준혁
펴낸곳 | 황금가지

출판등록 | 2009. 10. 8 (제2009-000273호)
주소 | 06027 서울 강남구 도산대로 1길 62 강남출판문화센터 5층
전화 | 영업부 515-2000 **편집부** 3446-8774 **팩시밀리** 515-2007
홈페이지 | www.goldenbough.co.kr

도서 파본 등의 이유로 반송이 필요할 경우에는 구매처에서 교환하시고
출판사 교환이 필요할 경우에는 아래 주소로 반송 사유를 적어 도서와 함께 보내주세요.
06027 서울 강남구 도산대로 1길 62 강남출판문화센터 6층 민음인 마케팅부

한국어판 ⓒ ㈜민음인, 2015. Printed in Seoul, Korea
ISBN 978-89-6017-162-6 04840
ISBN 978-89-6017-164-0 (set)

㈜민음인은 민음사 출판 그룹의 자회사입니다.
황금가지는 ㈜민음인의 픽션 전문 출간 브랜드입니다.